SILO ORIGINES

DU MÊME AUTEUR

Silo, Actes Sud, 2013 ; Babel n° 1283.
Silo Origines, Actes Sud, 2014.
Silo Générations, Actes Sud, 2014 ; Babel n° 1391.

Titre original :
Shift

ISBN 978-2-330-05691-9

HUGH HOWEY

SILO
Origines

roman traduit de l'anglais (États-Unis)
par Laure Manceau

BABEL

À tous ceux qui se retrouvent bel et bien seuls.

En 2007, le CAN *(Center for Automation in Nanobiotech – Centre d'automatisation des nanobiotechnologies) présentait dans les grandes lignes les plateformes matérielle et logicielle qui permettraient un jour à des robots plus petits que des cellules humaines d'établir des diagnostics médicaux, d'effectuer des soins et même de s'autoreproduire.*

La même année, CBS rediffusait une émission à propos des effets du Propranolol sur les victimes de traumatismes extrêmes. On s'était aperçu qu'une simple pilule était en mesure d'effacer le souvenir de tout événement traumatisant.

Presque au même moment dans la grande histoire de l'humanité, l'homme avait découvert comment provoquer sa propre ruine. Et comment oublier qu'une telle chose avait pu se produire.

PREMIÈRE FACTION

L'HÉRITAGE

PROLOGUE

2110
Sous les collines du comté de Fulton, dans l'État de Géorgie

À son retour parmi les vivants, Troy était dans une tombe. Il se réveilla dans un espace confiné, le visage tout près d'une vitre givrée.

De l'autre côté de cette couche de glace, des silhouettes s'affairaient. Il essaya de lever les bras, de frapper à la vitre, mais il n'avait pas assez de force. Il tenta un cri, mais ne réussit qu'à tousser. Il avait un goût atroce dans la bouche. À ses oreilles retentirent le bruit métallique de gros verrous qu'on ouvrait, un chuintement d'air, le grincement de gonds restés longtemps en sommeil.

La lumière était vive ; les mains sur sa peau, chaudes. Ils l'aidèrent à s'asseoir tandis qu'il toussait encore et que son souffle se condensait en petits nuages. On lui tendit de l'eau. Des pilules. L'eau était fraîche et les pilules, amères. Il parvint à avaler quelques gorgées. Il était incapable de tenir son verre seul. Ses mains tremblaient tandis qu'une déferlante de scènes cauchemardesques lui revenait en mémoire. Le passé lointain se mêlait aux souvenirs récents. Il frissonna.

Une blouse en papier. Le picotement du sparadrap qu'on arrache, à son bras. Un tuyau qu'on retire de son entrejambe. Deux hommes en blanc l'aidèrent à sortir du cercueil. De la vapeur s'éleva tout autour de son corps avant de se dissiper.

Assis, ébloui, Troy regardait, à travers le clignement de ses paupières restées longtemps fermées, les rangées de cercueils pleins de vie qui s'étendaient à perte de vue le long des murs incurvés. Le plafond lui semblait bas, impression renforcée par toute la terre qui s'amoncelait au-dessus d'eux. Et par les années. Tant d'années avaient passé. Tous ceux qu'ils chérissaient auraient disparu à présent.

Tout avait disparu.

Les pilules lui piquaient la gorge. Il essaya d'avaler. Ses souvenirs s'évanouirent comme des rêves au petit matin, et il sentit que son emprise sur tout ce qu'il avait connu jusqu'alors lui échappait.

Il tomba à la renverse – mais les hommes en blanc l'avaient vu venir. Ils le rattrapèrent et posèrent à terre son corps qui frissonnait sous sa blouse de papier.

Des images lui revinrent ; un bombardement de souvenirs, puis plus rien.

C'est ainsi qu'agissaient les pilules. Mais il faudrait du temps avant de détruire le passé.

Troy se mit à sangloter dans ses mains, sous l'œil compatissant des deux hommes en blanc. Ils lui laissèrent le temps. N'expédièrent pas la procédure. C'était là une politesse que se transmettaient entre elles les âmes tirées du sommeil, une faveur que tous les hommes dormant dans leur cercueil découvriraient à leur réveil.

Et qu'ils finiraient par oublier.

1

2049
Washington, DC

Les hautes vitrines de trophées avaient autrefois servi de bibliothèques. Certains détails ne trompaient pas. La quincaillerie utilisée sur les étagères datait de plusieurs siècles, alors que les gonds et les petits verrous des portes vitrées remontaient à peine à quelques décennies. L'encadrement des portes était en cerisier, mais le reste du meuble était en chêne. On avait essayé d'harmoniser le tout au moyen de teintures, mais le fil du bois n'était pas le même. La couleur non plus. Détails qui ne sautaient qu'aux yeux avertis.

Le député Donald Keene rassemblait ces indices sans s'en rendre compte. Il remarquait simplement qu'il y avait eu une purge, qu'on avait fait de la place. À un moment donné du passé, la salle d'attente du sénateur avait été dépouillée de ses inévitables livres de droit jusqu'à ce qu'il n'en reste qu'une poignée. Ces tomes rescapés étaient tapis dans les recoins sombres des vitrines, repliés sur eux-mêmes, le dos zébré de craquelures, leur vieux cuir s'effritant, telle de la peau cloquée par le soleil.

Quelques collègues de Keene, eux aussi au début de leur mandat, faisaient les cent pas, s'agitaient. Comme Donald, ils étaient jeunes et irrémédiablement optimistes. Ils incarnaient le renouveau du Congrès. Ils espéraient tenir parole, là où leurs prédécesseurs, tout aussi naïfs, avaient échoué.

Tandis qu'ils attendaient leur tour pour s'entretenir avec le grand sénateur Thurman, la nervosité était palpable dans les discussions. Dans l'imagination de Donald, ils ressemblaient à un troupeau de prêtres, en rang pour rencontrer le pape, pour baiser son anneau. Il poussa un gros soupir et se concentra sur le contenu des vitrines, se perdit dans la contemplation de ses trésors, tandis qu'un collègue bavassait à propos du Centre de contrôle et de prévention des maladies de sa circonscription.

— Et ils ont un guide très détaillé sur leur site internet, un manuel de préparation au cas où on devrait affronter, accrochez-vous bien, une invasion de zombies. Non mais vous y croyez ? Des zombies, bordel. Genre, ils en sont rendus à croire qu'on pourrait se bouffer les uns les autres…

De peur que son reflet ne se voie dans la vitrine, Donald réprima un sourire. Il se tourna vers une série de photos accrochées au mur, où l'on voyait le sénateur avec les quatre derniers présidents. La même pose et la même poignée de main sur tous les clichés, le même décor de drapeaux immobiles et d'emblèmes gouvernementaux démesurés. À mesure que les présidents allaient et venaient, le sénateur semblait rester le même. Ses cheveux étaient blancs depuis le début et les ans ne semblaient avoir aucune emprise sur lui.

D'une certaine façon, le fait qu'elles soient côte à côte diminuait la valeur de ces photos. On avait une impression de mise en scène, d'hypocrisie. C'était comme si ce cortège d'hommes les plus puissants de la planète avait à tout prix voulu poser avec une silhouette en carton, une attraction locale en bord de route.

Donald se mit à rire, et le député d'Atlanta l'imita.

— Je sais. Des zombies ! Hilarant, non ? Mais réfléchissez une minute. Pourquoi ils auraient pris la peine de rédiger ce manuel si…

Donald eut envie de lui dire à propos de quoi il riait. Regardez ces sourires, voulait-il souligner. C'étaient les présidents qui souriaient. Le sénateur, lui, avait l'air de vouloir s'échapper par tous les moyens. On avait l'impression que chacun de ces commandants en chef savait qui était le plus puissant, qui serait encore là après qu'eux seraient partis.

— Leurs conseils, c'est par exemple de toujours ranger une batte de baseball avec ses lampes torches et ses bougies. Juste au cas où. Pour éclater de la cervelle, quoi.

Donald vérifia l'heure sur son téléphone. Il jeta un œil vers la porte en se demandant combien de temps il lui restait à attendre. Il se tourna à nouveau vers les vitrines et examina un uniforme militaire disposé comme un origami. La poche de poitrine gauche de la veste était bardée de médailles, les manches étaient repliées de manière à souligner les galons dorés cousus autour des poignets. Devant l'uniforme, une série de médailles décoratives étaient exposées dans un présentoir en bois fait sur mesure – cadeaux de remerciement d'hommes et de femmes en service à l'étranger. Ces deux compositions en disaient long : l'uniforme, sur le passé ; les médailles, sur les soldats actuellement sur le terrain. Deux serre-livres qui contenaient deux guerres. Une à laquelle le sénateur avait participé dans sa jeunesse. L'autre, qu'il s'était efforcé d'empêcher avec la sagesse des années.

— Ouais, je sais, ça a l'air complètement dingue, mais est-ce que vous savez ce qu'est un chien enragé ? Je parle de la rage, des effets biologiques de…

Donald se pencha davantage pour examiner les médailles. Le chiffre et la devise inscrits sur chacune d'elles représentaient un déploiement militaire. À moins qu'il ne s'agisse d'un bataillon ? Il ne se rappelait plus. Sa sœur Charlotte le saurait, elle. Elle était là-bas, quelque part, sur le terrain.

— Alors, t'appréhendes un peu, toi, ou pas ?

Donald se rendit compte que c'était à lui que s'adressait la question. Il se retourna pour faire face au député bavard, qui devait avoir le même âge que lui, dans les trente-cinq ans. En lui, Donald voyait ses propres cheveux clairsemés, son propre début de bedaine, ce délicat glissement vers le milieu de la vie.

— De rencontrer des zombies ? Non, pas vraiment.

Le député fit un pas vers lui en regardant au passage l'imposante veste d'uniforme maintenue à la verticale, comme si un torse guerrier la remplissait encore.

— Non, de le rencontrer lui.

La porte de l'accueil s'ouvrit, laissant filtrer des sonneries de téléphone.

— Monsieur Keene ?

Une réceptionniste d'un certain âge se tenait sur le seuil, silhouette mince et tonique mise en valeur par son chemisier blanc et sa jupe noire.

— Le sénateur Thurman va vous recevoir.

Donald tapa sur l'épaule du député d'Atlanta en passant.

— Bonne chance, bredouilla ce dernier.

Donald sourit. Il se serait bien retourné pour lui expliquer qu'il connaissait bien le sénateur, qu'il avait sauté sur ses genoux étant petit. Seulement, il était trop occupé à cacher sa nervosité.

Il passa la porte en bois massif et pénétra dans le sanctuaire sénatorial. Ça n'avait rien à voir avec le fait d'entrer dans le vestibule d'une maison quand on passe prendre une fille pour un rendez-vous galant. La pression était différente. C'était l'angoisse de rencontrer un homme d'égal à égal alors que Donald avait encore l'impression d'être un petit garçon.

— Par ici, dit la réceptionniste.

Elle le guida entre divers bureaux larges et encombrés, au son d'une douzaine de téléphones tous en alerte. De jeunes gens en costume ou tailleur travaillaient, un combiné dans chaque main. L'ennui qui se lisait sur leur visage semblait indiquer que c'était une charge de travail normale pour un matin de semaine.

Donald effleura la surface d'un bureau du bout des doigts. De l'ébène. Les assistants du sénateur disposaient d'un plus beau mobilier que le sien. Sans parler du décor : moquette épaisse, moulures, et lustres qui étaient peut-être bien en cristal véritable.

Au fond de la pièce des bips et des sonneries en tout genre, une porte s'ouvrit pour laisser sortir le député Mick Webb, qui venait de passer son entretien. Absorbé par le dossier qu'il tenait entre les mains, il ne remarqua pas Donald.

Donald s'arrêta et laissa son collègue et ancien camarade de faculté approcher.

— Alors, comment ça s'est passé ? lui demanda-t-il.

Mick leva les yeux et ferma le dossier d'un coup sec. Il le coinça sous son bras.

— Bien, bien.

Il sourit.

— Désolé que ça se soit éternisé. Le vieux ne voulait plus me lâcher.

Donald rit. Il voulait bien le croire. Mick avait été élu haut la main. Il avait le charisme et l'assurance qui allaient de pair avec sa stature et sa beauté. Donald disait souvent que si son pote avait eu une meilleure mémoire des noms, il aurait pu être président un jour.

— Oh, t'en fais pas pour ça, répondit Donald en pointant un pouce par-dessus son épaule. J'étais en train de me faire de nouveaux amis.

— J'en doute pas.

— Bon, on se voit plus tard au bureau.

— Ça marche.

Mick lui tapa le bras du revers de son dossier et se dirigea vers la sortie. Sous l'œil désapprobateur de la réceptionniste, Donald se remit vite en marche. Elle lui fit signe d'entrer dans le bureau à l'éclairage tamisé et ferma la porte derrière lui.

— Député Keene.

Debout derrière son bureau, le sénateur Paul Thurman tendit une main vers Donald. Il lui adressa un sourire que Donald connaissait bien pour l'avoir vu sur des photos et à la télé aussi bien que dans son enfance. Malgré son âge – il devait approcher les soixante-dix ans s'il ne les avait pas déjà –, le sénateur avait l'air en forme. Sa chemise en natté de coton moulait un tronc charpenté ; un cou épais surmontait son nœud de cravate ; ses cheveux blancs étaient aussi impeccablement coiffés que ceux d'un soldat.

Donald traversa la pièce sombre et serra la main du sénateur.

— Content de vous voir, monsieur.

— Assieds-toi donc.

Thurman lâcha la main de Donald et désigna l'un des fauteuils qui faisaient face à son bureau. Donald s'installa sur le cuir rouge, entre les accoudoirs plantés d'œilletons dorés.

— Comment va Helen ?

— Helen ?

Donald resserra sa cravate.

— Elle va bien. Elle est repartie à Savannah. Elle était très contente de vous voir à la soirée.

— C'est une très belle femme que tu as là.

— Merci, monsieur.

Donald s'efforçait de se détendre, ce qui avait en fait l'effet inverse. Il régnait dans le bureau une lumière crépusculaire, malgré l'éclairage du plafond. Dehors, les nuages, bas et noirs, s'étaient faits franchement menaçants. S'il se mettait à pleuvoir, il devrait retourner à son bureau par le tunnel. Il détestait ce tunnel. Malgré la moquette et les petits lustres à intervalles réguliers, il savait qu'il était sous terre. Quand il empruntait les tunnels de Washington, il avait l'impression d'être un rat détalant dans les égouts. Il craignait toujours que le toit ne vienne à s'effondrer.

— Le travail, comment ça se passe jusqu'à maintenant ?

— Très bien. Je suis occupé, mais ça va.

Il voulut demander des nouvelles d'Anna au sénateur mais on ouvrit la porte avant qu'il en ait le temps. La réceptionniste entra et posa deux bouteilles d'eau sur le bureau. Donald la remercia, tourna le bouchon de la sienne et s'aperçut qu'elle avait été préouverte.

— J'espère que tu n'es pas occupé au point de refuser la tâche que je m'apprête à te confier, dit le sénateur en arquant un sourcil.

Donald prit une gorgée d'eau et se demanda si ça s'apprenait, le haussement de sourcil. Ça lui donnait instantanément l'envie de se mettre au garde-à-vous.

— Je suis sûr que je peux trouver le temps, avec tout le soutien que vous m'avez apporté pendant la campagne… Sans vous, je n'aurais jamais dépassé le stade des primaires.

Il jouait avec la bouteille d'eau sur ses genoux.

— Mick Webb et toi, vous étiez ensemble à la faculté, c'est bien ça ? Tous les deux des Bulldogs.

Donald mit un certain temps à comprendre que le sénateur faisait référence à la mascotte de l'université de Géorgie. Il n'avait pas franchement passé ses années de fac à suivre l'actualité sportive.

— C'est ça, monsieur. Allez les Dogs.

Il espérait ne pas dire n'importe quoi.

Le sénateur sourit. Il se pencha légèrement en avant de sorte que son visage fut pris dans les rais de lumière douce qui tombaient sur son bureau. L'ombre s'infiltra dans ses rares rides. Ses traits fins et son menton carré le faisaient paraître plus jeune de face que de profil. C'était un homme qui approchait les autres de front plutôt qu'en embuscade.

— Tu as étudié l'architecture, à l'université.

Donald acquiesça. Il était facile d'oublier qu'il connaissait Thurman mieux que le sénateur ne le connaissait. L'un des deux apparaissait plus souvent dans les gros titres que l'autre.

— Très juste. En premier cycle. Puis maîtrise d'urbanisme. Je me suis dit que les gens auraient une vie meilleure si je les gouvernais au lieu de dessiner leurs appartements.

Il grimaça tout de suite. C'était une réponse toute faite qui datait de la fac, un truc qu'il aurait mieux fait de laisser derrière lui, avec les boîtes de bière qu'il s'écrasait sur le front et le cul des filles en jupe qu'il reluquait. Il se demanda pour la énième fois pourquoi lui et les autres nouveaux venus au Congrès avaient été convoqués. Au début, il avait cru à une visite de courtoisie. Puis Mick avait lui aussi reçu une convocation, alors Donald avait pensé à un genre de formalité, de tradition. Mais il se demandait à présent s'il ne s'agissait pas plutôt d'un jeu de pouvoirs, d'une occasion de passer de la pommade aux représentants de l'État de Géorgie pour les fois où Thurman aurait besoin d'un vote particulier dans la Chambre basse.

— Dis-moi, Donny, est-ce que tu sais garder un secret ?

Le sang de Donald se glaça. Il se força à rire pour faire redescendre la pression.

— Je me suis fait élire, non ?

Le sénateur sourit.

— Alors tu as certainement retenu le meilleur moyen de garder un secret, dit-il en levant sa bouteille comme pour trinquer. Le déni.

Donald acquiesça et but une gorgée d'eau. Il ne savait pas où le mènerait cette conversation, mais il était déjà mal à l'aise. Il sentait venir les tractations en coulisses qu'il avait précisément promis d'éradiquer pendant sa campagne.

Le sénateur se carra dans son fauteuil.

— Le déni, c'est la sauce secrète de cette ville. C'est la saveur qui unit tous les autres ingrédients. Voilà ce que je ne manque jamais de dire aux nouveaux élus : la vérité sortira – elle sort toujours – mais elle se fondra dans les mensonges.

Il fit des cercles avec sa main.

— Il faut nier chaque vérité et chaque mensonge avec le même vinaigre. Laisse les sites internet et les mythomanes qui se repaissent d'affaires étouffées et de dissimulations embrouiller le public à ta place.

— Euh, d'accord monsieur.

Ne sachant que dire, Donald but à nouveau.

Le sénateur lui refit le coup du sourcil. Il resta figé un instant puis lui posa une question surgie de nulle part.

— Est-ce que tu crois aux extraterrestres, Donny ?

Donald faillit recracher son eau par le nez. Il toussa derrière sa main, dut s'essuyer le menton. Le sénateur n'avait pas cillé.

— Aux extraterrestres ?

Donald secoua la tête en frottant sa main sur son pantalon.

— Non monsieur. En tout cas, pas à ceux qui enlèvent les humains pendant leur sommeil. Pourquoi ?

Il se demanda si c'était un genre de réunion d'information. Pourquoi le sénateur lui avait demandé s'il savait garder un secret ? Était-ce une initiation au protocole de sécurité ? Le sénateur ne disait rien.

— Ils n'existent pas, finit par dire Donald en guettant un signe. Si ?

Le vieil homme lâcha enfin un sourire.

— C'est tout le propos. Qu'ils existent ou non, les discussions iront toujours bon train. Est-ce que tu serais étonné si je te disais qu'ils existent autant que toi et moi ?

— Euh, plus qu'étonné, oui.

— Bien.

Le sénateur glissa un dossier vers lui.

Donald y lança un regard et leva la main.

— Attendez. Ils existent, oui ou non ? Qu'est-ce que vous essayez de me dire ?

Le sénateur se mit à rire.

— Bien sûr que non, ils n'existent pas.

Il ôta sa main du dossier et posa les deux coudes sur le bureau.

— Tu as vu combien la NASA nous réclame pour faire l'aller-retour sur Mars ? On n'ira jamais sur une autre planète. Et personne ne va venir ici. Pourquoi quiconque voudrait venir ici, d'ailleurs ?

Donald ne savait plus quoi penser, avait perdu toute conviction. Il voyait ce que le sénateur avait voulu dire, comprenait comment mensonges et vérité semblaient soit noirs soit blancs et comment, mélangés ensemble, ils jetaient un voile gris et opaque sur toute chose. Il regarda le dossier, qui ressemblait à celui avec lequel Mick était parti. Cela lui rappela le penchant qu'avait le gouvernement pour tout ce qui était obsolète.

— Ça, c'est du déni, n'est-ce pas ? Ce que vous êtes en train de faire. Vous essayez de me déstabiliser.

— Non. Je suis simplement en train de te dire que tu regardes trop de films de science-fiction. Je me demande même pourquoi toutes ces grosses têtes rêvent de coloniser une autre planète. Tu as une idée de ce que ça coûterait ? Non, c'est ridicule. Absolument pas rentable.

Donald haussa les épaules. Il ne trouvait pas ça ridicule. Il reboucha sa bouteille.

— C'est dans notre nature de rêver de grands espaces, dit-il. De trouver un endroit où prospérer. N'est-ce pas comme ça que nous nous sommes retrouvés ici ?

— Ici, en Amérique ?

Le sénateur rit.

— On n'est pas venus ici pour les grands espaces. On a infecté tout un peuple avec nos maladies, on les a tués et là, on a eu de la place.

Thurman désigna le dossier.

— Ce qui m'amène à ceci. J'ai un projet sur lequel j'aimerais que tu travailles.

Donald posa sa bouteille sur le bureau et prit le dossier.

— Ça doit passer en commission ?

Il essaya de ne pas s'emballer, bien qu'il s'envisageât tout à fait coauteur d'un projet de loi la première année de son mandat. Il ouvrit le dossier et le tourna pour bénéficier de la lumière. Dehors, l'orage menaçait.

— Non, ce n'est rien de ce genre. Ça concerne le site SDR.

Donald opina. Évidemment. Le petit préambule sur les secrets et les complots prenait tout son sens, tout comme le rassemblement des députés de Géorgie. Il s'agissait du site de Stockage des déchets radioactifs, au cœur du nouveau projet de loi énergétique du sénateur, un endroit qui abriterait un jour la majeure partie du combustible nucléaire mondial usagé. Ou, selon les sites internet que Thurman avait évoqués, ce serait la nouvelle Zone 51, ou le hangar où serait mise au point une nouvelle génération de bombes surpuissantes, ou encore un quartier sécuritaire pour les anarchistes ayant acheté trop d'armes à feu. Faites votre choix. Il y avait assez de rumeurs pour pouvoir cacher n'importe quelle vérité.

— Oui, dit Donald, déçu. J'ai reçu des appels très divertissants des habitants de ma circonscription.

Il n'osa pas mentionner celui de la Ligue de défense des lézards.

— Monsieur, je veux tout d'abord que vous sachiez que je suis pour la réalisation de ce site à cent pour cent.

Il leva la tête vers le sénateur.

— Je suis content de ne pas avoir eu à voter la question en public, bien sûr, mais il était temps que quelqu'un propose son jardin, n'est-ce pas ?

— Exactement. Pour le bien de tous.

Thurman but à longs traits avant de s'éclaircir la voix.

— Tu es un jeune homme très perspicace, Donny. Car tout le monde ne voit pas l'aubaine que ça représente pour notre État. Ça va nous sauver la vie, vraiment.

Il sourit.

— Excuse-moi, on te surnomme toujours Donny, au moins ? Ou est-ce que c'est exclusivement Donald, maintenant ?

— L'un ou l'autre, mentit Donald.

Il n'aimait plus qu'on l'appelle Donny, mais difficile de changer de nom après trente ans. Il ouvrit le dossier, tourna la lettre d'accompagnement et tomba sur un dessin qui ne lui sembla pas à sa place. Il était… trop familier. Familier, et pourtant, il n'avait rien à faire là. Il appartenait à une autre vie.

— Tu as lu les rapports économiques ? demanda Thurman. Tu sais combien d'emplois ce projet de loi a créés du jour au lendemain ? Quarante mille, comme ça, ajouta-t-il en claquant des doigts. Rien que pour la Géorgie. Mais il y en aura davantage, dans ta circonscription, sans compter les postes dans le transport maritime, tous les dockers qu'il faudra… bien sûr, à présent que le projet est passé, nos collègues les moins réactifs se plaignent de ne pas avoir pu…

— C'est moi qui ai dessiné ça, l'interrompit Donald en sortant la feuille de papier.

Il la montra à Thurman comme s'il s'attendait à ce que ce dernier s'étonne qu'elle se soit glissée dans le dossier. Il se demanda si la présence de ce dessin était imputable à la fille du sénateur, un petit clin d'œil de la part d'Anna.

Thurman acquiesça.

— Oui, je dirais que ça manque un peu de détails, tu ne trouves pas ?

Donald examina son plan d'architecte et se demanda de quel genre de test il s'agissait. Il se souvenait de ce dessin. C'était un projet de dernière minute pour son cours d'éco-habitat en dernière année. Il n'avait rien d'inhabituel ni de génial, c'était un simple bâtiment cylindrique d'une centaine d'étages aux parois de béton et de verre et aux balcons verdoyants ; une coupe révélait à l'intérieur une alternance d'habitations, d'espaces de travail et de commerce. La structure était sobre, fonctionnelle, sans prise de risques, alors que d'autres avaient présenté des projets audacieux. Des touffes vertes jaillissaient du toit-terrasse – affreux cliché, concession au bilan carbone neutre.

En somme, c'était d'un ennui mortel. Donald ne pouvait imaginer un bâtiment aussi dépouillé s'élever du désert de Dubaï à côté de la nouvelle génération de gratte-ciel autonomes du point de vue énergétique. Il ignorait en tout cas ce que le sénateur lui trouvait.

— De détails, répéta-t-il tout bas.

Il feuilleta le reste du dossier en quête de contexte, d'indices.

— Attendez, dit-il en tombant sur une sorte de cahier des charges. On dirait un avant-projet d'études.

Des mots qu'il avait oublié avoir appris un jour attirèrent son attention : circulation intérieure, plan de masse, systèmes CVCA, jardins hydroponiques…

— Il faudra faire sans la lumière du soleil, dit le sénateur en faisant grincer son fauteuil.

— Pardon ? Qu'est-ce que vous attendez de moi, au juste ?

— Il faudrait des lampes comme celles que ma femme utilise.

Thurman mit sa main en coupe comme s'il tenait quelque chose de minuscule et pointa un index vers sa paume.

— Elle fait éclore des petites graines en plein hiver grâce à des ampoules qui me coûtent une petite fortune.

— Des lampes de croissance.

Thurman claqua à nouveau des doigts.

— Et ne te soucie pas des coûts. Tu auras tout ce qu'il te faut. Je vais t'adjoindre un ingénieur pour la partie mécanique. Et toute une équipe.

Donald continua à feuilleter le dossier.

— Mais qu'est-ce que c'est que ce projet ? Et pourquoi moi ?

— C'est ce qu'on appelle un bâtiment au-cas-où. Il ne servira probablement jamais, mais ils refusent qu'on stocke les barres de combustible si on ne construit pas ce truc à côté. C'est comme cette fenêtre dans mon sous-sol que j'ai dû abaisser avant que notre maison soit bonne pour... comment on dit déjà ?

— Le diagnostic immobilier ?

— Voilà, c'est ça. Bref. Ce bâtiment, c'est comme ma fenêtre. C'est un passage obligé pour qu'on ait le feu vert. Dans l'éventualité très improbable d'une fuite ou d'une attaque, c'est là que se réfugieraient les employés. Un abri. Qui doit être absolument parfait, sous peine de quoi ce projet sera arrêté en moins de deux. Ce n'est pas parce que notre projet de loi a été approuvé qu'on est tirés d'affaire, Donny. Un projet similaire a eu le feu vert dans l'Ouest il y a des dizaines d'années, le budget était voté. Ça ne l'a pas empêché d'avorter.

Donald voyait à quoi il faisait allusion. Un site de confinement sous une montagne. La rumeur courait au Capitole que le projet de Géorgie avait les mêmes chances de succès. Le dossier pesa soudain plus lourd dans ses mains lorsqu'il s'en rendit compte. On lui demandait de s'associer à cet échec annoncé. C'était carrément son poste qu'il jouait, là.

— J'ai mis Mick Webb sur la logistique et la planification. Vous serez amenés à collaborer sur quelques aspects du projet. Et Anna a demandé un congé au MIT pour nous prêter main-forte.

— Anna ?

Donald chercha sa bouteille d'une main tremblante.

— Mais oui. Elle sera l'ingénieur en chef sur ce projet. Le dossier contient des détails en ce qui concerne ce dont elle aura besoin.

Donald eut du mal à avaler sa gorgée d'eau.

— Je pourrais faire appel à bien d'autres personnes, mais ce projet ne peut pas échouer, tu comprends ? J'ai envie qu'on soit comme une famille. C'est pour ça que je veux m'entourer de gens que je connais, à qui je peux faire confiance.

Le sénateur croisa les doigts.

— Si c'était la seule chose pour laquelle tu aies été élu, je veux que tu la fasses de ton mieux. C'est pour ça que j'ai fait campagne pour toi.

— Bien sûr, répondit Donald en opinant malgré sa perplexité.

Il avait craint que le soutien du sénateur ne découle de vieux liens familiaux. Mais la vérité était pire, en quelque sorte. Donald n'avait bénéficié d'aucune sorte de service, c'était le contraire. En examinant le dessin posé sur ses genoux, le député fraîchement élu sentit un travail pour lequel il était moyennement préparé lui échapper – et se faire remplacer par une tâche différente, mais tout aussi redoutable.

— Attendez. Je ne comprends toujours pas. Pourquoi des lampes de croissance ?

Thurman sourit.

— Parce que ce bâtiment que tu vas concevoir pour moi sera sous terre.

2

2110
Silo 1

Troy retint son souffle et s'efforça de rester calme tandis que le médecin actionnait la poire en caoutchouc. Le brassard enfla autour de son biceps au point de lui pincer la peau. Il ne savait pas si le fait de ralentir sa respiration et son pouls affectait sa pression artérielle, mais il était décidé à impressionner l'homme en combinaison blanche. Il voulait que ses données vitales reviennent à la normale.

Il sentit quelques élancements dans son bras tandis que l'aiguille oscillait, puis le brassard se dégonfla en sifflant.

— Dix-huit cinq.

L'homme défit le scratch et Troy se frotta le bras.

— Et c'est bien ?

Le docteur nota quelque chose sur sa tablette.

— Ça reste dans la norme.

Derrière lui, un assistant étiquetait un flacon d'urine grise qu'il plaça ensuite dans un petit réfrigérateur. Troy remarqua un sandwich entamé parmi les échantillons, même pas emballé.

Il regarda ses genoux nus qui sortaient de la blouse en papier. Ses jambes étaient pâles et lui semblaient plus petites que dans son souvenir. Cagneuses.

— Je n'arrive toujours pas à serrer le poing, dit-il au docteur en ouvrant et fermant la main.

— C’est tout à fait normal. Vous allez récupérer vos forces peu à peu. Regardez la lumière, s’il vous plaît.

Troy suivit le faisceau en essayant de ne pas cligner des yeux.

— Vous faites ça depuis longtemps ? demanda-t-il.

— Vous êtes mon troisième qu’on tire du sommeil. Et j’en ai mis deux en capsule.

Il baissa sa lampe torche et sourit.

— Je ne suis moi-même réveillé que depuis quelques semaines. Je vous garantis que vous allez retrouver vos forces.

Troy acquiesça. L’assistant du docteur lui tendit une autre pilule et un verre d’eau. Troy hésita. Il étudia la petite gélule bleue nichée au creux de sa main.

— Double dose ce matin, dit le docteur, puis une pilule au petit-déjeuner et une autre au dîner. Je compte sur vous pour bien prendre votre traitement.

Troy leva la tête.

— Qu’est-ce qui se passe si je ne le prends pas ?

Le docteur secoua la tête, l’air contrarié, mais ne dit rien.

Troy mit la pilule dans sa bouche et la fit descendre avec une gorgée d’eau. Un goût amer coula dans sa gorge.

— Un de mes assistants va vous apporter des vêtements et un repas liquide pour relancer votre système digestif. Si vous avez des vertiges ou des frissons, il faut m’appeler immédiatement. Sinon, on vous revoit dans six mois.

Le docteur nota quelque chose, puis ricana.

— Enfin, c’est une autre personne qui s’occupera de vous. J’aurais fait mon temps.

— D’accord.

Troy frissonna. Le médecin leva le nez de sa tablette.

— Vous n’avez pas froid, au moins ? Je fais exprès d’augmenter un peu la température ici.

Troy hésita avant de répondre.

— Non docteur, ça va. Je n’ai plus froid.

Il entra dans l'ascenseur au bout du couloir, les jambes encore faibles, et examina le tableau de boutons. Les instructions qu'on lui avait données incluaient comment se rendre à son bureau, mais il se rappelait vaguement comment y arriver. La majeure partie de sa formation avait survécu aux décennies de sommeil. Il se rappelait avoir étudié le même livre encore et encore, vu des milliers d'hommes assignés à divers postes, visité le site plusieurs fois avant d'être endormi, comme les femmes. Il se souvenait de sa formation comme si c'était hier ; c'étaient les souvenirs plus anciens qui semblaient lui échapper.

Les portes de l'ascenseur se fermèrent automatiquement. Son appartement était au niveau 37, il s'en souvenait. Son bureau, au 34. Il avait l'intention d'aller directement dans son bureau, mais sa main dévia vers le haut du tableau. Il avait quelques minutes devant lui avant de devoir prendre son poste, et il éprouva le besoin étrange d'aller aussi haut que possible, de s'élever, sans doute à cause de toute cette terre qui le cernait.

L'ascenseur démarra son ascension en vibrant légèrement. Il y eut comme un zoum – peut-être un ascenseur qu'il croisait, ou le contrepoids. Les boutons, ronds, s'allumaient et s'éteignaient à mesure que les étages passaient. Il y en avait beaucoup, soixante-dix au total. La plupart avaient une couleur passée en leur centre, à cause des doigts qui s'y étaient posés toutes ces années. Mais ça ne lui semblait pas normal. Hier encore, ils rutilaient. Hier encore, tout était flambant neuf.

L'ascenseur ralentit. Troy prit appui contre la paroi pour ne pas perdre l'équilibre, mal assuré sur ses jambes.

La porte s'ouvrit avec un bruit de sonnette. Il fut ébloui par l'éclairage du couloir. Il se dirigea vers une salle d'où s'échappaient des bavardages. Ses bottes neuves étaient raides, sa combinaison grise basique le démangeait. Il imagina se réveiller de cette façon neuf fois supplémentaires, aussi faible et désorienté. Dix factions de six mois chacune. Dix relèves pour lesquelles il ne s'était pas porté volontaire. Il se demanda si ça deviendrait plus facile avec le temps ou si ça ne ferait qu'empirer.

L'animation de la cafétéria retomba légèrement lorsqu'il entra. Quelques visages se tournèrent vers lui. Il s'aperçut aussitôt que sa salopette grise n'était pas si générique que ça. Il y avait toute une palette de couleurs déclinées autour des tables : un gros groupe de rouges, pas mal de jaunes, un homme en orange ; mais personne en gris.

La pâtée gluante qu'il avait eue en guise de premier repas gronda à nouveau dans son estomac. Il n'avait droit à rien d'autre pendant six heures, ce qui rendait l'odeur de nourriture en boîte insupportable. Il se souvenait du goût, l'avait pratiqué pendant sa formation. Des semaines et des semaines de la même bouillie. Ce serait à présent des mois. Des centaines d'années.

— Monsieur.

Un jeune homme qui allait vers les ascenseurs le salua en passant. Troy crut le reconnaître. L'autre en tout cas l'avait reconnu. À moins que ce ne soit l'effet de la combinaison grise ?

— Première faction ?

Un autre homme l'approcha, plus vieux, mince, avec une couronne de cheveux blancs et vaporeux. Plateau dans les mains, il souriait à Troy. Il ouvrit une poubelle de recyclage et y glissa le plateau entièrement.

— Vous êtes venu admirer la vue ? lui demanda l'homme.

Troy acquiesça. Il n'y avait que des hommes dans la cafétéria. Rien que des hommes. Ils leur avaient expliqué en quoi c'était plus sûr. Il tenta de s'en souvenir tandis que l'homme à la peau parsemée de taches de vieillesse croisait les bras et se postait à côté de lui. Il n'y eut pas de présentations. Troy se dit que peut-être les noms importaient peu dans ces courtes périodes de six mois. Il regarda, au-delà des tables, l'écran géant qui couvrait le mur du fond.

Sous les nuages bas, des volutes de poussière rasaient un terrain jonché de débris. Quelques poteaux métalliques gisaient sans vie, dépouillés de leurs tentes et de leurs drapeaux depuis longtemps. Troy songea à une chose sans pouvoir la nommer. Son estomac se crispa comme un poing sur la pâtée et la pilule amère.

— C'est ma deuxième relève, dit l'homme.

Troy l'entendit à peine. Son regard larmoyant dériva vers les collines noircies, les vallons gris qui s'élevaient vers le ciel menaçant. Les débris éparpillés pourrissaient. À son prochain réveil, ou au suivant, tout aurait disparu.

— La vue est encore plus vaste depuis le salon.

L'homme fit un geste vers le mur. Troy savait parfaitement à quelle pièce il faisait référence. Cette partie du bâtiment lui était familière à un point que cet homme ne pouvait imaginer.

— C'est gentil, mais non, bredouilla Troy en prenant congé. Je crois que j'en ai vu assez.

Les visages curieux retournèrent à leurs plateaux et les conversations reprirent, émaillées de bruits de couverts. Troy partit sans un mot de plus. Il laissa derrière lui cette vue hideuse – tourna le dos à son étrangeté silencieuse et angoissante. Frissonnant, les genoux faibles, il se hâta de retrouver l'ascenseur. Il avait besoin de solitude, ne voulait personne près de lui cette fois, pas de regard compatissant, il voulait pleurer seul.

3

2049
Washington, DC

Donald coinça l'épais dossier sous sa veste et courut sous la pluie. Il avait choisi de se tremper la couenne plutôt que d'affronter sa phobie des tunnels.

Les voitures filaient sur l'asphalte mouillé. Il attendit une brèche et traversa en vitesse sans se soucier des feux de signalisation.

Devant lui, les marches en marbre du Rayburn, qui abritait les bureaux de la Chambre des représentants, brillaient d'un éclat traître. Il les gravit prudemment et remercia le portier en entrant.

À l'intérieur, il passa son badge sur la borne de lecture, sous l'œil impassible de l'agent de sécurité. Il s'assura que le dossier que lui avait donné Thurman était bien sec, et se demanda pourquoi de telles reliques étaient considérées comme plus sûres qu'un mail ou qu'un fichier numérique.

Son bureau était au premier étage. Il prit l'escalier, qu'il préférait aux ascenseurs vétustes du Rayburn. Ses semelles humides couinaient sur le carrelage.

Il trouva à l'étage le bazar habituel. Deux lycéens en stage passèrent en courant, sûrement pour aller chercher du café. Une équipe de télévision était attroupée devant le bureau d'Amanda Kelly ; face à un jeune journaliste, elle resplendissait sous la lumière des caméras. Les électeurs inquiets et les lobbyistes impatients étaient identifiables grâce aux badges visiteurs qu'ils avaient autour du cou. Les deux groupes arboraient de toute façon des signes bien distincts : sourcils froncés et air perdu pour les électeurs, sourire aux dents longues pour les lobbyistes, qui arpentaient les couloirs avec plus d'assurance encore que les nouveaux élus.

Donald ouvrit son dossier et traversa le chaos ambiant en faisant mine de lire pour décourager toute tentative de discussion. Il frôla le caméraman et se glissa dans son bureau.

Margaret, sa secrétaire, se leva.

— Monsieur, vous avez de la visite.

Il scruta la salle d'attente. Personne. Puis il s'aperçut que la porte de son bureau était entrouverte.

— Je suis désolée, je l'ai laissée entrer.

Le dos voûté, Margaret fit comme si elle portait un gros carton.

— Elle avait un colis. De la part du sénateur.

Margaret était plus âgée que lui, devait avoir dans les quarante-cinq ans. Elle était arrivée avec d'excellentes références, mais elle avait tendance à faire des choses dans son dos. Ça venait peut-être avec l'expérience.

— Ne vous en faites pas, la rassura Donald.

Il jugea intéressant qu'il y eût deux cents sénateurs, dont deux dans son État, mais qu'un seul était appelé LE sénateur.

— Je vais voir de quoi il s'agit. Pendant ce temps, j'ai besoin que vous me libériez une tranche horaire quotidienne dans mon emploi du temps. Une heure ou deux en matinée, ce serait parfait.

Il lui montra le dossier.

— Cette chose va me prendre pas mal de mon temps.

Margaret opina et se rassit devant son ordinateur. Donald tourna les talons.

— Euh, monsieur…

Il se retourna. Elle fit un signe vers sa tête.

— Vos cheveux, siffla-t-elle.

Il passa une main dans ses cheveux et des gouttes de pluie jaillirent comme autant de puces. Margaret haussa les épaules d'un air à la fois désapprobateur et impuissant. Donald finit par entrer, s'attendant à trouver quelqu'un assis face à son bureau.

Au lieu de quoi la personne se tortillait sous son bureau.

— Bonjour ?

En s'ouvrant, la porte avait heurté un gros carton orné d'une photo d'écran d'ordinateur. Un coup d'œil à son bureau lui indiqua que le dispositif était déjà installé.

— Ah, salut ! résonna une voix quelque peu étouffée.

Des hanches minces moulées dans une jupe à chevrons reculèrent vers lui. Donald sut de qui il s'agissait avant de voir son visage. Il se sentit coupable, et lui en voulait d'être venue sans prévenir.

— Tu sais quoi, tu devrais demander à ta femme de ménage de faire la poussière là-dessous une fois de temps en temps.

Anna Thurman se releva, tout sourire. Elle frotta ses mains l'une contre l'autre avant d'en tendre une dans sa direction.

— Salut, ça fait un bail.

— Comme tu dis, répondit Donald, les joues et le cou parcourus de gouttes de pluie qui masquaient un soudain accès de sueur.

— Qu'est-ce qui se passe, au juste ?

Il fit le tour de son bureau pour mettre de l'espace entre eux. Le nouvel écran trônait innocemment sur son bureau, flouté par un film protecteur.

— Papa s'est dit qu'un deuxième ne serait pas de trop.

Elle coinça une mèche de cheveux auburn derrière son oreille. Même quand ses oreilles ressortaient comme ça, elle restait très élégante et attirante.

— Je me suis portée volontaire, expliqua-t-elle.

— Ah.

Il posa le dossier sur son bureau et pensa au dessin du bâtiment qu'il l'avait un instant soupçonnée d'avoir refilé à son père. Et voilà qu'elle se matérialisait devant lui. En croisant son reflet dans le nouvel écran, il se vit tout décoiffé et tenta d'y remédier.

— Autre chose, dit Anna. Ton ordinateur serait mieux sur ton bureau. Je reconnais que c'est assez disgracieux, mais sinon la poussière va finir par l'étouffer. C'est l'ennemi mortel de ces bêtes fragiles, tu sais.

— D'accord.

Il s'assit et s'aperçut qu'il ne pouvait plus voir la chaise située face à son bureau. Il fit glisser le nouvel écran tandis qu'Anna vint se poster à côté de lui, bras croisés, hyper-détendue. Comme s'ils s'étaient vus la veille.

— Alors comme ça, tu t'installes dans le coin ? demanda-t-il.

— Je suis arrivée la semaine dernière. Je voulais passer vous voir avec Helen samedi, mais le déménagement m'a pris un temps fou. J'ai encore tout un tas de cartons à défaire.

— Ouais, je vois.

Il fit bouger la souris sans le vouloir et le vieil écran s'alluma. La terreur que suscitait en lui la présence de son ex reflua juste assez pour qu'un accroc dans le déroulement des événements le frappe.

— Attends un peu. Tu étais ici en train d'installer cet écran alors que ton père me demandait si j'étais partant pour son projet ? Et si j'avais décliné son offre ?

Elle arqua un sourcil. Donald comprit alors que ce n'était pas un art qui s'apprenait, mais un talent de famille.

— Il t'a pratiquement apporté la victoire aux élections sur un plateau, dit-elle, sans appel.

Donald écorna le dossier du bout du pouce.

— L'illusion d'avoir le choix ne m'aurait pas dérangé, c'est tout.

Anna s'esclaffa. Elle s'apprêtait à lui ébouriffer les cheveux, il le sentait. Il tapota son téléphone à travers sa poche de poitrine. C'était comme si Helen était là avec lui. Il eut une soudaine envie de l'appeler.

— Papa ne t'a pas trop bousculé, au moins ?

Il leva la tête : elle n'avait pas bougé. Elle avait toujours les bras croisés, et ses cheveux à lui étaient intacts – inutile de paniquer.

— Quoi ? Oh, non, non. Il a été très gentil. Comme au bon vieux temps. En fait, je trouve qu'il n'a pas pris une ride.

— Il ne vieillit pas vraiment, tu sais.

Elle traversa le bureau et fourra bruyamment les blocs de polystyrène dans le carton. Donald s'aperçut que son regard glissait vers sa jupe et se força à regarder ailleurs.

— Il suit son traitement nanobiologique à la lettre. Il a commencé à cause de ses genoux. L'armée a couvert les frais pendant un temps. Maintenant, il ne jure que par ça.

— Oh, je l'ignorais, mentit Donald.

Bien sûr, il avait eu vent des rumeurs. C'était "du Botox pour tout le corps", disaient les gens. Mieux que des compléments à base de testostérone. Ça coûtait les yeux de la tête, on finissait quand même par mourir, mais on pouvait effectivement retarder les effets du vieillissement.

Anna plissa les yeux.

— Ne me dis pas que tu es contre.

— Quoi ? Mais non. Ça m'est égal. Moi, je ne le ferais pas, c'est tout. Attends. Parce que toi, tu…

Mains sur les hanches, Anna pencha la tête sur le côté. Il y avait quelque chose de très attirant dans cette posture de défense, quelque chose qui balayait les années depuis leur dernière rencontre.

— Tu crois que j'en aurais besoin ?

— Non, non, ce n'est pas ça… Seulement, moi, je crois que je ne m'y résoudrai jamais, c'est tout.

Elle lui adressa un petit sourire pincé. Les années avaient durci ses jolis traits, affiné sa silhouette, mais elle n'avait rien perdu de l'impétuosité de sa jeunesse.

— Tu dis ça maintenant, mais attends un peu que tes articulations te fassent mal, que ton dos te supplie d'y aller mollo juste parce que tu auras tourné la tête… Tu verras.

— Si tu le dis.

Il tapa dans ses mains.

— Bon, c'était super de te revoir.

— Oui. Alors, dis-moi, quel jour te convient le mieux ?

Anna referma le carton et le fit glisser vers la porte du bout du pied. Elle revint se poster à côté de lui, une main sur son fauteuil, l'autre sur sa souris.

— Comment ça, quel jour ?

Il l'observa changer des paramètres sur son ordinateur et le nouvel écran s'alluma. Il sentit le désir monter en lui rien qu'en humant son parfum. Le courant d'air qu'elle avait créé en traversant la pièce semblait l'envelopper, comme une caresse. Il se demanda soudain s'il trompait Helen alors qu'Anna se contentait de modifier son panneau de configuration.

— Tu sais t'en servir, hein ?

Elle fit glisser le curseur d'un écran à l'autre en déplaçant une vieille partie de solitaire.

— Hm, oui oui.

Donald se tortillait sur son siège.

— Qu'est-ce que tu entends par quel jour me convient le mieux ?

Elle lâcha la souris. Il eut l'impression qu'elle ôtait sa main de sa cuisse.

— Papa veut que je m'occupe des espaces techniques du plan, répondit-elle en désignant le dossier, comme si elle en connaissait le contenu par cœur. J'ai pris un congé sabbatique à l'Institut, le temps de mettre ce projet sur les rails. Et donc je pensais qu'on pouvait se voir une fois par semaine pour faire le point.

— Ah. D'accord. Il faudra que je te rappelle pour te dire. J'ai un emploi du temps de dingue. Et ça change tous les jours.

Il imagina ce qu'Helen penserait de ces réunions hebdomadaires.

— On pourrait peut-être partager un dossier *via* AutoCAD, sinon ?

— Oui, pourquoi pas ?

— Et puis, s'envoyer des mails. Ou parler par visioconférence.

Anna eut l'air déçu. Donald se rendit compte qu'il en faisait trop.

— OK, faisons comme ça, dit-elle.

Donald eut envie de s'excuser lorsqu'elle se dirigea vers la porte, mais alors autant écrire le problème en toutes lettres : Je ne me fais pas confiance quand tu es là. On ne sera jamais amis. Mais qu'est-ce que tu fous là de toute façon ?

— Il faut vraiment que tu te débarrasses de toute cette poussière. Je t'assure, ton ordinateur va s'asphyxier.

— D'accord. Promis.

Il se leva pour la raccompagner. Elle s'arrêta pour prendre le carton.

— Laisse, je m'en occuperai.

— Ne sois pas bête.

Elle cala le carton entre son bras et sa hanche. Avec un sourire, elle coinça à nouveau une mèche derrière son oreille. C'était comme si elle sortait de sa chambre d'étudiant. Il y avait le même léger malaise que celui des au revoir au petit matin dans les vêtements de la veille.

— Tu as mon adresse mail ? lui demanda-t-il.

— Tu es dans l'annuaire officiel, maintenant.

— Oui c'est vrai.

— Au fait, tu as l'air en forme.

Et avant qu'il ait le temps de reculer ou de se défendre, elle lui ébouriffait les cheveux en souriant.

Donald se figea. Lorsqu'il bougea à nouveau quelques instants plus tard, Anna était partie, le laissant seul, rongé par la culpabilité.

4

2110
Silo 1

Troy allait être en retard. Le premier jour de sa première prise de poste, après avoir pleuré comme un veau, il allait être en retard. Dans sa précipitation, mû par le besoin d'être seul, il avait pris l'omnibus par inadvertance, l'ascenseur qui s'arrêtait à tous les étages pour prendre et débarquer des passagers.

À l'arrêt suivant, un homme monta avec de lourds cartons dans un chariot. Un autre avec une cargaison de ciboules s'immisça entre lui et Troy pendant quelques arrêts. Lorsqu'il descendit, l'odeur de ciboule demeura. Troy fut secoué d'un violent frisson dans le dos et les bras mais ne s'en soucia pas. Il sortit au niveau 34 en essayant de se rappeler ce qui l'avait tant bouleversé.

Le couloir, étroit, le mena jusqu'à un poste de sécurité. Le plan de l'étage lui était vaguement familier et à la fois inconnu. C'était déroutant de remarquer l'usure de la moquette et la barre de tourniquet plus terne au milieu, là où les cuisses s'y étaient appuyées au fil des années. Années qui n'avaient pas existé pour Troy. Ces signes d'usure étaient apparus comme par magie, tels des dégâts commis lors d'une nuit d'ivresse collective.

L'agent de service leva le nez de ce qu'il était en train de lire et le salua d'un hochement de tête. Troy apposa sa paume sur l'écran, dont la surface s'était voilée avec les années. Il n'y eut pas d'échange, pas de conversation anodine, pas d'espoir d'entamer une amitié durable. Une diode verte s'alluma, on entendit un clic sonore, et le lustre du tourniquet s'effaça encore un peu plus lorsque Troy le poussa pour entrer.

Au bout du couloir, il s'arrêta et sortit ses ordres de sa poche de poitrine. Le médecin avait écrit un mot derrière. Il déplia la feuille et orienta le petit plan de façon à se positionner dans la bonne direction. Il était persuadé de connaître son chemin, mais il avait tendance à se déconcentrer facilement.

Les tirets rouges lui rappelèrent des plans d'évacuation incendie qu'il avait vus sur des murs, ailleurs. Il passa en chemin devant quelques petits bureaux. Claviers en action, conversations, sonneries de téléphone – les bruits de l'univers du travail le fatiguèrent soudain. Ils suscitèrent également un sentiment d'insécurité, la peur d'avoir endossé un rôle qu'il ne pourrait assurer.

— Troy ?

Il s'arrêta et tourna la tête vers l'homme qui se tenait devant la porte précédente. Un coup d'œil à son plan lui indiqua qu'il avait failli rater son bureau.

— C'est moi.

— Merriman, dit l'homme en tendant une main. Tu es en retard. Viens, entre.

Merriman disparut à l'intérieur. Troy lui emboîta le pas, malgré ses douleurs aux jambes. Il reconnaissait cet homme, ou pensait le reconnaître. Sans pouvoir dire si ça remontait à la formation ou à une autre époque.

— Désolé pour le retard, se lança Troy. J'ai pris le mauvais ascenseur…

Merriman leva une main.

— Pas de souci. Tu veux boire quelque chose ?

— Ils m'ont donné ce qu'il fallait.

— Bien sûr.

Merriman prit un thermos transparent au contenu bleu vif et en but une gorgée. Troy se souvint de ce goût infect. L'homme plus âgé fit claquer ses lèvres en soufflant avant de reposer le thermos.

— Ce truc est vraiment mauvais, dit-il.

— Oui.

Troy balaya du regard la pièce qui serait son bureau pour les six prochains mois. Il se dit que l'endroit avait pris un coup de vieux. Comme Merriman. Difficile de dire si ses cheveux avaient grisonné à cause du temps qui passait, mais il avait en tout cas gardé le bureau en ordre. Troy décida de faire la même politesse au type qui prendrait sa relève.

— Tu te souviens de ton briefing ? demanda Merriman en fouillant dans ses dossiers.

— Comme si c'était hier.

Merriman leva la tête avec un sourire en coin.

— Bien. Pour tout te dire, il ne s'est pas passé grand-chose ces derniers mois. On a fait face à quelques problèmes techniques au début de ma prise de poste, mais tout est rentré dans l'ordre. Il y a un type du nom de Jones à qui il ne faudra pas hésiter à faire appel. Tiré du sommeil il y a quelques semaines. Bien plus futé que son prédécesseur. Il m'a rendu grand service. Il travaille au soixante-huitième à la centrale électrique, mais il est bon en tout, il peut réparer à peu près n'importe quoi.

Troy acquiesça.

— Jones. C'est noté.

— Bien. Bon, je t'ai laissé des remarques dans ces dossiers. On a été forcés de congeler certains employés, inaptes pour une seconde faction.

Il leva la tête, l'air grave.

— Il ne faut pas prendre ça à la légère, OK ? Il y a plein de mecs qui préféreraient faire une bonne grosse sieste au lieu de travailler. Il ne faut avoir recours à la cryogénisation que lorsqu'on est bien sûr qu'ils ne tiennent pas le coup.

— Entendu.

— Bien. J'espère que tout se déroulera sans accroc. Il faut que je file avant que ce truc commence à faire effet.

Il en but une autre longue gorgée et Troy grimaça en signe de compassion. Merriman lui tapa sur l'épaule en passant et faillit éteindre la lumière avant de se raviser. Il se retourna une dernière fois et sortit.

Et voilà, Troy était en poste.

— Hé attends !

Il jeta un œil autour de lui et se dépêcha de rattraper Merriman, qui s'apprêtait déjà à passer le portillon de la sécurité.

— Tu laisses la lumière allumée ? demanda Merriman.

Troy regarda par-dessus son épaule.

— Oui mais…

— Une bonne habitude, dit Merriman en secouant son thermos. Continue comme ça.

Un homme trapu sortit de son bureau pour les rejoindre.

— Merriman ! Alors, t'as tiré ton temps ?

Les deux hommes échangèrent une poignée de main chaleureuse.

— Hé oui. Je te présente Troy, qui prend la relève.

L'autre haussa les épaules sans se présenter.

— Moi j'ai fini dans deux semaines, dit-il, comme si cela justifiait son indifférence.

— Écoutez, je vais être en retard, souffla Merriman en tendant son thermos à l'homme. Tiens, je te laisse le reste.

Il se tourna pour partir mais Troy le suivit.

— Non merci ! lança l'homme en riant.

— Tu voulais me demander quelque chose ? demanda Merriman à Troy en passant le tourniquet.

Troy l'imita. L'agent ne leva pas les yeux de sa tablette.

— Deux, trois choses, oui. Tu permets que je prenne l'ascenseur avec toi ? J'étais un peu… un peu à la traîne en formation. Promotion soudaine. Il y a des trucs que j'aimerais clarifier.

— Bien sûr que tu peux venir. C'est toi le chef maintenant.

Merriman appela l'express.

— Donc, en gros, je suis là au cas où il y aurait un problème ?

Les portes s'ouvrirent. Merriman l'observa, comme pour juger de son sérieux.

— Tu es là pour faire en sorte qu'il n'y ait pas de problème.

Ils entrèrent et l'ascenseur entama sa descente.

— Oui, bien sûr. C'est ce que je voulais dire.

— Tu as lu l'Ordre, n'est-ce pas ?

Troy acquiesça. Mais pas pour ce boulot-là, voulut-il ajouter. Il avait étudié en vue de diriger un silo, mais pas celui qui supervisait tous les autres.

— Contente-toi de suivre le règlement. D'autres silos te poseront des questions de temps à autre. Pour ma part, j'ai estimé qu'il était sage d'en dire le moins possible. Sois calme et attentif. Garde bien à l'esprit qu'il s'agit principalement de survivants de deuxième ou troisième génération, alors leur vocabulaire est déjà un peu différent. Il y a une fiche de révision et une liste de mots interdits dans ton dossier.

Troy se sentit soudain pris de vertige. Un poids écrasant s'abattit sur lui lorsque l'ascenseur s'arrêta et il faillit s'écrouler. Il était encore très faible.

La porte s'ouvrit ; il suivit Merriman dans le même petit couloir qu'il avait arpenté quelques heures auparavant. Le médecin et son assistant préparaient l'intraveineuse. Le médecin lança un regard curieux à Troy, comme s'il n'avait pas prévu de le revoir si tôt, ou de le revoir tout court.

— Vous avez terminé votre dernier repas ? demanda-t-il à Merriman en le faisant asseoir sur un tabouret.

— Jusqu'à l'infecte dernière goutte.

Merriman défit le haut de sa combinaison et la laissa pendre à sa taille. Il s'assit, bras tendu, paume vers le haut. Troy remarqua sa pâleur, le réseau de veines bleues au creux de son coude. Il évita de regarder l'aiguille piquer la peau.

— J'ai déjà écrit tout ça dans mes notes, reprit Merriman, mais il faudra que tu rencontres Victor, du bureau des psys. Il est de l'autre côté du couloir. Il y a des événements un peu bizarres dans certains silos, plus perturbants qu'on ne le pensait. Essaie de rétablir l'ordre pour ton successeur.

Troy opina.

— On doit vous emmener, maintenant, dit le médecin.

Son jeune assistant attendait, une blouse en papier à la main. La procédure lui semblait très familière. Le docteur regarda Troy comme s'il était une tache qu'il fallait éliminer.

Troy sortit et jeta un œil en direction de la zone de cryogénisation. On y gardait les femmes et les enfants, ainsi que ceux qui n'avaient pas tenu jusqu'au bout de leur faction.

— Vous permettez que je… ? dit-il, attiré dans cette direction.

Merriman et le docteur eurent l'air contrarié.

— Ce n'est pas une bonne idée, se lança le médecin.

— À ta place, je n'irais pas, renchérit Merriman. J'y suis allé quelques fois les premières semaines. Mais c'est une erreur. Pense à autre chose.

Troy garda les yeux rivés à l'autre bout du couloir. Il ne savait même pas au juste ce qu'il y trouverait.

— Va au bout de tes six mois, ajouta Merriman. Ça passe vite. Très vite.

Troy acquiesça. Merriman enleva ses bottes. Troy regarda une dernière fois la porte lointaine puis se dirigea dans la direction opposée, vers les ascenseurs.

Il espérait que Merriman avait raison. Il appela l'express et tenta d'imaginer sa faction passer en un éclair. Et celle d'après. Et encore celle d'après. Jusqu'à ce qu'ils voient le bout de cette folie. Sans penser à ce qui les attendait après.

5

2049
Washington, DC

Donald Keene ne voyait pas le temps passer. Les journées s'achevaient, la semaine touchait à sa fin, mais il avait toujours besoin de plus de temps. Il lui sembla que le soleil venait tout juste de se coucher lorsqu'il leva la tête. Il était onze heures passées.

Helen. Il chercha son téléphone en urgence. Il avait promis à sa femme qu'il l'appellerait toujours avant dix heures du soir. Un accès de culpabilité le serra à la gorge. Il l'imaginait assise en train d'attendre son coup de fil qui ne venait pas.

Elle décrocha avant même qu'il entende la sonnerie.

— Ah, enfin, dit-elle d'une voix douce et ensommeillée, visiblement plus soulagée que vindicative.

— Chérie, je suis désolé. J'ai complètement perdu la notion du temps.

— Ça va bébé, ne t'en fais pas.

Elle bâilla, et Donald réprima l'envie de l'imiter.

— Tu as écrit de bonnes lois au moins, aujourd'hui ?

Il rit et se frotta le visage.

— Ce n'est pas vraiment ce qu'on me demande. Pas encore. C'est surtout ce petit projet pour le sénateur qui me prend du temps…

Il s'interrompit. Il avait cogité toute la semaine sur

la meilleure façon de lui dire, sur ce qu'il valait mieux garder secret. Il lança un regard au nouvel écran. Le parfum d'Anna semblait figé dans l'air ambiant, même après une semaine.

— Ah oui ? dit Helen, avec curiosité.

Il la voyait d'ici : en chemise de nuit, dans leur lit, sans avoir défait son côté à lui, un verre d'eau à portée de main. Elle lui manquait terriblement. Et la culpabilité qu'il ressentait, malgré son innocence, n'arrangeait pas cette sensation de manque.

— Sur quoi il te fait travailler ? C'est légal, j'espère.

— Quoi ? Mais oui, bien sûr que c'est légal. C'est… un projet d'architecture, en fait.

Il se pencha pour attraper son verre et la lampée de whisky qui y restait.

— En toute honnêteté, j'avais oublié à quel point j'aime ça. J'aurais fait un bon architecte si j'avais continué dans cette voie.

Les écrans, passant en mode veille, virèrent au noir. Il mourait d'envie de s'y remettre. Plus rien d'autre n'existait lorsqu'il se perdait dans le dessin.

— Chéri, je ne pense pas que les contribuables t'aient envoyé à Washington pour que tu dessines la nouvelle salle de bains du sénateur.

Donald sourit et finit son whisky. Il entendait presque le sourire de sa femme à l'autre bout du fil. Il reposa son verre et mit les pieds sur son bureau.

— Ça n'a rien à voir… Il s'agit des plans de la nouvelle installation aux abords d'Atlanta. Enfin, une petite partie. Mais si je n'exécute pas parfaitement la chose, tout pourrait tomber à l'eau.

Il regarda le dossier posé sur son bureau. Sa femme s'esclaffa, malgré la fatigue.

— Mais pourquoi est-ce que c'est à toi qu'ils demandent une chose pareille ? Si c'est si important, pourquoi ne pas payer quelqu'un qui s'y connaît ?

Donald rit avec un certain dédain, bien qu'il fût entièrement d'accord. Il se sentait victime de cette habitude typique de Washington qui consistait à affecter des personnes à des postes pour lesquelles elles n'étaient pas qualifiées. Comme ces contributeurs de campagne qui se retrouvaient ambassadeurs.

— Détrompe-toi, je m'en sors très bien. Je commence d'ailleurs à penser que je suis meilleur architecte que député.

— Oui, je suis sûre que tu fais du très bon travail.

Elle bâilla à nouveau.

— Mais tu aurais pu exercer le métier d'architecte depuis la maison. Tu pourrais travailler tard, mais ici.

— Oui, je sais.

Donald se rappela leur conversation sur sa décision de se porter candidat, sur la distance que ça imposait – est-ce que ça valait le coup ? Et voilà que tout son temps était absorbé par une activité qu'il avait stoppée d'un commun accord avec sa femme.

— Je crois que c'est le genre d'épreuves qu'ils nous font passer la première année. Une sorte de stage. Ça s'arrangera. Et puis, c'est plutôt bon signe qu'il m'associe à ce projet. Il envisage ça comme une affaire de famille, à traiter en interne. En fait, il a remarqué mon travail à…

— Une affaire de famille ?

— Oui, enfin, pas au sens littéral du terme, mais plutôt comme…

Ce n'était pas comme ça qu'il voulait lui dire. Ça commençait mal. Ça lui apprendrait à avoir retardé la chose au dernier moment, jusqu'à ce qu'il soit épuisé et grisé.

— C'est pour ça que tu m'appelles aussi tard ? Pourquoi tu ne m'as pas appelée avant dix heures ?

— Je te l'ai dit, j'ai perdu la notion du temps. J'étais sur mon ordinateur.

Il regarda au fond de son verre, où avaient coulé les

toutes dernières larmes de liquide ambré après sa dernière gorgée.

— C'est synonyme de bonne nouvelle pour nous. Je rentrerai plus souvent. Je suis sûr qu'ils auront besoin de moi sur place de temps en temps, pour faire le point avec les contremaîtres…

— Oui, ça, ce serait une bonne nouvelle. Tu manques à ton chien.

Donald sourit.

— J'espère qu'à toi aussi.

— Tu le sais très bien.

— OK.

Il fit tournoyer la dernière goutte de whisky et la but.

— Une dernière chose. Je sais que tu ne vas pas aimer, et je t'assure que je ne peux rien y faire, mais la fille du sénateur travaille avec moi sur ce projet. Mick Webb aussi. Tu te souviens de lui ?

Silence glacial.

— Je me souviens de la fille du sénateur.

Donald s'éclaircit la voix.

— Hum, oui, alors Mick s'occupe du planning, de la viabilisation du terrain, des relations avec les prestataires. C'est presque sa circonscription, après tout. Et tu sais qu'aucun de nous ne serait là où nous en sommes aujourd'hui sans le soutien du sénateur…

— Ce que je sais, c'est que c'est ton ex. Et qu'elle n'hésitait pas à te draguer même quand je faisais partie du paysage.

Donald se mit à rire.

— Tu plaisantes ! Anna Thurman ? Allons, chérie, c'était il y a une éternité…

— Je pensais que tu allais rentrer plus souvent à la maison, de toute façon. Les week-ends.

Elle poussa un soupir.

— Écoute, il se fait tard. On ferait mieux d'aller dormir. On reparlera de tout ça demain.

— D'accord. Pas de problème. Chérie ?

Elle attendit.

— Rien ne se mettra jamais entre nous, OK ? C'est une grande opportunité pour moi. Et je t'assure que je m'en sors très bien. J'avais oublié que j'avais ce talent.

Un silence.

— Tu es très bon dans plein de domaines, répondit sa femme. Tu es un bon mari, et je sais que tu feras un bon député. Mais je ne fais pas forcément confiance aux gens desquels tu t'entoures.

— Tu sais que je ne serais pas là s'il ne m'avait pas aidé.

— Oui, je sais.

— Écoute, je serai prudent. Promis.

— D'accord. On s'appelle demain. Dors bien. Je t'aime.

Elle raccrocha. Donald vit qu'une douzaine de mails l'attendaient. Il décida de les faire patienter jusqu'au lendemain. Il se frotta les yeux et s'exhorta à se réveiller, à avoir les idées claires. Il bougea la souris pour rallumer les écrans. Eux pouvaient s'autoriser de petites pauses, mais lui non.

Une modélisation filaire d'appartement trônait au milieu de son nouvel écran. D'un zoom arrière, il la fit disparaître au profit d'un couloir autour duquel s'agençaient des dizaines d'espaces de vie en sections triangulaires. Le cahier des charges exigeait une capacité de dix mille personnes sur un an minimum. Malgré ce côté excessif, Donald abordait son travail comme n'importe quel autre projet d'architecture. Il s'imaginait à leur place : une fuite toxique, des retombées radioactives, une attaque terroriste, bref, n'importe quel événement susceptible d'envoyer les ouvriers sous terre pendant des semaines ou des mois, le temps que la zone soit sécurisée.

Il dézooma jusqu'à ce que d'autres étages apparaissent, au-dessus et au-dessous, des étages vides qu'il lui faudrait remplir d'espaces de stockage, de couloirs, d'appartements supplémentaires. D'autres étages ainsi que des espaces techniques avaient été laissés vides pour Anna…

— Donny ?

La porte s'entrouvrit, on ne frappa qu'après. Donald sursauta au point d'envoyer balader la souris hors de son tapis. Il se redressa, regarda par-dessus ses écrans et vit le petit sourire de Mick Webb, veste sous le bras, cravate dénouée, joues ombrées de barbe poivre et sel. Il se moqua de l'air troublé de Donald et traversa le bureau d'un pas nonchalant. Donald s'empressa de réduire la fenêtre AutoCAD.

— Ben merde alors, tu donnes dans la Bourse, maintenant ?

— La Bourse ?

— Deux écrans, c'est du matos de trader, ça !

Mick contourna le bureau et vint poser une main sur le fauteuil de Donald. Une partie de solitaire traînait sur le plus petit des écrans.

— Oh, ça, dit Donald en réduisant le jeu de cartes. C'est parce que j'aime bien avoir plusieurs programmes ouverts en même temps.

— C'est ce que je vois, ironisa Mick en désignant les cerisiers en fleur autour du Jefferson Memorial du fond d'écran.

Donald rit en se frottant le visage. Lui aussi avait un peu de barbe. Et il avait oublié de dîner. Il n'était sur ce projet que depuis une semaine et il était déjà en vrac.

— Je sors prendre un verre, lui dit Mick. Tu m'accompagnes ?

— Désolé. Il me reste encore des trucs à faire.

Mick lui serra l'épaule à lui en faire mal.

— Désolé pour la mauvaise nouvelle, mec, mais il va falloir que tu recommences. T'as plus d'as, t'es mort. Allez, viens, on va boire un coup.

— Non, sérieux, je peux pas.

Donald se tordit le cou pour le voir.

— Je travaille sur les plans pour Atlanta. Je ne peux laisser personne les voir. C'est top secret.

Pour la bonne mesure, il ferma le dossier posé sur son bureau. Le sénateur lui avait dit que le travail serait cloisonné et que les cloisons en question devraient faire deux kilomètres de haut.

— Hou là là ! top secret, se moqua Mick en levant les bras au ciel. Je bosse sur le même projet, trouduc. C'est toi qui fais les plans ? Et alors, ça donne quoi ?

Il se pencha pour regarder la barre d'outils.

— AutoCAD ? Cool. Allez, montre.

— Dans tes rêves.

— Allez, quoi. Arrête tes gamineries.

Donald s'esclaffa.

— Écoute, même mon équipe ne verra pas le plan général. Et moi non plus.

— C'est ridicule.

— Non. C'est la manière gouvernementale. Moi, je ne viens pas mettre mon nez dans tes affaires.

— Bref, peu importe. Allez, prends ta veste, on y va.

— Comme tu voudras, dit Donald en se tapotant les joues pour se réveiller. Je serai plus efficace demain matin de toute façon.

— Travailler un samedi. Thurman doit t'avoir à la bonne.

— J'espère bien. Accorde-moi deux minutes, le temps de fermer tout ça.

— Vas-y, je ne regarde pas, dit Mick en riant avant d'aller l'attendre à la porte.

Lorsque Donald se leva, le téléphone sonna. Sa secrétaire n'était pas là, donc c'était quelqu'un qui avait sa ligne directe. Il décrocha en faisant signe à Mick de se taire.

— Helen, je…

On s'éclaircit la voix à l'autre bout du fil. Une voix rocailleuse.

— Désolé, ce n'est pas Helen.

— Oh, bonsoir monsieur.

Donald vit que Mick tapotait sa montre.

— Alors, vous sortez entre garçons ?

Donald se tourna vers la fenêtre.

— Pardon ?

— Mick et toi. C'est vendredi soir. J'espère bien que vous allez faire un petit tour en ville.

— Oh, oui, juste pour un verre, monsieur.

Ce que Donald aurait bien voulu savoir, c'est comment le sénateur était au courant de la présence de Mick.

— Bien. Dis à Mick que je veux le voir dans mon bureau lundi matin à la première heure. Toi aussi, d'ailleurs. Il faut qu'on parle de votre première visite sur le site.

— D'accord.

Donald attendit, ne sachant s'il y avait autre chose.

— Vous collaborerez étroitement à partir de maintenant.

— Entendu.

— Comme je l'ai précisé la semaine dernière, inutile de partager les détails du projet avec d'autres membres. *Idem* pour Mick.

— C'est noté monsieur. Je me rappelle très bien notre conversation.

— Parfait. Bon. Amusez-vous bien. Et si Mick commence à vendre la mèche au premier venu, je te donne ma permission de le tuer.

Après un bref silence résonna le rire d'un homme dont les poumons étaient loin de trahir son âge.

— Ha ! ha !

Donald regardait Mick, qui venait de déboucher une carafe pour en renifler le contenu.

— Entendu monsieur, je n'y manquerai pas.

— Bien. Alors à lundi.

Le sénateur raccrocha brusquement. Tandis que Donald reposait le combiné et attrapait sa veste, son nouvel écran, trônant sur son bureau, l'observait, le regard vide.

6

2110
Silo 1

Le plateau en plastique usé glissait à la queue leu leu le long d'une paroi vitrée éclaboussée de nourriture. Troy passa son badge sur le lecteur, et une portion de haricots verts en boîte tomba d'un tuyau directement dans son assiette, en un tas fumant. Une découpe de dinde parfaitement ronde tomba du tuyau suivant, et le dernier cracha de la purée, un peu comme une boulette de papier mâché soufflée au bout d'une paille. De la sauce se déversa enfin, dans une giclée guère appétissante. De l'autre côté de la file, un homme trapu, en tenue blanche, mains derrière le dos, surveillait les hommes qui venaient faire la queue pour leur repas.

Lorsque le plateau de Troy arriva au bout de la file, un jeune homme en vert, qui ne devait pas avoir plus de vingt ans, posa des couverts et des serviettes près de son assiette. Il y ajouta un verre d'eau. La dernière étape ressemblait à une poignée de main rituelle, souvenir de ses mois de formation : on leur donnait un petit gobelet aux parois translucides à travers lesquelles on voyait une forme bleue, floue. Une pilule.

— Bonjour, monsieur.

Un sourire jeune aux dents parfaites. Tout le monde l'appelait monsieur, même ceux qui étaient bien plus vieux. Ça le déconcertait chaque fois.

La pilule ricochait au fond du gobelet. Troy l'avala. Sans eau. Il attrapa vite son plateau pour ne pas faire attendre ceux qui le suivaient. En se cherchant une place, il croisa le regard de l'homme trapu. Tous ceux qu'il croisait semblaient estimer qu'il était le chef, mais lui n'était pas dupe. Il n'était qu'un pion remplissant sa fonction, selon le règlement. Il trouva une place libre face à l'écran. À la différence du premier jour, la vue de ce monde noirci ne le dérangeait plus. Bizarrement, elle le réconfortait. Elle créait une douleur diffuse dans sa poitrine, quelque chose qui ressemblait à un sentiment.

Une fourchette de purée nappée de sauce fit passer la pilule. L'eau n'était jamais à la hauteur, n'effaçait jamais l'amertume. Tout en mangeant avec méthode, il observa le soleil se coucher sur sa première semaine. Plus que vingt-cinq. Dit comme ça, c'était plus supportable. Ça lui semblait plus court que la moitié d'une année.

Un homme plus âgé, en bleu, au crâne dégarni, s'assit poliment en diagonale par rapport à lui de façon à ne pas lui bloquer la vue. Troy le reconnut, il avait parlé avec lui une fois près de la poubelle de tri. Lorsque l'homme leva le nez de son plateau, Troy lui fit un signe de tête.

Il régnait un bruit d'ambiance agréable. Quelques conversations s'animaient puis se fondaient dans une cacophonie de plastique, de verre et de métal.

En contemplant l'extérieur, Troy eut l'impression qu'il devait savoir quelque chose, une chose qu'il ne cessait d'oublier. Il se réveillait tous les matins avec des silhouettes familières à la périphérie de son champ de vision, des souvenirs qui rôdaient, mais dès le petit-déjeuner tout s'estompait et au dîner il n'en restait plus rien. Ça l'emplissait de tristesse, d'une impression de froid, d'estomac vide – sans rapport avec la faim –, comme les jours de pluie lorsqu'il était enfant et qu'il ne savait pas quoi faire.

L'homme assis en face se glissa vers lui en se raclant la gorge.

— Tout va comme vous voulez ? demanda-t-il.

Il lui rappelait quelqu'un. Peau marbrée, légèrement flasque, visage buriné. Il avait un début de goitre assez inélégant.

— Tout ? répéta Troy en souriant à son tour.

— Oui, ou ce que vous voudrez. Je prenais juste des nouvelles. Je m'appelle Hal.

L'homme leva son verre. Troy l'imita. Ça valait bien une poignée de main.

— Troy.

Il supposait que, pour certaines personnes, le prénom avait encore une importance.

Hal but à grands traits sonores, tête en arrière. Troy, plus discret, avala une petite gorgée d'eau et picora ses restes de dinde et de haricots.

— J'ai remarqué que certains s'assoient face à la vue, et que d'autres lui tournent le dos, dit Hal en levant son pouce par-dessus son épaule.

Troy leva les yeux vers l'écran sans rien dire.

— Je me dis que ceux qui regardent, c'est qu'ils essaient de se rappeler quelque chose, continua Hal.

Troy avala sa bouchée et se força à hausser les épaules.

— Et pour ceux d'entre nous qui préfèrent ne pas voir, j'imagine que c'est parce qu'on fait de notre mieux pour oublier.

Troy savait qu'ils ne devaient pas avoir ce genre de conversation, mais à présent qu'elle était entamée, il était curieux de voir où elle les mènerait.

— Ce sont les mauvais souvenirs, dit Hal, le regard perdu vers les ascenseurs. Vous avez remarqué ? Seulement les mauvais souvenirs qui nous échappent. Les trucs sans importance, on s'en souvient bien.

Troy ne réagit pas. Il planta ses haricots au bout de sa fourchette sans intention de les manger.

— C'est intrigant, non ? Pourquoi est-ce qu'on se sent tout pourri à l'intérieur ?

Hal finit son assiette, lui fit au revoir d'un signe de tête et se leva. Troy se retrouva seul, face à l'écran, avec cette douleur diffuse qu'il n'arrivait pas à nommer. C'était l'heure où les collines s'apprêtaient à disparaître, à s'assombrir pour se fondre dans le ciel noir.

7

2049
Washington, DC

Donald avait bien fait de se rendre à pied à son rendez-vous avec le sénateur. La pluie de la semaine précédente avait fini par cesser, et la circulation sur DuPont Circle était au ralenti. Penché contre la brise qui forcissait, il se demandait pourquoi le rendez-vous avait été déplacé à la librairie Kramerbooks. Il y avait des dizaines d'endroits bien plus proches du bureau.

Il traversa la rue et gravit en vitesse les marches de la boutique. La porte de la devanture était une de ces vieilleries en bois auxquelles tenaient tant les vieux établissements – un témoignage de leur endurance. Les gonds grincèrent et un vrai carillon retentit au-dessus de sa tête lorsqu'il entra. Une jeune femme qui ajustait une pile sur la table des meilleures ventes l'accueillit avec un "bonjour" souriant.

Le café était bondé d'hommes et de femmes en tenue de ville sirotant leurs breuvages dans des tasses en porcelaine blanche. Pas de trace du sénateur. Donald vérifia l'heure sur son téléphone pour voir s'il était en avance mais un agent des services secrets attira son attention.

L'agent se tenait au bout d'un rayon, difficilement ratable : oreillette, renflement au niveau des côtes, lunettes noires sur le nez. Donald se dirigea vers lui au son de l'antique plancher qui grinçait sous ses pas.

L'agent tourna la tête, mais difficile de dire s'il regardait Donald ou la porte d'entrée.

— J'ai rendez-vous avec le sénateur Thurman, dit Donald en se retenant de rire.

L'agent tourna la tête sur le côté. Donald l'imita et trouva Thurman au bout de l'allée, en train de passer en revue les piles du fond.

— Ah ! Merci.

À mesure qu'il avançait entre les étagères vertigineuses de vieux livres, la lumière diminua et les odeurs de moisissure et de cuir remplacèrent celle du café.

— Qu'est-ce que tu penses de celui-ci ? lui demanda le sénateur tandis qu'il approchait, sans même dire bonjour.

Donald lut le titre, des lettres d'or gravées dans le cuir épais de la couverture.

— Jamais entendu parler, admit-il.

Le sénateur Thurman s'esclaffa.

— Évidemment. Il a plus d'un siècle. Et c'est en français. Ce que je voulais dire, c'est qu'est-ce que tu penses de la reliure ? précisa-t-il en tendant le livre à Donald.

Le poids le surprit. Donald entrouvrit le volume, en feuilleta quelques pages. Par sa densité, on aurait dit un livre de droit, mais il vit aux espaces entre les lignes de dialogues que c'était un roman. Il admira la finesse du papier. Les pages étaient cousues ensemble avec des fils bleu et doré. Il avait encore des amis qui ne juraient que par les livres papier – pas pour la décoration, non, pour les lire. En examinant celui qu'il tenait, il comprenait mieux leur préférence et leur nostalgie.

— La reliure a l'air très bien, dit-il en l'effleurant du bout des doigts. C'est un très beau livre.

Il le rendit au sénateur.

— C'est comme ça que vous choisissez un livre avant de l'acheter ? À sa couverture ?

Thurman coinça le volume sous son bras et en prit un autre dans l'étagère.

— Ça n'est qu'un échantillon pour un autre de mes projets.

Il regarda Donald en plissant les yeux, qui eut la désagréable impression d'être sa proie.

— Comment va ta sœur ?

Question qu'il n'avait pas vue venir. Une boule se forma dans sa gorge.

— Charlotte ? Elle… elle va bien. Enfin je crois. Elle s'est réengagée. Vous devez être au courant.

— En effet.

Thurman remit le livre qu'il tenait sur l'étagère et soupesa le premier.

— Je suis fier de son geste. Elle fait honneur à son pays.

Donald songea à ce qu'enduraient les familles pour faire honneur à leur pays.

— Oui. Je sais que mes parents avaient hâte qu'elle revienne à la maison, mais elle a eu du mal à s'adapter au rythme d'ici… Je crois qu'elle ne pourra se détendre que quand la guerre sera terminée. Vous voyez ?

— Tout à fait. Et il n'est pas dit qu'elle retrouve la paix, même alors.

Ce n'était pas ce que Donald avait envie d'entendre. Il observa le sénateur faire courir ses doigts le long du dos d'un livre, décoré de rainures et de lettres en relief. Le regard du vieil homme semblait faire le point au-delà des rangées de livres.

— Je peux toujours lui faire une suggestion, dit Thurman. Parfois, un soldat a simplement besoin d'entendre qu'il n'y a pas de mal à aller voir quelqu'un.

— Si par quelqu'un vous entendez un psy, elle n'ira pas.

Donald se souvenait des changements que sa sœur avait subis à l'époque de ses séances.

— On a déjà essayé.

Thurman pinça les lèvres, et l'inquiétude fit apparaître des rides autour de sa bouche.

— Je lui parlerai. Côté jeunesse orgueilleuse, j'en connais un rayon, crois-moi. J'avais la même attitude à son âge. Je pensais que je n'avais pas besoin d'aide, que je pouvais tout faire tout seul.

Il fit face à Donald.

— La médecine a fait des progrès considérables. Ils ont des pilules capables de l'aider à supporter la fatigue des combats.

Donald secoua la tête.

— Non, elle en a déjà pris. Elles la rendaient trop distraite. Et elles ont provoqué…

Il hésita, n'avait pas envie de parler de ça.

— … un… un tic.

Il avait failli dire tremblements, mais ça avait l'air trop grave. Et même s'il appréciait la sollicitude du sénateur – toujours cette impression qu'il faisait partie de la famille –, il était gêné d'évoquer les problèmes de sa sœur. Il se rappela la dernière fois où elle était venue chez lui, le désaccord qui avait surgi entre eux alors qu'ils regardaient des photos de vacances au Mexique de Donald et Helen. Il lui avait demandé si elle se souvenait de Cozumel, où ils étaient allés gamins, et elle lui avait soutenu qu'elle n'y était jamais allée. Le désaccord avait tourné à la dispute et il avait dû mentir en disant que ses larmes n'étaient dues qu'à la frustration. Des pans entiers de la vie de sa sœur avaient été effacés et l'explication des docteurs avait consisté à dire que c'était probablement des événements qu'elle avait voulu oublier. Et quel mal pouvait-il y avoir à ça ?

Thurman posa une main sur le bras de Donald.

— Fais-moi confiance, dit-il à voix basse. Je lui parlerai. Je sais ce qu'elle endure.

Donald hocha la tête.

— Comme vous voudrez. C'est gentil à vous.

Il faillit ajouter qu'il n'en ressortirait rien de bon, que ça ferait même peut-être plus de mal que de bien, mais c'était généreux. Et puis, le geste viendrait d'une personne que Charlotte admirait, et qui n'était pas de sa famille.

— Et au fait, Donny, elle pilote des drones. Ce n'est pas comme si elle était en danger physique.

— Pas physique, non, répondit Donald en effleurant un livre.

Ils se turent, Donald soupira. Il entendait les bavardages en provenance du café, le cling des cuillères qui mélangeaient le sucre, le tintement du carillon contre la vieille porte en bois, le sifflement de la vapeur pour la mousse de lait.

Il avait vu des vidéos de ce que faisait Charlotte, des vues depuis les drones, puis depuis les missiles qu'on guidait vers leur cible. La qualité de l'image était dingue. On voyait des gens lever la tête, effarés, on voyait leurs derniers instants de vie, on pouvait passer le film au ralenti pour décider, après les faits, s'il s'agissait bien de l'homme à abattre. Il savait ce que faisait sa sœur, ce qu'elle endurait.

— J'ai parlé avec Mick un peu plus tôt, dit Thurman, conscient qu'il avait soulevé un sujet douloureux. Vous allez vous rendre à Atlanta tous les deux voir comment se déroule l'excavation.

Donald revint au présent.

— Entendu. C'est une bonne chose de se faire une idée du terrain. J'ai pris de l'avance dans mes plans la semaine dernière. Ça se remplit peu à peu. Vous vous rendez bien compte à quelle profondeur on descend, n'est-ce pas ?

— C'est pour ça qu'ils commencent déjà à creuser. Les fondations de la paroi extérieure devraient voir le jour dans les semaines qui viennent.

Le sénateur tapota Donald sur l'épaule et fit un signe de tête vers le bout du rayon pour lui signaler qu'ils avaient fini de regarder les livres.

— Attendez. Ils creusent déjà ? Je n'en suis qu'au stade de l'esquisse. J'espère qu'ils exécuteront mon plan en dernier.

— On travaille sur tout le complexe en même temps. Pour l'instant, ils coulent les fondations et les murs extérieurs, dont les dimensions sont déjà fixées. On remplira chaque structure depuis la base vers le haut. Les étages seront entièrement équipés avant qu'on coule les dalles de séparation. Et c'est pour ça que j'ai besoin que toi et Mick alliez sur place. La mise en œuvre a l'air d'être un sacré cauchemar. J'ai une centaine d'équipes de dix pays différents qui travaillent les uns sur les autres pendant que le matériel s'entasse dans les moindres recoins. Je n'ai pas le don d'ubiquité, alors j'ai besoin que tu ailles sur le terrain et que tu me fasses un rapport.

Lorsqu'ils rejoignirent l'agent des services secrets au bout de l'allée, Thurman lui tendit le vieux livre français. L'homme aux lunettes noires acquiesça et se dirigea vers la caisse.

— Tant que tu seras là-bas, je voudrais que tu rencontres Charlie Rhodes. Il s'occupe de la livraison de tout le matériel. Vois s'il a besoin de quelque chose.

— Charles Rhodes ? Le gouverneur de l'Oklahoma ?

— Lui-même. On a fait notre service ensemble. Et, au fait, j'envisage de vous transférer, Mick et toi, aux plus hauts niveaux de ce projet. Notre équipe dirigeante manque d'une dizaine de membres. Alors continue à bosser comme ça. Tu as impressionné des gens haut placés avec ce que tu as fait jusqu'à maintenant, et Anna semble assurée que tu maintiendras ton avance par rapport aux délais. Elle dit que vous faites une fine équipe, avec Mick.

Il sentit le rouge lui monter aux joues – la fierté, bien sûr, mais aussi, fatalement, les responsabilités supplémentaires à caser dans un emploi du temps déjà bien rempli. Helen n'allait pas apprécier qu'on l'implique davantage dans ce projet. Mais Mick et Anna étaient peut-être les seuls avec qui il pouvait partager cette information. Chaque détail de la construction semblait nécessiter un parcours alambiqué d'approbations. Il n'arrivait pas à savoir si c'était à cause de la peur que suscitaient les déchets nucléaires, de la menace d'une attaque terroriste, ou du probable échec du projet.

L'agent vint se poster à côté du sénateur, sac à la main. Il semblait étudier Donald à travers ses lunettes impénétrables. Une fois n'est pas coutume, Donald se sentit épié.

Le sénateur lui serra la main et lui demanda de le tenir au courant. Un autre agent se matérialisa de l'autre côté de Thurman. Ils l'escortèrent jusqu'à la sortie, et Donald ne se détendit qu'après les avoir perdus de vue.

8

2110
Silo 1

Le livre de l'Ordre, dont la reliure était faite pour durer, était ouvert sur son bureau. Troy révisait la procédure qui l'attendait, sa première action officielle en tant que chef de l'Opération Cinquante ; ça lui évoquait une cérémonie inaugurale, un grand tralala où l'homme venu couper le ruban avec ses grands ciseaux se voyait remercier pour le dur labeur d'autres personnes.

Il trouvait que l'Ordre tenait plus du livre de recettes que du manuel d'instructions. Les psys qui l'avaient écrit avaient tout prévu, la moindre bizarrerie de la nature humaine. Et comme dans le domaine de la psychologie, ou toute autre discipline traitant de la nature humaine, les parties les plus absurdes avaient un sens caché.

Ce qui poussa Troy à s'interroger sur celui de sa vie. De son poste. Il avait étudié en vue d'un emploi tout à fait différent ; il aurait dû se retrouver à la tête d'un silo, pas de tous les silos. On l'avait promu à la dernière minute, et en cela il se sentait interchangeable, comme si n'importe qui pouvait prendre sa place.

Bien sûr, même si son poste était principalement nominal, il servait peut-être un but symbolique. Il n'était peut-être pas là tant pour diriger les autres que pour leur donner l'impression qu'on les dirigeait.

Il revint deux paragraphes en arrière. Il en avait lu tous les mots mais n'avait rien retenu. Tous les aspects de sa nouvelle vie l'inclinaient à la distraction, suscitaient sans arrêt de nouvelles pensées. Tout avait été pensé dans les moindres détails – tous les niveaux, la hiérarchie, le descriptif des postes – mais dans quel but ? L'apathie générale ?

S'il levait la tête, il pouvait voir Victor dans le bureau des Services psychologiques, de l'autre côté du couloir. Il lui aurait été facile d'aller y poser la question. C'étaient eux, plus que n'importe quel architecte, qui avaient conçu cet endroit. Il pourrait leur demander comment ils s'y étaient pris, comment ils faisaient pour que tout le monde se sente aussi vide à l'intérieur.

Isoler les femmes et les enfants jouait un rôle, Troy en était convaincu. Les femmes et les enfants du silo 1 bénéficiaient d'une procédure de long sommeil tandis que les hommes prenaient leur quart chacun leur tour. Cela éliminait la passion de l'équation, réduisait les probabilités de conflits entre hommes.

Et puis, il y avait la routine, abrutissante. C'était la castration de la pensée, le train-train quotidien d'un employé qui observait la pendule en bavant, pointait en sortant, s'endormait devant la télé, tapait trois fois sur son réveil le matin, et rebelote. L'absence de week-ends n'arrangeait rien. Il n'y avait pas de jours chômés. C'était six mois de travail et des décennies de repos.

Raison qui le rendait jaloux des autres silos, où les couloirs devaient résonner de rires d'enfants, de voix de femmes, de la passion et du bonheur qui manquaient cruellement à cet endroit. Ici, il ne voyait que stupeur, des dizaines de pièces communes avec des films passant en boucle sur des écrans plats, des dizaines de paires d'yeux qui clignaient dans des fauteuils confortables. Personne n'était véritablement éveillé. Personne n'était véritablement vivant. Ça aussi, ça devait être fait exprès.

Il regarda l'heure sur son ordinateur. Il était temps d'y aller. Une journée de plus s'achevait. Une journée qui le rapprochait de la fin de sa faction. Il ferma son exemplaire de l'Ordre, le glissa dans un tiroir qu'il ferma à clé et se dirigea vers le département des Communications, au bout du couloir.

Quelques têtes se levèrent lorsqu'il entra – traits tirés au-dessus de combinaisons orange. Troy inspira profondément, se ressaisit. Il y avait une tâche à accomplir. Et c'était à lui qu'elle incombait. Il fallait juste qu'il garde son sang-froid. Il était là pour couper un ruban.

Saul, l'un des principaux techniciens radio, ôta son casque à écouteurs et se leva pour le saluer. Troy le connaissait vaguement ; ils vivaient dans la même section administrative et se croisaient à la salle de sport de temps en temps. Tandis qu'ils se serraient la main, le beau et large visage de Saul éveilla un vieux souvenir, démangeaison dont Troy avait appris à ne pas faire cas. C'était peut-être quelqu'un qu'il avait rencontré pendant sa formation, bien avant sa longue sieste.

Saul le présenta à l'autre technicien en orange qui le salua sans enlever son casque. Troy oublia son nom instantanément. Aucune importance. On lui tendit un casque qu'il passa autour de son cou sans positionner les écouteurs, de façon à pouvoir entendre. Saul prit la fiche au bout du cordon et fit courir sa main sur le tableau de cinquante prises. Ce dispositif et la pièce entière lui rappelaient de vieilles photos d'opératrices téléphoniques avant qu'elles soient remplacées par des ordinateurs et des boîtes vocales.

Cette image d'une époque révolue ajoutée à sa nervosité et aux frissons induits par les pilules le conduisait droit vers la crise de fou rire. Il faillit craquer mais parvint finalement à se contenir. Un responsable des opérations qui cédait à l'hystérie alors qu'il était censé juger les aptitudes d'un futur chef de silo, ce n'était pas bon signe.

— … et vous n'avez qu'à poser la série de questions, lui disait Saul.

Il tendit une fiche plastifiée à Troy, qui était sûr de ne pas en avoir besoin mais la prit quand même. Il avait passé la majeure partie de la journée à mémoriser le protocole. Qui plus est, il était persuadé que ce qu'il dirait n'avait aucune importance. Il valait mieux laisser aux machines et aux ordinateurs le soin de juger les capacités du candidat, grâce aux capteurs encastrés dans son casque.

— Bien. Voici l'appel, dit Saul en désignant une lumière clignotante parmi d'autres. Je vous mets en relation.

Troy chaussa les écouteurs. Il entendit quelques bips avant que la connexion se fasse. Quelqu'un respirait bruyamment à l'autre bout de la ligne. Troy se tranquillisa : le jeune homme devait être bien plus angoissé que lui. Après tout, il allait devoir répondre aux questions – Troy n'avait qu'à les poser.

Il baissa les yeux sur sa fiche, l'esprit soudain vide, bien content de l'avoir acceptée.

— Votre nom ? demanda-t-il.

— Marcus Dent, monsieur.

La jeune voix était sereine, pleine d'assurance, c'était le timbre d'un torse gonflé d'orgueil. Troy se rappelait avoir éprouvé ce sentiment, il y avait très longtemps. Puis il pensa au monde dans lequel Marcus Dent était né, un héritage qu'il ne connaîtrait que grâce aux livres.

— Parlez-moi de votre formation, lut Troy.

Il essayait de garder une voix égale, profonde, autoritaire, même si les ordinateurs étaient conçus pour faire ça à sa place. Saul forma un rond avec son pouce et son index pour lui faire savoir que les données transmises par les capteurs étaient bonnes. Troy se demanda si son casque était équipé du même dispositif. Est-ce que quelqu'un dans cette pièce pouvait déceler à quel point il était nerveux ?

— J'ai été l'ombre de l'adjoint Willis avant qu'on me transfère à la Sécurité du DIT, monsieur. C'était il y a un an. Ça fait six mois que j'étudie l'Ordre. Je me sens prêt, monsieur.

L'ombre. Troy avait oublié ce terme. Il n'avait pas pensé à apporter la fiche de vocabulaire mise à jour.

— Quel est votre principal devoir envers v… le… silo ?

Il avait failli dire votre unité.

— Appliquer les préceptes de l'Ordre, monsieur.

— Et quc protégez-vous par-dessus tout ?

Sa voix était la moins expressive possible. S'il se gardait d'insuffler de l'émotion dans ses questions, les données du candidat n'en seraient que meilleures.

— La vie et l'Héritage, monsieur, récita Marcus.

Troy eut du mal à lire la question suivante, floutée par un voile de larmes. Ses mains tremblaient. Il posa la fiche devant lui avant que quelqu'un ne s'en rende compte.

— Et jusqu'où aller pour protéger ces choses auxquelles nous tenons tellement ?

— Jusqu'au sacrifice, répondit Marcus sans flancher.

Troy cligna rapidement des yeux pour dissiper ses larmes et Saul leva une main pour lui faire signe de continuer, lui indiquer que les données arrivaient. Ils avaient à présent besoin de points de comparaison afin que les machines analysent la sincérité du garçon lors des premières questions.

— Dites-moi, Marcus, vous avez une petite amie ?

Il fut incapable de dire pourquoi c'était la première chose qui lui était venue à l'esprit. La jalousie peut-être : dans les autres silos, on ne congelait pas les femmes, on ne congelait personne. Aucun technicien ne sembla réagir. La partie formelle du test était terminée.

— Oui monsieur, répondit Marcus.

Troy perçut un changement dans sa respiration, imagina le corps du jeune homme se détendre.

— Nous nous sommes portés candidats au mariage, monsieur. On attend des nouvelles.

— Eh bien, je crois que vous n'aurez plus à attendre très longtemps. Comment s'appelle-t-elle ?

— Mélanie, monsieur. Elle travaille aussi au DIT.

— Formidable.

Troy s'essuya les yeux. Les frissons cessèrent. Saul décrivit un cercle au-dessus de sa tête : ils avaient assez de données, il pouvait conclure.

— Marcus Dent, dit-il, bienvenue dans l'Opération Cinquante de l'Ordre mondial.

— Merci monsieur.

La voix du jeune homme était montée d'une octave.

Il y eut un silence, puis une grande inspiration.

— Monsieur ? Est-ce que je peux poser une question ?

Troy regarda les autres. Il y eut quelques haussements d'épaules. Il pensa au rôle que ce jeune homme venait d'endosser, savait ce que cela faisait d'être promu à de nouvelles responsabilités, connaissait ce mélange de crainte, d'impatience et de confusion.

— Bien sûr. Une question.

Après tout, c'était lui le responsable. Il pouvait bien inventer des règles.

Marcus s'éclaircit la voix, et Troy imagina l'ombre et son chef de silo assis ensemble dans une pièce lointaine, le maître observant son élève.

— J'ai perdu mon arrière-grand-mère il y a quelques années, dit Marcus. Elle parlait parfois du monde d'avant. Elle ne disait rien qui soit interdit, c'était seulement dû à sa sénilité. Selon les médecins, elle était résistante à son traitement.

Troy n'aimait pas entendre que des survivants de la troisième génération glanaient encore des informations sur le passé. Marcus était peut-être prêt pour ce genre de choses, mais les autres, non.

— Quelle est votre question ? s'enquit Troy.

— Elle concerne l'Héritage, monsieur. J'en ai lu quelques pages aussi, sans pour autant négliger mon étude de l'Ordre et du Pacte, bien entendu, et il y a une chose que j'aimerais savoir.

Une nouvelle profonde inspiration.

— Est-ce que tout ce qu'il y a dans l'Héritage est vrai ?

Troy réfléchit un instant. Il songea à la grande collection de livres qui contenait l'histoire du monde – une histoire soigneusement revue et corrigée. Il voyait les dos de cuir, les pages enluminées, les rangées de volumes qu'on leur avait montrés pendant leur formation.

Il hocha la tête et dut à nouveau s'essuyer les yeux.

— Oui, dit-il d'une voix plate. Tout est vrai.

Quelqu'un dans la pièce renifla. Troy savait que la cérémonie avait duré assez longtemps.

— Tout ce qui y figure est absolument vrai.

Il se garda d'ajouter que toute la vérité n'était pas inscrite dans l'Héritage. Ils avaient omis beaucoup de choses. Il se doutait qu'il y avait même des choses que plus personne ne savait, qui avaient été effacées des livres comme des cerveaux.

L'Héritage était la vérité autorisée, eut-il envie de dire, la vérité qu'on se transmettait de génération en génération. Mais les mensonges, pensa-t-il, étaient ce qu'ils entretenaient ici dans le silo 1, dans cet asile embrumé par les pilules, curieusement en charge de la survie de l'humanité.

9

2049
Comté de Fulton, Géorgie

La chargeuse frontale gravissait la colline avec difficulté, un geyser de charbon jaillissait de son tuyau d'échappement. Lorsqu'elle atteignit le sommet, son godet à dents déversa sa cargaison de terre, et Donald comprit que la machine ne gravissait pas tant la colline qu'elle était en train de la créer.

Des monts de terre fraîche se formaient ainsi un peu partout sur le site. Entre eux – à travers des tranchées béantes similaires à un labyrinthe très organisé – circulaient des camions-bennes chargés de terre et de pierres provenant des trous en cours de formation. Donald savait pour avoir étudié la topographie des lieux que ces profondes tranchées seraient un jour ensevelies pour ne laisser qu'un pli peu profond entre chaque colline.

Donald observait le ballet des machines tandis que Mick Webb parlait retards avec un prestataire. Avec leurs chemises blanches et leurs cravates, les deux députés ne semblaient pas à leur place. C'étaient les hommes avec les casques de chantier, la peau burinée, les mains calleuses et les phalanges écorchées qui étaient chez eux, ici. Mick et lui, veste coincée sous le bras, auréoles de sueur aux aisselles dans cette chaleur humide, étaient – sur le papier, du moins – censés gérer ce vacarme de tous les diables.

Une nouvelle cargaison de terre se déversa tandis que Donald observait, au loin, le centre d'Atlanta. Au-delà des collines et de la cime des arbres qui n'avaient pas encore retrouvé leurs feuilles s'élevaient les tours de verre et d'acier de la vieille ville du Sud. Un pan entier – peu habité – du comté de Fulton avait été évacué. Les restes d'un terrain de golf étaient encore visibles au bout du site, où les machines n'avaient pas encore brassé la terre. En contrebas, près du parking principal, sur une zone de la taille de plusieurs terrains de football, se concentraient des milliers de conteneurs de matériel de construction, plus en tout cas que Donald ne le jugeait nécessaire. Mais il apprenait en même temps qu'il faisait qu'il en allait ainsi des projets gouvernementaux : plus le budget était élevé, plus les attentes du public l'étaient aussi. On faisait tout dans l'excès ou on ne faisait rien. Les plans qu'on lui avait demandé de dessiner exigeaient des proportions démentes, et encore, son bâtiment n'était même pas un élément nécessaire du complexe. Il n'était là qu'en cas de catastrophe.

Entre Donald et le champ de conteneurs s'étalait une ville de caravanes et de préfabriqués ; quelques-uns servaient de bureaux, mais la plupart faisaient office de logement. C'était ici que les hommes et les femmes qui travaillaient à la construction du complexe laissaient tomber leur casque, pointaient à la sortie et prenaient un repos bien mérité.

Des drapeaux flottaient au-dessus de la plupart des préfabriqués ; la main-d'œuvre était aussi internationale qu'un village olympique. Des barres de combustible nucléaire usagé du monde entier allaient un jour se retrouver enterrées dans la terre vierge du comté de Fulton. Cela signifiait que le monde entier avait intérêt à ce que le projet aboutisse. Mais le cauchemar logistique que cela promettait ne semblait pas inquiéter ceux qui négociaient en coulisses. Donald et Mick découvraient que nombre des retards étaient imputables à la barrière de la langue : certaines équipes de travail pourtant voisines ne parvenaient pas à communiquer entre elles et avaient apparemment cessé d'essayer. Chacun travaillait sur sa portion de plan, tête baissée, sans faire cas du reste.

Outre cette cité temporaire de boîtes de conserve, il y avait l'immense parking duquel ils étaient montés. D'où il se tenait, Donald voyait leur voiture de location, le seul véhicule électrique et silencieux à la ronde. Petit et gris métallisé, il semblait trembler, cerné de camions-bennes et de pelleteuses. La voiture était à son image, se dit Donald : dépassé par les événements, que ce soit sur le chantier ou au Congrès, à Washington.

— Deux mois de retard.

Mick le tapa sur le bras avec sa tablette en bois.

— Hé, tu m'as entendu ? Ils ont déjà deux mois de retard, et ils ont commencé à creuser il y a tout juste six mois. Je ne comprends même pas comment c'est possible.

Donald haussa les épaules. Ils descendirent en direction du parking.

— C'est peut-être parce qu'ils demandent à des députés de faire semblant de faire un boulot qui devrait revenir au secteur privé, proposa-t-il.

Mick s'esclaffa en lui serrant l'épaule.

— Mince alors Donny, on dirait un républicain !

— Ah oui ? En tout cas, j'ai l'impression qu'on est dedans jusqu'au cou.

Il désigna d'un geste ample la cuvette qu'ils longeaient entre les collines, très profonde. Plusieurs bétonnières déversaient leur pâte grise dans le large trou en son centre. Des camions faisaient la queue, impatients de se délester de leur chargement.

— Tu te rends bien compte qu'un de ces trous va contenir le bâtiment qu'ils ont laissé un type comme moi dessiner ? dit Donald. Ça ne te fait pas peur, à toi ? Tout cet argent ? Tous ces gens. Moi, ça me fout la trouille.

Les doigts de Mick s'enfoncèrent douloureusement dans son cou.

— Hé mec, détends-toi. Commence pas à te la jouer philosophe avec moi.

— Je suis sérieux, Mick. Des milliards de dollars – et je te rappelle que c'est l'argent des contribuables – vont se nicher là-dessous en forme de tour souterraine, une tour que j'ai conçue moi-même… Ça me semblait tellement abstrait jusqu'à maintenant…

— Merde, mais ça n'a rien à voir avec toi ou avec tes plans, s'emporta Mick en désignant le champ de conteneurs.

À travers un nuage de poussière, un homme avec un chapeau de cow-boy leur faisait signe.

— Et puis, quelles sont les probabilités pour qu'on ait l'usage de ton petit bunker ? C'est d'indépendance énergétique qu'il est question. De la mort du charbon. Tu sais, on dirait qu'on est en train de construire une grande et belle maison, et que toi tu t'angoisses tout seul dans ton coin parce que tu ne sais pas où tu vas caser l'extincteur…

— Petit bunker ?

Donald se couvrit la bouche de sa veste le temps que le nuage de poussière passe.

— Est-ce que tu sais combien d'étages il y aura sous terre ? Si on le construisait à la surface, ce serait la plus haute tour du monde.

Mick pouffa de rire.

— Pas pour longtemps. Surtout si c'est toi qui la construis.

L'homme au chapeau de cow-boy s'approcha d'eux. Il leur fit un large sourire en plantant ses talons dans la terre, et Donald le reconnut enfin d'après les images de télévision : Charles Rhodes, gouverneur de l'Oklahoma.

— C'est vous les envoyés du sénateur Thurman ?

Il avait cet authentique accent traînant qui allait de pair avec le chapeau, et les bottes coordonnées à son ceinturon.

Il posa ses mains sur ses hanches larges, tablette en bois dans l'une d'elles.

Mick acquiesça.

— Oui monsieur. Je suis le député Webb. Et voici le député Keene.

Les deux hommes se serrèrent la main. Vint ensuite le tour de Donald.

— Gouverneur, dit-il.

— Bien reçu la livraison, dit Rhodes en désignant la zone de déchargement. Il ne manque qu'une centaine de conteneurs. Mais ça devrait arriver dans les semaines qui viennent. Tenez, faut que l'un de vous me signe ça.

Mick prit la tablette. Donald saisit l'occasion pour poser une question sur le sénateur Thurman à laquelle un ami avec qui il avait fait la guerre aurait la réponse.

— Pourquoi certaines personnes l'appellent Thawman* ?

Mick feuilletait le bon de livraison.

— J'ai entendu certaines personnes lui donner ce surnom quand il n'était pas dans les parages, expliqua Donald, mais je n'ai pas le cran de lui demander.

Mick leva le nez de ses feuilles avec un grand sourire.

— C'est parce qu'il tuait de sang-froid pendant la guerre, pas vrai ? dit-il.

Donald se recroquevilla. Rhodes se mit à rire.

— Rien à voir, dit-il. Vrai, mais rien à voir.

Le gouverneur les regarda tour à tour. Mick tendit la tablette à Donald en tapotant une page qui traitait de l'hébergement d'urgence. Donald jeta un œil à la liste de matériel.

— Vous connaissez son projet de loi contre la cryogénisation ? leur demanda le gouverneur.

* Jeu de mots fondé sur la presque homophonie avec le nom du sénateur Thurman. *Thaw* signifie dégel, fonte. *(N.d.T.)*

Il tendit un stylo à Donald en s'attendant à ce qu'il signe le bon sans le regarder dans le détail.

Mick secoua la tête et abrita son regard du soleil de Géorgie.

— Cryogénisation ? répéta-t-il.

— Oui. Ah, ça remonte sûrement à une époque où vous étiez pas nés. Bref. Thurman est à l'origine de la loi qui a enterré cet engouement pour la cryogénisation. En gros, elle a interdit à certains de profiter des riches et de les transformer en glaçons. Le projet de loi a été approuvé à cinq voix contre quatre et du jour au lendemain, des dizaines de milliers de glaces à l'eau qui avaient plus de fric que de jugeote se sont fait décongeler et enterrer comme il se doit. C'étaient des gens qui s'étaient eux-mêmes surgelés dans l'espoir que les médecins du futur découvrent un moyen de sortir leur tête de riche de leur gros cul de riche !

Le gouverneur rit de sa propre blague, rejoint par Mick. Mais une ligne du bon attira l'attention de Donald. Il tourna la tablette pour la montrer au gouverneur.

— Euh, il est écrit, là, deux mille bobines de fibre optique. Mais je suis convaincu que mes plans n'en exigent que quarante.

— Faites voir.

Le gouverneur s'empara de la tablette et dégaina un autre stylo de sa poche. Il cliqua trois fois sur le bouton puis raya le chiffre erroné avant d'en inscrire un nouveau dans la marge.

— Attendez, le prix tiendra compte de la modification ?

— Le prix reste le même. Signez en bas.

— Mais…

— Fiston, c'est pour ça que les marteaux coûtent au Pentagone leur poids en or. C'est de la compta gouvernementale. Rien qu'une petite signature, s'il vous plaît.

— Mais ça représente cinquante fois plus de fibre optique que nécessaire, se plaignit Donald alors même qu'il gribouillait son nom en bas de la feuille.

Il passa la tablette à Mick, qui signa à son tour.

— Vous en faites pas pour ça, dit Rhodes en reprenant la tablette. Je suis sûr qu'ils trouveront à l'utiliser ailleurs.

— Hé, en fait, je me souviens de ce projet de loi, je l'ai étudié en droit. Il y a eu des procès, n'est-ce pas? Des familles ont porté plainte contre les fédéraux pour meurtre, c'est bien ça?

Le gouverneur sourit.

— C'est ça, mais ce n'est pas allé très loin. Difficile de prouver que vous avez tué des gens dont la mort avait déjà été prononcée. Et puis, il y a eu aussi les mauvais placements de Thawman. Ils ont fini par lui sauver la vie.

Rhodes coinça son pouce dans son ceinturon et bomba le torse.

— Il avait investi une petite fortune dans l'une de ces sociétés de services de cryogénie, avant de creuser un peu la question et de se pencher sur l'aspect éthique de la chose. Le vieux Thawman a peut-être perdu son argent, mais ça lui a sauvé la peau à Washington. Les gens le prenaient pour un saint, le pauvre, avec tout ce qu'il avait perdu. Il n'aurait pas eu meilleure presse s'il avait débranché sa propre mère avec les autres.

Mick et le gouverneur rirent de bon cœur. Donald ne voyait pas ce qu'il y avait de si drôle.

— Bien, allez les gars, bonne continuation. Ce bon vieil Oklahoma vous envoie une nouvelle livraison d'ici quelques semaines.

— Parfait, dit Mick en serrant la grosse paluche du cow-boy du Midwest.

Donald l'imita et suivit Mick en direction de leur voiture de location. Au-dessus de leurs têtes, dans le ciel bleu du Sud, des traînées vaporeuses semblables à de la ficelle blanche dessinaient les plans de vol des innombrables avions partant de l'aéroport international d'Atlanta. Et à mesure que le vacarme du chantier s'estompait, le chant contestataire des militants antinucléaires s'éleva de derrière le grillage en contrebas. Ils passèrent le poste de sécurité pour se retrouver dans le parking.

— Dis, ça ne te dérange pas que je te dépose un peu plus tôt à l'aéroport ? demanda Donald. J'aimerais bien devancer les bouchons et arriver à Savannah tant qu'il fait jour.

— Ah oui, c'est vrai, t'as un rendez-vous galant ce soir.

Donald se mit à rire.

— Pas de problème, reprit Mick. Abandonne-moi et va retrouver ta femme.

— Merci.

Mick sortit les clés de la voiture.

— En fait, tu sais, j'espérais vraiment que tu m'invites à vous rejoindre. Je pourrais dîner avec vous, pioncer sur le canapé, on ferait la tournée des bars comme au bon vieux temps.

— Dans tes rêves.

Mick l'empoigna par le cou.

— Ouais, bon, joyeux anniversaire de mariage quand même.

— Merci, dit Donald en grimaçant de douleur. Je ne manquerai pas de transmettre à Helen.

10

2110
Silo 1

Troy faisait une partie de solitaire lorsque le silo 12 s'effondra. Ce jeu avait quelque chose de merveilleusement abrutissant. Son aspect répétitif tenait la dépression à l'écart avec plus d'efficacité que les pilules. L'absence de capacité requise l'entraînait au-delà de la distraction, au royaume de l'hébétude la plus complète. La vérité, c'était que le joueur perdait ou gagnait dès l'instant où les cartes étaient distribuées. Le reste ne consistait qu'à découvrir ce qu'avait choisi l'ordinateur.

Pour un jeu électronique, c'était étonnamment rudimentaire. Au lieu de cartes traditionnelles, c'étaient des lettres et des chiffres avec soit un astérisque, une esperluette, un signe plus ou de pourcentage pour désigner la suite. Troy était embêté de ne pas savoir quel symbole représentait les cœurs, les trèfles, ou les carreaux. C'était purement arbitraire, ça n'avait pas vraiment d'importance, mais ça le frustrait.

Il était tombé sur ce jeu par hasard en fouillant dans des dossiers. Il fallait un peu d'entraînement avant de réussir à retourner les cartes avec la barre d'espace et à les déplacer à l'aide des flèches, mais il avait tout son temps. À part les réunions avec les chefs de départements, la lecture des notes de Merriman et la consultation de l'Ordre pour se rafraîchir la mémoire, il n'avait que ça : du temps. Pour s'effondrer en pleurs dans les toilettes de son bureau jusqu'à ce que la morve lui dégouline du menton, pour s'asseoir sous le jet brûlant de la douche et frissonner, pour cacher ses pilules dans sa joue et les garder pour les moments où ses blessures étaient trop vives, pour se demander pourquoi les médicaments ne marchaient plus aussi bien qu'au début, même lorsqu'il doublait les doses.

Peut-être que le pouvoir abrutissant de ce jeu était sa raison d'être ; on l'avait créé dans ce but, et c'est pour cette raison même que les chefs qui se succédaient à ce poste le gardaient secret. Il l'avait vu sur le visage de Merriman quand ils avaient pris l'ascenseur ensemble. Les molécules n'évitaient que le pire de la douleur, ce mal indéfinissable. Mais les blessures plus superficielles refaisaient surface. Ces accès de tristesse soudaine devaient bien venir de quelque part.

Les dernières cartes se mirent en place tandis que son esprit vagabondait. L'ordinateur avait décidé de le laisser gagner, et Troy eut tout le loisir de le vérifier. Le mot BRAVO ! apparut sur l'écran en majuscules. Il éprouva une étrange satisfaction à recevoir les félicitations de l'ordinateur. Un sentiment de réussite, d'avoir fait quelque chose de sa journée.

Il laissa le message clignoter sur son écran et balaya son bureau du regard en quête d'une autre activité. Il y avait des modifications à apporter à l'Ordre, des annonces à rédiger pour les chefs de silos, et il devait s'assurer que le vocabulaire corresponde aux critères, en évolution perpétuelle.

Il se trompait parfois lui-même, parlait de bunkers au lieu de silos. C'était difficile pour ceux qui avaient vécu au temps de l'Héritage. Un certain vocabulaire, une façon de voir le monde persistaient malgré les médicaments. Il enviait les hommes et les femmes des autres silos, ceux qui étaient nés et mourraient dans leur petit monde, qui tomberaient amoureux, se sépareraient, se souviendraient de leurs blessures, en retiendraient des leçons, en sortiraient transformés. Il était encore plus jaloux de ces gens que des femmes de son propre silo cloîtrées dans leurs canots de sauvetage en long sommeil…

On frappa à sa porte, ouverte. Troy leva la tête et vit Randall, qui travaillait en face dans le bureau des psys. Il lui fit signe d'entrer d'une main et réduisit le jeu de l'autre. Il feuilleta son exemplaire de l'Ordre en essayant d'avoir l'air occupé.

— Je vous ai apporté ce rapport sur les croyances que vous m'aviez demandé, dit Randall en agitant un dossier.

— Ah, très bien. Merci.

Troy le prit. Qu'est-ce qu'ils avaient tous, avec leurs dossiers ? Il songea aux deux catégories de personnes qui avaient conçu cet endroit : des politiques et des docteurs. Toutes deux coincées dans une époque antérieure, dans l'ère du papier. À moins qu'aucune des deux n'ait confiance en des données qu'elles ne pouvaient pas déchirer, ni brûler ?

— Le chef du silo 6 a choisi un nouveau remplaçant, qu'il a formé. Il veut programmer un entretien avec vous pour formaliser la nomination.

— Oh. D'accord.

Troy feuilleta le dossier et y trouva des transcriptions du département des Communications concernant chacun des silos. Il avait hâte de procéder à cette nouvelle cérémonie. Tout travail qu'il avait déjà accompli l'angoissait d'autant moins.

— Je vous signale par ailleurs que le rapport démographique du silo 32 est légèrement déconcertant.

Randall rejoignit Troy et lécha son pouce avant de passer en revue les divers rapports. Troy jeta un œil à son écran pour s'assurer que le jeu avait bien disparu.

— Ils approchent du maximum… et vite. Le Dr Haines pense à un mauvais lot d'implants contraceptifs. Mais le chef du silo, un certain…

Il sortit le rapport.

— … Biggers, nous y voilà, nie en bloc. Selon lui, aucune femme porteuse d'implant n'est tombée enceinte. Il pense que la loterie est truquée ou qu'il y a un problème avec nos ordinateurs.

— Hmm.

Troy prit le dossier et le survola. La population du silo 32 dépassait les neuf mille habitants, et l'âge moyen était d'à peine plus de vingt ans.

— Programmons un appel à la première heure demain matin. Je ne crois pas à cette histoire de trucage de la loterie. Il ne devrait même pas y avoir de loterie, n'est-ce pas ? Pas tant que la démographie ne chute pas un minimum.

— C'est ce que je lui ai dit.

— Et le comptage de population de tous les silos se fait à partir du même ordinateur.

Troy essaya de ne pas avoir l'air de poser une question, mais honnêtement, il ne le savait plus.

— Exact, confirma Randall.

— Ce qui veut dire qu'on nous ment. Je veux dire, ça n'est pas arrivé du jour au lendemain. Biggers a dû voir les choses venir, ce qui signifie qu'il est au courant depuis un moment. Soit il est complice, soit il a perdu le contrôle.

— Tout à fait.

— Bien. Qu'est-ce qu'on a sur le remplaçant de Biggers ?

— Son ombre ?

Randall hésita.

— Il faudrait que je ressorte ce fichier, mais je sais qu'il est en poste depuis un moment. Il était déjà là avant qu'on entame notre faction.

— Bien. Je lui parlerai demain. Seul.

— Vous croyez qu'il faut remplacer Biggers ?

Troy acquiesça, l'air sombre. L'Ordre était clair sur les problèmes qui défiaient toute compréhension : Commencez par le haut. Partez du principe que l'explication fournie est un mensonge. À cause de ces règles, Troy et Randall se retrouvaient à parler d'un homme qu'on retirait de l'équation comme s'il était une machine défectueuse.

— D'accord. Une dernière chose…

Un tonnerre de bottes résonna dans le couloir. Ils levèrent la tête pour voir débouler Saul dans la pièce, l'air apeuré.

— Messieurs…

— Saul. Qu'est-ce qui se passe ?

Le responsable des communications avait l'air d'avoir vu un millier de fantômes.

— On a besoin de vous, monsieur. Tout de suite.

Troy recula de son bureau. Randall le suivait de près.

— Qu'est-ce qu'il y a ? demanda Troy.

Saul se dépêchait.

— C'est le silo 12, monsieur.

Ils passèrent devant un homme perché sur une échelle qui changeait une ampoule longue durée, une grande dalle rectangulaire du plafond pendant au-dessus de sa tête, comme la porte du paradis. Troy, haletant, avait du mal à suivre la cadence.

— Qu'est-ce qu'il a, le silo 12 ? souffla-t-il.

Saul regarda par-dessus son épaule, le visage déformé par l'inquiétude.

— Je crois qu'on est en train de le perdre, monsieur.

— Comment ça, on le perd ? Le contact ? On ne peut plus les joindre ?

— Non, non, on est en train de perdre le silo, monsieur. Le silo, les gens. Tout.

11

2049
Savannah, Géorgie

Donald n'appréciait pas vraiment les serviettes, mais, respectueux des convenances, il secoua le morceau de tissu et le posa sur ses genoux. Toutes les autres serviettes aux tables voisines étaient encore pliées en forme de pyramide entre les couverts. Il ne se rappelait pas que le Corner Diner ait eu des serviettes en tissu lorsqu'il était au lycée. N'y avait-il pas plutôt de simples distributeurs de serviettes en papier tout cabossés ? Et *quid* des salières et poivrières, avec leur versoir en inox ? Même elles s'étaient sophistiquées. Un petit bol qui devait contenir de la fleur de sel était posé près du bouquet, et si on voulait du poivre, il fallait attendre que quelqu'un vienne en moudre directement dans votre assiette.

Il s'apprêtait à en faire part à sa femme lorsqu'il la surprit en train de regarder la banquette de derrière. Donald se retourna en faisant couiner le vinyle de l'assise. Il observa le couple installé là où Helen et lui s'étaient assis lors de leur premier rencard.

— Je te jure que je leur ai demandé de nous la réserver, dit-il.

Le regard de sa femme revint se poser sur lui.

— Je crois qu'ils n'ont pas compris mes explications. Ou alors c'est moi qui voyais les choses à l'envers au téléphone.

Elle balaya l'air d'un revers de la main.

— Chéri, laisse tomber. On pourrait manger des croque-monsieur à la maison, je serais aussi heureuse. J'avais juste les yeux dans le vague.

Helen déplia sa serviette à son tour, avec soin, presque comme si elle en étudiait les plis pour pouvoir la replier à l'identique, rendre à un objet démantibulé son état d'origine. Le serveur arriva en bourrasque, leur versa de l'eau en causant quelques éclaboussures sur la nappe blanche. Il s'excusa pour l'attente avant de les laisser attendre davantage.

— Cet endroit a changé, dit Donald.

— Oui, ça fait plus adulte.

Ils prirent leurs verres d'eau en même temps. Donald sourit et leva le sien.

— Je bois aux quinze ans écoulés depuis ce fameux jour où ton père a fait l'erreur d'allonger ta permission de sortie.

Helen sourit et ils trinquèrent.

— Je bois à quinze de plus.

— S'ils continuent sur leur lancée, ce resto ne sera plus dans nos moyens dans quinze ans, dit-il.

Helen rit. Elle avait à peine changé depuis ce premier rendez-vous. Ou alors c'était parce que le changement se faisait subtilement. C'était différent d'aller dans le même restaurant tous les cinq ans et de voir toutes les transformations d'un coup. C'était comme voir une sœur grandir plutôt qu'une cousine éloignée.

— Tu reprends l'avion demain matin ? demanda Helen.

— Oui, mais pour Boston. J'ai rendez-vous avec le sénateur.

— Pourquoi à Boston ?

— Il est en cours de traitement nanobiologique. Je crois qu'il reste enfermé pendant une semaine d'affilée. Je ne sais pas trop comment il fait, mais il continue à travailler pendant ce temps-là…

— Tout simplement en débauchant ses laquais…

— On n'est pas ses laquais, dit Donald en riant.

— … qui viennent derechef baiser son anneau et lui offrir de la myrrhe.

— Arrête, ça n'a rien à voir.

— Je m'inquiète, c'est tout. Tu tires trop sur la corde. Quelle partie de ton temps libre tu passes sur ce projet ?

Beaucoup, eut-il envie de répondre. Il voulait lui parler de toutes ces heures exténuantes, mais il savait comment elle réagirait.

— Ça ne me prend pas autant de temps que ça.

— Vraiment ? Parce que j'ai l'impression que tu en parles sans arrêt. Je ne sais même pas ce que tu fais à part ça.

Le garçon passa près d'eux avec un plateau croulant sous les boissons et les pria de patienter encore un peu. Helen regardait le menu.

— J'aurai terminé ma partie des plans d'ici quelques mois. Et après, promis, je ne t'embêterai plus avec ça.

— Chéri, tu ne m'embêtes pas. Je refuse simplement qu'il profite de toi. Ce n'est pas pour ça que tu as signé. Tu as décidé de ne pas devenir architecte, tu te souviens ? Sinon, tu aurais très bien pu rester à la maison.

— Bébé, il faut que tu saches que…

Il baissa d'un ton.

— … ce projet sur lequel on travaille est…

— Est très important, je sais. Tu me l'as dit, et je te crois. Après quoi, dans tes moments de doute, tu penses que ton rôle dans la conception de ce truc est superflu et qu'ils ne se serviront jamais de tes plans.

Donald avait oublié qu'ils en avaient déjà parlé.

— En tout cas, je serai contente quand ce sera terminé, dit-elle. Ils peuvent bien acheminer ces barres de combustible par notre quartier, en ce qui me concerne. Qu'ils les enterrent, tassent bien le sol par-dessus, et qu'on n'en parle plus.

Donald songea à tous les appels et les mails qu'il avait reçus de sa circonscription, aux gros titres alarmistes de la presse au sujet du chemin qu'emprunterait depuis le port le convoi de camions, qui devait contourner Atlanta. Chaque fois qu'Helen entendait parler du projet, elle ne pensait qu'à une chose : il perdait son temps à tous ces détails au lieu de faire son vrai travail. Et à cette autre chose : il aurait pu rester chez lui à Savannah et faire le même boulot.

Helen s'éclaircit la voix.

— Et…

Elle hésita.

— Est-ce qu'Anna était sur le chantier aujourd'hui ?

Elle lui lança un regard par-dessus le bord de son verre, et c'est alors que Donald comprit à quoi sa femme pensait vraiment dès qu'ils évoquaient le SDR et les barres de combustible usagé : à sa propre insécurité, du fait qu'il travaille avec elle, si loin de la maison.

— Non, répondit-il en secouant la tête. Tu sais, on ne se voit presque pas. On s'envoie les plans. J'y suis allé avec Mick, c'est tout. Il coordonne une grande partie des équipes…

Le serveur arriva, sortit son calepin noir de son tablier et cliqua sur son stylo.

— Désirez-vous boire quelque chose ?

Donald commanda deux verres de merlot. Helen refusa les amuse-bouches que proposait le garçon.

— Chaque fois que je parle d'elle, dit-elle une fois le serveur parti vers le bar, tu dévies sur Mick. Arrête de changer de sujet.

— S'il te plaît, Helen, je n'ai pas envie de parler d'elle.

Donald posa ses mains sur la table.

— Je ne l'ai vue qu'une fois depuis qu'on a commencé à travailler sur ce projet. J'ai fait en sorte qu'on bosse à distance, parce que je savais que le contraire ne te plairait pas. Je n'éprouve rien pour elle, chérie. Absolument rien. Je t'en prie. C'est notre soirée.

— Est-ce que le fait de travailler avec elle te fait regretter ?

— Regretter quoi ? D'avoir accepté ce boulot ? Ou de ne pas avoir poursuivi dans la voie de l'architecture ?

— Je ne sais pas, des regrets sur… un peu tout.

Elle lorgna du côté de l'autre banquette, la table qu'il aurait dû réserver.

— Non, bien sûr que non. Chérie, pourquoi tu dis ça, voyons ?

Le serveur réapparut avec leur vin et dégaina son calepin.

— Vous avez fait votre choix ?

Helen ouvrit sa carte.

— Je vais prendre comme d'habitude, dit-elle.

Elle désigna ce qui était auparavant un simple croque-monsieur avec des frites, mais qui impliquait à présent, entre autres, des tomates vertes frites, du gruyère, un glaçage au miel, des pommes allumettes et une sauce tartare.

— Et pour vous, monsieur ?

Donald passa les plats en revue. La conversation l'avait troublé, et il sentait la pression qui pesait sur lui : il devait choisir, et vite.

— Je crois que je vais essayer quelque chose de différent, dit-il avec un manque de tact certain.

12

2110
Silo 1

Le silo 12 s'effondrait, et le temps que Troy et les autres arrivent, la salle de communications bruissait de conversations radio et sentait la sueur. Il y avait au moins quatre hommes massés autour d'un poste, là où suffisait en général un seul opérateur. En les voyant tous en proie à la panique, dépassés, prêts à se rouler en boule pour se cacher dans un coin, Troy se rassura : ils étaient tous comme lui. Leur affolement était sa force. Il n'avait qu'à faire semblant. Bonne figure.

Il remarqua que deux hommes portaient une blouse de papier en haut, au lieu de la combinaison orange de rigueur, ce qui signifiait qu'on les avait tirés du sommeil en guise de renfort. Troy se demanda quel degré avaient atteint les problèmes du silo 12 avant qu'ils se décident à venir le chercher.

— Mise à jour ? demanda Saul à un homme plus âgé qui tenait un écouteur contre son oreille.

L'homme se tourna vers eux, le crâne chauve luisant sous la lumière, le visage en sueur, l'air inquiet.

— Personne ne répond au serveur, dit-il.

— Priorité aux émissions du silo 12, dit Troy à un autre opérateur.

Un homme qu'il avait rencontré à peine une semaine

auparavant retira son casque et tourna un bouton. Les haut-parleurs de la salle bourdonnèrent ; on entendait indistinctement cris et ordres. Les autres cessèrent ce qu'ils étaient en train de faire pour écouter.

Un autre homme, la trentaine, visionnait des vidéos du silo en temps réel. C'était le chaos dans tous les coins. Une portion d'escalier central était envahie de gens qui se poussaient dans tous les sens. Une tête disparut, quelqu'un tomba, très probablement piétiné par les autres. Dans les regards se lisait la peur, les mâchoires étaient serrées ou articulaient des cris d'horreur.

— Montrez-nous la salle des serveurs, demanda Troy.

L'homme tapa quelque chose sur son clavier. La marée humaine céda la place à la vue paisible de meubles parfaitement immobiles. Le coffrage des serveurs et les grilles du revêtement au sol reflétaient la lumière clignotante provoquée par l'appel auquel personne ne répondait.

— Que s'est-il passé ? voulut savoir Troy.

Il se sentait étrangement calme.

— On essaie encore de le déterminer, monsieur.

On lui remit un dossier. Une poignée de gens s'étaient réunis dans le couloir, curieux. La rumeur circulait, un attroupement se formait. Troy sentit un filet de sueur courir dans sa nuque, mais toujours ce calme étrange, cette résignation à la fatalité des statistiques.

Une voix désespérée, empreinte d'épouvante, trancha dans le brouhaha ambiant.

— Ils vont sortir. Putain, ils sont en train de défoncer la porte. Ils vont réussir à…

Tout le monde dans la salle retint son souffle et attendit. Troy était persuadé de savoir de quelle porte il s'agissait. Il y avait une seule et unique porte entre la cafétéria et le sas. Elle aurait dû être plus solide que ça. Bien d'autres choses auraient dû être mieux conçues.

— Je suis tout seul ici les gars. Ils vont passer. Putain de merde, ils vont réussir à passer…

— C'est un shérif adjoint ? demanda Troy en feuilletant son dossier.

Il y avait des mises à jour de statuts faites par le directeur du DIT. Pas d'alarmes. Deux ans depuis le dernier nettoyage. L'indice de crainte était à huit lors de la dernière mesure. Un peu haut, mais en tout cas pas trop bas.

— Oui, je crois que c'est un adjoint, répondit Saul.

L'homme devant les écrans vidéo regarda Troy.

— Monsieur, nous allons assister à un exode en masse.

— Leurs radios sont verrouillées, n'est-ce pas ?

Saul acquiesça.

— On a fermé les relais amplificateurs. Ils ne peuvent communiquer qu'entre eux.

Troy résista à l'envie de se retourner pour faire face aux visages curieux massés dans le couloir.

— Bien.

Leur priorité était de contenir au maximum l'infection : ne pas la laisser se propager aux cellules voisines. Il s'agissait d'un cancer. Il fallait procéder à l'ablation. Sans regretter le disparu.

La radio grésilla.

— Ils y sont presque, ils y sont presque, ils y sont presque…

Troy essaya de se représenter la débandade, les gens qui s'écrasaient les uns contre les autres, la propagation de l'affolement. L'Ordre était clair sur son principe de non-intervention, mais sa conscience était partagée. Il tendit une main vers l'opérateur radio.

— Laissez-moi lui parler.

Toutes les têtes se tournèrent vers lui. Toute une foule qui ne jurait que par le protocole était déboussolée. Après un silence, on lui tendit le dispositif. Sans hésiter, Troy actionna le micro.

— Adjoint ?

— Allô ? Shérif ?

L'opérateur vidéo faisait défiler les écrans les uns après

les autres et finit par désigner une fenêtre. Le numéro d'étage, 72, figurait en haut à gauche ; on voyait un homme en combinaison argent affalé sur un bureau. Il y avait un pistolet dans sa main, une mare de sang autour du clavier.

— C'est le shérif ? demanda Troy.

L'opérateur s'essuya le front et fit oui de la tête.

— Shérif ? Qu'est-ce que je dois faire ?

Troy appuya sur le micro.

— Le shérif est mort, annonça-t-il à l'adjoint, surpris par le ton égal de sa voix.

Il réfléchit au destin de cet inconnu. Il prit soudain conscience que la plupart des habitants des silos pensaient être seuls. Ils n'avaient aucune idée de la présence des autres, du but réel qu'ils servaient. Et voilà que Troy était entré en contact avec cet homme, telle une voix désincarnée descendue des nuages.

On vit alors l'adjoint apparaître à l'écran, agrippé à une radio reliée au mur par un cordon. Le numéro d'étage dans le coin de la fenêtre indiquait 1.

— Enfermez-vous dans la cellule, lui dit Troy, comprenant que la solution la moins évidente était la meilleure.

C'était une solution temporaire, du moins.

— Assurez-vous d'avoir tous les jeux de clés avec vous.

Troy observait l'homme à l'écran. Toute la salle et tous ceux du couloir le regardaient.

La porte du bureau était à peine visible à travers l'œil de la caméra, qui arrondissait les angles. Les coins de la porte semblaient déformés à cause de l'objectif. Mais le centre de la porte, lui, se déforma à cause de la foule. Les gens poussaient de toutes leurs forces. L'adjoint ne répondit pas. Il laissa tomber sa radio et se réfugia derrière son bureau. Ses mains tremblaient tellement lorsqu'il attrapa les clés que ce fut perceptible à l'écran malgré la mauvaise qualité de l'image.

Une brèche s'ouvrit dans la porte. Dans le département, quelqu'un retint son souffle. Troy voulait se plonger dans les statistiques. Il avait été formé pour être à l'autre bout de la chaîne, pour diriger un petit groupe de gens en cas de catastrophe, pas pour diriger tout le monde.

C'était peut-être pour ça qu'il était si calme. Il regardait une scène d'horreur dont il aurait dû faire partie, qu'il aurait dû vivre et au cours de laquelle il aurait dû mourir.

L'adjoint finit par empoigner les clés. Il traversa la pièce et sortit du champ. Troy l'imagina aux prises avec le verrou de la cellule tandis que la porte éclatait, que la foule en colère s'engouffrait dans la brèche. Impossible de savoir si l'adjoint avait eu le temps de se mettre à l'abri. Non que ça ait eu une importance au final. C'était une solution temporaire. Tout était temporaire. S'ils ouvraient les portes, s'ils parvenaient au-dehors, l'adjoint ne serait peut-être pas piétiné, mais son sort serait pire.

— Le sas intérieur est ouvert, monsieur. Ils essaient de sortir.

Troy hocha la tête. Les problèmes avaient dû commencer au DIT et se propager à partir de là. Peut-être le directeur – mais plus probablement son ombre. Une personne en possession des codes prioritaires. C'était là le vrai fléau : il fallait des chefs, des personnes qui gardent tous ces secrets. Et certains n'en étaient tout simplement pas capables. C'était statistiquement prévisible. Il se dit que c'était inévitable, se rappela les cartes déjà distribuées, le déroulement prédéterminé de la partie.

— Monsieur, on a une brèche. La porte extérieure.

— Actionnez les bombes à gaz, ordonna Troy.

Saul relaya le message à la salle des commandes au bout du couloir. À l'écran, le sas s'emplit d'un brouillard blanc.

— Sécurisez la salle des serveurs, poursuivit Troy. Verrouillage immédiat.

C'était un chapitre de l'Ordre qu'il avait en mémoire.

— Assurez-vous qu'une sauvegarde récente ait été effectuée. Et branchez-les sur notre électricité.

— Bien monsieur.

Ceux qui avaient quelque chose à faire semblaient moins nerveux que les autres, obligés de regarder et d'écouter en se tortillant sur leur chaise.

— Où est la vue extérieure ? demanda Troy.

La scène de bousculade dans la brume blanche céda la place à une vue plus large de l'extérieur, d'une foule claustrophobe détalant sur une terre aride, de gens s'effondrant à genoux, mains sur le visage ou à la gorge tandis que des volutes de brouillard s'échappaient de la rampe à proximité.

Personne n'osa bouger ou dire un mot. Dans le couloir, quelqu'un étouffa un cri. Troy n'aurait pas dû les autoriser à regarder.

— Bien. Éteignez.

L'écran devint noir. Observer la foule tenter de regagner le silo, les hommes et les femmes mourir sur les collines ne servait à rien.

— Je veux savoir comment on en est arrivés là.

Troy se tourna et regarda ses collègues.

— Comment on en est arrivés là, et comment empêcher que ça se reproduise.

Il rendit le dossier et le micro aux hommes devant leur poste.

— N'informez pas encore les chefs des autres silos. Pas avant d'avoir les réponses aux questions qu'ils nous poseront.

Saul leva la main.

— Et pour les gens qui sont encore dans le silo 12 ?

— La seule différence entre les gens du silo 12 et ceux du silo 13, c'est qu'il n'y aura pas de générations futures dans le silo 12. C'est tout. Tout le monde, dans tous les silos, finira par mourir. Nous mourrons tous, Saul. Même nous. Il se trouve qu'aujourd'hui c'était leur tour.

Il hocha la tête en direction de l'écran noir en évitant de se représenter ce qui s'y passait.

— On savait que ça arriverait, et ce ne sera pas la dernière fois. Concentrons-nous sur les autres. Tirons les leçons qui s'imposent.

Plusieurs approuvèrent.

— J'attends vos rapports pour la fin de la journée, dit Troy en se sentant véritablement en charge de quelque chose pour la première fois. Et si l'on peut établir une liaison avec un membre du DIT du silo 12, qu'on le bombarde de questions. Je veux savoir qui, pourquoi et comment.

Plusieurs hommes, déjà épuisés, se raidirent avant de se remettre au travail. L'attroupement du couloir se disloqua lorsque les badauds comprirent que le spectacle était terminé et que le chef venait dans leur direction.

Le chef.

Troy éprouvait la pleine mesure de ses attributions pour la première fois. Le poids des responsabilités. Des murmures et des regards en biais l'accompagnèrent jusqu'à son bureau. Beaucoup de hochements de tête en signe de compassion, d'approbation, de reconnaissance, de la part d'hommes bien contents d'occuper des postes moins importants.

D'autres essaieront de s'échapper, songea Troy. Malgré tout le soin qu'on apportait à sa création, il n'y avait aucun moyen de la rendre infaillible. Le mieux à faire était d'anticiper, de faire des réserves de pièces de rechange, et de ne pas s'apitoyer sur le cylindre désormais sans vie mais se tourner vers les autres avec espoir.

De retour dans son bureau, il ferma la porte et s'y adossa un instant. Ses épaules, humides de sueur, collaient à sa combinaison. Il prit plusieurs profondes inspirations avant d'aller s'asseoir. Il posa une main sur son exemplaire de l'Ordre. Il éprouvait toujours cette même crainte qu'ils ne se soient trompés sur toute la ligne. Comment une poignée de docteurs pouvaient tout prévoir ? Est-ce que les choses seraient plus faciles à mesure que les générations défileraient, que les gens oublieraient et que les murmures des premiers survivants s'éteindraient ?

Troy n'en était pas si sûr. Il leva les yeux vers le grand plan accroché au mur où les silos s'étalaient parmi les collines, cinquante cercles espacés qui lui rappelèrent les cinquante étoiles d'un drapeau sous lequel il avait servi.

Un violent frisson le parcourut des épaules jusqu'au bout des doigts. Il s'agrippa aux bords de son bureau jusqu'à ce que ça passe. Il ouvrit le tiroir du haut, saisit un marqueur rouge et se dirigea vers le plan, le frisson à présent dans sa poitrine.

Avant de mesurer pleinement l'irrévocabilité de son geste, avant de comprendre que cette marque serait là à toutes les relèves qu'il prendrait, avant même d'envisager que cela puisse devenir une tendance, un geste répété par ses successeurs, il traça une croix rouge en travers du silo 12.

La pointe du marqueur couina contre la surface du papier. Ça ressemblait à une plainte. Troy cligna des yeux pour chasser ses larmes et tomba à genoux. Il se pencha en avant jusqu'à ce que son front se pose sur une pile de vieux dossiers et de plans dont le papier bruissait en rythme avec les sanglots qui le secouaient.

Mains sur les genoux, épaules courbées sous le poids d'un devoir auquel il était contraint, Troy pleura. Il pleura aussi doucement que possible, pour que personne ne l'entende.

13

2049
RYT Hospital, Dwayne Medical Center

Donald avait visité le Pentagone une fois, était allé deux fois à la Maison Blanche, entrait et sortait du Capitole une douzaine de fois par semaine, mais rien de ce qu'il avait vu dans le district de Columbia ne l'avait préparé au système de sécurité dont bénéficiait le Dwayne Medical Center. Vu la longueur des vérifications, il se demandait si son entrevue d'une heure avec le sénateur valait finalement le coup.

En plus du scanner complet avant d'accéder à l'aile de nanobiotechnologie, on l'avait entièrement déshabillé, revêtu d'une blouse médicale verte, soumis à toutes sortes de lumières vives censées enregistrer le réseau capillaire infrarouge de son visage. Sans compter la prise de sang.

De lourdes portes et des vigiles trapus jalonnaient les couloirs du département de NBT. Lorsqu'il remarqua des agents des services secrets – à qui on avait permis de garder costumes et lunettes noires – Donald sut qu'il n'était plus très loin. Une infirmière lui fit passer un dernier portique. Il était prêt à entrer dans la chambre nanobiotique.

Donald scrutait l'énorme dispositif avec suspicion. Il n'en avait vu que dans des séries télé, et la chose était bien plus imposante en vrai. On aurait dit un sous-marin abandonné dans les étages supérieurs de l'hôpital.

Des paquets de fils et de tuyaux partaient de la structure blanche aux angles arrondis et aux parois garnies de petites fenêtres qui n'étaient pas sans évoquer les hublots d'un navire.

— Et vous êtes sûre que je ne crains rien ? demanda-t-il à l'infirmière. Parce que, bon, je peux attendre et lui rendre visite plus tard.

L'infirmière sourit. Elle ne devait pas avoir plus de vingt ans. Les cheveux attachés sur la nuque, elle était jolie, naturelle.

— Vous ne craignez absolument rien. Ses nanos n'agiront pas sur votre corps. Il nous arrive fréquemment de traiter plusieurs patients dans la même chambre, vous savez.

Elle le mena devant la porte et déverrouilla la manivelle. Les joints en caoutchouc sifflèrent lorsque le sas s'ouvrit, accompagnés par un souffle d'air dû à la différence de pression.

— Si c'est si sûr que vous le dites, pourquoi des parois aussi épaisses ?

— Tout ira bien, dit-elle avec un petit rire. Au bout de quelques secondes, une sonnerie retentira quand j'aurai fermé cette porte, et celle de devant se déverrouillera. Vous n'aurez qu'à tourner la manivelle et à pousser la porte.

— C'est que… je suis un peu claustrophobe, dit Donald.

Non mais est-ce qu'il s'entendait ? On aurait dit un gamin. Pourquoi ne pas simplement dire qu'il n'avait aucune envie d'aller dans ce machin, point barre ? Pourquoi se laissait-il faire à ce point ?

— Allez-y, monsieur Keene, entrez dans le sas je vous prie.

L'infirmière posa une main dans le bas de son dos. Et alors, la peur de passer pour un poltron aux yeux d'une jeune et jolie jeune femme l'emporta sur la terreur que lui inspirait cette capsule démesurée remplie de nanomachines. D'un pas hésitant, il finit par se retrouver dans le sas, la gorge serrée.

La porte derrière lui se referma avec un bruit mat, le laissant dans un espace tout en rondeurs à peine assez grand pour deux. Les verrous claquèrent. Il y avait de chaque côté de minuscules bancs en métal incrustés dans les parois incurvées. Il se redressa, mais sa tête frôla le plafond.

Un vrombissement hostile emplit l'espace confiné. Les poils de sa nuque se dressèrent, l'air semblait chargé d'électricité. Il chercha un interphone, une façon de communiquer avec le sénateur qui lui éviterait d'aller plus loin. Il avait l'impression d'étouffer, il fallait qu'il sorte de là. Mais il n'y avait pas de roue sur la porte de derrière. Il n'avait pas le moindre contrôle sur…

Le fracas métallique des verrous résonna. Donald se rua sur la porte et l'ouvrit. Il parvint enfin à s'extraire du sas pour la chambre, plus grande, contenue dans la capsule.

— Donald !

Le sénateur leva le nez d'un livre épais. Il était affalé sur un des bancs qui couraient le long du cylindre, avec carnet et stylo sur une petite table ; un plateau en plastique contenait les restes de son dîner.

— Bonjour monsieur, dit Donald en ouvrant à peine la bouche.

— Ne reste pas planté là, entre. Tu laisses sortir ces petites saloperies !

Il entra et ferma la porte à contrecœur, sous les rires du sénateur.

— Autant respirer, tu sais. Ils pourraient passer à travers ta peau s'ils le voulaient.

Donald souffla et frissonna. C'était peut-être son imagination, mais il avait l'impression que de minuscules aiguilles lui piquaient la peau, comme les moucherons de Savannah en été.

— On ne peut pas les sentir, dit Thurman. C'est dans ta tête. Ils savent faire la différence entre toi et moi.

Donald baissa les yeux et se rendit compte qu'il se grattait le bras.

— Assieds-toi, dit Thurman en désignant le banc face au sien.

Il avait une blouse de la même couleur que celle de Donald et une barbe de trois jours au menton. Donald remarqua que la capsule donnait au fond sur une petite salle d'eau, un pommeau de douche fixé au mur. Thurman attrapa une bouteille d'eau à moitié vide et en but une gorgée. Donald s'exécuta, angoissé ; la sueur qui perlait sur son crâne le démangeait. À l'extrémité de son banc s'empilaient des couvertures pliées et quelques oreillers. Il remarqua que le banc s'ouvrait en fait pour servir de lit, mais s'imagina incapable de dormir dans un cercueil pareil.

— Vous vouliez me voir, monsieur ?

Il essayait de garder un ton égal malgré le goût métallique de l'air, ce piquant de machines sur sa langue.

— Tu as soif ?

Le sénateur ouvrit un mini-réfrigérateur situé sous le banc et lui tendit une bouteille d'eau.

— Merci, dit Donald sans pour autant ouvrir la bouteille.

Il se contenta de la fraîcheur contre sa paume.

— Mick m'a dit qu'il vous avait fait son rapport.

Il eut envie d'ajouter qu'il n'estimait pas cette entrevue nécessaire.

— En effet. Il est venu me voir hier. Garçon fiable.

Le sénateur sourit en secouant la tête.

— L'ironie de la chose, c'est que la promotion qui vient de prêter serment est probablement la meilleure depuis des années.

— L'ironie ?

Thurman balaya la question de Donald du revers de la main.

— Tu sais ce que j'aime dans ce traitement ?

L'accès à la vie quasi éternelle ? faillit dire Donald.

— Ça te donne le temps de réfléchir. Quelques jours ici, sans batteries parce que c'est interdit, rien qu'avec quelques livres à lire et un carnet. Ça t'éclaircit les idées.

Donald ne dit rien mais n'en pensait pas moins. Il ne voulait pas admettre à quel point cette procédure le mettait mal à l'aise, à quel point le fait d'être dans cette chambre à l'instant même le terrifiait. Savoir que ces micromachines circulaient dans le corps du sénateur pour passer en revue ses cellules et réparer celles qui étaient défectueuses le répugnait. À ce qu'il avait entendu dire, l'urine prenait une couleur charbon une fois que toutes les machines cessaient de fonctionner. Il tremblait rien que d'y penser.

— C'est agréable, non ? demanda Thurman.

Il prit une profonde inspiration et expira.

— Ce calme ?

Donald ne répondit pas. Il s'aperçut qu'il retenait encore son souffle.

Thurman jeta un œil au livre posé sur ses genoux puis observa Donald.

— Tu savais que c'est ton grand-père qui m'a appris à jouer au golf ?

Donald se mit à rire.

— Oui. J'ai vu des photos.

Il songea à sa grand-mère et à ses vieux albums. Elle avait cette habitude démodée d'imprimer les photos et de les classer dans des livres. Elle disait qu'elles devenaient plus réelles de cette façon.

— Ta sœur et toi, je vous ai toujours considérés comme mes propres enfants.

Cette franchise soudaine était bizarre. Une petite grille de ventilation faisait circuler l'air dans la capsule, mais il faisait très chaud d'un coup.

— Merci, monsieur.

— Je veux que tu sois partie intégrante de ce projet. Jusqu'au bout.

Donald déglutit.

— Monsieur, je vous promets que mon engagement à vos côtés est total.

Thurman leva une main et secoua la tête.

— Non, ce n'est pas ce que je…

Il laissa tomber sa main sur ses genoux et lança un coup d'œil vers la porte.

— Tu sais, j'ai longtemps pensé qu'on ne pouvait plus rien cacher. Plus à notre époque. Que tout se savait, tu vois ? Enfin, tu as fait campagne, tu es passé par tout ce bazar. Tu sais comment c'est.

— Oui, j'ai dû faire certains aveux, dirons-nous.

Le sénateur mit ses mains en coupe.

— C'est comme essayer de tenir de l'eau sans laisser filer une seule goutte entre ses doigts.

Donald acquiesça.

— Merde, un président peut même plus recevoir de petite gâterie sans que le monde entier soit au courant.

Donald plissa les yeux, perplexe.

— Rah, tu es trop jeune, lâcha Thurman. Mais voilà où je voulais en venir. Que ce soit à Washington ou à l'étranger, ce sont les choses sans importance qui filent entre nos doigts. Les peccadilles. Les petits tracas, pas les questions de vie ou de mort. Tu veux envahir un pays ? Regarde le jour du Débarquement. Où Pearl Harbor, tiens. Le 11 Septembre. C'est pas un problème.

— Pardonnez-moi monsieur mais je ne vois pas ce…

Thurman pinça le bout de ses doigts ensemble. Donald crut un instant qu'il voulait le faire taire, mais le sénateur approcha sa main de lui, comme s'il avait attrapé un moustique.

— Regarde, dit-il.

Donald se pencha, ne vit rien, secoua la tête.

— Monsieur, je ne vois pas ce que…

— Normal. Et tu ne l'aurais pas vu venir non plus. C'est sur ça qu'elles travaillent, ces petites bêtes.

Le sénateur relâcha le moustique invisible et examina son pouce, sur lequel il souffla.

— Tout ce qu'elles cousent, elles peuvent le découdre.

Il regarda Donald dans les yeux.

— Tu sais pourquoi on est allés en Iran la première fois ? Ça n'avait rien à voir avec des bombes atomiques, crois-moi. J'ai rampé dans tous les trous creusés dans les dunes de ce pays, et c'est quelque chose de bien plus précieux que des bombes atomiques qu'ils cachaient. Tu vois, ils avaient découvert le moyen de nous attaquer sans être vus, sans se faire eux-mêmes sauter, sans aucune répercussion.

Donald était persuadé qu'il n'était pas autorisé à entendre ce genre de choses.

— Enfin, à vrai dire, les Iraniens n'ont pas vraiment mis la chose au point, ils ont plutôt volé ce sur quoi Israël travaillait.

Thurman lui sourit.

— Et donc, il a fallu qu'on se mette à niveau.

— Je ne comprends pas…

— Ces petites bestioles invisibles sont programmées pour mon ADN, Donny. Garde bien ça en tête. Est-ce que tu sais de quelle ascendance tu es ?

Thurman le regarda des pieds à la tête comme s'il jaugeait un bâtard.

— Tu es quoi, écossais ?

— Irlandais, peut-être, monsieur. Honnêtement, je suis incapable de vous dire.

Il ne voulait pas admettre que cela lui était complètement égal. Thurman semblait y attacher de l'importance.

— Eh bien ces saloperies en sont capables, elles. Enfin, s'ils les perfectionnent encore un peu. Elles pourraient te dire de quel clan étaient tes ancêtres. Et c'est sur ça que les Iraniens travaillent : sur une arme invisible, instoppable, et si elle décide que tu es juif, ne serait-ce qu'un quart…

Thurman passa le pouce en travers de sa gorge.

— Je croyais qu'on se trompait à ce sujet. Qu'on n'avait jamais trouvé de nanomachines en Iran.

— Parce qu'elles se sont autodétruites. À distance. Pouf !

— On dirait un de ces adeptes de la théorie du complot, dit Donald en riant.

Le sénateur s'adossa contre la paroi de la capsule.

— Donny, ce sont les adeptes de la théorie du complot qui nous ressemblent, pas l'inverse.

Donald attendit un rire. Un sourire. En vain.

— Qu'est-ce que tout ça a à voir avec moi ? Ou avec notre projet ?

Thurman ferma les yeux.

— Sais-tu pourquoi les couchers de soleil sont si beaux en Floride ?

Donald eut envie de crier. Il voulait taper contre la porte jusqu'à ce qu'ils le sortent de là dans une camisole. Il se contenta d'une gorgée d'eau.

Thurman ouvrit un œil pour le regarder.

— C'est parce que le sable d'Afrique survole tout l'Atlantique.

Donald acquiesça. Il voyait où le sénateur voulait en venir. Il avait entendu les mêmes propos alarmistes sur les chaînes d'infos : toxines et micromachines pouvaient faire le tour du monde, comme le pollen et les graines le faisaient depuis des millénaires.

— Ça va arriver, Donny. Je le sais. J'ai des yeux et des oreilles partout. Si je t'ai fait venir aujourd'hui, c'est parce que je tiens à ce que tu aies une place à bord du radeau.

— Pardon ?

— Toi, et Helen, bien sûr.

Donald lança un regard vers la porte en se grattant le bras.

— Ce n'est qu'une alternative, pour l'instant, tu comprends ? Il y a tout un tas de plans prévus pour parer à tout. Des montagnes censées servir de refuge au président. Mais il nous faut autre chose.

Donald se remémora les divagations du député d'Atlanta sur les zombies et le Centre de contrôle des maladies. Les propos du sénateur semblaient tout aussi absurdes.

— Je serai heureux de travailler dans le comité que vous jugerez bon de…

— Bien.

Le sénateur prit le livre qui était sur ses genoux et le tendit à Donald.

— Lis ça.

Donald regarda la couverture. Elle lui semblait familière, mais au lieu du titre français attendu, il lut : L'Ordre. Il l'ouvrit à une page au hasard et se mit à lire en diagonale.

— À partir de maintenant, ce livre, c'est ta bible, fiston. Pendant la guerre, j'ai rencontré des gamins qui t'arrivaient pas au genou et qui connaissaient déjà le Coran par cœur. Il faudra faire mieux.

— Par cœur ?

— Autant que possible. Mais ne t'en fais pas, tu as deux ans devant toi.

Surpris, Donald referma le livre et examina le dos.

— Bien. Ce ne sera pas de trop.

Il voulait savoir si une augmentation était prévue, s'il devait s'attendre à des milliers de réunions en plus. Ça lui semblait absurde, mais il n'était pas près de refuser quoi que ce soit au vieil homme, pas avec une échéance électorale qui se représentait tous les deux ans.

— Parfait. Alors bienvenue.

Thurman se pencha et tendit la main. Donald essaya de loger sa paume tout contre celle du sénateur, de sorte que la poigne du vieil homme lui fasse moins mal.

— Tu es libre de partir.

Il se leva et poussa un soupir de soulagement. Portant le livre à deux mains, il se dirigea vers la porte du sas.

— Au fait, Donny ?

— Oui monsieur ?

— Le congrès du parti se tient dans deux ans. Fais une croix dans ton agenda. Et assure-toi qu'Helen soit présente.

Donald en eut la chair de poule. Avait-il de vraies chances de promotion ? Un discours à la tribune, peut-être ?

— Entendu, monsieur, dit-il avec un large sourire.

— Ah, et j'ai bien peur de ne pas avoir été tout à fait honnête avec toi tout à l'heure, à propos de ces petites bestioles.

— Ah oui ?

Donald déglutit. Son sourire s'évanouit. Il avait une main sur la manivelle de la porte. À nouveau, son esprit se mit à lui jouer des tours, le goût de métal sur la langue, les picotements partout sur la peau.

— Certaines de ces saloperies t'étaient bien destinées.

Le sénateur le fixa un instant avant de partir d'un grand rire.

Donald se retourna, actionna la manivelle d'une main, et ne s'autorisa à respirer qu'une fois dans le sas, le rire de Thurman étouffé par les joints hermétiques.

L'air se mit à vibrer à nouveau, un petit coup d'électricité destiné à tuer tout nano qui se serait échappé. Donald poussa un long, long soupir et sortit d'un pas chancelant.

14

2110
Silo 1

Les psys gardaient la porte de Troy fermée et lui livraient ses repas tandis qu'il épluchait les rapports sur le silo 12. Il tournait les pages sur son clavier, loin du bord du bureau, où ses larmes risquaient de tacher le papier.

Pour une raison qui lui échappait, il ne pouvait s'arrêter de pleurer. Depuis deux jours, les docteurs, pourtant stricts sur ce point, ne lui donnaient plus de pilules, de sorte qu'il rassemble ses notes sans la perte de mémoire induite par les médicaments. Il avait un délai à tenir. Quand il aurait terminé, ils lui donneraient de quoi enrayer la douleur.

Des images de gens à l'agonie venaient brouiller son raisonnement, de gens qui étouffaient, là, dehors, qui tombaient à genoux. Troy se rappelait avoir donné l'ordre. Ce qu'il regrettait le plus, c'était de ne pas avoir appuyé lui-même sur le bouton.

L'arrêt des médicaments avait ranimé d'autres souvenirs, de façon aléatoire. Il commença à penser à son père, à des événements datant d'avant sa formation. Et il s'inquiétait du fait que les milliards de gens qui avaient été rayés de la surface du globe lui causaient un inconfort diffus alors que les quelques milliers de personnes du silo 12 qui s'étaient ruées vers leur mort lui donnaient envie de se rouler en boule et d'attendre la fin.

Les rapports qu'il lisait faisaient état d'une ombre qui avait perdu son sang-froid, d'une directrice du DIT qui n'avait pas remarqué les ténèbres qui s'ouvraient sous ses pieds, et d'un chef de la sécurité du genre intègre mais qui n'avait pas fait les meilleurs choix. Il suffisait qu'un groupe de gens apparemment convenables portent la mauvaise personne au pouvoir pour payer le prix de leur choix innocent.

Les codes d'accès de chaque vidéo étaient inscrits dans la marge. Ils lui rappelaient un livre ancien au mode de référencement similaire.

"Jason 2, 17" lui fournit par exemple une séquence où évoluait l'ombre du chef du DIT. Troy la visionna sur son écran. Un jeune homme, dans les dix-huit, vingt ans, était assis par terre, dans une salle de serveurs, dos tourné à la caméra. On voyait les coins d'un plateau en plastique posé sur ses genoux. Il était penché sur son repas, les nœuds de sa colonne vertébrale projetaient de minuscules ombres le long de sa combinaison.

Troy l'observait. Il jeta un œil au rapport pour vérifier l'heure exacte. Il ne voulait pas rater le moment crucial.

Dans la vidéo, le coude droit de Jason bougeait d'avant en arrière. Il avait l'air de manger. Le moment arrivait. Troy s'efforça de ne pas cligner des yeux, malgré les larmes qu'il sentait poindre.

Un bruit fit sursauter Jason. La jeune ombre tourna la tête. On devinait à son profil émacié les semaines de privation qu'il avait endurées. Il ôta le plateau de ses genoux et Troy vit pour la première fois la manche relevée que Jason cherchait à rabaisser, ainsi que les sombres lignes parallèles en travers de son avant-bras, alors que rien sur son plateau ne nécessitait de couteau.

Sur le reste de la vidéo, Jason parlait avec la directrice du DIT, qui adoptait avec lui un comportement tout maternel, une main sur son épaule, une caresse sur son coude. Troy imaginait sa voix. Il lui avait parlé une fois ou deux pour écouter ses rapports. Encore quelques semaines, et ils auraient pris rendez-vous pour l'intronisation officielle de Jason.

À la fin de la vidéo, Jason descendait sous la salle des serveurs – une ombre en avalant une autre. La directrice du DIT – la véritable chef du silo 12 – restait seule un moment, main sur le menton. Elle avait l'air si vivante. Mû par un instinct puéril, Troy eut envie de tendre la main vers l'écran pour effleurer ce fantôme, lui demander pardon de l'avoir abandonné.

Au lieu de cela, il remarqua une chose à côté de laquelle les rapports étaient passés. Il regarda le corps de cette femme tressauter en direction de la trappe, se figer un instant, puis se détourner.

Troy cliqua sur le curseur de la vidéo pour revoir la séquence. Elle frotte l'épaule de son ombre, lui parle, tandis qu'il acquiesce. Elle caresse son coude, s'inquiète pour lui. Il lui assure que tout va bien.

Une fois qu'il est parti, qu'elle se retrouve seule, ses peurs et ses doutes reviennent la ronger. Troy n'en était pas sûr à cent pour cent, mais il le sentait. Elle savait que les ténèbres couvaient sous ses pieds, et qu'elle tenait l'occasion d'y mettre un terme. Elle avait douté, s'était apprêtée à commettre quelque chose, puis, après un instant de réflexion, avait pris la direction opposée.

Troy appuya sur pause et prit des notes en indiquant l'heure précise de chaque passage. Il faudrait que les psys confirment ce qu'il avait découvert. Il feuilleta les pages des dossiers en se demandant s'il avait besoin de relire quelque chose. Une femme honnête avait été assassinée parce qu'elle n'avait pu se résoudre à le faire elle-même : tuer dans le but de protéger. Et un chef de la sécurité avait libéré un monstre passé maître dans l'art de cacher sa douleur, un jeune homme qui avait appris à manipuler les autres, et qui voulait sortir.

Il tapa ses conclusions. C'était un âge dangereux pour les ombres, fit-il remarquer dans son rapport. Le garçon en question, âgé de dix-huit ou vingt ans, était en proie au doute, n'avait pas entièrement le contrôle de ses actes. Troy demandait dans ses notes si on pouvait être prêt à cet âge-là. Il mentionna le premier chef du DIT qu'il avait intronisé, la question que ce dernier avait posée après avoir entendu les histoires de son arrière-grand-mère sénile. Était-il recommandable d'exposer qui que ce soit à ces vérités ? À un âge si fragile, pouvait-on encaisser de tels coups sans se briser ?

Ce qu'il se garda d'ajouter mais qu'il se demanda tout de même, c'était si on pouvait être prêt, à n'importe quel âge.

De tels événements, expliquait-il, donnaient toutes les raisons de croire qu'il valait mieux limiter l'accès à certains postes en fonction de l'âge. Cela mènerait à des mandats plus courts – et à davantage d'âmes malheureuses enfermées à double tour pour découvrir leur Héritage – mais ne valait-il pas mieux répéter ce maudit procédé plus souvent plutôt que prendre de tels risques ?

Il savait que ce rapport aurait peu d'importance. On ne pouvait pas prévoir la folie. Au bout de *x* révolutions, élections, ou transferts du pouvoir, un fou finirait par prendre les rênes. C'était inévitable. Ça, ils l'avaient prévu. Et c'est pour cela qu'ils avaient construit tant de silos.

Il se leva et marcha jusqu'à la porte de son bureau, qu'il tapa du plat de la main. Dans un coin, une imprimante cracha quatre pages encore chaudes lorsque Troy les prit pour les glisser dans son dossier. Il sentit la vie et la chaleur quitter le papier, comme elles avaient quitté ceux qui venaient de mourir. Bientôt, elles seraient aussi froides que l'air ambiant. Il prit un stylo et signa son nom en bas de la dernière.

Une clé s'introduisit dans la serrure et la porte s'ouvrit.

— Déjà fini ? demanda Victor.

Le psychiatre aux cheveux gris se planta face à son bureau en faisant cliqueter les clés lorsqu'il les rangea dans sa poche. Il tenait un petit gobelet en plastique.

Troy lui tendit le dossier.

— Tous les signes étaient là, dit-il au médecin, mais personne n'a agi.

Victor posa son gobelet et prit le dossier.

Troy appuya sur quelques touches pour effacer les vidéos de son disque. Les caméras ne servaient à rien pour prévoir ou empêcher ce genre de problèmes. Il y en avait trop à regarder en même temps. On ne pouvait pas affecter assez de gens à la surveillance de toute une population. Elles étaient là pour reconstituer le naufrage.

— Ça m'a l'air très bien, dit Victor en feuilletant le dossier.

Le gobelet posé sur le bureau de Troy contenait deux pilules. Ils avaient augmenté la dose par rapport à ce qu'il prenait au début de sa faction, histoire d'endormir la douleur.

— Est-ce que vous voulez que j'aille vous chercher de l'eau ?

Troy secoua la tête. Il hésita. Il leva le nez de son gobelet pour interroger Victor.

— Combien de temps ça va prendre, d'après vous ? Je parle du silo 12. Avant que tout le monde meure ?

Victor haussa les épaules.

— Pas très longtemps. Quelques jours, je dirais.

Troy acquiesça. Victor le scrutait avec attention. Troy pencha la tête en arrière et fit tomber les pilules dans sa bouche. Il reconnut le goût amer sur sa langue. Il fit semblant d'avaler.

— Désolé que ça ait eu lieu sous vos ordres, dit Victor. Je sais que ce n'est pas le genre de boulot pour lequel vous vous êtes engagé.

— En fait, je suis content que ça se soit produit avec moi, répondit Troy au bout d'un moment. Je n'aurais voulu que ça arrive à personne d'autre.

— Je ne manquerai pas de faire votre éloge dans mon rapport, dit Victor en tapotant le dossier.

— Merci, répondit Troy sans savoir au juste pourquoi.

Victor finit par sortir et retourna dans son bureau, d'où il pouvait à l'occasion jeter un œil sur Troy.

Durant les brèves secondes qu'il fallut à Victor pour faire le trajet, Troy se tourna et cracha les pilules dans sa main.

Puis il se rassit pour faire une partie de solitaire, sans manquer de sourire à Victor, qui lui sourit en retour. Il avait une main sur la souris, et dans l'autre, encore collante de la pellicule dissoute par sa salive, les deux pilules. Troy en avait assez d'oublier. Il avait décidé de tout retenir.

15

2049
Savannah, Géorgie

Donald roulait vite sur la voie rapide 17. Trop vite : un voyant rouge s'alluma sur son tableau de bord pour lui indiquer qu'il avait dépassé la vitesse autorisée. Il se fichait pas mal de se faire arrêter sur le bas-côté, de se prendre une amende ou de faire grimper le prix de son assurance. Tout ça lui semblait sans importance. Le fait que des circuits intégrés à sa voiture enregistrent le moindre de ses faits et gestes n'était rien en comparaison des machines dont il soupçonnait la présence dans son sang pour faire la même chose.

Les pneus crissèrent sur l'asphalte de la bretelle de sortie. Il s'engagea sur Berwick Boulevard, passa les feux clignotants du carrefour sans même ralentir. Il baissa les yeux et vit les lettres enluminées reflèter la lumière orangée des feux.

Ordre. Ordre. Ordre.

Il en avait lu assez pour s'inquiéter, pour se demander en tout cas dans quoi il s'était embarqué. Si Helen avait eu raison de le prévenir, elle n'avait eu aucune conscience de l'ampleur du danger.

En arrivant dans son quartier, Donald se rappela une conversation qu'ils avaient eue longtemps auparavant – elle l'avait supplié de ne pas se porter candidat, parce que ça le transformerait, qu'il ne pourrait rien changer une fois au Capitole, mais qu'il pourrait par contre en revenir brisé.

Comme elle avait vu juste.

Il se gara le long du trottoir, la jeep d'Helen étant dans l'allée. Une habitude de plus qu'elle avait prise en son absence et qui lui rappelait qu'il ne vivait plus là, qu'il n'avait plus vraiment de chez-lui.

Il laissa ses bagages dans le coffre et ne prit que ses clés et le livre, déjà assez lourd comme ça.

La lumière s'alluma lorsqu'il s'approcha de la galerie. Il distingua une silhouette agitée derrière la fenêtre, entendit des pattes gratter. Helen ouvrit la porte et Karma se rua au-dehors, queue fouettant l'air, langue pendante. Elle avait bien grandi en son absence.

Donald s'accroupit pour la caresser et la laisser lui lécher la joue.

— Gentille, gentille, dit-il sur un ton faussement enjoué.

Le vide qu'il ressentait dans sa poitrine s'intensifia du simple fait de se retrouver chez lui. Ce qui aurait dû le réconforter ne faisait qu'empirer les choses.

— Salut chérie, dit-il avec un sourire.

— Tu es en avance.

Helen passa ses bras autour de son cou lorsqu'il se releva. Karma s'assit à leurs pieds en gémissant et balayant le béton de sa queue. Le baiser d'Helen avait le goût de café.

— J'ai pris un vol plus tôt.

Il regarda par-dessus son épaule les rues sombres du voisinage. Comme si quelqu'un avait besoin de le suivre.

— Où sont tes bagages ?

— Je les sortirai demain matin. Allez viens, Karma, on rentre.

— Tout va bien ? demanda Helen.

Donald posa le livre sur l'îlot central de la cuisine et

prit un verre. L'inquiétude d'Helen grandit lorsqu'il sortit la bouteille de brandy du placard.

— Bébé ? Qu'est-ce qui se passe ?

— Peut-être rien. Ce sont des tarés.

Il se servit une bonne rasade d'alcool, regarda Helen et leva la bouteille pour savoir si elle en voulait. Elle lui fit signe que non.

— D'un autre côté, reprit-il, il faut peut-être les croire.

Il avala une longue gorgée. Son autre main n'avait pas lâché le goulot de la bouteille.

— Je te trouve bizarre, chéri. Viens t'asseoir. Enlève ton manteau.

Il hocha la tête et elle l'aida à se déshabiller. En ôtant sa cravate, il vit à quel point elle était inquiète ; il savait que c'était le reflet de ses propres soucis.

— Qu'est-ce que tu ferais si tu pensais que tout allait finir ? demanda-t-il à sa femme. Hein, qu'est-ce que tu ferais ?

— Si quoi ? Tu veux dire, nous ? Ah non, le monde ? Chéri, est-ce que quelqu'un est mort ? Dis-moi ce qui se passe.

— Non, pas quelqu'un. Tout le monde. Tout.

Bouteille sous le bras, il prit son verre et partit dans le salon. Helen et Karma le suivirent. Le chien l'attendait déjà sur le canapé, manifestement content de voir la famille réunie.

— On dirait que tu as eu une rude journée, dit Helen, comme pour lui trouver une excuse.

Donald s'assit, posa le livre et son verre sur la table basse, puis recula davantage l'alcool du museau de Karma.

— J'ai une chose à te dire.

Helen était debout au milieu de la pièce, bras croisés.

— Ah, enfin une chose qui change.

Elle sourit pour qu'il comprenne qu'elle plaisantait.

— Je sais, je sais.

Son regard tomba sur le livre.

— Ce n'est pas à propos de ce projet. Et puis franchement, tu crois que ça m'amuse de ne pas pouvoir te parler de tout ?

Helen s'assit sur le fauteuil inclinable près du canapé.

— Alors, de quoi s'agit-il ?

— On m'a dit que je pouvais te parler de ma promotion. Enfin, c'est plutôt une mission qu'une promotion à proprement parler. Enfin, pas tant une mission qu'un genre de poste à la Garde nationale. Juste au cas où…

Helen posa une main sur son genou.

— Détends-toi, murmura-t-elle, sourcils froncés, en proie à la perplexité.

Donald respira un grand coup. Ressasser cette conversation dans sa tête et conduire trop vite l'avaient laissé fébrile. Depuis son dernier rendez-vous avec Thurman quelques semaines auparavant, il avait lu trop de chapitres de ce livre, et trop pensé à ce qu'il dirait à Helen. Il ne savait plus s'il était en train de comprendre quelque chose petit à petit, ou s'il s'effondrait.

— Est-ce que tu suis ce qui se passe en Iran ? lui demanda-t-il en se grattant le bras. Et en Corée ?

Elle haussa les épaules.

— Je lis quelques articles en ligne.

— Hmm.

Il avala une gorgée de brandy, fit claquer ses lèvres et essaya de profiter du frisson qui le traversait.

— Ils envisagent de tout faire sauter, dit-il.

— Qui ça, ils ? Nous ?

La voix d'Helen monta dans les aigus.

— On envisage de les faire sauter ?

— Non, non…

— Tu es sûr que j'ai le droit d'entendre tout ça ?

— Non chérie, ils sont en train de mettre au point des armes pour nous faire sauter, nous. Des armes qu'on ne peut pas arrêter, contre lesquelles il est impossible de se défendre.

Helen se pencha vers lui, mains jointes, coudes sur les genoux.

— Est-ce que c'est ce que tu apprends à Washington ? Des informations confidentielles ?

— On est au-delà du confidentiel. Bon. Écoute. Tu sais pourquoi on est allés en Iran…

— Je sais pourquoi ils ont dit qu'on y allait…

— C'étaient pas des conneries. Enfin, peut-être, si. Peut-être qu'ils ne savaient pas encore comment, qu'ils ne maîtrisaient pas encore la tech…

— Chéri, moins vite.

— Pardon.

Il prit une nouvelle profonde inspiration. Il vit en esprit une immense montagne, une route qui disparaissait dans la roche, d'épaisses portes blindées s'ouvrir tandis qu'une foule de politiciens s'engouffraient à l'intérieur avec leurs familles.

— J'ai vu le sénateur il y a quelques semaines.

Son regard se perdit dans le liquide ambré de son verre.

— À Boston, dit Helen.

— Oui. Il veut qu'on fasse partie de son équipe d'urgence…

— Toi et Mick.

Donald se tourna vers sa femme.

— Non. Nous deux.

— Nous deux ? s'écria Helen, une main sur la poitrine. Comment ça nous deux ?

— Helen, écoute…

— Tu t'es engagé pour moi dans un de ses…

— Chérie, je ne savais absolument pas de quoi il retournait.

Il posa son verre sur la table basse et prit le livre.

— Il m'a demandé de lire ça.

— Qu'est-ce que c'est ?

— C'est une sorte de manuel, de mode d'emploi pour… euh, pour l'après. Enfin je crois.

Helen se leva de son fauteuil, fit bouger Karma de son chemin puis s'assit tout près de Donald. Elle posa une main dans son dos, plus inquiète que jamais.

— Donny, est-ce que tu as bu dans l'avion ?

— Non, dit-il en se dégageant. Je t'en prie, écoute-moi. La question n'est pas de savoir qui va frapper, mais quand ils le feront. Tu comprends ? C'est la menace ultime. La fin du monde. J'ai lu un article sur un site internet…

— Un site internet, répéta-t-elle, sceptique.

— Oui. Bon. Écoute. Tu te souviens de ce traitement que prend le sénateur ? Ces nanos, c'est comme une forme de vie artificielle. Maintenant, imagine. Quelqu'un les transforme en virus qui ne se soucie pas de son hôte, qui n'a pas besoin de nous pour se propager. Ils sont peut-être déjà dans la nature.

Il balaya la pièce du regard avec méfiance et souffla un coup.

— Il se peut même qu'ils soient déjà à l'intérieur de nous, des petites bombes à retardement qui attendent le bon moment pour…

— Chéri je…

— C'est le projet de gens peu recommandables, crois-moi, ils y travaillent en ce moment même.

Il reprit son verre.

— On ne peut pas rester assis là à les regarder faire. Alors c'est nous qui allons frapper en premier.

Le liquide ondoyait dans son verre. Sa main tremblait.

— Mon Dieu, chérie, je suis quasiment sûr qu'on va le faire avant qu'ils en aient le temps.

— Tu me fais peur, bébé.

— Tant mieux.

Une autre gorgée brûlante. Il tint son verre à deux mains pour l'empêcher de trembler.

— Parce qu'on devrait tous avoir peur.

— Tu veux que j'appelle le Dr Martin ?

— Qui ?

Il eut un mouvement de recul, se cogna contre l'accoudoir.

— Le médecin de ma sœur ? Le psy ?

Elle acquiesça avec gravité.

— Mais tu comprends ce que je te dis ? s'écria-t-il en levant un doigt. Ces machines existent.

Il avait le cerveau en ébullition, il allait bredouiller et ne la convaincre de rien d'autre que de sa parano.

— Bien. Écoute. On les utilise en médecine, pas vrai ?

Helen hocha la tête. Ellc lui accordait une chance, une infime chance. Mais il voyait bien que tout ce qu'elle voulait, c'était appeler quelqu'un. Sa mère, un toubib, sa mère à lui.

— Si tu veux, c'est comme quand ils ont découvert la radiation. La première chose qu'on s'est dite, c'est que c'était une découverte médicale, un remède. Les rayons X. Mais alors des gens ont pris des gouttes de radium comme un élixir…

— Et ils se sont empoisonnés, dit Helen, en pensant faire quelque chose de bien.

Elle semblait se détendre un peu.

— C'est ça qui t'inquiète ? reprit-elle. Que ces nanos mutent d'une façon ou d'une autre et se retournent contre nous ? Tu es encore flippé d'avoir été à l'intérieur de cette machine ?

— Non, non, ce n'est pas ça. Ce que je veux dire, c'est qu'en cherchant d'abord un usage médical, on a fini par fabriquer une bombe nucléaire. Et là, c'est exactement la même chose.

Il se tut, en espérant qu'elle comprenne.

— Je crois qu'on les fabrique nous aussi. De minuscules machines, les mêmes que dans les bains de nanos, qui réparent la peau et les articulations. Sauf que celles-là serviraient à nous détruire.

Helen ne réagit pas. Elle ne dit pas un mot. Donald se rendit compte qu'il avait l'air d'un fou, que le moindre détail de son histoire figurait déjà en ligne et dans des podcasts émis sur des ondes solitaires par des gens seuls dans leur sous-sol. Le sénateur avait raison. Mélangez la vérité et les mensonges, et vous ne pourrez plus les différencier. Le livre posé sur la table et un manuel de survie à une attaque de zombies seraient traités avec les mêmes égards.

— Je te dis qu'elles existent, dit-il, incapable de s'arrêter. Elles pourront se reproduire. Elles seront invisibles. Il n'y aura pas d'alerte quand on les lâchera, tu m'entends ? Rien que des grains de poussière portés par le vent. Ils se multiplieront, encore et encore, et cette guerre invisible fera rage tout autour de nous, jusqu'à ce qu'on soit réduits en bouillie.

Helen garda le silence. Il comprit qu'elle attendait qu'il en ait fini, après quoi elle appellerait sa mère pour savoir quoi faire. Elle appellerait aussi le Dr Martin pour avoir son avis.

Donald commença à se plaindre, sentit la colère monter, tout en sachant que ce qu'il dirait ne ferait que confirmer les craintes d'Helen au lieu de la convaincre des siennes.

— Tu as autre chose à me dire ? chuchota-t-elle.

Elle demandait la permission d'aller passer ses coups de fil, de parler à des gens rationnels.

Donald se sentait engourdi. Il était impuissant, et seul.

— Le congrès national du parti se tiendra à Atlanta.

Il se frotta les yeux, en essayant de faire passer sa fébrilité pour de la fatigue liée au voyage.

— Il n'y a pas encore eu d'annonce officielle, mais j'ai eu Mick au téléphone avant de prendre mon vol.

Il se tourna vers Helen.

— Le sénateur tient à ce qu'on soit là tous les deux, je crois qu'il prépare un gros truc.

— Bien sûr, bébé.

Elle posa une main sur sa cuisse en le regardant comme s'il était son patient.

— Et je vais demander à passer plus de temps ici, travailler à la maison le week-end, pour surveiller le projet de plus près.

— Ce serait formidable.

Elle posa son autre main sur son bras.

— Je ne veux pas qu'on se dispute, dit-il. Quel que soit le temps qui nous reste…

— Chut, bébé, tout va bien.

Elle passa un bras dans son dos en essayant de l'apaiser.

— Je t'aime, murmura-t-elle.

Il s'essuya à nouveau les yeux.

— On va s'en sortir.

— Je sais, répondit-il en hochant la tête. J'en suis sûr.

La chienne grogna en posant son museau sur les genoux d'Helen, comme si elle sentait que quelque chose n'allait pas. Donald lui gratta le cou. Il leva ses yeux embués de larmes vers sa femme.

— Je suis convaincu qu'on va s'en sortir, dit-il, en tentant de se calmer. Mais… et le reste du monde ?

16

2110
Silo 1

Troy avait besoin de voir un médecin. Des ulcères s'étaient formés des deux côtés de sa bouche, entre ses gencives et l'intérieur de ses joues. C'était comme si sa chair à cet endroit était une boule de coton qui s'effilochait. Le matin, il gardait la pilule du côté gauche. Au dîner, du côté droit. L'amertume le brûlait, lui asséchait la bouche, mais il tenait le coup.

Il se servait rarement de sa serviette pendant les repas, une mauvaise habitude ancrée depuis longtemps. Il la posait sur ses genoux au début du repas puis sur son plateau quand il avait terminé. Mais sa routine avait changé. Il prenait une petite bouchée de nourriture, s'essuyait la bouche, crachait l'amère capsule bleue, et avalait un grand verre d'eau.

Le plus difficile, c'était de ne pas vérifier autour de lui si on le regardait au moment où il crachait. Assis dos à l'écran, il imaginait des yeux percer le côté de sa tête, mais il regardait droit devant lui et mâchait sa nourriture.

Il faisait en sorte d'utiliser sa serviette plusieurs fois, en la tenant à deux mains, toujours à deux mains. Il sourit à l'homme assis en face de lui en prenant garde de ne pas faire tomber la pilule. Le regard de l'homme dériva au-dessus de l'épaule de Troy, vers la vue du monde extérieur projetée à l'écran.

Troy ne se retourna pas. Il était toujours attiré par le sommet du silo, désirait toujours être aussi haut que possible, échapper aux profondeurs étouffantes, mais il n'éprouvait plus le besoin de voir l'extérieur. Quelque chose avait changé.

Il remarqua Hal à la table d'à côté – le reconnut à son crâne chauve et marbré de taches. Le vieil homme lui tournait le dos. Troy attendait qu'il se retourne et croise son regard, mais à aucun moment Hal ne leva les yeux.

Troy finit son maïs et attaqua ses betteraves. Il avait craché sa pilule depuis assez longtemps pour pouvoir risquer un œil en direction de la chaîne de service. Les tuyaux vomissaient la nourriture ; les couverts cliquetaient sur les plateaux ; un des médecins du bureau de Victor était planté derrière la vitrine en verre, bras croisés, sourire triste. Il scrutait les hommes qui faisaient la queue et regardait de temps à autre en direction des tables. Pourquoi ? Qu'est-ce qu'il y avait à surveiller ? Troy voulait le savoir. Des dizaines de questions comme celle-ci lui brûlaient les lèvres. Parfois, des réponses se présentaient, mais elles se carapataient dès qu'il voulait approfondir.

Les betteraves étaient dégueulasses.

Il mangeait le dernier morceau lorsque l'homme assis en face de lui se leva avec son plateau. La place ne resta pas vide longtemps. Troy jeta un œil aux rangées de tables. La grande majorité des ouvriers s'asseyaient de l'autre côté afin de voir l'extérieur. Ils n'étaient qu'une poignée à s'asseoir dans le même sens que Hal et lui. Bizarre qu'il ne l'ait pas remarqué avant.

Depuis quelques semaines, il lui semblait que les schémas étaient plus faciles à identifier, alors que d'autres facultés continuaient de lui échapper. Il fit crisser la lame de son couteau contre son assiette en coupant son jambon caoutchouteux et se demanda quand il passerait une bonne nuit de sommeil. Impossible de demander de l'aide aux médecins, de leur montrer ses gencives. Ils pourraient découvrir qu'il ne prenait plus ses médicaments. L'insomnie était horrible. Il somnolait une minute ou deux, sans jamais atteindre le sommeil profond. Et au lieu d'avoir des souvenirs concrets, il n'écopait que d'un malaise diffus, d'accès de tristesse terrible et du sentiment inéluctable que quelque chose ne tournait vraiment pas rond.

Il surprit un des médecins en train de l'observer. Il baissa les yeux, face aux autres, qui profitaient de la vue. Il y avait peu de temps encore, lui aussi s'asseyait dans ce sens-là, hypnotisé par les collines grises. Un bref aperçu suffisait à présent à le dégoûter et le laissait au bord des larmes.

Il se leva, plateau à la main, se demandant si son départ n'était pas trop précipité. La serviette tomba de ses genoux et voltigea jusqu'au sol. Un petit quelque chose roula loin de son pied.

Son cœur manqua s'arrêter. Il se pencha, ramassa sa serviette, cherchant la pilule. Il se heurta à une chaise, sentit tous les regards se braquer sur lui.

La pilule. Il l'attrapa avec sa serviette tandis que son plateau tanguait dangereusement dans son autre main. Il se releva en tentant de faire bonne figure. Un filet de sueur le démangeait au niveau du crâne et coula dans sa nuque. Tout le monde savait.

Troy marcha en direction de la fontaine à eau sans oser risquer un œil vers les caméras ou les docteurs. Il était en train de perdre pied. De virer parano. Il lui restait un peu plus d'un mois avant d'être à nouveau endormi. Un mois au cours duquel sa volonté serait mise à rude épreuve.

Une démarche naturelle était impossible avec tant de paires d'yeux sur lui. Il posa le bord de son plateau sur la fontaine, appuya sur le levier avec son pied et remplit son verre. C'était pour ça qu'il s'était levé : il avait soif. Il avait envie de leur dire tout haut.

Il retourna à table et s'assit entre deux hommes, face à l'écran. Il roula sa serviette en boule, sentit la pilule coincée dans les replis, et la coinça entre ses cuisses. Il resta assis là, à siroter son eau, face à l'écran comme les autres, comme il était censé le faire. Mais il n'osa pas regarder.

17

2051
Washington, DC

Les grosses gouttes de pluie s'abattaient sur la marquise du restaurant De Angelo comme des doigts sur un tambour, en dépit de tout rythme. Sur L Street, les voitures passaient dans les flaques qui s'étaient formées le long du trottoir et la lumière des lampadaires se reflétait sur l'asphalte luisant. Donald fit tomber deux pilules d'un flacon en plastique dans sa paume. Deux ans qu'il les prenait. Deux années exemptes de toute angoisse, à baigner dans une merveilleuse torpeur.

En regardant l'étiquette, il songea à Charlotte, à l'obligation de faire remplir l'ordonnance à son nom, puis finit par les avaler. Il était fatigué de toute cette pluie, préférait la pureté de la neige. Ils avaient encore eu un hiver trop doux.

En s'écartant pour laisser les gens entrer dans le restaurant, il cala son téléphone contre son oreille et écouta patiemment sa femme dire au chien de pisser.

— Elle n'a peut-être pas envie, dit-il.

Il laissa tomber le flacon dans sa poche de manteau et mit sa main en coupe sur son téléphone tandis qu'une dame à côté de lui se débattait avec son parapluie et envoyait de l'eau partout.

Helen tentait toujours d'amadouer Karma avec des mots que la pauvre chienne ne comprenait pas. Ce qui rappelait à Donald les conversations qu'il avait eues avec sa femme dernièrement. Ils n'avaient rien de concret à se dire.

— Mais elle n'a pas fait depuis le déjeuner, insista Helen.

— Elle a peut-être fait quelque part dans la maison ?

— Donny, elle a quatre ans maintenant.

Il avait oublié. Ces derniers temps, le temps lui semblait prisonnier d'une bulle. Il se demandait si c'était sous l'effet de son traitement ou de sa charge de travail. Avant, ç'aurait pu être les aléas de la vie, n'importe quoi. D'une certaine façon, c'était pire d'avoir une raison tangible par laquelle se justifier.

Il y eut des cris dans la rue, deux sans-abri qui se disputaient un sac de boîtes de conserve sous la pluie. D'autres parapluies s'ébrouèrent et davantage de robes chic franchirent le seuil du restaurant. Cette ville était responsable de la gouvernance de toutes les autres et ne pouvait même pas s'administrer elle-même. Ces choses-là l'inquiétaient davantage auparavant. Il tapota son flacon de médicaments à travers sa poche, geste rassurant dont il avait pris le pli.

— Elle refuse de faire, dit sa femme, épuisée.

— Chérie, je suis désolé d'être ici et que tu doives t'occuper de tout ça. Mais il faut vraiment que j'y aille, là. Il faut qu'on valide les dernières modifications ce soir.

— Comment ça se passe, au fait ? Vous avez bientôt fini ?

Une file de taxis passa au ralenti, à la recherche de clients. L'un d'eux s'arrêta dans un crissement de pneus. Donald ne reconnut pas l'homme qui en sortait, manteau tendu par-dessus la tête. Ce n'était pas Mick.

— Hein ? Euh, oui, ça se passe bien. On a pratiquement terminé, peut-être quelques ajustements à faire ici et là. Les murs extérieurs sont coulés, et les étages du bas sont…

— Je veux dire, est-ce que tu as bientôt fini de travailler avec elle ?

Il tourna le dos à la circulation pour mieux l'entendre.

— Qui, Anna ? Oui, oui. Écoute, je t'ai déjà expliqué. On ne s'est vus que très peu de fois. La plupart de nos échanges ont été électroniques.

— Et Mick est là ?

— Oui.

Un autre taxi s'approcha, mais ne s'arrêta pas.

— Entendu. Bon. Ne veille pas trop tard. Appelle-moi demain.

— Sans faute. Je t'aime.

— Je t'aime auss… Oh, gentille fille, Karma !

— À demain alors.

Mais la ligne était déjà coupée. Donald rangea son téléphone en frissonnant dans l'air froid et humide. Il se fraya un chemin parmi la foule qui attendait devant la porte et regagna sa table.

— Tout va bien ? lui demanda Anna.

Elle était assise, seule, à une table de trois. Son pull à large encolure révélait à dessein son épaule. Elle saisit son second verre de vin par son pied délicat ; l'empreinte de sa bouche avait laissé une demi-lune rosée sur le bord. Ses cheveux auburn étaient relevés en chignon et ses taches de rousseur disparaissaient presque sous un voile discret de maquillage. Si une telle chose était possible, elle était encore plus attirante qu'à l'époque de l'université.

— Oui, tout va bien, répondit Donald en faisant tourner son alliance par habitude. Tu as des nouvelles de Mick ?

Il sortit son téléphone pour vérifier s'il avait des messages. Il songea à lui en envoyer un autre mais les quatre précédents étaient restés sans réponse.

— Non. Il devait rentrer du Texas ce matin, non ? Son vol a peut-être été retardé.

Donald vit que son verre, qu'il avait laissé presque vide en sortant passer son appel, avait été rempli. Il savait qu'Helen n'aimerait pas le savoir seul au restaurant avec Anna, même si c'était en tout bien tout honneur. Il ne se passerait jamais rien.

— On peut peut-être faire ça à un autre moment, proposa-t-il. Je ne voudrais pas que Mick soit laissé de côté.

Elle posa son verre et se pencha sur la carte.

— Autant manger, tant qu'on est là. Il sera un peu tard pour trouver un autre endroit. En plus, la logistique de Mick est indépendante de notre plan. On pourra lui envoyer notre rapport plus tard.

Elle se pencha pour prendre quelque chose dans son sac, laissant voir davantage encore que son épaule. Donald détourna vite le regard, sentant une chaleur subite dans la nuque. Elle sortit sa tablette, qu'elle posa sur le dossier de Donald.

— Je pense que le premier tiers du bâtiment est parfait, dit-elle en orientant l'écran vers lui. À mon avis, on peut donner l'aval au constructeur pour couler les étages suivants.

— C'est toi qui en as supervisé la majeure partie, dit-il, faisant référence à tous les espaces techniques des étages inférieurs. Je fais confiance à ton jugement.

Il prit la tablette, soulagé que leur conversation n'ait pas dévié du domaine professionnel. Il se sentait bête d'avoir cru qu'Anna ait pu avoir autre chose en tête. Ils avaient échangé des mails et amélioré leurs plans pendant deux ans et il n'y avait jamais eu la moindre inconvenance entre eux. Mais il prit garde à ne pas laisser le décor, la musique d'ambiance et les nappes blanches lui monter à la tête.

— Je crains qu'il n'y ait pourtant un changement qui ne va pas te plaire. Le puits central a besoin d'être modifié. Mais je pense qu'on peut garder le plan général. Ça n'affectera pas l'agencement des étages.

Il fit défiler les fichiers qu'il connaissait bien jusqu'à ce qu'il remarque la différence. L'escalier de secours avait été déplacé au beau milieu du puits central. Le puits lui-même semblait plus petit, sûrement parce que tout le matériel dont ils l'avaient rempli avait disparu. Il leva le nez de la tablette et vit leur serveur approcher.

— Quoi, il n'y a plus d'ascenseur ?

Il voulait s'assurer qu'il comprenait bien ce qu'il voyait. Il commanda de l'eau et demanda un peu plus de temps pour regarder le menu.

Le garçon acquiesça et les laissa. Anna posa sa serviette sur la table et se glissa sur la chaise à côté de Donald.

— La commission a dit qu'elle avait ses raisons.

— La commission médicale ? souffla Donald.

Il en avait plus qu'assez qu'ils fourrent leur nez partout, mais il avait cessé de se battre contre eux. Il n'obtenait jamais gain de cause.

— Ils ne devraient pas plutôt craindre que des gens tombent par-dessus la rampe et se cassent le cou ?

Anna se mit à rire.

— Tu sais bien qu'ils ne pratiquent pas cette médecine-là. Ce qui les obsède, c'est l'épreuve, du point de vue émotionnel, que devront traverser les ouvriers s'ils se retrouvent coincés là pour plusieurs semaines. Ils voulaient un plan plus simple. Plus… ouvert.

— Plus ouvert, s'esclaffa Donald en prenant son verre de vin. Et qu'est-ce qu'ils entendent par coincés plusieurs semaines ?

Anna haussa les épaules.

— C'est toi le député. Je me suis dit que tu en saurais plus que moi sur ces inepties gouvernementales. Je ne suis qu'une consultante. On me paie pour que je dessine le plan de la tuyauterie.

Elle finit son vin, et le serveur revint avec l'eau de Donald, prêt à prendre leur commande. Anna arqua un sourcil, un tic familier qui signifiait : Tu as choisi ? Il avait signifié bien plus à une époque, songea Donald en regardant le menu.

— Je te laisse choisir pour moi, dit-il.

Anna passa la commande, dont le garçon prit note.

— Donc ils veulent une cage d'escalier unique, hein ?

Donald imagina les tonnes de béton requises, puis songea à un escalier hélicoïdal en métal. Plus solide et moins cher.

— On peut garder l'ascenseur de service, quand même ? Pourquoi ne pas glisser ça par là et l'intégrer ici ? proposa-t-il en orientant la tablette vers elle.

— Non. Pas d'ascenseurs. Il faut que tout soit simple et ouvert. C'est ce qu'ils ont dit.

Donald n'aimait pas ça. Même si le bâtiment ne servait jamais, il devait être conçu dans cette éventualité. Pourquoi s'embêter sinon ? Il avait vu une liste non exhaustive de ce qu'ils allaient stocker à l'intérieur. Transporter tout ça *via* l'escalier semblait impossible, à moins qu'ils n'aient prévu de garnir les étages avant que les segments préconstruits soient intégrés. Ce qui relevait davantage du domaine de Mick. Et c'était l'une des raisons pour lesquelles il aurait bien voulu que son ami soit là.

— Tu sais, c'est pour ça que je n'ai pas persévéré dans la voie de l'architecture.

Il fit défiler les plans et remarqua les nombreux endroits où son projet avait été modifié.

— Je me souviens de mon premier cours, on avait dû rencontrer de faux clients, dont les exigences étaient soit irréalisables, soit carrément stupides, voire les deux. C'est là que j'ai su que je n'étais pas fait pour ça.

— Alors tu t'es engagé en politique, dit Anna en riant.

— Ouais, bien vu.

Il sourit, conscient de l'ironie de sa situation.

— Mais bon, ça a marché pour ton père.

— Mon père s'est engagé en politique parce qu'il ne savait pas quoi faire d'autre. Il a quitté l'armée, perdu de l'argent en faisant investissement foireux sur investissement foireux, puis s'est dit qu'il continuerait à servir son pays d'une autre manière.

Elle l'observa un long moment.

— Ça, c'est son héritage, tu sais.

Coudes sur la table, elle se pencha légèrement en avant et désigna gracieusement la tablette du bout du doigt.

— Ça fait partie des choses dont tout le monde disait qu'elles ne verraient jamais le jour, et lui, il est en train de la construire.

Donald posa la tablette et s'adossa contre sa chaise.

— Il n'arrête pas de me dire la même chose, que ce projet, c'est notre héritage. Je lui ai répondu que je me trouvais trop jeune pour bosser sur le projet phare de ma carrière.

Anna sourit. Ils burent une gorgée de vin. On déposa une corbeille de pain sur leur table, mais ni l'un ni l'autre n'y toucha.

— En parlant d'héritage et de ce qu'on laisse derrière soi, y a-t-il une raison pour laquelle Helen et toi ne voulez pas d'enfants ?

Donald posa son verre. Anna prit la bouteille, mais il lui fit signe qu'il en avait assez.

— Eh bien, ce n'est pas vraiment qu'on n'en veuille pas, mais… On est passés directement des études à nos carrières respectives et… on se disait…

— Que vous aviez tout le temps d'y penser ? Inutile de se presser ?

— Non, ce n'est pas ça non plus…

Il passa ses doigts sur le tissu délicat de la nappe et en sentit une autre au-dessous, plus épaisse. Lorsqu'ils auraient fini leur repas et quitteraient le restaurant, la couche du dessus serait repliée sur leurs miettes et portée au nettoyage, laissant au-dessous une couche toute neuve. Comme de la peau. Ou les générations. Il prit une nouvelle gorgée de vin, les lèvres insensibilisées par les tanins.

— Je crois au contraire que c'est exactement ça, insista Anna. Chaque génération attend plus longtemps que la précédente pour s'y mettre. Ma mère m'a eue à presque quarante ans, et c'est de plus en plus commun.

Elle coinça une mèche de cheveux derrière son oreille.

— On pense peut-être tous qu'on sera la première génération à ne pas mourir, poursuivit-elle, à vivre éternellement. C'est vrai, on s'attend tous en tout cas à vivre cent trente ans, peut-être plus, comme si c'était notre droit. Tu veux que je t'expose ma théorie ?

Elle se rapprocha de lui, comme s'il n'était pas suffisamment incommodé par le tour que prenait la conversation.

— Avant, les enfants étaient notre héritage, pas vrai ? C'était l'occasion pour nous de tromper la mort, en laissant derrière nous ces petits morceaux de nous-mêmes. Mais maintenant, on espère que ça puisse être nous, tout simplement.

— Quoi, tu parles de clonage ? C'est pour ça que c'est illégal.

— Non, je ne parle pas de clonage. Et toi et moi savons parfaitement que le fait que ce soit illégal n'empêche pas les gens d'y avoir recours.

Elle but du vin et indiqua du menton une famille assise plus loin sur une banquette.

— Regarde. Le portrait craché de son père.

Donald suivit son regard et observa le gamin un instant, puis se rendit compte qu'elle venait de faire sa démonstration.

— Et mon père, alors ? continua-t-elle. Ces bains de nanos, toutes ces vitamines pour booster les cellules souches… Il pense vraiment qu'il vivra éternellement. Tu sais qu'il a acheté des actions d'une de ces sociétés de cryogénisation il y a des années ?

Donald rit.

— Oui, j'en ai entendu parler. Et il paraît que ça a mal tourné. Et puis, ça fait des années qu'ils tentent de…

— Et ils se rapprochent du but, l'interrompit Anna. Tout ce qu'il leur fallait, c'était un moyen de réparer les cellules endommagées par le froid, et de nos jours ce n'est plus un rêve si fou que ça…

— J'espère que les gens qui ont de tels rêves les verront se réaliser un jour, mais pour ce qui est d'Helen et moi, tu te trompes. On parle souvent d'avoir des enfants. Je connais des gens qui ont eu leur premier gamin à cinquante ans. On a encore le temps.

— Hmm.

Elle finit son verre et attrapa la bouteille.

— C'est ce que tu crois. Tout le monde pense avoir la vie devant soi.

Elle braqua son regard gris et froid sur lui.

— Mais ils n'arrêtent pas de se demander combien de temps ça fait au juste.

Après le dîner, ils attendirent la voiture d'Anna sous la marquise. Donald refusa qu'elle le raccompagne, prétextant un crochet par le bureau. Il prendrait un taxi. La pluie ne tombait plus avec la même légèreté.

Une Lincoln noire rutilante se gara le long du trottoir, au moment où le téléphone de Donald se mit à vibrer. Tandis qu'il fouillait dans sa poche, Anna le prit dans ses bras et l'embrassa sur la joue. Une vague de chaleur l'envahit malgré le froid ambiant. Voyant que c'était Mick, il décrocha aussitôt.

— Salut, tu viens d'atterrir ou quoi ?

Un silence.

— Quoi ?

Mick avait l'air perdu. Il y avait beaucoup de bruit derrière lui. Le chauffeur fit prestement le tour de la Lincoln pour ouvrir la porte à Anna.

— J'ai pris un vol de nuit. Mon avion a atterri tôt ce matin. Je sors du cinéma là, je viens de voir tes messages. Quoi de neuf ?

Anna fit au revoir à Donald. Il l'imita.

— Tu sors du cinéma ? On vient de finir la réunion au De Angelo. Tu as tout raté. Anna a dit qu'elle t'avait envoyé au moins trois mails.

Il jeta un œil vers la voiture au moment où l'habitacle happait les jambes d'Anna. Un aperçu de ses talons rouges, et le chauffeur ferma la portière. Sur les vitres teintées, les gouttes de pluie étincelaient comme des bijoux.

— Ah bon ? J'ai dû les rater. Ils ont dû aller directement dans mon courrier indésirable. Pas grave. Vous me ferez un petit compte rendu. Bref. Je viens de voir un film complètement délirant. Si toi et moi on était encore dans notre période défonce, je t'obligerais à en cramer un avec moi avant d'aller à la séance de minuit. J'ai comme une envie de…

Donald regarda le chauffeur refaire le tour du véhicule en hâte pour s'abriter de la pluie. La vitre d'Anna se baissa juste assez pour un au revoir de la main, et la voiture s'engagea dans la circulation.

— Ouais, ben cette période est révolue mon pote, répondit Donald, distrait.

Le tonnerre gronda dans le lointain. Un parapluie s'ouvrit tandis qu'un monsieur bien mis s'apprêtait à braver l'orage.

— Et puis, il vaut mieux que certaines choses restent dans le passé. À leur place.

18

2110
Silo 1

La salle de sport du niveau 12 sentait la sueur, quelqu'un s'y était démené récemment. Des poids étaient empilés dans un coin, et on avait oublié une serviette sur la barre de développé couché, encore lestée de quarante-cinq kilos d'haltères.

Troy observait ce désordre en dévissant le dernier boulon du vélo d'intérieur. Lorsque la plaque latérale se détacha, des rondelles et des écrous roulèrent sur le carrelage. Il les ramassa et les posa en tas. En regardant à l'intérieur, il découvrit une grosse roue dentée, dont les dents acérées n'avaient prise sur rien.

La chaîne pendait mollement autour de l'axe. Troy fut surpris de découvrir un tel mécanisme, il pensait que la machine fonctionnait avec un ruban. Ce dispositif avait l'air trop fragile. Ce n'était pas le meilleur choix pour la durée de service qu'on attendait de lui. Il était en fait étrange de penser que cette machine avait déjà cinquante ans – et qu'elle devait durer des siècles.

Il s'essuya le front. Les quelques kilomètres qu'il avait parcourus avant que la machine ne se casse l'avaient laissé en sueur. Il pêcha un tournevis plat dans la boîte à outils que lui avait prêtée Jones et s'en servit pour remonter la chaîne sur la roue.

En tout cas, il n'y a pas que moi qui déraille, songea-t-il en riant.

— Excusez-moi ? Monsieur ?

Troy se tourna pour découvrir Jones, son mécano en chef pour une semaine encore, au seuil de la salle de sport.

— J'ai presque fini, dit Troy. Vous avez besoin de vos outils ?

— Non monsieur. Le Dr Henson vous cherche.

Il leva une main, dans laquelle il tenait une de ces grosses radios.

Troy prit un vieux chiffon dans la boîte à outils pour essuyer la graisse qu'il avait sur les doigts. C'était bon de travailler manuellement, de mettre les mains dans le cambouis. Une distraction bienvenue. Ça le changeait de l'inspection de ses ulcères dans le miroir ou de tourner en rond en attendant la prochaine crise de larmes inexpliquée.

Il laissa le vélo et prit la radio que Jones lui tendait. Il envia un instant le vieil homme. Il aurait adoré se réveiller le matin pour enfiler cette salopette en jean rapiécée aux genoux, attraper sa fidèle boîte à outils et s'attaquer aux réparations du jour. Il aurait donné cher pour ne pas avoir à rester assis là en attendant que quelque chose de bien plus gros ne se casse.

Il appuya sur le bouton latéral de la radio et la porta à sa bouche.

— Ici Troy.

Son nom lui faisait bizarre. Depuis quelques semaines, il n'aimait plus le prononcer, ni l'entendre. Il se demandait ce que le Dr Henson et les psys penseraient de ça.

La radio grésilla.

— Désolé de vous déranger, monsieur.

— Non, ne vous en faites pas. Qu'est-ce qui se passe ?

Troy retourna au vélo et prit la serviette qu'il avait laissée sur le guidon. Il s'essuya le front et vit Jones regarder avidement le vélo éventré et les outils éparpillés. Troy lui fit signe qu'il pouvait le réparer.

— Nous avons quelqu'un dans notre bureau qui ne répond pas au traitement. On dirait qu'on est bons pour une autre congélation. J'ai besoin que vous signiez l'autorisation.

Jones leva le nez en fronçant les sourcils. Troy se frotta la nuque avec sa serviette. Il se souvint que Merriman lui avait conseillé de dispenser ces autorisations avec parcimonie. Il y avait tout un tas de braves hommes qui préféraient dormir tout du long au lieu de prendre leur poste.

— Vous êtes sûr ? demanda-t-il.

— Nous avons tout essayé. Il a été maîtrisé. Les agents de sécurité sont en train de l'escorter. Vous pouvez nous rejoindre ? Il nous faut votre signature avant de lancer la procédure.

— Bien sûr.

Troy se frotta le visage avec la serviette. L'odeur de lessive tranchait avec celle de sueur et de graisse qui régnait dans la salle. Jones saisit une pédale et la fit tourner. La chaîne était remontée sur la roue, la machine fonctionnait à nouveau.

— J'arrive tout de suite, dit Troy avant de rendre la radio au mécanicien.

Certaines choses étaient agréables à réparer. D'autres moins.

L'express était déjà passé lorsque Troy atteignit les ascenseurs. Il appela l'autre et tenta de se représenter la triste scène qui se jouait en bas. Peu importe la personne, il compatissait.

Il trembla violemment, maudit l'air froid qui soufflait sur sa peau humide. Dans la salle de jeux au bout du couloir, on entendait le bruit entêtant d'une balle de ping-pong et les baskets des joueurs qui couinaient sur le sol. Une voix de femme résonnait également, probablement issue d'un film.

Il se rendit compte qu'il était en short et tee-shirt. Il ne se sentait investi de son pouvoir qu'avec sa combinaison, mais il n'avait pas le temps d'aller se changer.

Lorsque l'ascenseur s'ouvrit avec un bip, la conversation à l'intérieur cessa. Troy hocha la tête en guise de salut et deux hommes en jaune lui dirent bonjour. Le trajet se fit en silence jusqu'à ce qu'ils descendent au niveau 44, à usage d'habitation. Avant que les portes se referment, Troy aperçut un ballon aux couleurs vives rouler dans le couloir, poursuivi par deux hommes. Il y eut des cris, des rires, puis un silence gêné lorsqu'ils remarquèrent Troy.

Les portes en métal finirent par se clore sur ce bref aperçu d'une vie normale.

L'ascenseur frissonna et reprit sa course dans les profondeurs de la terre. Troy sentait la pression de cette terre de tous les côtés, et au-dessus de sa tête. Un nouvel accès de sueur se mêla à celle provoquée par le sport. Il se dit qu'il était en train de se débarrasser totalement de l'emprise des médicaments. Il se réveillait chaque matin avec l'impression d'être un peu plus lui-même, et la sensation perdurait de plus en plus au fil de la journée.

Il dépassa les cinquantièmes. L'ascenseur ne s'y arrêtait jamais. Un équipement d'urgence était entreposé là, et il espérait qu'ils n'en auraient jamais besoin. Il se souvint d'une partie de sa formation, à l'époque où tout le monde était réveillé. Des noms de code qu'ils inventaient pour tout, de sorte que ces nouvelles étiquettes dissimulaient le passé. Quelque chose dans ce souvenir le turlupinait, mais impossible de dire quoi au juste.

Plus bas se trouvaient les espaces techniques et les réserves générales, suivis des deux étages qui abritaient le réacteur. Et enfin, le plus important : l'Héritage, les hommes et les femmes endormis dans leurs cercueils rutilants, les survivants de l'avant.

L'ascenseur s'arrêta dans une secousse et les portes s'ouvrirent. Troy entendit immédiatement de l'agitation en provenance du bureau du docteur, et Henson qui aboyait ses ordres à son assistant. Il pressa le pas.

Lorsqu'il entra dans la pièce, il vit un homme d'un certain âge maintenu sur un brancard par deux agents de sécurité. C'était Hal – Troy reconnut l'homme de la cafétéria, avec qui il avait parlé le premier jour de sa prise de poste et plusieurs fois depuis. Le docteur et son assistant fouillaient dans les tiroirs pour réunir le matériel nécessaire.

— Je m'appelle Carlton ! rugit Hal en battant des bras.

Henson et son assistant s'approchèrent du brancard. Les yeux de Hal s'écarquillèrent à la vue de la seringue, qui contenait un liquide bleu comme l'azur.

Le Dr Henson vit Troy planté là dans sa tenue de sport, paralysé face à la scène. Hal cria à nouveau qu'il s'appelait Carlton en continuant de se débattre, ses grosses bottes tapant contre la table. Les deux agents de sécurité avaient du fil à retordre.

— Vous nous aidez ? grogna Henson, dents serrées, tandis qu'il essayait d'attraper un bras de Hal.

Troy se précipita pour lui tenir les jambes. Côte à côte avec les agents, il essayait d'éviter les coups de botte. Les jambes de Hal avaient l'air maigrelettes à travers sa salopette, mais il ruait comme un cheval. L'un des agents parvint à lui entraver les cuisses. Troy pesa de tout son poids sur ses tibias tandis que l'autre agent attachait solidement une seconde sangle.

— Qu'est-ce qui lui prend ? voulut savoir Troy.

Les soucis que lui causait sa propre situation s'évanouirent en présence d'une folie pure. Mais peut-être prenait-il la même direction ?

— Les médicaments ne font pas effet, répondit Henson.

Il ne les prend peut-être pas, songea Troy.

L'assistant retira le capuchon de la seringue à l'aide de ses dents. Quelqu'un maintint le poignet de Hal fermement contre la table. L'aiguille s'enfonça dans son bras tremblant et le liquide bleu disparut dans sa chair pâle et marbrée.

Troy grimaça à la vue de l'aiguille transperçant la chair – mais l'énergie contenue dans les jambes de Hal disparut instantanément. Tout le monde sembla souffler avec soulagement lorsqu'il sombra dans l'inconscience, la tête roulant sur le côté, un dernier cri incompréhensible s'échappant de sa bouche avant un profond soupir.

— Mais qu'est-ce qui se passe ici ? s'écria Troy en s'essuyant le front.

Ce n'était pas tant le sport que la scène à laquelle il venait de prendre part qui le faisait transpirer, le fait de sentir toute vie et toute volonté quitter un corps qu'on endormait de force. Son propre corps fut secoué d'un violent frisson qui cessa avant qu'il s'en rende compte. Le docteur le regarda, sourcils froncés.

— Toutes mes excuses, dit-il à Troy, avant de lancer un regard noir aux agents de sécurité.

— On le tenait sans problème, dit l'un en haussant les épaules.

— Désolé de vous demander de signer la feuille d'autorisation après ça…

Troy s'épongea le front avec son tee-shirt. Les pertes étaient toutes prévues, individuelles comme collectives, mais c'était toujours un échec cuisant.

— Pas de problème, dit-il.

C'était son travail, après tout. Signez là. Dites ceci. Suivez le scénario. C'était une vaste blague. Ils lisaient tous des répliques d'une pièce dont aucun ne se souvenait. Mais il commençait à se rappeler. Il le sentait.

Henson se mit à fouiller dans des papiers tandis que l'assistant déshabillait Hal. Les agents de sécurité demandèrent s'ils pouvaient partir, et s'éclipsèrent après avoir vérifié une dernière fois que les entraves étaient bien en place. L'un d'eux éclata de rire après un bon mot de l'autre tandis que le bruit mat de leurs bottes s'estompait.

Troy se perdit dans la contemplation du visage relâché de Hal, de sa poitrine qui se soulevait doucement. Voilà la récompense à laquelle on avait droit si on faisait l'effort de se souvenir, songea-t-il. Cet homme avait dévié de la routine de l'asile. Il n'était pas devenu fou, il avait eu un accès de lucidité. Il avait ouvert les yeux et vu à travers la brume.

Un formulaire fut coincé dans la pince métallique d'une tablette qu'on tendit à Troy, avec un stylo. Il griffonna son nom, rendit la tablette et observa le travail des médecins ; il se demanda s'ils ressentaient ce que lui éprouvait, ne serait-ce qu'en partie. Et si tous ne jouaient qu'un rôle ? Et si chacun d'entre eux dissimulait les mêmes doutes, sans qu'aucun n'en fasse part parce qu'ils se sentaient tous terriblement seuls ?

— Vous pourriez débloquer celle-là ?

L'assistant, à genoux, tournait une poignée à la base du brancard. Troy vit que c'était en fait un lit roulant.

— Bien sûr.

Il s'agenouilla pour déverrouiller la roue. Il faisait partie de tout ça. C'était lui qui avait signé le formulaire. Lui qui actionnait la poignée qui débloquerait le lit et lui permettrait de rouler au bout du couloir.

Une fois Hal endormi, les sangles et ses vêtements avaient été retirés avec soin. Troy se porta volontaire pour lui ôter ses bottes, qu'il délaça avant de les poser sur le côté. Inutile de s'encombrer d'une blouse en papier, il n'y avait plus à faire cas de sa pudeur. On lui posa une intraveineuse ; Troy savait que l'autre extrémité serait reliée directement au cryopode. Il savait ce que ça faisait d'avoir les veines peu à peu engourdies par la glace.

Ils poussèrent le lit jusqu'aux portes blindées de la zone de cryogénisation. Troy les scruta un instant, elles lui étaient familières. Il lui semblait avoir prévu des portes similaires dans un cahier des charges autrefois, mais c'était pour une pièce abritant des machines. Non – des ordinateurs.

Le petit clavier encastré dans le mur bipa lorsque le docteur tapa son code. On entendit les verrous se débloquer avec un grand fracas métallique.

— Les vides sont au bout, dit Henson.

Des rangs et des rangs de lits hermétiquement fermés remplissaient la chambre. Les yeux de Troy se posèrent sur les écrans d'affichage au pied de chaque cryopode. La lumière verte indiquait qu'ils étaient en vie, inutile d'avoir un battement de cœur ou un pouls, et seuls leurs prénoms apparaissaient, sans aucun autre moyen de relier ces étrangers à leurs vies passées.

Cassie, Catherine, Gabriella, Gretchen.

Des prénoms inventés.

Gwynn. Halley. Heather.

En ordre alphabétique. Pas de prise de poste pour elles. Rien qui soit susceptible d'engendrer des conflits. Tout se passerait en un clin d'œil. Montez sur le canot de sauvetage, rêvez un instant, réveillez-vous sur la terre ferme.

Une autre Heather. Des copies sans patronymes. Troy se demanda comment ça se passerait. Il manœuvrait entre les rangées, au bruit de la conversation du docteur et de son assistant sur la marche à suivre, lorsqu'un nom attira son attention. Un nouveau tremblement violent parcourut son corps.

Helen. Encore une : Helen.

Troy lâcha le lit et faillit tomber. Les roulettes se bloquèrent avec un couinement.

— Monsieur ?

Deux Helen. Puis là, devant lui, sur l'écran d'une autre endormie :

Helena.

Chancelant, Troy s'écarta du lit et du corps nu de Hal. L'écho des cris affaiblis du vieil homme lui revint de plein fouet ; il prétendait s'appeler Carlton. Troy passa une main sur le couvercle arrondi du cryopode.

Elle était là.

— Monsieur ? Il faut finaliser la…

Troy ignora le docteur. Il gratta la pellicule de glace, la main instantanément gagnée par le froid.

— Monsieur…

Sous la couche de glace, un film de condensation qu'il essuya pour voir à l'intérieur.

— Il faut installer cet homme…

Dans l'espace confiné, noir et glacial, des yeux fermés. Des lames de glace étaient accrochées aux cils. C'était un visage familier, mais pas celui de sa femme.

— Monsieur !

Troy trébucha, se rattrapa au pode et sentit un reflux de bile concomitant à l'émergence de ses souvenirs. Il eut un haut-le-cœur, sentit ses jambes tressauter, ses genoux se dérober sous lui. Il heurta le sol entre deux cryopodes, secoué de spasmes, de la bave aux commissures, tandis que ses souvenirs se battaient avec force contre les résidus médicamenteux qui coulaient dans ses veines.

Les deux hommes en blanc crièrent entre eux. Des pas résonnèrent contre l'acier gelé et disparurent en direction des portes massives. Un gargouillis inhumain parvint aux oreilles de Troy, si proche qu'il ne pouvait provenir que de lui.

Qui était-il ? Que faisait-il là ? Qu'est-ce qu'ils faisaient, tous ?

Ce n'était pas Helen qu'il avait vue. Il ne s'appelait pas Troy.

Il entendit des pas se rapprocher. Il avait son nom sur le bout de la langue lorsque l'aiguille s'enfonça dans sa chair.

Donny.

Ce n'était pas tout à fait ça.

Mais les ténèbres l'emportèrent, étouffant dans leurs bras les éléments de son passé que son esprit jugeait insupportables.

19

2052
Comté de Fulton, Géorgie

Un mélange de festival musical, de réunion de famille et de foire-exposition s'était établi dans l'Extrême-Sud du comté de Fulton. Pendant deux semaines, Donald avait vu des tentes colorées surgir de terre au-dessus d'un abri antinucléaire flambant neuf. Cinquante drapeaux flottaient au-dessus de cinquante cuvettes formées dans la terre. On avait monté des scènes, on acheminait des tas d'équipements par voiturette de golf et par quad, c'était tout un convoi de nourriture, de récipients Tupperware, de paniers de légumes – il y avait même de petites remorques qui charriaient du bétail.

Un marché fermier s'était établi entre les tentes et les stands ; les poulets caquetaient, les cochons grognaient, les enfants caressaient les lapins. Des propriétaires canins tenaient des dizaines de chiens en laisse, truffe humide au vent, qu'ils guidaient à travers la foule.

Sur la grande scène de Géorgie, un groupe de rock faisait des essais. Lorsqu'ils cessèrent de jouer pour faire la balance, Donald entendit des accords de bluegrass déferler de la délégation de Caroline du Nord. Dans la direction opposée, quelqu'un prononçait un discours sur la scène de Floride. Des familles étendaient des couvertures pour pique-niquer sur les pentes des larges cuvettes.

Donald remarqua que les collines procuraient des assises semblables à des gradins de stade, comme si elles avaient été conçues pour cela.

Ce qu'il se demandait en revanche, c'était où ils pouvaient bien stocker tout cet équipement. Les tentes semblaient absorber des tonnes d'articles, sans fin. Il avait vu les quads sillonner les collines avec leurs remorques chargées à bloc pendant les deux semaines où il était venu aider à la préparation du congrès national du parti.

Mick s'arrêta brusquement à sa hauteur, perché sur un de ces engins tout-terrain. Il fit un grand sourire à Donald en faisant ronfler le moteur. Les pneus de la Honda patinaient dans la terre.

— Je t'emmène faire une virée en Caroline du Sud ? cria-t-il par-dessus les vrombissements.

Il s'avança un peu sur son siège pour faire de la place à Donald.

— T'as assez d'essence pour aller jusque là-bas ?

Donald agrippa l'épaule de son ami, posa une chaussure sur le cale-pied et enfourcha l'engin.

— C'est juste derrière la colline, pauvre cloche.

Donald se retint de dire à Mick que c'était une plaisanterie. Il se cramponna à la poignée en métal derrière lui et ils s'engagèrent sur la voie rapide poussiéreuse qui cheminait entre les tentes avant de rouler sur l'herbe, puis ils tournèrent vers la délégation de Caroline du Sud et aperçurent momentanément les immeubles du centre d'Atlanta.

— Elle arrive quand, Helen ? cria Mick.

Donald se pencha en avant. Il adorait la fraîcheur matinale d'octobre. Ça lui rappelait Savannah à cette époque de l'année, les frissons de l'aube sur la plage. Il pensait justement à Helen lorsque Mick lui posa la question.

— Demain, cria-t-il à son tour. Elle arrive en bus avec des représentants de Savannah.

Une fois au sommet de la colline, Mick ralentit pour longer la crête. Ils croisèrent un autre quad chargé à bloc.

Le réseau de crêtes formait une sorte de labyrinthe qui surplombait les cinquante dépressions du terrain.

Donald observa le ballet des véhicules dans le lointain. Un jour, se dit-il, ces petites routes seraient aplaties et empruntées par des camions bien plus gros transportant de dangereux déchets radioactifs.

Et pourtant, en regardant le drapeau de la Floride flotter au vent d'un côté et celui de la Géorgie de l'autre, et en remarquant que l'agencement des collines permettait une affluence record et une vue parfaite sur chaque scène, Donald ne put s'empêcher de penser que toutes ces heureuses coïncidences servaient un objectif plus global. C'était comme si le bâtiment qu'il avait conçu avait été, depuis le début, prévu pour le congrès national de 2052, comme si on l'avait construit avec d'autres idées en tête.

Un grand drapeau bleu frappé d'un arbre blanc et d'un croissant de lune ondulait paresseusement au-dessus de la scène de Caroline du Sud. Mick gara le quad parmi la foule de véhicules du même genre qui longeaient la tente d'accueil.

En suivant Mick, Donald se rendit compte qu'ils se dirigeaient vers une tente plus petite, qui avalait des centaines de personnes.

— Qu'est-ce qu'on est venus faire là ? voulut-il savoir.

Non que ça ait eu une quelconque importance. Ces derniers jours, ils avaient joué les hommes à tout faire : livraison de glace à divers quartiers généraux, rencontres avec députés et sénateurs au gré de leurs requêtes, ou avec les volontaires et les délégués pour voir si tous étaient bien installés – tout pour agréer le sénateur.

— Rien qu'une petite visite, répondit Mick, énigmatique.

Il fit signe à Donald de le suivre dans la petite tente,

où des ouvriers entraient les bras chargés et ressortaient de l'autre côté les mains vides.

L'intérieur était éclairé aux projecteurs, l'herbe au sol tout aplatie. Une rampe en béton descendait dans la terre. Mick s'engagea dans la file d'ouvriers qui descendaient.

Donald comprit où ils allaient. Il avait reconnu la rampe. Il s'empressa de le rejoindre.

— C'est un des bâtiments de stockage des déchets ! dit-il sans parvenir à cacher son enthousiasme.

Il mourait d'envie de découvrir comment ces bâtiments avaient été conçus. La seule chose qu'il avait eu le droit de connaître était ce qui concernait son projet à lui, le reste était demeuré nimbé de mystère.

— On peut aller à l'intérieur ?

Comme pour lui répondre, Mick commença à descendre en se mêlant aux autres.

— J'ai supplié Thurman de me faire visiter l'autre jour, mais il s'est mis à blablater sur la sécurité nationale et tout...

Mick s'esclaffa. À mi-pente, le toit de la tente semblait se fondre dans l'obscurité, et les murs de béton orientaient les ouvriers vers des portes en acier grandes ouvertes.

— Tu ne vas pas découvrir l'intérieur d'un de ces bâtiments, lui dit Mick.

Il posa une main sur le dos de Donald et le guida vers la grande entrée de type industriel. La cadence ralentit ; les gens entraient ou sortaient chacun leur tour. Donald se sentit complètement déboussolé.

— Attends, dit Donald en apercevant ce qui se trouvait de l'autre côté de la porte. C'est quoi ce bordel ? C'est les plans que j'ai dessinés.

Ils continuèrent à avancer. Mick laissa sortir quelques personnes. Il gardait sa main posée sur l'épaule de Donald.

— Qu'est-ce qu'on fout ici ? demanda Donald.

Il aurait juré que le bâtiment qu'il avait conçu se trouvait sous la cuvette du Tennessee. Mais bon, il y avait eu tellement de changements de dernière minute… Il s'était peut-être trompé.

— Anna m'a dit que tu avais fait ta poule mouillée et que tu n'avais pas voulu visiter l'endroit.

— Mais c'est n'importe quoi !

Donald s'arrêta près de l'entrée ovale. Il reconnaissait jusqu'au moindre rivet.

— Pourquoi elle aurait dit une chose pareille ? J'étais là. C'est moi qui ai coupé ce putain de ruban.

Mick le poussa doucement.

— Avance. Tu fais attendre les gens derrière.

— Mais j'ai pas envie d'avancer.

Il fit signe à des gens de sortir. Derrière Mick, les ouvriers, qui portaient de lourds récipients hermétiques, s'impatientaient.

— J'ai vu le premier étage la dernière fois. Ça m'a suffi.

Mick lui empoigna le cou d'une main et le poignet de l'autre. Tête penchée en avant, Donald fut obligé d'avancer pour éviter de tomber. Il tenta de se retenir au montant de la porte intérieure, mais Mick le tenait fermement.

— Je veux que tu voies ce que tu as construit.

Donald trébucha jusqu'au poste de sécurité. Mick et lui se postèrent sur le côté pour laisser s'écouler la congestion qu'ils avaient provoquée.

— Ça fait trois ans que je regarde ce putain de truc tous les jours, dit-il.

Il tâta sa poche en quête de ses pilules, et se demanda s'il était trop tôt pour en prendre une autre. Ce qu'il refusait de dire à Mick, c'était qu'il s'était forcé à envisager sa construction au-dessus du sol tout le temps où il avait travaillé dessus, à la considérer comme un gratte-ciel plutôt que comme une paille enterrée. Impossible de partager ça avec son meilleur ami, d'admettre à quel point il s'était senti oppressé lors de l'inauguration, avec à peine dix mètres de terre et de béton au-dessus de sa tête. Il doutait sérieusement qu'Anna l'ait traité de poule mouillée, mais c'est exactement comme ça qu'il s'était comporté juste après avoir coupé le ruban. Le sénateur avait guidé les dignitaires à travers le complexe, et lui s'était empressé de remonter à la surface trouver un carré d'herbe sous un ciel bleu limpide.

— C'est important ce qui se joue, là, lui dit Mick en claquant des doigts sous son nez.

Une nouvelle fournée d'ouvriers entra. Au-delà, un homme assis dans une petite cabine, muni d'un pinceau et d'un pot de peinture, appliquait une couche de gris sur une série de barres en acier. Derrière lui, un technicien connectait les câbles d'un grand écran dans le mur. Globalement, les finitions ne semblaient pas très fidèles aux plans de Donald.

— Donny, écoute-moi. Je suis sérieux. C'est le dernier jour où on peut avoir cette conversation. J'ai besoin que tu voies ce que tu as construit.

Le petit sourire espiègle de Mick s'était évanoui, il fronçait les sourcils et avait surtout l'air triste.

— Tu veux bien me suivre à l'intérieur ?

Après avoir respiré un bon coup et réprimé le besoin de remonter sur la colline prendre un bol d'air, loin de la foule, Donald se surprit à accepter. C'est l'air grave de Mick qui l'avait décidé, l'impression qu'il voulait parler à Donald d'un être cher récemment décédé, ou d'une chose tout aussi sinistre.

Mick lui tapota l'épaule, plein de reconnaissance.

— Bien, par ici.

Il le mena jusqu'au puits central. Ils traversèrent la cafétéria, qui était en service. C'était logique. Des ouvriers étaient assis là face à leur plateau en plastique, ils faisaient une pause. Des odeurs de nourriture s'échappaient des cuisines. Donald se mit à rire. Il n'aurait jamais cru qu'elles serviraient un jour. Il eut à nouveau le sentiment que les organisateurs du congrès national avaient donné un but à cet endroit. Ça lui faisait plaisir. Il songea qu'un jour cet immense complexe serait inanimé ; dehors, des ouvriers seraient occupés à stocker des déchets nucléaires, et ce bâtiment, qui aurait touché les nuages s'il avait été construit en plein air, serait entièrement vide.

Au bout d'un petit couloir, le carrelage cédait la place à un caillebotis métallique, et un large cylindre plongeait au cœur de la construction. Anna avait raison. Ça valait vraiment le détour.

Ils atteignirent la rampe du puits central et Donald jeta un œil en contrebas. La hauteur vertigineuse lui fit oublier un instant qu'il était sous terre. De l'autre côté du palier, un tapis roulant charriait des bacs de chargement vides. Donald songea aux godets d'un moulin à eau. Au bout de la chaîne, les bacs s'empilaient avant de descendre plus bas.

Les hommes et les femmes qui arrivaient de l'extérieur déposaient leur chargement dans ces bacs et s'en retournaient. Donald chercha Mick et le vit disparaître dans l'escalier.

Il s'empressa de le retrouver, rattrapé par sa peur d'être enterré vivant.

— Hé !

Ses semelles claquèrent contre les marches en métal fraîchement peintes, dont le relief en losanges empêcha qu'il glisse dans sa course. Il perdit de vue les bacs pleins de fournitures d'urgence qui, selon lui, finiraient par pourrir, inutilisées.

— Je refuse d'aller plus bas, insista-t-il.

— Deux étages à descendre, lui lança Mick. Allez, viens, je veux que tu voies ça.

Donald s'exécuta. Ç'aurait été pire de faire le chemin à l'envers tout seul.

Au premier palier, un ouvrier se tenait près du tapis roulant avec une sorte de pistolet. Lorsqu'un chargement passa, il le flasha au rayon laser, et son scanner tinta. Après quoi il s'appuya contre la rampe, en attente du suivant, tandis que le précédent poursuivait sa descente bringuebalante.

— J'ai raté quelque chose ? demanda Donald. On est encore en retard sur un truc ? C'est quoi tous ces vivres ?

Mick secoua la tête.

— Des vivres… pour vivre…

C'est en tout cas ce que Donald comprit. Mick semblait perdu dans ses pensées. Ils descendirent le colimaçon jusqu'au palier suivant, dix mètres de plus de béton armé, dix mètres de plus au-dessus de sa tête. Donald connaissait cet étage. Pas seulement d'après les plans qu'il avait dessinés. Mick et lui avaient visité un étage semblable dans l'usine où il avait été fabriqué.

— Je suis déjà venu ici, dit-il à Mick.

Mick acquiesça. Il guida Donald au bout du couloir, jusqu'à un tournant. Il choisit une porte, apparemment au hasard, et l'ouvrit pour son ami. La plupart des étages avaient été préfabriqués et meublés avant d'être implantés dans la structure. Si ce n'était pas celui qu'ils avaient visité, il lui ressemblait en tout point.

Une fois à l'intérieur, Mick alluma la lumière et ferma la porte. Donald constata avec surprise que le lit était fait. Il y avait une pile de linge sur une chaise. Mick attrapa les draps et s'assit en faisant signe à Donald de prendre place au bout du lit.

Donald l'ignora et jeta un œil dans la petite salle de bains.

— En fait, je dois admettre que je suis très content de voir tout ça.

Il tendit une main vers le robinet et l'actionna, pour voir. Lorsque de l'eau claire en jaillit, il se surprit à rire.

— Je savais que ça te plairait, répondit Mick doucement.

Donald remarqua son reflet dans le miroir, la joie qui se lisait encore sur son visage. Il avait tendance à oublier à quel point ses yeux se plissaient aux coins quand il souriait. Il passa une main dans ses cheveux parsemés de gris, bien qu'il lui restât cinq ans avant de franchir la fameuse barre de la quarantaine. Son travail le vieillissait prématurément. Ça avait figuré parmi ses craintes.

— C'est fou qu'on ait construit ce truc, hein ? dit Mick.

Donald rejoignit son ami dans la petite chambre. Il se demanda si c'était le travail qu'on les avait élus pour accomplir qui les faisait vieillir, ou si c'était simplement ce projet, dévorant à tous les points de vue.

— Content que tu m'aies forcé la main.

Il faillit ajouter qu'il adorerait voir le reste, mais estima qu'il ne fallait pas pousser non plus. De plus, les équipes dans les tentes de la Géorgie devaient déjà être en train de les chercher.

— Écoute, dit Mick. Il y a un truc qu'il faut que je te dise.

Il semblait chercher ses mots. Donald lança un regard vers la porte. Mick ne disait toujours rien. Donald finit par céder et s'assit au bord du lit.

— Qu'est-ce qu'il y a ? demanda-t-il.

Mais il pensait savoir. Le sénateur avait inclus Mick dans son autre projet, celui qui avait conduit Donald à rechercher l'aide du médecin. Il songea au livre épais qu'il avait, en grande partie, mémorisé. Mick en avait fait de même. Et s'il l'avait amené ici, c'était pour lui montrer ce qu'ils avaient accompli, mais aussi pour se retrouver dans un endroit intime, un endroit où l'on pouvait divulguer des secrets. Il tapota ses pilules à travers sa poche, celles qui empêchaient ses pensées de dériver vers des contrées dangereuses.

— Hé, je refuse que tu me dises un truc censé être confidentiel…

Mick leva les yeux, l'air surpris.

— Ne me dis rien, Mick. Pars du principe que je sais ce que tu sais.

Mick secoua tristement la tête.

— Sauf que ce n'est pas le cas.

— Fais comme si. Je ne veux rien savoir.

— Oui mais moi j'ai besoin que tu saches.

— Je préfère ne pas…

— C'est pas un secret, c'est juste… J'ai besoin que tu saches que je t'aime comme un frère. Depuis toujours.

Un silence s'installa. Donald regarda à nouveau en direction de la porte. Il éprouvait une sorte de gêne, mais il se réjouissait intérieurement d'entendre une telle confidence.

— Écoute, se lança Donald.

— Je sais que je suis pas tendre avec toi. Et, voilà, je suis désolé. J'ai beaucoup de respect et d'admiration pour toi. Pour toi et pour Helen.

Mick tourna la tête et se gratta la joue.

— Je suis très heureux pour vous deux.

Donald tendit la main et lui serra amicalement le bras.

— Tu es un mec bien, Mick. Je suis content qu'on ait passé tout ce temps ensemble, ça fait plusieurs années quand même, la campagne électorale, la construction de ce…

— Oui, moi aussi. Mais bon, je ne t'ai pas amené jusqu'ici pour te faire un plan à l'eau de rose.

Mick porta à nouveau une main à sa joue et Donald remarqua qu'il s'essuyait les yeux.

— J'ai parlé avec Thurman hier soir. Il a… Il y a quelques mois de ça, il m'a proposé une place au sein d'une équipe, d'une équipe de première, et je lui ai dit hier soir que j'aimerais autant qu'il te prenne toi.

— Quoi ? Une commission ?

Donald avait du mal à imaginer que son ami refuse une nomination, quelle qu'elle soit.

— Laquelle ?

Mick secoua la tête.

— Non, c'est autre chose.

— Quoi alors ?

— Écoute, quand tu découvriras de quoi il s'agit, et que tu comprendras ce qui se passe, je veux que tu repenses à ce moment, là, maintenant.

Mick balaya la pièce du regard, dans un silence ponctué par quelques gouttes d'eau dans le lavabo de la salle de bains.

— Si je pouvais choisir l'endroit où je serai dans les années à venir, ce serait ici, avec le premier groupe.

— OK. Bien. Je ne suis pas sûr de comprendre mais…

— Ça viendra. Souviens-toi juste de ça, d'accord ? Que je t'aime comme un frère et que tout arrive pour une raison. Je n'aurais pas voulu que ça se passe différemment. Ni pour toi ni pour Helen.

— D'accord.

Donald sourit. Il avait du mal à dire si Mick essayait de l'embobiner ou s'il avait abusé des Bloody Mary à la tente d'accueil ce matin.

— Très bien.

Mick se leva d'un coup. Rien dans ses gestes n'indiquait en tout cas qu'il avait bu.

— Sortons de là. C'est vrai que ça fout les jetons, cet endroit.

Il ouvrit la porte en grand et éteignit les lumières.

— Alors, on fait sa poule mouillée ? lui lança Donald.

Mick secoua la tête et ils sortirent dans le couloir. Ils laissèrent derrière eux le petit appartement plongé dans l'obscurité et son robinet qui gouttait. Donald essayait de comprendre comment il s'était emmêlé les pinceaux, comment la tente du Tennessee où il avait coupé le ruban avait pu devenir celle de la Caroline du Sud. Il avait presque pigé ; son subconscient lui renvoyait un souvenir de bon de livraison qui mentionnait cinquante fois plus de fibre optique que nécessaire, mais il perdit le fil.

En attendant, vivres et fournitures en tout genre continuaient de descendre dans le puits central. Et les bacs vides remontaient à la surface.

20

2110
Silo 1

Troy s'éveilla dans le brouillard, faible et déboussolé, le sang battant à ses tempes. Il leva les mains au-dessus de son visage, s'attendant à cogner contre du verre glacé, prisonnier d'une capsule de sommeil profond. Mais il n'y avait autour de lui que de l'air. Le réveil près de son lit indiquait qu'il était un peu plus de trois heures du matin.

Il se redressa, vit qu'il était en short. Il ne se rappelait pas s'être changé, ni s'être mis au lit. Il posa les pieds par terre, coudes sur les genoux, tête dans les mains et attendit. Il avait mal partout.

Au bout de quelques minutes, il enfila sa combinaison, dans le noir. La lumière n'arrangerait pas son mal de crâne. Théorie dont il n'avait pas besoin de tester la véracité.

À l'extérieur, le couloir était lui aussi plongé dans l'obscurité, il y avait tout juste assez de luminosité pour trouver son chemin à tâtons. Il continua jusqu'à l'ascenseur.

Il appuya sur le bouton "monter", hésita, ne sachant si c'était la bonne chose à faire. Quelque chose l'appelait. Il appuya également sur le bouton "descendre".

Il était trop tôt pour aller au bureau, à moins de vouloir traînasser sur l'ordinateur. Il n'avait pas faim, mais pouvait toujours aller regarder le lever du soleil. L'équipe de nuit serait là-haut en train de boire un café. Il pouvait aussi aller à la salle de sport se faire un jogging. Ce qui l'aurait obligé à retourner dans sa chambre se changer.

L'ascenseur arriva, sans qu'il ait pris sa décision. Les deux lumières s'éteignirent, ce qui signifiait qu'il pouvait monter ou descendre, à sa guise.

Il monta. Il ne savait pas où il avait envie d'aller.

Les portes se refermèrent. La cabine attendait, patiemment. Troy se dit qu'elle finirait par partir, obéissant à un autre appel, pour aller chercher quelqu'un qui avait un but, une destination. Il pouvait rester là, ne rien faire, laisser une autre âme décider pour lui.

En faisant courir ses doigts sur la série de boutons, il essaya de se rappeler ce que recelait chaque étage. Il en avait mémorisé pas mal, mais il n'avait pas accès à tout ce qu'il savait. Il éprouva soudain le besoin de monter dans un des salons pour regarder la télé, laisser les heures s'écouler jusqu'à ce qu'il soit enfin forcé d'aller quelque part. C'était le principe des factions : attendre, puis faire. Dormir, puis attendre. Arriver jusqu'au dîner, tenir jusqu'à l'heure du coucher. La fin n'était jamais loin. Il n'y avait rien qui puisse susciter une rébellion, rien qu'une gentille routine.

L'ascenseur partit. Troy recula d'un pas. Les boutons n'indiquaient pas vers où il se dirigeait, mais il avait l'impression de descendre.

Il s'arrêta au bout de quelques étages seulement. Les portes s'ouvrirent sur un visage que Troy connaissait de la cafétéria, un homme en rouge mécano qui entra en lui souriant.

— Bonjour.

Troy fit un signe de tête.

L'homme appuya sur un des boutons les plus bas, correspondant aux étages du réacteur. Il remarqua qu'aucun autre étage n'avait été sélectionné et se tourna, curieux, vers Troy.

— Tout va bien, monsieur ?

— Hmm ? Oui, oui.

Troy se pencha et appuya sur le 68. L'inquiétude de l'homme avait dû lui faire penser au docteur, même si Henson ne serait pas à son poste avant plusieurs heures. Mais autre chose le tiraillait, un truc qu'il avait besoin de voir, un rêve qui lui échappait.

— Ça n'a pas dû marcher quand j'ai appuyé la première fois.

— Hmm.

Le silence dura un étage ou deux.

— Combien de temps il vous reste à faire ? demanda le mécanicien.

— Moi ? Encore deux semaines. Et vous ?

— Je viens de prendre mon poste la semaine dernière. Mais c'est ma deuxième faction.

— Ah oui ?

L'ascenseur s'enfonçait sous terre mais les chiffres allaient croissant. Troy n'aimait pas ça ; pour lui, l'étage le plus bas aurait dû être le niveau 1.

— Et c'est plus facile la deuxième fois ? demanda-t-il, presque involontairement.

C'était comme si la partie de lui qui mourait d'envie de savoir était plus réveillée que celle qui priait pour le silence.

Le mécanicien réfléchit.

— Je ne dirais pas que c'est plus facile mais… moins inconfortable, peut-être ? répondit-il avec un petit rire.

Troy sentit à la pression au niveau de ses genoux qu'ils étaient arrivés. Les portes s'ouvrirent.

— Bon courage pour la fin, dit le mécano.

Ils ne s'étaient pas dit leurs noms.

— Au cas où je vous reverrais pas.

Troy leva la main.

— À la prochaine.

L'homme sortit, les portes se refermèrent. Avec une légère vibration, l'ascenseur reprit sa descente.

Les portes sonnèrent en s'ouvrant sur le niveau médical. Troy sortit, entendit des voix au bout du couloir. Il marcha à pas de loup sur le carrelage. Les voix s'intensifièrent. Il y avait une femme. Mais ce n'était pas une conversation. Probablement un vieux film. Troy jeta un œil dans le bureau principal, où un homme, allongé sur un chariot, regardait la télévision. Troy avança penché en avant pour ne pas le déranger.

Le couloir partait dans deux directions. Il se représenta le plan de l'étage, la distribution en étoile des entrepôts, les rangées de cryopodes, les tuyaux qui relayaient les murs aux podes, les podes aux corps endormis.

Il s'arrêta devant une porte massive et essaya son code. La lumière rouge vira au vert. Il n'entra pas pour autant. Il n'en éprouvait pas le besoin, il voulait juste voir si ça marchait. Ce qui l'attirait était ailleurs.

Il déambula dans le couloir, passa devant d'autres portes. N'était-il pas ici même quelques heures auparavant ? Est-ce qu'il était jamais parti ? Il sentit une douleur au bras. Il roula sa manche et vit une goutte de sang, ainsi qu'un cercle de peau rougie autour de la piqûre de l'aiguille.

Si quelque chose de grave s'était passé, il ne s'en souvenait pas. Cette partie de lui avait été étouffée.

Il essaya son code sur un autre clavier, une autre porte et attendit le feu vert. Cette fois, il entra. Il ne savait pas où il allait, mais savait qu'il y avait quelque chose à l'intérieur qu'il devait voir.

21

2052
Comté de Fulton, Géorgie

Les averses matinales le jour du congrès national du parti laissèrent les collines artificielles trempées, l'herbe glissante, mais n'entamèrent en rien les festivités. Véhicules de construction et pick-up croûtés de boue avaient été virés des parkings pour céder la place à des centaines de bus et à quelques limousines noires rutilantes, que la boue n'avait pas épargnés non plus.

Les cabanes et préfabriqués qui avaient servi de bureaux et de logements aux équipes de chantier avaient été alloués aux membres du personnel, volontaires, délégués et dignitaires qui avaient bûché pendant des semaines pour l'avènement de cette journée. La zone était parsemée de tentes d'accueil qui servaient de quartiers généraux aux coordinateurs de l'événement. Les nouveaux arrivants débarquaient par grappes et passaient par le poste de sécurité. Les immenses grillages surmontés de fils barbelés semblaient démesurés et ridicules pour le congrès mais prenaient tout leur sens lorsqu'on songeait aux déchets nucléaires. Ces barrières et portiques tenaient à l'écart un regroupement inhabituel de manifestants : ceux de droite qui s'opposaient à l'utilisation actuelle du complexe et ceux de gauche qui craignaient son utilisation future.

Jamais un congrès national n'avait dégagé autant d'énergie, attiré autant de monde. On avait beau voir le centre d'Atlanta par-delà la cime des arbres, la ville semblait lointaine, déconnectée du bouillonnement qui s'était emparé du comté de Fulton.

Donald, perché sur un monticule, frissonna sous son parapluie. Il observait la marée humaine monter les collines, chacun en direction de la scène où flottait le drapeau de son État, esquivant comme ils pouvaient les coups de baleine.

Une fanfare s'ébroua quelque part pour quelques notes de répétition. On sentait dans l'air que le monde était sur le point de changer – une femme allait être nommée candidate à l'élection présidentielle, pour seulement la deuxième fois depuis que Donald était né. Et à en croire les sondages, elle avait toutes ses chances. À moins que la guerre en Iran ne vienne soudain changer la donne, on allait assister à un événement historique, briser un ultime plafond de verre. Et c'était ici que ça se passerait, sur ces mottes de gazon géantes.

De nouveaux bus arrivèrent pour déverser leurs flots de passagers. Donald vérifia l'heure sur son téléphone. Il n'avait toujours pas d'accès au réseau en raison de la très forte demande. Il trouva d'ailleurs surprenant, avec tout le soin qui avait été apporté à la préparation de l'événement, que les organisateurs n'aient pas songé à demander l'érection d'une ou deux antennes relais.

— Député Keene ?

Donald sursauta et se retourna pour se trouver face à Anna. Il jeta un œil derrière elle mais ne vit aucun véhicule. Il était étonné qu'elle ait marché jusqu'ici. D'un autre côté, elle n'était pas particulièrement adepte de la simplicité.

— Impossible de dire si c'était toi ou pas, dit-elle en souriant. Tout le monde a le même parapluie.

— Si, c'est bien moi.

Malgré une grande inspiration, il se sentait légèrement oppressé, comme chaque fois qu'il la voyait, comme si une simple conversation avec elle pouvait lui attirer des ennuis.

Anna s'approcha de lui, s'attendant manifestement à ce qu'il partage son parapluie avec elle. Il le changea de main pour lui laisser plus d'espace, un bras sous le crachin. Il scruta le parking en quête d'une trace d'Helen. Elle aurait dû être là à cette heure.

— Ça va être une de ces pagailles, dit Anna.

— C'est censé s'éclaircir.

Quelqu'un sur la scène de la Caroline du Nord fit un test de micro, déclenchant une pluie de larsens.

— On verra bien, dit Anna en serrant les pans de son imper autour d'elle. Helen ne vient pas ?

— Si. Le sénateur a bien insisté sur ce point. Elle ne va pas être contente de voir tout ce monde. Elle déteste la foule. Toute cette boue, ça va pas lui plaire non plus.

Anna rit.

— Pas la peine de s'inquiéter de l'état de la pelouse vu ce qui va se passer.

Donald songea aux tonnes de déchets radioactifs qui seraient bientôt enfouis là.

— Ouais, comme tu dis.

Il regarda à nouveau la scène de l'État de Géorgie. C'est ici que se réuniraient pour la première fois à l'échelle nationale tous les délégués, plus tard dans la journée, tous les gens les plus importants sous la même tente. Derrière la scène et entre les tentes fumantes où l'on disposait de la nourriture sur des plateaux, le seul signe visible de la construction souterraine était cette petite tour de béton qui sortait de terre avec son bouquet d'antennes sur le dessus. Donald songea au temps qu'il faudrait pour démâter et transporter tous ces drapeaux détrempés avant que les premières barres de combustible usagé puissent être acheminées et stockées.

— Ça fait bizarre de voir quelques milliers de gens du Tennessee marcher au-dessus de quelque chose qu'on a conçu, dit Anna.

Son bras frôla celui de Donald. Il se tint parfaitement immobile, se demanda si c'était un accident.

— J'aurais voulu que tu découvres davantage l'intérieur.

Donald frissonna, plus parce qu'il essayait de ne pas bouger qu'à cause du froid et de l'humidité. Il n'avait parlé à personne de sa visite avec Mick effectuée la veille. C'était trop personnel. Il en toucherait deux mots à Helen, mais à personne d'autre.

— C'est fou, tout ce temps passé à construire un truc qui ne servira jamais… dit-il.

— Fou, répéta-t-elle.

Son bras touchait toujours celui de Donald. Il n'y avait toujours aucun signe d'Helen. Donald se disait bêtement qu'il allait la repérer d'un instant à l'autre dans la foule. Il y parvenait, en général. Il se souvint du balcon de l'hôtel où ils avaient séjourné pendant leur lune de miel à Hawaii. Malgré la hauteur, il la trouvait tout de suite le matin, le long du rivage, partie ramasser des coquillages. Il pouvait y avoir quelques centaines de promeneurs sur la plage, et pourtant son regard était immédiatement attiré vers elle.

— Je crois qu'ils ont eu le droit de construire cet immense espace de stockage uniquement parce qu'on a su leur fournir une bonne solution de repli, dit Donald.

Il répétait ce que lui avait dit le sénateur, mais les mots ne sonnaient pas juste.

— Les gens ont besoin de se sentir en sécurité, répondit Anna. Ils ont besoin de savoir, si jamais le pire survient, qu'ils auront quelqu'un, je veux dire quelque chose sur quoi se reposer.

Elle vint à nouveau s'appuyer contre son bras. Ce n'était pas un accident. Donald s'écarta légèrement.

— J'avais espéré visiter un des autres abris, dit-il pour changer de sujet. J'aurais bien aimé voir ce que les autres équipes ont fait. Mais apparemment, je n'ai pas d'autorisation.

Anna rit à nouveau.

— Moi aussi j'ai essayé. Je meurs d'envie de voir chez la concurrence. Mais bon, je comprends que ce soit un terrain sensible. Tous les projecteurs sont braqués sur ce trou perdu.

Elle s'appuya contre lui à nouveau, ignorant l'espace qu'il avait mis entre eux.

— Tu n'as pas cette impression ? Qu'il y a un œil énorme au-dessus de nos têtes ? Je veux dire, malgré les murs et les grillages, tu peux être sûr que le monde entier va garder un œil sur ce qui se passe ici.

Donald hocha la tête. Il savait qu'elle ne parlait pas du congrès mais de l'usage final du complexe.

— Ah, on dirait qu'il faut que je redescende, dit Anna.

Il suivit son regard : Thurman gravissait la colline abrité sous un large parapluie noir. La mélasse boueuse ne semblait avoir aucune prise sur lui, pas plus que les années qui passaient.

Anna pressa doucement le bras de Donald.

— Encore toutes mes félicitations. C'était chouette de bosser ensemble.

— *Idem*. On fait une bonne équipe.

Elle sourit. Il se demanda si elle n'allait pas se pencher et l'embrasser sur la joue. Ça aurait semblé tout à fait naturel. Mais non. Anna quitta l'abri qu'il lui procurait et rejoignit le sénateur.

Thurman leva son parapluie, embrassa sa fille et la regarda descendre la colline avant de se poster près de Donald. Ils restèrent muets un instant, au son du crépitement mat de la pluie sur la toile.

— Monsieur, finit par dire Donald.

Depuis peu, il se sentait à l'aise en sa présence. Les deux dernières semaines avaient été un peu comme une colonie de vacances. Vivre presque vingt-quatre heures sur vingt-quatre avec les mêmes personnes sur quelques jours permettait un degré d'intimité et de familiarité que n'égalerait jamais le fait de les côtoyer régulièrement, même pendant des années. L'enfermement forcé avait quelque chose de fédérateur.

— Saleté de pluie, fut la réponse de Thurman.

— On ne peut pas tout contrôler, dit Donald.

Le sénateur grogna, comme pour exprimer son désaccord.

— Helen n'est pas encore arrivée ?

— Non monsieur, dit Donald en sortant son téléphone de sa poche. Je lui renverrai un message tout à l'heure. Je ne suis pas sûr que mes textos passent, cela dit. Les réseaux sont saturés. Je suis sûr qu'on n'a jamais vu autant de monde dans le coin.

— On peut dire que, globalement, on n'aura jamais vu une journée pareille.

— Principalement grâce à vous, monsieur. C'est vous qui avez rendu la construction possible. Vous auriez pu vous présenter. Le pays aurait été à vous.

Le sénateur s'esclaffa.

— C'est vrai la plupart des années, tu sais, Donny. Mais j'ai appris à voir plus loin que ça.

Donald frissonna à nouveau. Il ne se rappelait pas quand le sénateur l'avait appelé comme ça pour la dernière fois. Peut-être lors de ce premier entretien dans son bureau, plus de deux ans auparavant ? Le vieil homme, contrairement à d'habitude, avait l'air tendu.

— Quand Helen sera là, je veux que vous veniez me retrouver sous la tente, entendu ?

Donald sortit son téléphone pour vérifier l'heure.

— Vous savez que je dois me présenter à celle du Tennessee dans une heure, pas vrai ?

— Il y a eu du changement. Je veux que tu restes près de la maison. Mick ira te remplacer, ce qui veut dire que j'ai besoin de toi auprès de moi.

— Vous êtes sûr ? Parce que je devais rencontrer…

— Je sais. Mais c'est mieux pour toi, fais-moi confiance. Je veux qu'Helen et toi restiez avec moi près de la scène de la Géorgie. Et puis…

Le sénateur pivota pour lui faire face. Donald quitta des yeux les derniers bus qui se délestaient de leurs passagers. La pluie tombait un peu plus fort.

— Tu as contribué à cette journée bien plus que tu ne le crois, dit Thurman.

— Pardon ?

— Donny, le monde va changer aujourd'hui.

Donald se demanda si le sénateur avait sauté ses traitements aux nanos. Ses pupilles, orientées vers le lointain, semblaient dilatées. D'une certaine manière, il avait l'air plus vieux.

— Je ne suis pas sûr de comprendre…

— Tu comprendras. Oh, et nous allons avoir une visite-surprise. Elle sera là d'un moment à l'autre, ajouta Thurman avec un sourire. L'hymne national commence à midi. L'escadron 141 survolera le site juste après. Je veux que vous soyez tout près à ce moment-là.

Donald acquiesça. Il avait appris à quel moment cesser de poser des questions et se conformer aux attentes du sénateur.

— Bien monsieur, dit-il, presque grelottant de froid.

Thurman redescendit. Dos à la scène, Donald jeta à nouveau un œil du côté des bus en se demandant où pouvait bien être passée Helen.

22

2110
Silo 1

Troy marchait le long de la rangée de cryopodes comme s'il savait où il allait. C'était ce même instinct qui lui avait fait choisir cet étage précédemment dans l'ascenseur. Chaque écran affichait un nom inventé. Il le savait. Il se rappelait avoir inventé le sien. Ça avait un rapport avec sa femme, c'était une façon de lui rendre hommage, mais aussi un moyen secret qu'il avait trouvé pour se souvenir un jour.

Tout cela était un rêve oublié, enfoui dans les brumes du passé. Avant qu'il prenne son poste, il y avait eu une formation. Des livres à lire et à relire. C'est à cette époque qu'il avait choisi son nom.

Une explosion d'amertume sur ses papilles l'obligea à s'arrêter. C'était le goût d'une pilule en train de se dissoudre. Il tira la langue, la frotta du bout du doigt, mais il n'y avait rien. Il sentait les ulcères qu'il avait sur les gencives mais ne se rappelait pas comment ils avaient pu se former.

Il continua à avancer. Quelque chose clochait. Ces souvenirs n'étaient pas censés lui revenir. Il se vit sur un chariot en train de crier, de se faire attacher, piquer le bras. Mais non, ce n'était pas lui. Lui, il tenait les bottes de l'autre homme.

Il s'arrêta devant l'un des podes et lut le nom Helen. Il eut un haut-le-cœur. Il ne voulait pas se rappeler. Tel était l'ingrédient secret : ne pas vouloir se rappeler. Ces souvenirs étaient censés lui échapper, devaient se prendre dans les tentacules des médicaments pour disparaître sous la surface. Mais à présent, une infime partie de lui mourait d'envie de tout savoir à nouveau. Un doute le rongeait, l'impression d'avoir laissé derrière lui une part cruciale de lui-même. Et cette infime partie de lui était prête à le noyer tout entier pour avoir des réponses.

Le verre couina sous ses doigts lorsqu'il en essuya le givre. Il ne reconnut pas la personne allongée là et passa à la suivante, submergé par un souvenir datant de sa formation.

Des gens parqués dans des halls, criant, des hommes en pleurs, des pilules qui asséchèrent leurs yeux. Des nuages menaçants sur un écran. Les femmes furent mises à l'écart pour leur sécurité. Comme sur les canots de sauvetage, les femmes et les enfants d'abord.

Troy se rappelait. Ce n'était pas un accident. Il se souvenait d'une discussion dans un autre pode, plus grand, une cellule, avec un homme, une conversation sur l'imminence de la fin du monde, sur la nécessité de faire de la place, de provoquer la fin avant qu'elle n'advienne d'elle-même.

Une explosion contrôlée. On utilisait parfois des bombes pour éteindre des feux.

Il essuya une autre vitre. La silhouette assoupie avait des flocons de givre accrochés aux cils. Il ne la connaissait pas. Il avança. Les souvenirs continuaient d'affluer. Il avait des élancements dans le bras, mais il ne tremblait plus.

Troy se souvenait d'un désastre. Tout avait été orchestré. La véritable menace s'était répandue dans les airs, invisible. Les bombes avaient eu pour mission de forcer les gens à bouger, de les effrayer, de les faire pleurer, et oublier. Ils s'étaient déversés comme des billes dans un bol. Non, dans un tunnel. Quelqu'un leur expliqua pourquoi ils avaient été épargnés. Il se rappelait un brouillard blanc qu'il avait dû traverser. Pour se purger des particules mortelles, déjà en eux. Troy se rappelait ce goût métallique sur sa langue.

Le givre sur la vitre suivante avait déjà été essuyé récemment. Des gouttes de condensation, telles de minuscules lentilles, diffractaient la lumière. Il passa une manche sur le verre et comprit ce qui s'était passé. Il vit la femme à l'intérieur, ses cheveux auburn qu'elle attachait parfois en chignon. Ce n'était pas sa femme. C'était quelqu'un qui avait voulu cette situation, qui l'avait voulu embarqué là-dedans.

— Je peux vous aider ?

Troy se retourna. Le médecin de nuit se dirigeait vers lui, circulant rapidement entre les podes. Troy plaqua une main sur son bras endolori. Il ne voulait pas être endormi à nouveau. Ils ne pouvaient pas le forcer à oublier.

— Monsieur, vous ne devriez pas être ici.

Troy ne répondit pas. Le médecin s'arrêta devant le pode. À l'intérieur, une femme qui n'était pas la sienne dormait profondément. Elle n'était pas sa femme, mais avait voulu l'être.

— Vous voulez bien me suivre ? demanda le docteur.

— J'aimerais rester un peu, répondit Troy.

Il se sentait étrangement calme. Toute douleur avait disparu. Les souvenirs avaient vaincu. Il se rappelait tout. Son âme était enfin libérée.

— Je ne peux pas vous laisser ici, monsieur. Venez avec moi. Vous allez geler, sinon.

Troy baissa les yeux. Il avait oublié de mettre des chaussures. Il recroquevilla ses orteils, puis les détendit à nouveau.

— Monsieur ? Allez, s'il vous plaît.

Le médecin fit un geste en direction de la sortie. Troy lâcha son bras et comprit une chose : à chaque situation son remède. S'il ne ruait pas, on ne l'attacherait pas. S'il ne tremblait pas, on ne le piquerait pas.

Il entendit un couinement de bottes dans le couloir. Un agent de sécurité apparut sur le seuil, visiblement essoufflé. Troy vit le docteur faire signe à l'agent d'entrer. Ils essayaient de ne pas l'effrayer, mais ils ne savaient pas que plus rien ne pouvait lui faire peur.

— Vous allez m'endormir pour de bon, dit-il.

C'était à mi-chemin entre l'affirmation et la question. C'était une prise de conscience. Il se demanda s'il était comme Hal – comme Carlton –, si les pilules allaient cesser de faire effet sur lui.

Il jeta un œil vers le fond de la pièce, où, il le savait, on gardait les podes vides. C'est là qu'on l'enterrerait.

— Voilà, doucement, dit le médecin.

Il le guida vers la sortie ; il allait l'embaumer avec ce fameux liquide bleu azur. Les podes défilaient tandis qu'ils marchaient en silence.

Toujours posté près de la porte, l'agent de sécurité tentait de récupérer son souffle. Un nouveau couinement de bottes précéda l'arrivée d'un autre agent. Troy comprit que sa faction était terminée. À deux semaines de la fin. Il était presque allé au bout.

Le docteur fit signe aux agents de s'écarter de son chemin, semblant espérer qu'il n'aurait pas besoin d'eux. Ils se postèrent en escorte, semblant penser le contraire. Troy fut conduit jusqu'au bout du couloir, à la fois guidé par l'espoir et tenaillé par la peur.

— Vous savez, n'est-ce pas ? demanda-t-il au médecin en scrutant son visage. Vous vous souvenez de tout.

Le docteur acquiesça sans le regarder.

Troy eut l'impression d'avoir été trahi. C'était injuste.

— Pourquoi vous avez le droit de vous rappeler ?

Il voulait savoir pourquoi ceux qui prescrivaient le médicament n'étaient pas obligés de le prendre.

Le médecin le fit entrer dans son bureau. Son assistant

était là, encore en chemise de pyjama, intraveineuse et poche de liquide bleu à la main.

— Certains d'entre nous se rappellent, dit le docteur, parce que nous savons que ce que nous avons fait n'est pas mal.

Il aida Troy à s'installer sur le chariot, avec l'air de regretter ce qui arrivait à ce dernier.

— On fait du bon travail, ajouta-t-il. On est en train de sauver le monde, pas de causer sa fin. Et le médicament n'affecte que nos regrets.

Il leva les yeux.

— Certains d'entre nous n'en ont aucun.

La porte était bloquée par les agents de sécurité. L'assistant défit la combinaison de Troy, qui se laissa faire.

— Il faudrait une molécule différente pour toucher à ce que nous savons, poursuivit le médecin.

Il prit une tablette et y inséra une feuille de papier avant de tendre le stylo à Troy.

Troy signa l'autorisation en riant.

— Alors pourquoi moi ? demanda-t-il. Qu'est-ce que je fais ici ?

Il avait toujours voulu poser cette question à une personne susceptible de connaître la réponse. Une naïveté de novice, mais il tenait peut-être enfin l'occasion d'obtenir des réponses.

Le docteur sourit et reprit la tablette. Il devait avoir dans les vingt-cinq, trente ans, avait entamé sa faction quelques semaines auparavant. Troy, lui, avait quelques années avant d'atteindre la quarantaine. Et pourtant, ce jeune homme détenait la sagesse, toutes les réponses.

— C'est bon d'avoir des gens comme vous au pouvoir, dit le médecin, et il avait l'air sincère.

Il raccrocha la tablette au mur. Un agent de sécurité bâilla derrière sa main. On descendit la combinaison de Troy jusqu'à sa taille. Un ongle fait un bruit tout à fait caractéristique lorsqu'il tapote une aiguille.

— J'aimerais un moment de réflexion, dit Troy, soudain pris de panique.

Il savait qu'il fallait en arriver là, mais il avait besoin de quelques minutes supplémentaires avec ses pensées, histoire de savourer ce bref instant de lucidité. Il avait envie de dormir, certes, mais pas tout de suite.

Les hommes postés à l'entrée commencèrent à s'agiter en entendant Troy exprimer ses doutes, en lisant la peur dans ses yeux.

— J'aimerais qu'il existe une alternative, dit le médecin avec tristesse.

Il posa une main sur l'épaule de Troy pour qu'il se rallonge. Les hommes de la sécurité firent un pas en avant.

Troy sentit une piqûre au bras, une morsure soudaine. Il baissa les yeux, vit la pointe argentée plantée dans sa veine et le liquide bleu qu'on y injectait.

— Je ne veux pas…

Il sentit des mains sur ses cuisses, ses genoux, ses épaules. Le poids qui lui oppressait la poitrine était dû à autre chose.

Une sensation de brûlure lui parcourut tout le corps, chassée par un engourdissement abrupt. Ils ne l'endormaient pas. Ils le tuaient. Il le comprit avec autant d'acuité qu'il sut que sa femme était morte, qu'une autre avait essayé de prendre sa place. C'est dans un vrai cercueil qu'on le mettrait cette fois. Et toute cette terre empilée au-dessus de sa tête aurait enfin une utilité.

L'obscurité commença à grignoter son champ de vision. Il ferma les yeux, voulut crier pour que ça cesse, mais n'émit aucun son. Il avait envie de ruer, de lutter, mais c'était plus que des mains qui avaient une emprise sur lui. Il sombrait.

Ses dernières pensées furent pour sa femme, si belle, mais pouvait-il leur faire confiance ? C'était le monde des rêves qui prenait le dessus.

Elle est dans le Tennessee, songea-t-il. Il ne savait pas

pourquoi ni comment il savait une chose pareille. Mais elle y était bel et bien, et l'y attendait. Elle était déjà morte et reposait près d'un trou où il la rejoindrait.

Troy n'avait plus qu'une seule question, un nom qu'il espérait retrouver et saisir avant de sombrer complètement, une part de lui-même qu'il voulait emporter dans les profondeurs. Il l'avait sur le bout de la langue, telle une pilule amère, il pouvait presque en sentir le goût…

Mais il lui échappa.

23

2052
Comté de Fulton, Géorgie

La pluie finit par cesser, au moment où des annonces tonitruantes et une cacophonie d'instruments retentirent au-dessus des collines grouillantes de monde. La scène principale étant réservée au gala du soir, il semblait à Donald que le cœur de l'action se jouait dans tous les autres États. Les fanfares entamèrent leur morceau et le vrombissement des quads ne fut plus qu'un chuchotement.

Un vague sentiment de claustrophobie le gagna, là, au fond de la cuvette, près de la scène de la Géorgie. Il éprouva un besoin soudain de hauteur, d'air, de vue dégagée. Il imaginait les milliers d'invités dispersés sur les collines, la ferveur politique qui flottait dans l'air, la cohésion des familles du même bord venues célébrer l'avènement du changement.

Pour autant qu'il ait eu envie de fêter ce nouveau départ avec eux, Donald avait surtout hâte que tout ça se termine. Il attendait la fin du congrès avec impatience. Les semaines passées l'avaient usé. Il voulait retrouver un vrai lit, de l'intimité, son ordinateur, un service téléphonique fiable, la possibilité de dîner au resto, et, plus que tout, passer du temps seul avec sa femme.

Il sortit son téléphone de sa poche et vérifia ses messages pour la énième fois. L'hymne allait résonner dans quelques minutes, après quoi aurait lieu le défilé aérien. Il avait également entendu parler de feux d'artifice pour inaugurer le congrès avec un grand boum.

Son écran indiquait que les six derniers messages n'avaient pas encore été envoyés. Le réseau était saturé, et son téléphone lui renvoyait un message d'erreur qu'il n'avait encore jamais vu. Au moins, les premiers semblaient avoir atteint leur destinataire. Il scruta les coteaux détrempés en espérant la voir descendre à sa rencontre, sourire aux lèvres.

Quelqu'un se planta à côté de lui. Il quitta les collines du regard pour voir qu'Anna l'avait rejoint près de la scène.

— Nous y voilà, dit-elle doucement en observant la foule.

Son visage et sa voix trahissaient sa nervosité. Elle s'inquiétait peut-être pour son père, qui n'avait pas ménagé sa peine pour installer la grande scène et s'assurer que chacun était à sa place. Donald lança un regard par-dessus son épaule. Les gens commençaient à s'installer, faisaient tomber les gouttes de pluie de leur siège ; il n'y avait pas autant de monde qu'il l'aurait cru. Certains travaillaient sûrement encore sous les tentes, ou se rendaient vers d'autres scènes. C'était le calme avant la…

— Ah, la voilà, dit Anna en agitant la main.

Donald sentit son cœur bondir dans sa poitrine et suivit le regard d'Anna, tiraillé entre le soulagement et l'impression d'être pris la main dans le sac par son épouse.

Certes, il reconnut la personne qui descendait la colline à leur rencontre. Une jeune femme en uniforme bleu impeccable, chapeau sous le bras, cheveux bruns attachés en chignon strict.

— Charlotte ? s'écria Donald en abritant son regard du soleil de midi qui filtrait à travers les derniers nuages.

Il n'en revenait pas. Les autres événements, ses inquiétudes… tout s'évanouit d'un coup dès l'instant où sa sœur leur fit un petit coucou.

— Eh ben, il était moins une, marmonna Anna.

Donald se rua sur son quad et le démarra pour aller chercher Charlotte. Elle lui sourit de toutes ses dents lorsqu'il s'arrêta à ses pieds en dérapant sur l'herbe mouillée. Il éteignit le moteur.

— Salut, Donny.

Elle lança ses bras autour de son cou et le serra fort contre elle avant même qu'il soit descendu de son engin.

Il lui rendit son étreinte, inquiet à l'idée de froisser son bel uniforme.

— Mais qu'est-ce que tu fiches ici ? lui demanda-t-il.

Elle le relâcha, recula d'un pas, lissa le devant de sa chemise. Son chapeau de l'armée de l'air retourna sous son bras. Chaque geste, précis, répondait à des habitudes enracinées depuis longtemps.

— Tu es surpris, vraiment ? Je croyais que le sénateur aurait lâché le morceau, depuis le temps.

— Ben non. Il a bien mentionné une visite, mais sans dire qui. Je te croyais en Iran. C'est lui qui t'a fait venir ?

Elle acquiesça. Donald avait presque des crampes au visage à force de sourire. Chaque fois qu'il la voyait, il était soulagé de voir qu'elle était toujours la même. Son menton effilé, les taches de rousseur sur son nez, la lueur dans ses yeux que les horreurs qu'elle avait vues n'avaient pas encore ternie. Elle venait de fêter ses trente ans, sans famille, de l'autre côté du globe, mais il la voyait toujours comme l'adolescente qui s'était enrôlée.

— Je crois que je suis censée être sur scène pour ce qui doit se passer ce soir, dit-elle.

— Bien sûr, sourit Donald. Je suis certain que les caméras ne te rateront pas. Le soutien à nos troupes, tout ça…

— Ah, j'ai toujours adoré servir d'alibi… ironisa-t-elle.

Donald se mit à rire.

— Bah, il y aura sûrement des représentants de l'armée de terre et de la marine pour te tenir compagnie.

— N'empêche, je serai l'alibi féminin…

Ils rirent en chœur. Une des fanfares au-delà de la colline finit son morceau. Donald s'avança sur son siège pour faire grimper sa sœur derrière lui, soudain moins oppressé. Le temps virait au beau, les nuages s'effilochaient, le silence se faisait peu à peu sur les scènes environnantes, et voilà que sa sœur arrivait.

Il démarra et emprunta le chemin le moins boueux pour retourner vers la scène, sa sœur cramponnée à lui. Ils s'arrêtèrent près d'Anna, Charlotte jeta ses bras autour d'elle. Tandis qu'elles bavardaient, Donald vérifia ses messages. Enfin des nouvelles.

Helen : Ds le Tennessee. Et toi t où ?

Son cerveau essayait de comprendre ce qu'il lisait. Mais qu'est-ce qu'Helen foutait dans le Tennessee ?

Le silence se fit sur une autre scène. Donald comprit au bout de quelques secondes qu'Helen n'était pas à des centaines de kilomètres de là mais juste de l'autre côté de la colline. Aucun de ses messages qui lui disaient de le rejoindre en Géorgie ne lui était parvenu.

— Hé ! Je reviens.

Il redémarra le quad. Anna l'attrapa par le poignet.

— Où tu vas comme ça ?

Il sourit.

— Dans le Tennessee. Helen vient de m'envoyer un message.

Anna leva les yeux vers les nuages. Charlotte inspectait son chapeau. Sur la scène, une jeune fille s'approchait du micro, flanquée d'un porte-drapeau. Les visages de l'assistance se tendirent vers l'avant, impatients.

Avant qu'il n'ait le temps de passer une vitesse, Anna tourna la clé et la sortit du contact.

— Pas maintenant, dit-elle.

Donald sentit monter la colère. Il voulut lui reprendre la clé, mais la main d'Anna disparut derrière son dos.

— Attends, siffla-t-elle entre ses dents.

Charlotte s'était tournée vers la scène. Le sénateur Thurman avait le micro en main, près de la jeune fille, qui devait avoir dans les seize ans. Donald se rendit compte du raffut qu'avait fait le quad. La fille s'apprêtait à chanter.

— Mesdames messieurs, amis démocrates…

Il y eut un silence. Donald descendit du quad, regarda son téléphone une dernière fois avant de le ranger.

— Je salue également notre petite poignée d'indépendants…

Rires dans le public. Donald entama une course pour traverser la cuvette. Ses semelles s'enfonçaient dans l'herbe boueuse avec un bruit de ventouse. La voix du sénateur continuait de résonner dans les haut-parleurs.

— Nous célébrons aujourd'hui l'avènement d'une nouvelle ère.

Donald manquait d'entraînement, et la boue n'arrangeait rien.

— Alors que nous sommes réunis en ce lieu d'indépendance future…

La pente s'amorçait tout juste, mais il était déjà à bout de souffle.

— … me reviennent en mémoire les mots d'un de nos ennemis. Un républicain.

À nouveau des rires, mais Donald n'y prêta pas attention. Il se concentrait sur son ascension.

— Ronald Reagan a dit un jour qu'il fallait se battre pour la liberté, que la paix se méritait. Quand nous écouterons notre hymne national, écrit sous les boulets de canon à l'époque où se créait un nouveau pays, je veux que nous pensions au prix que nous avons payé pour notre liberté, et que nous nous demandions s'il y a une seule chose que nous ne serions pas prêts à faire pour nous assurer que ces droits dont nous jouissons ne nous échappent pas.

À un tiers de la montée, Donald dut s'arrêter pour reprendre son souffle. Ses mollets allaient le lâcher avant ses poumons. Il regretta de s'être servi de son quad à la moindre occasion les semaines passées alors que d'autres couvraient toutes les distances à pied. Il se promit de reprendre l'exercice.

Lorsqu'il se remit en marche, une voix cristalline retentit dans la cuvette. Le son semblait s'amplifier à mesure qu'il gravissait la colline. Il se tourna vers la scène où chantait la jeune fille à la voix si pure…

Et vit Anna lancée à sa poursuite, visiblement contrariée.

Donald comprit qu'il avait des ennuis. Il se demanda s'il manquait de respect à la patrie en se défilant pendant l'hymne national. Chacun avait une place attitrée pendant l'hymne, et lui passait outre. Il se détourna d'Anna et reprit son ascension de plus belle.

O'er the ramparts we watched

Il rit, à bout de souffle, en se demandant si ces collines pouvaient être considérées comme des remparts. Au fil des dernières semaines, les cuvettes étaient en tout cas devenues des États individuels emplis de gens, de vivres et de bétail, cinquante foires-expositions réunies en une seule, tout ça à la gloire de ce jour radieux, tout ça pour finir Dieu sait où une fois que le complexe remplirait ses véritables fonctions.

And the rockets' red glare, the bombs bursting in the air

Une fois au sommet de la colline, il aspira de grandes goulées d'air frais. Sur la scène en contrebas, les drapeaux flottaient mollement au vent. Le visage de la jeune chanteuse emplissait le grand écran.

Une main lui saisit le poignet.

— Reviens tout de suite, siffla Anna.

Il haletait. Anna aussi était à court d'oxygène. Ses genoux étaient tachés de boue et de traces d'herbe. Elle avait dû glisser.

— Helen ne sait pas où je suis, dit-il.

banner yet waaaaave

Les applaudissements se mirent à fuser avant la fin. Les bombardiers qui fendaient le ciel à l'horizon, en formation de losange, attirèrent son regard avant même qu'il ne les entende vrombir.

— Je t'ordonne de descendre, bordel ! cria Anna en le tirant par le bras.

Donald retira vivement son poignet. Il était hypnotisé par l'arrivée des avions.

O'er the laaand of the freeeee

La voix pure et douce s'éleva des cinquante trous de la terre pour percuter le tonnerre grondant des bombardiers, ces gracieux anges de la mort.

— Lâche-moi, exigea Donald tandis qu'Anna cherchait à le faire redescendre par tous les moyens.

and the hooome of the... braaaaave...

La chanson prit fin au moment exact où les avions survolaient la scène. Les réacteurs crachèrent de la fumée lorsque les bombardiers se séparèrent pour monter en flèche vers les nuages blancs.

Anna luttait quasiment au corps à corps, les bras autour des épaules de Donald. Il sortit de la transe dans laquelle l'avaient plongé les bombardiers, la magnifique prestation de la jeune chanteuse et sa lutte pour repérer sa femme dans la dépression adjacente.

— Mais merde Donny, il faut redescendre à tout prix.

Le premier flash eut lieu avant qu'elle ait le temps de lui couvrir les yeux. Un point lumineux dans le coin de son champ de vision, au-dessus du centre d'Atlanta.

Probablement un éclair. Il attendit le roulement du tonnerre. L'éclair s'était mué en lumière aveuglante. Les bras d'Anna autour de sa taille tiraient de toute leur force. Charlotte était là, à bout de souffle, une main au-dessus de ses yeux, criant, "C'est quoi ce bordel ?"

Un nouvel éclair. Comme une explosion. Des sirènes se déversèrent de tous les haut-parleurs. Un enregistrement d'alerte au bombardement.

Donald avait l'impression d'être à moitié aveugle. Même lorsqu'il aperçut les nuages en forme de champignon s'élever de la terre – incroyablement gros à une telle distance – il lui fallut un certain moment avant de comprendre ce qui se passait.

Elles le tirèrent en bas de la colline. Les applaudissements avaient cédé la place aux cris, qui se mêlaient au beuglement des sirènes. Donald y voyait à peine. Il trébucha et faillit tomber à la renverse. Ils dévalèrent la pente glissante en direction de la scène. Le sommet cotonneux des nuages n'en finissait pas de s'élever, alors que les collines et les arbres disparaissaient de leur champ de vision.

— Attendez ! cria-t-il.

Il était en train d'oublier quelque chose. Il ne se rappelait pas quoi. Il revoyait son quad garé sur une crête. Comment était-il monté jusqu'ici ? Qu'est-ce qui se passait ?

— Il faut qu'on bouge, dit Anna.

Charlotte jurait. Elle avait peur, et l'air paumé, comme lui. Il ne l'avait jamais vue comme ça.

— La grande tente !

Donald fit volte-face, ses talons glissant dans l'herbe, ses mains humides et constellées de boue. Quand était-il tombé ?

Ils descendirent jusqu'en bas tandis que le tonnerre, enfin, grondait dans le lointain. Dans le ciel, les nuages semblaient s'éloigner à toute vitesse des explosions, poussés par un vent surnaturel. Leur ventre gonflé étincelait, comme si de nouveaux éclairs frappaient, comme si d'autres bombes explosaient. En bas, près de la scène, les gens ne couraient pas pour s'extraire de la cuvette mais se ruaient au contraire dans les tentes, guidés par des volontaires qui faisaient de grands moulinets ; les marchés et stands de spécialités culinaires étaient vides, les chaises en bois étaient toutes retournées. Il restait un chien qui aboyait, attaché à un poteau.

Certaines personnes semblaient encore en pleine possession de leurs moyens. Anna en faisait partie. Donald aperçut le sénateur près d'une tente plus petite aider à la coordination de la circulation. Il fallut une éternité à son cerveau pour digérer ce qu'il avait vu. Des explosions nucléaires. Le déroulement, dans la vraie vie, de ce qui s'était toujours confiné à des archives vidéo datant de la guerre. De vraies bombes avaient explosé dans l'air. Tout près. Il les avait vues. Pourquoi n'était-il pas complètement aveugle ? Était-ce même ce qui était censé arriver ?

La peur de mourir l'assaillit tout à coup. Il savait, dans un recoin de son esprit, qu'ils étaient tous morts. La fin de tout arrivait. Impossible d'y échapper. Des paragraphes d'un livre qu'il avait lu lui revinrent en mémoire, des milliers de mots qu'il avait mémorisés. Il tâtonna ses poches de pantalon en quête de ses pilules mais elles ne s'y trouvaient pas. Il regarda par-dessus son épaule en cherchant à se rappeler ce qu'il avait laissé derrière lui…

Anna et Charlotte le poussèrent devant le sénateur, qui avait l'air plus déterminé que jamais, et qui fronça les sourcils à l'adresse de sa fille. Le pan d'entrée de la tente effleura le visage de Donald. À l'intérieur, quelques luminaires suspendus entamaient l'obscurité ambiante. Les taches provoquées par les explosions revinrent de plus belle dans son champ de vision. Il y avait beaucoup de monde, mais pas autant qu'il l'aurait cru. Où étaient passées les foules ? Il ne comprenait pas, jusqu'à ce qu'il sente que s'il avançait, il descendait aussi.

Une rampe en béton, des gens partout, au coude à coude, certains respirant mal, d'autres criant des noms, les mains tendues dans la foule qui séparait les maris et les femmes, des pleurs, des silhouettes figées…

Mari et femme.

Helen !

Donald cria son nom. Il se retourna et essaya de fendre la foule apeurée à contre-courant, mais Anna et Charlotte le retinrent. Les gens, qui se démenaient pour descendre, exerçaient une pression trop forte. Il fut forcé en direction des profondeurs. Sans sa femme. Il ne voulait pas sombrer sans elle.

— Helen !

Ça y était, il se rappelait.

Il se rappelait ce qu'il avait laissé derrière lui.

Le sentiment de panique reflua pour céder la place à l'effroi. Il comprenait. Sa vision s'était éclaircie. Mais il lui était impossible de lutter contre l'inévitable.

Donald se remémora une conversation qu'il avait eue avec le sénateur sur la fin du monde. Il y avait de l'électricité dans l'air, un goût de métal sur sa langue, une brume blanche qui s'élevait tout autour de lui. Il se souvenait d'un livre presque tout entier. Il savait ce qui se passait.

Son monde disparaissait.

Et un nouveau l'engloutissait.

DEUXIÈME FACTION

L'ORDRE

SILO 1

2212

24

Troy se réveilla en sursaut après une série d'atroces cauchemars. Le monde était en feu, et les gens qu'on avait envoyés l'éteindre s'étaient endormis. Endormis et congelés jusqu'à la moelle, allumettes fumantes encore à la main, inertes sous les volutes grises de leur crime.

On l'avait enterré. Cerné par l'obscurité, il sentait les parois du cercueil exigu qui le retenait prisonnier.

Des silhouettes sombres bougeaient de l'autre côté de la vitre givrée, les hommes qui essayaient de le sauver avec leurs pelles.

Il eut l'impression que ses paupières se déchiraient lorsqu'il tenta d'ouvrir les yeux complètement. Il avait une croûte de glace au ras des cils, qui fondait et ruisselait le long de ses joues. Il voulut lever les bras pour s'essuyer, mais ils ne réagissaient pas. Il parvint à bouger une main, seulement une intraveineuse dans son poignet entravait ses mouvements. Il sentait le cathéter. Il percevait des fourmillements dans tout son corps à mesure qu'il sortait de l'engourdissement et éprouvait le froid.

Le couvercle s'ouvrit avec un chuintement. Le rai de lumière s'agrandit et les ombres s'évanouirent.

Un médecin aidé de son assistant tendit les mains vers lui. Troy essaya de parler mais ne put que tousser. Ils l'aidèrent à se relever, lui apportèrent l'amer breuvage. Déglutir lui demanda un effort. Ses mains étaient si faibles, ses bras tremblaient tellement qu'ils durent l'aider à tenir son gobelet. Le liquide avait un goût métallique. Un goût de mort.

— Doucement, dirent-ils, voyant qu'il buvait trop vite.

Des mains expertes retirèrent tuyaux et intraveineuses, appliquèrent gaze et sparadrap sur sa peau gelée. On lui donna une blouse en papier.

— Quelle année ? demanda-t-il d'une voix râpeuse.

— Il est encore tôt, répondit le docteur, un docteur différent.

La lumière crue l'éblouissait, et il ne reconnaissait aucun de ceux qui s'occupaient de lui. La mer de cercueils autour de lui restait dans le brouillard.

— Prenez votre temps, lui dit l'assistant en basculant le gobelet.

Troy réussit à avaler quelques gorgées. Il se sentait en bien pire état que la dernière fois. Il sentait le froid jusque dans ses os. Il se rappelait qu'il ne s'appelait pas Troy. Qu'il était censé être mort. Il regrettait presque qu'on l'ait dérangé. Mais il espérait d'un autre côté avoir dormi pendant le plus dur.

— Monsieur, nous sommes désolés de vous réveiller, mais nous avons besoin de votre aide.

— Votre rapport…

Deux hommes parlaient en même temps.

— Un autre silo rencontre des problèmes, monsieur. Le silo 18…

On lui donna des pilules. Il les repoussa. Il ne voulait plus en prendre.

Hésitant, médicaments au creux de la paume, le docteur se retourna pour avoir l'avis d'un troisième homme. Troy cligna plusieurs fois des yeux pour essayer de faire le point. Quelques mots furent échangés. Les doigts du médecin se refermèrent sur les pilules, au grand soulagement de Troy.

Ils l'aidèrent à se redresser, firent venir un fauteuil roulant. Un homme se tenait derrière, les cheveux aussi blancs que sa combinaison ; sa mâchoire carrée et sa stature imposante lui étaient familières. Troy le reconnut. C'était l'homme qui réveillait les cryogénisés.

Il but une autre gorgée d'eau, genoux tremblant de faiblesse et de froid.

— Quoi, le silo 18 ? parvint-il à articuler lorsque l'assistant baissa le gobelet.

Le docteur fronça les sourcils mais ne dit rien. L'homme derrière le fauteuil roulant observait Troy avec intérêt.

— Je vous connais, dit Troy à l'homme en blanc, qui acquiesça.

Le fauteuil roulant l'attendait. Il sentit son estomac se vriller, ses entrailles commençaient à se réveiller.

— Vous êtes Thawman, dit-il, bien que ça ne lui semblât pas tout à fait exact.

La blouse en papier était chaude. Elle bruit lorsqu'on fit passer ses bras dans les manches. Les hommes qui l'aidaient étaient tendus. Ils parlaient tour à tour, agités, le silo 18 courait à sa perte, ils avaient besoin de son aide. Mais Troy ne se souciait que de l'homme en blanc. Ils l'aidèrent à s'installer.

— Est-ce que c'est fini ? demanda-t-il à l'homme sans couleur.

Sa vision s'éclaircissait, sa voix gagnait en force. Il espérait sincèrement avoir dormi pendant le plus dur.

Thawman secoua tristement la tête.

— Non, fiston, j'ai bien peur que ce ne soit que le commencement.

SILO 18

L'ANNÉE DU GRAND SOULÈVEMENT

25

Les jours de deuil célébraient aussi des naissances. C'est ce que ceux qui restaient disaient pour atténuer leur douleur. Un vieil homme meurt et quelqu'un remporte la loterie. Des enfants pleuraient tandis que des parents pleins d'espoir versaient des larmes de joie. Les jours de deuil célébraient des naissances, et personne ne le savait mieux que Mission Jones.

Il aurait dix-sept ans demain. Demain, il aurait un an de plus. Et cela ferait dix-sept ans jour pour jour que sa mère était morte.

Le cycle de la vie était partout – il circulait au cœur des choses comme le grand escalier en colimaçon – mais nulle part ailleurs que chez lui n'était plus vrai l'adage selon lequel une vie donnée était une vie prise. Mission voyait donc approcher son anniversaire sans joie, avec un lourd fardeau sur ses jeunes épaules, la mort dans la tête, sans envie de fête.

Trois marches plus bas, avançant à la même cadence, son ami Cam portait, essoufflé, sa moitié de la cargaison. Lorsque le bureau de Répartition leur avait attribué un chargement en tandem, ils avaient tiré à pile ou face qui ouvrirait la marche et Cam avait perdu. Mission était donc devant, avec une vue dégagée de l'escalier. Sa place lui donnait également le droit de dicter le rythme, et ses idées noires ne l'inclinaient pas à la lenteur.

Il n'y avait pas beaucoup de monde dans l'escalier ce

matin. Les enfants n'étaient pas encore en chemin pour l'école, du moins ceux qui y allaient encore. Quelques commerçants aux yeux chassieux allaient au travail, le pas mal assuré. Des ouvriers de la maintenance, taches de graisse sur leur salopette rapiécée aux genoux, rentraient se coucher. Un homme descendait chargé d'une plus grosse cargaison que les non-porteurs étaient autorisés à transporter, mais Mission n'était pas d'humeur à poser son fardeau pour peser celui d'un autre. Il lui suffit de lancer un regard noir au monsieur en question pour lui faire savoir qu'il avait été repéré.

— Encore trois, souffla-t-il à Cam lorsqu'ils dépassèrent le vingt-quatrième étage.

Sa sangle de portage lui mordait les épaules. Leur destination n'était pas non plus du genre léger. Mission n'avait pas mis les pieds dans les fermes depuis presque quatre mois, et n'avait donc pas vu son père durant tout ce temps. Il voyait bien sûr son frère au Nid de temps à autre, mais la dernière fois remontait quand même à quelques semaines. C'était un peu gênant d'arriver la veille de son anniversaire, mais il n'avait pas le choix. Et puis, il faisait confiance à son père pour se plier à ses habitudes ; comme toujours, il ferait comme si c'était un jour normal, comme si son fils ne grandissait pas.

Après le vingt-quatrième, ils abordèrent une zone couverte de graffitis. Une odeur toxique de peinture bricolée à la maison flottait dans l'air. Certains mots venaient d'être peints, d'autres l'avaient été la veille. On pouvait lire, le long de la paroi de béton qui s'incurvait autour de l'escalier :

C'est notre 'Lo.

Le mot d'argot pour "silo" était daté, bien que la peinture fût encore fraîche. Plus personne ne disait ça. Un peu plus haut, un vieux graffiti disait :

Lave-moi ça, espèce

Le reste avait été censuré à grands coups de peinture noire. Comme si on pouvait lire ça sans pouvoir compléter par soi-même.

À bas le Haut !

Celui-ci fit rire Mission. Il le montra à Cam. Sûrement l'œuvre d'un gamin qui s'en voulait d'être né au-dessus du milieu, qui ne tolérait pas d'avoir eu de la chance. Mission les connaissait. Il en faisait partie. Il observa tous ces graffitis tracés par-dessus ceux de l'année précédente et d'autres plus anciens encore. C'était là, entre les étages, où les poutres d'acier s'étiraient de la cage d'escalier jusqu'au béton, que les générations clamaient leur rébellion.

La fin approche…

Celui-ci était indiscutable. Oui, la fin approchait. Il le sentait au plus profond de lui. Il l'entendait au râle métallique du silo, dont les boulons se déglinguaient et les charnières rouillaient, il le voyait à la démarche des gens, voûtés, épaules jusqu'aux oreilles, leurs affaires plaquées contre leur poitrine. La fin approchait pour eux tous.

Bien sûr, son père se moquerait de lui. Mission l'entendait d'ici lui dire que les gens avaient cru la même chose longtemps avant que son frère et lui soient nés, que chaque génération se laissait entraîner par la même folie, pensait que son époque était spéciale, qu'elle allait assister à la fin de tout. Son père disait que c'était l'espoir qui guidait leurs pensées, pas la peur. Quand les gens parlaient de la fin qui approchait, c'était avec un sourire qu'ils avaient du mal à cacher. Ils priaient pour qu'à leur départ, ils ne soient pas seuls. Ils espéraient que personne n'ait la chance d'arriver après pour vivre une vie heureuse sans eux.

De telles idées lui provoquèrent des démangeaisons dans le cou. Il souleva la sangle d'une main et ajusta le foulard de l'autre. C'était nerveux, cette manie de se protéger la nuque lorsqu'il pensait à la fin du monde.

— Tout va bien ? lui demanda Cam.

— Ouais ouais, répondit-il en s'apercevant qu'il avait ralenti.

Il agrippa sa bandoulière à deux mains et se concentra sur son rythme, son travail. Il avait un métronome dans la tête datant de son apprentissage, un tic-tac spécial pour les portages en tandem. Avec un bon sens du rythme, deux porteurs pouvaient suivre une cadence sur une dizaine d'étages sans souffrir du poids de leur charge. Mais Mission et Cam n'en étaient pas encore là. Régulièrement, l'un devait changer de pied ou de cadence pour s'adapter à l'autre, faute de quoi leur charge pouvait tanguer dangereusement.

Leur charge. Mieux valait nommer la chose ainsi. Et éluder le fait que c'était un corps – un cadavre.

Mission pensa à son grand-père, qu'il n'avait pas connu. Il était mort au cours du soulèvement de 78, laissant derrière lui un fils qui reprendrait la ferme et une fille qui se destinait à l'usinage. La tante de Mission avait cessé de travailler quelques années auparavant ; elle ne traquait plus les points de rouille sur l'acier brut, n'y passait plus des couches d'apprêt et de peinture. Plus personne ne le faisait. Plus personne ne prenait cette peine. Mais son père cultivait encore son lopin de terre, le même que des générations de Jones avaient cultivé avant lui, en insistant bien sur le fait que ça ne changerait jamais.

— Ce mot a une autre signification, tu sais, lui avait dit son père une fois, lorsque Mission avait parlé de révolution. Ça veut dire tourner autour d'un axe. Au bout d'une révolution, on se retrouve à son point de départ.

C'était le genre de choses que le père de Mission aimait dire lorsque les prêtres venaient enterrer un homme sous son maïs. Il pelletait la terre, disait que c'était dans l'ordre des choses, et plantait une graine dans le petit trou qu'il avait pratiqué avec son pouce.

Mission avait partagé avec ses amis cet autre sens du mot révolution. Il affirmait qu'il l'avait trouvé tout seul. C'était le genre d'inepties pseudo-intellectuelles qui les divertissaient le soir tard sur les paliers sombres tandis qu'ils sniffaient de la colle à base de fécule de pomme de terre.

Son meilleur ami, Rodny, était le seul à ne pas avoir eu l'air impressionné.

— Rien ne changera tant qu'on ne provoquera pas le changement, avait-il dit avec sérieux.

Mission se demandait ce que son copain faisait en ce moment. Il ne l'avait pas vu depuis des mois. Son apprentissage au DIT semblait en tout cas l'empêcher de mettre le nez dehors quand il voulait.

Il songea à la bonne époque, à son enfance passée dans le Nid avec ses amis, proches comme les cinq doigts de la main. Il se disait alors qu'ils resteraient ensemble à jamais, qu'ils vieilliraient dans le haut du silo. Leurs appartements seraient dans le même couloir, ils regarderaient leurs enfants jouer comme eux auparavant.

Mais leurs chemins s'étaient séparés. Difficile de se rappeler qui avait agi le premier, qui avait envoyé balader l'injonction parentale de suivre la voie toute tracée, mais la plupart d'entre eux avaient fini par le faire. Chacun avait quitté son foyer pour se choisir un autre destin. Des fils de plombier qui se mettaient à l'agriculture. Des filles de la cafétéria qui apprenaient la couture. Des fils de fermiers qui devenaient porteurs.

Mission se souvenait de la colère qu'il avait éprouvée en partant de chez lui. Il s'était disputé avec son père, avait jeté sa pelle en jurant que jamais plus il ne creuserait un fossé. Dans le Nid, on lui avait enseigné qu'il pouvait devenir ce qu'il voulait, qu'il était seul maître de son destin. Et quand il était malheureux, il se disait que la ferme en était la cause, ainsi que sa famille.

Quand ils avaient tiré à pile ou face au bureau de Répartition, Mission s'était donc retrouvé avec les épaules d'un homme mort pressées contre les siennes. Lorsqu'il levait la tête pour vérifier l'affluence, l'arrière de sa tête touchait le crâne d'un cadavre à travers la housse en plastique – anniversaires et jours de mort l'un contre l'autre, comme les deux faces d'une même pièce. Mission portait les deux, et montait les marches par paire. Un rythme soutenu, qui le menait vers la ferme de sa jeunesse.

26

Le bureau du coroner était au trente-deuxième étage, juste au-dessous de la ferme de terre, au bout d'un de ces couloirs sombres et humides qui cheminaient sous les racines. Le plafond était bas dans ce demi-étage. Des tuyaux y serpentaient et se mettaient à gargouiller lorsque les pompes s'amorçaient pour acheminer toutes sortes de substances nutritives à de lointaines racines assoiffées. De l'eau fuitait dans des dizaines de seaux et autres pots. L'un d'eux, vidé récemment, résonnait d'un bruit métallique à chaque goutte. Un autre débordait. Le sol était glissant, les murs suintaient comme de la peau en nage.

Une fois dans le bureau du coroner, les garçons posèrent le corps sur une plaque en métal cabossée et l'officier signa la feuille de contrôle de Mission. Elle leur laissa un pourboire pour récompenser la livraison express et la mauvaise humeur de Cam s'évanouit dès qu'il vit les coupons supplémentaires. De retour dans le couloir, il souhaita bonne journée à Mission et se rua vers la sortie.

Mission l'observa, avec l'impression que sa différence d'âge avec son ami excédait une année. Cam n'était pas au courant des événements prévus pour le soir, du rendez-vous de minuit des porteurs. D'un côté, il l'enviait de ne rien savoir de tout ça.

Refusant d'arriver à la ferme les mains vides et d'entendre son père lui reprocher sa paresse, il s'arrêta en salle de maintenance au bout du couloir pour voir s'il y avait une livraison à effectuer. C'était Winters qui était de service, le magicien des pompes, un homme à la peau brune et à la barbe blanche. Il lança un regard suspicieux à Mission en avançant qu'il n'avait pas les moyens de faire appel à un porteur. Mission lui expliqua qu'il montait de toute façon et qu'il serait ravi de lui rendre service.

— Dans ce cas… dit Winters en hissant une énorme pompe à eau sur son établi.

— Pile ce qu'il me fallait, ironisa Mission en souriant.

Winters plissa les yeux comme si Mission avait fondu un plomb.

La pompe ne rentrait pas dans son sac de portage, mais les sangles extérieures s'inséraient à merveille entre les tuyaux de l'appareil. Winters aida Mission à enfiler les bretelles et à mettre la pompe en place. Mission remercia le vieil homme, ce qui lui valut un nouveau regard inquiet, et se mit en route. Une fois qu'il se retrouva dans l'escalier, l'odeur des murs suintants d'humidité disparut, remplacée par celle du terreau et de la terre fraîchement retournée, des effluves qui le ramenèrent dans le passé.

Le palier du niveau 31 était bondé. Tout un tas de gens essayaient de se glisser dans les fermes pour leur nourriture journalière. En retrait de la foule se tenait une femme en vert qui consolait un enfant en pleurs. Elle avait les genoux tachés d'une cueilleuse et l'air stressée de celle qu'on a fait sortir d'une plantation pour calmer sa bruyante progéniture. En passant près d'elle, Mission reconnut les paroles d'une comptine. Elle berçait l'enfant dangereusement près de la rampe, et les yeux du bébé étaient emplis de ce que Mission interpréta comme un pur effroi.

Il s'immisça dans la foule et les cris du nourrisson finirent par se noyer dans le vacarme ambiant. Il fut soudain frappé par le peu d'enfants qu'il voyait par rapport à avant. C'était très différent de sa jeunesse. Il y avait eu une explosion du nombre de naissances après les violences qu'avait provoquées la génération précédente, mais à présent, seules les rares morts naturelles occasionnaient des loteries. Ce qui avait fait chuter le nombre de bébés en pleurs, et celui d'heureux parents.

Il pénétra enfin dans le hall principal. Il s'essuya la lèvre supérieure à l'aide de son foulard. Il avait oublié de faire le plein à son dernier arrêt et il avait la bouche sèche. Les raisons qui l'avaient forcé à se presser semblaient absurdes à présent. C'était comme si son anniversaire était une échéance à devancer – plus tôt il aurait rendu visite à son père, plus tôt il partirait, et mieux ça vaudrait. Mais maintenant qu'il baignait dans les couleurs et les bruits de son enfance, ses idées noires s'envolèrent. C'était chez lui, et il détestait s'y sentir aussi bien.

Il récolta quelques bonjours et signes de la main en entrant. Des porteurs qu'il connaissait prenaient des sacs de fruits et de légumes à destination de la cafétéria. Il aperçut sa tante à un étal de vente près du portique de sécurité. Après avoir abandonné l'usinage, elle s'était mise à la vente, activité pour laquelle elle n'avait suivi aucun apprentissage et qu'elle n'avait pas le droit d'exercer. Mission fit de son mieux pour ne pas croiser son regard ; il n'avait aucune envie de se faire coincer pour un long discours ni de la voir lui ajuster son foulard.

Derrière les étals, une poignée de gamins regroupés dans un coin sombre vendaient des graines à la sauvette, ne passant pas aussi inaperçus qu'ils le croyaient. Toute cette scène ressemblait à un deuxième bazar, entre la vente directe des fermiers et les gens venus en masse d'étages lointains pour acheter des vivres qu'ils craignaient de ne pas voir arriver jusque dans leurs magasins. La peur engendrait la peur, les foules devenaient des meutes, et dans un tel contexte, on imaginait facilement comment survenaient les débordements.

C'était Frankie qui était en service au portique de sécurité, un garçon tout dégingandé avec qui Mission avait grandi. Mission s'essuya le front avec le devant de son tee-shirt, déjà trempé de sueur.

— Salut Frankie, lança-t-il.

— Mission.

Un signe de tête, un sourire. Comme un signe de reconnaissance de la part d'un autre gamin qui avait voulu s'émanciper. Le père de Frankie travaillait à la Sécurité, au DIT. Frankie avait voulu devenir fermier, ce que Mission ne comprenait pas. Leur professeur, Mme Crowe, ravie, avait encouragé Frankie à suivre ses rêves. Et voilà que Frankie travaillait à la Sécurité, dans les fermes. Quelle ironie, songea Mission. Comme si son copain n'avait pu échapper à son destin.

Mission sourit en désignant du menton les cheveux de Frankie qui lui arrivaient aux épaules.

— Quelqu'un t'a versé une bouteille d'engrais sur la tête ?

Frankie coinça une mèche derrière ses oreilles.

— Ouais, je sais… Ma mère me menace de venir me les couper pendant mon sommeil.

— Dis-lui que je suis prêt à lui filer un coup de main, dit Mission en riant. Tu me fais passer ?

Il y avait un passage plus large pour les brouettes et les chariots, plus pratique que le tourniquet pour Mission vu la pompe encombrante qu'il se traînait. Frankie appuya sur un bouton, le portillon s'ouvrit et Mission s'engagea.

— Qu'est-ce que tu portes ? voulut savoir Frankie.

— Une pompe à eau, de la part de Winters. Alors, dis un peu, comment tu vas ?

Frankie scruta la foule environnante.

— Attends une seconde, dit-il en cherchant quelqu'un.

Deux cultivateurs glissèrent leur badge sur la borne et passèrent le tourniquet en bavardant. Frankie fit signe à un homme en vert de le rejoindre et lui demanda de le remplacer un instant.

— Allez, dit-il à Mission, je t'accompagne.

Les deux vieux amis marchèrent en direction de la lueur vive des lampes de croissance. Les odeurs étaient enivrantes et familières. Mission se demanda ce que ces odeurs évoquaient à Frankie, lui qui avait grandi près de la nauséabonde station d'épuration d'eau. Peut-être que pour lui les fermes puaient, et que la station d'épuration ravivait dc bons souvenirs.

— Ça devient du grand n'importe quoi par ici, chuchota Frankie une fois qu'ils furent loin de l'entrée.

— Ouais, j'ai vu que d'autres étals avaient surgi par-ci par-là. Y en a des nouveaux tous les jours, non ?

Frankie prit Mission par le bras pour le faire ralentir, de sorte qu'ils aient plus de temps pour parler. Une odeur de pain frais s'échappa d'un bureau, trop loin de la boulangerie pour qu'il puisse s'agir d'un pain acheté là-bas, surtout à sept heures. Mais tel était le nouvel ordre des choses. On devait moudre la farine quelque part dans un recoin de la ferme.

— Tu as vu ce qu'ils font en haut, à la cafétéria ? lui demanda Frankie.

— J'ai monté un colis il y a quelques semaines, dit Mission en réajustant son sac sur ses épaules. J'ai vu qu'ils construisaient quelque chose près des écrans, mais je n'ai pas vu quoi précisément.

— Ils commencent à faire pousser des choux, dit Frankie. Du maïs aussi, à ce qu'il paraît.

— Ça fera moins de courses pour nous, j'imagine, répondit Mission, pensant avant tout comme un porteur. Roker va être furax quand il va apprendre ça.

Frankie se mordit la lèvre et plissa les yeux.

— Ouais, mais c'est pas Roker qui a été le premier à faire pousser des haricots dans le bureau de Répartition ?

Mission fit rouler ses épaules. Ses bras s'engourdissaient. Il n'avait pas l'habitude d'avancer si lentement avec un chargement. Il lui fallait du mouvement.

— C'est pas pareil, répondit-il. C'est pour avoir de quoi manger quand on monte.

Frankie secoua la tête.

— Mais c'est quand même critique de sa part, non ?

— Tu veux dire hypocrite ?

— Ouais, si tu veux. Tout ce que je dis, c'est que tout le monde se trouve une excuse. Untel le fait parce que Machin le fait et c'est Bidule qui a commencé de toute façon. Alors chacun se dit qu'il peut s'y mettre. Mais c'est l'escalade. Parce qu'ils finissent tous par exagérer.

Mission lança un regard vers les lampes, au loin.

— J'en sais trop rien. Le maire a l'air de laisser couler ces temps-ci.

Frankie s'esclaffa.

— Tu crois franchement que le maire dirige quoi que ce soit ? Le maire, il a peur, mon pote. Il a peur, et c'est un vieux Schnoque.

Frankie vérifia que personne ne venait dans leur direction. Il était nerveux, voire parano, depuis l'enfance. C'était amusant quand il était petit ; c'était plus triste maintenant, voire inquiétant.

— Tu te rappelles quand on s'était imaginés à la tête du silo ? Tout ce qui aurait été différent…

— C'est pas comme ça que ça marche… dit Mission. Le temps qu'on se fasse élire, on sera vieux comme eux et on se fichera pas mal de diriger quoi que ce soit. Et alors nos enfants nous détesteront d'avoir reproduit le même schéma.

Frankie rit à nouveau, visiblement plus détendu.

— Ouais, t'as sûrement raison.

— Bon allez, faut que j'avance avant de perdre mes bras, dit Mission.

Frankie lui donna une petite tape sur l'épaule.

— Content de t'avoir vu, mec…

— Pareil.

— Ah, au fait… Tu penses voir la Corneille bientôt ?

— Je serai pas loin demain, dit-il, supposant qu'il survivrait à la nuit.

— Tu pourras lui passer le bonjour de ma part ? demanda Frankie avec un sourire.

— J'y manquerai pas, promit Mission.

Un nom de plus sur sa liste. S'il pouvait faire casquer ses copains chaque fois qu'il délivrait un message pour eux, il aurait économisé plus que trois cent quatre-vingt-quatre coupons. Un demi-coupon pour tous les bonjours qu'il devait transmettre à la Corneille, et il aurait déjà son propre appartement. Il ne serait pas forcé de crécher dans les logements d'étape. Mais les messages de ses amis pesaient bien moins lourd que ses idées noires, alors Mission ne leur en voulait pas de prendre un peu de place. Ça lui changeait les idées, ça allégeait presque son fardeau.

27

Il aurait été plus logique, et moins fatigant pour son dos, que Mission dépose la pompe avant d'aller voir son père, mais s'il l'avait portée jusqu'ici, c'était justement pour que son père le voie avec son fardeau. Il traversa donc les serres de germination en direction des jardins où son grand-père avait travaillé et soi-disant son arrière-grand-père aussi. Haricots, buissons de myrtilles, courges, pommes de terre. Dans un carré de maïs apparemment mûr pour la récolte, il trouva son père à quatre pattes, tel qu'il apparaissait toujours dans son souvenir : en train de retourner la terre avec une petite bêche, arrachant les mauvaises herbes au passage comme si c'était un tic, comme une fille entortille ses doigts dans ses cheveux sans même s'en rendre compte.

— Papa.

Son père tourna la tête, le front luisant de sueur sous la chaleur des lampes de croissance. Un sourire fugace passa sur son visage. Riley, le demi-frère de Mission, sortit de derrière un rang de maïs, réplique parfaite de son père, version douze ans, mains pleines de terre. C'est lui qui le salua en premier.

— Mission ! s'écria-t-il en se ruant vers lui.

— Le maïs a l'air mûr, dit Mission.

Une main posée sur la rampe, il se pencha pour palper une feuille. Humide. Les épis n'allaient pas tarder à être récoltés, et l'odeur le transporta dans le temps. Il aperçut un moucheron et le tua d'une pichenette.

— Qu'est-ce que tu m'as apporté ? cria son petit frère.

Mission rit et ébouriffa ses beaux cheveux bruns, que le petit avait hérités de sa mère.

— Désolé frangin. Ils m'ont bien chargé, cette fois.

Il se tourna légèrement pour que Riley – et son père – comprenne.

— Pourquoi tu poses pas ton paquet un moment ? demanda son père.

Il se frotta les mains pour faire tomber la terre au-dessus du lopin et ne pas la gaspiller puis serra la main de son fils.

— Tu as l'air en forme.

— Toi aussi, papa.

Mission aurait bombé le torse en se redressant de tout son long s'il n'avait pas risqué de tomber à la renverse à cause de la pompe.

— Alors comme ça il paraît qu'à la cafétéria ils font pousser leurs propres choux ?

Son père grommela en secouant la tête.

— Et pis du maïs, aussi, à ce qu'on dit. Encore leur saloperie d'externalisation. Ça vous cause du tort, tu sais.

Son père parlait des porteurs, et il y avait derrière le ton qu'il employait un air de "Je te l'avais bien dit". Comme souvent.

Riley tirait sur la manche de Mission, et lui demanda s'il pouvait tenir son couteau. Mission sortit sa lame de son étui et la tendit à son frère. Un silence pesant s'installait. Son père avait vieilli. Sa peau avait pris la couleur du bois huilé, une teinte sombre et malsaine due aux longues heures de travail sous les lampes de croissance. On appelait ça le "bronzage" et à cause de ça on pouvait repérer un fermier à deux paliers de distance.

Une chaleur intense émanait des ampoules au-dessus de leur tête, et la colère que Mission portait avec lui quand il était loin d'ici fondit en une tristesse vaine. Le vide qu'avait laissé sa mère était palpable. Cela rappelait cruellement à Mission le prix qu'avait eu sa naissance. Sans compter la pitié que lui inspirait son père avec sa peau abîmée, les taches brunes qui constellaient son nez. Tels étaient les signes distinctifs des hommes et des femmes en vert qui travaillaient la terre, qui peinaient, courbés sur les morts du silo.

Mission se retrouva transporté dans un de ses premiers souvenirs de petit garçon : il jouait avec une bêche qui, à l'époque, lui faisait l'effet d'une pelle géante. Il s'amusait entre les rangs de maïs, retournait la terre, imitant son paternel, quand soudain, sans prévenir, son père lui avait saisi le poignet.

— Ne creuse pas ici, avait-il dit, tendu.

À l'époque, Mission n'avait encore assisté à aucun enterrement, il ne savait pas ce que la terre recelait, outre les graines. Après ce jour, il apprit à repérer les endroits où la terre, plus sombre, venait d'être retournée.

— Ils te font porter de sacrés paquets à ce que je vois, dit son père, brisant enfin le silence.

Il pensait que c'était une commande de la Répartition. Mission ne prit pas la peine de rectifier.

— Ils nous laissent prendre en charge ce qu'on peut supporter. Les plus âgés s'occupent du courrier. On fait en fonction de nos capacités.

— Je me souviens de la fin de mon apprentissage, dit son père en s'épongeant le front. Je me suis coltiné les patates, et mon modèle est retourné à la cueillette des myrtilles. Deux pour le panier, une pour lui, et ainsi de suite.

Oh non, pitié. Mission vit du coin de l'œil que Riley testait le tranchant de la lame contre son pouce. Il tendit une main pour lui reprendre son couteau mais le petit se déroba.

— Si les vieux porteurs ne portent que du courrier, c'est parce qu'ils le décident, expliqua son père.

— Tu ne sais pas de quoi tu parles.

La tristesse de Mission avait disparu, sa colère était de retour.

— Les vieux, ils ont les genoux déglingués, alors c'est pour ça qu'on se tape les grosses charges. Et je te ferai remarquer que mes primes dépendent du poids que je porte et du temps que je mets, alors je m'en fiche.

Ah oui, c'est vrai, ils te payent en primes et toi tu payes de tes genoux.

Mission serra les dents, sentant monter en lui la colère et la fougue.

— Tout ce que je dis, mon fils, c'est qu'avec l'âge et l'expérience, tu pourras choisir le rang que tu voudras biner. C'est tout. Je veux que tu prennes soin de toi.

— Je prends soin de moi, papa.

Riley s'assit sur la rambarde et sourit à son reflet dans la lame. Il avait déjà une bande de taches de rousseur en travers du nez, un début de bronzage. De la peau abîmée, de père en fils. Mission voyait d'ici à quoi ressemblerait Riley dans plusieurs années, de l'autre côté de la rambarde, avec un fils à lui. Et il était bien content d'avoir pu s'extraire de ces fermes pour embrasser un boulot qu'il ne ramenait pas chez lui sous ses ongles tous les soirs.

— Tu restes avec nous pour le déjeuner ? lui demanda son père, sentant peut-être son fils prêt à repartir.

— Si ça ne te dérange pas, répondit Mission.

Il culpabilisa à l'idée que son père le nourrisse, mais apprécia le fait de ne pas avoir à demander. Et puis, sa belle-mère serait vexée s'il ne passait pas la voir.

— Mais je ne vais pas traîner après. J'ai… une livraison ce soir.

— Tu auras quand même le temps de voir Allie, j'espère ? Elle demande sans arrêt de tes nouvelles. Tous les garçons du coin vont finir par la demander en mariage si tu continues à la faire attendre.

Mission s'essuya le visage pour cacher ses sentiments. Allie était une grande amie – sa première et plus courte histoire d'amour – mais l'épouser reviendrait à épouser la vie à la ferme, revenir chez lui, vivre parmi les cadavres enterrés.

— Je n'aurai sûrement pas le temps, non, admit-il à regret.

— Comme tu voudras. Bon, va livrer ta machine. Ne gaspille donc pas ta prime à bavasser avec nous.

La déception dans la voix de son père était encore plus cuisante que les ampoules.

— On se retrouve au réfectoire dans une demi-heure ? ajouta-t-il en lui serrant à nouveau la main. Je suis content de te voir, fiston.

— Pareil.

Mission serra la main de son père avant de frapper ses paumes l'une contre l'autre au-dessus du lopin pour y faire tomber la terre. Riley lui rendit son couteau à contrecœur. En le rangeant dans son étui, Mission songea qu'il devrait peut-être en faire usage cette nuit. Il se demanda un instant s'il devait avertir son père, lui dire, ainsi qu'à Riley, de rester chez eux jusqu'au matin, de ne pas mettre le nez dehors.

Mais il tint sa langue, tapota son frère sur l'épaule et prit la direction de la salle de pompage. En marchant entre les rangées de planteurs et de cueilleurs, il songea aux fermiers qui vendaient leurs propres légumes sur des étals de fortune et fabriquaient leur propre farine. Il repensa à la cafétéria, qui faisait pousser ses choux, son maïs. Puis au projet, découvert récemment, de déplacer une lourde charge d'un étage à un autre sans faire appel aux porteurs.

Chacun essayait de subvenir à ses propres besoins au cas où la violence reviendrait. Mission la sentait couver ; sentait les doutes et la méfiance, les murs qui s'érigeaient. Tous tentaient de dépendre un peu moins des autres, se préparaient à l'inévitable, se repliaient sur eux-mêmes.

Il desserra les bretelles de son sac à l'approche de la salle de pompage et, ce faisant, une idée dangereuse se fit jour en lui, presque une révélation : si chacun faisait en sorte de ne plus avoir besoin des autres, comment était-ce censé les aider à s'entendre ?

28

L'éclairage du grand escalier en colimaçon était réduit la nuit de sorte que l'homme et le silo puissent dormir. C'était à la faveur de ces heures indues, quand les enfants apaisés par les berceuses dormaient à poings fermés, que ceux à l'esprit tourmenté s'aventuraient au-dehors. Dans cette obscurité, Mission se tenait parfaitement immobile. Il attendait. Quelque part au-dessus, il entendit un bruit de corde qu'on serrait, le frottement contre le métal, les fibres qui grinçaient, étirées par le poids qu'elles portaient.

Un gang de porteurs était massé autour de lui, dans l'escalier. Mission posa sa joue contre le pilier intérieur. L'acier refroidit sa peau échauffée. Il respirait avec mesure, écoutait la corde. Il connaissait bien ce bruit, savait la brûlure qu'elle pouvait infliger au niveau de la nuque, la peau qui enflait à force à cet endroit, marque que les autres regardaient souvent mais sans en parler tout haut. À nouveau, dans le gris épais de la nuit, un couinement caractéristique retentit alors qu'on faisait descendre une lourde cargaison.

Il attendait le signal. Il pensait à la corde, à sa propre vie – à d'autres choses interdites. Au soixante-quatorzième niveau, à la Répartition, il y avait un livre de comptes. Dans le principal logement d'étape des porteurs, un grand livre, qui avait dû coûter une fortune en papier, était gardé sous clé. Y était consigné le détail de certains types de livraisons, informations écrites à la main et non câblées, de sorte qu'il n'y ait pas de fuite.

Mission avait entendu dire que les porteurs les plus anciens suivaient le parcours de certains types de tuyaux dans ce grand livre, mais il ne savait pas pourquoi. Du cuivre, aussi, et de divers fluides et poudres qui sortaient du labo de Chimie. Il suffisait de les commander – ça ou un peu trop de corde – pour se retrouver sur une liste de gens à surveiller. Les porteurs étaient les seigneurs de la rumeur. Ils connaissaient la destination de toute chose. Et leurs murmures s'agrégeaient comme des gouttes de condensation dans le bureau de Répartition, où ils étaient couchés noir sur blanc.

Mission écoutait la corde craquer et chanter dans l'obscurité. Il savait ce que ça faisait d'en avoir une longueur sanglée autour du cou. Il lui semblait étrange que si on en commandait assez pour se pendre, personne ne s'en souciait. En revanche, assez pour couvrir quelques étages, et là, on éveillait les doutes.

Mission en conclut qu'un homme pouvait prendre sa propre vie, tant qu'il ne prenait pas le boulot d'un autre.

— Soyez prêts, leur intima-t-on à voix basse de là-haut.

La main de Mission se resserra sur son couteau et il se concentra sur sa tâche. Il peinait à voir dans la pénombre. Il entendait la respiration de ses camarades autour de lui. Eux aussi devaient avoir la main sur leurs lames, prêts à tout.

On leur fournissait un couteau à l'embauche. Pour pouvoir ouvrir les paquets livrés, se couper un fruit pendant une ascension, pour la tranquillité d'esprit qu'il procurait à ceux qui écumaient le sommet du silo mais aussi ses profondeurs. Mission serrait le sien au creux de sa paume, attendant les ordres.

Plus haut, sur un palier sombre, un groupe de fermiers se disputaient à voix basse tandis qu'ils manipulaient l'autre bout de la corde, accomplissant le travail d'un porteur dans le noir pour économiser cent ou deux cents coupons. Au-delà de la rampe, la corde se fondait dans l'obscurité. Il faudrait qu'il se penche et tente de la saisir à l'aveugle. Il sentit un coup de chaud au niveau du cou, et soudain le manche de son couteau lui semblait fuyant dans sa paume moite.

— Pas tout de suite, chuchota Morgan, et Mission sentit la main de son modèle sur son épaule.

Il fit de son mieux pour s'éclaircir les idées.

La corde grinça à nouveau, mise à rude épreuve par le poids considérable du groupe électrogène, forme grise et dense glissant dans le noir. Les fermiers continuaient à chuchoter en guidant leur cargaison, en exécutant en vert le travail d'hommes en bleu.

À mesure que progressait la forme grise, Mission songeait aux dangers de la nuit, saisi d'une peur vertigineuse. Il attachait une soudaine importance à une vie qu'il avait voulu achever, une vie qui n'aurait jamais dû être. Il pensait à sa mère, se demandait quel genre de femme c'était, au-delà de la désobéissance qui lui avait coûté la vie. C'était tout ce qu'il connaissait d'elle. Il savait que son implant avait eu une défaillance, comme pouvait en avoir un sur dix mille. Au lieu de faire état du dysfonctionnement – et de sa grossesse – elle avait caché son corps sous des vêtements amples jusqu'à ce que la période où le Pacte permettait qu'on assimile l'enfant à un kyste soit révolue.

— Prêts ? siffla Morgan.

La masse grise, poursuivant sa descente, disparut. Agrippé à son couteau, Mission pensait qu'on aurait dû couper le cordon pour le séparer d'elle et le jeter. Mais au-delà d'une certaine date, une vie devait en remplacer une autre. Tel était le Pacte. Né derrière des barreaux, Mission avait été libéré tandis qu'on avait envoyé sa mère au nettoyage.

— Maintenant ! ordonna Morgan, et Mission sursauta.

Les semelles de bottes usées couinèrent au-dessus d'eux, des hommes entraient en action. Mission se concentra sur son boulot. Appuyé contre la rambarde, il tendit un bras dans le vide. Sa paume trouva la corde, raide comme de l'acier. Il fit travailler sa lame contre la ligne en tension.

Il y eut un pop sonore, comme un tendon qui claque ; le premier brin venait de céder.

Mission eut une brève pensée pour les complices des fermiers qui attendaient la cargaison deux étages plus bas. Des hommes montaient les marches quatre à quatre. Il mourait d'envie de les rejoindre. Après un infime mouvement de scie, la corde céda totalement, et Mission crut entendre le groupe électrogène siffler en fendant l'air. Quelques secondes plus tard, on entendit une collision fracassante, puis les cris d'hommes en détresse. Au-dessus, le combat avait éclaté.

Une main sur la rambarde, son couteau dans l'autre, Mission s'empressa de se joindre à la mêlée, pour apprendre aux fauteurs de troubles à rompre le Pacte, à faire le boulot d'un autre. Les grognements et les coups pleuvaient, et Mission se jeta dans le lot sans songer aux conséquences, concentré sur la bataille à livrer.

SILO 1

2212

29

Les roues du fauteuil grinçaient. Chaque fois qu'elles faisaient un tour, elles laissaient échapper une plainte aiguë suivie d'un silence de mort. Bercé par ce rythme, Donald se laissait pousser. Son souffle se condensait en volutes dans l'air aussi gelé que ses os.

Des rangées et des rangées de podes s'étendaient de chaque côté. Des noms scintillaient en lettres orange sur de minuscules écrans. Des noms inventés, pour rompre avec le passé. Donald les regardait défiler tandis qu'on le poussait vers la sortie. Il avait la tête lourde ; le poids des souvenirs remplaçait peu à peu les rêves qui se rétractaient et partaient en fumée.

Les hommes vêtus de bleu clair l'escortèrent jusque dans le couloir, puis dans une pièce familière, meublée d'une table familière. Le fauteuil branla lorsqu'ils soulevèrent ses pieds nus des étriers. Il demanda combien de temps il avait dormi.

— Cent ans, répondit quelqu'un.

Ce qui faisait un total de cent soixante ans depuis sa formation. Pas étonnant que le fauteuil roulant soit si bancal – il était plus vieux que lui. Ses vis s'étaient desserrées au fil des longues décennies où Donald avait dormi.

Ils l'aidèrent à se lever. L'hibernation avait laissé ses pieds engourdis, la sensation commençait tout juste à revenir avec ses picotements. On tira un rideau. Ils lui demandèrent d'uriner dans un gobelet. Le soulagement fut immédiat. Le liquide avait la couleur du charbon, des machines désagrégées dont son système se purgeait. La blouse en papier ne suffisait pas à le réchauffer, même s'il savait que le froid était dans sa chair, pas dans la pièce. Ils lui donnèrent une nouvelle ration de boisson amère.

— Dans combien de temps aura-t-il les idées claires ? demanda quelqu'un.

— Il faut une journée, répondit le médecin. Demain au plus tôt.

Ils le firent asseoir pour une prise de sang. Un vieil homme en combinaison blanche et aux cheveux de la même teinte éclatante se tenait sur le seuil, les sourcils froncés.

— Garde tes forces, dit-il avant de faire signe au docteur de poursuivre.

Il disparut avant que Donald ne le remette dans sa mémoire défaillante. Voir son sang bleu de froid aspiré dans la seringue lui donna le tournis.

L'ascenseur lui était familier. Autour de lui, les hommes parlaient, mais leurs voix lui semblaient lointaines. Il avait l'impression d'avoir été drogué ; cependant, il se rappelait avoir arrêté de prendre leurs pilules. Il tendit la main vers sa lèvre inférieure, se souvenant d'un ulcère laissé par les médicaments qu'il gardait dans la bouche au lieu de les avaler.

Mais l'ulcère n'était plus là. Il avait dû guérir des dizaines d'années auparavant, pendant son sommeil. Les portes de l'ascenseur s'ouvrirent, et Donald sentit cette impression de rêve s'effacer davantage.

Ils poussèrent son fauteuil le long d'un autre couloir, abîmé par le caoutchouc des roues. Ses yeux détaillaient l'état d'usure des murs, du plafond, du carrelage. Il lui semblait qu'hier encore ils étaient neufs. Et voilà que tout était détérioré, en proie à une déliquescence soudaine.

Donald se rappelait avoir dessiné des couloirs comme celui-ci. Ils pensaient avoir construit quelque chose qui durerait à jamais. La vérité avait toujours été là, sous son nez, dans ses plans, trop folle pour être prise au sérieux.

Le fauteuil roulant ralentit.

— Non, c'est celle d'après, grogna derrière lui une voix qu'il connaissait.

Il passa devant une porte fermée pour se retrouver devant la suivante. L'un des aides-infirmiers contourna le fauteuil, muni d'un trousseau tintant. Une clé fut choisie et insérée dans la serrure. Après quelques cliquètements fluides, la porte s'ouvrit vers l'intérieur. On alluma les lumières.

La pièce ressemblait à une cellule, une odeur de renfermé flottait dans l'air. L'ampoule du plafond clignota avant de s'allumer complètement. Il y avait des lits superposés dans un coin, une table de chevet, une commode, une salle de bains.

— Pourquoi suis-je ici ? demanda Donald, la voix brisée.

— Ce sera votre chambre, répondit l'aide-infirmier en rangeant ses clés.

Son regard sembla chercher une approbation chez l'homme qui poussait le fauteuil. Un autre jeune homme fit le tour, ôta les pieds de Donald des étriers et les posa sur la moquette usée par les années.

La dernière chose dont Donald se souvenait était d'avoir été poursuivi par des chiens ailés pleins de hargne jusqu'au sommet d'une montagne d'ossements. Mais c'était un rêve. Quel était son dernier véritable souvenir ? Celui d'une aiguille. De sa propre mort. Ça avait eu l'air réel.

— Ce que je veux dire, c'est… Pourquoi je suis… réveillé ?

Il faillit dire vivant. Les deux assistants échangèrent un regard en l'aidant à s'asseoir sur le lit du bas. Le troisième homme poussa le fauteuil dans le couloir ; ses larges épaules faisaient paraître l'encadrement de la porte tout petit.

L'un des assistants prit le poignet de Donald – deux doigts pressés sur des veines bleu glacier – et se mit à compter tout bas. L'autre fit tomber deux pilules dans un gobelet et déboucha une bouteille d'eau.

— Ce ne sera pas nécessaire, dit la silhouette au seuil de la chambre.

Le jeune homme jeta un œil par-dessus son épaule tandis que le vieil homme entrait dans la petite chambre, qui sembla rétrécir. Donald eut soudain du mal à respirer.

— Vous êtes… murmura Donald.

L'homme aux cheveux blancs fit un signe de la main aux deux aides médicales.

— Laissez-nous un instant.

Celui qui tenait le poignet de Donald finit de compter et hocha la tête à l'intention du second, qui reposa le gobelet en carton contenant les pilules. Le visage du vieil homme avait éveillé quelque chose en Donald, percé à travers le fatras de visions et de rêves.

— Je me souviens de vous. Vous êtes Thawman.

Un sourire, aussi éclatant que ses cheveux, des rides au coin des yeux et de la bouche. Le fauteuil qu'on emmenait couina sur ses roues instables. La porte se ferma avec un clic. Donald crut entendre le verrou, mais ses dents s'entrechoquaient et il avait l'ouïe encore un peu brouillée.

— Thurman, rectifia l'homme.

— Oui, ça me revient.

Il se rappelait son bureau, celui tout en haut des escaliers, et un autre, plus lointain, à un endroit où il pleuvait sans cesse, où l'herbe poussait et les cerisiers fleurissaient une fois l'an. Cet homme avait été sénateur auparavant.

— Le fait que tu te souviennes constitue un mystère que nous avons besoin d'éclaircir, dit le vieil homme en penchant la tête. Mais pour l'instant, c'est plutôt une bonne chose. Nous avons besoin de tes souvenirs.

Thurman s'appuya contre la commode en métal. Il avait l'air de ne pas avoir dormi depuis plusieurs jours. Il avait les cheveux en bataille, ce qui contrastait avec l'image que Donald avait gardée de lui. Il y avait des cernes sous ses yeux tristes. D'une certaine manière, il avait l'air… beaucoup plus vieux.

Donald baissa les yeux sur ses paumes. Les ressorts du matelas lui donnaient l'impression que la pièce vacillait autour de lui. Il eut soudain une vision atroce, celle d'un homme qui se souvenait de son vrai nom et réclamait la liberté.

— Je m'appelle Donald Keene.

— Alors c'est vrai, tu te rappelles. Et tu sais qui je suis ?

Il sortit une feuille de papier pliée et attendit la réponse.

Donald acquiesça.

— Bien.

Thawman posa la feuille sur la commode, sur ses deux pans, comme une tente.

— Nous avons besoin que tu te souviennes de tout, dit-il. Étudie ce rapport quand le brouillard se sera dissipé, vois si ça déclenche quelque chose. Une fois que ton estomac aura repris du service, je te ferai apporter un vrai repas.

Donald se frotta les tempes.

— Tu as été absent un long moment, reprit Thawman en tapotant ses phalanges contre la porte.

Donald recroquevilla ses orteils. Il retrouvait peu à peu la sensation dans ses pieds. La porte s'ouvrit avec un petit clic et à nouveau le sénateur bloqua la lumière du couloir. L'espace d'un instant, il ne fut plus qu'une ombre.

— Repose-toi, après quoi nous trouverons nos réponses. Il y a quelqu'un qui désire te voir.

Mais Donald se retrouva seul avant de pouvoir demander ce que ça voulait dire. Malgré la porte fermée, il y eut soudain plus d'air à respirer dans l'espace réduit. Il prit quelques profondes inspirations. Il rassembla ses forces et, agrippé au montant du lit, se hissa sur ses pieds. Il resta debout un moment, vacillant.

— Nous trouverons nos réponses, répéta-t-il.

Quelqu'un désirait le voir.

Il secoua la tête, et en eut le tournis. Comme s'il détenait des réponses… Tout ce qu'il avait, c'étaient des questions. Il se rappela que les assistants qui l'avaient réveillé avaient évoqué la chute d'un silo. Il ne savait plus lequel. À quoi bon le réveiller pour ça ?

Il se dirigea vers la porte d'un pas chancelant, tourna la poignée, qui confirma ce qu'il savait déjà. Il marcha jusqu'à la commode où se trouvait la feuille toujours pliée.

— Repose-toi, dit-il, en se moquant du conseil.

Comme s'il était en mesure de dormir. Il avait l'impression d'avoir dormi une éternité. Il prit la feuille et la déplia.

Un rapport. Donald s'en souvenait. C'était la copie d'un rapport. Un rapport sur un jeune homme qui avait commis des choses atroces. La pièce vacilla autour de lui comme s'il se tenait sur une toupie géante. Il se souvenait d'hommes et de femmes piétinés, à l'agonie ; d'avoir donné un ordre terrible ; de visages qui le scrutaient depuis un couloir, loin, dans le passé.

Il cligna des yeux pour refouler ses larmes et examina la feuille tremblante. N'était-ce pas lui qui avait écrit ceci ? Il se rappelait l'avoir signé. Mais ce n'était pas son nom au bas du rapport. C'était son écriture, mais pas son nom.

Troy.

Ses jambes s'engourdirent. Il voulut regagner le lit, au lieu de quoi il s'effondra, submergé par les souvenirs. Troy et Helen. Helen et Troy. Il se souvenait de sa femme. Il l'imagina disparaître derrière une colline, le bras levé vers le ciel d'où pleuvaient des bombes, sa sœur et une silhouette anonyme le tirant vers le bas, tandis que les gens se déversaient dans un tunnel comme des billes le long d'une pente, vers des profondeurs qui exhalaient une brume blanche.

Donald se souvenait. Il se souvenait de ce qu'il avait commis, de sa part de responsabilité. Il y avait un garçon perturbé dans un silo plein de morts, une ombre parmi les serveurs. Ce garçon avait causé la chute du silo 12, et Donald avait écrit un rapport. Mais lui, Donald – qu'avait-il fait ? Il avait tué bien plus que la population d'un silo ; il avait dessiné les plans qui avaient contribué à la fin du monde. Le rapport tremblait dans ses mains à mesure que les souvenirs lui revenaient. Et les larmes qui coulèrent sur le papier étaient teintées de bleu.

30

Un docteur lui apporta de la soupe et du pain quelques heures plus tard, ainsi qu'un grand verre d'eau. Donald mangea avec appétit tandis que l'homme lui tenait le bras. La soupe lui faisait du bien. Il la sentait glisser dans son ventre et diffuser sa chaleur. Il mordit dans le pain à pleines dents et fit descendre sa bouchée avec de l'eau. Il mangeait avec l'acharnement de toutes ces années de jeûne.

— Merci, dit-il entre deux bouchées, pour la nourriture.

Le médecin prenait sa tension. C'était un homme d'un certain âge, trapu, avec des sourcils broussailleux et une fine mèche de cheveux accrochée à son crâne comme un nuage à une colline.

— Je m'appelle Donald.

L'homme fronça les sourcils, perplexe. Ses yeux gris dévièrent vers sa tablette, comme s'il ne pouvait faire confiance à son patient, ou à sa fiche. L'aiguille du tensiomètre dansait dans le cadran.

— Et vous êtes ? demanda Donald.

— Dr Sneed, finit-il par dire, mal assuré.

Donald but son eau à longs traits, content qu'ils l'aient laissée à température ambiante. Il ne voulait plus rien ingurgiter de froid.

— Vous venez d'où ?

Le docteur retira le scratch du brassard.

— Dixième étage. Mais je travaille au soixante-huitième, répondit-il en rangeant son matériel avant de noter quelque chose sur sa fiche.

— Non, je veux dire… Avant ?

Le Dr Sneed lui donna une petite tape sur le genou et se leva. Il accrocha la tablette à un clou près de la porte.

— Vous serez sujet aux vertiges pendant quelques jours. Si vous avez des tremblements, faites-le-nous savoir, d'accord ?

Donald acquiesça. On lui avait déjà donné ce conseil un peu plus tôt. À moins que ce ne soit lors de sa dernière faction ? Ils répétaient peut-être les choses pour ceux qui avaient du mal à se rappeler. Mais il n'allait pas faire partie de ceux-là. Pas cette fois.

Une ombre tomba sur la pièce. Donald leva la tête et vit Thawman. Il attrapa son plateau-repas pour l'empêcher de glisser de ses genoux.

Thawman fit un signe de tête au Dr Sneed, mais ce n'étaient pas leurs noms. Thurman, se dit Donald. Le sénateur Thurman. Voilà une chose dont il était sûr.

— Vous avez un instant ? demanda Thurman au médecin.

— Bien sûr.

Sneed attrapa son sac et sortit. La porte se referma, laissant Donald seul avec sa soupe.

Il mangeait sans faire de bruit, essayant de distinguer ce qui se disait de l'autre côté de la porte. Thurman, se répéta-t-il. Sénateur de quoi ? Cette époque était révolue. C'était Donald qui avait dessiné les plans.

Le rapport était retourné à sa place sur la commode. Donald prit une bouchée de pain et se rappela les étages qu'il avait conçus. Ils existaient maintenant pour de bon. Des gens y vivaient, y élevaient leurs enfants, y riaient, s'y disputaient, y prenaient leur douche en chantant, y enterraient leurs morts.

Quelques minutes s'écoulèrent avant que la porte ne s'ouvre à nouveau. Thurman entra seul, ferma derrière lui et regarda Donald avec inquiétude.

— Comment te sens-tu ?

La cuillère cliqua contre le bol. Il la posa et saisit le plateau à deux mains pour les empêcher de trembler, ou de se fermer en poings.

— Vous savez, siffla Donald entre ses dents. Vous savez ce qu'on a fait.

Thurman ouvrit ses paumes devant lui.

— Nous avons fait ce qu'il fallait.

— Non. Je ne veux pas de vos salades.

Donald secoua la tête. Dans son verre, l'eau tremblait, comme si un danger approchait.

— Le monde…

— Nous l'avons sauvé.

— C'est faux ! s'écria Donald.

Il essaya de se rappeler.

— Il n'y a plus de monde.

Il se souvint de la vue depuis le sommet, depuis la cafétéria. Des collines marron, ternes, des nuages menaçants.

— On y a mis fin. On a tué tout le monde.

— Ils étaient déjà morts, dit Thurman. Nous l'étions, tous. Tout le monde meurt, petit. La seule chose qui compte, c'est…

— Arrêtez.

Il balaya les mots de Thurman du revers de la main, comme s'ils étaient des insectes capables de le piquer.

— Il n'y a aucun moyen de justifier ce que nous avons fait.

Il sentit de la salive sur ses lèvres, qu'il essuya avec sa manche. Le plateau vacilla dangereusement et Thurman, d'un geste vif – plus vif qu'on n'aurait cru pour un homme de son âge –, le rattrapa au vol. Il le posa sur la table de chevet et de près, Donald put constater qu'il avait bel et bien vieilli. Ses rides étaient plus profondes, la peau était flasque par endroits. Il se demanda combien de temps Thurman était resté éveillé tandis que lui avait dormi.

— J'ai tué beaucoup d'hommes à la guerre, dit Thurman, le regard posé sur le plateau.

Donald avait quant à lui les yeux rivés sur le cou du vieil homme. Il serra fort ses mains l'une contre l'autre pour les garder immobiles. Avec ce soudain aveu à propos de crimes commis, Donald eut l'impression que Thurman lisait dans ses pensées, qu'il le prévenait en quelque sorte : mieux valait abandonner tout de suite l'idée de l'étrangler.

Thurman se tourna vers la commode et prit le rapport. En l'ouvrant, il remarqua les taches bleu clair sur le papier que les larmes de Donald avaient laissées un peu plus tôt.

— Il paraît que plus on tue, plus ça semble facile, dit-il.

Mais il n'était pas menaçant. Il semblait triste, au contraire. Donald baissa les yeux sur ses genoux, qui bondissaient chacun leur tour. Il força ses talons à se poser sur la moquette.

— Pour moi, ça n'a fait qu'empirer. Il y avait un homme en Iran…

— La population de la planète entière, bordel, murmura Donald en accentuant chaque mot.

Il prononça ces paroles mais ne pensait en vérité qu'à Helen, sa femme, qui était descendue du mauvais côté de la colline, alors que tout ce qui avait jamais existé tombait en ruine.

— On a tué tout le monde.

Le sénateur prit une inspiration et retint son souffle un instant.

— Je te l'ai dit. Ils étaient déjà morts.

Les genoux de Donald reprirent leur petit manège. Impossible de les contrôler. Thurman étudia le rapport, sembla hésiter. Le papier frémit légèrement, mais c'était peut-être dû à l'aération, qui fit bouger aussi ses cheveux.

— On était aux abords de Kashmar, reprit Thurman. C'était vers la fin de la guerre, quand on se prenait une dérouillée et qu'on disait au reste du monde qu'on était en train de gagner. J'avais un caporal dans ma section, notre médecin, un certain James Hannigan. Jeune. Toujours à faire des blagues, mais sérieux quand la situation l'exigeait. Le genre d'homme que tout le monde aime bien. Le genre le plus dur à perdre.

Thurman secoua la tête. Son regard se perdit dans le vague. L'aération du plafond se tut, mais le rapport continua de frémir.

— J'ai tué beaucoup d'hommes pendant la guerre, mais seulement une fois pour sauver une vie. Pour le reste, on ne savait jamais vraiment ce qu'on faisait quand on appuyait sur la détente. Peut-être que le gars que tu vas descendre ne trouvera jamais sa cible, ne fera jamais de mal à qui que ce soit. Peut-être qu'il fera partie de ceux qui jettent leurs fusils, se mêlent aux civils et retournent vers leur famille, vendra du manioc près de l'ambassade et discutera basket avec les soldats postés devant. Un homme bien. On ne sait jamais. On tuait ces hommes, et on ne savait jamais si on le faisait pour une bonne raison.

— Combien de milliards ?

Donald dut déglutir. Il se glissa au bord du lit et tendit une main vers le plateau. Thurman comprit et lui donna son verre d'eau, à moitié vide. Il poursuivit en ignorant les récriminations de Donald.

— Hannigan s'est pris des éclats d'obus près de Kashmar. Si on avait pu l'emmener voir un médecin, il aurait survécu, c'était le genre de blessure qu'on montrait un beau jour à ses potes en soulevant son tee-shirt dans un bar. Mais il ne pouvait pas marcher, et la situation excluait qu'on l'évacue par pont aérien. Notre section était cernée, et on allait devoir se battre pour se sortir de là. Je ne voyais pas comment on allait atteindre un point de chute sécurisé à temps pour le sauver. Ce que je savais en revanche, parce que c'était arrivé sous mes yeux trop souvent, c'est que deux ou trois de mes hommes mourraient en essayant de l'exfiltrer. C'est ce qui arrive quand on se trimballe un soldat plutôt qu'un fusil. Je l'avais vu.

— Alors vous l'avez abandonné là, dit Donald, en voyant où cette conversation les menait.

Il but une gorgée d'eau. Il tremblait toujours.

— Non. Je l'ai tué.

Thurman avait les yeux dans le vide.

— L'ennemi ne l'aurait pas laissé mourir. Pas là, pas comme ça. Ils l'auraient raccommodé pour pouvoir le filmer. Ils lui auraient recousu le ventre pour pouvoir lui trancher la gorge.

Il se tourna vers Donald.

— J'avais une décision à prendre, et je n'avais pas beaucoup de temps. Et plus le temps passe, plus je me dis que j'ai eu raison d'agir comme je l'ai fait. On a perdu un homme ce jour-là. J'en ai sauvé deux ou trois.

Donald secoua la tête.

— Ça n'a rien à voir avec ce qu'on… ce que vous…

— Si, c'est précisément la même chose. Tu te souviens de Safed ? De ce que les médias ont appelé l'épidémie ?

Donald s'en souvenait. Safed. Une ville d'Israël près de Nazareth. Près de la Syrie. L'attaque à l'arme de destruction massive la plus mortelle de la guerre. Il acquiesça.

— Le monde entier aurait ressemblé à Safed, dit Thurman en claquant des doigts. Dix milliards de lumières qui s'éteignent en même temps. On était déjà infectés, fiston. Il ne restait plus qu'à procéder au déclenchement. Safed était une sorte de… bêta-test.

Donald secoua la tête.

— Je ne vous crois pas. Pourquoi quiconque ferait une chose pareille ?

— Ne sois pas si naïf. Pour certains, la vie n'a aucune valeur. Mets un bouton devant dix milliards de personnes, un bouton qui nous tue tous au moment où on appuie dessus, tu auras des milliers de mains qui se tendront pour le faire. Des dizaines de milliers. Ce n'était qu'une question de temps. Et ce bouton existait.

— Non.

Donald repensa à la première conversation qu'il avait eue avec le sénateur en tant que membre du Congrès, après avoir été élu pour la première fois. Il avait eu la même impression, les mensonges qui se mêlaient à la vérité, les uns faisant écran à l'autre.

— Vous n'arriverez jamais à me convaincre. Il faudra me droguer ou me tuer. Vous ne me convaincrez jamais.

Thurman acquiesça, comme s'il était d'accord.

— Te droguer n'a pas marché. J'ai lu un rapport sur ta première faction. Apparemment, il y a un petit pourcentage de gens qui résistent à la molécule. Et on aimerait bien savoir pourquoi.

Donald n'eut d'autre choix que de rire. Il s'adossa au mur, dans l'obscurité que procurait le lit superposé.

— J'en ai peut-être trop vu pour oublier.

— Non, je ne crois pas.

Thurman baissa la tête de façon à pouvoir le regarder dans les yeux. Donald prit son verre à deux mains et avala une gorgée d'eau.

— Plus on en voit – plus grand est le traumatisme –, mieux le médicament marche. C'est plus facile d'oublier. Sauf pour certains. C'est pour ça qu'on t'a fait une prise de sang.

Donald regarda le petit carré de gaze qu'on lui avait collé sur le bras, sur la petite goutte de sang laissée par l'aiguille. Il sentit un mélange d'impuissance et d'effroi lui serrer la gorge.

— Vous m'avez réveillé pour une prise de sang ?

— Pas tout à fait, non.

Thurman hésita.

— Ta résistance aux médicaments attise ma curiosité, mais si je t'ai réveillé, c'est parce qu'on me l'a demandé. On est en train de perdre des silos et…

— Je croyais que c'était le but, le coupa-t-il avec mépris. Perdre des silos. Je croyais que c'est ce que vous vouliez.

Il se rappelait la croix rouge qu'il avait tracée en travers du silo 12, toutes ces vies perdues. Tout était prévu dans leurs comptes. Les silos étaient tout à fait sacrifiables. C'était ce qu'on lui avait expliqué.

Thurman secoua la tête.

— Nous avons besoin de comprendre ce qui se passe. Et quelqu'un ici… pense que tu as pu tomber sur la réponse. Nous avons quelques questions à te poser, après quoi on te rendormira.

Le rendormir. Il n'allait donc pas rester dans le coin très longtemps. Ils l'avaient seulement réveillé pour analyser son sang et lire dans ses pensées. Il se frotta les bras, qui s'étaient atrophiés. Il mourait à petit feu dans ce pode. Plus lentement en tout cas qu'il ne l'aurait voulu.

— Nous avons besoin de savoir ce que tu te rappelles à propos de ce rapport, dit Thurman en lui tendant le dossier en question.

Donald le refusa.

— J'ai déjà regardé.

Il n'avait aucune envie de le rouvrir. Il lui suffisait de fermer les yeux pour revoir les gens désespérés se déverser sur le sol poussiéreux, les gens dont il avait ordonné l'exécution.

— Nous avons d'autres médicaments susceptibles d'atténuer la…

— Non, je ne veux plus de médicaments.

Il croisa ses poignets puis écarta les bras pour appuyer son propos.

— Écoutez, je n'ai pas de résistance particulière à vos molécules.

Autant dire la vérité. Il avait eu sa dose de mensonges.

— Il n'y a aucun mystère. J'ai simplement arrêté de prendre les pilules.

Avouer lui fit un bien fou. Qu'est-ce qu'ils pouvaient bien lui faire de toute façon ? Le rendormir ? Il savoura sa confession en avalant une gorgée d'eau.

— Je les gardais contre ma joue et je les crachais plus tard. C'est aussi simple que ça. C'est sûrement le cas de tous ceux qui se souviennent. Comme Hal, ou Carlton, quel que soit son nom.

Thurman lui lança un regard glacial. Il tapa le dossier contre sa paume, semblant intégrer cette information.

— Nous savons que tu as arrêté de prendre les pilules. Nous savons même quand.

Donald haussa les épaules.

— Alors le mystère est résolu.

Il finit son eau d'un trait et reposa le gobelet sur son plateau.

— La molécule à laquelle tu es résistant n'est pas dans les pilules, Donny. Si les gens arrêtent leur traitement, c'est parce qu'ils commencent à se souvenir, et non l'inverse.

Donald l'observait, incrédule.

— L'urine change de couleur quand on arrête de les prendre. Des ulcères se forment à l'endroit où on les cache dans la bouche. Nous connaissons ces signes.

— Quoi ?

— Il n'y a pas de médicament dans les pilules, Donny.

— Je ne vous crois pas.

— Tout le monde est sous traitement. Il y en a parmi nous qui sont immunisés. Mais toi tu ne devrais pas l'être.

— Foutaises. Je me rappelle, point barre. Avec les pilules, j'étais dans le cirage. Dès que j'ai arrêté de les prendre, je me suis senti mieux.

Thurman pencha légèrement la tête sur le côté.

— Tu as arrêté de les prendre parce que… je ne dirais pas que tu te sentais mieux. Mais parce que la peur a commencé à s'insinuer en toi. Donny, le médicament est dans l'eau.

Il désigna le gobelet vide. Donald suivit son regard et eut aussitôt la nausée.

— Mais ne t'en fais pas, reprit Thurman. On va finir par trouver.

— Je ne veux pas vous aider. Je refuse de parler de ce rapport. Et je n'ai aucune envie de voir la personne à qui vous voulez m'envoyer.

Tout ce qu'il voulait, c'était Helen. Sa femme.

— Le risque, c'est que des milliers de gens pourraient mourir si tu ne nous aides pas. Il se peut que tu aies trouvé quelque chose en rédigeant ce rapport, bien que je n'y croie pas.

Donald jeta un œil en direction des toilettes, songea un instant à s'y enfermer pour vomir, se purger de la nourriture et de l'eau avalées. Peut-être que Thurman lui mentait. Peut-être qu'il disait la vérité. S'il mentait, l'eau n'était que de l'eau. S'il disait la vérité, alors Donald était bel et bien résistant aux médicaments.

— Je me rappelle à peine avoir écrit ce truc, admit-il.

Et qui pouvait bien avoir envie de le voir? Sûrement un autre docteur, ou alors un chef de silo, ou bien la personne en charge de celui-ci.

Il se massa les tempes, sentit la pression monter dans son crâne. Il valait peut-être mieux se plier à leurs volontés et se faire endormir à nouveau, retourner à ses rêves. Il lui était arrivé de rêver d'Helen. C'était le seul endroit où il pouvait la rejoindre.

— Bon, très bien, je vais y aller. Mais je ne comprends toujours pas ce que je pourrais savoir.

Il se frotta le bras, à l'endroit de la prise de sang. Ça le démangeait. C'était presque une douleur, comme un bleu.

— Je suis de ton avis, acquiesça le sénateur Thurman. Mais ce n'est pas ce qu'elle pense.

Donald se raidit.

— Elle?

Il sonda le regard de Thurman, se demandant s'il avait bien entendu.

— Qui ça, elle ?

Le vieil homme fronça les sourcils.

— Celle qui m'a demandé de te réveiller. Bref. Repose-toi. Je t'emmènerai la voir demain matin.

31

Impossible de se reposer. Les heures passaient, cruelles, lentes et mystérieuses. Pas d'horloge pour se repérer, pas de réponse à ses coups répétés sur la porte. Seul et frustré, allongé sur son lit, il regardait le motif de losanges que dessinaient les fils métalliques du sommier au-dessus de lui. Il écoutait le gargouillis de l'eau qui s'écoulait vers d'autres étages dans des tuyaux cachés. Il ne pouvait pas dormir. Il ne savait pas si c'était le milieu de la nuit ou du jour. Le silo pesait de tout son poids sur lui.

Lorsque l'ennui devint insupportable, il finit par abandonner et saisit le rapport pour un deuxième coup d'œil. Il y prêta davantage d'attention que la première fois. Ce n'était pas l'original ; la signature n'avait aucun relief, et il se rappelait avoir utilisé un stylo bleu.

Il survola le récit de la chute du silo et sa théorie selon laquelle les directeurs de DIT entamaient leur apprentissage trop tôt. Il recommandait de relever l'âge des ombres. Il se demandait s'ils l'avaient fait. Peut-être, mais les problèmes persistaient. Il était également question de l'intronisation d'un jeune homme, qui avait une question. L'arrière-grand-mère de ce jeune homme appartenait à la génération de ceux qui se rappelaient, comme Donald. Son rapport suggérait d'autoriser une question par nouvel initié. On leur donnait l'Héritage, après tout. Pourquoi ne pas leur montrer, à l'étape finale de leur endoctrinement, qu'il y avait encore d'autres vérités à découvrir ?

Soudain, un cliquetis dans la serrure. Thurman ouvrit la porte tandis que Donald refermait le rapport.

— Tu te sens mieux ?

Donald ne répondit pas.

— Tu peux marcher ?

Il acquiesça. Marcher. Ce qu'il aurait voulu, c'était courir en hurlant et en foutant des coups de poing dans les murs. Mais marcher, oui, pourquoi pas. Une petite promenade avant un grand sommeil.

Ils prirent l'ascenseur en silence. Donald remarqua que Thurman avait passé son badge sur un lecteur avant d'appuyer sur le bouton du niveau 54. Les chiffres étaient encore rutilants à côté des autres, ternis par l'usure. C'était l'étage des réserves, si Donald avait bonne mémoire, des fournitures dont ils ne devraient jamais avoir besoin. L'ascenseur ralentit. Les portes s'ouvrirent sur une enfilade immense d'étagères croulant sous de mortels instruments.

Thurman le guida jusqu'au centre. Des caisses de bois sur lesquelles on avait inscrit "munitions" au pochoir jouxtaient des caisses plus longues aux inscriptions militaires telles que "M22" et "M19". Il y avait des étagères spéciales blindés, spéciales casques, des boîtes estampillées "médical", ou "rations", et bien des caisses sans étiquette. Au-delà, des bâches couvraient des formes arrondies et ailées – des drones, il le savait. Des véhicules aériens autonomes. Sa sœur en avait téléguidé dans une guerre qui semblait à présent absurde et lointaine, appartenant à l'histoire ancienne. Mais ces reliques se trouvaient là, huilées et protégées, baignant dans des relents de graisse et de peur.

Ils passèrent devant les drones et continuèrent encore, dans la pénombre, comme si l'entrepôt était sans fin. Tout au bout de l'espace, enfin, Donald aperçut de la lumière qui provenait d'un bureau ouvert. Il entendit des bruissements de papier, une chaise qui grinça sur le sol. En atteignant le seuil, il la vit, sans pouvoir s'expliquer sa présence.

— Anna ?

Assise à une table de réunion entourée de chaises identiques, elle leva le nez de son écran d'ordinateur et de la paperasse étalée devant elle. Elle ne montra aucun signe de choc, rien qu'un sourire, qui dissimulait mal sa fatigue.

Donald resta planté bouche bée. Thurman traversa la pièce pour embrasser sa fille, mais Anna ne quitta pas Donald des yeux. Il lui chuchota quelques mots à l'oreille puis annonça qu'il avait du travail qui l'attendait. Donald ne bougea pas avant que le sénateur ait quitté la pièce.

— Anna…

Elle avait déjà fait le tour de la table pour le prendre dans ses bras. Elle se mit à lui murmurer des paroles réconfortantes tandis qu'il se laissait aller à leur étreinte, soudain épuisé. Il sentit sa main caresser sa tête et se poser sur sa nuque. Ses bras à lui s'étaient verrouillés autour de sa taille.

— Qu'est-ce que tu fais là ? murmura-t-il.

— Je suis ici pour les mêmes raisons que toi.

Elle se dégagea.

— Je cherche des réponses.

Elle recula d'un pas et tourna la tête vers le fatras de papier qui encombrait la table.

— Mais nous ne nous posons peut-être pas les mêmes questions.

Un schéma familier – une grille de cinquante silos – recouvrait la table. Chaque silo était comme une petite assiette sous cloche. Une douzaine de chaises entouraient la table. Donald comprit qu'il était dans la pièce de conseil de guerre, où les généraux se rassemblaient pour déplacer des figurines en plastique et râler après les milliers de vies perdues. Il leva les yeux vers les cartes et le schéma accrochés aux murs. Il y avait aussi une salle d'eau, une serviette pendue à un crochet sur la porte. Un lit de camp avait été installé dans un coin, fait au carré. À côté, une lampe, posée sur une caisse en bois de l'entrepôt. Des rallonges électriques serpentaient ici et là, signe qu'on avait plus ou moins transformé cette pièce en appartement.

Il se dirigea vers le mur le plus proche et feuilleta une série de dessins couverts de notes. Il n'avait pas l'impression qu'une guerre se préparait. Ça ne ressemblait pas à une cellule de crise, mais au plateau d'une émission d'élucidation de crimes comme il en avait regardé à la télé pour s'endormir, dans une autre vie.

— Ça fait plus longtemps que moi que tu es réveillée.

Anna était à côté de lui. Sa main se posa sur son épaule, et ce simple contact suffit à le faire frémir.

— Oui, presque un an.

Elle fit glisser sa main le long de son dos avant de la retirer.

— Tu veux boire quelque chose ? De l'eau ? J'ai aussi une réserve de whisky. Papa ignore la moitié du contenu de ces caisses.

Donald secoua la tête. Il la regarda disparaître dans la salle de bains, entendit un robinet couler. Elle en ressortit, sirotant un verre d'eau.

— Alors qu'est-ce qui se passe ? Pourquoi on m'a réveillé ?

Elle déglutit et brandit son verre vers les murs.

— Ce n'est…

Elle s'esclaffa.

— Je m'apprêtais à dire que ce n'était rien d'important, mais c'est quand même le bordel qui m'a fait sortir d'une boîte pour m'enfermer dans une autre. Mais la plupart de tout ça ne te concerne pas.

Donald balaya à nouveau la pièce du regard. Un an à vivre comme ça. Il reporta son attention sur Anna, ses cheveux retenus en chignon par un stylo. Elle avait la peau pâle, sauf sous les yeux. Il se demanda comment elle réussissait à vivre dans ces conditions.

Il y avait au mur une impression semblable à celle étalée sur la table, un quadrillage de cercles, qui figurait la disposition des constructions. Une croix rouge avait été dessinée en travers du silo 12, en haut à gauche. Un autre avait été barré de la même croix, le silo 10 apparemment. Davantage de pertes humaines. En bas à droite de la grille, il remarqua un fouillis de gribouillis illisibles. La pièce sembla vaciller autour de lui lorsqu'il s'approcha.

— Donny, ça va ?

— Qu'est-ce qui s'est passé, là ? souffla-t-il.

Anna se retourna pour voir ce qu'il lui montrait. Donald se rendit compte que, sur la table, toute la paperasse d'Anna était concentrée autour de la même zone.

— Donny.

Elle fit un pas vers lui.

— Les choses vont mal.

Cette portion du schéma était tapissée de griffonnages rouges et bleus. Il y avait des croix, des points d'interrogation. Des notes, parfois soulignées, des flèches. Dix ou douze silos en étaient recouverts.

— Combien ? voulut-il savoir, en essayant de compter, de deviner le nombre de morts. C'en est fini pour eux ?

Anna respira un grand coup.

— On n'en sait rien.

Elle finit son eau et alla plonger une main dans une caisse posée sur une chaise à l'autre bout de la table. Elle en sortit une petite bouteille et se servit une rasade de whisky.

— Ça a commencé avec le silo 40. Il s'est éteint il y a un environ un an.

— Éteint ?

Elle but une gorgée et acquiesça. Elle se lécha les lèvres.

— Dans un premier temps, les caméras ont cessé de retransmettre. Pas toutes en même temps, mais ils ont fini par tout éteindre. Après, on a perdu le contact avec les dirigeants. Impossible de joindre qui que ce soit. C'est Erskine qui était aux commandes. Conformément à l'Ordre, il a donné le feu vert pour fermer le silo…

— Tu veux dire pour tuer tout le monde.

Anna leva les yeux vers lui.

— Tu sais très bien ce que ce genre de situations exige.

Donald se souvenait du silo 12. Il avait dû prendre la même décision. Enfin, comme s'il avait décidé quoi que ce soit. Le système s'autogérait. Il n'avait fait qu'autoriser l'étape suivante, selon une série de procédures déterminées par quelqu'un d'autre.

Il observait les croix rouges sur le plan.

— Et le reste ? Les autres silos ?

Anna finit son whisky et poussa un soupir. Donald la surprit à convoiter de nouveau la bouteille.

— Ils ont réveillé papa quand ils ont perdu le silo 42. Deux autres s'étaient éteints quand il s'est décidé à me réveiller.

Deux de plus.

— Pourquoi toi ?

Elle coinça une mèche de cheveux derrière son oreille.

— Parce qu'il n'y avait personne d'autre. Parce que tous ceux qui ont participé à la conception de cet endroit avaient soit disparu, ou ne savaient plus quoi faire. Parce que papa était désespéré.

— Il avait envie de te voir.

Elle s'esclaffa.

— Non, ce n'est pas pour ça, tu peux me croire.

Son gobelet vide décrivit un cercle au-dessus du plan et des papiers étalés sur la table.

— Leurs radios émettaient en ondes hautes fréquences. On pense que tout a commencé avec le silo 40, que le directeur du DIT s'est peut-être rebellé. Ils ont en tout cas détourné leur antenne et se sont mis à communiquer avec les silos autour d'eux. On ne pouvait pas les empêcher d'émettre, ils s'en étaient assurés. Dès que papa a compris, il a opposé aux autres que les réseaux sans fil étaient ma spécialité. Ils ont fini par céder. Personne ne voulait avoir recours aux drones.

— Qui ça, les autres ? Qui sait que tu es ici ?

Donald ne put s'empêcher d'entrevoir le danger potentiel de la présence d'Anna, mais c'était peut-être sa propre faiblesse qui se manifestait.

— Mon père, Erskine, le Dr Sneed et ses assistants, qui m'ont réveillée. Mais les assistants ne prendront pas d'autre faction…

— Cryogénisation ?

Anna fronça les sourcils et remplit son gobelet. Donald fut frappé par l'ampleur des pertes survenues pendant son sommeil. Des factions entières s'étaient succédé. On avait perdu un autre silo, tracé une nouvelle croix rouge. Toute une zone de silos voisins était dans de sales draps. Thurman, pendant ce temps, était en éveil depuis un an, et en prenait son parti. Sa fille aussi.

— Ça fait un an que tu es coincée ici ? À bosser sur tout ça ?

Elle fit un signe de tête vers la porte en riant.

— Je suis restée cloîtrée dans pire que ça bien plus longtemps. Mais oui, ça craint. Je peux plus voir cet endroit.

Elle but une gorgée, cachée derrière le plastique blanc. Donald se demanda si à tout hasard il n'avait pas été réveillé à cause de sa faiblesse à elle tout comme elle avait été réveillée à cause de celle de son père. Quelle était la prochaine étape ? Écumer les cryopodes à la recherche de Charlotte ?

— On a perdu le contact avec onze silos jusqu'à maintenant. Je pense avoir réussi à enrayer la contagion, mais on essaie encore de comprendre comment ça s'est produit, et de voir s'il reste des survivants quelque part. Personnellement, je ne le crois pas, mais papa veut envoyer des éclaireurs, ou des drones. Tout le monde dit que c'est trop risqué. Et voilà que le silo 18 est prêt à être réduit en miettes.

— Et c'est moi qui suis censé vous aider ? En quoi, d'après ton père ?

Il contourna la table et lui fit signe de lui passer la bouteille. Anna en reversa dans son gobelet avant de le lui tendre ; elle prit un autre gobelet près de son écran tandis que Donald se laissait tomber sur son lit. Il y avait beaucoup de données à intégrer.

— Ce n'est pas mon père qui pense que tu sais quelque chose. Il n'était vraiment pas pour qu'on te réveille. Personne n'est censé revenir, une fois congelé.

Elle revissa le bouchon sur la bouteille.

— Non, c'est son chef.

Donald faillit s'étrangler avec son whisky. Il crachota et s'essuya le menton à l'aide de sa manche, sous le regard inquiet d'Anna.

— Son chef ? répéta Donald, la voix cassée.

Elle plissa les yeux.

— Papa t'a bien dit pourquoi tu étais ici, non ?

Il sortit de sa poche le rapport tout froissé.

— Il a dit que c'était à propos d'un truc que j'ai écrit pendant ma dernière faction. Thurman a un chef ? Je croyais que c'était lui, le chef.

Le rire d'Anna sonnait creux.

— Il n'y a pas de responsable. C'est le système, le vrai responsable. Il marche, c'est tout. On l'a conçu pour qu'il fonctionne.

Elle se leva de son bureau pour le rejoindre sur le lit de camp. Donald glissa sur le côté pour lui faire une place.

— Papa était chargé de creuser les trous, c'était son boulot. Ils sont trois à avoir mis au point ce complexe. Les deux autres voulaient le cacher, avaient des idées de planque, mais papa les a convaincus de le construire à la vue de tous. L'histoire du stockage des déchets nucléaires, c'était son idée, et il était à même de la rendre crédible.

— Qui sont les deux autres ?
— Victor et Erskine.
Anna posa un oreiller contre le mur et s'y adossa.
— Ce ne sont pas leurs vrais noms, bien entendu. Mais bon, qu'est-ce que ça peut faire ? Un nom, c'est un nom. On peut être n'importe qui, ici. C'est Erskine qui a découvert la menace originale, il a parlé des nanos à Victor et à papa. Tu vas le voir. Il enchaîne sa deuxième faction, comme moi. Il étudie aussi la perte des silos, mais ce n'est pas son domaine d'expertise. Je te ressers ? proposa-t-elle.
— Non, j'ai déjà la tête qui tourne.
Il ne précisa pas que ça n'avait rien à voir avec l'alcool.
— Je me souviens d'un Victor. Son bureau était en face du mien, de l'autre côté du couloir.
Elle baissa les yeux un instant.
— Papa dit que c'est lui le chef, mais pour avoir bossé avec lui quelque temps, je peux t'assurer qu'il ne s'est jamais considéré comme supérieur. Il s'envisageait plutôt comme un steward, il a dit un jour en plaisantant qu'il avait un peu l'impression d'être Noé sur son arche. Il a voulu te réveiller il y a des mois de ça à cause des événements du silo 18, mais papa a refusé. Je crois que Victor t'aimait beaucoup. Il parlait souvent de toi.
— Victor ? Parler de moi ?
Donald se rappela l'homme du bureau d'en face, le psy. Anna s'essuya furtivement les yeux.
— Oui. C'était quelqu'un de brillant, capable de lire dans tes pensées, dans celles de n'importe qui. C'est à lui qu'on doit presque tout. Il a écrit l'Ordre, le Pacte originel. C'était son plan.
— Et pourquoi tu en parles au passé ?
Son menton trembla. Elle bascula son gobelet, mais il n'y restait presque rien.
— Victor est mort, dit-elle. Il s'est tiré une balle dans la tête, à son bureau, il y a deux jours.

32

— Victor ? Suicidé ?

Donald essayait tant bien que mal de faire coïncider cette information avec l'homme posé qu'il connaissait.

— Mais pourquoi ?

Anna renifla et se rapprocha de Donald. Elle faisait rouler son gobelet vide entre ses mains.

— On n'en sait rien. Il était obnubilé par le premier silo qu'on a perdu. Obsédé, même. Ça me fendait le cœur de voir à quel point il s'en voulait. Il disait qu'il voyait se profiler les événements, qu'il y avait des… certitudes probabilistes.

Elle prononça les deux derniers mots en imitant la voix de Victor, ce qui raviva le souvenir du vieil homme dans l'esprit de Donald.

— Mais ça le rongeait de ne pas pouvoir prédire où et quand ils se produiraient. Il aurait mieux valu que ça se produise sous la responsabilité de quelqu'un d'autre. Pas sous la sienne. Pas avec sa propension à la culpabilité.

— C'est à moi qu'il en voulait, dit Donald, les yeux rivés au sol. C'était aussi pendant ma faction. J'étais une vraie épave. Je n'arrivais pas à avoir les idées claires.

— Quoi ? Non. Non, Donny.

Elle posa une main sur son genou.

— Ce n'est la faute de personne.

— Mais mon rapport…

Il l'avait toujours à la main, plié, maculé de bleu clair ici et là.

— Est-ce que c'est une copie ? demanda Anna en lui prenant des mains. Papa a eu le courage de te parler de ça, mais pas de ce que Victor a fait.

Elle secoua la tête.

— Victor était solide, d'une certaine manière, mais tellement faible par d'autres aspects.

Elle se tourna vers Donald.

— On l'a trouvé à son bureau, entouré de notes, de tous les documents possibles et imaginables sur ce silo, et c'est ton rapport qui était sur le dessus.

Elle le déplia pour le parcourir.

— Rien qu'une copie, murmura-t-elle.

— C'était peut-être…

— Il a écrit plein de choses sur l'original.

Elle fit glisser son doigt sur la page.

— Là, vers cet endroit, il a noté : "Voilà pourquoi."

— Voilà pourquoi ? Pourquoi il s'est suicidé ? Ce n'est pas plutôt à cause de tout ça qu'il s'est suicidé ? dit-il en englobant la pièce d'un geste ample. Il s'est peut-être rendu compte qu'il avait commis une erreur.

Il prit le bras d'Anna.

— Pense un peu à ce qu'on a fait. Et si on avait suivi un fou ? Victor a peut-être eu un éclair de lucidité. Si ça se trouve, l'espace d'un instant, il a pris conscience de ce qu'on a vraiment fait.

— Non. Il fallait qu'on le fasse.

Donald tapa du plat de la main contre le mur.

— C'est ce que tout le monde me répète…

— Écoute-moi.

Elle reposa une main sur son genou pour tenter de l'apaiser.

— C'est pas le moment de craquer, OK ?

Elle lança un regard inquiet vers la porte.

— Je lui ai demandé de te réveiller parce que j'ai besoin

de ton aide. Je n'y arriverai pas toute seule. Vic travaillait sur le silo 18. Si papa n'écoute que lui-même, il tirera un trait dessus pour ne plus avoir à en entendre parler. Mais ce n'est pas ce que voulait Victor. Et moi non plus.

Donald songea au silo 12, dont il avait signé l'arrêt de mort. Mais il était voué à sa perte, n'est-ce pas ? Il était déjà trop tard. Ils avaient ouvert le sas. Il regarda le schéma et se demanda s'il était également trop tard pour le 18.

— Qu'est-ce qu'il a vu dans mon rapport ?

— Je ne sais pas. Mais il voulait te réveiller depuis des semaines. Il pensait que tu avais mis le doigt sur quelque chose.

— Ou c'était juste parce que j'étais dans le coin au moment où c'est arrivé.

Donald scruta la pièce en quête d'indices. Anna creusait de son côté, mais planchait sur un problème différent. Il y avait tant de questions et de réponses. Mais à la différence de la dernière fois, il avait les idées claires. Et ses propres questions. Il voulait retrouver sa sœur, découvrir ce qui était arrivé à Helen, chasser l'idée folle qu'elle était encore là, dehors, quelque part. Il voulait en savoir plus sur cette épouvantable chose qu'il avait contribué à mettre au point.

— Alors, tu veux bien nous aider ?

Anna lui passa une main dans le dos, et ce contact réconfortant lui évoqua immédiatement sa femme, tous les moments qu'elle avait passés à le rassurer, à s'occuper de lui. Soudain, il sursauta, comme si on l'avait mordu, pensant confusément qu'il était encore marié, qu'elle était encore vivante, peut-être cryogénisée quelque part et en attente d'être réveillée par son époux.

— Il faut que je…

Il se leva d'un bond et jeta un œil alentour. Il tomba sur l'ordinateur.

— … que je vérifie des trucs.

Anna se leva à son tour.

— Bien sûr. Je peux te mettre au courant de ce qu'on sait jusqu'à maintenant. Victor a laissé toute une série de notes. Ton rapport est bourré d'interventions. Je peux te le montrer. Et tu pourras peut-être convaincre papa qu'il était sur une piste, que ce silo vaut la peine d'être sauvé…

— Oui.

Il allait le faire. Mais dans l'unique but de rester éveillé. Il se demanda d'ailleurs si ce n'était pas l'intention première d'Anna : l'avoir dans les parages, près d'elle. Une heure plus tôt, il n'avait désiré qu'une chose : se rendormir, échapper au monde qu'il avait en partie créé. Mais à présent, il avait besoin de réponses. Il se pencherait sur le silo 18, mais il retrouverait Helen aussi. Découvrirait du moins ce qui lui était arrivé, où elle se trouvait. Il pensa à Mick, et le mot Tennessee s'imposa soudain à lui. Il se tourna vers le plan accroché au mur et tenta de se rappeler quel chiffre correspondait à quel État.

— À quoi on a accès depuis ce poste ?

Il sentit une bouffée de chaleur à l'idée des réponses qu'il avait à disposition.

Anna se tourna vers la porte. Des pas approchaient dans l'obscurité.

— Papa. C'est le seul à pouvoir accéder à cet étage maintenant.

— C'était pas le cas avant ?

— Non. Où Victor s'est procuré son arme, d'après toi ?

Elle parla plus bas.

— J'étais là quand il est descendu pour piocher dans une caisse. Mais je n'ai absolument rien entendu. Écoute, mon père s'en veut énormément pour ce qui est arrivé à Victor, et il ne croit toujours pas que ce soit lié à ton rapport. Mais je connaissais bien Vic. Il n'était pas fou. S'il y a quoi que ce soit que tu puisses faire, je t'en prie, ne t'en prive pas. Pour moi.

Elle serra sa main. Donald baissa les yeux, il ne s'était pas rendu compte qu'elle lui tenait la main depuis un moment. Il tenait le rapport dans l'autre. Les pas approchaient. Donald hocha la tête pour lui signifier qu'il acceptait.

— Merci.

Elle laissa tomber sa main, attrapa le gobelet de Donald, emboîta le sien dedans, et les rangea avec la bouteille sur une chaise qu'elle reglissa sous la table. En arrivant à la porte, Thurman toqua contre le montant.

— Entre, dit Anna en dégageant une mèche de cheveux de son visage.

Thurman les observa tour à tour.

— Erskine a prévu une petite cérémonie. Rien qu'avec nous. Ceux d'entre nous qui savent.

— Bien sûr, dit Anna.

Les yeux plissés de Thurman passèrent de nouveau de sa fille à Donald. Anna sembla comprendre qu'il s'agissait d'une question.

— Donny pense qu'il peut nous aider. On s'est dit que ce serait mieux pour lui qu'il travaille ici avec moi. Du moins jusqu'à ce qu'on progresse.

Donald se tourna vers elle, estomaqué. Thurman ne réagit pas.

— Il nous faudra un autre ordinateur, ajouta Anna. Si tu m'en apportes un, je pourrai l'installer.

Voilà qui plaisait davantage à Donald.

— Et un deuxième lit, bien sûr, précisa Anna avec un sourire.

SILO 18

33

Après la bagarre avec les fermiers, Mission s'éclipsa, et le reste des porteurs s'éparpilla. Il vola quelques heures de sommeil dans la loge d'étape du niveau 10, le nez ankylosé et la lèvre enflée. Tournant et virant, trop agité pour dormir, il se leva dans la pénombre, mais il était encore trop tôt pour aller au Nid ; la Corneille ne serait pas encore réveillée. Il se dirigea donc vers la cafétéria pour un petit-déjeuner digne de ce nom – les coupons supplémentaires du coroner lui brûlaient les doigts du même feu que celui de ses égratignures.

Il pansa ses blessures avec un bon repas chaud, côte à côte avec les équipes de nuit, et observa les nuages bouillonner au-delà des collines. Les coquilles vides qui se dressaient au loin – et que la Corneille appelait des gratte-ciel – étaient les premières à attraper les rayons du soleil levant. C'était le signe que le monde s'éveillerait un jour de plus. Un jour d'anniversaire, pour Mission. Il laissa son plateau sur la table, un coupon pour la personne qui nettoierait derrière lui, et s'efforça de ne pas penser du tout au nettoyage. Il dévala huit volées de marches avant que le silo ne s'éveille complètement. Il se dirigeait vers le Nid, sans l'impression d'avoir un an de plus.

Des mots familiers l'accueillirent sur le palier du neuvième étage. À la différence des autres niveaux, qui n'avaient que des chiffres, on pouvait lire au-dessus de la porte :

Les lettres, grossières, étaient peintes en couleurs vives. Elles suivaient le contour tracé au fil des ans par les générations successives, déformées ici et là par les petites mains qui s'étaient attelées à la tâche. Les enfants du silo venaient et repartaient, laissant leurs marques au pinceau, mais la Vieille Corneille, elle, demeurait.

Son nid incluait la crèche, l'externat et des salles de classe pour les enfants du haut du silo. Elle était perchée là depuis plus longtemps que quiconque ne se le rappelait. Certains disaient qu'elle était aussi vieille que le silo lui-même, mais Mission savait que c'était un mythe. Personne ne connaissait l'âge du silo.

Lorsqu'il entra dans le Nid, il trouva les couloirs déserts. Il était encore très tôt. Il entendit un petit grincement en provenance d'une classe alors qu'on réagençait les tables. Mission aperçut deux instituteurs discutant dans une autre classe, le visage inquiet, se demandant probablement quoi faire d'une version plus jeune de lui-même. Une forte odeur de thé se mélangeait à celles de colle et de craie. Les casiers métalliques, cabossés par de petits poings, avaient grand besoin d'un coup de pinceau. Mission fut transporté à une autre époque en les voyant. Il lui semblait qu'hier encore il était la terreur de ces couloirs. Lui, et tous les amis qu'il ne voyait plus – ou du moins pas aussi souvent qu'il l'aurait voulu.

Le bureau de la Corneille était au fond, adjacent au seul appartement de tout l'étage. On l'avait construit spécialement pour elle ; c'était une classe qu'on avait transformée, enfin, soi-disant. Et même si elle n'enseignait désormais qu'aux plus petits, l'école entière lui appartenait. C'était son nid.

Mission était venu la trouver à différentes étapes de sa vie. Au tout début, en quête de réconfort, lui qui était si loin des fermes. Plus tard, pour un peu de sagesse, quand il fut enfin assez mûr pour comprendre qu'il n'en avait pas. Et tout un tas de fois il était venu en quête des deux, comme le jour où il avait appris la vérité sur sa naissance et la mort de sa mère – qu'on avait envoyée au nettoyage à cause de lui. Mission avait un souvenir très clair de ce jour-là. C'était l'unique fois qu'il avait vu la Vieille Corneille pleurer.

Il toqua à sa porte avant d'entrer et la trouva au tableau noir, abaissé pour qu'elle puisse y écrire depuis son fauteuil. Mme Crowe cessa d'effacer les leçons de la veille, se retourna et lui fit un large sourire.

— Mon petit, croassa-t-elle.

Elle agita la brosse pour lui faire signe d'approcher. De la poudre de craie se mit à voleter dans l'air.

— Mon petit, mon petit.

— Bonjour, madame Crowe.

Mission se faufila entre les tables pour la rejoindre. Le cordon de son fauteuil électrique pendait du plafond pour venir se fixer à une petite tige s'élevant de son dossier. Mission baissa la tête pour passer au-dessous et se pencha pour l'embrasser. Il en profita pour respirer son odeur – une réminiscence d'enfance et d'innocence. La robe jaune à fleurs qu'elle portait était sa tenue du mercredi – pas besoin de calendrier. Ses couleurs avaient passé depuis le temps où Mission était un gamin, comme tout le reste.

— Regarde-moi comme tu as grandi, dit-elle en lui souriant.

Sa voix n'était qu'un murmure, et il se rappelait qu'elle avait le pouvoir de faire taire même les plus jeunes s'ils voulaient entendre ce qu'elle disait. Elle porta une main à sa propre joue.

— Qu'est-ce qui est arrivé à ton visage ?

Mission rit en se délestant de son paquetage.

— C'est juste un accident, répondit-il, lui servant un mensonge, comme au bon vieux temps.

Il posa son sac au pied d'un minuscule pupitre et s'imagina se glisser sur le banc et rester pour la leçon du jour.

— Comment allez-vous ? demanda-t-il.

Il scruta son visage, ses rides profondes et sa peau brune comme celle d'un fermier, mais plutôt à cause de l'âge que des lampes de croissance. Elle avait les yeux chassieux, mais toujours pleins de vie. Ils lui firent penser à la vue de la cafétéria par temps clair, lorsqu'il était criant que les capteurs avaient grand besoin d'être nettoyés.

— Ce n'est pas la grande forme.

Elle actionna la manette de son accoudoir, et le fauteuil construit pour elle des années auparavant par un ancien élève pivota pour qu'elle se retrouve face à lui. Elle retroussa sa manche pour lui montrer un bout de gaze collé avec du sparadrap sur son bras maigre et marbré.

— Ces docteurs sont venus prendre mon sang.

Sa main tremblante désignait la preuve.

— Ont bien dû m'en pomper la moitié.

Mission éclata de rire.

— Je suis sûr qu'ils n'ont pas pris la moitié de votre sang, madame Crowe. Les docteurs font attention à vous, c'est tout.

Une moue tordit son visage – un labyrinthe de rides. Elle n'avait pas l'air convaincue.

— Je ne leur fais pas confiance, dit-elle.

— Vous ne faites confiance à personne, dit Mission avec un sourire. Et qui sait, ils essaient peut-être de découvrir pourquoi vous ne pouvez vous résoudre à mourir, comme tout le monde. Ils trouveront peut-être un moyen de faire vivre tout le monde aussi longtemps que vous.

Elle frotta son pansement.

— Ou bien ils essaient de trouver un moyen de me tuer.

— Oh, ne soyez pas si lugubre, dit Mission en tirant sur sa manche pour l'empêcher d'arracher son pansement. Pourquoi penser une chose pareille ?

Elle fronça les sourcils et ne daigna pas répondre. Ses yeux tombèrent sur le paquetage presque vide.

— Jour de congé ? s'enquit-elle.

Mission suivit son regard.

— Hm ? Non, non. J'ai fait une livraison hier soir. Je prends en charge un autre colis un peu plus tard, pour l'apporter où on me dira.

— Ah, être jeune, et libre…

Elle fit pivoter son fauteuil pour retourner à son bureau. Mission baissa la tête pour laisser passer le fil – l'installation avait été conçue pour des enfants de plus petite taille. Elle sortit un récipient du jus épais de légumes qu'elle préférait à l'eau et en but une gorgée.

— Allie est passée me voir la semaine dernière, dit-elle en reposant le liquide noir verdâtre. Elle m'a demandé de tes nouvelles, voulait savoir si tu étais toujours célibataire.

— Ah oui ?

Mission eut un coup de chaud. Mme Crowe les avait surpris en train de s'embrasser une fois, à l'époque où il ne savait pas à quoi servaient les baisers. Elle les avait laissés en leur adressant un sourire entendu qui tenait également lieu d'avertissement.

— Tout le monde est éparpillé aux quatre coins du silo, dit Mission pour changer de sujet, en espérant qu'elle le suivrait.

— Et c'est bien normal.

Elle ouvrit un tiroir dans lequel elle se mit à fouiller et finit par en sortir une enveloppe. Mission y vit cinq ou six noms barrés en travers du papier. Elle avait déjà bien servi.

— Si tu descends, pourrais-tu porter quelque chose à Rodny ?

Elle lui tendit la lettre. En l'acceptant, Mission vit le nom de son meilleur ami à côté de tous ceux qui avaient été rayés.

— Je peux la lui faire passer, pas de problème. Mais les deux dernières fois où je me suis arrêté, ils ont dit qu'il n'était pas disponible.

Elle hocha la tête, comme si elle s'était attendue à cette réponse.

— Demande Jeffery, c'est le chef de la Sécurité en bas, un de mes anciens petits. Dis-lui que cette lettre est de ma part et que tu dois la remettre à Rodny en mains propres.

Elle agita les mains en l'air.

— Attends, je vais écrire un mot à Jeffery.

Mission jeta un œil à la pendule accrochée au mur pendant qu'elle cherchait de l'encre. Bientôt les couloirs s'empliraient de bavardages, mêlés au claquement métallique des portes de casier. Tandis qu'elle grattait le papier, il patienta en passant en revue les vieilles affiches et banderoles qui ornaient les murs, que Mme Crowe aimait appeler les "catalyseurs".

"Tu peux être ce que tu veux", disait l'un, décoré d'un dessin représentant grossièrement un garçon et une fille sur une immense colline. Le mont était vert et le ciel, bleu, comme dans les livres d'images. Un autre clamait : "Rêvez de tout votre cœur", à côté de bandes colorées qui décrivaient un demi-arc de cercle. La Corneille avait un nom pour cette forme, mais il l'avait oublié. Un autre, familier : "Découvrez de nouveaux endroits", assorti d'une corneille perchée dans un arbre géant, les ailes déployées, prête à s'envoler.

— Jeffery, c'est celui qui est chauve, dit-elle en faisant un rond au-dessus de ses cheveux blancs pour appuyer son propos.

— Je sais, dit Mission.

Une étrange façon de se rappeler que de nombreux adultes et personnes âgées du silo avaient été ses élèves.

Un casier claqua dans le couloir. Mission se souvint des rangées de petites tables qui encombraient la classe quand il était petit. Il y avait des cagibis d'où l'on sortait des matelas qu'on déroulait pour la sieste après avoir dégagé un espace au milieu de la pièce. Une fois qu'il avait trouvé son tapis, Mission s'abandonnait au sommeil au son des chansons oubliées que fredonnait la Corneille. Cette époque lui manquait. Les histoires de l'Ancien Temps, à propos d'un monde fourmillant de choses impossibles, lui manquaient. Appuyé contre ce petit pupitre, Mission se sentit soudain aussi vieux que la Corneille, à une distance impossible de sa jeunesse.

— Donne ça à Jeffery, et assure-toi que Rodny ait mon message. De tes mains, on est bien d'accord ?

Il attrapa son sac et glissa l'enveloppe et le mot dans la poche réservée au courrier. À aucun moment il ne fut question de rémunération, et Mission se sentit immédiatement coupable que l'idée l'ait effleuré. Il se rappela en palpant son sac qu'il lui avait rapporté des choses.

— Au fait, je ne suis pas venu les mains vides.

Il sortit quelques petits concombres, deux poivrons et une grosse tomate, un peu abîmée.

— En direct de la ferme, pour vos jus de légumes.

Elle tapa dans ses mains et sourit, aux anges.

— Est-ce que vous avez besoin de quelque chose en particulier, la prochaine fois que je suis de passage ?

— Tes visites me suffisent, dit-elle, souriant de toutes ses rides. Tout ce qui m'importe, ce sont mes petits. Passe me voir chaque fois que tu peux, d'accord ?

Mission lui serra le bras, qui lui fit l'effet d'un bâton fourré dans une manche.

— Promis. Et ça me fait penser : Frankie vous passe le bonjour.

— Il devrait venir plus souvent, dit-elle, la voix tremblotante.

— Tout le monde ne peut pas être tout le temps en

déplacement comme moi. Je suis sûr que lui aussi aimerait vous voir plus souvent.

— Dis-lui. Dis-lui qu'il ne me reste pas beaucoup de temps et…

Mission s'esclaffa en balayant sa sinistre remarque du revers de la main.

— Vous avez dû dire la même chose à mon grand-père quand il était jeune, et même à son père.

La Corneille sourit, comme si c'était vrai.

— Prédis l'inévitable, dit-elle, et tu es forcé d'avoir raison un jour.

Mission sourit. Il aimait sa façon de parler.

— N'empêche, j'aimerais mieux que vous ne parliez pas de votre mort. Personne n'aime entendre ce genre de choses.

— On n'aime peut-être pas ça, mais ça ne fait pas de mal d'y songer de temps en temps.

Elle tendit les bras, et les manches de sa robe à fleurs révélèrent à nouveau le pansement.

— Dis-moi, que vois-tu quand tu regardes ces mains ?

— Je vois le temps qui passe, répondit Mission de but en blanc, sans comprendre d'où lui venaient ces mots.

Il détourna le regard, soudain frappé par l'apparence grotesque de sa peau. Ses mains étaient comme des patates fripées sorties de la terre longtemps après la saison de la récolte. Il s'en voulut aussitôt.

— Le temps, oui. Ça, c'est sûr qu'il y en a. Mais il y a aussi des vestiges. Je me souviens d'une époque où la vie était plus agréable. Il faut parfois penser aux mauvaises choses pour se rappeler les bonnes.

Elle scruta ses mains un moment, comme si elle cherchait autre chose. Lorsqu'elle releva la tête, Mission vit que ses yeux brillaient de tristesse. Il se sentit lui aussi au bord des larmes, à cause d'une certaine gêne, mais aussi à cause de la tournure sombre qu'avait prise leur conversation. Cela lui rappelait que c'était son anniversaire, une pensée qui lui serrait la gorge et le laissait avec un sentiment de vide dans la poitrine. Il était persuadé que la Corneille savait quel jour on était. Mais elle l'aimait trop pour le lui souhaiter.

— Fut un temps où j'étais belle, tu sais, dit-elle en croisant les mains sur ses genoux. Mais une fois qu'on perd la beauté, qu'elle nous quitte pour de bon, plus personne ne la reverra.

Mission aurait voulu la consoler, lui dire qu'elle était encore belle de bien des manières. Elle pouvait jouer de la musique. Peindre. Peu se rappelaient les techniques. Elle pouvait donner aux enfants le sentiment d'être aimés, un sentiment de sécurité, encore un peu de magie que presque plus personne ne possédait.

— Quand j'avais ton âge, reprit-elle en souriant, je pouvais avoir tous les garçons que je voulais.

Son rire fit retomber la tension et chassa les fantômes qui s'étaient invités dans leur conversation, mais Mission la croyait, bien qu'il ait eu du mal à l'imaginer sans rides, sans taches, sans les longs poils qu'elle avait aux jointures. Mais il la croyait. Il la croyait toujours.

— Le monde me ressemble beaucoup, dit-elle en levant les yeux au plafond, et peut-être au-delà. Fut un temps où le monde était beau, lui aussi.

Mission sut que couvait une histoire de l'Ancien Temps. On entendit d'autres casiers dans le couloir, des petites voix qui se rassemblaient.

— Racontez-moi, dit Mission, perdu dans le souvenir des heures qui passaient en un clin d'œil à ses pieds, des chansons qu'elle fredonnait quand les enfants dormaient. Racontez-moi l'ancien monde.

Les yeux de la Vieille Corneille se plissèrent et se posèrent sur un coin sombre de la classe. Ses lèvres sillonnées par les plis du temps s'ouvrirent et l'histoire commença, une histoire que Mission avait entendue des milliers de fois. Mais elle n'avait pas pris une ride, comme tout ce qui sortait de l'imagination de la Corneille. À mesure que les petits entraient, ils se glissaient en silence derrière les pupitres pour écouter avec de grands yeux et l'esprit grand ouvert ces contes d'un monde qui fut beau, d'un monde à présent oublié.

34

Les histoires qu'inventait Mme Crowe sortaient tout droit des livres pour enfants. Le ciel était bleu, les prairies vertes, les animaux, comme les chiens ou les chats, plus grands que les gens. Des histoires pour gamins. Et pourtant, ces contes fantastiques laissaient Mission amer, il en voulait du coup au monde dans lequel il vivait. En quittant le sommet du silo pour entamer sa descente, en passant devant les fermes et les étages de sa jeunesse, il songea à ce monde meilleur, consterné par celui qu'il connaissait. La promesse d'un ailleurs accentuait les défauts de son quotidien. Il avait quitté le nid pour devenir porteur, voler de ses propres ailes, faire tout ce qu'il voulait et il ne désirait rien tant à présent qu'aller au-delà de ce que ce monde permettait.

Mais de telles pensées étaient dangereuses. Elles lui rappelèrent sa mère, l'endroit où elle avait été envoyée dix-sept ans auparavant jour pour jour.

Après les fermes, Mission remarqua une odeur de brûlé. L'air était légèrement brumeux, et il sentit l'âcreté de la fumée sur sa langue. Un tas de détritus, peut-être. Quelqu'un qui refusait de payer les frais de portage jusqu'au centre de recyclage. Ou quelqu'un qui pensait que le silo ne durerait pas assez longtemps pour avoir besoin de recycler quoi que ce soit.

Ça pouvait être un accident, bien sûr, mais Mission en doutait. Plus personne ne pensait comme ça. Il le voyait sur le visage des gens qu'il croisait. À la manière dont ils se cramponnaient à leurs affaires, dont ils couvraient la tête des enfants. Il était clair que l'avenir du silo était incertain. Le combat de la nuit précédente tendait à le prouver.

Mission ajusta son sac et se pressa de gagner les bureaux du DIT au trente-quatrième. En arrivant sur le palier, il tomba sur un attroupement. Des garçons de son âge ou un peu plus vieux qu'il connaissait pour la plupart, beaucoup étaient du milieu. Ils étaient nombreux à serrer leur ordinateur contre eux, fils pendouillant, tout en se bousculant les uns les autres. Mission se fraya un chemin entre eux. Une fois à l'intérieur, il vit qu'une barrière avait été installée juste derrière la porte. Deux agents de sécurité tenaient ce poste de filtrage temporaire et ne laissaient passer que les membres du DIT.

— Livraison, cria Mission.

Il se faufila vers le devant de la foule en sortant le mot de Mme Crowe avec précaution.

— Livraison pour l'agent Jeffery.

L'un des gardiens prit le mot. Sous la pression de la foule, Mission s'écrasait contre la barrière. Une femme fut autorisée à entrer. Elle se précipita vers le tourniquet de sécurité qui menait à l'entrée principale en défroissant le devant de sa salopette, manifestement soulagée. Dans un coin étaient rassemblés tout un tas de jeunes hommes à qui on donnait des ordres. Ils étaient alignés en rangs bien nets, mais leurs yeux écarquillés trahissaient leur peur.

— C'est quoi, ce bazar ? demanda Mission alors qu'on levait la barrière pour lui.

— Le bazar, répondit l'un des gardes. Une hausse de tension hier soir a provoqué une panne informatique. Tous nos techniciens enchaînent deux factions de suite. Il y a un incendie dans le département des Machines ou pas loin, et des violences ont éclaté dans les fermes. Tu as reçu le message ?

Les Machines. Ça faisait un peu loin pour sentir la fumée. Et la rumeur se répandait à propos de leur commando de la veille. Il eut soudain une conscience accrue de son entaille au nez.

— Quel message ? demanda-t-il.

L'agent de sécurité désigna les groupes de garçons.

— On embauche. Besoin de techniciens.

Mission ne vit là que de simples jeunes hommes, et le type qui leur donnait des instructions était de la sécurité, pas du DIT. Le gardien rendit son mot à Mission et lui indiqua le tourniquet principal. La femme aperçue plus tôt venait de passer son badge pour entrer tandis qu'une silhouette familière au crâne chauve se tordait le cou pour lui mater le derrière.

— Monsieur ? lança Mission en approchant.

Jeffery tourna la tête et la peau de son cou se retendit.

— Hm ? Ah !

Il claqua des doigts, en essayant de se rappeler son nom.

— Mission.

— C'est ça. Tu as quelque chose à me laisser, porteur ? demanda-t-il en ouvrant la paume.

Mission lui remit le mot.

— En fait, c'est Mme Crowe qui m'envoie remettre quelque chose en mains propres.

Il sortit l'enveloppe scellée avec les noms barrés.

— C'est juste une lettre.

Le vieux gardien jeta un œil à l'enveloppe puis finit de lire le mot qui lui était adressé.

— Rodny n'est pas disponible, annonça-t-il en secouant la tête. Je ne peux pas non plus te dire quand il le sera. Dans plusieurs semaines, peut-être. Tu veux me la laisser ?

Sa paume s'ouvrit cette fois avec davantage d'intérêt, mais Mission retira l'enveloppe avec méfiance.

— Impossible. Il n'y a vraiment pas moyen que je lui donne en direct ? C'est la Corneille, mon vieux. Si encore c'était le maire, pas de problème, mais là…

Jeffery sourit.

— Tu as été son élève aussi ?

Mission acquiesça. Le regard du chef de la Sécurité dévia vers un homme qui approchait en tendant sa carte d'identité devant lui. Mission fit un pas de côté pour le laisser passer.

— Bon, voilà ce que je te propose. Je lui apporte son déjeuner dans pas longtemps. Tu viens avec moi, tu lui remets l'enveloppe sous ma surveillance, et comme ça j'ai pas à craindre que la Corneille me remonte les bretelles plus tard. Qu'est-ce que t'en dis ?

— Que du bien. Merci, dit Mission avec un grand sourire.

L'agent désigna la porte de l'autre côté du hall d'entrée noyé dans le bruit.

— Va donc te chercher un verre d'eau, et attends-moi dans la salle de conférences. Il y a des garçons qui remplissent des formulaires, tu verras.

Jeffery le toisa des pieds à la tête.

— Pourquoi t'en remplirais pas un, toi aussi ? Tu pourrais nous être utile.

— Je... euh... J'y connais pas grand-chose en informatique.

Jeffery haussa les épaules comme s'il n'y avait aucun rapport.

— Comme tu voudras. Je me fais remplacer dans pas longtemps. Je viendrai te chercher.

Mission le remercia une dernière fois. Il passa à proximité des rangs bien ordonnés de jeunes gens à qui l'on aboyait des ordres. Un autre agent de sécurité lui ouvrit la porte de la salle de conférences en lui tendant une feuille et une mine de graphite. Mission vit que le verso était vierge et prit le formulaire sans intention de le remplir. Il tenait là un demi-coupon en papier réutilisable.

Il restait quelques chaises libres autour de la grande table. Il en choisit une. Des garçons griffonnaient sur leur feuille, l'air concentré. Mission s'assit dos à la seule fenêtre de la pièce et posa son sac sur la table en gardant la lettre à la main. Il glissa le formulaire dans son paquetage pour un usage futur et examina le courrier de la Corneille pour la première fois.

L'enveloppe était vieille, mais n'avait été adressée qu'à quelques destinataires différents. Un coin était usé jusqu'à la trame, on décelait un papier plié à l'intérieur. En y regardant de plus près, Mission vit que c'était du papier recyclé, probablement confectionné au Nid par ses petits – de l'eau mêlée à des poignées de papier déchiré, le tout étalé, mis sous presse et laissé à sécher pour la nuit.

— Mission, siffla quelqu'un à la table.

En levant le nez, il reconnut Bradley, assis face à lui. Son collègue avait noué son foulard bleu autour de son bras. Et Mission qui le pensait en train d'effecteur des portages dans le fond, comme d'habitude.

— Tu postules ? lui demanda Bradley.

Un autre garçon toussa dans sa main comme pour réclamer le silence. Bradley avait apparemment fini de remplir sa fiche.

Mission secoua la tête. On tapa au carreau au-dessus de sa tête, et le bruit faillit lui faire lâcher sa lettre. Jeffery passa la tête par la porte.

— Dans deux minutes, dit-il à Mission, en faisant un signe du pouce par-dessus son épaule. J'attends son plateau.

Mission hocha la tête. Les autres le dévisageaient avec curiosité.

— Livraison, expliqua-t-il à Bradley, assez fort pour que les autres entendent.

Il attira son sac à lui et cacha la lettre derrière. Les garçons reprirent leur griffonnage. Bradley fronça les sourcils et regarda les autres.

Mission examina l'enveloppe à nouveau. Deux minutes. Il se demanda combien de temps il pourrait passer avec Rodny. Il fit jouer la pointe du rabat. La colle blanche que la Corneille avait utilisée ne collait pas très bien par-dessus la vieille glu sèche depuis plusieurs mois, voire plusieurs années. Il en décolla un pan sans baisser les yeux. Tout en faisant mine d'observer Bradley, il désobéissait à la troisième règle du code des porteurs, en se disant que là, c'était différent, que c'était comme si deux de ses vieux amis discutaient dans la même pièce et qu'il entendait ce qu'ils disaient.

Malgré cela, il sortit la lettre de l'enveloppe les mains tremblantes. Il baissa le regard en gardant la feuille cachée. Du fil rouge et violet était mêlé au papier grisâtre de piètre qualité. Les mots étaient écrits à la craie. Ils devaient donc être gros. De la poudre blanche s'accumula dans le pli central, comme de la poussière tombant de vieux tuyaux.

Vite, vite, chante la maman oiseau.
Envole-toi, quitte le nid !

C'était une comptine. *Bats des ailes*, murmura Mission, se souvenant de la suite – une histoire à propos d'une jeune corneille qui fait l'apprentissage de la liberté.

Bats des ailes, vers le monde, vers le ciel.
Vole, vole, de toute ta vie !

Il retourna la feuille pour trouver le vrai mot, autre chose que ce fragment de comptine, mais on frappa à nouveau au carreau. Certains lâchèrent leur mine de graphite, surpris. Un garçon jura dans sa barbe. Mission fit volte-face pour voir Jeffery de l'autre côté de la vitre, plateau-repas couvert en équilibre dans la main, visiblement impatient.

Mission replia le mot et le fourra dans l'enveloppe. Il fit signe à Jeffery qu'il arrivait, se lécha un doigt qu'il passa sous le rabat pour le recoller du mieux qu'il pouvait.

— Bonne chance, dit-il à Bradley, bien qu'il n'ait eu aucune idée de ce que s'apprêtait à faire son copain.

Il tira son sac à lui, essuya soigneusement la poudre de craie et sortit en hâte.

— Allez on y va, dit Jeffery, visiblement agacé.

Mission lui emboîta le pas. Il jeta un dernier regard à la fenêtre, puis à la foule bruyante qui se pressait contre la barrière temporaire. Un technicien du DIT s'approcha avec un ordinateur, dont les fils étaient soigneusement enroulés sur le dessus, et une femme tendit désespérément les bras vers l'objet, comme une mère vers son bébé.

— Depuis quand les gens apportent leur propre ordinateur ? demanda Mission, sa profession l'ayant rendu curieux sur l'évolution des choses.

Il avait l'impression que c'était encore un domaine duquel les porteurs étaient exclus. Roker en piquerait une crise s'il était là.

— Depuis hier. Wyck a décidé qu'il n'enverrait plus ses techniciens les réparer. Il dit que c'est plus sûr. Les gens se font voler, il n'y a pas assez d'agents de sécurité.

Ils passèrent plusieurs postes de sécurité et marchèrent en silence dans les couloirs, au son des bruits de clavier et des disputes qui émanaient des bureaux. Il y avait des composants électriques et du papier éparpillés dans tous les coins. Il se demanda dans quel bureau bossait Rodny et pourquoi personne d'autre ne se faisait livrer son repas. Son ami avait peut-être des ennuis. Oui, c'était sûrement ça. Ça expliquait tout. Il payait peut-être une de ses combines. Est-ce qu'ils avaient une cellule de détention au trente-quatrième ? Il ne le pensait pas. Il était sur le point de demander à Jeffery si Rodny était en taule lorsque le vieil agent s'arrêta devant une imposante porte en acier.

— Tiens-moi ça, dit-il à Mission en lui tendant le plateau.

Ce dernier coinça la lettre entre ses lèvres. Jeffery regarda à droite et à gauche, fit écran avec son corps devant le cadran pour taper son code. Une série de claquements métalliques résonnèrent à mesure que la porte se déverrouillait. Putain, mais oui, Rodny avait de sacrés problèmes. Quel genre de cellule c'était, ce truc ?

La porte s'ouvrit vers l'intérieur. Jeffery reprit le plateau et dit à Mission de l'attendre là. Il entra dans une pièce qui semblait profonde. Mission avait encore le goût de la colle blanche sur les lèvres. À l'intérieur, des lumières clignotaient comme pour signaler un problème, des voyants rouges semblables à une alarme incendie. Jeffery appela Rodny tandis que Mission essayait d'en voir plus malgré l'imposante carrure du gardien.

Rodny arriva quelques instants plus tard, presque comme s'il s'attendait à leur visite. Ses yeux s'écarquillèrent lorsqu'il aperçut Mission planté là. Quant à Mission, il dut faire un effort pour garder la bouche fermée tant la vision de son ami l'inquiéta.

— Salut.

Rodny ouvrit davantage la lourde porte et jeta un œil dans le couloir.

— Qu'est-ce qui t'amène ?

— Moi aussi je suis content de te voir, dit Mission en lui tendant la lettre. La Corneille m'a demandé de te remettre ça.

— Ah, toujours les affaires… dit Rodny en souriant. Tu es ici en tant que porteur, hein ? Pas en tant qu'ami ?

Rodny avait beau sourire, Mission voyait bien qu'il était claqué. On aurait dit qu'il n'avait pas dormi depuis des jours. Il avait les joues creuses, des cernes sous les yeux, et le menton ombré de barbe. Les cheveux qu'il prenait tant de temps à coiffer auparavant avaient été coupés court. Mission jeta un œil dans la pièce en se demandant ce qu'il pouvait bien fabriquer là-dedans. Mais il ne vit que des placards en métal noir, à perte de vue, régulièrement espacés.

— Tu apprends à réparer les réfrigérateurs ? lui demanda Mission.

Rodny regarda par-dessus son épaule et s'esclaffa.

— Ce sont des ordinateurs.

Il ne s'était pas départi de son ton condescendant. Mission faillit lui rappeler que c'était son anniversaire, qu'ils avaient le même âge. C'était la seule personne à qui il lui arrivait d'avoir envie d'en parler. Jeffery se racla la gorge, manifestement agacé par leurs bavardages.

Rodny se tourna vers lui.

— Ça ne vous dérange pas de nous laisser une minute ?

Jeffery changea de posture, ses bottes en cuir rigide crissèrent.

— Tu sais que je n'ai pas le droit. Je vais déjà me faire avaler tout cru pour lui avoir permis de m'accompagner.

— Vous avez raison, dit Rodny en secouant la tête.

Mission suivit l'échange de près. Même s'il ne l'avait pas vu depuis des mois, il avait l'impression que Rodny était toujours le même. Il avait des ennuis, on le forçait probablement à accomplir la tâche la plus repoussante de tout le DIT pour un mot ou un acte effronté. Ce qui fit sourire Mission.

Mais soudain, Rodny se raidit, comme s'il avait entendu quelque chose tout au fond de la pièce. Il leva un doigt et leur demanda de l'attendre.

— J'en ai pour une seconde, dit-il en courant pieds nus sur le sol en acier.

Jeffery croisa les bras et toisa Mission.

— Vous avez grandi ensemble tous les deux ?

— On allait à l'école ensemble, oui. Alors, qu'est-ce qu'il a fait pour se retrouver ici ? Vous savez, Mme Crowe nous faisait balayer le Nid entier et nettoyer les tableaux si on coupait dans la file. Lui et moi, on en a passé des coups de balai.

Jeffery le sonda du regard. Puis son visage inexpressif se fendit d'un large sourire.

— Tu crois que ton pote a des soucis ? dit-il, visiblement prêt à éclater de rire. Petit, t'as pas idée.

Avant que Mission puisse l'interroger à ce sujet, Rodny revint, tout sourire et à bout de souffle.

— Désolé, dit-il à Jeffery, il fallait que je réponde.

Il se tourna vers Mission.

— Merci d'être passé, mec. Ça m'a fait plaisir de te voir.

C'était déjà fini ?

— À moi aussi, bredouilla Mission, pris de court. Pense à donner des nouvelles.

Il voulut lui donner une accolade mais Rodny tendit le bras pour une poignée de main. Mission resta interdit un instant, perplexe, se demandant s'ils étaient devenus des étrangers l'un pour l'autre en si peu de temps.

— Souhaite bonne continuation à tout le monde de ma part, dit Rodny, comme s'il s'attendait à ne plus jamais les revoir.

Jeffery se racla à nouveau la gorge, carrément énervé, prêt à partir.

— Je n'y manquerai pas, répondit Mission en s'efforçant de ne pas laisser transparaître sa tristesse.

Il lui serra donc la main. Le sourire sur le visage de Rodny vacilla, et Mission sentit dans sa paume les coins piquants d'un mot plié et replié que lui filait en douce son ami.

35

Ce fut un miracle que Mission ne fasse pas tomber le bout de papier, un miracle qu'il comprenne que quelque chose allait de travers, qu'il garde la bouche fermée, qu'il ne dise pas, bêtement, devant Jeffery, "Ben, c'est quoi ce truc?" Il le garda roulé en boule au creux de son poing tandis qu'on l'escortait au poste de sécurité. Ils y étaient presque lorsque quelqu'un cria "Porteur!" depuis un bureau.

Jeffery tendit un bras en travers du torse de Mission. Ils se retournèrent et un homme qui ne leur était pas inconnu les rejoignit. C'était M. Wyck, le directeur du DIT, que la plupart des porteurs connaissaient. La chaîne infinie d'ordinateurs détraqués et réparés occupait le bureau de Répartition du dixième étage autant que les Fournitures occupaient celui du cent vingtième. Mission se dit que ça avait pu changer depuis la veille.

— T'es de service, mon garçon? demanda M. Wyck après un coup d'œil au foulard de porteur noué au cou de Mission.

C'était un homme grand à la barbe soignée et aux yeux brillants. Mission dut tendre le cou pour croiser son regard.

— Oui m'sieu, répondit-il en cachant le mot de Rodny derrière son dos.

Il l'enfonça dans sa poche arrière, comme une graine qu'on plante dans le sol.

— Vous avez besoin de faire enlever quelque chose ?

— En effet.

M. Wyck l'observa un instant en se caressant la barbe.

— Vous êtes le fils Jones, pas vrai ? Le zéro.

Mission sentit le rouge lui monter aux joues en l'entendant prononcer ce terme, une référence au fait qu'aucun numéro de loterie n'avait été tiré pour lui.

— C'est ça, monsieur. Je m'appelle Mission.

Il tendit une main. M. Wyck l'accepta.

— Oui, oui. Je suis allé à l'école avec ton père. Et avec ta mère, bien sûr.

Il se tut pour laisser le temps à Mission de répondre. Mais Mission serra les dents. Il lâcha la main de Wyck avant que ses mains moites ne parlent à sa place.

— Admettons que je veuille faire transporter quelque chose sans passer par la Répartition.

M. Wyck sourit. Ses dents étaient blanches comme de la craie.

— Et admettons que je veuille éviter le genre de grabuge qu'il y a eu hier soir quelques étages plus haut…

Mission glissa un regard vers Jeffery, qui ne semblait pas s'intéresser à la conversation. C'était bizarre de se voir proposer ce genre de travail par un homme qui incarnait l'autorité, surtout devant un membre de la Sécurité, mais Mission avait appris une chose depuis qu'il avait fini sa formation : les choses s'assombrissaient de plus en plus.

— Je ne vous suis pas, dit Mission.

Il s'empêcha de se retourner pour voir à quelle distance ils étaient du tourniquet. Une femme sortit d'un bureau, derrière M. Wyck. Jeffery fit un geste pour qu'elle s'arrête et reste hors de portée de voix.

— Je crois que si, au contraire, et j'admire ta discrétion. Deux cents coupons pour prendre un paquet aux Fournitures et le livrer six étages plus bas.

Mission s'efforça de rester calme. Deux cents coupons. Un mois de salaire pour une demi-journée de travail. Il craignit aussitôt qu'il ne s'agisse d'une sorte de test. Rodny s'était peut-être retrouvé dans de sales draps parce qu'il avait échoué avant lui.

— Je ne sais…

— C'est une invitation ouverte, intervint Wyck. Le prochain porteur qui passe cette porte bénéficiera de la même offre. Je me fiche de qui s'en charge, mais il n'y en a qu'un qui aura les coupons.

Wyck leva une main.

— Tu n'es pas forcé de me répondre. Il te suffit de te pointer aux Fournitures et de demander Joyce. Dis-lui que tu es en mission pour Wyck. Tu auras les détails sur le bon de livraison.

— Je vais y réfléchir, monsieur.

— Bien, dit Wyck en souriant.

— Autre chose ? demanda Mission.

— Non, non, tu peux y aller.

Wyck fit un signe de tête à Jeffery, qui revint à lui.

— Merci, monsieur.

Mission emboîta le pas au chef de la Sécurité.

— Et au fait, joyeux anniversaire, mon garçon ! lança Wyck.

Mission jeta un regard par-dessus son épaule sans le remercier puis rattrapa Jeffery qui le raccompagna au poste de sécurité. Il se fendit un chemin à travers la foule, parvint au palier, descendit deux volées de marches et ne sortit qu'à cet instant le bout de papier de sa poche. Ça avait l'air d'être le même papier brouillon que le mot de Mme Crowe, les mêmes fils rouge et violet mêlés à la trame grisâtre. Mission craignit que le mot ne fût adressé à la Corneille, peut-être composé d'autres paroles de vieilles comptines. Il l'étala bien à plat dans sa main. La face était vierge, il le retourna.

Il n'était adressé à personne en particulier. Il n'y avait que deux mots, qui rappelaient à Mission le sourire blême de son ami lorsqu'ils s'étaient serré la main.

Soudain, il se sentit seul. L'odeur d'incendie persistait dans la cage d'escalier, une émanation de fumée qui se mêlait à celle de peinture des graffitis encore frais. Il prit le mot et le déchira en morceaux, encore et encore. Il continua jusqu'à ce qu'il ne reste plus rien à déchiqueter puis jeta les confettis par-dessus la rampe, qui dérivèrent et disparurent dans le vide.

Il s'était débarrassé des preuves, mais le message était gravé dans son esprit. Deux mots griffonnés en vitesse, à l'aide d'un manche de cuillère ou autre, deux mots à peine lisibles, ceux d'un garçon qui ne demandait jamais rien à personne.

Au secours.

Rien d'autre.

SILO 1

36

Trouver le bon silo lui fut facile. En examinant le vieux schéma, il se revoyait tout à fait debout sur ces collines, en aplomb des larges cuvettes qui abritaient chaque construction. Il entendait encore le moteur vrombissant des quads qui soulevaient des volutes de poussière là où l'herbe n'avait pas encore poussé. Il se rappelait qu'ils avaient semé du gazon, et recouvert les semences de paille – une peine qu'avec le recul il trouvait bien vaine, et triste.

Debout sur cette crête, dans son souvenir, il se représenta la délégation du Tennessee. Le silo 2. Avec ce point de repère, il ne lui restait plus qu'à creuser. Il lui fallut quelques instants avant de se rappeler comment fonctionnait le système de l'ordinateur, comment naviguer dans les vies que recelaient les bases de données. Il y avait là tout l'historique de chaque silo si on savait comment le lire, mais ça ne remontait pas plus loin. Ça s'arrêtait aux noms inventés, à la formation. Nulle mention de l'Héritage. L'ancien monde était occulté par les bombes et la brume blanche de l'oubli.

Il tenait le bon silo, mais localiser Helen s'avérerait peut-être impossible. Il cherchait fébrilement tandis qu'Anna chantonnait sous la douche.

De la vapeur d'eau s'échappait par la porte de la salle de bains qu'elle avait laissée ouverte. Mais Donald ne fit pas cas de ce qu'il savait être une invitation. Il ignora ses pulsions, l'afflux d'hormones que provoquait la proximité d'une ancienne amante après des siècles d'abstinence, pour mieux continuer à chercher sa femme.

Il y avait quatre mille noms dans la première génération du silo 2. Quatre mille tout rond. Environ une moitié de femmes. Il y avait trois Helen. Pour chacune, une photo au grain texturé prise pour sa carte de travail était stockée sur les serveurs. Aucune d'elles ne correspondait au souvenir ni à l'image qu'il avait d'elle. Il sentit soudain les larmes lui monter aux yeux. Il les essuya d'un geste rageur. Dans la douche, Anna fredonnait un vieil air triste. Au bout d'une douzaine de photos, les visages inconnus commencèrent à se mélanger les uns aux autres et menaçaient d'effacer la vision qu'il retenait d'Helen. Il revint à la recherche par prénom. Il était sûrement capable de deviner celui qu'elle avait choisi. Lui avait opté pour Troy, un moyen sûr de remonter jusqu'à elle. Il aimait à penser qu'elle avait fait la même chose.

Il essaya avec Sandra, le nom de sa mère, mais les deux occurrenccs ne menaient à rien. Il tenta avec Danielle, sa sœur. Une occurrence. Pas la bonne.

Elle n'aurait pas pris un prénom au hasard, quand même ? Ils avaient évoqué une fois les prénoms qu'ils pourraient un jour donner à leurs enfants. Sur le thème dieux et déesses, une blague au départ, mais Helen s'était entichée du prénom Athena. Il lança une recherche. Rien dans la première génération.

La tuyauterie s'ébroua lorsque Anna coupa l'eau. Elle ne chantonnait plus, fredonnait à peine, c'était comme un cantique en prélude à l'enterrement auquel ils allaient assister. Donald entra quelques prénoms supplémentaires, dans l'espoir de découvrir quelque chose, n'importe quoi. Il ferait des recherches toutes les nuits s'il le fallait. Il ne dormirait pas tant qu'il ne l'aurait pas retrouvée.

— Tu veux te doucher avant la cérémonie ? lui lança Anna depuis la salle de bains.

Il faillit répondre qu'il ne voulait pas aller à la cérémonie. Il ne connaissait Victor qu'en tant que personnage à craindre : l'homme aux cheveux gris de l'autre côté du couloir, qui l'épiait, donnait les médicaments, le manipulait. C'était en tout cas ce dont il se souvenait de sa première faction teintée de parano.

— Non, j'y vais comme ça.

Il portait toujours la combinaison beige qu'ils lui avaient donnée la veille. Il compulsa d'autres photos, cette fois par ordre alphabétique. Quel autre nom possible ? Ce qu'il craignait le plus, c'était d'oublier à quoi elle ressemblait. Ou que son esprit ne lui donne de plus en plus les traits d'Anna. Il ne voulait pas que ça arrive.

— Tu trouves quelque chose ?

Elle se glissa derrière lui et tendit une main vers le bureau. La serviette qu'elle avait enroulée au niveau de sa poitrine lui arrivait à mi-cuisses. Elle avait la peau humide. Elle attrapa une brosse et repartit vers la salle de bains en fredonnant. Donald avait oublié de lui répondre. Son corps répondait à la présence d'Anna avec une intensité qu'il se reprochait et le faisait culpabiliser.

Il était encore marié. Il le serait tant qu'il n'aurait pas découvert ce qui était arrivé à Helen. Il lui serait fidèle à jamais.

La fidélité.

D'instinct, il rechercha le prénom Karma.

Une occurrence. Il se redressa. Il n'avait pas cru qu'il y en aurait. C'était le nom de leur chien, l'enfant qu'ils n'avaient pas eu en quelque sorte. Il afficha la photo.

— J'imagine qu'on va tous porter ces horribles machins à l'enterrement, non ?

Anna passa en courant d'air devant le bureau. Du coin de l'œil, la vue brouillée par les larmes, Donald perçut un bout de sa combinaison blanche. Tremblant, il se couvrit la bouche pour réprimer ses sanglots. Sur l'écran, dans un petit carré de pixels noirs et blancs au milieu d'un badge professionnel, avait surgi sa femme.

— On y va dans quelques minutes, tu seras prêt ?

Anna disparut dans la salle de bains en se brossant les cheveux. Donald essuya ses joues et ses lèvres salées tout en lisant.

Karma Brewer. Plusieurs professions étaient répertoriées, avec un badge pour chacune. Institutrice, professeur, juge – davantage de rides au fil des photos mais toujours ce demi-sourire. Il ouvrit son dossier, se demandant soudain comment se seraient passées les choses s'il avait fait partie de la toute première faction du silo 1 – observer le cours de sa vie juste à côté, la contacter peut-être. Juge. Elle en avait rêvé à une époque. Donald pleurait tandis qu'Anna fredonnait, et à travers un rideau de larmes, il lut le déroulement de la vie que sa femme avait menée sans lui.

Mariée, indiquaient les données, ce qui ne l'inquiéta pas plus que ça. Bien sûr, qu'elle était mariée. C'était lui son mari. Jusqu'à ce qu'il arrive au chapitre de sa mort. À quatre-vingt-deux ans. Laissant derrière elle son mari Rick Brewer et leurs deux enfants, Athena et Mars.

Rick Brewer.

D'un coup, c'était comme si les murs et le plafond s'étaient rapprochés de lui. Un violent frisson le parcourut. Il y avait d'autres photos. Il suivit les liens vers d'autres dossiers. Vers celui de son mari.

— Mick, murmura Anna derrière lui.

Donald sursauta et la trouva en train de lire par-dessus son épaule. Ses larmes n'avaient pas fini de sécher mais il s'en fichait. Son meilleur ami et sa femme. Deux enfants. Il se retourna vers l'écran et cliqua sur le dossier de la fille. Athena. Il y avait diverses photos prises à différentes époques de sa vie. Elle avait la bouche d'Helen.

— Donny, je t'en prie, ne fais pas ça.

Elle posa une main sur son épaule. Donald tressauta tout en regardant défiler sous ses yeux les photos d'Athena, qui, par une série de clics énervés, se muait peu à peu en Helen, jusqu'à ce qu'elle ait elle-même des enfants.

— Donny, chuchota Anna, on va être en retard pour la cérémonie.

Donald pleurait. Ses sanglots le déchiraient comme s'il était en tissu.

— En retard, répéta-t-il, en retard de cent ans.

Il était accablé. Il y avait une petite-fille sur cet écran qui n'était pas la sienne, une arrière-petite-fille prête à surgir au prochain clic. Toutes et tous le regardaient, et aucun n'avait ses yeux.

37

Donald était encore sous le choc lorsqu'il se rendit à l'enterrement de Victor. Pas un mot dans l'ascenseur, les yeux rivés à ses bottes qui avançaient presque malgré lui. Ce à quoi il assista dans l'aile médicale était tout sauf un enterrement – tout au plus un stockage de cadavre. Ils conservaient le corps dans un pode car ils n'avaient pas de terre dans laquelle inhumer leurs morts. Dans le silo 1, on se nourrissait d'aliments en boîte. Les cadavres retournaient logiquement dans des boîtes.

Donald fut présenté à Erskine, qui lui expliqua sans qu'on lui ait rien demandé que le corps ne se décomposerait pas. Les machines invisibles qui leur permettaient de survivre au processus de cryogénisation et teintaient leur urine en gris anthracite garderaient les morts aussi souples et frais que les vivants. L'idée était dérangeante. Il observa l'équipe médicale préparer l'homme qu'il avait connu sous le nom de Victor.

Ils escortèrent le corps sur un lit roulant à travers un océan de podes. La zone de cryogénisation était un cimetière, s'aperçut Donald. Un quadrillage de corps horizontaux résumés par un nom. Il se demanda combien de podes contenaient des morts. Il était forcé que des hommes meurent de causes naturelles pendant leur faction. Ou que d'autres craquent et se suicident, comme Victor l'avait fait.

Donald aida les autres à poser le corps dans la capsule. Ils n'étaient que cinq, seulement cinq à savoir comment

Victor était mort. L'illusion que quelqu'un menait la barque devait perdurer. Donald songea à sa dernière mission, derrière un bureau, aux commandes d'un navire sans gouvernail, à faire semblant. Il regarda Thurman déposer un baiser sur sa paume et l'apposer contre la joue de Victor. On referma le couvercle. Leur haleine se condensait dans l'air froid.

Chacun fit l'éloge du défunt, mais Donald n'écoutait pas. Il avait l'esprit ailleurs, accaparé par la femme qu'il avait aimée si longtemps auparavant, par les enfants qu'il n'avait jamais eus. Il ne pleura pas. Il avait sangloté dans l'ascenseur tandis qu'Anna lui tenait la main. Helen était morte presque un siècle auparavant. Cela faisait encore plus longtemps qu'il l'avait perdue derrière cette colline, qu'il avait raté ses messages, qu'il n'avait pas réussi à la rejoindre. Il se souvint de l'hymne national et du vacarme des bombes qui avaient saturé l'air. Il se souvint de sa sœur Charlotte.

Sa sœur. Sa famille.

Donald savait que Charlotte avait été sauvée. Il eut l'envie soudaine de la trouver et de la réveiller, de ramener à la vie quelqu'un qu'il aimait.

Erskine fut le dernier à faire ses adieux à Victor. Seules cinq personnes feraient le deuil d'un homme qui en avait tué des milliards. Donald sentit Anna juste à côté de lui et se rendit compte que l'absence de foule était justement due à sa présence. Les cinq personnes réunies là étaient les seules à savoir qu'une femme avait été réveillée. Son père, le Dr Sneed qui avait supervisé la procédure, Anna donc, Erskine, qu'elle présentait comme un ami, et lui.

L'absurdité de son existence et de l'état du monde le frappa soudain. Sa place n'était pas ici. Il ne devait sa présence parmi eux qu'à une fille avec qui il était sorti à la fac, une fille dont le père était sénateur, à qui il devait probablement son élection, une fille qui l'avait attiré dans une machination criminelle, et grâce à qui il venait d'échapper à une mort glaciale. Toutes les incroyables coïncidences et tous les grands succès de sa vie disparurent en un éclair, remplacés par des ficelles de marionnettiste.

— Quelle perte tragique.

Donald émergea de ses pensées et se rendit compte que la cérémonie était terminée. Anna et son père discutaient légèrement à l'écart. Le Dr Sneed se tenait au pied du pode, face à l'écran qui émettait une série de bips au gré de ses réglages. Donald se retrouvait donc avec Erskine, un homme mince à lunettes et à l'accent britannique. Depuis l'autre côté de la capsule, il observait Donald.

— Nous étions dans la même faction, dit bêtement Donald, comme pour justifier sa présence.

Il ne savait pas quoi dire d'autre au sujet du défunt. Il avança d'un pas et se pencha au-dessus du visage calme visible par une petite lucarne.

— Je sais, répondit Erskine.

L'homme au physique anguleux devait avoir la soixantaine. Il ajusta ses lunettes et imita Donald.

— Il vous aimait beaucoup, vous savez.

— Non, je l'ignorais… Il ne me l'a jamais fait savoir, en tout cas.

— Ce n'était pas son genre, dit Erskine en esquissant un sourire. Très doué pour discerner le caractère des autres, beaucoup moins pour communiquer avec eux.

— Vous le connaissiez d'avant ? demanda Donald, ne sachant comment aborder le sujet.

L'avant, qui était tabou avec certains, pouvait tout à fait être évoqué avec d'autres.

Erskine acquiesça.

— On travaillait ensemble. Dans le même hôpital du moins. On n'était pas dans les mêmes sphères, jusqu'à ma découverte.

Il tendit la main pour frôler le verre, comme en signe d'adieu à un vieil ami.

— Quelle découverte ?

Donald se rappelait vaguement qu'Anna avait évoqué quelque chose. Erskine leva la tête. En y regardant de plus près, Donald se dit qu'il avait peut-être bien soixante-dix ans. Difficile à dire. Il avait le même côté sans âge que Thurman, comme une antiquité qui se patine et ne vieillira plus.

— C'est moi qui ai découvert la grande menace, dit-il.

Ça sonnait davantage comme un aveu de culpabilité que comme une fière revendication. Sa voix était teintée de tristesse. Au pied du cryopode, le Dr Sneed finit ses ajustements puis s'excusa, et roula le brancard vide jusqu'à la sortie.

— Les nanos.

Donald s'en souvenait. C'est ce qu'Anna avait dit. En observant Thurman, qui martela sa paume à plusieurs reprises, en plein débat avec sa fille, une question lui vint à l'esprit. Il voulait entendre la réponse de quelqu'un d'autre. Il voulait voir si les mensonges concordaient, si cela signifiait qu'ils contenaient une part de vérité.

— Vous étiez docteur en médecine ?

Erskine réfléchit à la question. Elle semblait pourtant simple.

— Pas tout à fait, finit-il par répondre. Disons que je construisais des docteurs en médecine miniatures.

Il fit semblant d'attraper une poussière entre son pouce et son index.

— On travaillait à une façon de protéger les soldats, à faire en sorte qu'ils aient un genre de pansement permanent. Et puis je suis tombé sur l'œuvre de quelqu'un d'autre dans un échantillon sanguin. Des petites machines qui essayaient de faire le contraire. Construites pour combattre les nôtres. Une véritable bataille invisible. Et je n'ai pas tardé à trouver de ces saloperies partout.

Anna et Thurman se dirigeaient vers eux. Elle chaussa une casquette, cheveux relevés en chignon qui fit enfler le tissu. C'était un piètre déguisement, qui marchait peut-être à peu près de loin.

— J'aimerais qu'on en reparle bientôt, dit Donald avec empressement. Ça pourrait… ça pourrait m'être utile pour résoudre le problème du silo 18.

— Bien sûr.

— Il faut que j'y aille, dit Anna à Donald.

Elle esquissa une grimace à la suite de la dispute avec son père, et ce n'est qu'à ce moment-là que Donald comprit à quel point elle était prisonnière. Il s'imagina passer un an dans cet arsenal de guerre, entre le bazar étalé sur la grande table et le petit lit de camp, sans jamais pouvoir monter à la cafétéria voir les collines et les nuages ou prendre un repas à l'heure qui lui chantait, être forcé de compter constamment sur les autres pour lui apporter la moindre chose.

— Je raccompagnerai le jeune homme dans peu de temps, dit Erskine en posant une main sur l'épaule de Donald. J'aimerais avoir une petite conversation avec lui.

Thurman plissa les yeux mais n'émit aucune objection. Anna prit la main de Donald dans la sienne une dernière fois, jeta un œil au pode et se dirigea vers la porte, son père sur les talons.

— Venez avec moi, dit Erskine dans un nuage de condensation. Je veux vous montrer quelqu'un.

38

Erskine se faufila entre les podes avec détermination, comme s'il avait toujours emprunté le même chemin. Donald le suivit en se frottant les bras pour se réchauffer. Il était dans cette crypte depuis trop longtemps. Le froid le pénétrait jusqu'à la moelle.

— Thurman dit toujours qu'on était déjà morts, dit-il à Erskine, abordant la question de front. Est-ce que c'est vrai ?

Erskine regarda par-dessus son épaule, attendit que Donald le rattrape. Il semblait réfléchir.

— Alors ? le pressa Donald. On était vraiment en danger de mort ?

— Je n'ai jamais vu de système efficace à cent pour cent, répondit Erskine. Nous-mêmes n'y étions pas, tout ce que j'ai vu d'Iran ou de Syrie était bien plus grossier. Par contre, la Corée du Nord avait mis au point quelque chose de très sophistiqué. C'est sur eux que je pariais. Ce qu'ils avaient déjà construit aurait pu tuer la plupart d'entre nous. Ça, c'est vrai.

Il reprit sa promenade entre les cadavres dormants.

— Mais même les pires épidémies finissent par s'essouffler, alors on ne peut pas avoir de certitudes. J'ai proposé une contre-mesure. Victor a défendu ce projet-là, dit-il en ouvrant les bras sur leur public muet.

— Et c'est Victor qui a gagné.

— En effet.

— Vous croyez qu'il a… qu'il a regretté ? Ce serait pour ça qu'il s'est… ?

Erskine s'arrêta devant un pode et posa ses mains sur sa surface glacée.

— Je pense qu'on a tous des regrets, dit-il avec tristesse. Mais je ne crois pas que Victor ait douté du bien-fondé de sa mission. Je ne sais pas ce qui a guidé son geste final. Ça ne lui ressemblait pas.

Donald se pencha sur la capsule. Il y avait une femme d'une quarantaine d'années à l'intérieur, les paupières givrées.

— Ma fille, dit Erskine. Mon unique enfant.

Ils observèrent un silence, qui permit au bourdonnement sourd de milliers de podes de se faire entendre.

— Lorsque Thurman a décidé de réveiller Anna, j'ai rêvé de pouvoir faire pareil. Mais dans quel but ? Il n'y avait aucune raison, aucun besoin de ses compétences. Caroline était comptable. Et puis, ce serait injuste de l'arracher à ses rêves.

Donald eut envie de lui demander si ce serait juste un jour. Quel monde Erskine s'attendait-il à ce que sa fille trouve à son réveil ? Quand pourrait-elle à nouveau mener une vie normale ? Une vie heureuse ?

— Quand j'ai trouvé des nanos dans son sang, j'ai su que c'était la seule chose à faire.

Il se tourna vers Donald.

— Je sais que vous cherchez des réponses. Nous en cherchons tous. Le monde est cruel. Il l'a toujours été. J'ai passé toute ma vie à trouver des moyens de le rendre meilleur, de le réparer, à rêver d'un idéal. Mais pour chaque optimiste dans mon genre, il y a dix acharnés prêts à tout détruire. Et il suffit qu'un seul d'entre eux ait de la chance…

Donald repensa au jour où Thurman lui avait donné l'Ordre. Ce livre épais avait déclenché sa lente descente vers la folie. Il se remémora leur conversation dans cette grande chambre, l'impression d'être infecté, la peur paranoïaque qu'une chose nocive et invisible l'envahisse. Mais si Erskine et Thurman disaient vrai, il avait été infecté bien avant cela.

— Alors vous ne m'avez pas empoisonné ce jour-là, dit-il, comprenant peu à peu. L'entretien avec Thurman, les semaines qu'il a passées dans cette chambre à recevoir des gens. Ce n'était pas pour nous contaminer.

Erskine hocha imperceptiblement la tête.

— Non, c'était pour vous guérir.

Donald céda à la colère.

— Alors pourquoi ne pas avoir guéri tout le monde ?

— Nous en avons débattu. J'ai eu la même idée. Pour moi, le problème était sur le plan technique. Je voulais riposter, construire des machines qui détruiraient leurs machines avant qu'elles nous atteignent. Thurman était du même avis. Il voyait cela comme une guerre invisible, une guerre que nous devions à tout prix remporter sur notre ennemi. On voyait tous les deux les batailles que nous avions coutume de mener. Moi je la voyais dans les analyses sanguines, Thurman dans la guerre à l'étranger. C'est Victor qui nous a remis dans le droit chemin.

Erskine sortit un mouchoir de sa poche de poitrine et ôta ses lunettes. Il les essuya tout en continuant à parler, les murs renvoyant un faible écho de sa voix.

— Victor a dit que ce serait sans fin. Il a fait une comparaison avec les virus informatiques pour étayer sa thèse : un seul virus sévissant dans un réseau peut suffire à paralyser des millions de machines. Tôt ou tard, une attaque de nanos atteindrait son but, échapperait à tout contrôle et on aurait droit à une épidémie basée non sur des brins d'ADN mais sur du code.

— Et alors ? On a en eu des épidémies avant. La peste. En quoi ça aurait été différent ?

Donald engloba les podes d'un geste ample.

— Expliquez-moi en quoi la solution n'est pas pire que le problème ?

Il avait beau être remonté, il se dit qu'il aurait été bien plus en colère s'il avait appris tout ça de la bouche de Thurman. Il se demanda dans quelle mesure il n'avait pas été piégé pour qu'un inconnu, un homme plus doux, le prenne à part et lui dise ce que selon Thurman il avait besoin d'entendre. C'était difficile de chasser la parano, de ne pas croire qu'il était manipulé, de ne pas sentir de ficelles attachées à ses articulations.

— Psychologie, répondit Erskine en rechaussant ses lunettes. C'est là que Victor nous a éclairés, nous a expliqué en quoi nos plans ne fonctionneraient pas. Je n'oublierai jamais cette conversation. On était à la cafétéria du centre hospitalier militaire Walter Reed. Thurman était là pour distribuer des décorations, mais surtout pour nous rencontrer.

Il secoua la tête.

— Il y avait un monde de dingue. Si quelqu'un avait su ce dont on parlait…

— Venons-en à la *psychologie*, intervint Donald. Dites-moi en quoi la solution choisie était la meilleure malgré le nombre de morts.

— C'est là que nous faisions erreur, comme vous. Imaginez que quelqu'un découvre, et c'était inévitable, qu'une de ces épidémies était artificielle, provoquée par l'homme. Imaginez la panique et la violence. Cela aurait signé la fin tout pareil. Un typhon tue quelques centaines de personnes, cause quelques milliards de dégâts, et qu'est-ce qu'on fait ?

Erskine entremêla ses doigts.

— On se serre les coudes. On reconstruit. Mais une attaque terroriste ?

Il fronça les sourcils.

— Une attaque à la bombe provoque les mêmes dégâts et plonge le monde dans le chaos.

Il tendit ses mains ouvertes devant lui.

— Quand on ne peut s'en prendre qu'à Dieu, on lui pardonne. Mais quand ce sont nos congénères, on les tue.

Donald secoua la tête. Il ne savait plus quoi croire. Puis il songea à la peur et à la colère qu'il avait ressenties lorsqu'il s'était cru infecté dans cette chambre. En attendant, il ne s'était jamais inquiété des milliards de créatures qui nageaient dans ses entrailles depuis le jour de sa naissance.

— On ne peut pas modifier les gènes de ce que nous mangeons sans crainte, dit Erskine. On peut choisir, tester, jusqu'à ce qu'un brin d'herbe devienne un bel épi de maïs, mais on ne peut rien forcer. Victor avait des dizaines d'exemples comme celui-ci. Les vaccins contre l'immunité naturelle, le clonage contre les jumeaux, les aliments génétiquement modifiés. Bien sûr, il avait entièrement raison. C'est le fait que l'épidémie ait été causée par l'homme qui aurait déclenché le chaos. On aurait su que des gens, là, dehors, voulaient notre peau, et que le danger était dans l'air qu'on respirait.

Erskine se tut un instant. Le cerveau de Donald tournait à plein régime.

— Vous savez, un jour, Victor a dit que si ces terroristes avaient eu deux sous de jugeote, ils se seraient contentés d'annoncer ce sur quoi ils travaillaient avant de contempler le monde brûler de lui-même. Il disait qu'il aurait suffi qu'on sache ce qui se passait pour que la fin de tout et de tous advienne, en silence, invisible, n'importe quand.

— Et donc la solution était de tout brûler vous-mêmes ?

Donald essayait de comprendre. Il songea à une technique utilisée pour combattre le feu et qui le laissait toujours aussi perplexe – le fait de brûler de vastes étendues de forêt pour éviter la propagation d'un incendie. Et il savait qu'en Iran, lorsque les puits de pétrole s'étaient embrasés, le seul remède avait été de faire exploser une bombe, de combattre l'enfer par quelque chose de plus puissant.

— Croyez-moi, moi aussi je me suis plaint. Je n'ai pas cessé. Mais je connaissais la vérité depuis le début, il m'a juste fallu un bon moment avant de l'accepter. Thurman s'est laissé convaincre plus facilement. Il a immédiatement compris qu'on devait quitter la planète, tout recommencer ailleurs. Mais le coût du voyage…

— Pourquoi voyager dans l'espace, l'interrompit Donald, alors qu'on peut voyager dans le temps ?

Il se souvint d'une conversation dans le bureau de Thurman. Le vieil homme lui avait exposé son projet dès le premier jour, mais Donald n'avait pas voulu entendre.

Erskine écarquilla les yeux.

— Oui, c'était son argument. Il avait vu assez de guerres, j'imagine. Moi, je n'avais pas l'expérience de Thurman, ni le recul professionnel de Victor. C'est l'analogie avec le virus informatique qui m'a eu à l'usure, l'assimilation de ces nanos à une nouvelle guerre cybernétique. Je savais ce dont ces machines étaient capables, à quelle vitesse elles pouvaient se restructurer, et même évoluer. Une fois commencée, la guerre ne cesserait qu'avec notre extinction. Et encore. La moindre résistance rencontrée deviendrait prétexte à une autre attaque. L'air serait saturé d'armées invisibles. Il y en aurait des nuées, subissant des mutations, combattant sans avoir besoin d'un hôte. Une fois que le public serait au courant…

Il laissa sa phrase en suspens.

— L'hystérie, murmura Donald.

Erskine acquiesça.

— Vous avez dit que ça serait sans fin, même après notre disparition. Est-ce que ça veut dire qu'il y en a encore dehors ? Des nanos ?

Erskine jeta un œil au plafond.

— On n'est pas simplement en train de débarrasser la surface du globe des humains, si c'est le sens de votre question. On le réinitialise, en quelque sorte. Toutes nos expériences sont en train d'être effacées. À la grâce de

Dieu, de l'eau aura coulé sous les ponts avant qu'on puisse songer à les reprendre.

Donald se souvenait de sa formation : les factions mises bout à bout s'étaleraient sur cinq cents ans. Un demi-millénaire à vivre sous terre. Que restait-il à débarrasser au juste ? Et qu'est-ce qui les empêcherait de reprendre le chemin du silo une deuxième fois ? Comment réussiraient-ils à faire abstraction des dangers potentiels ? On ne range pas les flammes dans la boîte une fois qu'on a mis le feu.

— Vous m'avez demandé si Victor avait des regrets, reprit Erskine en toussant. Je crois qu'il n'a jamais éprouvé quelque chose qui s'en rapproche. C'est une chose qu'il m'a dite à la fin de sa huitième ou neuvième faction, je ne sais plus. Je crois que j'entamais ma sixième. C'était juste après votre collaboration sur la catastrophe du silo 12…

— Ma première prise de poste, dit Donald, puisque Erskine semblait perdu dans ses comptes.

Il voulut ajouter que c'était d'ailleurs la seule.

— Oui, bien sûr.

Erskine ajusta ses lunettes sur son nez.

— Je suis sûr que vous le connaissiez suffisamment pour savoir qu'il ne montrait pas souvent ses émotions.

— Oui, il n'était pas facile à cerner, approuva Donald.

En vérité, il ne savait presque rien de l'homme qu'il venait d'enterrer.

— Alors je pense que vous devriez apprécier ce que je vais vous dire. On était tous les deux dans l'ascenseur. Il se tourne vers moi, et il me dit à quel point il trouve difficile de rester assis là à son bureau en voyant ce qu'on fait subir aux gars de l'autre côté du couloir. C'est de vous qu'il parlait, bien entendu. Des gens dans votre situation.

Donald tenta d'imaginer l'homme qu'il connaissait dire une chose pareille. Il avait envie d'y croire.

— Mais ce n'est pas ce qui m'a frappé. Je ne l'ai jamais vu aussi triste que lorsqu'il m'a dit la chose suivante. Il a dit…

Erskine posa une main sur le pode.

— Il a dit qu'assis là à vous regarder travailler dans vos bureaux, à apprendre à vous connaître, il se disait souvent qu'on vivrait dans un monde meilleur avec des gens comme vous au pouvoir.

— Des gens comme moi ? s'écria Donald en secouant la tête. Qu'est-ce que ça veut dire ?

Erskine sourit.

— Exactement la question que je lui ai posée. Il m'a répondu que c'était un fardeau d'accomplir ce qu'il savait être correct, sain, logique.

Erskine fit courir sa main le long du couvercle comme s'il pouvait toucher sa fille au-dessous.

— Et que les choses seraient bien plus simples, et que l'on se porterait tous bien mieux si l'on avait des gens assez courageux pour faire ce qui est juste à la place.

39

Ce soir-là, Anna vint le retrouver. Après une journée de torpeur et de ruminations morbides, de repas insipides apportés par Thurman, d'observation tandis qu'elle installait le nouvel ordinateur pour lui et étalait sur la table des dossiers entiers de notes, il la sentit le rejoindre dans l'obscurité.

Il se plaignit. Essaya de la repousser. Elle s'assit au bord de son lit et lui tint les poignets pendant qu'il sanglotait et faiblissait. Il pensait à l'histoire d'Erskine, à ce que signifiait faire ce qui était juste au lieu de ce qui était correct, cherchait la différence. Voilà quelles étaient ses pensées tandis qu'une ancienne amante se blottissait contre lui, main sur sa nuque, joue sur son épaule. Et lui pleurait.

Un siècle de sommeil avait fini par l'affaiblir, songea-t-il. Un siècle de sommeil, plus le fait que Mick et Helen avaient vécu toute une vie ensemble. Il en voulut soudain à Helen de ne pas avoir résisté, vécu seule, reçu ses messages et gravi la colline pour le retrouver.

Anna l'embrassa sur la joue en murmurant que tout irait bien. Ses larmes redoublèrent lorsqu'il se rendit compte qu'il était tout le contraire de ce que Victor avait supposé à son encontre. C'était un être humain lamentable, qui aurait voulu que sa femme mène une vie de solitude afin qu'il puisse tranquillement trouver le sommeil cent ans plus tard. C'était un être humain lamentable qui aurait voulu priver sa femme de ce réconfort alors même que le contact d'Anna lui faisait un bien fou.

— Je ne peux pas, chuchota-t-il pour la dixième fois.

— Chhhh.

Elle lui passa une main dans les cheveux. Ils étaient seuls dans une pièce depuis laquelle on menait des guerres. Ils étaient coincés entre des caisses d'armes, de munitions, et de choses plus dangereuses encore.

40

Mission se rendait au bureau central de Répartition, torturé, ne sachant quoi faire pour Rodny. Il avait peur pour son ami mais se sentait impuissant. La porte derrière laquelle on l'avait enfermé ne ressemblait à aucune autre : épaisse, massive, rutilante et intimidante. Si les dégâts que son copain avait provoqués se mesuraient à l'aune de l'endroit où ils le gardaient…

Il frissonna à l'idée de suivre ce cheminement. Quelques mois seulement avaient passé depuis le dernier nettoyage. Mission avait porté une partie de la combinaison depuis le DIT, une expérience plus troublante encore que le portage d'un corps vers sa tombe. Les cadavres, au moins, étaient transportés dans les sacs noirs des coroners. La combinaison de nettoyage était, elle, dans un sac différent, et qui plus est, destinée à une personne vivante qui l'enfilerait et serait forcée de mourir dedans.

Il se rappelait où il était allé la chercher. Dans une pièce au bout du même couloir que l'endroit où ils retenaient Rodny. D'ailleurs, les nettoyages n'étaient-ils pas supervisés par le même département ? Une langue qui fourchait, et on se retrouvait dehors à se décomposer sur les collines, et son ami Rodny avait la sienne bien pendue.

D'abord sa mère, et maintenant son meilleur ami. Il se demandait ce que le Pacte prévoyait au cas où quelqu'un se portait volontaire pour nettoyer à la place d'un autre, ou si une telle chose était prévue tout court. C'était incroyable de vivre selon les préceptes énoncés dans un document qu'il n'avait jamais lu. Mais bon, d'autres l'avaient fait avant lui, notamment les responsables, et ils devaient respecter ces lois en toute bonne foi.

Au cinquante-huitième étage, un foulard de porteur noué à la rampe descendante attira son attention. C'était le même motif bleu que celui qu'il portait autour du cou, mais avec un ourlet rouge vif de commerçant. Le devoir l'appela et chassa ses pensées, qui ne le menaient nulle part. Mission détacha le foulard et chercha le tampon du commerçant. C'était celui de Drexel, l'apothicaire au bout du couloir. De plus petits paquets et donc une rémunération moindre, normalement. Mais bon, ça faisait toujours un colis à descendre, à moins qu'une fois encore Drexel ne se soit trompé de rampe.

Mission avait hâte d'arriver au bureau central, où une bonne douche et des vêtements propres l'attendaient, mais si on le voyait avec un sac vide passer devant un foulard de signalisation sans s'arrêter, Roker lui remonterait les bretelles. Il se rua dans l'échoppe de Drexel, en priant pour que ce ne soit pas une tournée de médicaments à livrer à une dizaine de personnes différentes. Il avait mal aux jambes rien que d'y penser.

Drexel était derrière son comptoir lorsque Mission poussa la porte grinçante de son échoppe. Grand, barbe longue, crâne dégarni, Drexel était une sorte de pilier dans les étages du milieu. Beaucoup préféraient venir le voir plutôt que d'aller chez le médecin, mais Mission n'était pas sûr que le choix fût judicieux. Souvent, c'était celui qui faisait le plus de promesses qui empochait les coupons, pas celui qui guérissait les gens.

Quelques malades patientaient sur le banc de sa salle d'attente, reniflant, toussant. Mission eut tout de suite envie de se couvrir la bouche avec son foulard, au lieu de quoi il retint sa respiration tandis que Drexel remplissait de poudre un petit carré en papier qu'il replia soigneusement avant de le tendre à la dame qui attendait. Elle lui glissa quelques coupons en retour. Une fois qu'elle fut partie, Mission lança le foulard signalétique sur le comptoir.

— Ah, Mish, content de te voir, mon garçon. Tu m'as l'air en pleine forme.

Drexel se lissa la barbe et sourit, exhibant ses dents jaunes.

— Vous aussi, répondit poliment Mission, qui osa respirer à nouveau. Vous avez quelque chose pour moi ?

— Tout à fait. Je reviens.

Drexel disparut derrière un mur d'étagères encombrées de fioles et de pots. L'apothicaire revint avec un petit sac.

— Des médicaments à livrer en bas, précisa-t-il.

— Je peux les porter jusqu'au bureau central et demander à la Répartition de les renvoyer à partir de là, dit Mission. Je finis ma journée, là.

Drexel fronça les sourcils en se frottant la barbe.

— Hm, d'accord. Et c'est eux qui me factureront ?

Mission tendit sa paume ouverte.

— Seulement si vous me laissez un petit pourboire.

— Entendu. Mais seulement si tu réponds à cette énigme.

Drexel posa les coudes sur le comptoir, qui sembla s'affaisser sous son poids. Mission en avait assez des énigmes du vieil homme, et craignait surtout de ne pas se faire payer. Drexel avait toujours une excuse pour garder les coupons de son côté du comptoir.

— Bien, se lança l'apothicaire en tirant sur sa moustache. Qu'est-ce qui pèse le plus lourd ? Un sac plein de trente kilos de plume, ou un sac plein de trente kilos de plomb ?

Mission répondit sans hésiter.

— Le sac de plumes.

Il l'avait déjà entendue. C'était une énigme pour porteurs, et il avait suffisamment réfléchi à la question dans l'escalier pour trouver sa réponse – différente de ce que dictait la logique.

— Faux ! s'écria Drexel en agitant l'index. Ce n'est pas le plomb. Non. Attends. Tu as dit les plumes ?

Il secoua la tête.

— Mais non, voyons, les deux sacs font le même poids.

— Le contenu fait le même poids, répliqua Mission. Mais vous avez dit que les deux sacs étaient pleins. Or les plumes prennent plus de place, le sac devra être plus grand, donc le sac en lui-même pèsera plus lourd que l'autre.

Il tendit la main. Drexel resta planté là un instant, mâchouillant sa barbe, pris à son propre jeu.

Il prit deux des coupons que venait de laisser la dame et les donna à Mission à contrecœur. Mission prit le sac de médicaments et le glissa dans son paquetage.

— Sac de plumes, marmonna Drexel, tandis que Mission se faufilait entre les bancs pour sortir.

Avoir réussi à agacer l'apothicaire réjouissait autant Mission que le pourboire. Mais sa joie ne tarda pas à disparaître. Dans le silo, la tension était palpable. Il vit des shérifs adjoints sur un palier, mains sur leur pistolet, tentant d'apaiser une bagarre entre voisins. La vitrine d'un magasin du quarante-deuxième étage avait été brisée, et le verre, remplacé par une bâche de plastique. Mission était persuadé que c'était récent. Au quarante-quatrième, une femme était assise près de la rampe, en pleurs, la tête dans les mains, les gens passaient à côté d'elle sans s'arrêter. Il poursuivit sa descente dans l'escalier tremblant, les graffitis aux murs tels des présages sur ce qui les attendait.

Il trouva le bureau central plongé dans un calme inquiétant. Il passa devant les étagères où attendaient les colis en partance et se rendit au comptoir principal. Il voulait déposer les médicaments et prendre son paquet suivant avant de se doucher et de se changer. C'était

Katelyn qui était de service. Il n'y avait pas de file d'attente. Les porteurs étaient peut-être en train de panser leurs blessures de la veille. À moins qu'ils ne s'occupent de leurs familles, après cette série de violences.

— Salut Katelyn.

— Mish, dit-elle avec un sourire. Tu as l'air de t'en être bien sorti.

Il rit en touchant son nez, encore douloureux.

— Merci.

— Cam vient de passer en demandant où tu étais.

— Ah oui ?

Mission était surpris. Il s'était dit que son copain prendrait un jour de congé, avec le petit extra du coroner.

— Est-ce qu'il a pris un colis ?

— Ouais. Il voulait n'importe quoi, pourvu que ce soit à livrer aux Fournitures. Il était de meilleure humeur que d'habitude, même s'il était un peu contrarié d'avoir été laissé à l'écart des aventures d'hier soir.

— Alors il en a entendu parler, hein ?

Mission passait en revue la liste des portages à effectuer. Il cherchait une livraison qui le ramènerait en haut. Mme Crowe saurait quoi faire pour Rodny. Grâce à ses liens avec le maire, elle pourrait peut-être découvrir pourquoi Rodny avait des ennuis, voire intercéder en sa faveur.

— Attends un peu, dit-il en levant les yeux vers Katelyn. Comment ça, il était de bonne humeur ? Et il voulait aller aux Fournitures ?

Mission songea à l'offre que Wyck lui avait faite. Le directeur du DIT lui avait dit qu'il ne serait pas le dernier à qui il la proposerait. Et Mission se dit qu'il n'avait sûrement pas été le premier.

— D'où venait Cam ?

Katelyn effleura sa langue du bout du doigt et feuilleta le registre.

— Je crois que son dernier colis était un ordinateur en panne à livrer au…

— Le chien ! s'écria Mission en tapant sur le comptoir. Tu as autre chose à livrer en bas ? Aux Fournitures, ou au Laboratoire ?

Ses doigts s'agitèrent sur son clavier d'ordinateur mais le reste de sa personne était parfaitement serein.

— On n'a pas grand-chose en ce moment, dit-elle d'un air désolé. J'ai quelque chose à enlever aux Machines et à remonter aux Fournitures. Vingt kilos. Pas d'urgence. Fret ordinaire.

Elle leva les yeux vers Mission pour voir s'il était intéressé.

— OK, je prends.

Mais il n'allait pas descendre direct aux Machines. S'il se dépêchait, il pouvait peut-être encore arriver aux Fournitures avant Cam et prendre le colis de Wyck. Ce n'était pas l'argent qui l'intéressait, c'était un prétexte pour retourner au trente-quatrième : il irait réclamer sa paye à Wyck, mais aurait peut-être aussi l'occasion de voir Rodny, de comprendre de quel genre d'aide son ami avait besoin, quels problèmes il avait vraiment.

41

Jamais Mission n'avait descendu les étages aussi vite. Certes, il n'y avait pas beaucoup de monde, mais le fait qu'il ne dépasse pas Cam en chemin n'était pas bon signe. Son ami devait avoir une bonne longueur d'avance. Ou alors Mission avait de la chance et l'avait doublé alors qu'il faisait une pause aux toilettes.

Il s'arrêta un instant sur le palier des Fournitures pour reprendre son souffle et s'éponger la nuque. Il n'avait toujours pas pris de douche. Peut-être qu'après avoir mis la main sur Cam et livré le colis des Machines il pourrait enfin se laver et se reposer un peu. Le bureau de Répartition du bas lui fournirait des vêtements propres, après quoi il trouverait quoi faire pour aider Rodny. Il y avait tant de choses dont il devait s'occuper. Pour voir le bon côté des choses, ça l'empêchait de penser à son anniversaire.

Aux Fournitures, il trouva une poignée de gens devant le comptoir. Aucune trace de Cam. Si le porteur était déjà reparti avec son colis, il avait dû voler, et la livraison devait être à effectuer dans les étages inférieurs. Mission attendit son tour en tapant du pied. Une fois au comptoir, il demanda Joyce, comme Wyck lui avait indiqué. L'homme pointa son doigt vers une femme trapue aux longues tresses, plantée à l'autre bout du comptoir. Mission la reconnut. Elle gérait la majeure partie des paquets à destination du DIT. Il attendit qu'elle en ait fini avec son client avant de lui demander s'il y avait une livraison au nom de Wyck.

Elle plissa les yeux.

— Y a un problème à la Répartition ? Il a déjà été pris en charge.

Elle fit signe à la personne suivante d'avancer.

— Vous pourriez m'indiquer la destination ? insista Mission. On m'a envoyé pour relayer le porteur. Sa… sa mère est malade. Ils ne sont pas sûrs qu'elle s'en sorte.

Une grimace lui échappa. Derrière son comptoir, la dame n'avait pas l'air convaincu non plus.

— Je vous en prie, la supplia-t-il. C'est très important.

Elle hésita.

— Il devait descendre de six étages. Un appartement. Je n'ai pas le numéro exact. Il figure sur le bon de livraison.

— Six étages.

Mission connaissait ce niveau. Le cent seizième était un étage résidentiel, excepté pour la poignée de commerces illégaux gérés depuis certains appartements.

— Merci, dit-il avant de se ruer au-dehors.

C'était sur le chemin pour descendre aux Machines, de toute façon. Il arriverait peut-être trop tard pour la livraison de Wyck, mais il pourrait toujours demander à Cam s'il pouvait aller chercher sa paye à sa place, en échange d'un bon de vacances. Il pouvait aussi bien être franc et lui dire qu'un vieil ami avait de gros ennuis, qu'il avait besoin d'un prétexte pour passer le poste de sécurité. Si Cam refusait, il faudrait que Mission attende qu'une demande de livraison émane du DIT et soit le premier à se jeter dessus. Dans l'espoir qu'il soit encore temps pour Rodny.

Il avait descendu quatre étages, perdu dans ses plans pour venir en aide à son ami, lorsque l'explosion retentit.

Le grand escalier vacilla, comme si une force incroyable l'avait poussé sur le côté. Mission heurta la rampe et faillit passer par-dessus. Il s'agrippa à l'acier tremblant.

On entendit un cri perçant puis une série de gémissements. En penchant la tête, il vit le palier deux étages plus bas se désolidariser de la cage d'escalier. Des bouts de métal fendaient l'air en sifflant, avalés par le vide.

Non seulement du métal, mais aussi des corps, qui tombaient en vrille et disparaissaient peu à peu dans les profondeurs du silo.

Mission détourna le regard. Quelques marches au-dessous de lui, une femme était figée à quatre pattes, observant Mission avec un air effrayé. On entendit un vacarme dans le lointain, quelque chose qui s'écrasait tout en bas.

Je ne sais pas, eut-il envie de dire. Il y avait une question dans le regard de cette femme, la même qui pilonnait son crâne, comme un écho au bruit de l'explosion. Qu'est-ce qui vient de se passer ? Ça y est ? Est-ce que c'est la fin ?

Il envisagea de remonter en courant, loin de l'explosion, mais il y avait des cris plus bas, et un porteur avait le devoir d'aider ceux qui en avaient besoin dans l'escalier. Il aida la femme à se relever et la pressa de remonter. Puis il entama une descente en spirale à contre-courant de l'afflux soudain de gens. Cam était quelque part en bas. Mais la destination du paquet de son ami et l'endroit où avait eu lieu l'explosion n'étaient encore qu'une coïncidence dans son esprit bousculé.

Le palier du dessous était bondé. Résidents et commerçants se pressaient contre la rambarde, se battaient pour apercevoir l'ampleur des dégâts à l'étage inférieur. Mission se fraya un chemin dans la foule en appelant Cam, le cherchant du regard. Un couple ébouriffé arrivait, chancelant, sur le palier. Les yeux vides, ils se cramponnaient l'un à l'autre et à la rampe. Cam n'était nulle part.

Mission dévala les marches glissantes, moins adroit que d'habitude. C'était bien l'étage auquel se rendait Cam, non ? Six étages plus bas. Niveau 116. Il était sans doute hors de danger. Il le fallait. D'un coup lui revint l'image de ces gens tombant dans le vide. Il sut qu'il ne l'oublierait jamais. Cam n'avait pas pu en faire partie. Ce garçon était toujours en retard ou en avance, jamais pile à l'heure.

Il tourna une dernière fois autour du pilier central, mais à l'endroit où aurait dû se trouver le palier, il n'y avait que du vide. Les rampes avaient été arrachées, quelques marches pendaient et Mission se sentit attiré vers le bord, par le vide. Il n'y avait rien pour l'empêcher de basculer. L'acier était glissant sous ses bottes.

De l'autre côté de cette béance métallique distordue, la porte qui menait au niveau 116 manquait. Il y avait à la place un tas de ciment écroulé et des barres de fer pliées vers l'extérieur, telles des mains tendues vers le palier disparu. De la poudre de gravats voletait dans l'air. De façon incroyable, il y avait du bruit derrière ce voile de poussière : des gens qui toussaient, qui criaient. Des appels à l'aide.

— Porteur ! cria quelqu'un au-dessus de lui.

Mission glissa prudemment au bord du précipice. Il tenait la rampe où elle s'était disloquée. Le métal était chaud. Il se pencha et leva la tête vers le palier supérieur pour essayer de voir qui l'avait appelé.

Quelqu'un le pointa du doigt, pointa le foulard qu'il avait autour du cou.

— Le voilà ! hurla une femme au regard fou qu'il avait croisée en descendant, une survivante.

— C'est le porteur le responsable ! cria-t-elle.

42

Mission reprit sa descente sous le fracas métallique d'une foule en colère lancée à sa poursuite. Il vacilla, main sur le pilier, cherchant l'endroit où la rampe revenait. Il y avait un tel espace. Les marches étaient instables. Il ne comprenait pas pourquoi on le prenait en chasse. La rampe réapparut au bout d'un tour, et avec elle le sentiment de sécurité. C'est le temps qu'il lui fallut pour prendre conscience que Cam était mort. Son ami avait livré un colis, et maintenant il était mort. Lui et beaucoup d'autres. Un coup d'œil à son foulard bleu, et quelqu'un avait cru que c'était Mission qui avait effectué la livraison. Et ça avait failli être lui.

Une autre foule au niveau 117. Des visages baignés de larmes, une femme tremblante, bras serrés autour d'elle, un homme qui se cachait la figure, tous le regard perdu au-delà de la rampe. Ils avaient vu les corps chuter. Mission continua. Le bureau de Répartition du bas, au cent vingtième, était le seul refuge avant les Machines. Il redoubla de vitesse en entendant un cri violent se rapprocher dangereusement de lui.

Il sursauta et faillit tomber tandis que le cri volait vers lui. Il s'attendit à être percuté par-derrière, mais le son fila sans s'arrêter de l'autre côté de la rambarde. Une autre chute. Une personne tombait, encore vivante, hurlait, aspirée par les profondeurs. Les marches instables et l'absence de garde-fou au-dessus de lui avaient coûté la vie à l'un de ses poursuivants.

Il accéléra la cadence, délaissant le pilier pour la rampe extérieure, où la courbe des marches était plus large, plus praticable, où la force centrifuge de sa descente le plaquait contre la barre de métal. Là, il pouvait avancer plus vite. Il essayait de ne pas penser à ce qui lui arriverait si un bout de rampe venait à manquer. Il courait, la fumée lui piquait les yeux, ses pas et ceux des autres retentissaient dans toute la cage. Il ne se rendit pas compte au début que ce voile brumeux ne provenait pas des ruines qu'il avait laissées derrière lui. Non. Tout autour de lui, la fumée montait.

SILO 1

43

Son petit-déjeuner à base d'œufs lyophilisés et de pommes de terre râpées avait refroidi depuis longtemps. Il touchait rarement à la nourriture que lui apportaient Thurman et Erskine, à laquelle il préférait la bouffe insipide des boîtes de conserve sans étiquette qu'il avait découvertes dans des caisses sous vide d'air de l'entrepôt. Ce n'était pas qu'une question de confiance – c'était aussi un acte de rébellion, de responsabilisation : il prenait les commandes de sa propre survie. Il planta son couteau dans une demi-sphère gélatineuse jaune orangé qui avait dû faire partie d'une pêche à une époque et la mit dans sa bouche. Il mâcha, c'était totalement insipide. Il fit comme si ça avait le goût de pêche.

De l'autre côté de la large table, Anna bricolait les boutons de sa radio en aspirant bruyamment son café froid. Un réseau de fils courait d'une boîte noire à son ordinateur, et un léger bruit de parasites envahit la pièce.

— Dommage qu'on ne capte rien de mieux, dit Donald en engloutissant un autre quartier de fruit mystère.

De la mangue, se dit-il, pour varier les plaisirs.

— Le mieux est l'ennemi du bien, répliqua-t-elle, espérant que les tours du silo 40 et de ses voisins resteraient silencieuses.

Elle avait essayé de lui expliquer ce qu'elle faisait pour rompre tout contact avec d'éventuels survivants, mais Donald n'y comprenait pas grand-chose. Apparemment, un an auparavant, le silo 40 avait piraté le système. On pensait à un directeur de DIT qui se serait retourné contre eux. Personne d'autre ne pouvait avoir les connaissances et les codes d'accès nécessaires à un tel exploit. Au moment où ils avaient perdu le contact vidéo, tous les dispositifs de sécurité avaient été coupés. Des tentatives d'anéantissement du silo avaient été effectuées, mais sans moyen de vérifier leur efficacité. Il devint vite évident que ces tentatives avaient échoué lorsque l'obscurité se propagea aux silos environnants.

Thurman, Erskine et Victor avaient été réveillés selon le protocole, l'un après l'autre. D'autres solutions s'avérèrent inefficaces, et bientôt Erskine craignit que l'attaque pirate n'ait atteint le niveau des nanos, que les machines en liberté dans l'air n'aient été reprogrammées, que tout ne soit en danger. En les amadouant, Thurman avait fini par convaincre les deux autres qu'Anna pourrait les aider. Ses recherches au MIT avaient porté sur le courant harmonique, les dispositifs de chargement sans fil, la capacité à prendre le contrôle d'appareils électroniques par radio.

Elle avait fini par réussir à actionner le mécanisme de destruction des silos concernés. Donald en avait encore des cauchemars. Pendant qu'elle lui avait décrit le processus, il avait observé au mur le schéma en coupe d'un silo ordinaire. Il avait visualisé les explosions, les couches de béton qui s'étaient effondrées les unes sur les autres, les étages réduits à un jeu de dominos fatal, écrasant tout le monde au passage. Des blocs de béton de dix mètres d'épaisseur avaient été déverrouillés pour transformer des sociétés entières en tas de gravats. Ces bâtiments souterrains avaient été conçus dès le début pour pouvoir être détruits à distance. Qu'un tel dispositif de sécurité existe lui semblait aussi écœurant que la solution était cruelle.

De ces silos, il ne restait plus que le souffle et le crachotement de leurs radios, un chœur de fantômes. Les responsables des autres silos n'avaient même pas été mis au courant du désastre. Il n'y aurait pas de croix rouges obsédantes à tracer sur leur schéma. Les différents responsables avaient quoi qu'il en soit très peu de contacts entre eux – la plus grande inquiétude étant que la panique se propage.

Mais Victor, lui, était au courant. Et Donald soupçonnait que ce lourd fardeau l'avait poussé à se suicider, plus que toute autre théorie fumeuse de Thurman. Thurman admirait tellement le génie supposé de Victor qu'il cherchait une raison à son suicide, une sorte de cause conspiratrice. Donald, lui, commençait à comprendre que l'humanité avait frôlé l'extinction à cause de la folie de quelques hommes au pouvoir se suivant les uns les autres, chacun pensant que les autres savaient où ils allaient.

Il but une gorgée de jus de tomate directement à la boîte et pêcha deux bouts de papier dans la mer de notes et de rapports qui entourait son clavier. Le sort du silo 18 reposait soi-disant quelque part dans ces deux pages. C'étaient les copies du même rapport. L'une correspondait à la version originale qu'il avait écrite longtemps auparavant sur la chute du silo 12. Donald se rappelait à peine avoir pondu ces phrases. Il les avait relues tant de fois qu'il les avait vidées de leur sens, comme un mot, qui, répété trop souvent, ne devient plus qu'une séquence de sons.

Sur l'autre exemplaire figuraient les notes que Victor avait griffonnées un peu partout. Il avait utilisé un stylo rouge, et quelqu'un, dans les étages supérieurs, avait réussi à retirer cette couleur pour rendre les deux versions plus lisibles. Mais en copiant le rouge, ils avaient également transféré une fine brume et quelques éclaboussures de son sang – sinistres rappels de la présence du rapport sur le bureau de Victor dans les derniers instants de sa vie.

Après trois jours de relecture et de réflexion, Donald en était arrivé à la conclusion que le rapport n'avait été qu'un papier de brouillon pour Victor. Pourquoi sinon aurait-il écrit en travers comme ça ? Et pourtant. Victor avait dit plusieurs fois à Thurman que la clé des problèmes de violence du silo 18 se trouvait là, dans ces lignes. Il avait insisté pour qu'on réveille Donald, mais n'avait pas réussi à faire plier Erskine et Thurman. Donald ne disposait donc que de ceci : les propos d'un homme mort rapportés par un menteur.

Menteurs et cadavres – pas les parties les plus douées pour la vérité.

Le papier avec l'encre rouge et les taches couleur rouille ne donnait pas beaucoup de pistes. Quelques lignes avaient tout de même une résonance particulière. Elles évoquèrent à Donald la façon dont les horoscopes se débrouillaient toujours pour faire mouche sur un ou deux points, suffisants pour qu'on accorde du crédit au reste de leurs inepties.

Au milieu du rapport, on pouvait lire en lettres capitales "L'ÂME QUI SE SOUVIENT". Donald ne pouvait s'empêcher de croire que c'était à lui que ces mots faisaient référence, à sa résistance aux médicaments. Anna n'avait-elle pas dit que Victor parlait fréquemment de lui, qu'il voulait le réveiller, pour des tests ou des interrogatoires ? D'autres phrases étaient plus vagues, et tout aussi désespérées : "Voilà pourquoi", avait écrit Victor, et aussi : "Une fin pour eux tous."

Le "pourquoi" faisait-il référence aux raisons de son suicide ou à celles de la violence dans le silo 18 ? Et une fin à quoi, au juste ?

Par bien des aspects, le cycle de violence du silo 18 ressemblait à ce qui se passait ailleurs. Même si elle était plus grave, c'étaient les mêmes pics et les mêmes accalmies, chaque génération se rebellait contre la précédente, pour une période de soulèvement sanglant d'une quinzaine ou d'une vingtaine d'années.

Victor avait beaucoup écrit sur le sujet. Il laissait derrière lui des rapports allant du comportement des primates aux guerres du XXe et du XXIe siècle. Il y en avait un que Donald trouvait particulièrement dérangeant. Il exposait comment les primates, en atteignant l'âge adulte, tentaient de renverser leurs pères, les mâles dominants. Il y était question de chimpanzés qui commettaient des infanticides, de mâles qui volaient leurs petits à des mères et les emmenaient dans les arbres pour les démembrer, jambes après bras. Victor avait écrit que cela provoquait de nouvelles chaleurs chez les femelles. Que ça faisait de la place pour les générations futures.

Donald avait du mal à croire que la moindre de ces lignes fût vraie. Il avait encore plus de mal à comprendre un rapport sur le lobe frontal, sur le temps qu'il avait mis à se développer chez l'espèce humaine. C'était peut-être important pour démêler les fils d'un mystère ou d'un autre. Ou alors ce n'était que les élucubrations d'un homme qui perdait la tête – ou d'un homme qui découvrait sa conscience et sentait la culpabilité commencer à le ronger.

Les yeux rivés à son vieux rapport, Donald sondait les notes de Victor à la recherche d'une réponse. Il tomba dans une routine qu'Anna entretenait depuis longtemps. Ils dormaient, mangeaient et travaillaient. Le soir, ils vidaient des bouteilles de whisky, une gorgée brûlante à la fois, et les laissaient debout sur le plan des silos, telles des cheminées d'usine. Le matin, ils se douchaient chacun leur tour, Anna qui ne s'encombrait pas de pudeur, Donald qui détournait le regard. Sa présence était comme une drogue, qui lui fit croire à une nouvelle réalité : Anna et lui travaillaient sur un autre projet confidentiel, Helen était à Savannah, Mick ne pouvait pas venir aux réunions, Donald n'arrivait pas à les joindre parce que son téléphone ne marchait pas.

C'était toujours la faute de son téléphone. Il aurait suffi qu'un de ses textos passe le jour du congrès du parti pour qu'Helen soit là, cryogénisée, endormie dans son pode. Il pourrait lui rendre visite, comme le faisait Erskine avec sa fille. Ils pourraient être à nouveau ensemble une fois que toutes les factions seraient terminées.

Dans une autre version du même rêve, Donald imaginait qu'il réussissait à gravir la colline et redescendait du côté du Tennessee. Les bombes explosaient, les gens effrayés s'engouffraient dans leur terrier, une jeune fille à la voix pure chantait. Dans ce rêve, Helen et lui disparaissaient dans le même trou. Ils avaient des enfants, des petits-enfants, et étaient enterrés ensemble.

Ces rêves venaient le hanter lorsqu'il laissait Anna le toucher, s'allonger dans son lit une heure avant qu'il ne s'endorme, juste pour le son de sa respiration, le contact de sa tête sur sa poitrine, avec leur haleine qui sentait l'alcool. Il tolérait sa présence, endurait le bien qu'elle lui faisait, sa main sur sa nuque, mais ne s'endormait qu'une fois qu'elle avait regagné son lit, gênée par le manque de place.

Le matin, sous la douche, elle chantait, la vapeur se déversait en volutes dans la cellule de crise, où Donald reprenait ses recherches. Il se connectait sur son ordinateur à elle, d'où il avait accès aux dossiers personnels de Victor. Il pouvait voir quand les dossiers avaient été créés, combien de fois ils avaient été consultés. L'un des plus anciens et des plus récemment ouverts était une liste de tous les silos rangés selon un certain ordre. Le 18 figurait dans le haut du classement, sans qu'on puisse dire si c'était bon ou mauvais signe. Et pourquoi les classer ? Dans quel but ?

Il se servait aussi de l'ordinateur d'Anna pour retrouver sa sœur Charlotte. Elle n'apparaissait pas dans les podes en bas, ni sous aucun nom qu'il pouvait imaginer. Mais elle avait bel et bien été présente pendant leur formation. Il se rappelait l'avoir vue emmenée à l'écart avec les autres femmes pour la procédure de cryogénisation. Et elle semblait à présent avoir disparu. Mais où ?

Il avait tant de questions. Les yeux rivés aux deux rapports, au son des crépitements qui suintaient de la radio, sous le poids de toute cette terre qui l'écrasait, il commença à se demander si, à trop se pencher sur les notes de Victor, il n'allait pas arriver à la même conclusion que lui.

44

Lorsqu'il arrivait à saturation, il délaissait les rapports et partait faire une petite promenade entre les armes et les drones de l'arsenal. C'était un moyen d'échapper aux parasites de la radio et au confinement de leur ersatz de maison, et il n'y avait que dans ces moments qu'il parvenait à se vider la tête – de ses rêves, du whisky de la veille et des sentiments mitigés qu'il commençait à éprouver pour Anna.

Mais surtout, lorsqu'il partait faire un tour, il essayait de trouver un sens à ce nouveau monde. Il se demandait ce que Thurman et Victor avaient prévu pour les silos. Cinq cents ans sous terre, et après ? Il mourait d'envie de savoir. C'était là qu'il se sentait le plus en vie : quand il agissait, quand il cherchait des réponses. C'était le même sentiment éphémère de puissance qu'il avait ressenti en refusant de prendre leurs pilules, en tachant ses doigts de bleu, en tâtant de la langue les ulcères à l'intérieur de ses joues.

Pendant ses vagabondages, il regardait au travers des innombrables caisses en plastique qui peuplaient l'immense entrepôt. Il trouva celle où il manquait une arme, celle où il supposa que Victor avait pioché. Le sceau hermétique était brisé et les autres armes à l'intérieur empestaient la graisse. Il découvrit dans certaines caisses des uniformes pliés et des combinaisons pareilles à celles des astronautes, stockées dans des sacs en plastique sous vide d'air ; dans d'autres, des casques avec de larges visières et des cols en métal. Il y avait des lampes torches à lentille rouge, de la nourriture, des trousses de secours, des sacs à dos, des cartouches à n'en plus finir, et tout un tas de gadgets dont il ne pouvait que supposer l'utilité. Il avait trouvé une carte plastifiée, un autre schéma des cinquante silos. Des lignes rouges partaient de chacun et convergeaient vers un même point dans le lointain. Donald avait suivi le tracé des lignes du bout du doigt en tenant la carte en hauteur pour capter un peu de lumière du bureau. Intrigué, il s'était tout de même résolu à la ranger, à ne pas détenir toutes les clés du mystère.

Il interrompit sa promenade pour faire quelques sauts écarts dans les larges allées entre les drones endormis. L'exercice lui avait donné du mal deux jours auparavant, mais le froid qu'il ressentait à l'intérieur de son corps commençait à se dissoudre. Plus il repoussait ses limites, plus il se sentait éveillé et alerte. Il en effectua soixante-quinze, soit dix de plus que la veille. Après avoir repris son souffle, il se laissa tomber pour voir combien de pompes ses muscles atrophiés lui permettaient de faire. Et c'est là, le visage à quelques centimètres du sol, qu'il découvrit, le troisième jour de sa captivité, le monte-charge de lancement. Une porte de garage qui lui arrivait à peine à la taille mais assez large pour l'envergure des drones tapis sous leurs bâches.

Donald se releva et s'approcha de la petite porte. Il faisait très sombre dans tout l'entrepôt et près de ce mur c'était quasiment le noir complet. Il pensait aller chercher une lampe torche lorsqu'il repéra la poignée rouge. Il tira, et la porte ondulée se hissa le long du mur. À quatre pattes, Donald explora la cavité découverte, qui faisait à peu près quatre mètres de profondeur. Il ne sentit aucun bouton, aucune poignée sur les parois, aucun moyen d'actionner le monte-charge.

Curieux, il ressortit pour aller chercher une lampe torche. En se retournant, il remarqua une autre porte le long du mur. Il actionna la poignée et, à sa grande surprise, la porte s'ouvrit sur un couloir obscur. Il chercha un interrupteur à tâtons. Les ampoules du plafond s'allumèrent avec hésitation. Il se glissa dans le couloir et referma la porte derrière lui.

Une cinquantaine de pas le menèrent à une porte tout au bout du couloir, de part et d'autre de laquelle se trouvaient deux portes. Encore des bureaux, songea-t-il, semblables à la maison qu'Anna s'était fabriquée au fond de l'entrepôt. Il essaya la première porte. Une odeur de naphtaline s'échappa. Il découvrit des rangées de lits, des traces de pas dans une couche de poussière et un espace vide autrefois rempli par deux couchages. On sentait cet espace dénué de vie. La porte d'à côté donnait sur une rangée de cabines de toilette et des douches.

Les deux autres portes donnaient sur des pièces similaires, sauf qu'il y avait une rangée d'urinoirs dans les toilettes. Des gens avaient peut-être vécu ici pour faire l'inventaire des munitions, mais Donald ne se rappelait pas que quiconque y soit venu pendant sa première faction. Non, ces quartiers étaient pour une autre époque, tout comme les machines planquées sous les bâches. Il abandonna la salle de bains aux fantômes et ouvrit la porte du fond.

Des films plastique avaient été jetés sur des tables et des chaises, recouverts d'un voile de poussière. En s'approchant d'une des tables, Donald distingua un écran d'ordinateur. Les sièges étaient reliés aux tables, et les boutons et les poignées lui étaient vaguement familiers. Il s'accroupit pour saisir le bord du plastique et le tira d'un grand coup.

Les commandes de vol le ramenèrent à une autre époque. Il y avait la manette que sa sœur appelait un manche, les pédales sous le siège pour lesquelles elle avait un autre nom, la commande des gaz, tous les autres boutons et voyants. Donald se rappelait avoir visité son centre d'entraînement après qu'elle était sortie diplômée de l'école de pilotage. Ils avaient pris l'avion pour le Colorado pour assister à la cérémonie. Il se souvenait d'un écran pareil à celui qu'il avait sous les yeux lorsque son drone avait décollé pour en rejoindre d'autres. Il se souvenait de la magnifique vue aérienne du Colorado que leur avait offerte sa gracieuse machine en vol.

Il jeta un œil alentour et remarqua une bonne dizaine de stations semblables. Le besoin évident d'un tel espace le frappa. Il s'imagina des voix dans le couloir, des hommes et des femmes qui se douchaient, bavardaient, des serviettes qui claquaient contre des fesses, quelqu'un qui voulait emprunter un rasoir, des pilotes assis à ces tableaux de bord où l'on pouvait poser une tasse de café sans crainte tandis que la mort pleuvait au-dessus d'eux.

Donald remit la bâche en place. Il pensa à sa sœur, endormie quelque part ici, en bas, où il ne pouvait la voir, et il se demanda s'ils l'avaient franchement fait venir pour lui faire une surprise. Elle avait peut-être été amenée en guise de surprise, mais pour quelqu'un d'autre, pour le futur.

Soudain, en proie au souvenir de Charlotte, en proie au temps qu'il passait à rêvasser et à pleurer dans son coin, il se surprit à tâter ses poches, en quête de quelque chose. De pilules. Une vieille ordonnance avec son nom à elle dessus. Helen l'avait forcé à voir un médecin. Et d'un coup, il comprit pourquoi il n'arrivait pas à oublier, pourquoi leurs médicaments ne marchaient pas sur lui. Cette prise de conscience s'accompagna d'un désir urgent de trouver sa sœur. Charlotte était la raison. Elle était la réponse à l'une des énigmes de Thurman.

45

— Je veux la voir d'abord, exigea Donald. Laissez-moi la voir, et après je vous expliquerai.

Il attendit que Thurman ou le Dr Sneed répondent. Ils étaient dans le bureau de Sneed, dans l'aile des cryopodes. Donald avait négocié sa sortie jusqu'ici avec Thurman, et il négociait encore. Il pensait que les médicaments de sa sœur pouvaient expliquer pourquoi il n'arrivait pas à oublier. Il échangerait cette découverte contre une autre. Il voulait savoir où elle était, et il voulait la voir.

Les deux hommes se mirent d'accord sans un mot. Thurman se tourna vers Donald pour l'avertir.

— Nous ne la réveillerons pas, dit-il. C'est hors de question.

Donald acquiesça, comprenant que seuls ceux qui faisaient les lois étaient habilités à les outrepasser.

Le Dr Sneed se posta derrière son ordinateur.

— Je lance une recherche.

— Inutile, intervint Thurman. Je sais où elle est.

Ils sortirent du bureau, Thurman en tête, s'engagèrent dans le couloir, passèrent devant les salles de roulement où Donald s'était réveillé sous le nom de Troy tant d'années auparavant, devant la salle où il avait dormi un siècle, et s'arrêtèrent devant une porte qui ressemblait à toutes les autres.

Le code que Thurman composa était différent ; Donald l'entendit aux quatre notes dissonantes qu'émirent les boutons. Au-dessus du clavier, un petit panneau indiquait “Personnel d’urgence”. Les verrous grincèrent comme de vieux os et la porte s’ouvrit lentement.

Des nuages de vapeur les suivirent à l’intérieur, l’air chaud du couloir au contact du froid mortuaire. Il y avait moins de dix rangées de podes, peut-être cinquante ou soixante unités au total, soit un peu plus qu’une équipe complète. Donald se pencha au-dessus de l’une des capsules semblables à des cercueils, du verre prisonnier d’une toile de glace, et vit un visage large aux traits ciselés. Un soldat gelé, lui glissa son imagination.

Thurman le guida à travers les rangées avant de s’arrêter devant l’un des podes. Il posa ses mains dessus, dans un geste empreint d’affection. Son souffle faisait des volutes dans l’air. On aurait dit que ses cheveux et sa barbe, d’un blanc éclatant, étaient couverts de givre.

— Charlotte, souffla Donald en voyant sa sœur.

Elle n’avait pas changé, pas pris une ride. Même la teinte bleutée de sa peau semblait normale, attendue. Il s’habituait à voir les gens de cette façon.

Il frotta la petite fenêtre pour enlever la pellicule de givre et s’étonna de voir ses propres mains si fines, ses jointures d’apparence si fragiles. Il s’était atrophié. Il avait vieilli tandis que sa sœur était restée la même.

— Je l’ai déjà enfermée comme ça, dit-il sans la quitter des yeux. Je l’ai enfermée comme ça dans ma mémoire quand elle est partie à la guerre. Nos parents ont fait pareil. C’était juste notre petite Charla.

Il se tourna vers les deux hommes. Sneed allait dire quelque chose, mais Thurman posa une main sur son bras. Donald se tourna à nouveau vers sa sœur.

— Mais bien sûr, elle a grandi plus que nous ne le pensions. Elle tuait des gens, là-bas. On en a parlé des années après, une fois que j’ai été élu et que j’avais assez mûri selon elle.

Il rit en secouant la tête.

— Ma petite sœur, qui attend que moi je mûrisse.

Une larme s'écrasa sur la vitre givrée. L'iode fit fondre la glace et laissa une coulure nette sur son passage. Donald l'essuya en faisant couiner la surface, et eut peur que ça ne la dérange.

— Ils la réveillaient au beau milieu de la nuit, reprit-il. Dès qu'ils estimaient une cible… Comment elle disait déjà ? Ah oui, exploitable. Ils la réveillaient. Elle disait que ça faisait bizarre de rêver puis de tuer, sans transition. Que c'était absurde. Qu'elle voyait l'écran vidéo quand elle retournait se coucher – la dernière vue du missile avant qu'il n'atteigne sa cible…

Il reprit son souffle et leva la tête vers Thurman.

— Je me disais que c'était une bonne chose qu'elle ne puisse pas être blessée, vous voyez ? Elle était en sécurité quelque part dans un bureau mobile, pas dans le ciel. Mais elle s'en plaignait. Elle disait à son médecin que ça ne lui semblait pas juste d'être en sécurité et de faire ce qu'elle faisait. Ceux qui étaient au front, ils avaient l'excuse de la peur. De l'instinct de conservation. Une raison de tuer. Charlotte, elle, elle tuait des gens, après quoi elle allait au mess manger une part de tarte. C'est ce qu'elle racontait à son médecin. Elle mangeait quelque chose de sucré et n'était pas capable d'en sentir le goût.

— C'était quel médecin ? demanda Sneed.

— Le mien, dit Donald.

Il s'essuya la joue mais n'avait pas honte de ses larmes. La proximité de sa sœur l'enhardissait et apaisait sa solitude. Il se sentait capable d'affronter à la fois le passé et l'avenir.

— Helen s'en faisait pour ma réélection. Charlotte avait déjà une ordonnance, elle souffrait de stress post-traumatique, et on la faisait renouveler à son nom, en faisant marcher son assurance.

Sneed agita une main pour réclamer d'autres informations.

— Quelle ordonnance ?

— Celle de Propra, intervint Thurman. Elle prenait du Propranolol, n'est-ce pas ? Et tu avais peur que la presse ne découvre que tu t'automédiquais.

Donald acquiesça.

— Helen s'inquiétait. Elle avait peur qu'on ne découvre que je prenais quelque chose pour calmer mes… pensées extravagantes. Les pilules m'ont aidé à les oublier, à me maintenir à flot. J'ai pu étudier l'Ordre, mais je ne voyais que les mots, pas ce qu'ils impliquaient. Je n'éprouvais aucune crainte.

Il regarda sa sœur, comprenant enfin pourquoi elle avait refusé de prendre ces médicaments. Elle, elle avait voulu cette peur. Elle lui était nécessaire, l'aidait à se sentir plus humaine.

— Je me souviens du jour où tu m'as dit qu'elle en prenait, dit Thurman. C'était dans la librairie…

— Vous connaissez le dosage ? demanda Sneed. Combien de temps en avez-vous pris ?

— J'ai commencé à en prendre après avoir reçu l'Ordre.

Il sonda le visage de Thurman pour y déceler une expression, en vain.

— Deux ou trois ans avant le congrès du parti, j'imagine. J'en ai pris quasi quotidiennement jusqu'à ce jour-là.

Il se tourna vers Sneed.

— J'en aurais eu sur moi pendant la formation si je ne les avais pas perdues sur la colline pendant la cohue. Je crois que je suis tombé. Oui, je me rappelle être tombé et…

Sneed s'adressa à Thurman.

— Impossible de dire quelles peuvent être les complications. Victor a pris soin de tester tout le personnel administratif aux psychotropes. Tout le monde.

— Pas moi, dit Donald.

Sneed fit volte-face.

— Tout le monde a été testé.

— Pas lui.

Thurman baissa les yeux sur le pode.

— Il y a eu un changement de dernière minute. Je me suis porté garant. De toute façon, s'il les obtenait avec le nom de sa sœur, il n'y aurait rien eu dans son dossier médical.

— Il faut en parler à Erskine, dit Sneed. Je pourrais travailler avec lui là-dessus. On pourrait mettre au point une nouvelle formule. Ça pourrait expliquer d'autres cas d'immunité dans les autres silos.

Il s'éloigna de la capsule, comme s'il avait besoin de retourner immédiatement à son bureau.

Thurman leva les yeux vers Donald.

— Tu veux rester encore un peu ?

Donald contempla sa sœur un instant. Il avait envie de la réveiller, de lui parler. Il pourrait peut-être revenir à un autre moment pour une petite visite.

— J'aimerais pouvoir revenir, dit-il.

— On verra.

Thurman fit le tour du pode et posa une main amicale sur l'épaule de Donald. Il le poussa jusqu'à la porte sans que Donald ne regarde en arrière, ne vérifie même le nouveau nom de sa sœur. Peu importait. Il savait où elle était, et pour lui, elle serait toujours Charlotte. Elle ne changerait jamais.

— Bon travail, dit Thurman. Excellent travail, même.

Ils sortirent dans le couloir et Thurman referma la lourde porte derrière eux.

— Tu as peut-être découvert la clé de l'obsession de Victor quant à ton rapport.

— Ah bon ? s'écria Donald, sans voir le lien.

— Je ne pense pas que ce soit ce que tu as écrit qui l'intéressait. Je crois plutôt que c'est toi, tout simplement.

46

Ils prirent l'ascenseur jusqu'à la cafétéria au lieu de déposer Donald directement au cinquante-quatrième. C'était presque l'heure du dîner, il pourrait aider Thurman à porter les plateaux. Comme les lumières qui s'allumaient et s'éteignaient à mesure qu'ils progressaient dans la cage, l'intuition qu'avait eue Thurman à propos de Victor ne cessait de le tourmenter. Et si sa résistance aux médicaments était la seule chose qui l'ait intéressé ? Si, en fin de compte, il n'y avait rien du tout dans ce rapport ?

Ils passèrent le quarantième étage, dont le bouton s'alluma avant de s'éteindre, et Donald songea aux silos qui avaient subi le même sort.

— Qu'en est-il du silo 18 ? demanda-t-il.

Thurman avait les yeux rivés aux portes en acier inoxydable, tachées d'une paume graisseuse là où quelqu'un s'était rattrapé pour ne pas tomber.

— Vic voulait tenter une autre réinitialisation sur le 18. J'ai toujours pensé que c'était inutile. Mais il avait peut-être raison. On va peut-être leur laisser une dernière chance.

— Ça implique quoi, une réinitialisation ?

— Tu le sais très bien, dit Thurman en se tournant vers lui. C'est la même chose que ce que nous avons fait au monde, mais à une plus petite échelle. On réduit la population, on efface la mémoire des ordinateurs, les souvenirs des gens, on repart de zéro. On l'a déjà fait plusieurs fois auparavant avec ce silo. Mais naturellement, il y a des risques. On ne peut pas créer de traumatisme sans mettre le bazar. À un moment donné, il est plus simple, et plus sûr, de débrancher la prise.

— De les exterminer, dit Donald, et il comprit alors ce contre quoi s'était érigé Victor, ce qu'il avait essayé d'éviter.

Il aurait aimé pouvoir discuter avec le vieil homme. Selon Anna, Victor parlait souvent de lui. Et Erskine avait dit qu'il aurait aimé que des gens comme lui soient au pouvoir.

L'ascenseur s'ouvrit sur le premier étage. Dès qu'il sortit, Donald se sentit comme un étranger parmi ceux qui étaient en faction, à la fois présent et extrait de la vie quotidienne du silo 1.

Il remarqua que les gens n'avaient pas d'égards particuliers pour Thurman. Il n'était pas le responsable de cette faction, et personne ne connaissait ses fonctions, à part deux hommes, l'un en blanc et l'autre en beige, qui mangeaient face au paysage de désolation qui s'étalait sur le grand écran mural.

Donald prit son plateau et constata à nouveau que la plupart des gens s'asseyaient face à la vue. Seules une ou deux personnes mangeaient le dos tourné à l'écran. Il suivit Thurman vers l'ascenseur, regrettant de ne pouvoir parler avec ces derniers, leur demander ce dont ils se souvenaient, de quoi ils avaient peur, leur dire que ce n'était pas grave d'avoir peur.

— Pourquoi les autres silos ont-ils aussi des écrans ? demanda-t-il tout bas à Thurman.

Les parties du complexe qu'il n'avait pas dessinées lui demeuraient obscures.

— Pourquoi leur montrer ce que nous avons fait ? insista-t-il.

— Pour les garder à l'intérieur, répondit Thurman, plateau en équilibre sur une main, appelant l'express de l'autre. Ce n'est pas pour leur montrer ce qu'on a fait. C'est pour leur montrer ce qu'il y a dehors. Ces écrans et une poignée de tabous, c'est tout ce qui les retient à l'intérieur. Les humains ont une maladie Donny, cette manie de bouger, jusqu'à ce qu'ils se heurtent à un obstacle. Et alors, soit ils creusent un tunnel dans cet obstacle, où ils le traversent en bateau, à moins qu'ils ne l'escaladent...

L'ascenseur arriva. Un mécanicien en tenue rouge s'excusa et passa entre eux pour sortir. Ils montèrent et Thurman chercha son badge.

— La peur, dit-il. La peur de mourir suffit à peine à contrer cette manie qui nous anime. Si on ne leur montrait pas ce qu'il y a dehors, ils sortiraient eux-mêmes pour voir. C'est ce que nous avons toujours fait, en tant que race.

Donald réfléchit un instant. Il songea à sa propre envie de fuir ces parois de béton, même si c'était la mort qui l'attendait dehors. La lente agonie à l'intérieur était pire.

— J'aimerais mieux assister à une réinitialisation qu'anéantir tout un silo, dit Donald sans mentionner qu'il avait lu des choses concernant les gens qui y vivaient.

Réinitialiser, c'était provoquer d'innombrables pertes et chagrins, mais c'était laisser une chance à la vie. L'alternative était la mort pour tous.

— Je suis moi-même de moins en moins favorable à cette solution extrême, admit Thurman. Quand Vic était encore parmi nous, je ne cessais de dire qu'on perdait notre temps à vouloir sauver des silos de ce genre. Maintenant qu'il n'est plus là, je me surprends à les défendre. Comme si je devais honorer ses dernières volontés. Et Dieu sait si c'est un piège dangereux.

L'ascenseur s'arrêta au vingtième pour prendre deux ouvriers qui cessèrent de parler le temps du trajet. Donald réfléchit à ce système qui consistait à purger un silo pour voir la violence se propager à nouveau. Les grandes guerres de l'ancien monde étaient semblables. Il se souvenait de deux guerres en Iran : la nouvelle génération ayant tout oublié, des fils étaient partis mener des combats que leurs pères avaient déjà livrés.

Les deux ouvriers descendirent à la salle de sport et reprirent leur conversation à la fermeture des portes. Donald se rappelait qu'il avait aimé se punir sur les bancs d'haltérophilie. À présent il dépérissait, sans appétit, sans résistance.

— Je me demande parfois si c'est ce qui l'a poussé à se supprimer, dit Thurman tandis que l'ascenseur filait vers le cinquante-quatrième. Vic calculait toutes ses décisions. Tout avait toujours un but. Peut-être que sa manière de remporter le débat qui nous opposait était de s'assurer le dernier mot. Mince, c'est même ça qui a fini par me décider à te réveiller.

Donald s'empêcha de dire tout haut qu'il trouvait ce raisonnement absurde. Thurman avait juste besoin de rationaliser l'impensable. Certes, la mort de Victor avait mis un terme à leur désaccord. Et Donald imagina – l'idée l'avait déjà effleuré plusieurs fois – qu'il ne s'agissait en rien d'un suicide. Mais il ne voyait pas en quoi exprimer de tels doutes améliorerait sa situation.

Arrivés à destination, ils portèrent les plateaux dans les allées de munitions. En passant devant les drones, Donald songea à sa sœur, endormie, comme eux. Ça le rassurait de savoir où elle était, de la savoir en sécurité. C'était un petit réconfort.

Ils mangèrent à table, dans la cellule de crise. Donald poussait sa nourriture du bout de sa fourchette tandis qu'Anna et son père discutaient. Les deux rapports étaient posés devant lui – rien que des bouts de papier, se disait-il. Aucun mystère n'y était caché. Il avait cherché du mauvais côté, pensant qu'il y avait un indice dans les mots, mais c'était simplement à propos de l'existence de Donald que Victor avait fait ses remarques. Assis dans un bureau en face du sien, il l'avait observé réagir à ce qu'il y avait dans l'eau ou les médicaments. Et maintenant, lorsque Donald regardait ses notes, il n'y voyait qu'un bout de papier où s'exprimait une douleur parmi des taches de sang.

Ignore le sang, s'intima-t-il. Le sang n'était pas un indice. Il avait été projeté après. Il y avait plusieurs éclaboussures dans un espace laissé vide. Donald s'était concentré sur des choses insensées. Il avait cherché quelque chose qui n'existait pas. Il aurait tout aussi bien fait de garder les yeux dans le vide.

Le vide. Donald posa sa fourchette et attrapa l'autre rapport. En faisant abstraction des taches de sang, il y avait un espace dans les notes, où rien n'était écrit. C'est sur ça qu'il aurait dû se concentrer. Pas sur ce qui était là, mais sur ce qui n'y était pas.

Il vérifia l'autre rapport – l'endroit qui correspondait au vide – pour voir ce qui était écrit à cet endroit. Mais lorsqu'il tomba sur l'emplacement, son enthousiasme s'évanouit. C'était le paragraphe qui n'avait rien à voir, celui sur le jeune intronisé dont l'arrière-grand-mère se souvenait de l'ancien monde. Ce n'était rien.

À moins que…

Donald se redressa. Il prit les deux rapports et les positionna l'un sur l'autre. Anna parlait à son père des progrès qu'elle faisait dans le brouillage des fréquences radio, elle aurait bientôt terminé. Thurman disait quant à lui qu'ils pourraient tous mettre un terme à leur faction dans les jours qui venaient et reprendre l'emploi du temps normal. Donald tint les rapports à la lumière. Thurman le regarda, curieux.

— Il a écrit autour de quelque chose, marmonna Donald, pas *sur* quelque chose.

Il croisa le regard de Thurman et sourit.

— Vous aviez tort.

Les deux feuilles tremblaient dans ses mains.

— Il y a bel et bien quelque chose dans ces pages. Ce n'est pas moi qui l'intéressais.

Anna posa ses couverts et se pencha pour jeter un œil.

— Si j'avais eu l'original, je l'aurais remarqué tout de suite.

Il pointa son doigt sur le vide dans les notes puis ôta la page du dessus pour montrer le paragraphe qui n'avait rien à voir avec le reste, ou tout du moins avec le silo 12.

— C'est pour ça que vos réinitialisations ne marchent pas, asséna-t-il.

Anna se saisit du rapport du dessous et lut le paragraphe qui évoquait l'ombre que Donald avait installée dans ses nouvelles fonctions, celle dont l'arrière-grand-mère se souvenait de l'ancien monde, celle qui lui avait demandé si les histoires qu'elle racontait étaient vraies.

— Il y a quelqu'un dans le silo 18 qui se souvient, dit Donald avec assurance. Ou peut-être un groupe de personnes, qui transmet le savoir de génération en génération. À moins qu'ils ne soient immunisés, comme moi. Ils se rappellent.

Thurman avala une gorgée d'eau. Il reposa son verre, son regard passa de sa fille à Donald.

— Une raison de plus pour débrancher la prise, dit-il.

— Non, s'écria Donald. Non. Ce n'est pas ce que Victor prônait.

Il tapota les notes du défunt.

— Il voulait trouver l'âme qui se souvient, ce sont ses mots, et ce n'est pas à moi qu'il faisait référence.

Il se tourna vers Anna.

— Je ne crois pas qu'il ait voulu qu'on me réveille, à aucun moment.

Anna leva les yeux vers son père, l'air perplexe, avant de se tourner vers Donald.

— Qu'est-ce que tu proposes ?

Donald se leva et se mit à faire les cent pas, marchant sur les fils qui serpentaient sur le carrelage.

— Il faut appeler le silo 18 et demander au responsable si quelqu'un correspond au profil, une personne ou un groupe qui sèmerait la discorde, qui parlerait éventuellement du monde que nous avons…

Il s'arrêta avant de dire “détruit”.

— D'accord, dit Anna en hochant la tête. D'accord, admettons qu'il y en ait. On les retrouve, et après ?

Il cessa ses allées et venues. C'était la partie à laquelle il n'avait pas encore réfléchi. Il surprit la moue perplexe de Thurman.

— On les trouve et… dit Donald.

Et inutile d'en dire plus. Il savait ce qu'il fallait faire pour sauver la population de ce lointain silo, ces soudeurs, ces commerçants, ces cultivateurs, ces jeunes ombres. Il se rappelait avoir été celui qui, lors d'une faction précédente, avait appuyé sur le bouton, avait dû en tuer certains pour en sauver d'autres.

Et il savait qu'il était prêt à le refaire.

SILO 18

47

Plus Mission s'approchait du cent vingtième étage, la gorge et les yeux irrités, plus la fumée était épaisse et la puanteur atroce. Ses poursuivants semblaient avoir faibli, peut-être à cause de l'absence de rampe, qui avait coûté la vie à l'un d'eux.

Cam était mort, ça, il en avait la certitude. Combien avaient subi le même sort ? Une pique de culpabilité accompagna l'écœurement qu'il éprouva en songeant que ceux qui étaient tombés devraient être transportés jusqu'aux fermes dans des sacs en plastique. C'était à un porteur qu'écherrait le boulot, et c'était vraiment un sale boulot.

Il chassa ces pensées morbides en approchant du bureau de Répartition. Des larmes se mêlèrent à la sueur et à la crasse accumulées sur son visage. Il apportait de mauvaises nouvelles. Une douche et des vêtements propres n'allégeraient pas beaucoup la fatigue qui l'accablait, mais au moins il serait en sécurité, et on pourrait l'aider à comprendre le désordre qu'avait provoqué l'explosion. En dévalant le dernier étage, il se souvint, peut-être à cause des cendres qui n'étaient pas sans lui rappeler un mot qu'il avait déchiré en confettis, de la raison pour laquelle il s'était lancé à la poursuite de Cam.

Rodny. Son ami était enfermé au DIT, et son appel au secours s'était perdu dans le chaos de l'explosion.

L'explosion. Cam. Le colis. La livraison.

Mission trébucha et se rattrapa à la rambarde. Il repensa à la paie faramineuse promise pour la livraison, une somme dont le porteur n'avait peut-être jamais été censé voir la couleur. Il se ressaisit et continua à descendre, se demandant ce qui se tramait dans cette chambre forte au DIT, dans quel pétrin s'était fourré Rodny et comment l'en sortir. Comment, déjà, entrer en contact avec lui.

L'air, brûlant, était presque irrespirable lorsqu'il arriva à la Répartition. Quelques personnes s'étaient attroupées dans l'escalier. Ils regardaient par les portes ouvertes du cent vingtième étage, de l'autre côté du palier. Mission toussa dans sa main en se frayant un chemin entre les badauds. Est-ce que les débris des étages supérieurs avaient atterri ici ? Tout semblait intact. Deux seaux étaient sur le flanc près de la porte, et un tuyau gris passait par-dessus la rambarde pour se faufiler à l'intérieur. Un manteau de fumée tapissait le plafond et s'échappait en volutes le long de la paroi de la cage d'escalier.

Mission remonta son foulard sur son nez, perdu. La fumée provenait du bureau de Répartition. Il respirait par la bouche ; grâce au tissu, l'air lui piquait moins la gorge. Des silhouettes sombres s'activaient dans le couloir. Il défit la sangle qui bridait son couteau et passa le seuil, progressant à ras de terre pour éviter la fumée. Le sol était mouillé et on entendait couiner des pas, plus loin. Il faisait sombre, mais des rayons de lumière dansaient au bout du couloir.

Mission se dirigea vers les lampes torches. Plus il avançait, plus il y avait de fumée dans l'air et d'eau par terre. Des bouts de papier flottaient à la surface. Il passa devant un dortoir, la salle de tri, les bureaux de devant.

Lily, une porteuse plus âgée, le croisa en éclaboussant partout, mais il ne la reconnut qu'au dernier moment. Quelqu'un était allongé dans l'eau, à moitié adossé au mur. En approchant, Mission se rendit compte que ce n'était plus quelqu'un, seulement un corps. Celui de Hackett, l'un des rares régulateurs à traiter les jeunes ombres avec respect, à ne pas se réjouir de leurs lourds fardeaux. Une moitié de son visage était indemne, l'autre n'était qu'une cloque rouge. Jours de deuil. Mission vit des numéros de loterie danser devant ses yeux.

— Porteur ! Par ici !

C'était la voix de Morgan, l'ancien modèle de Mission. La toux du vieil homme se mêla à celle d'autres personnes. Le couloir était une onde, presque une vague, on donnait des coups dans l'eau, on criait des ordres dans la fumée. Mission se rua vers la silhouette familière, les yeux brûlants.

— Monsieur ? C'est Mission. L'explosion…

Il pointa un doigt vers le plafond.

— Je connais mes ombres, mon garçon.

Un rai de lumière se posa sur son visage.

— Entre là pour donner un coup de main à ces gars.

L'odeur de haricots cuits et de papier brûlé était suffocante. Il y avait une note d'essence, que Mission avait souvent sentie dans le fond, près des génératrices. Il y avait autre chose : l'odeur qui régnait dans le bazar quand on faisait rôtir un cochon, cette désagréable odeur de chair brûlée.

Dans l'entrée principale, l'eau était profonde. Elle s'engouffrait dans les bottes de Mission au gré du clapot. On vidait des tiroirs de dossiers dans des seaux. On lui flanqua une caisse vide dans les mains, les faisceaux de lumière tourbillonnaient dans la brume, son nez lui piquait et des larmes se mirent à rouler sur ses joues.

— Par ici, dit quelqu'un en le poussant.

On l'avertit : surtout, ne pas toucher le meuble classeur. On déversa des tas de papier dans sa caisse, plus lourds qu'il ne l'aurait cru. Mission ne comprenait pas l'urgence. Le feu était éteint. Les murs étaient noirs aux endroits léchés par les flammes et, contre le mur du fond, les treillis le long desquels on avait fait pousser, entre autres, des haricots, avaient été réduits en cendres. Les plants qui restaient encore debout ressemblaient à des mains crochues et noircies.

Amanda de la Répartition était là elle aussi, près des meubles classeurs, la main enveloppée de son foulard, tenant les tiroirs alors qu'on les vidait. La caisse se remplissait vite. Mission remarqua quelqu'un en train de vider le coffre-fort de ses livres anciens alors qu'il retournait dans le couloir. Il y avait un corps dans un coin, recouvert d'un drap. Personne ne semblait trop pressé de l'enlever.

Il suivit le mouvement jusqu'au palier, mais ils ne sortirent pas complètement. L'éclairage de secours était allumé dans le dortoir, les matelas entassés dans un coin, où Carter, Ly, et Jocelyn étalaient les dossiers. Mission vida sa caisse et retourna la remplir.

— Qu'est-ce qui s'est passé ? demanda-t-il à Amanda en la rejoignant devant les classeurs. Est-ce que ce sont des représailles ?

— Les cultivateurs sont venus à cause des haricots, dit-elle en utilisant son foulard pour ne pas se brûler les mains. Ils sont venus pour les haricots et ils ont tout brûlé.

Mission contempla l'ampleur des dégâts. Il se rappela à quel point l'escalier avait tremblé pendant l'explosion, revoyait encore les gens qui hurlaient en tombant vers une mort certaine. Les mois de violence larvée avaient fini par exploser, comme s'il avait suffi qu'on appuie sur un bouton.

— Alors qu'est-ce qu'on fait maintenant ? demanda Carter.

C'était un porteur vigoureux, la petite trentaine, mais il avait l'air complètement claqué. Ses cheveux collaient par paquets à son front en sueur. Il avait des traînées noires sur le visage, et on ne distinguait plus de quelle couleur était son foulard.

— On brûle leurs récoltes, proposa quelqu'un.
— Celles qu'on est censés manger ?
— Rien que celles des fermes d'en haut. Ce sont eux qui ont fait ça.
— On n'en sait rien, dit Morgan.
Mission croisa le regard de son vieux modèle.
— Dans l'entrée principale, j'ai vu… Est-ce que c'était… ?
Morgan hocha la tête.
— Oui. Roker.
Carter fit claquer sa main contre le mur en jurant.
— Je vais les tuer, putain !
— Et donc tu es…
Mission voulut ajouter chef en second mais il était encore trop tôt pour s'y faire.
— Oui, répondit Morgan, et Mission comprit que pour lui non plus ça ne voulait pas encore dire grand-chose.
— Les gens vont porter ce qui leur chante dans les jours qui viennent, remarqua Joel. On aura l'air de quoi si on riposte pas ? De poules mouillées !
Joel avait deux ans de plus que Mission. C'était un bon porteur. Il toussa dans sa main tandis que Lyn les observait, l'air inquiet.
Mission se fichait pas mal de passer pour une poule mouillée, il avait d'autres soucis. Les gens du dessus croyaient qu'un porteur les avait attaqués. Et maintenant, cet assaut lancé par des cultivateurs, si loin de l'action commando de la veille. Les porteurs étaient ce qui ressemblait le plus à une sentinelle vagabonde, et il avait l'impression que quelqu'un cherchait à les éliminer. Et puis, il y avait tous ces garçons recrutés par le DIT… Ce n'était pas pour réparer des ordinateurs, mais plutôt pour pirater, ou casser quelque chose. L'esprit du silo, peut-être.
— Il faut que je rentre chez moi, dit Mission.
Lapsus. Il voulait dire là-haut. Il dénoua son foulard, non sans mal. Le tissu empestait la fumée, tout comme

ses mains et sa combinaison. Il faudrait qu'il en trouve une d'une autre couleur. Il fallait qu'il contacte ses vieux amis du Nid.

— Qu'est-ce qui te prend ? demanda Morgan.

Son ancien modèle semblait sur le point d'ajouter quelque chose tandis que Mission rangeait son foulard dans sa poche. Mais le vieil homme se ravisa en voyant l'entaille rouge sur le cou de Mission.

— Je ne crois pas qu'ils en aient seulement après nous, dit Mission. Je crois que c'est plus important que ça. J'ai un ami qui est dans de sales draps. Il se trouve au cœur de tout ce qui déconne. Et je crains qu'il ne lui arrive des bricoles. Je pense qu'il sait quelque chose. Ils refusent qu'il parle à qui que ce soit.

— Rodny ? demanda Lyn.

Elle et Joel étaient aussi passés par le Nid, avec deux ans d'avance sur Mission et Rodny, mais ils les connaissaient bien.

Mission approuva.

— Et Cam est mort, annonça-t-il aux autres.

Il expliqua ce qui s'était passé pendant sa descente, l'explosion, les gens lancés à sa poursuite, le trou dans la rambarde.

Quelqu'un murmura le nom de Cam, incrédule.

— Je pense que tout le monde se fiche qu'on soit au courant, ajouta Mission. Je crois que le but, c'est qu'on soit tous en colère. Le plus hargneux possible.

— J'ai besoin de temps pour réfléchir à un plan, dit Morgan.

— Malheureusement, à mon avis, on n'a pas beaucoup de temps, répliqua Mission.

Il leur parla des recrutements au DIT. Il dit à Morgan qu'il y avait vu Bradley, le jeune porteur qui se portait candidat pour un autre métier.

— Alors qu'est-ce qu'on fait ? demanda Lyn en regardant Joel et les autres.

— On y va doucement, répondit Morgan, incertain.

L'assurance dont il avait fait preuve en tant que porteur semblait quelque peu ébranlée à présent qu'il était chef.

— Je ne peux pas rester là, dit Mission sur le ton de l'évidence. Vous pouvez prendre tous mes bons de vacances. Il faut que je remonte. Je ne sais pas comment, mais il le faut absolument.

48

Avant d'aller où que ce soit, Mission devait contacter des gens en qui il pouvait avoir confiance et qui pouvaient l'aider – la vieille clique du Nid. Tandis que Morgan dispersait la foule amassée sur le palier, Mission se glissa dans le couloir sombre et enfumé menant à la salle de tri, qui disposait d'un ordinateur dont il pourrait se servir. Lyn et Joel le suivirent, plus pressés d'avoir des nouvelles de Rodny que de nettoyer les dégâts causés par l'incendie.

Mais l'écran posé sur le comptoir ne fonctionnait pas, probablement à cause de la coupure de courant de la veille. Mission se souvenait de tous les gens qu'il avait vus avec leurs ordinateurs en panne plus tôt ce même matin devant le DIT et se demanda s'ils en trouveraient un en état de marche à cinq étages à la ronde. Puisqu'il ne pouvait envoyer de message câblé, il tenta de contacter les autres bureaux de Répartition par radio pour voir s'il pouvait leur faire passer un message.

Il tenta d'abord le bureau central. Dans la pièce encore enfumée, Lyn braquait sa lampe torche sur le cadran. Joel, face aux étagères, posait les caisses de tri réutilisables sur les planches du haut pour éviter qu'elles ne soient mouillées. Le Central ne répondait pas.

— Le feu a peut-être endommagé la ligne, murmura-t-elle.

Mission ne le pensait pas. Le voyant de marche était allumé et le haut-parleur émettait des grésillements lorsqu'il touchait le bouton. Il entendit Morgan se plaindre dans le couloir que sa main-d'œuvre disparaissait.

— Il se trame quelque chose au Central, dit Mission.

Il avait un mauvais pressentiment.

Son second essai fut récompensé.

— Qui est-ce ? demanda une voix qui avait du mal à cacher sa peur panique.

— Ici Mission. Qui êtes-vous ?

— Mission ? T'es dans de sales draps, mec.

Mission leva les yeux vers Lyn.

— C'est qui ?

— Ici Robbie. Ils m'ont laissé tout seul là-haut, mec. Je n'ai de nouvelles de personne. Mais en tout cas, tout le monde te cherche. Qu'est-ce qui se passe en bas ?

Joel cessa de déplacer les caisses et passa sa lampe sur le comptoir.

— Tout le monde me cherche ? s'écria Mission.

— Toi, et Cam, plus quelques autres. Il y a eu une sorte de bagarre au Central. Tu y étais ? Personne ne me dit ce qui se passe !

— Robbie, écoute, j'ai besoin que tu contactes des amis à moi. Est-ce que tu peux envoyer un message ? On a des soucis d'ordinateur ici.

— Non, les nôtres marchent pas non plus. Il a fallu qu'on se serve de celui du bureau du maire. C'est le seul qui fonctionne.

— Le bureau du maire ? Très bien. J'ai besoin que tu envoies deux messages, alors. Tu as de quoi écrire ?

— Attends. Ce sont des messages officiels, hein ? Sinon, je n'ai pas la permission de…

— On s'en fout Robbie, c'est capital là ! Chope de quoi écrire. Je te le revaudrai. Ils peuvent bien me coffrer s'ils veulent.

— D'accord, d'accord, dit Robbie. À qui est-ce que je les envoie ? Et tu me rembourseras ce bout de papier, parce que c'est tout ce que j'ai pour écrire.

Mission lâcha le bouton d'émission pour jurer après ce gamin. Il réfléchit à la personne la plus susceptible de recevoir un message et de l'envoyer aux autres. Il finit par donner trois noms à Robbie, puis lui dicta le message. Il donnait rendez-vous à ses amis au Nid – ils s'y retrouveraient sans lui s'il n'arrivait pas jusque-là. Le Nid était probablement un endroit sûr. Personne n'irait attaquer l'école ou la Corneille. Une fois la clique réunie, ils mettraient un plan au point. Peut-être que la Corneille les y aiderait. Le plus difficile était d'abord de les joindre.

— C'est bon, tu as tout ? demanda-t-il à Robbie.

— C'est bon, c'est bon. Mais je crois que tu dépasses le nombre de caractères autorisé. J'espère que tu me paieras la moindre virgule.

Mission secoua la tête, incrédule.

— Et maintenant ? demanda Lyn une fois la liaison coupée.

— Il me faut une combinaison, répondit Mission.

Il rejoignit Joel près des étagères pour fouiller dans les caisses restantes.

— Ils sont à ma recherche, alors il va falloir que je change de couleur si je veux remonter.

— Qu'*on* se change, dit Lyn. Si tu vas au Nid, je viens avec toi.

— Moi aussi, déclara Joel.

— J'apprécie votre geste, répondit Mission, mais plus on est, plus on risque de se faire remarquer.

— Mais ils ne recherchent qu'une personne, fit remarquer Lyn.

— Hé, regardez, on a tout un tas de nouvelles combis blanches, dit Joel en tirant une caisse. Peut-être un peu trop voyant, par contre ?

— Blanches ? répéta Mission en se penchant pour voir.

— Ouais, pour la Sécurité. On en a livré des tas récemment. Elles sont arrivées du Textile il y a quelques jours. Je me demande bien pourquoi ils en ont fait faire autant.

Mission les inspecta. Celles du dessus étaient couvertes de suie, plus grises que blanches. Il y en avait des dizaines empilées dans la caisse. Il fit le lien avec la vaste campagne de recrutement. C'était comme s'ils voulaient que la moitié du silo soit vêtue de blanc, et combatte l'autre moitié. Qu'ils s'entretuent. Ça n'avait pas de sens. À moins que le but ne soit de tuer tout le monde.

— Tuer, murmura Mission.

À grand renfort d'éclaboussures, il se planta devant une autre caisse.

— J'ai une meilleure idée.

Il trouva la bonne – il l'avait repérée avec Cam quelques jours auparavant. Il y plongea la main et en sortit un sac.

— Ça vous dirait, vous deux, de vous faire un peu d'argent ?

Joel et Lyn regardèrent avec curiosité ce qu'il avait dégoté, tandis que Mission exhibait l'un des lourds sacs en plastique munis d'une longue fermeture éclair argentée et de sangles de portage.

— Trois cent quatre-vingt-quatre coupons à vous partager, promit-il. Soit tout ce que je possède. J'ai juste besoin de vous pour un dernier tandem.

Les deux porteurs firent jouer leurs lampes sur l'objet qu'il tenait. C'était un sac noir. Un sac noir parfait pour le trajet qu'ils s'apprêtaient à effectuer.

49

Assis sur le comptoir, Mission délaçait ses bottes. Elles étaient trempées, comme ses chaussettes. Il les essora pour éviter de tremper l'intérieur du sac et enlever un maximum de poids. Toujours un porteur, à penser au poids. Lyn lui tendit une combinaison de la Sécurité en guise de précaution supplémentaire. Il ôta la bleue et enfila la blanche tandis que Lyn détournait le regard. Il remit son couteau à sa taille.

— Vous êtes sûrs de vouloir faire ça ? leur demanda Mission.

Lyn l'aida à glisser ses pieds dans le sac et passa les sangles intérieures autour de ses chevilles.

— Et toi, tu es sûr ? lui demanda-t-elle.

Mission rit nerveusement. Il s'étendit et les laissa passer les sangles du haut sur ses épaules.

— Vous avez mangé ?

— T'occupe, dit Joel. Ça va aller.

— Si jamais il se fait tard et que…

— Pose ta tête, lui dit Lyn en remontant la fermeture éclair. Et ne parle pas sans qu'on te donne le feu vert.

— On fera une pause tous les vingt étages environ, l'informa Joel. On t'emmènera aux toilettes avec nous. Tu pourras t'étirer et boire un peu.

Lyn remonta la fermeture jusqu'à son menton, hésita, déposa un baiser sur le bout de ses doigts avec lesquels elle effleura son front – de la même manière qu'il avait vu des proches et des prêtres bénir les défunts.

— Que tes pas te conduisent au paradis, murmura-t-elle.

Le faisceau de la lampe de Joel illumina son sourire blême avant que le visage de Mission ne disparaisse dans le sac.

— Ou du moins jusqu'à la Répartition d'en haut, ajouta Joel.

Ils le portèrent jusqu'au bout du couloir, et les autres porteurs s'écartèrent pour laisser passer le cortège funèbre. Plusieurs mains se tendirent pour toucher le corps à travers le plastique en marque de respect, et il dut lutter pour ne pas sursauter ni tousser. Il avait l'impression que de la fumée était emprisonnée avec lui dans le sac.

C'est Joel qui passa devant, les épaules de Mission étaient donc contre les siennes. Il était sur le dos, son corps ondulait au rythme de leurs pas, les sangles passées sous ses aisselles tirant dans le sens contraire à celui auquel il était habitué. La position devint plus confortable lorsqu'ils atteignirent l'escalier et qu'ils commencèrent leur longue ascension. Ses pieds s'abaissèrent, de sorte que le sang ne lui montait plus à la tête. Lyn portait sa moitié de la charge quelques marches plus bas.

L'obscurité et le calme l'emportèrent à mesure qu'ils laissaient derrière eux le chaos de la Répartition du fond. Les deux porteurs, au contraire de certains en tandem, ne parlaient pas. Ils économisaient leur souffle et gardaient leurs pensées pour eux. Joel avait opté pour une cadence plus que soutenue. Mission le sentait à la façon dont son corps bougeait, suspendu au-dessus des marches métalliques.

Mais au fil des étages, la position devint de plus en plus inconfortable. Ce n'était pas la difficulté à respirer, car il avait appris à ménager son souffle pour une longue ascension. Il supportait également l'espace confiné, le plastique pressé contre son visage. Ce n'était pas non plus le noir, car son heure de portage préférée était la nuit, du temps pour lui tout seul pendant que les autres dormaient. Rien à voir avec la puanteur du plastique ou de la fumée, les picotements dans sa gorge ou la douleur infligée par les sangles.

Non, c'était le fait de devoir rester immobile. D'être porté. D'être un fardeau.

Les sangles lui sciaient les épaules et il sentait à peine ses bras. Il ondulait dans l'obscurité au son des semelles contre l'acier, du souffle sonore de Joel et de Lyn, tandis qu'il gravissait sans peine l'escalier en colimaçon. Un trop lourd fardeau, songea-t-il.

Il pensa à sa mère, qui l'avait porté tous ces mois sans personne à qui se confier, sans personne pour l'aider. Du moins jusqu'à ce que son père découvre sa grossesse, et alors il était trop tard pour y mettre un terme. Il se demanda combien de temps son père avait détesté la bosse dans le ventre de sa femme, combien de temps il avait voulu l'en extraire, comme un cancer. Mission n'avait jamais demandé à être porté comme ça. Et il n'avait jamais voulu qu'on le porte à nouveau, jamais.

Il y avait deux ans jour pour jour, il avait éprouvé ce même sentiment, celui d'être un fardeau pour tous. Deux ans depuis qu'il avait prouvé qu'il était trop lourd, même pour une corde.

C'était un nœud médiocre qu'il avait fait. Mais ses mains tremblaient, et il avait noué la corde tant bien que mal à travers un rideau de larmes. Lorsqu'il avait lâché, le nœud ne s'était pas défait d'un coup, mais avait glissé et laissé sa nuque à feu et à sang. Son grand regret était d'avoir sauté depuis le niveau des Machines, la corde nouée aux tuyaux au-dessus de lui. S'il avait sauté d'un palier, le nœud aurait glissé mais il aurait quand même eu ce qu'il cherchait. Il serait mort écrasé au lieu de pendu.

À présent, il avait trop peur de recommencer. Il avait aussi peur de refaire une tentative que d'être un fardeau pour quelqu'un d'autre. Est-ce que c'était pour ça qu'il évitait de croiser Allie, parce qu'elle voulait s'occuper de lui ? L'aider ? Pour ça qu'il était parti de chez lui, qu'il avait fui ?

Les larmes finirent par jaillir. Il avait les bras entravés, il ne pouvait pas les essuyer. Il songea à sa mère, à propos de laquelle il ne pouvait que rassembler des détails. Mais il savait au moins une chose sur elle : elle n'avait pas eu peur de la vie, ni de la mort. Elle avait pris les deux à bras-le-corps, s'était sacrifiée, avait donné son sang pour lui – sacrifice dont il ne se sentirait jamais digne.

Le silo tournait lentement autour de lui, marche après marche, et Mission tolérait sa souffrance. Il faisait de son mieux pour ne pas sangloter, se voyant pour la première fois tel qu'il était, dans ce noir complet. Porté vers sa tombe, il connaissait enfin son âme, révélée par ce rite funèbre. Triste épiphanie en ce jour d'anniversaire.

50

Trouver une aiguille dans une botte de foin n'aurait pas été plus difficile. Il aurait dû passer des mois à fouiller les bases de données, à interroger le chef du silo 18, à lui demander des profils, à éplucher l'historique des arrestations, l'agenda des nettoyages, à démêler les fils des relations personnelles de chacun, à passer en revue les bavardages et rumeurs compilés dans les rapports mensuels.

Mais Donald trouva une méthode plus facile. Il chercha simplement dans la base de données sa copie conforme.

Quelqu'un qui se souvenait. Qui vivait dans la peur, la paranoïa. Qui essayait de se fondre dans la masse tout en étant révolutionnaire. Il chercha ceux qui avaient peur du médecin, en débusqua quelques-uns qui n'allaient jamais le voir. En cherchant ceux qui refusaient les médicaments, il tomba sur une personne qui se méfiait même de l'eau. Il espérait trouver une poignée de fauteurs de troubles, et que la localisation d'un de leurs représentants le mènerait au reste d'entre eux. Il s'attendait à ce qu'ils soient jeunes, enragés, désireux de transmettre ce qu'ils savaient aux générations futures. Ce qu'il découvrit à la place était à la fois étrangement similaire à lui et totalement différent.

Le lendemain matin, il présenta ses résultats à Thurman, qui ne montra aucune réaction pendant un long moment.

— Mais oui, finit-il par dire. Évidemment.

Pour toutes félicitations, Donald n'eut droit qu'à une main posée sur son épaule. Thurman l'informa que la réinitialisation était en cours. Il admit qu'elle l'était en fait depuis que Donald avait été réveillé, que le chef du silo 18 avait entamé un vaste recrutement et donc semé les graines de la discorde. Erskine et le Dr Sneed passaient leurs nuits à travailler sur une nouvelle formule du médicament, mais ils pouvaient en avoir pour des semaines. En parcourant ce que Donald avait découvert, Thurman annonça qu'il allait contacter le silo 18.

— Je veux venir avec vous, dit Donald. C'est ma théorie, après tout.

Ce qu'il voulait dire, c'est qu'il refusait d'agir en lâche. Si quelqu'un devait se faire exécuter à cause de lui – une vie pour en sauver des milliers –, il ne voulait pas s'en cacher.

Thurman accepta.

Ils prirent l'ascenseur presque d'égal à égal. Donald voulut savoir pourquoi Thurman avait lancé la réinitialisation, même s'il pensait connaître la réponse.

— Vic a gagné, répondit simplement Thurman.

Donald pensait à toutes ces vies de la base de données à présent en proie au chaos. Il commit l'erreur de s'enquérir de la situation, et Thurman évoqua les bombes, la violence, les groupes qui portaient des couleurs différentes et se faisaient la guerre, la rapidité avec laquelle les choses se dégradaient sans qu'on n'ait besoin de faire grand-chose, l'efficacité de la méthode, vieille comme le monde.

— Le matériau inflammable est toujours présent, dit Thurman. Il suffit d'une minuscule étincelle.

Ils sortirent de l'ascenseur et empruntèrent un couloir familier. C'était le trajet que Donald avait effectué pendant sa première faction. Il avait travaillé ici sous un autre nom. Sans savoir ce qu'il faisait. Ils passèrent devant des bureaux d'où s'échappaient des pianotements de clavier, des bavardages. Un demi-millénaire de gens qui prenaient leur poste puis le quittaient, faisaient ce qu'on leur demandait, obéissaient aux ordres.

En approchant de son bureau, il ne put résister à l'envie de passer une tête par la porte. Un homme mince au crâne dégarni leva les yeux. Assis, bouche entrouverte, main sur sa souris d'ordinateur, il attendait que Donald dise quelque chose.

Mais ce dernier se contenta d'un bonjour amical, puis se retourna pour regarder dans le bureau d'en face, où se tenait un homme en blanc derrière un bureau semblable. Le marionnettiste. Thurman lui adressa quelques mots et il quitta son bureau pour les rejoindre dans le couloir. Il savait que Thurman était le responsable des lieux.

Donald les suivit dans le département des Communications, laissant le chauve en devenir à sa partie de solitaire. Il éprouvait un mélange de compassion et de jalousie pour cet homme – pour ceux qui ne se souvenaient pas. En tournant au bout du couloir, il repensa aux accès de lucidité qu'il avait eus au cours de sa première faction. Il avait discuté avec un docteur qui connaissait la vérité, s'était étonné qu'on puisse vivre avec le poids de tout ce savoir. Il comprenait maintenant que la souffrance ne devenait pas supportable, que le sentiment de confusion ne s'atténuait pas. Non, seulement, on s'y habituait. Ça finissait par faire partie de vous.

Tout était calme dans le département. Les têtes se tournèrent lorsqu'ils entrèrent. L'un des opérateurs, en combinaison orange, s'empressa de retirer les pieds de son bureau. Un autre mordit dans sa barre protéinée avant de se focaliser sur son poste.

— Mettez-moi en relation avec le 18, dit Thurman.

Le regard de l'agent se tourna vers l'autre homme en blanc, celui qui était censé être le chef, et il donna son approbation d'un signe de tête. L'appel fut lancé. Thurman tenait un écouteur de casque contre une oreille en attendant. En croisant le regard de Donald, il demanda un autre casque à l'opérateur. Donald fit un pas en avant pour le prendre tandis qu'on le branchait. Il entendit les petits bips familiers, et son ventre se noua. Et s'il se trompait ? Une voix finit par répondre. Une ombre.

Thurman lui demanda de faire venir M. Wyck, le responsable du silo.

— Il est déjà en chemin.

Lorsque Wyck eut rejoint la conversation, Thurman lui exposa ce que Donald avait découvert, mais c'est l'ombre qui répondit. Le jeune homme connaissait la personne qu'ils recherchaient. Il la connaissait même très bien. Il y avait quelque chose dans sa voix, de l'incrédulité ou de l'hésitation, et Thurman fit signe à l'opérateur de mettre les capteurs en marche. Soudain, les écrans indiquèrent toutes les données concernant l'ombre, comme pour un rite d'initiation. Thurman posa ses questions et Donald observa le maître à l'œuvre.

— Dites-moi ce que vous savez, dit Thurman.

Il se pencha au-dessus de l'opérateur pour voir à l'écran l'évolution des données – activité électrodermale, pouls, transpiration. Sans être un expert dans le décryptage de ces graphiques, Donald comprit que quelque chose clochait en voyant les courbes monter et descendre en flèche dès que l'ombre prenait la parole. Il avait peur pour le jeune homme. Il se demandait si quelqu'un allait mourir là, sur-le-champ.

Mais Thurman opta pour la manière douce. Il amena le garçon à parler de son enfance, à admettre la rage qui couvait en lui, le sentiment d'être un étranger. L'ombre évoqua une enfance à la fois idyllique et frustrante et Thurman jouait avec lui au sergent instructeur gentil mais inflexible qui s'occupe d'un bleu un peu paumé : travail de sape suivi d'une reconstruction.

— On vous a donné accès à la vérité, dit-il au jeune homme, faisant référence à l'Héritage. Vous voyez à présent pourquoi il vaut mieux en distiller quelques gouttes avec soin, voire ne pas en parler du tout.

— Oui, en effet.

Le jeune homme renifla, comme s'il pleurait. Et pourtant, les courbes à l'écran avaient des pics moins aigus, des vallées moins dangereuses.

Thurman évoqua le sacrifice, l'intérêt général, l'insignifiance des vies individuelles à long terme. Il avait pris la colère de l'ombre et l'avait redirigée, jusqu'à ce que la torture d'un enfermement de plusieurs mois avec les livres de l'Héritage fût réduite à son essence. Et pendant tout ce temps, on n'entendit pas une seule fois le souffle du chef de silo.

— Dites-moi ce qui a besoin d'être réparé, dit Thurman à la fin de leur discussion.

Il déposait le problème aux pieds du jeune homme. Donald vit en quoi c'était une meilleure idée que de lui fournir une réponse toute faite.

L'ombre parla de l'émergence d'une société encline à l'individualisme, où les enfants voulaient fuir leur famille, où les générations vivaient à des étages de distance, où l'on prisait l'indépendance, au point que plus personne ne comptait sur qui que ce soit et que l'on pouvait se passer de tout le monde.

Les sanglots ne tardèrent pas à arriver. Donald vit le visage de Thurman se durcir et il se demanda à nouveau si le jeune homme ne vivait pas là ses derniers instants. Mais non. Thurman relâcha la radio et dit simplement :

— Il est prêt.

Ce qui avait commencé comme un interrogatoire, un test de la théorie de Donald, s'acheva en rite d'initiation passé avec succès. Une ombre était devenue un homme. À l'écran, les courbes s'étaient changées en lignes droites empreintes de détermination, la colère ayant trouvé une nouvelle cible, un nouveau but. L'homme posait sur son enfance un regard différent, qu'il assimilait à un danger.

Thurman donna au jeune homme son premier ordre. M. Wyck félicita le garçon et lui dit qu'il allait pouvoir sortir recouvrer sa liberté. Plus tard, lorsque Donald et Thurman reprirent l'ascenseur pour retrouver Anna, Thurman déclara que dans quelques années, ce Rodny ferait un parfait responsable de silo. Encore meilleur que le précédent.

51

Cet après-midi-là, Donald et Anna remirent de l'ordre dans la cellule de crise. Ils la préparèrent au cas où elle serait appelée à servir au cours d'une prochaine faction. Ils décrochèrent toutes les notes qu'ils avaient punaisées aux murs, les classèrent dans des caisses en plastique hermétiques, que Donald imagina stockées à un autre niveau, dans un autre entrepôt, pour prendre la poussière. Ils débranchèrent les ordinateurs, enroulèrent les fils, et Erskine vint les chercher avec un chariot aux roulettes grinçantes. Il ne resta bientôt plus que leurs lits, des vêtements de rechange et quelques affaires de toilette. Juste de quoi passer la nuit et aller voir le Dr Sneed le lendemain.

Plusieurs factions étaient sur le point de se terminer. Pour Anna et Thurman, ce n'était pas trop tôt. Ils avaient enchaîné deux factions entières. Presque une année d'éveil. Erskine et Sneed auraient besoin de quelques semaines supplémentaires pour finir leur travail, moment auquel le responsable suivant serait réveillé, et l'agenda reviendrait à la normale. Donald, quant à lui, avait profité d'une semaine d'éveil après un siècle de sommeil. Il était un homme mort qui n'avait entrouvert les yeux qu'un bref instant.

Il prit sa dernière douche et sa première dose de boisson amère afin que personne ne soupçonne quoi que ce soit. Mais il ne prévoyait pas de retourner dormir. S'ils le congelaient à nouveau, il savait qu'ils ne le réveilleraient plus jamais. À moins que les choses ne tournent mal au point qu'il ne veuille même pas qu'on le réveille. Ou à moins qu'Anna ne fasse à nouveau un caprice pour tromper sa solitude, désireuse de le soumettre à toutes sortes de mauvais traitements jusqu'à ce qu'elle obtienne ce qu'elle voulait.

Ça n'avait rien de comparable à du sommeil. C'était mettre un corps et un esprit dans une boîte. Il y avait d'autres choix possibles, des échappatoires plus radicales. Donald avait découvert en lui cette détermination en suivant le fil des indices laissés par Victor, qu'il rejoindrait bientôt de l'autre côté.

Il fit une dernière promenade parmi les armes et les drones avant d'aller enfin se coucher. En entendant Anna chantonner sous la douche pour la dernière fois, il pensa à sa femme, Helen. Il se rendit compte que s'il lui en avait voulu d'avoir vécu sans lui et d'avoir aimé un autre homme, sa colère s'était dissipée, atténuée par la culpabilité qu'il éprouvait d'avoir trouvé du réconfort dans les bras d'Anna. Et lorsque cette dernière vint le rejoindre ce soir-là, tout de suite après la douche, la peau encore humide, il lui fut impossible de résister. Ils avaient la même haleine amère, dans les veines le même produit qui les préparait au grand sommeil, mais ils n'en avaient que faire. Donald succomba. Puis il attendit qu'elle soit couchée dans son lit et que son souffle s'apaise pour pleurer jusqu'à trouver le sommeil.

Lorsqu'il se réveilla, Anna était déjà partie, son lit fait au carré. Donald l'imita, coinça soigneusement les draps sous le matelas, même s'il savait que tout serait froissé lorsque les lits de camp seraient rangés dans les dortoirs. Il vérifia l'heure. Anna avait été endormie aux petites heures du matin afin que personne ne la voie. Il lui restait moins d'une heure avant que Thurman vienne le chercher. Plus de temps qu'il ne lui en fallait.

Il sortit dans l'entrepôt et se dirigea vers le drone le plus proche de la porte du hangar. Il le débâcha, provoquant un déluge de poussière. Il sortit la caisse vide qui était sous l'une de ses ailes, ouvrit la porte basse du hangar et posa la caisse de façon qu'elle soit légèrement à l'intérieur du monte-charge. Puis il baissa la porte sur la caisse afin de laisser le hangar ouvert. Il courut au bout du couloir, passa devant les baraquements vides et ôta la bâche en plastique du dernier poste de commande. Il actionna le bouton du monte-charge. La première fois qu'il l'avait fait, la porte n'avait pas voulu s'ouvrir, mais il avait entendu la plate-forme se hisser de l'autre côté du mur. Il ne lui avait pas fallu longtemps pour trouver une solution.

Il repositionna la bâche, retourna à l'autre bout du couloir, éteignit la lumière et ferma la porte. Il tira l'autre caisse de sous l'aile gauche du drone. Il ôta ses vêtements et les fourra sous le drone. Il sortit l'épaisse combinaison matelassée de la caisse et s'assit pour y faire passer ses jambes. Puis il enfila les bottes en prenant soin de bien les boucler. Il se leva et attrapa le bout d'un lacet dont l'autre extrémité avait été nouée à la fermeture éclair au dos de la combinaison. Il tira par-dessus son épaule pour remonter la fermeture jusqu'en haut puis il prit dans la caisse les gants, la lampe torche et le casque.

Une fois équipé, il referma la caisse, la glissa sous l'aile et remit la bâche en place. Il n'y aurait qu'une caisse déplacée lorsque Thurman arriverait. Victor avait laissé un sacré bazar à sa mort. Donald, lui, laisserait à peine une trace.

Il entra dans le monte-charge en rampant. Il entendait le moteur vrombir contre la caisse coincée, telle une nuée d'abeilles en furie. Il alluma sa lampe torche, regarda l'entrepôt une dernière fois, inspira et donna un grand coup de pied dans la caisse.

Elle bougea, mais pas suffisamment. Il redonna un coup, la porte s'abaissa avec fracas et aussitôt l'appareil s'ébranla. Donald tenait tant bien que mal la lampe dans ses mains gantées et regardait son souffle embuer l'intérieur de son casque. Il ne savait pas du tout à quoi s'attendre, mais c'était lui qui était aux commandes. Quoi qu'il advienne, il contrôlerait son destin.

52

L'ascension prit beaucoup plus de temps qu'il ne l'aurait cru. Par moments, il n'était même plus certain d'être en mouvement. Il craignit qu'on n'ait découvert son plan, que la caisse déplacée n'ait mené à ses traces de pas dans la poussière, que l'ascenseur n'ait été rappelé. Il exhortait la machine à se dépêcher.

Soudain, sa lampe torche le lâcha. Il tapota le cylindre, actionna le bouton plusieurs fois. Elle avait dû se décharger après autant de temps de stockage. Il se retrouva donc dans le noir, sans point de repère, sans savoir s'il montait ou descendait. Il ne pouvait qu'attendre. Il savait qu'il avait pris la bonne décision. Rien de pire que d'être prisonnier de l'obscurité, d'un cryopode, incapable de quoi que ce soit.

L'ascenseur s'arrêta brusquement. Le bourdonnement persistant du moteur cessa, laissant la place à un silence inquiétant. Il y eut un clac, et la porte opposée à celle par laquelle il était entré s'éleva lentement. Un système d'amarrage de la taille d'un poing glissa en avant sur un circuit. Donald le saisit, comprenant comment les drones étaient guidés vers la sortie.

Il se retrouva sur une rampe de lancement. Il ne savait pas à quoi s'attendre, pensait qu'il arriverait directement dans un paysage de désolation, mais il était encore sous terre. Au-dessus de lui, au bout de la rampe, une fente s'ouvrait, grandissait, laissant entrer de plus en plus de lumière. Au-delà de cette fente, Donald perçut les nuages qu'il connaissait de la cafétéria. Ils étaient du gris lumineux de l'aube. Les portes en haut de la rampe continuaient à s'écarter, telle une large mâchoire.

Donald gravit la pente raide aussi vite qu'il put. L'arrimage en métal s'arrêta et s'enclencha dans le circuit. Donald se dépêcha, s'imaginant qu'il n'avait plus beaucoup de temps. Il se garda bien de courir sur le circuit, au cas où le lancement ait été automatique, mais rien ne sembla se déclencher. Il arriva en haut épuisé, en sueur, et, enfin, sortit.

Le monde s'étendait devant lui. Après une semaine passée dans une chambre forte sans fenêtre, l'étendue du paysage et l'envergure du ciel étaient impressionnantes. Il eut envie d'ôter son casque et d'avaler l'air à grandes goulées. Le poids oppressant qui le comprimait dans le silo s'envola instantanément. Il n'y avait plus au-dessus de lui que des nuages.

Il se tenait sur une plateforme ronde en béton. Derrière l'ouverture de la rampe de lancement se trouvait un bouquet d'antennes. Il se dirigea vers elles, se tint à l'une pour descendre sur le large rebord en contrebas. De là, il se tourna sur le ventre, se retint au bord avec ses gants épais et se laissa tomber lourdement sur le sol.

Il scruta l'horizon en quête de la ville, dut contourner la tour pour la trouver. De là, il se positionna à quarante-cinq degrés vers la gauche. Il avait étudié les cartes pour être sûr de son coup, mais à présent qu'il se trouvait là, il se rendit compte qu'il aurait pu le faire de mémoire. Là-bas se trouvait l'endroit où s'étaient dressées les tentes, ici la scène, et au-delà les chemins de terre quadrillant les étendues de gazon naissant. Il pouvait presque sentir la nourriture qu'on préparait sous les tentes, presque entendre les chiens aboyer, les enfants jouer, les chants flotter dans l'air.

Il chassa le passé pour entamer son compte à rebours. Il savait que, très probablement, au moins une personne prenait son petit-déjeuner à la cafétéria. En ce moment même, cette personne lâchait sa cuillère en pointant l'écran du doigt. Mais il avait une longueur d'avance. Il leur faudrait se débattre avec les combinaisons et se demander si le risque en valait la peine. Ils arriveraient trop tard. Il espérait qu'ils le laisseraient en finir comme il l'entendait.

Il gravit la colline. Sa combinaison entravait ses mouvements. Il glissa et tomba à plusieurs reprises. Lorsqu'une bourrasque de vent projetait de la poussière contre son casque, le bruit était semblable aux crépitements de la radio d'Anna. Impossible de dire combien de temps la combinaison allait tenir. Il en savait suffisamment sur les nettoyages pour se douter qu'elle ne durerait pas longtemps, mais Anna lui avait expliqué que les nanomachines dans l'air étaient conçues pour ne s'attaquer qu'à certaines choses. C'est pour cela qu'elles ne détruisaient pas les capteurs, ou le béton, ou une combinaison correctement fabriquée. Et il se disait que les combinaisons du silo 1 devaient être de ce genre-là.

Tout ce qu'il espérait en gravissant la colline, c'était une vue en arrivant au sommet. Il était tellement déterminé qu'à aucun moment il ne prit la peine de regarder en arrière. Malgré ses glissades, il poursuivit son ascension, finissant les quinze derniers mètres à quatre pattes. Arrivé en haut, il se releva, chancelant, épuisé, à bout de souffle. Il baissa les yeux vers la dépression adjacente. En son centre s'élevait une tour de béton semblable à une pierre tombale, comme un monument à la mémoire d'Helen. Elle était enterrée sous cette tour. Et s'il ne pouvait la rejoindre, ne pouvait être enterré à son côté, il pouvait toujours s'allonger sous les nuages, il serait quand même près d'elle.

Il voulait enlever son casque. Mais d'abord, les gants. Il en retira un et le laissa tomber à terre. Le vent le fit rouler le long de la pente et les poussières virevoltantes lui piquèrent la peau. Les minuscules particules le mitraillaient comme sur une plage un jour de grand vent. Il commença à ôter l'autre gant, résigné à la suite des événements, lorsqu'il sentit soudain une main sur son épaule – une main qui le tira en arrière et l'arracha à la vue de la dernière demeure de son épouse.

53

Donald vacilla et tomba. La surprise d'un contact humain lui leva le cœur. Il agita les bras pour se libérer, mais on le tenait fermement. Il y avait plus d'une personne. Ils le traînèrent en arrière jusqu'à ce qu'il ne puisse plus voir au-delà de la crête.

Des cris de frustration emplirent son casque. Ils ne voyaient pas que c'était trop tard ? Ils ne pouvaient pas le laisser tranquille ? Il se débattait pour essayer de leur échapper, mais on le tirait inexorablement en bas de la colline pour le ramener au silo 1.

Lorsqu'il tomba à nouveau, il réussit à rouler et à leur faire face, bras levés pour se défendre. Il trouva Thurman au-dessus de lui – ne portant rien d'autre que sa combinaison blanche usuelle, ses sourcils gris récoltant la poussière d'un monde mort.

— Il faut rentrer ! cria Thurman dans le vent violent.

Sa voix semblait aussi lointaine que les nuages. Donald lança des coups de pied pour tenter de remonter mais ils étaient trois à lui bloquer le passage. Tous en blanc, les yeux plissés contre le vent fou et les bourrasques de poussière.

Donald hurla lorsqu'ils le saisirent à nouveau. Il tenta d'attraper des pierres et des poignées de terre tandis qu'ils le traînaient par ses bottes. Sa tête rebondissait contre la pente. Il observait les nuages bouillonner au-dessus de lui tandis que ses ongles se retournaient et se brisaient dans sa lutte pour trouver une prise.

Lorsqu'ils arrivèrent en bas, Donald n'avait plus de forces. Ils le portèrent jusqu'en bas de la rampe, dans le sas, où d'autres hommes les attendaient. On lui ôta son casque avant que la porte extérieure soit complètement refermée. Dans un coin, Thurman les observa le déshabiller. Le vieil homme tamponnait le sang qui coulait de son nez. La botte de Donald ne l'avait pas loupé.

Erskine était là, le Dr Sneed aussi, le souffle court. Dès qu'ils lui eurent retiré sa combinaison, Sneed le piqua avec une seringue. Erskine, qui lui tenait la main, semblait triste de voir le liquide se diffuser dans les veines de Donald.

— Quel dommage, dit quelqu'un tandis que le brouillard s'abattait sur lui.

— Regardez-moi ce gâchis…

Erskine posa une main sur la joue de Donald, qui se sentait glisser inexorablement vers l'obscurité. Ses paupières étaient lourdes, les voix lui semblaient lointaines.

— On vivrait dans un monde meilleur avec des gens comme vous au pouvoir, dit Erskine.

Sauf que c'était la voix de Victor. Il rêvait. Non, c'était un souvenir. Une réminiscence d'une conversation antérieure. Il n'était sûr de rien. Le monde éveillé des bottes et des voix furieuses était trop occupé à se faire engloutir par la brume de sommeil et le brouillard des rêves. Et cette fois, sans craindre la mort, Donald s'abandonna volontiers à l'obscurité. Il y sombra en espérant que ce serait pour l'éternité. Il eut une dernière pensée pour sa sœur, pour ces drones tapis sous leurs bâches, toutes ces choses, espérait-il, qu'on ne réveillerait jamais.

SILO 18

54

Mission avait l'impression d'être enterré vivant. Il était dans un état second, horrible, à l'intérieur de ce sac humide qui retenait sa chaleur et ses exhalaisons. Une partie de lui craignait de s'évanouir, que Joel et Lyn ne le découvrent mort à l'arrivée. L'autre partie l'espérait.

Les deux porteurs furent arrêtés pour quelques questions au niveau 117, celui au-dessous de l'explosion qui avait emporté Cam. Ceux qui réparaient l'escalier cherchaient un certain porteur qui, selon leur description, était moitié Cam, moitié Mission. Mission se tint aussi immobile qu'un cadavre tandis que Joel se plaignait de se faire arrêter avec un chargement aussi lourd et sensible. Ils semblèrent sur le point de demander à ce qu'on ouvre le sac, mais il y avait des choses presque aussi taboues que l'évocation du dehors. On les laissa donc repartir en les prévenant qu'une portion de rampe manquait plus haut et que quelqu'un avait déjà fait une chute mortelle.

Mission réprima une quinte de toux tandis que les voix s'éloignaient. Il roula des épaules pour tenter de se couvrir la bouche et étouffer le son. Lyn lui intima entre les dents de se tenir tranquille. Dans le lointain, Mission entendit une femme pleurer. Ils traversèrent les décombres causés par l'explosion, et Joel et Lyn restèrent bouche bée devant l'ampleur des dégâts.

Au-dessus des Fournitures, au cent septième étage, ils portèrent Mission jusqu'aux toilettes, pour qu'il puisse se dégourdir les bras. Il en profita pour aller se soulager et boire un peu d'eau. Il affirma à ses amis que tout se passait bien à l'intérieur. Ils étaient tous les trois en nage, et il leur restait encore une trentaine d'étages à gravir. Joel surtout semblait las, à moins que ce ne soit à cause des dégâts causés par l'explosion. Lyn s'en sortait mieux et avait hâte de repartir. Elle se tracassait pour Rodny et semblait aussi impatiente que Mission de gagner le Nid.

Mission surprit son reflet, en combinaison blanche, couteau à la ceinture. C'était lui qu'ils recherchaient. Il sortit son couteau, prit une poignée de cheveux et la coupa presque au ras de son crâne. En le voyant faire, Lyn vint lui prêter main-forte avec sa propre lame. Joel attrapa une poubelle posée dans un coin pour ramasser les cheveux.

Le rendu était grossier, mais il ressemblait moins à celui qu'ils recherchaient. Avant de ranger son couteau, il pratiqua quelques fentes dans le sac noir, tout près de la fermeture. Il ôta son tee-shirt et s'en servit pour essuyer l'intérieur avant de le jeter à la poubelle. Il puait la sueur et la fumée de toute façon. Ils l'enfermèrent à nouveau et le portèrent jusqu'à l'escalier, où ils reprirent leur ascension. Et Mission ne pouvait rien faire d'autre que s'inquiéter.

Il se repassa les événements de cette longue journée. Le matin, il avait observé les nuages s'éclaircir au petit-déjeuner, avant de rendre visite à la Corneille et de délivrer son message à Rodny. Et puis Cam – il avait perdu un ami. L'épuisement ne tarda pas à le rattraper, et il glissa bientôt vers l'inconscience.

Lorsqu'il revint à lui en sursaut, il eut l'impression de n'avoir dormi que quelques minutes. Sa combinaison était trempée, l'intérieur du sac humide de condensation. Joel dut le sentir bouger : il lui demanda de se taire, ils arrivaient au bureau central de Répartition.

Le cœur de Mission s'emballa lorsqu'il se rappela où il était et ce qu'ils étaient en train de faire. Il avait du mal à respirer. Les fentes qu'il avait faites étaient perdues dans les replis du plastique. Il voulait une ouverture, rien qu'une toute petite, un souffle d'air frais. Ses bras entravés par les sangles étaient à nouveau engourdis. Et ses chevilles étaient endolories à l'endroit où Lyn le tenait.

— Je peux plus respirer, souffla-t-il.

Lyn lui dit de se taire. Mais le mouvement cessa. Une main s'abattit au-dessus de sa tête, et la fermeture descendit de quelques millimètres.

Mission profita de l'air frais, et le mouvement reprit. Un bruit de bottes résonna dans le lointain – une altercation plus haut ou plus bas, impossible à dire. Encore des combats. Peut-être des morts. Il imagina des corps tournoyer dans les airs. Il revit Cam quitter les fermes des étages inférieurs la veille encore, bonus en poche, sans savoir le peu de temps qu'il lui restait pour le dépenser.

Ils firent une pause au Central. Ils laissèrent Mission sortir dans l'entrée principale, étonnamment déserte.

— Mais qu'est-ce qui s'est passé ici ? demanda Lyn en mettant le doigt dans un trou dans le mur, entouré de fêlures.

Il y avait des centaines de trous semblables. Des bottes résonnèrent dans l'escalier mais passèrent sans s'arrêter.

— Il est quelle heure ? demanda Mission tout bas.

— L'heure du dîner est passée, répondit Joel, ce qui signifiait qu'ils avaient bien marché.

Dans un coin, Lyn observait une tache qui ressemblait à de la rouille.

— Est-ce que c'est du sang ? s'écria-t-elle.

— Robbie a dit qu'il n'arrivait à joindre personne ici, répondit Mission. Ils se sont peut-être dispersés.

— À moins qu'on ne les ait chassés, dit Joel après avoir bu.

— Vous voulez qu'on passe la nuit ici ? Vous avez l'air crevés.

Joel secoua la tête. Il proposa sa gourde à Mission.

— Je crois qu'il vaut mieux dépasser le trentième. Il y a des agents de sécurité partout. Si ça se trouve, tu pourrais filer jusqu'en haut comme ça tellement ils ont l'air pressé. Y aurait juste besoin d'arranger un peu tes cheveux.

Mission se frotta le crâne en songeant sérieusement à ce que venait de dire Joel.

— Tu as peut-être bien raison, dit-il. Je pourrais y arriver avant la nuit.

Il regarda Lyn entrer dans l'un des dortoirs au bout du couloir. Elle en ressortit presque aussitôt, mains sur la bouche, yeux écarquillés.

— Qu'est-ce que tu as trouvé ? demanda Mission en se levant pour la rejoindre.

Elle jeta ses bras autour de lui pour l'empêcher d'entrer et enfouit son visage dans son épaule. Joel risqua un regard.

— Non, murmura-t-il.

Mission repoussa Lyn doucement et se posta à côté de Joel. Le dortoir était bondé. Certains porteurs étaient allongés à même le sol, mais il était évident, d'après l'enchevêtrement de membres, tordus pour certains, qu'ils ne dormaient pas.

Katelyn gisait parmi eux. Lyn secoua la tête en pleurant sans faire de bruit tandis que Mission et Joel extrayaient le corps de Katelyn de la masse pour le glisser dans le sac noir. Mission culpabilisa en songeant qu'ils l'avaient choisie autant pour sa taille que pour l'affection qu'elle avait suscitée. Ils venaient de la sangler et étaient en train de fermer le sac lorsque soudain, il y eut une coupure d'électricité. Ils se retrouvèrent dans le noir complet.

— C'est quoi ce bordel encore ? siffla Joel.

Quelques instants plus tard, la lumière revint, mais incertaine, comme si une flamme vacillait dans chaque ampoule. Mission essuya son front en sueur, regrettant son foulard.

— Si vous n'arrivez pas au Nid ce soir, arrêtez-vous dans un logement d'étape pour la nuit et prenez des nouvelles de Robbie.

— T'inquiète pas pour nous, lui dit Joel.

Lyn lui serra le bras avant son départ.

— Prends garde à toi.

— Vous aussi.

Il se rua sur le palier et dans l'escalier central. Partout, les lumières oscillaient comme de petites flammes. Signe que quelque chose, quelque part, brûlait.

55

Mission montait les marches à travers un rideau de fumée, la gorge en feu. Selon la rumeur, une explosion au département des Machines était la cause de la coupure de courant. On évoquait une panne importante, le recours à un générateur de secours pour faire fonctionner le silo. Il montait les marches par deux, parfois par trois, et grappillait des mots ici et là. Ça lui faisait du bien de bouger ; il préférait maltraiter ses muscles que rester immobile, être son propre fardeau.

Il remarqua que tous ceux qu'il croisait cessaient de parler ou se dispersaient dès qu'ils le voyaient, même ceux qu'il connaissait. Au début, il craignit être reconnu. Mais il comprit que c'était le blanc qu'il portait. De jeunes gens comme lui allaient et venaient dans l'escalier, semant la terreur. La veille encore, ils n'étaient que des cultivateurs, des soudeurs, des graisseux – et à présent, ils faisaient régner l'ordre avec leurs armes noires.

À plusieurs reprises, des groupes d'agents l'arrêtèrent pour lui demander où il allait et où était son fusil. À tous il répondit qu'il avait pris part au combat d'en bas et qu'il montait faire son rapport. C'est ce qu'il avait entendu un autre prétendre. Beaucoup semblaient ne pas en savoir plus que lui, ils le laissèrent donc passer. Comme toujours, c'était à la couleur de l'uniforme que l'on se fiait. Les gens pensaient vous connaître au premier coup d'œil.

L'activité se densifia près du DIT. Il croisa un groupe de nouvelles recrues et se pencha par-dessus la rampe pour les voir défoncer les portes du niveau inférieur à grands coups de bottes avant de s'y engouffrer. Il entendit des cris, suivis d'un boum métallique, comme une barre de fer tombant sur une tôle. Après une douzaine de chocs comme celui-ci, les cris s'atténuèrent.

À l'approche des fermes, il sentit un point de côté, et de sérieuses douleurs dans les jambes. Il remarqua quelques cultivateurs sur le palier, armés de pelles et de râteaux. Un cri fusa lorsqu'il passa près d'eux. Il accéléra la cadence, songeant à son père et à son frère, voyant pour une fois la sagesse de son vieux, qui avait refusé de quitter son lopin de terre.

Après ce qui lui sembla des heures d'ascension, il atteignit enfin le calme du Nid. Les enfants étaient partis. La plupart des familles étaient probablement terrées chez elles, tremblantes, dans l'espoir que le chaos ambiant cesse, comme les fois précédentes. Au bout du couloir, il vit plusieurs casiers laissés ouverts, un sac à dos par terre. Mission se dirigea vers une voix qui fredonnait et qu'il connaissait, et un bruit atroce de métal crissant contre le carrelage.

Comme toujours, la porte du fond était ouverte en signe de bienvenue. C'était bien sûr la Corneille qui chantait, d'une voix plus sonore que d'habitude. Mission vit qu'il n'était pas le premier arrivé, son message avait été reçu. Frankie et Allie étaient là, tous deux en vert et blanc, l'uniforme de la Sécurité des fermes. Ils bougeaient des tables tandis que Mme Crowe chantait. On avait retiré les draps qui couvraient les bureaux empilés le long du mur, et c'étaient ces petits pupitres que l'on disposait dans la salle, comme du temps où Mission était enfant. C'était comme si la Corneille s'attendait à ce que sa classe se remplisse d'un moment à l'autre.

Allie fut la première à remarquer l'arrivée de Mission. Les yeux brillants, les joues parsemées de taches de rousseur, ses cheveux bruns attachés en chignon, elle se rua vers lui, et Mission remarqua que les jambes de sa salopette avaient été roulées plusieurs fois et qu'elle avait fait des nœuds aux bretelles pour les raccourcir. Ce devait être celle de Frankie. Au moment où elle se jetait dans ses bras, il se demanda ce que ces deux-là avaient risqué pour le retrouver ici.

— Mission, mon garçon.

Mme Crowe, tout sourire, arrêta de chanter et lui fit signe de s'approcher. Après quelques instants, Allie le relâcha à contrecœur.

Mission serra la main de Frankie et le remercia d'être venu. Il lui fallut un moment pour s'apercevoir que quelque chose avait changé chez lui, que lui aussi s'était coupé les cheveux. Ils se frottèrent tous les deux le crâne en riant. L'humour surgissait sans peine dans les moments graves.

— Qu'est-ce que j'apprends sur mon Rodny ? demanda-t-elle.

Son fauteuil avança et recula au gré des commandes qu'elle manipulait, sa chemise de nuit bleu passé coincée sous son maigre bras.

Mission prit une grande inspiration – il avait encore de la fumée dans les poumons – et leur raconta tout ce qu'il avait vu dans l'escalier. Les bombes, les incendies, les rumeurs à propos des Machines, les agents de sécurité armés de fusils, jusqu'à ce que la Corneille le fasse taire en agitant les bras.

— Non, non, pas les combats, tout ça, je l'ai vu. Je pourrais faire une peinture du conflit et l'accrocher au mur. Qu'est-ce qui arrive à Rodny ? Est-ce qu'il les tient ? Est-ce qu'il les a fait payer ? demanda-t-elle en serrant le poing.

— Non, répondit Mission. Est-ce qu'il tient qui ? Il a besoin de notre aide.

La Corneille éclata de rire, ce qui le surprit. Il essaya de s'expliquer.

— Je lui ai donné votre message, et il m'en a donné un en échange. Il nous appelle au secours. Ils l'ont enfermé derrière cette énorme porte et…

— Non, pas enfermé, intervint la Corneille.

— Comme s'il avait fait quelque chose de mal et…

— Quelque chose de bien, rectifia la Corneille.

Mission se tut. Il voyait le savoir briller dans les yeux de la vieille femme, tel un lever de soleil un lendemain de nettoyage.

— Rodny n'est pas en danger, dit-elle. Il est avec les livres anciens. Il est avec les gens qui nous ont volé le monde.

Allie serra le bras de Mission.

— Elle essaie de nous expliquer depuis tout à l'heure, murmura-t-elle. Tout va bien se passer. Viens, aide-nous à disposer les tables.

— Mais, et le mot… dit Mission, regrettant d'en avoir fait des confettis.

— Le mot que tu lui as donné était censé lui donner du courage. Lui faire savoir qu'il était temps de s'y mettre. Notre garçon est en bonne place pour leur faire payer ce qu'ils ont fait.

Il y avait quelque chose de sauvage dans son regard.

— Non, dit Mission. Rodny avait peur. Je connais mon ami, et il avait peur de quelque chose.

Le visage de la Corneille se durcit. Elle desserra le poing et lissa le devant de sa robe.

— Si c'est le cas, dit-elle d'une voix tremblante, je me suis trompée sur son compte.

56

L'extinction des feux approchait tandis qu'ils disposaient les tables. La Corneille s'était remise à fredonner. Allie leur apprit qu'un couvre-feu avait été décrété, et Mission perdit l'espoir de voir arriver les autres ce soir-là. Ils sortirent des matelas pour se reposer et décidèrent de leur laisser jusqu'à l'aube pour se montrer. Mission avait beaucoup de questions à poser à la Corneille, mais elle semblait distraite, perdue dans ses pensées, en proie à une joie qui l'étourdissait.

Frankie était sûr de pouvoir les faire entrer au DIT si seulement il arrivait à joindre son père. Mission leur dit qu'il n'avait eu aucun problème à circuler avec sa combinaison blanche. Il pouvait éventuellement entrer en contact avec le père de Frankie. Allie sortit des fruits récoltés sur ses terres et les fit passer. La Corneille but sa mixture verdâtre. Mission s'agitait.

Il s'aventura sur le palier, tiraillé entre l'envie d'attendre les autres et le besoin d'agir. Si ça se trouvait, on escortait Rodny vers une mort certaine en ce moment même. Ils avaient tendance à organiser des nettoyages après les périodes de conflit, pour calmer les gens, mais jamais il n'avait vu de telles violences. C'était le feu que son père évoquait, les braises de la méfiance attisées par un effondrement des échanges. Il l'avait vu venir, mais la violence avait éclaté plus vite qu'un couteau tombant du haut.

Sur le palier, il entendit des éclats de voix résonner plus bas. En se cramponnant à la rampe, il sentit la vibration provoquée par des bottes déterminées. Il se tourna vers les autres mais ne dit rien. Il n'y avait aucune raison de croire que ces bottes se dirigeaient vers eux.

Il vit à son retour qu'Allie avait dû pleurer. Elle avait les yeux humides, les joues rougies. La Corneille leur racontait une histoire de l'Ancien Temps, décrivant le paysage à l'aide de grands gestes.

— Tout va bien ? demanda Mission.

Allie secoua la tête comme si elle préférait ne rien dire.

— Qu'est-ce qu'il y a ? insista-t-il en lui prenant la main.

La Corneille parlait de l'Atlantide, un autre conte de cité disparue, comme la ville derrière les collines, d'une époque où ces ruines brillaient comme un sou neuf.

— Allez, dis-moi.

Il se demanda si ces histoires la rendaient triste sans qu'elle sache pourquoi, comme cela arrivait parfois à Mission.

— Je ne voulais rien te dire avant que…

Ses larmes redoublèrent. Elle les essuya, la Corneille se tut et laissa ses mains tomber sur ses genoux. Frankie, assis, ne disait rien. Quelle que soit la nouvelle, les deux autres étaient déjà au courant.

— Papa, dit Mission.

Ça devait avoir un rapport avec son père. Il était mort, il le comprit instantanément. Allie était proche du père de Mission, comme lui-même ne l'avait jamais été. Soudain, il éprouva le cuisant regret d'être parti de chez lui. Tandis qu'elle séchait ses larmes, incapable d'articuler le moindre mot, Mission s'imagina à quatre pattes dans la terre, creusant en quête de pardon.

Allie sanglotait. La Corneille entama un air datant de l'époque où l'on vivait au grand air. Mission pensa à son père, parti, à tout ce qu'il aurait voulu lui dire. Il aurait voulu se ruer sur les affiches accrochées aux murs pour les arracher, déchirer leurs invitations à goûter la liberté.

— C'est Riley, finit par dire Allie. Mish, je suis désolée.

La Corneille cessa de fredonner. Leurs regards étaient braqués sur Mission.

— Non, murmura-t-il.

— Tu n'aurais pas dû lui dire, risqua Frankie.

— Il faut qu'il le sache, s'écria Allie. Son père voudrait qu'il le sache.

Mission contemplait une affiche où s'étalaient de vertes collines sous un ciel bleu. Ce monde se brouilla de larmes, comme il se serait brouillé de poussière.

— Qu'est-ce qui s'est passé ? chuchota-t-il.

Elle lui expliqua qu'il y avait eu un assaut lancé contre les fermes. Riley avait supplié son père de pouvoir aller aider les autres à combattre mais n'y avait pas été autorisé, après quoi il avait disparu. On l'avait retrouvé un couteau à la main, qu'il avait pris dans la cuisine.

Mission se leva et se mit à faire les cent pas dans la classe. Ses larmes s'écrasaient sur le sol. Il n'aurait pas dû partir. Il aurait dû être avec eux. Il n'avait pas su être là pour Cam, non plus. La mort le devançait toujours. Pareil avec sa mère. Bientôt ce serait la fin pour eux tous.

Un vacarme retentit sur le palier pour s'approcher d'eux. Un bruit de bottes dans le couloir. Mission s'essuya les yeux. Il avait abandonné tout espoir de voir ses amis arriver et songea plutôt à une équipe de la Sécurité. Ils allaient lui demander où était son fusil avant de se rendre compte que c'était un imposteur et de tous les tuer.

Il ferma la porte, s'aperçut qu'il n'y avait pas de verrou, alors il poussa un bureau sous la poignée. Frankie dit à Allie d'aller derrière le bureau de la Corneille. Il attrapa le dossier du fauteuil roulant, faisant tanguer le fil dangereusement, mais elle insista pour se débrouiller toute seule. Selon elle, il n'y avait pas de quoi s'inquiéter.

Mission en doutait. La Sécurité en avait après eux – la Sécurité ou toute autre meute. Il avait passé assez de temps dans l'escalier pour savoir à quoi s'attendre.

On frappa à la porte. La poignée bougea. Le bruit de bottes cessa, tous étaient derrière ce mur. Frankie pressa un index contre sa bouche, les yeux grands ouverts. Le fil du fauteuil se balançait en grinçant.

On essaya la porte à nouveau. Mission espérait qu'ils partiraient, qu'ils effectuaient une simple ronde. Il envisageait de se cacher sous les draps qui avaient recouvert les tables, mais trop tard. La porte s'ouvrit en grand, renversant le petit pupitre au passage. La première personne à entrer fut Rodny.

Son apparition leur fit l'effet d'une gifle. Rodny portait un uniforme blanc fraîchement déplié. Il avait les cheveux courts, s'était rasé, coupé au menton.

Mission eut l'impression de se regarder dans un miroir – ils avaient mis le même déguisement. D'autres hommes en blanc se massèrent derrière Rodny, fusil à la main. Rodny leur donna l'ordre de reculer et entra dans la classe, où tous les bureaux avaient été soigneusement alignés.

Allie fut la première à réagir. Elle lâcha un cri de surprise et se rua vers lui, bras grands ouverts pour l'embrasser. Mais Rodny leva une main devant lui et lui dit de s'arrêter. Son autre main tenait un petit pistolet, le même que celui des shérifs adjoints. Il ne regardait pas ses amis mais la Vieille Corneille.

— Rodny, se lança Mission.

Il essayait de s'expliquer la présence de son ami. Ils s'étaient réunis ici pour lui venir en aide, mais il n'avait vraiment pas l'air d'en avoir besoin.

— La porte, dit Rodny par-dessus son épaule.

Un homme deux fois plus âgé que lui hésita d'abord, puis finit par fermer la porte. Ce n'était pas l'attitude d'un prisonnier. Frankie se précipita avant que la porte ne soit complètement fermée, en criant “Papa !” comme s’il avait vu son père dans le couloir avec les autres.

— On était prêts à venir te chercher, dit Mission.

Il avait envie de se rapprocher de son ami, mais il y avait quelque chose de dangereux dans le regard de Rodny.

— Ton mot disait que…

Rodny quitta enfin la Corneille du regard.

— On allait venir t’aider…

— Hier, oui, j’en avais besoin, dit Rodny.

Il fit le tour des bureaux, pistolet contre son corps, examinant chaque visage. Mission recula et rejoignit Allie près de la Corneille – sans savoir si c’était pour la protéger ou se sentir en sécurité.

— Tu n’as rien à faire ici, lui reprocha Mme Crowe. Ton combat n’est pas ici. Ce sont eux que tu devrais combattre, dit-elle en montrant la porte d’un doigt maigre.

Rodny commença à lever son pistolet.

— Qu’est-ce qui te prend ? s’écria Allie.

Rodny visa la Corneille.

— Dites-leur, ordonna-t-il. Dites-leur ce que vous avez fait. Ce que vous faites encore.

— Mais qu’est-ce qu’ils t’ont fait ? demanda Mission.

Son ami avait changé. Ce n’était pas seulement la coupe de cheveux et l’uniforme. C’était dans son regard.

— On m’a montré… dit Rodny en agitant son pistolet en direction des affiches accrochées au mur. J’ai vu que ces histoires étaient vraies.

Il rit et se tourna vers la Corneille.

— Et ça m’a mis en colère, comme vous l’aviez prédit. Je leur en voulais pour ce qu’ils avaient fait au monde. Je voulais tout foutre en l’air.

— Alors fais-le, insista la Corneille. Fais-leur mal.

Sa voix grinçait comme une porte qui s’apprête à claquer.

— Mais maintenant, je sais. Ils me l’ont dit. On a reçu un appel. Et je sais ce que vous faites ici…

— Mais de quoi vous parlez à la fin ? demanda Frankie, toujours au milieu de la pièce.

Il avança vers la porte.

— Pourquoi est-ce que mon père…

— Ne bouge pas, lui intima Rodny.

Pistolet pointé sur Frankie, il avança entre les bureaux, jusqu'au bout de l'allée.

— Pas un pas de plus.

Son pistolet visa à nouveau la Corneille, dont le fauteuil tremblotait en rythme avec sa main paralysée.

— Ces proverbes sur le mur, ces histoires et ces chansons – c'est vous qui nous avez façonnés. Vous qui avez instillé la colère en nous.

— J'espère bien que tu es en colère ! s'écria-t-elle.

Mission se rapprocha de la Corneille. Il ne quittait pas l'arme à feu des yeux. Allie s'agenouilla en prenant la main de la vieille femme. Rodny se tenait à une dizaine de pas d'eux, le pistolet pointé vers leurs pieds.

— Ils tuent, ils ne font que ça, dit la Corneille. Et ça continuera, encore et encore. Ils vont faire table rase. Enterrer et brûler les morts. Et ces bureaux, dit-elle en agitant une main, ces bureaux seront à nouveau occupés.

— C'est là que vous vous trompez, dit Rodny en secouant la tête. C'est fini. Ça s'arrête ici pour vous. Vous ne nous terroriserez plus.

— Qu'est-ce que tu racontes ? demanda Mission.

Il fit un pas de plus vers la Corneille, main sur son fauteuil.

— C'est toi qui as une arme, Rodny. C'est toi qui nous fais peur.

Rodny se tourna vers Mission.

— C'est elle qui nous donne toutes ces pensées. Ouvre un peu les yeux. La peur et l'espoir vont de pair. Ses salades sont à peu près les mêmes que nous servent les prêtres, seulement, c'est elle qui est en contact avec nous la première. Plus elle nous parle de cet autre monde, de ce monde meilleur, plus on déteste celui dans lequel on vit.

— Non…

Mission en voulait terriblement à son ami de dire des choses pareilles.

— Si, insista Rodny. Pourquoi tu crois qu'on déteste nos pères ? C'est à cause d'elle. Elle nous donne l'envie de nous émanciper. Mais ça n'arrange rien. De toute façon, ça n'a plus d'importance. Ce que je savais hier me faisait craindre pour ma vie. Pour nous tous. Ce que je sais à présent me redonne de l'espoir.

Il leva son arme. Mission n'en revenait pas. Son ami visa la Vieille Corneille.

— Attends, dit Mission en levant une main.

— Recule, lui ordonna Rodny. Je n'ai pas le choix.

— Non !

Le bras de son ami se raidit. Le canon était pointé sur une femme sans défense en fauteuil roulant, leur mère à tous, celle qui leur chantait des berceuses, et dont la voix les suivait tout au long de leurs années de formation, et bien au-delà.

Frankie bouscula un pupitre et se lança sur Rodny. Allie cria. Mission se jeta sur le côté au moment où le pistolet rugit en produisant un éclair. Il sentit un coup au ventre, ses entrailles en feu. Il s'écroula à terre et le pistolet gronda une deuxième fois. Le fauteuil de la Corneille fit une embardée tandis que sa main se crispait.

Mission atterrit violemment, mains agrippées à son ventre. Il les sentit toutes gluantes.

Allongé sur le dos, il vit la Corneille s'affaisser dans son fauteuil, qui ne bougeait plus. Rodny tira à nouveau. Inutilement. Le corps sans vie de la vieille femme sursauta sous l'impact. Frankie se jeta sur Rodny et ils roulèrent à terre. Alertés par le bruit, les hommes en faction dehors se ruèrent dans la classe.

Allie, en pleurs, gardait ses mains sur le ventre de

Mission, appuyait fort, les yeux tournés vers la Corneille. Elle pleurait pour eux deux. Mission sentit du sang dans sa bouche. Il repensa au jour où Rodny lui avait donné un coup de poing quand ils étaient petits, par jeu. Tout ce qu'ils avaient fait, ç'avait été par jeu. Toujours. Se déguiser, faire semblant d'être leurs pères.

Il y avait des bottes partout. Flambant neuves pour certaines, avec des traces d'usure pour d'autres. Ceux qui avaient déjà combattu, et ceux qui apprenaient.

Rodny se pencha sur Mission, le regard inquiet. Il lui dit de tenir bon. Mission voulut répondre qu'il allait essayer, mais la douleur était insoutenable. Impossible de parler. Ils lui disaient de rester éveillé, mais il mourait d'envie de s'endormir. De ne plus être. De ne plus être un fardeau pour quiconque.

— Salaud ! cria Allie, et c'était bien à lui, à Mission, qu'elle s'adressait, pas à Rodny.

Elle bredouilla qu'elle l'aimait, et Mission tenta de répondre qu'il le savait. Il voulait lui dire que c'était elle qui avait raison depuis le début. Il imagina l'espace d'un instant les enfants qu'ils pourraient avoir, leur lopin de terre s'ils avaient mis leurs possessions en commun, les longs rangs de maïs semblables aux générations qui se succédaient. Des générations de gens qui restaient près de chez eux, qui étaient là les uns pour les autres, faisaient ce qu'ils connaissaient le mieux, appréciaient d'être un fardeau les uns pour les autres.

Il voulait lui dire tout ça, et plus encore. Beaucoup plus. Mais alors qu'Allie se penchait et qu'il luttait pour articuler, il ne parvint qu'à lui murmurer, parmi le vacarme de cris et de bottes, que c'était son anniversaire.

Chut mon chéri, ne pleure pas
Je chante une berceuse pour toi
Tu me crois loin, sur la grève
Mais je te suis dans tes rêves.

Chut mon chéri, dors, dors,
Les anges veillent encore
Tout le jour, toutes les heures
ils veillent et chassent tes peurs.

Dors mon chéri, ne pleure pas
Je chante une berceuse pour toi.

57

Trois ans plus tard

Mission enleva sa tenue de travail tandis qu'Allie préparait le dîner. Il se lava les mains, se récura les ongles, et observa l'eau boueuse s'écouler dans le tuyau. Il avait de plus en plus de mal à retirer la bague à son annulaire à cause du binage de la saison des semis qui lui ankylosait les phalanges.

Avec du savon, il finit par réussir. En se rappelant la dernière fois où il l'avait perdue au fond du tuyau, il la posa soigneusement à l'écart. Dans la cuisine, Allie sifflotait devant la cuisinière. Lorsqu'elle ouvrit le four, l'odeur du rôti de porc vint jusqu'à lui. Il allait falloir qu'il intervienne. Ils ne pouvaient pas acheter des rôtis comme ça sans occasion spéciale.

Il mit sa salopette dans la machine à laver. Lorsqu'il revint dans la cuisine, il y avait des bougies allumées sur la table. On ne devait s'en servir qu'en cas de secours, quand les idiots d'en bas réparaient la génératrice. Allie le savait. Mais avant qu'il puisse faire la moindre remarque sur le rôti ou les bougies, ou lui dire que la récolte de haricots ne serait pas aussi abondante qu'il l'avait espéré, il vit son sourire, son air radieux. Il n'y avait qu'une chose susceptible de la rendre aussi heureuse – mais c'était impossible.

— Non, dit-il tout bas, sans vouloir y croire.

Allie opina. Elle avait les larmes aux yeux. Le temps qu'il la rejoigne, elles avaient roulé sur ses joues.

— Mais notre billet est périmé, murmura-t-il en la serrant contre lui, humant son odeur de poivron et de sauge.

Il la sentait toute tremblante. Allie sanglotait. Sa voix se brisa sous le trop-plein de joie.

— Le docteur dit que ça remonte au mois dernier. C'était dans notre temps imparti, Mish. On va avoir un bébé.

Un intense soulagement s'empara de lui. Soulagement, et non enthousiasme. Il était soulagé que tout se fasse dans le respect de la loi. Il embrassa sa femme sur la joue, du sel pour assaisonner les poivrons et la sauge.

— Je t'aime, chuchota-t-il.

— Le rôti, souffla-t-elle en se détachant de lui pour se ruer sur le four. Je voulais te l'annoncer après le dîner.

Mission éclata de rire.

— Tu me l'aurais dit tout de suite parce que j'allais te demander pour les bougies.

Il leur versa deux verres d'eau d'une main mal assurée tandis qu'elle préparait leurs assiettes. L'odeur de viande lui mit l'eau à la bouche. Il anticipait avec bonheur son goût et son fondant. La saveur de leur avenir, de ce qui les attendait.

— Ne le laisse pas refroidir, dit Allie en posant les assiettes sur la table.

Ils s'assirent, se donnèrent la main. Mission s'en voulut de ne pas avoir pensé à remettre son alliance.

— Bénissez ce repas et ceux qui nourrissent les racines, dit Allie.

— Amen, dit Mission.

Sa femme lui serra les mains avant de les lâcher pour prendre ses couverts.

— Tu sais, dit-elle en coupant son rôti, si c'est une fille, on devra l'appeler Allison. Aussi loin que je m'en souvienne, toutes les femmes de ma famille se sont appelées Allison.

Mission se demanda à combien de temps remontait cette généalogie. Sûrement pas très loin. Il mâcha en pensant au prénom.

— Et si c'est un garçon, que penses-tu de Cam ?

— Bien sûr, répondit Allie en levant son verre. C'était le nom de ton grand-père, c'est ça ?

— Non. Je ne connais pas de Cam. Mais j'aime bien ce prénom.

Il prit son verre d'eau, l'examina un instant. À moins que… Est-ce qu'il connaissait un Cam ? Où avait-il pêché ce prénom sinon ? Des pans de son passé lui échappaient, comme voilés. Cette marque sur son cou par exemple, ou encore la cicatrice qu'il avait au ventre. Impossible de se rappeler ce qui lui était arrivé. Tout le monde avait sa part d'oubli, des époques dont on se souvenait moins bien, mais Mission plus que les autres. Comme son anniversaire. Ça le rendait fou de ne pas se rappeler la date de son anniversaire. Qu'est-ce que ça avait de si difficile ?

TROISIÈME FACTION

LE PACTE

SILO 1

2345

58

— Monsieur ?

Il entendit un entrechoquement d'os sous ses pieds. Il trébucha dans le noir, les chiens ailés se dispersèrent en entendant les voix.

— Vous m'entendez ?

Le brouillard se dissipa, il entrouvrit un œil, comme on entrouvrait sa capsule. Sa cosse. Un haricot. Donald était enveloppé dans cette cosse comme un haricot.

— Monsieur ? Vous êtes avec moi ?

Sa peau si froide. Donald s'assit, de la vapeur s'élevait de ses jambes nues. Il ne se rappelait pas s'être endormi. Il se souvenait du médecin, de son bureau. À présent, on le réveillait.

— Buvez ceci, monsieur.

Ça, il n'avait pas oublié. Il se rappelait avoir été réveillé auparavant, mais pas s'être endormi. Que le réveil. Il prit une gorgée, dut se concentrer pour solliciter sa gorge, pour avaler. Une pilule. Il devait y avoir une pilule, mais on ne lui en proposa pas.

— Monsieur, nous avons reçu l'ordre de vous réveiller.

L'ordre. Les règles. Le protocole. Donald avait encore des ennuis. Troy. C'était peut-être à cause de ce Troy. Qui était-ce, déjà ? Donald but autant qu'il put.

— Très bien, monsieur. On va vous aider à vous lever.

Il avait des ennuis. Ils ne le réveillaient que lorsqu'ils avaient des problèmes. On lui retira son cathéter, l'aiguille de son bras.

— Qu’est-ce que j’ai…

Il toussa dans son poing. Sa voix n’était qu’un mince filet, fragile et quasi invisible.

— Que se passe-t-il ? demanda-t-il, se forçant à crier pour ne former qu’un murmure.

Deux hommes le hissèrent sur un fauteuil roulant que tenait un troisième. On l’enveloppa d’une douce couverture cette fois, au lieu de lui enfiler une blouse en papier. Pas de bruissement, pas de démangeaison.

— Nous en avons perdu un, dit quelqu’un.

Un silo. Un silo avait disparu. Ça allait encore être sa faute.

— Le 18, souffla-t-il, se rappelant sa dernière faction.

Deux des hommes échangèrent un regard, bouche bée.

— C’est exact, dit l’un d’eux, plein d’admiration. Un habitant du silo 18. Ou plutôt une habitante. Elle a disparu derrière la colline. On a perdu le contact.

Donald se concentra tant bien que mal. Il se rappelait avoir perdu quelqu’un derrière une colline. Helen. Sa femme. Ils la cherchaient encore. Tout espoir n’était pas perdu.

— Racontez-moi ça, murmura-t-il.

— On ne sait pas trop comment c’est possible, mais l’une d’entre eux a disparu de notre champ de vision…

— Quelqu’un qui avait été envoyé au nettoyage.

Le nettoyage. Donald s’affaissa dans son fauteuil, les os lourds et froids comme de la pierre. Il ne s’agissait pas d’Helen.

— Derrière la colline…

— On a reçu un appel du 18 et…

Donald leva une main, le bras tremblant, encore engourdi.

— Attendez, dit-il d’une voix rauque. Un seul à la fois. Pourquoi m’avoir réveillé ?

Parler lui faisait mal. On remonta la couverture jusque sous son menton pour qu’il arrête de frissonner. Il ne s’en rendit même pas compte. Ils le traitaient avec tant de respect, tant de douceur. Qu'est-ce que ça voulait dire ? Il n'avait pas encore les idées claires. L'un des hommes s'éclaircit la voix.

— Vous nous avez dit de vous réveiller…

— C'est le protocole…

Le regard de Donald tomba sur sa capsule, encore fumante du froid qui s'en échappait. L'écran incrusté à la base n'indiquait plus aucune donnée puisqu'il n'était plus à l'intérieur. Seule une courbe de température, qui grimpait. Cette courbe et un nom. Qui n'était pas le sien.

Donald se rappela que les noms ne voulaient rien dire à moins que ce ne soit le seul moyen d'identifier une personne. S'ils ne se souvenaient pas les uns des autres, si leurs chemins ne s'étaient jamais croisés, alors un nom était tout.

— Monsieur ?

— Qui suis-je ? demanda-t-il sans comprendre ce qu'il lisait à l'écran.

Ce n'était pas lui.

— Pourquoi m'avoir réveillé ?

— Parce que vous nous l'avez demandé, monsieur Thurman.

On enroula la couverture douillettement autour de ses épaules. On tourna le fauteuil. Ils le traitaient avec beaucoup de révérence, comme s'il avait du pouvoir. Les roulettes de son fauteuil ne couinaient pas du tout.

— Ça va aller, monsieur. Vous allez bientôt recouvrer vos facultés.

Il ne connaissait pas ces gens. Ces gens ne le connaissaient pas non plus.

— Le médecin va vous délivrer votre habilitation à prendre votre poste.

Personne ne connaissait personne.

— Par ici.

Et donc tout le monde pouvait être n'importe qui.

— Nous y voilà.

Au point que n'importe qui pouvait se retrouver aux commandes. Quelqu'un qui pouvait faire ce qui était correct, ou alors quelqu'un qui pouvait faire ce qui était juste.

— Très bien.

Un nom aussi bien que n'importe quel autre.

SILO 17

2312

Heure 1

59

Le Fracas venait avant le calme. C'était une Loi du Monde : les coups et les cris avaient besoin d'une chambre de résonance, tout comme les corps avaient besoin d'un espace où tomber.

Jimmy Parker était en cours lorsque le dernier des grands Fracas commença. C'était une veille de nettoyage. Le lendemain, il n'y aurait pas classe. Pour la mort d'un homme, Jimmy et ses amis auraient droit à quelques heures de sommeil supplémentaires. Son père ferait des heures sup au DIT. Et l'après-midi, sa mère insisterait pour qu'ils aillent, avec leur tante et leurs cousins, admirer la course des nuages au-dessus des collines jusqu'à ce que le ciel vire au noir sommeil.

Les jours de nettoyage étaient faits pour rester au lit et voir sa famille. Pour dissiper les troubles et réduire le Fracas au silence. C'est ce que leur disait Mme Pearson en écrivant les règles du Pacte au tableau. Sa craie claquait et crissait contre la surface noire, laissant une traînée de poussière derrière toutes les raisons pour lesquelles on pouvait condamner un homme à mort. Une leçon d'éducation civique la veille d'un bannissement. Un avertissement à l'aube de sommations plus graves. Jimmy et ses amis s'agitaient sur leurs chaises et apprenaient les règles. Les Lois d'un monde qui ne seraient bientôt plus en vigueur.

Jimmy avait seize ans. Une majorité de ses amis entameraient leur apprentissage bientôt, mais lui devrait étudier une année de plus avant de marcher sur les traces de son père. Mme Pearson évoqua ensuite l'importance de se choisir un compagnon de vie, de faire enregistrer sa relation selon les modalités du Pacte. Sarah Jenkins se retourna pour sourire à Jimmy. La biologie se mêlait à l'instruction civique, les hormones aux lois qui régissaient leurs excès. Sarah Jenkins était jolie. Jimmy ne l'avait pas particulièrement remarquée en début d'année, mais là, il ne voyait qu'elle. Sarah Jenkins était jolie et serait morte dans quelques heures.

Mme Pearson demanda s'il y avait un volontaire pour lire un chapitre du Pacte, et c'est à ce moment que la mère de Jimmy entra pour venir le chercher. Elle déboula dans la classe sans frapper. La honte. La fin du monde de Jimmy commença avec le feu aux joues, les yeux de ses camarades braqués sur lui. Sa mère ne dit rien à Mme Pearson, pas un mot d'excuse. Elle se contenta d'entrer en flèche et de se faufiler entre les tables en marchant comme elle marchait lorsqu'elle était en colère. Elle arracha Jimmy à sa table et le tira par le bras – il se demandait ce qu'il avait bien pu faire encore.

Mme Pearson observa la scène sans rien dire. Jimmy se retourna vers Paul, son meilleur ami, qui se cachait derrière sa main pour rire, et se demanda pourquoi Paul, lui, n'avait pas d'ennuis. Ils se mettaient rarement dans le pétrin l'un sans l'autre. La seule personne à dire quelque chose fut Sarah Jenkins.

— Ton sac ! s'écria-t-elle juste avant que la porte ne claque et que le silence n'avale sa voix.

Dans le couloir, il n'y avait pas d'autres mères en train de tirer leur enfant derrière elles. Si jamais elles venaient, ce serait bien plus tard. Le père de Jimmy travaillait parmi les ordinateurs, il savait des choses. Il les savait avant tout le monde. Cette fois, il s'en était fallu de peu. Il y avait déjà des gens en panique dans l'escalier. Le bruit était effrayant. Le palier du niveau scolaire vibrait sous l'effet de la circulation dense et encore lointaine. Un écrou de pilier de soutènement de la rampe carillonna contre les marches en se détachant. On avait l'impression que le silo allait se démanteler à force de trembler de toutes parts. La mère de Jimmy le tira par la manche jusque dans l'escalier, comme s'il avait encore douze ans.

Jimmy tira dans l'autre sens, perplexe. Au cours de l'année passée, il avait grandi et dépassé sa mère. Il était aussi grand que son père et ça lui faisait bizarre de voir qu'il pouvait résister, qu'il avait ce pouvoir, qu'il était presque un homme. Il avait laissé son sac à dos et ses amis derrière lui. Où est-ce qu'ils allaient comme ça? Le vacarme qui venait d'en bas semblait s'intensifier.

Le sentant résister, sa mère se retourna. Et il vit que son regard n'abritait aucune colère. Il n'y avait pas de noirceur, pas de sourcils froncés. Ses yeux étaient grands ouverts et humides, ils brillaient comme les jours où son grand-père et sa grand-mère étaient décédés. Le bruit d'en bas était terrifiant, mais c'est le regard de sa mère qui instilla la peur au plus profond de Jimmy.

— Qu'est-ce qui se passe? demanda-t-il tout bas.

Il détestait voir sa mère bouleversée. Quelque chose de sombre et de creux – comme ce chat errant sans queue que personne n'arrivait à attraper dans les appartements d'en haut – le griffa à l'intérieur.

Sa mère ne répondit pas. Elle se tourna à nouveau et le tira vers le bas, en direction du tonnerre grondant, annonciateur de catastrophe, et Jimmy comprit alors qu'il n'était pas dans de sales draps.

Ils l'étaient tous.

60

Jimmy n'avait jamais senti les marches trembler autant. L'escalier entier semblait tanguer, comme les mines de graphite qui paraissaient se courber quand on les secouait entre ses doigts – un tour de magie qu'il avait appris en cours. Ses pieds touchaient à peine les marches – il se démenait pour tenir la cadence de sa mère – et pourtant les vibrations du métal semblaient se transmettre directement à ses os. Il sentait le goût de la peur, comme une cuillère en métal dans sa bouche.

Des cris de colère retentissaient plus bas. Sa mère l'encourageait, l'exhortait à se dépêcher, ils descendaient la spirale. Ils fonçaient droit sur la chose effrayante qui montait.

— Dépêche-toi ! cria-t-elle à nouveau, et Jimmy sursauta, davantage sous l'effet des trémolos de sa voix que des secousses infligées à une centaine d'étages d'acier.

Il se dépêcha.

Ils passèrent le niveau 29. Le 30. Les gens couraient dans la direction opposée. Beaucoup portaient une combinaison de la même couleur que celle de son père. Sur le palier du trente et unième, Jimmy vit son premier cadavre depuis l'enterrement de son grand-père. On aurait dit que quelqu'un avait écrasé une tomate sur le crâne de cet homme. Il dut enjamber ses bras, qui dépassaient dans l'escalier. Il s'empressa de rejoindre sa mère tandis que le sang gouttait à travers le palier pour éclabousser les marches d'en dessous.

Au trente-deuxième, l'escalier tressaillait si violemment qu'il le sentait dans ses dents. Sa mère était dans tous ses états. Ils se heurtaient à de plus en plus de gens qui se ruaient vers le haut. C'était comme s'ils ne se voyaient pas les uns les autres, comme si chacun ne prenait garde qu'à lui.

C'était une véritable cavalcade, un écho de milliers de bottes. Sans compter les voix, les cris. Jimmy s'arrêta pour jeter un œil par-dessus la rambarde. Le long de l'escalier qui s'enfonçait dans les profondeurs du silo, il remarqua les coudes et les mains de la foule qui dépassaient. Sa mère lui cria à nouveau de se presser, car la foule était déjà sur eux. Jimmy sentait la peur et la colère des gens qu'il croisait et ça lui donnait envie de leur emboîter le pas. Mais la voix de sa mère, qui lui hurlait de la rejoindre, résonna au centre de son corps et enraya sa peur.

Jimmy se faufila sur quelques marches et lui prit la main. La gêne qu'il avait éprouvée plus tôt avait disparu. Il ne voulait rien tant que s'agripper à elle. Les gens qui les bousculaient au passage leur gueulaient d'aller dans l'autre sens. Plusieurs étaient armés de tuyaux, de barres de fer. Certains avaient des ecchymoses, des entailles. Un homme avait la bouche et le menton en sang. Il avait dû y avoir une bagarre quelque part. Jimmy pensait que ça n'arrivait que dans le fond. D'autres semblaient tout simplement pris dans le tourbillon. Ils n'avaient pas d'armes, regardaient par-dessus leur épaule de temps à autre. C'était une foule qui en craignait une autre. Jimmy se demandait ce qui avait bien pu causer tout ça. De quoi pouvaient-ils avoir peur à ce point ?

Un fracas métallique résonna parmi les bruits de pas. Un homme imposant se heurta à la mère de Jimmy et l'envoya contre la rampe. Jimmy la retint par le bras, et ils se collèrent contre le pilier intérieur pour continuer à descendre.

— Plus qu'un étage, dit-elle lorsqu'ils arrivèrent au trente-troisième – ce qui voulait dire que c'était son père qu'ils cherchaient à rejoindre.

À quelques spirales du trente-quatrième, la foule devint compacte, presque infranchissable. Les gens avançaient en rangs serrés, quatre par quatre là où il n'y avait de la place que pour deux. Le poignet de Jimmy heurta la rambarde intérieure. Il se colla entre le pilier et ceux qui montaient en forçant le passage. Ne progressant que de quelques centimètres à chaque mouvement, il se dit qu'ils allaient rester coincés là éternellement. À force de se faire bousculer, il perdit le bras de sa mère. Elle fut emportée par un mouvement de foule et lui resta cloué à son pilier. Il l'entendit crier son nom.

Un homme costaud, en nage, la mâchoire verrouillée par la peur, essayait de forcer le passage du côté réservé à la descente.

— Bouge ! cria-t-il à Jimmy, comme s'il y avait de la place.

On ne pouvait que monter. Jimmy s'aplatit contre le pilier central pour laisser passer l'autre. Il y eut un cri du côté de la rampe extérieure, une secousse dans la foule, une série de souffles coupés, un "Tenez bon" suivi d'un "Lâchez-le !" puis un hurlement avalé par le vide.

La pression exercée par les corps diminua un peu. Jimmy avait le ventre retourné de savoir que quelqu'un avait chuté si près de lui. Il se dégagea et grimpa sur la rampe intérieure, cramponné au pilier central, en équilibre, prenant garde de ne pas laisser son pied glisser dans l'espace large de quinze centimètres qui séparait la rampe du pilier, ce trou où les enfants aimaient bien cracher.

La place qu'il avait laissée vide dans l'escalier fut immédiatement prise par quelqu'un. Des épaules et des coudes lui tapaient dans les chevilles. Il resta accroupi là, la tête près des marches du dessus, du bruit plein les oreilles. En faisant glisser ses pieds le long de la barre d'acier lustrée par le passage de milliers et de milliers de paumes, il tenta de rejoindre sa mère. Son pied s'engouffra dans le trou près du pilier, qui semblait prêt à engloutir sa jambe. Il reprit vite l'équilibre, il avait trop peur de tomber sur la foule et de se faire éjecter dans l'espace par des bras fous.

Il fit une demi-spirale avant de repérer sa mère. La foule l'avait forcée vers l'extérieur.

— Maman ! cria-t-il.

Il se redressa en se tenant à la marche au-dessus de lui pour tendre une main vers elle. Une femme au milieu des marches cria et disparut, la tête avalée par les corps qui remplacèrent le sien. La foule continua son inexorable poussée. Elle fit remonter la mère de Jimmy de quelques marches.

— Va retrouver ton père ! cria-t-elle, ses mains en coupe sur sa bouche. Jimmy !

— Maman !

Quelqu'un lui rentra dans les tibias, et il lâcha la marche au-dessus de lui. Il battit des bras une fois, deux fois, mais tomba dans la marée humaine et roula. Quelqu'un lui fourra un coup dans les côtes en voulant se protéger de sa chute.

Un autre poussa Jimmy sur le côté. Il atterrit sur une surface ondulante de coudes pointus et de crânes durs, et soudain le temps s'écoula au ralenti. Il n'en finissait plus de tomber par-dessus la foule, qui avançait à présent en rangs de cinq. Il essaya de se cramponner à une main qui le poussait, en vain. Il ne voyait pas la rampe. Il entendit la voix de sa mère, un cri reconnaissable entre mille. Elle le regardait, impuissante. Quelqu'un hurla pour qu'on aide ce jeune homme qui surfait sur un colimaçon de têtes, roulait, sans prise. Ce jeune homme, c'était lui.

D'autres bras qui essayaient de se protéger l'envoyèrent bouler, et il finit par glisser entre deux personnes – un coup d'épaule dans le menton au passage. Enfin, il vit la rampe. Il tendit tout son corps vers elle, réussit à empoigner la barre. Mais sous la pression, il se renversa, ses pieds passèrent par-dessus sa tête, son épaule se tordit douloureusement, mais il ne lâcha pas. Il resta agrippé ainsi un moment, une main sur la rampe, l'autre sur un des montants, les pieds dans le vide.

Une hanche vint pincer ses doigts contre le métal, et Jimmy lâcha un cri. Il y avait bien des mains qui cherchaient à l'aider, mais ces gens et leur sollicitude ne résistaient pas à la poussée hystérique d'en bas.

Jimmy essaya de repasser de l'autre côté de la rampe. Un coup d'œil vers le bas lui indiqua qu'il ne lui restait plus que deux tours de pilier avant d'atteindre le palier du trente-quatrième. Il voulut à nouveau se hisser, mais son épaule luxée lui faisait souffrir le martyre. Quelqu'un lui griffa le bras en voulant l'aider, avant de se faire aspirer par la foule.

Il s'aperçut que le palier du trente-quatrième était bondé. Toute une foule avait dévié de l'escalier pour tenter de franchir les portes du DIT. Quelqu'un en sortit tout à coup vêtu d'une combinaison de nettoyage, avec le casque et tout l'attirail. Il se jeta dans la foule, battant ses bras argentés parmi les gens, les cris, et ce pop inattendu, comme un ballon de baudruche qui éclatait, mais de façon amplifiée.

Jimmy finit par lâcher la rampe – son épaule ne supportait plus son poids. Il attrapa le montant, ses paumes moites ajoutèrent un couinement de plus au vacarme ambiant. Ses mains glissaient, il était suspendu dans le vide, cramponné au bord d'une marche. Du bout des pieds, il essayait de sentir la rampe au-dessous, mais il ne heurtait que des bras en colère qui repoussaient violemment ses bottes. Son épaule déboîtée le faisait souffrir atrocement. Il lâcha une main, se laissant pendre ainsi un instant.

Il appela au secours. Il cria le nom de sa mère, se souvint de ce qu'elle avait dit.

Va retrouver ton père.

Il était hors de question qu'il retourne dans l'escalier. Il n'en avait plus la force. Il n'y avait pas de place de toute façon. Personne n'allait l'aider. Toute une foule qui montait, et pourtant il était pendu là, tout seul.

Il inspira un grand coup. Il resta suspendu un instant encore, jeta un œil à la foule massée sur le palier en contrebas, et lâcha prise.

61

Les volées de marches défilèrent en un éclair. Des yeux s'écarquillèrent parmi la foule compacte. Le sifflement du vent à ses oreilles s'accentua au fil de sa chute. Son cœur remonta dans sa gorge et il croisa le regard inquiet de quelqu'un qui le regardait tomber.

Le choc de son corps contre ceux massés en dessous de lui émit un bruit mat. L'homme en scaphandre argenté, au visage masqué par sa visière, était coincé sous lui.

La foule le hua. D'autres durent ramper pour s'extraire du piège auquel il les avait pris. Jimmy roula sur le côté – décharge électrique dans les côtes, élancements dans le genou, et toujours l'épaule en feu. Il boita aussi vite que possible vers les doubles portes alors qu'un homme en sortait, un paquet dans les mains. En voyant la foule qui encombrait l'escalier, l'homme se figea. Quelqu'un évoqua le mot tabou, le dehors, mais personne ne sembla s'en soucier. Le lendemain, il devait y avoir un nettoyage. Il était peut-être trop tard. Jimmy songea aux heures supplémentaires qu'avait effectuées son père. Il se demanda combien de gens encore seraient expulsés à cause de toute cette violence.

Il se tourna vers l'escalier pour chercher sa mère. Les cris des gens qui s'exhortaient à bouger, à laisser passer, l'empêchaient d'entendre, mais la voix maternelle résonnait encore dans sa tête. Il se rappela son conseil, ses yeux larmoyants, et s'engouffra à l'intérieur pour aller retrouver son père.

C'était le chaos derrière ces portes, les gens couraient dans tous les sens, s'engueulaient. Yani était au portique de sécurité. Les cheveux de l'agent collaient à son front trempé de sueur. Jimmy se précipita vers lui, coude plaqué contre son corps pour empêcher son épaule de bouger. La douleur dans ses côtes gênait sa respiration. Encore sous le coup de sa chute, son cœur battait à tout rompre.

— Yani ! cria-t-il en arrivant au portique.

L'agent mit un moment avant de remarquer sa présence. Ses yeux écarquillés faisaient la navette de droite à gauche. Jimmy remarqua qu'il était armé d'un pistolet, le même genre que celui du shérif.

— Laisse-moi entrer, souffla Jimmy. Il faut que je voie mon père.

Les yeux fous de Yani se posèrent sur Jimmy. C'était quelqu'un de bien, un ami de son père. Sa fille avait tout juste deux ans de moins que Jimmy. Ils venaient parfois dîner chez eux en famille pendant les fêtes. Mais Yani n'était plus le même. Une sorte de terreur semblait le tenir par la gorge.

— Oui, dit-il en opinant. Ton père. Il refuse de me laisser entrer. Il refuse l'entrée à tout le monde. Mais toi…

Cela semblait impossible, mais le regard de Yani sombra davantage dans la folie.

— Tu me fais entrer avec ton badge ? demanda Jimmy en poussant doucement le tourniquet.

Mais Yani l'attrapa par le col. Jimmy n'avait rien d'un petit gabarit, il avait presque sa carrure d'adulte, et pourtant l'agent le souleva de terre comme un vulgaire sac de linge sale.

Jimmy se débattit sous sa poigne solide. Soudain, Yani pressa le canon de son pistolet contre sa poitrine et le traîna avec lui dans le couloir.

— J'ai son fils ! cria-t-il – mais à qui, Jimmy ne comprenait pas très bien.

Jimmy essaya de se libérer. Il vit des bureaux sens dessus dessous. Tout l'étage semblait avoir été vidé. Il songea à toutes les combinaisons grises et argentées qu'il avait vues dans l'escalier un peu plus tôt et craignit que son père n'ait été parmi elles. Dans la foule, il avait repéré beaucoup de gens de l'étage de son père, comme s'ils avaient mené l'attaque – ou fui quelque chose.

— J'arrive pas à respirer, dit-il tant bien que mal à Yani.

Touchant à peine terre, il se cramponnait à l'avant-bras de l'agent, tentait tout pour desserrer son emprise sur sa gorge.

— Vous êtes passés où bande de salauds ? hurla Yani en scrutant le couloir. J'ai besoin de votre aide pour…

Soudain, ce fut comme si mille ballons éclataient en même temps. Un bruit assourdissant. Jimmy sentit Yani partir sur le côté, comme s'il avait pris un coup de pied. L'agent desserra son étreinte et le sang de Jimmy circula à nouveau normalement jusqu'à son cerveau. Yani vacilla sur quelques pas et finit par s'écrouler, un gargouillis dans la gorge. Le pistolet noir glissa sur le carrelage.

— Jimmy !

Son père était au bout du couloir, à moitié caché au tournant, un objet long et noir coincé sous le bras, comme une béquille qui n'atteignait pas tout à fait le sol. Et le bout de cet objet fumait comme s'il était en feu.

— Dépêche-toi !

Jimmy, soulagé, lui cria qu'il arrivait. Il s'éloigna de Yani, qui se tordait par terre en émettant des sons inhumains. Il courut jusqu'à son père en boitant et en se tenant le bras.

— Où est ta mère ? lui demanda son père en regardant à l'autre bout du couloir.

— Dans l'escalier, répondit Jimmy à bout de souffle. Papa, qu'est-ce qui se passe ?

— Vite, à l'intérieur.

Il tira Jimmy vers une porte en acier inoxydable. Des cris leur parvinrent depuis l'autre bout du couloir. Les veines de son front saillaient, et la sueur perlait sur son crâne légèrement dégarni. Il composa un code sur le clavier près de la porte qui, après le grincement métallique des verrous, s'entrouvrit. Il s'y engouffra en poussant son fils jusqu'à ce qu'il y ait assez de place pour eux deux.

— Allez, bouge.

Du bout du couloir, on leur cria de s'arrêter. Des bottes martelaient le sol dans leur direction. Jimmy redouta que son père l'enferme là, tout seul, mais il réussit à entrer aussi et s'adossa aussitôt contre la porte.

— Pousse avec moi ! dit-il à son fils.

Jimmy s'exécuta. Il ne savait pas pourquoi ils poussaient, mais c'était la première fois qu'il voyait son père effrayé. Et ça le rendait tout flageolant à l'intérieur. De l'autre côté, les bottes se rapprochaient. Quelqu'un cria le nom de son père. Une autre voix cria celui de Yani.

Au moment où la porte se refermait, des mains tapèrent sur l'autre face. Les verrous retentirent à nouveau. Son père tapota sur le clavier, hésitant.

— Des chiffres, dit-il dans sa barbe. Quatre chiffres. Vite, donne-moi quatre chiffres dont tu te souviendras.

— Un deux un huit, dit Jimmy.

Le niveau 12 et le niveau 18. Là où il allait en cours et là où il habitait. Son père entra le code. Des cris étouffés se firent entendre de l'autre côté de la porte, accompagnés de mains qui tapaient en vain contre l'épaisseur d'acier.

— Suis-moi, dit son père. Il faut garder un œil sur les écrans pour retrouver ta mère.

Il passa son long objet noir en bandoulière, et Jimmy s'aperçut qu'il s'agissait d'une version plus longue d'un pistolet. Le bout ne fumait plus. Le coup de pied à distance avait en fait été un coup de feu.

Jimmy s'empressa de suivre son père. Il avait déjà vu son bureau, au bout du couloir, mais jamais cet endroit. La pièce était immense. Il essayait de ne pas trop prendre appui sur sa jambe blessée, tâchant de se faufiler entre les serveurs sans perdre son père de vue. Arrivé au bout de la salle, il contourna la dernière boîte noire et trouva son père agenouillé, comme s'il priait. Ce dernier passa ses mains autour de son cou et les plongea dans sa combinaison pour en sortir un mince cordon noir au bout duquel pendait un petit objet argenté.

— Et maman ? demanda Jimmy.

Il se demandait comment ils feraient pour la laisser entrer avec tous les autres qui enrageaient dehors. Et il se demandait ce que son père fabriquait à genoux.

— Écoute-moi bien, lui dit son père. Ça, c'est la clé du silo. Il n'en existe que deux. Ne la perds jamais des yeux, d'accord ?

Jimmy observa son père insérer la clé au dos d'une des machines.

— C'est le pôle de transmissions, expliqua son père.

Mais Jimmy ne savait pas ce qu'était un pôle de transmissions, seulement qu'ils allaient se cacher à l'intérieur. C'était apparemment le plan. Se planquer dans une de ces boîtes noires jusqu'à ce que le chaos cesse. Son père tourna la clé, comme s'il déverrouillait quelque chose, fit de même trois fois de plus dans trois fentes différentes puis retira le panneau. Jimmy jeta un œil à l'intérieur et vit son père tirer un levier. Tout près, dans le sol, résonna un bruit métallique.

— Garde ça précieusement, lui souffla son père en lui tendant le cordon et la clé. Jimmy prit le tout dans sa main et baissa les yeux sur le bout de métal argenté lové dans les entrelacs du cordon noir. Un côté de la clé représentait un cercle renfermant trois sections triangulaires – le symbole du silo. Il passa le cordon autour de son cou et vit son père empoigner la grille qui jouxtait celle où ils se trouvaient pour la soulever.

— Allez, passe le premier, lui dit son père en désignant le puits noir, avant d'ôter le long pistolet pendu en travers de son dos.

Jimmy avança à tâtons et jeta un œil en contrebas. Il y avait des poignées le long d'une paroi. C'était comme une échelle, mais bien plus haute que celles qu'il avait vues jusqu'à maintenant.

— Allez, dépêche-toi. On n'a pas beaucoup de temps.

Assis au bord du puits, les pieds dans le vide, Jimmy se courba pour attraper le premier échelon et amorça sa longue descente.

Le sous-sol était frais et sombre. Ici, l'horreur et le tumulte de l'escalier semblaient s'amenuiser, et Jimmy éprouva soudain une profonde appréhension. Pourquoi lui transmettait-on cette clé ? C'était quoi, cet endroit ? Il continuait malgré tout à descendre, se servant principalement de son bras valide.

En bas de l'échelle, il trouva un étroit passage tout au bout duquel il distingua une lueur. En levant les yeux, il discerna la silhouette de son père qui descendait.

— Vas-y, par ici, dit son père en désignant l'étroit couloir.

Il laissa le long pistolet contre l'échelle. Jimmy pointa un doigt vers le haut.

— On devrait pas le garder pour…

— Je le récupérerai en sortant. Allez, avance.

Jimmy s'engouffra dans le passage. Fils et tuyaux couraient le long du plafond. Un voyant rouge clignotait. Au bout d'une vingtaine de pas, le couloir débouchait sur un espace qui lui fit penser au petit local de stockage de son école. Il y avait des étagères le long de deux murs. Deux bureaux : un avec un ordinateur, l'autre avec un livre ouvert. Son père se dirigea droit vers l'ordinateur.

— Tu étais avec ta mère ? voulut-il savoir.

— Oui, elle est venue me chercher en cours. On a été séparés dans l'escalier.

Jimmy massa son épaule meurtrie tandis que son père se laissait tomber sur la chaise face à l'écran divisé en quatre carrés.

— Où est-ce que tu l'as perdue ? À quel étage ?

— À deux tournants du trente-quatrième, répondit-il, se rappelant sa chute.

Au lieu de se servir de la souris d'ordinateur, son père saisit un boîtier noir truffé de boutons et d'interrupteurs, relié à l'arrière de l'écran par un fil. Dans un coin de l'écran, Jimmy vit trois hommes penchés au-dessus d'un quatrième, immobile, à terre. C'était réel. C'était une image, une fenêtre, comme l'écran mural de la cafétéria. C'était une vue du couloir qu'ils venaient de quitter.

— Enfoiré de Yani, lâcha son père.

Le regard de Jimmy quitta l'écran pour se poser sur la tête de son père. Il avait déjà entendu des insultes dans sa bouche, mais jamais celle-ci. Les épaules de son père se soulevaient et retombaient au gré de ses profondes respirations. Jimmy reporta son attention sur les images.

Il y avait à présent douze fenêtres. Non, seize. Son père se pencha en avant, le nez sur l'écran, scrutant les carrés l'un après l'autre. Ses mains s'agitaient sur le boîtier dont il actionnait les boutons. Jimmy voyait dans ces fenêtres l'agitation dont il avait été témoin dans l'escalier. De la rampe au pilier central, les marches étaient bondées. Ils fuyaient vers le haut. Son père faisait courir un doigt sur l'écran.

— Papa…

— Chut !

— Qu'est-ce qui se passe ?

— On a eu une brèche. Ils essaient de nous supprimer. Tu as dit à deux tournants du trente-quatrième ?

— Oui. Mais la foule la faisait remonter. C'était très difficile de bouger. Je suis passé par-dessus la rampe et…

La chaise couina lorsque son père se retourna pour

le prendre par les épaules, remarquant le bras de Jimmy collé contre sa poitrine.

— Tu es tombé ?

— Je vais bien, papa. Qu'est-ce qui se passe ? Qui veut supprimer quoi ?

Son père se concentra à nouveau sur les écrans. En quelques clics de boîtier, les carrés changeaient, offraient de nouvelles vues.

— Ils essaient de fermer notre silo, reprit son père. Ces salauds ont ouvert notre sas, ils ont dit que notre réserve d'oxygène était polluée et… Attends. La voilà.

Les nombreuses petites fenêtres n'en devinrent plus qu'une. Jimmy repéra sa mère, coincée entre la rampe et une marée humaine. Elle avait la bouche et le menton en sang. Agrippée à la rambarde, luttant pour se faire une place, elle parvint à descendre d'une marche tandis que la foule poussait dans la direction opposée. Tous les habitants du silo semblaient vouloir se ruer à l'extérieur, comme si c'était leur seule échappatoire.

Le père de Jimmy frappa du poing sur la table et se leva brutalement.

— Attends-moi ici.

Il fit un pas vers l'étroit couloir, s'arrêta et regarda Jimmy, l'air de réfléchir. Une lueur étrange brillait dans ses yeux.

— Non, viens par là. Juste au cas où.

Il se dirigea dans la direction opposée, repassa devant Jimmy et ouvrit une porte. Jimmy le suivit, boiteux, apeuré, perdu.

— Ça ressemble beaucoup à notre cuisinière, dit son père en tapotant une machine antique dans un coin de la pièce. Ce modèle est plus ancien, mais ça marche de la même façon.

Il y avait quelque chose de fou dans le regard de son père. Il tourna sur lui-même et pointa du doigt une autre porte.

— Réserves, dortoir, douches, c'est par là. Il y a de quoi nourrir quatre personnes pendant dix ans. Utilise ton cerveau, fiston.

— Mais papa… Je ne comprends pas…

— Rentre-moi cette clé, lui dit son père.

Jimmy avait laissé le cordon pendre à l'extérieur de sa salopette.

— Ne la perds pas, tu m'entends ? Tu te souviens des chiffres que tu m'as donnés, que tu ne dois jamais oublier ?

— Douze dix-huit, répondit Jimmy.

— Bien. Approche. Je vais te montrer comment marche la radio.

Jimmy balaya du regard ce nouvel environnement. Il n'avait aucune envie de rester seul ici. C'est pourtant ce que son père était en train de faire, il l'abandonnait entre les étages, caché dans le béton. Le monde qui l'entourait l'oppressait soudain.

— Je viens la chercher avec toi, dit-il en songeant à toutes ces mains qui avaient tapé contre la grosse porte.

Son père ne pouvait pas y aller seul, même avec le gros pistolet.

— N'ouvre à personne d'autre que ta mère ou moi, répondit son père sans considération pour sa requête. Bon, maintenant, regarde bien.

Il lui montra une boîte encastrée dans le mur, dans une cage en métal, mais il y avait des boutons et des touches accessibles de l'extérieur.

— Là, c'est la mise sous tension, dit son père en tapotant un bouton. Pour le volume, tu tournes dans ce sens.

Il joignit le geste à la parole et un bruit de parasites emplit la pièce. Il prit un appareil accroché au mur et le tendit à Jimmy. Il était relié à la boîte bruyante par un cordon à ressorts. Son père en prit un autre, il y en avait plusieurs accrochés là.

— Un deux, tu m'entends ?

Son père parlait dans l'appareil. Sa voix remplaça le sifflement qu'émettait la boîte.

— Appuie sur ce bouton et parle dans le micro.

Jimmy s'exécuta.

— Je t'entends, dit Jimmy d'une voix hésitante, surpris d'entendre sa propre voix sortir du petit appareil que tenait son père.

— Quel est le code ? demanda son père.

— Douze dix-huit, dit Jimmy.

— Très bien. Reste là, fiston.

Son père l'observa un instant, fit un pas en avant et l'attrapa par la nuque pour l'embrasser sur le front. Jimmy se rappela la dernière fois qu'il avait fait ça. C'était juste avant que son père ne disparaisse pendant trois mois, avant qu'il ne devienne ombre, à l'époque où Jimmy était encore tout petit.

— Quand je remettrai la grille en place, elle se verrouillera automatiquement. Il y a une poignée au-dessous pour l'ouvrir. Tu vas bien ?

Jimmy acquiesça. Son père jeta un œil inquiet sur les voyants rouges qui clignotaient au-dessus d'eux.

— Quoi que tu fasses, surtout, n'ouvre cette porte à personne d'autre que ta mère ou moi. C'est bien compris ?

— Compris.

Cramponné à son bras, Jimmy essayait de faire bonne figure. Il remarqua un autre long pistolet posé contre le mur. Il ne comprenait pas pourquoi il ne pouvait pas accompagner son père. Il tendit une main vers l'arme.

— Papa…

— Tu restes ici.

Jimmy acquiesça.

— Tu es un bon garçon.

Il lui caressa la tête en souriant puis fit volte-face et disparut dans le passage sombre et étroit. Les lumières rouges continuaient de cligner, comme les pulsations d'un cœur. Ses bottes résonnèrent contre les échelons en métal. Bientôt l'obscurité avala tous les bruits et il n'y eut plus que le silence. Voilà. Jimmy Parker était seul.

SILO 1

2345

62

Donald ne sentait pas ses orteils. Il était pieds nus mais ses extrémités n'avaient pas encore dégelé. Il était pieds nus, et partout autour de lui il y avait des bottes. Les bottes des hommes qui le poussaient entre les rangées de cryopodes. Les bottes immobiles pendant qu'on lui prenait son sang et qu'on lui demandait d'uriner. Les bottes raides qui couinaient dans l'ascenseur au gré des mouvements d'impatience. Et à l'étage, des bottes en proie à la panique les accueillirent, dans un couloir encombré de cris, d'angoisse, de fronts inquiets. Ils le poussèrent jusque dans un petit appartement, où ils le laissèrent seul pour qu'il se lave et dégèle complètement. Un monde angoissé, confus et bruyant dans lequel se réveiller.

Assis sur le lit, Donald était encore à moitié endormi ; sa conscience flottait au ras du sol. Un épuisement profond s'accrochait à lui. Il était de retour à l'époque où l'on vivait encore à la surface de la Terre, où s'étirer et se réveiller étaient deux choses différentes. L'époque des matins où il reprenait pleinement conscience sous la douche, ou au volant de sa voiture sur le chemin du bureau, longtemps après avoir commencé à bouger. L'esprit traînait derrière le corps ; il surnageait dans la poussière que remuaient les pieds engourdis. Se réveiller après des décennies de froid glacial était pareil. Des rêves dont il avait à peine conscience lui échappaient, et il ne demandait de toute façon qu'à les voir s'envoler.

L'appartement dans lequel on l'avait mis était au bout du couloir où se trouvait son ancien bureau. Ils étaient passés devant en chemin. Cela voulait dire qu'il était dans le département des Opérations, un endroit où il avait déjà travaillé. Une paire de bottes se dressait au pied du lit. Donald les observait, inexpressif. Les lettres inscrites au feutre noir étaient passées, mais on pouvait encore lire le nom de "Thurman" au niveau des chevilles. Sans qu'il sache comment, ces bottes lui étaient destinées. On l'appelait M. Thurman depuis qu'il était réveillé, mais ce n'était pas lui. Une erreur avait été commise. Une erreur, ou une plaisanterie cruelle. Une sorte de jeu.

Un quart d'heure pour se préparer. C'est ce qu'ils lui avaient dit. Se préparer à quoi ? Assis sur le grand lit, enveloppé d'une couverture, il frissonnait. On lui avait laissé le fauteuil roulant. Idées et souvenirs se rassemblaient à contrecœur, tels des soldats fatigués réveillés en pleine nuit pour se mettre en rang sous la pluie glaciale.

Je m'appelle Donald, se rappela-t-il. Il ne devait pas l'oublier. C'était la donnée principale, la plus élémentaire. Qui il était.

Peu à peu, la sensation et la conscience revinrent. Il sentit dans le matelas la légère dépression laissée par un autre corps que le sien l'inviter au sommeil. Sur le mur derrière la porte, un petit cratère s'était formé à l'endroit où la poignée avait dû cogner. Une urgence, peut-être. Une bagarre, ou un accident. Quelqu'un avait fait irruption ici. Une scène de violence. Des centaines d'années, d'histoires dont il n'était pas au courant. Un quart d'heure pour mettre de l'ordre dans ses pensées.

Il y avait un badge sur la table de chevet, avec un code-barres et un nom. Pas de photo, heureusement. Donald l'effleura, se rappela avoir vu ce badge en action. Il se leva difficilement, jambes tremblantes, s'aida du fauteuil roulant pour se redresser et se dirigea vers la petite salle d'eau.

Il y avait un pansement sur son bras à l'endroit où le médecin l'avait piqué. Le Dr Wilson. Il avait déjà donné un échantillon d'urine, mais il avait encore besoin de se vider la vessie. Il laissa la couverture s'ouvrir et se planta face aux toilettes. Le jet était rose. Donald croyait se souvenir que lors de ses réveils précédents la couleur avait tiré sur le gris charbon. Il passa ensuite sous la douche pour se laver.

L'eau était chaude, ses os, froids. Il frissonnait dans un brouillard de vapeur d'eau. Il ouvrit la bouche et laissa le jet heurter sa langue, gonfler ses joues. Il se récura au souvenir du poison sur sa peau, dans sa chair, un souvenir qui l'empêchait de se sentir propre. L'espace d'un instant, ce n'était plus l'eau qui lui brûlait la peau, mais l'air. L'air du dehors. Mais lorsqu'il coupa le robinet, la sensation de brûlure cessa.

Il se sécha et trouva la combinaison qu'on avait laissée pour lui. Trop grande. Il l'enfila quand même ; le tissu était rêche contre sa peau restée nue Dieu sait combien de temps. On frappa à la porte tandis qu'il remontait la fermeture éclair de son uniforme. On prononça un nom qui n'était pas le sien pour l'appeler, un nom inscrit sur des bottes qui l'attendaient au pied du lit, et sur le badge posé sur la table de chevet.

— J'arrive, marmonna Donald, la voix encore faible.

Il glissa le badge dans sa poche et s'assit sur le lit. Il roula ses manches, tout ce tissu superflu, et enfila les bottes l'une après l'autre. Il les laça, se leva, et s'aperçut que ses orteils étaient plus qu'à l'aise dans les chaussures de son prédécesseur.

De nombreuses années auparavant, Donald Keene avait vécu l'ascension par un simple changement de titre. Le pouvoir et l'importance lui avaient été acquis instantanément. Toute sa vie, il avait été quelqu'un qu'on écoutait peu. Un homme diplômé, ayant exercé divers métiers, marié, propriétaire d'une maison modeste. Jusqu'à ce qu'un soir, après un comptage informatique de bulletins de vote, Donald Keene devienne le député Keene. Il figurait parmi les quelques centaines de personnes à avoir la main sur une imposante barre de gouvernail – une mêlée de mains qui poussaient, tiraient, gagnaient puis perdaient de l'influence.

C'était arrivé du jour au lendemain, et voilà que ça se reproduisait.

— Comment vous vous sentez, monsieur ?

L'homme qui se tenait sur le seuil de l'appartement observait Donald avec inquiétude. Son badge indiquait qu'il s'appelait Eren. C'était le directeur du BSP, celui qui dirigeait le bureau des psys au bout du couloir.

— Encore un peu sonné, dit Donald doucement.

Un homme en bleu passa en courant et disparut au tournant. Une légère brise lui succéda, un déplacement d'air qui sentait le café et la transpiration.

— Vous pouvez marcher ? Je suis désolé de vous presser, mais bon, je pense que vous êtes habitué. Ils vous attendent, en salle de communications.

Donald acquiesça et le suivit. Dans son souvenir, ces couloirs étaient plus calmes, il n'y avait pas toutes ces bottes qui couraient et ces gens qui parlaient fort. Les murs portaient des égratignures qu'il estimait récentes. Autant de rappels de tout le temps qui s'était écoulé.

Dans le département des Communications, tous les yeux se tournèrent vers lui. Quelqu'un avait des ennuis – il le sentit. Eren le guida vers une chaise. Tout le monde l'observait, dans l'expectative. Il s'assit et vit qu'il y avait une image figée sur l'écran qui lui faisait face. On appuya sur une touche et l'image se mit à bouger.

Un rideau de poussière tourbillonnant empêchait d'y voir clair. Mais là, entre deux épaisses nuées, on pouvait distinguer une silhouette en grosse combinaison dans un paysage austère, qui gravissait une petite montée et sortait du champ de la caméra. Il y avait quelqu'un dehors.

Il se demanda si ce n'était pas lui à l'écran, toutes ces années auparavant. La combinaison lui rappelait quelque chose. Ils avaient peut-être filmé sa toquade, sa tentative de suicide, de mourir en homme libre. Et ils l'avaient réveillé pour le confronter à cette preuve flagrante. Donald se préparait à l'accusation, à son châtiment…

— Ça a été filmé plus tôt dans la matinée, dit Eren.

Donald opina en essayant de rester calme. Ce n'était donc pas lui sur l'écran. Ils ne savaient pas qui il était. Un intense soulagement le submergea, une vague qui contrastait vivement avec la tension ambiante. Il se souvint qu'on lui avait dit à son réveil que quelqu'un avait disparu derrière une colline. C'est la première chose qu'on lui avait annoncée. C'était donc cette personne qu'on voyait à l'écran. C'était pour ça qu'on l'avait réveillé. Il s'humecta les lèvres et demanda de qui il s'agissait.

— On est en train de constituer un dossier à votre intention, monsieur. On devrait l'avoir d'une minute à l'autre. Ce que l'on sait pour l'instant, c'est qu'il y avait un nettoyage prévu dans le silo 18 ce matin. Sauf que…

Eren hésita. Donald délaissa l'écran et surprit le chef du BSP en train de chercher de l'aide auprès des autres. L'un des opérateurs – un homme charpenté en salopette orange avec des cheveux drus et un casque autour du cou – fut le premier à lui porter secours.

— Le nettoyage n'a pas eu lieu, dit-il d'une voix blanche.

Plusieurs hommes en bottes se raidirent. Donald jeta un œil à la foule qui s'était formée dans la salle et vit comment tous le regardaient. Ils guettaient sa réaction. Eren baissa les yeux en signe d'échec. Il devait avoir trente-cinq, quarante ans, le même âge que Donald, et pourtant il attendait sa punition. C'étaient eux, qui avaient des ennuis. Pas lui.

Donald essaya de réfléchir. Les gens autour de lui attendaient ses conseils. Quelque chose clochait dans les factions, et sérieusement, même. Il avait travaillé avec l'homme pour qui ils le prenaient, l'homme dont le nom apparaissait sur son badge et ses bottes. Thurman. Il lui semblait que la veille encore il s'était retrouvé dans cette même pièce et s'était senti l'égal de cet homme, l'espace d'un instant. Il avait participé à la sauvegarde d'un silo pendant sa faction précédente. Et même s'il avait le cerveau embrumé et les jambes faibles, il savait qu'il était important de maintenir cette façade. Au moins jusqu'à ce qu'il comprenne ce qui se passait.

— Dans quelle direction se dirigeait-elle ? demanda-t-il avec un mince filet de voix.

Tout le monde se tenait parfaitement immobile, de sorte qu'aucun bruissement d'uniforme ne vienne couvrir le son de sa voix.

— En direction du silo 17, répondit quelqu'un au fond de la pièce.

Donald se calma. Il se souvenait de l'Ordre, du danger qu'il y avait à laisser quiconque échapper à leur vigilance. Ces gens, dans leurs silos, avec une vue limitée du monde, pensaient qu'ils étaient les seuls êtres vivants. Ils vivaient dans des bulles qui ne devaient surtout pas éclater.

— Des nouvelles du 17 ? demanda-t-il.

— Le silo 17 a été liquidé, dit l'opérateur à côté de lui, annonçant une autre mauvaise nouvelle de la même voix blanche.

Donald s'éclaircit la voix.

— Liquidé ?

Il sonda les visages qui l'entouraient. Les fronts ridés par l'inquiétude. Eren observa Donald et l'opérateur assis à côté de lui se tortilla sur sa chaise, mal à l'aise. Sur l'écran, la nettoyeuse disparaissait derrière la colline.

— Qu'a fait cette nettoyeuse ?

— Ça n'a rien à voir avec elle, dit Eren.

— Le silo 17 est fermé depuis plusieurs factions, dit l'opérateur.

— Oui, bien sûr.

Donald passa une main tremblante dans ses cheveux.

— Vous vous sentez bien ? demanda l'opérateur en risquant un regard vers son chef, puis vers Donald.

Il savait. Donald sentit que cet homme en uniforme orange avec des écouteurs autour du cou savait que quelque chose ne tournait pas rond.

— Encore un peu déboussolé, expliqua Donald.

— Ça ne fait qu'une demi-heure qu'il est réveillé, dit Eren à l'opérateur.

Il y eut des murmures au fond de la salle.

— Ah, d'accord. C'est juste que… c'est le Berger, vous savez, alors… Je m'étais imaginé que si on le réveillait il serait prêt à casser la baraque.

Quelqu'un gloussa juste derrière Donald.

— Qu'est-ce qu'on est censé faire pour la nettoyeuse ? demanda quelqu'un. On a besoin d'une autorisation avant d'envoyer quelqu'un à sa poursuite.

— Elle ne peut pas avoir été très loin, dit un autre.

L'ingénieur assis de l'autre côté de Donald prit la parole. Il avait un seul écouteur collé à l'oreille de façon à pouvoir suivre la conversation. Il avait le front luisant de sueur.

— Selon le 18, sa combinaison a été modifiée. Impossible de dire combien de temps elle va durer. Il se pourrait qu'elle soit encore dehors, messieurs.

L'annonce provoqua un ensemble de murmures. Les chuchotements faisaient le même bruit que la poussière propulsée sur la visière d'un casque par des bourrasques de vent. Donald scrutait l'écran, une colline déserte telle qu'on la voyait du silo 18. La poussière volait par vagues sombres. Il se rappela ce qu'il avait ressenti dans ce même paysage, la difficulté qu'il avait éprouvée à bouger dans cette combinaison, à gravir la pente pourtant douce. Qui était cette nettoyeuse, et pour qui se prenait-elle ?

— Donnez-moi le dossier de la nettoyeuse dès que possible, dit-il.

Les bavardages cessèrent immédiatement. Sa voix leur en imposait parce qu'elle était posée, mais aussi à cause du statut qu'ils lui prêtaient.

— Et je veux tout ce que nous avons sur le 17.

Il coula un regard vers l'opérateur, qui fronçait les sourcils – par inquiétude ou par suspicion.

— Pour me rafraîchir la mémoire, ajouta Donald.

Eren posa une main sur le dossier de la chaise de Donald.

— *Quid* du protocole ? demanda-t-il. On ne devrait pas envoyer un drone pour la retrouver ? Ou fermer le 18 ? Il va y avoir des dégâts là-bas. C'est la première fois qu'un nettoyage n'aboutit pas.

Donald secoua la tête. Il commençait à y voir plus clair. Il baissa les yeux sur sa main et se souvint d'un gant qu'il avait déchiré, là, dehors. Il ne devrait pas être en vie. Il se demanda ce que Thurman ferait, quel ordre donnerait le vieil homme. Mais il n'était pas Thurman. Quelqu'un lui avait dit un jour que c'étaient des gens comme lui qui auraient dû être au pouvoir. Et voilà qu'on lui en donnait l'occasion.

— Pour l'instant, on ne fait rien, dit-il en se raclant la gorge. Elle n'ira pas loin.

Les regards se braquèrent sur lui, à la fois choqués et résignés. Quelques opérateurs finirent par hocher la tête, supposant qu'il savait ce qu'il faisait. On l'avait réveillé pour maîtriser la situation. Tout était fait en respect du protocole. Ils pouvaient faire confiance au système – il était conçu pour fonctionner pratiquement tout seul. Il fallait simplement que chacun fasse son travail et laisse les autres s'occuper du reste.

63

Le trajet était court de son appartement au bureau central, ce qui était *a priori* le but. Il repensa au bureau d'un PDG qu'il avait déjà vu avec chambre adjacente. Ce qui semblait impressionnant à première vue devenait finalement triste une fois qu'on avait compris le pourquoi de la chose.

Il toqua contre la porte ouverte du bureau des Services psychologiques. Avant, il considérait ces gens comme des psys, dont le boulot était d'aider les autres à rester sains d'esprit. Mais il savait à présent qu'ils étaient en charge de la démence. C'étaient eux qui avaient le pouvoir. Les chefs des chefs. Le bureau au bout du couloir était celui où atterrissait tout le travail pénible. Donald songea que chaque silo avait un maire pour serrer des mains et sauver les apparences, tout comme le monde d'avant avait des présidents qui se succédaient. Pendant ce temps, c'étaient les hommes de l'ombre qui exerçaient le véritable pouvoir, qui jouissaient de mandats illimités. Le fait que ce silo obéisse à la même supercherie n'était pas surprenant ; c'était le seul moyen de gouverner que connaissaient ces hommes.

Dos tourné à son ancien bureau, il frappa un peu plus fort. Eren leva le nez de son ordinateur et un faible sourire vint briser son masque de concentration.

— Entrez, dit-il en se levant. Vous avez besoin du bureau ?

— Oui. Mais restez.

Donald traversa la pièce avec précaution, les jambes encore à moitié endormies, et remarqua qu'à la différence de son uniforme d'un blanc éclatant, celui d'Eren portait les plis d'usure d'une faction entamée depuis longtemps. Malgré tout, le chef du BSP semblait vigoureux et alerte. Sa barbe soigneusement taillée n'était que légèrement ponctuée de gris. Il aida Donald à s'installer dans le fauteuil rembourré derrière le bureau.

— On attend toujours le rapport complet sur la nettoyeuse, dit Eren. Le chef du 18 nous a prévenus qu'il y avait de quoi lire.

— Antécédents ?

Donald pensait que toute personne envoyée au nettoyage devait avoir des antécédents.

— Il paraît qu'elle était shérif. Je ne suis pas sûr d'y croire. D'un autre côté, ce ne serait pas le premier représentant de la loi à vouloir sortir.

— Mais ce serait bel et bien la première fois qu'on perd la trace de quelqu'un.

— D'après ce qu'on a, oui.

Eren croisa les bras et s'appuya contre le bureau.

— Le cas le plus proche, c'est cet homme que vous avez rattrapé en haut de la colline. J'imagine que c'est pour ça que le protocole exige qu'on vous réveille. J'ai entendu des types vous appeler le Berger, dit-il en riant.

Le surnom fit ciller Donald. Il se sentait davantage mouton que berger.

— Parlez-moi du 17, dit-il pour changer de sujet. Qui était de faction quand ce silo a été liquidé ?

— On peut regarder, dit Eren en faisant un geste vers le clavier.

— J'ai, euh, j'ai encore des fourmis dans les doigts, dit Donald en glissant le clavier vers Eren, qui hésita un instant.

Il finit par se pencher sur les touches et accéda à la liste de noms par un raccourci. Donald essayait de suivre ce qu'il faisait sur l'écran. Il y avait des dossiers auxquels il n'avait normalement pas accès, des menus qui lui étaient inconnus.

— Apparemment, c'était Cooper. Il me semble avoir fini une faction au moment où lui prenait son poste. Le nom me dit quelque chose. J'ai envoyé quelqu'un chercher ces dossiers pour vous également.

— Bien, bien.

Eren arqua les sourcils.

— Vous avez lu les rapports sur le 17 pendant votre dernière faction, n'est-ce pas ?

Donald ne savait pas si Thurman avait vécu la chute du 17 ou si on l'avait réveillé au moment des faits.

— Difficile de tout garder en tête, dit-il. Ça fait combien d'années ?

— C'est sûr. Vous étiez en sommeil profond, n'est-ce pas ?

Donald supposait que oui. Eren tapota le bureau du bout des doigts et Donald coula un regard vers l'homme dans le bureau d'en face, assis derrière un ordinateur. Il se souvint de ce qu'il avait ressenti en tant qu'homme théoriquement responsable, se demandant de quoi les docteurs en uniforme blanc de l'autre côté du couloir pouvaient bien parler. À présent, il faisait partie de ceux vêtus de blanc.

— Oui, c'est ça, j'étais en sommeil profond, dit Donald.

Ils n'auraient quand même pas changé son corps de place ? Erskine ou un autre avait peut-être simplement modifié les noms dans la base de données. Un petit piratage vite fait bien fait, deux références échangées, et un homme vit la vie d'un autre.

— J'aime être près de ma fille, précisa-t-il.

— Oui, difficile de vous en vouloir.

Les rides sur le front d'Eren se lissèrent.

— J'ai ma femme en bas. Et je commets toujours l'erreur d'aller lui rendre visite au début de chaque faction.

Il prit une profonde inspiration et pointa l'écran du doigt.

— On a perdu le 17 il y a une trentaine d'années. Il faudrait que je lance une recherche pour vous donner une date précise. Les raisons sont encore floues. Il n'y a eu aucun signe d'agitation avant-coureur, donc on n'a pas eu beaucoup de temps pour réagir. Il y avait un nettoyage programmé, mais le sas s'est ouvert avec un jour d'avance, et de façon incohérente. Peut-être un bug, ou une intrusion dans le système. On n'en sait rien. Les capteurs ont fait état d'une purification de l'oxygène dans les étages du bas, après quoi une émeute a gagné tout le silo. On a débranché la prise pendant que les premiers sortaient du sas. On a à peine eu le temps.

Donald se souvenait du silo 12, qui avait connu la même fin. Les gens qui s'étaient éparpillés sur le flanc de la colline, les volutes de brume blanche, ceux qui avaient fait demi-tour et tenté de retourner à l'intérieur.

— Pas de survivants ? demanda-t-il.

— Quelques âmes errantes. Mais on a perdu le contact radio et les caméras ne transmettent plus rien. On a continué à appeler par radio, au cas où il y aurait eu quelqu'un dans la chambre forte.

Donald acquiesça. Le protocole. Eux aussi avaient appelé le silo 12 après sa chute. Mais personne n'avait répondu.

— Quelqu'un a répondu le dernier jour, dit Eren. Une jeune ombre, ou un technicien, je pense. Ça fait une éternité que je n'ai pas relu les transcriptions.

Il fit dérouler le rapport sur l'écran.

— Apparemment, on a envoyé le code d'effondrement juste après cet appel, par mesure de précaution. Donc, même si la nettoyeuse arrive jusque-là, elle ne trouvera qu'un gros trou dans la terre.

— Elle continuera peut-être à marcher, dit Donald. Quel silo se trouve à côté ? Le 16 ?

Eren acquiesça.

— Allez donc les appeler, suggéra Donald.

Il essayait de se remémorer la disposition des silos. C'était le genre de choses dont il devait quand même se souvenir.

— Et contactez tous les silos à proximité du 17, au cas où notre nettoyeuse prendrait un virage.

— Entendu.

Donald s'émerveilla à nouveau d'être traité comme le grand chef. Il commençait déjà à s'y croire. Comme lorsqu'il avait été élu au Congrès, toutes ces écrasantes responsabilités qui avaient pesé sur lui du jour au lendemain…

Eren se pencha en travers du bureau et appuya sur deux touches pour se déconnecter. Il sortit d'un pas vif dans le couloir tandis que Donald scrutait l'écran qui lui demandait un identifiant et un mot de passe.

Soudain, il s'y croyait beaucoup moins.

64

Dans la salle d'en face, un homme était assis à un bureau qui avait été le sien. Donald leva les yeux et surprit l'homme en train de le regarder. Il avait lui-même eu l'habitude d'observer ce qui se passait dans ce bureau. Et tandis que cet homme – plus costaud que Donald et avec moins de cheveux – faisait probablement une partie de solitaire, Donald se débattait avec une énigme d'un autre genre.

Son ancien identifiant, Troy, ne fonctionnait pas. Il tenta de vieux codes de carte bleue et n'eut pas davantage de succès. Il réfléchit, inquiet à l'idée de composer trop de codes incorrects. Il avait pourtant l'impression que la veille encore son compte fonctionnait. Mais beaucoup de choses s'étaient passées depuis. Beaucoup de factions. Sans compter que quelqu'un avait joué avec.

Tout semblait converger vers Erskine, le vieil Anglais chargé de la coordination des factions. Erskine s'était pris d'amitié pour Donald. Mais quel était le but ? Qu'attendait-il de lui ?

L'espace d'un instant, il envisagea de sortir du bureau et de déclarer au beau milieu du couloir : "Je ne suis ni Thurman, ni le Berger, ni Troy. Je m'appelle Donald, et je ne suis même pas censé être ici."

Il devrait dire la vérité. Laisser la vérité faire rage, même si les autres n'y comprenaient rien. "Je suis Donald !" avait-il envie de crier, comme le bon vieux Hal l'avait fait en son temps. Ils pouvaient sangler ses bottes à un brancard, le renvoyer dans les limbes glorieux. L'expédier sur les collines. L'enterrer, comme ils avaient enterré sa femme. Mais il crierait et le crierait encore, jusqu'à ce qu'il en soit persuadé : il était bien qui il pensait être.

Au lieu de quoi il essaya le nom d'Erskine avec son propre mot de passe. Un autre voyant rouge l'avertit que l'identifiant était incorrect, et l'envie de sortir crier dans le couloir lui passa aussi vite qu'elle était venue.

Il scrutait l'écran. Il ne semblait pas exister de nombre limite de tentatives incorrectes, mais combien de temps avant le retour d'Eren ? Avant de devoir expliquer qu'il n'arrivait pas à se connecter ? Il pouvait peut-être traverser le couloir, interrompre la partie de solitaire du chef du silo et lui demander d'extraire son mot de passe. Il pouvait toujours dire qu'il était encore sonné à cause de son réveil récent. L'excuse avait marché jusque-là. Mais il se demanda pour combien de temps encore.

Sans trop y croire, il combina le nom de Thurman et son propre mot de passe, 2156.

La fenêtre de connexion disparut au profit du menu principal. L'impression d'être la mauvaise personne s'accrut. Il remua ses orteils dans ses bottes trop grandes. Sur l'écran, une enveloppe clignotait. Thurman avait des messages.

Donald cliqua sur l'icône et fit dérouler les messages jusqu'au non-lu le plus ancien. Il allait peut-être enfin savoir comment il était arrivé là, ce qui s'était passé pendant la dernière faction de Thurman. Les dates, qui remontaient à plusieurs siècles, lui donnaient le vertige. Rapports démographiques. Messages automatiques. Réponses, transferts. Il vit un message d'Erskine, mais c'était une simple notification de trop-plein dans les étages inférieurs réservés aux cryopodes. Les corps inutiles s'entassaient, semblait-il. Un autre message un peu plus bas était marqué “important”. Le nom de Victor apparaissait dans le champ “expéditeur”, ce qui attira l’attention de Donald. Ça devait dater d’avant la deuxième prise de poste de Donald. Victor était déjà mort la dernière fois où on avait réveillé Donald. Il ouvrit le message.

Mon vieil ami,

je suis sûr que tu n’apprécieras pas ce que je m’apprête à faire, que tu considéreras mon geste comme une violation de notre pacte, mais je l’envisage quant à moi comme une restructuration de la chronologie. Des faits récents précipitent un peu les choses. Pour moi, du moins. Ton heure viendra.

J’ai découvert il y a peu pourquoi un de nos silos a eu plus que sa part de problèmes. Il y a quelqu’un là-bas qui se souvient, et cette femme confirme ce que je sais de l’humanité tout en perturbant mes certitudes. On fait de la place pour pouvoir plus tard la remplir. La peur se propage parce que les purges entraînent une dépendance. Sachant cela, ce que l’on se fait subir les uns aux autres devient évident. Cela explique la question que l’on se pose tous, à savoir : pourquoi les sociétés les plus en déclin sont celles qui ont le moins de besoins ? En atteignant la vérité, je ressens le besoin d’une autre époque, celui de synthétiser ma pensée et de présenter ma théorie à un parterre de professionnels. Au lieu de ça, je suis descendu dans un entrepôt poussiéreux me procurer un pistolet.

Toi et moi avons passé le plus clair de nos vies d’adultes à tenter de sauver l’humanité. Plusieurs vies d’adultes, même. Cet exploit étant à présent accompli, une autre question me vient, une question à laquelle je crains bien de n’avoir aucune réponse et que nous n’avons jamais eu le courage ni l’audace de nous poser. C’est pourquoi je te demande, mon cher ami : ce monde que nous avons sauvé, en valait-il la peine ? Nous, en valions-nous la peine ?

Cette entreprise fut mise sur les rails en partant du principe que oui, c'était le cas. Mais à présent la question me taraude. Notre exploit sera d'avoir purgé le monde, mais avoir sauvé l'humanité sera peut-être notre plus terrible faute. Le monde se porterait peut-être mieux sans nous. Je n'ai pas la volonté de décider. Je te laisse faire. L'ultime faction, mon ami, est à toi, car j'ai pour ma part accompli ma dernière. Je ne t'envie pas le choix que tu devras faire. Le pacte que nous avons conclu il y a si longtemps me hante comme jamais. Et j'ai l'impression que ce que je m'apprête à faire... que c'est le chemin le plus simple.

Vincent Wayne Di Marco

Donald relut le dernier paragraphe. C'était une lettre de suicide. Thurman était donc au courant. Depuis le début, alors que Donald s'était torturé au sujet de la mort de Victor, Thurman avait su. Il avait eu ce message en sa possession et ne l'avait pas partagé. Et Donald s'était presque convaincu que Victor avait été assassiné. À moins que la lettre ne soit une contrefaçon. Mais Donald chassa cette éventualité de son esprit. La parano pouvait vite échapper à tout contrôle. Il fallait qu'il s'accroche à quelque chose.

Il ferma le message, le cœur gros, et remonta la page, toujours en quête d'indices. Presque en haut de l'écran, il tomba sur un message ayant pour objet : Urgent – Le Pacte. Donald l'ouvrit. Le texte était court :

Réveille-moi quand tu liras ce message.

Anna
(Armoirie 20391102)

Donald cligna plusieurs fois des yeux en voyant le nom d'Anna. Il lança un regard en direction du chef de silo de l'autre côté du couloir et tendit l'oreille, au cas où des pas arriveraient dans sa direction. Il eut soudain la chair de poule. Il se frotta les bras, le dessous des yeux, et lut le message une seconde fois.

Il était bien signé Anna, mais il lui fallut un moment avant de prendre conscience qu'il ne lui était pas destiné. C'était un échange entre père et fille. Il n'y avait pas de date d'envoi, ce qui était étrange, mais il apparaissait tout de même en haut de la liste. Il remontait peut-être à une période antérieure à leur dernière faction ensemble ? Peut-être que Thurman et sa fille avaient été en phase d'éveil récemment ? Donald étudia les chiffres figurant sous sa signature. 20391102. Ça ressemblait à une date. En rapport avec une armoirie, peut-être, un truc de famille ? Un détail à première vue, qui ne devait avoir de sens que pour eux deux. Et que penser de la mention du Pacte, dans la ligne d'objet ? C'était le nom que les silos utilisaient pour leurs Constitutions. Que pouvait-il y avoir d'urgent par rapport à ça ?

Un bruit de pas dans le couloir l'arracha à sa réflexion. Eren entra, fit le tour du bureau et déposa deux dossiers près du clavier puis jeta un œil à l'écran au moment où Donald réduisait la fenêtre.

— Co-comment ça s'est passé ? demanda Donald. Vous avez réussi à joindre tout le monde ?

— Oui, répondit Eren en se grattant la barbe. Le chef du silo 16 l'a mal pris. Ça fait longtemps qu'il occupe ce poste. Trop longtemps, même, je dirais. Il a proposé de fermer la cafétéria, ou tout du moins d'éteindre l'écran, juste au cas où.

— Mais il ne va pas le faire.

— Non, je lui ai conseillé de ne franchir le pas qu'en dernier recours. Inutile de provoquer un mouvement de panique. On voulait juste les tenir au courant.

— Bien.

Donald aimait quand on pensait à sa place. Il ressentait moins de pression.

— Vous avez besoin de votre bureau ? demanda-t-il en faisant mine de se déconnecter.

— Non, en fait, je vous laisse en poste si ça ne vous dérange pas.

Eren jeta un œil à la pendule dans le coin de l'écran.

— Je reprendrai cet après-midi. Comment vous sentez-vous, au fait ? Des tremblements ?

Donald secoua la tête.

— Non, ça va. Au fil du temps, les réveils sont de plus en plus faciles.

Eren s'esclaffa.

— Oui… J'ai vu le nombre de factions que vous avez effectuées. Sans compter la double il y a quelque temps. Je dois dire que je ne vous envie pas du tout. Mais vous semblez bien vous en sortir.

Donald toussa.

— Oui, dit-il en prenant le premier dossier. C'est ce que nous avons sur le 17 ?

— Oui. Le plus épais, c'est celui de votre nettoyeuse. Il faudrait peut-être contacter le chef du 18 dans la journée. Il est plutôt secoué, vu qu'il encaisse toute la responsabilité… Il s'appelle Bernard. Ça gronde déjà dans ses étages inférieurs, en raison du nettoyage qui n'a pas abouti, alors il s'attend à un soulèvement. Je suis sûr qu'il apprécierait un petit coup de fil.

— Je n'y manquerai pas.

— Ah, et il n'a pas encore d'assistant officiel. Sa dernière ombre ne faisait pas l'affaire, et il retarde sans cesse le remplacement… J'espère que vous ne m'en voudrez pas, mais je lui ai dit d'accélérer la procédure. Juste au cas où.

— Non, non, vous avez bien fait, dit Donald en agitant la main. Je ne suis pas là pour vous empêcher de travailler.

Il se garda bien d'ajouter qu'il n'avait absolument aucune idée de la raison de sa présence ici.

Eren sourit en hochant la tête.

— Parfait. Bon, si vous avez besoin de quoi que ce soit, n'hésitez pas à m'appeler. Le type d'en face s'appelle Gable. Il avait un poste ici avec nous avant, mais il n'était pas à la hauteur. Quand on lui a donné le choix, il a préféré perdre ses souvenirs à la cryogénisation. Un brave type. Esprit d'équipe. Il sera dans les parages encore quelques mois, vous pouvez lui demander ce que vous voulez.

Donald scruta l'homme de l'autre côté du couloir. Il se rappelait la sensation de vide qu'il avait éprouvée derrière ce bureau, ce creux qu'il avait ressenti au cœur de son être. Le fait qu'il se retrouve parachuté là lui avait semblé absurde, puisque simplement dû à un changement de dernière minute avec son ami Mick. Il n'avait jamais songé à la façon dont les autres étaient sélectionnés. La simple idée que l'on puisse postuler volontairement à un tel poste l'emplissait de tristesse.

Eren tendit la main. Donald l'observa une seconde avant de la serrer.

— Je suis désolé qu'on ait dû vous réveiller, dit Eren. Mais je dois dire que je suis sacrément heureux de vous avoir parmi nous.

SILO 17

2312

Premier jour

65

La boîte fixée au mur faisait un bruit continu. Son père avait appelé ça une radio. Le son, c'était un peu comme une personne qui siffle et qui crache. La cage qui la protégeait ressemblait à une bouche aux lèvres retroussées, avec des barres de fer en guise de dents.

Jimmy avait envie de la faire taire, mais peur de la toucher ou de régler le moindre bouton. Il attendait d'avoir des nouvelles de son père, qui l'avait abandonné dans cette pièce étrange, sorte de labyrinthe secret entre deux étages.

Existait-il d'autres cachettes comme celle-ci ? Par la porte entrouverte, il jeta un œil à cette autre pièce que son père lui avait montrée, celle qui ressemblait à un petit appartement, avec sa cuisinière, sa table, ses chaises. Au retour de ses parents, est-ce qu'ils allaient passer la nuit ici ? Combien de temps avant que l'agitation se dissipe et qu'il revoie ses amis ? Il espérait que ce ne serait pas trop long.

En lançant un regard noir à la bruyante boîte noire, il palpa la clé contre son torse. Il avait les côtes endolories et sentait une boule se former dans sa cuisse, à l'endroit où elle avait heurté quelqu'un à l'atterrissage. Son épaule lui faisait mal lorsqu'il levait le bras. Il se tourna vers l'écran pour chercher sa mère, mais elle n'y figurait plus. La foule continuait de progresser par à-coups. L'escalier croulait sous une affluence qu'il n'avait pas été conçu pour soutenir.

Jimmy tendit la main vers les commandes du boîtier que son père avait utilisé. Il tourna un bouton, et la vue changea. C'était un couloir vide. On pouvait lire le chiffre 33 dans le coin inférieur gauche de l'écran. Il tourna le bouton davantage et vit un couloir différent. Il y avait une traînée de vêtements par terre, comme si quelqu'un était passé par là avec un panier à linge percé. Rien ne bougeait.

Il essaya un autre bouton et le nombre 32 s'afficha. Il remontait les étages. Il tourna le premier bouton jusqu'à ce qu'il retombe sur l'escalier. Quelque chose passa en flèche et disparut de l'écran. Des gens se penchèrent par-dessus la rampe, bouche bée, terrifiés. Il n'y avait pas de son, mais Jimmy entendait encore le cri de la femme qui était tombée plus tôt. C'était trop haut pour qu'il puisse s'agir de sa mère, se consola-t-il. Son père allait la trouver et la ramener. Son père avait une arme.

En tournant les boutons, il cherchait à localiser ses parents, mais apparemment tous les angles n'étaient pas couverts. Et il ne savait pas comment faire pour multiplier les fenêtres à l'écran. Il ne s'en sortait pas trop mal en informatique – comme son père, il travaillerait au DIT un jour – mais le petit boîtier était aussi contre-intuitif que les profondeurs du silo. Il revint au 34 et trouva l'entrée principale. Il distinguait une porte en acier au bout d'un long couloir. Étalé sur le sol gisait Yani. Il n'avait pas bougé, il était très probablement mort. Les hommes qui s'étaient penchés sur lui n'étaient plus là, et il y avait un autre corps au bout du couloir, près de la porte. La couleur de sa combinaison indiqua à Jimmy que ce n'était pas son père. Son père avait dû tuer cet homme en sortant. Jimmy aurait préféré ne pas rester tout seul.

Au-dessus de sa tête, les voyants rouges continuaient à clignoter rageusement, et sur l'écran, l'image demeurait immobile. Impatient, Jimmy commença à tourner en rond. Il alla à l'autre bureau, tourna les pages du gros livre. L'ouvrage avait dû coûter une fortune en papier, la découpe était parfaite et les pages incroyablement lisses au toucher. Le bureau et la chaise étaient en bois véritable, et non peints pour en avoir l'aspect. Il s'en assura en grattant la surface avec son ongle.

Il ferma le livre pour lire la couverture. Le mot Ordre y était gravé en lettres étincelantes. Il le rouvrit, et s'aperçut qu'il avait perdu la page de quelqu'un. La radio continuait à grésiller. Jimmy se retourna pour jeter un œil à l'écran, mais il ne se passait rien dans le couloir. Ce bruit commençait à lui taper sur les nerfs. Il avait envie de baisser le volume, mais trop peur d'éteindre l'appareil par mégarde. Et son père ne pourrait pas le contacter s'il déréglait quelque chose.

Il continua à faire les cent pas. Il y avait une étagère dans un coin, avec des boîtes en métal sur tous les rayonnages, du sol au plafond. Il en sortit une, en éprouva le poids. Il fit jouer le fermoir jusqu'à ce qu'il réussisse à l'ouvrir. Le couvercle se souleva avec un petit souffle. À l'intérieur se trouvait un livre. En passant en revue toutes les boîtes, Jimmy vit l'énorme quantité de coupons qu'il y avait à se faire. Il n'ouvrit pas le livre, pensant qu'il serait plein de mots ennuyeux comme celui posé sur le bureau.

De retour à l'autre bureau, il examina l'ordinateur du dessous et vit qu'il n'était pas allumé. Tous les voyants étaient éteints. Il suivit le fil qui partait du boîtier noir et s'aperçut qu'un fil différent reliait l'écran à l'ordinateur. La machine qui créait les fenêtres – qui pouvait voir à distance et au-delà des angles – était contrôlée par autre chose. Le bouton de mise sous tension, une fois actionné, n'aboutit à rien. Il y avait comme une serrure. Jimmy se pencha pour examiner les connexions à l'arrière, pour s'assurer que tout était bien branché, lorsque la radio grésilla plus fort.

— *Avons besoin de quelqu'un au rapport. Allô...*

Jimmy se cogna la tête contre le bureau. Il courut jusqu'à la radio, mais ce n'étaient à nouveau que des bruits parasites. Il attrapa l'appareil au bout du cordon à ressorts – l'objet que son père avait surnommé Micro – et appuya sur le bouton.

— Papa ? Papa, c'est toi ?

Il relâcha le bouton et regarda le plafond. Il tendit l'oreille, espérant un bruit de pas. À l'écran, un couloir toujours désert. Il valait peut-être mieux qu'il monte attendre derrière la porte.

Une voix retentit dans la radio.

— *Shérif ? Qui êtes-vous ?*

Jimmy appuya sur le bouton.

— Ici Jimmy. Jimmy Parker. Qui…

Le bouton glissa sous son doigt, et les sifflements revinrent. Il essuya ses mains moites sur sa combinaison et reprit l'appareil en main.

— Qui êtes-vous ? demanda-t-il.

— *Le fils de Russ ?*

Silence.

— *Petit, qui es-tu ?*

Il ne voulait pas le dire. La radio continua à souffler.

— *Jimmy, ici l'adjoint Hines. Passe-moi ton père.*

Jimmy appuya sur le bouton pour dire que son père n'était pas là, mais une autre voix s'invita dans la conversation. Il la reconnut aussitôt.

— *Mitch, ici Russ.*

Papa ! Il y avait énormément de bruit en fond sonore. Des gens qui criaient. Jimmy tenait son micro à deux mains.

— Papa ! S'il te plaît, reviens !

Son père prit la parole.

— *James, attends, tais-toi. Mitch, j'ai besoin que tu* – le bruit ambiant couvrit ses paroles – *et que tu arrêtes la circulation. Les gens sont complètement ratatinés en haut.*

— *Bien reçu.*

Son père s'adressait au shérif adjoint, qui réagissait comme s'il était aux commandes.

— *On a une brèche en haut, alors je ne sais pas de combien de temps tu disposes, mais je dirais que tu es le shérif jusqu'à nouvel ordre.*

— *Bien reçu*, répondit Mitch.

La radio faisait trembler sa voix.

— *Fiston* – son père criait à présent pour se faire entendre par-dessus l'atroce vacarme. *Je vais chercher ta mère, d'accord ? Reste où tu es, James. Ne bouge surtout pas.*

— D'accord, répondit Jimmy avant de raccrocher son micro au mur, les mains tremblantes.

Il retourna à l'ordinateur, à son boîtier. Il se sentait seul et impuissant. Il aurait dû être dehors pour prêter main-forte à son père. Il se demanda dans combien de temps ses parents reviendraient, dans combien de temps il pourrait revoir ses amis. Il espérait que ce ne serait pas trop long.

66

Les heures passèrent. Jimmy aurait voulu être n'importe où. En tout cas ailleurs que dans cette pièce confinée. Il se faufila dans le passage sombre jusqu'à l'échelle, leva la tête et tendit l'oreille. Il y avait une sorte de vibration dont il ne distinguait pas l'origine. Le grésillement de la radio était à peine audible au bout du couloir. Il ne voulait pas trop s'en éloigner, mais craignait que son père n'ait besoin de lui près de la porte… Il aurait fallu qu'il soit aux deux endroits en même temps.

Il retourna dans la pièce aux deux bureaux. Il jeta un regard au long fusil posé contre le mur, le même dont son père s'était servi pour tuer Yani. Jimmy avait peur de le toucher. Si seulement son père était là. C'était sa propre faute si sa mère et lui avaient été séparés. Ils auraient dû arriver en bas ensemble. Mais il se souvint de la foule dans l'escalier, si compacte. S'il avait été plus prompt à suivre sa mère, ils n'auraient pas échoué dans cette marée humaine. La seule raison pour laquelle ils se retrouvaient tous dans cette situation, c'était parce que sa mère était venue le chercher. Sans lui, ses parents seraient dans cette pièce, ensemble et en sécurité.

— *James…*

Jimmy fit volte-face. La voix de son père était là, avec lui. Il lui fallut un moment avant de se rendre compte que la radio n'émettait plus de parasites.

— *Fiston, tu es là ?*

Il se rua sur la radio, attrapa le micro, avec l'impression

qu'il n'avait pas entendu de voix depuis des heures. Trop longtemps en tout cas. Lorsqu'il appuya sur le bouton, il perçut un mouvement du coin de l'œil. Quelqu'un bougeait sur l'écran.

— Papa ?

Il tendit le cordon à travers la pièce et regarda l'écran de plus près. Son père était de l'autre côté de la porte en acier, au bout du couloir. Au premier plan, on voyait encore Yani, inerte. L'autre corps avait disparu. Son père était dos à la caméra, radio portable à la main.

— J'arrive ! cria Jimmy dans le micro, qu'il laissa tomber pour s'engouffrer dans le couloir et grimper à l'échelle.

— Jimmy ! Non…

Les paroles de son père furent interrompues par un cri de douleur. Jimmy se retourna dans un couinement de bottes. Il se rattrapa au coin du bureau pour ne pas tomber. Un autre homme avait fait son apparition à l'écran, et son père était plié en deux, visiblement mal en point. Cet homme tenait le fusil. Il se pencha pour ramasser un objet qu'il porta à sa bouche. C'était la radio que le père de Jimmy avait prise dans cette pièce.

— *Allô ? C'est bien le fils de Russ ?*

Jimmy observait l'homme à l'écran.

— Oui. Ne faites pas de mal à mon père.

Le grésillement était revenu. Les voyant rouges continuaient de clignoter.

Jimmy se traita d'imbécile. Ils ne l'entendaient pas. Il s'écarta du bureau pour reprendre le micro qui pendouillait au bout de son cordon.

— Je vous en prie, ne lui faites pas de mal, dit-il en appuyant sur le bouton.

L'homme se tourna et regarda droit dans la caméra. C'était un des agents de sécurité. Jimmy perçut quelques mouvements au tournant du couloir ; d'autres personnes hors de sa vue.

— *James, c'est bien ça ?*

Jimmy acquiesça. Il vit son père se redresser et faire un geste en direction de quelqu'un qui n'était pas dans le champ de la caméra ; il caressa l'air de sa paume en signe d'apaisement, comme pour calmer quelqu'un.

— *Quel est le nouveau code ?* demanda l'homme qui tenait la radio.

Jimmy ne voulait pas lui dire. Mais il voulait que son père revienne. Il ne savait pas quoi faire.

— *Le code*, répéta l'homme en pointant le fusil sur le père de Jimmy.

Jimmy vit que son père disait quelque chose en gesticulant vers la radio. L'agent de sécurité hésita puis finit par la lui tendre. Le père de Jimmy plaqua l'appareil contre sa bouche.

— *Ils vont te tuer*, déclara son père avec un calme déconcertant, comme s'il disait à son fils de faire ses lacets.

L'homme agita le bras, et quelqu'un se rua sur le père de Jimmy.

— *Ils nous tueront tous de toute façon !* cria son père en se débattant pour garder la radio. *Et ils te tueront dès que tu ouvriras cette porte !*

Jimmy cria en voyant le deuxième homme lâcher ses coups. Son père avait beau se débattre, les autres le frappèrent encore, jusqu'à ce que l'agent de sécurité fasse signe à l'autre homme de s'écarter. La pièce s'emplit à nouveau de grésillements, et donc Jimmy n'entendit pas les coups de feu, mais il vit les courtes flammes jaillir du canon, vit son père tressauter sous les balles avant de s'effondrer en une masse aussi inerte que le corps de Yani.

Il laissa tomber le micro et attrapa l'écran à deux mains. Il hurla sur cette fenêtre cruelle par laquelle il entrevoyait le monde, tandis que les gardes en uniforme argenté observaient l'homme qui avait été son père. D'autres hommes apparurent dans le coin de l'écran. Ils traînaient derrière eux la mère de Jimmy, qui se débattait et poussait des cris muets.

67

— Non, non, non, non…

Tout autour de Jimmy n'était que parasites et battements de cœur. Les deux hommes violentaient sa mère, qui se redressa et se débattit pour leur échapper. Ses pieds ruaient. Sous elle gisait le père de Jimmy, immobile.

— *Ouvre cette putain de porte !* hurla l'homme dans l'appareil.

Les mots déchirèrent les tympans de Jimmy. Il détestait cette radio. Il plongea à nouveau pour saisir le micro, mais se reprit : il attrapa la seconde radio portable à la place. Un des boutons indiquait *On*. Il le tourna jusqu'à ce qu'il entende les grésillements puis se tourna vers l'écran, radio contre la bouche.

— Arrêtez, dit Jimmy en se rendant compte qu'il pleurait. J'arrive.

Il eut du mal à s'arracher à l'écran, à la vue de sa mère. En se précipitant dans le couloir, il la voyait encore, ses bottes qui ruaient, son corps qui se débattait. Il l'entendit crier en fond sonore lorsque l'homme le contacta à nouveau.

— *Donne-moi le code !*

Jimmy coinça la dragonne de la radio entre ses dents et gravit les échelons, faisant fi de ses douleurs à l'épaule et au genou. Il déverrouilla la poignée de la grille et la vira sur le côté. Il reprit la radio à la main. Le même feu semblait animer les voyants au-dessus de sa tête et de sa poitrine. Son père était aussi mort que Yani.

— J'arrive, j'arrive ! dit-il dans la radio.

L'homme hurla quelque chose, mais Jimmy n'entendait que les cris de sa mère et ses propres battements de cœur, assourdissants. Il passa en courant sous les pulsations lumineuses et entre les serveurs. Les lacets d'une de ses bottes s'étaient défaits. Ils fouettaient l'air à chacun de ses pas, et il songea à nouveau aux jambes de sa mère.

Courant aveuglément, il fonça dans la porte. Il entendait des cris étouffés de l'autre côté. Les mêmes qui lui parvenaient par la radio. Jimmy tapa contre la porte en criant dans sa radio.

— Ça va, je suis là, je suis là !

— *Le code !* hurla l'homme.

Jimmy se posta face au clavier. Ses mains tremblaient. Sa vision se brouilla. Il imagina sa mère de l'autre côté, le fusil pointé sur elle. Il sentait la présence de son père à quelques mètres de lui, juste de l'autre côté de cette porte d'acier. Les larmes roulaient sur ses joues. Il composa les deux premiers chiffres, l'étage de son appartement, et hésita. Il se trompait. C'était douze dix-huit, pas dix-huit douze. À moins que ? Il entra les deux autres chiffres, mais le clavier émit une lueur rouge, et la porte refusa de s'ouvrir.

— *Qu'est-ce que tu fous ?* s'énerva l'homme dans sa radio. *Dis-moi le code, c'est tout !*

Chevrotant, Jimmy porta la radio à sa bouche.

— Je vous en prie, ne lui faites pas de mal…

— *Si tu ne fais pas ce que je te dis, je la bute. T'as compris ?*

L'homme avait l'air terrifié. Il avait peut-être plus peur que Jimmy. Jimmy acquiesça. Il composa à nouveau les deux premiers chiffres, les bons cette fois, puis s'arrêta et songea à ce que lui avait dit son père. Ils le tueraient. Ils les tueraient sa mère et lui à la minute où il les laisserait entrer ici. Mais c'était sa mère et…

Le digicode clignotait impatiemment. L'homme lui cria de se dépêcher, hurla qu'au bout de trois tentatives incorrectes, il faudrait attendre une journée entière. Paralysé par la peur, Jimmy ne fit rien. Le clavier émit à nouveau une lueur rouge et se tut.

Une détonation retentit de l'autre côté de la porte. Un coup de feu. Jimmy serra la radio de toutes ses forces en hurlant. Lorsqu'il relâcha l'appareil, il entendit les cris de sa mère.

— *La prochaine fois, ce ne sera pas un avertissement*, dit l'homme. *Maintenant, je t'interdis de toucher le clavier. Donne-moi le code, d'accord? Allez, dépêche-toi.*

Jimmy bredouilla. Il essayait d'articuler, de prononcer les chiffres correctement, mais rien ne sortait. Le front appuyé contre la porte, il entendait sa mère se débattre de l'autre côté.

— *Le code*, répéta l'homme, étrangement calme.

Jimmy entendit un grognement. Puis quelqu'un cria “Salope !”. Sa mère hurla à Jimmy de ne rien donner du tout. Il entendit un coup, le bruit de quelqu'un qu'on redressait contre le mur. Sa mère n'était qu'à quelques centimètres de lui. Le bip étouffé d'un code qu'on composait retentit, quatre fois sur la même touche, puis le bip d'erreur – la troisième tentative avait échoué.

D'autres cris. Puis le rugissement d'une arme à feu, plus fort, plus vindicatif. Jimmy hurla, tapa du poing contre l'acier froid. Les hommes lui aboyaient leurs ordres par radio. Des cris filtraient aussi à travers l'épaisse porte, mais aucun de ces bruits ne provenait de sa mère.

Jimmy se laissa glisser à terre, la radio contre le ventre, et se roula en boule tandis que les cris et la colère de l'extérieur s'insinuaient en lui. Le corps secoué de sanglots, il sentait le revêtement métallique du sol, âpre contre sa joue. Tandis que la violence faisait rage, les voyants continuaient de clignoter au-dessus de lui. Avec une régularité effrayante. Ils n'avaient finalement rien d'un pouls humain.

SILO 1

2345

68

Lorsque Donald revint dans sa chambre, un sac en plastique l'attendait sur son lit. Il ferma la porte pour faire écran à la cacophonie extérieure, chercha un verrou mais n'en trouva pas. C'était une chambre perdue au milieu des bureaux, un endroit pour les hommes sur le pied de guerre, les hommes qui restaient éveillés tant qu'on avait besoin d'eux.

Donald supposa que c'était l'endroit où logeait Thurman lorsqu'on l'appelait pour une urgence. Puis il se rappela le nom inscrit sur ses bottes et se rendit compte qu'il n'avait pas besoin de supposer : c'était en train de se passer.

Il remarqua qu'on avait enlevé le fauteuil roulant et laissé un verre d'eau sur sa table de chevet. Il lança les dossiers que lui avait donnés Eren sur son lit, s'assit à côté et, curieux, prit le sac en plastique.

"Faction", pouvait-on y lire en lettres réalisées au pochoir. Le plastique, transparent mais froissé au fil du temps, ne laissait rien deviner du contenu. Donald l'ouvrit et renversa le tout sur le lit. Deux plaques d'identité métallique et une fine chaîne s'entrechoquèrent. En y regardant de près, Donald vit qu'elles appartenaient à Thurman. Minces et bosselées, dépourvues du bord en caoutchouc que portaient, dans son souvenir, celles de sa sœur, elles ressemblaient à des antiquités. Ce qu'elles étaient, au final.

Il y avait aussi un petit canif. Le manche semblait en ivoire, mais c'était probablement une imitation. Donald ouvrit la lame et la testa contre son pouce. Les deux côtés étaient aussi émoussés l'un que l'autre. Quant à la pointe, elle était cassée, peut-être après avoir été utilisée pour ouvrir quelque chose. C'était davantage une relique, un souvenir, qu'un véritable couteau.

Le dernier objet était une pièce de vingt-cinq cents. Soudain, la forme et le poids de cette chose autrefois si banale l'oppressèrent. Il songea à la disparition d'une civilisation tout entière. Il semblait impossible qu'on puisse éradiquer autant de gens d'un seul coup, mais il pensa aux monnaies romaine ou maya exposées dans les musées. Il tourna et retourna la pièce dans sa main et songea, étonné, à ce que cette relique d'un monde disparu avait d'inhabituel. Normalement, c'étaient les gens qui mouraient et les cultures qui perduraient. Mais là, c'était le contraire.

Un autre détail attira son attention. La pièce n'avait pas de côté pile. Seulement deux faces. Il rit et l'observa de plus près, se demandant s'il s'agissait d'une fausse pièce, mais elle avait à part cela tout d'une vraie. On distinguait sur l'une des faces un demi-arc de cercle, un poinçon mal exécuté. S'agissait-il d'une erreur ? Peut-être d'un cadeau à Thurman, de la part d'un ami des Finances ?

Il posa tous les objets sur la table de chevet et se remémora le message qu'Anna avait envoyé à son père. Il fut surpris de ne rien trouver évoquant de près ou de loin des armoiries. Le message, urgent, avait mentionné ce terme, et une date. Donald plia le sac et le glissa sous le verre d'eau. Dans le couloir, les gens allaient et venaient, pressés. Le silo était en proie à la panique. Il se dit que si le vrai Thurman était dans les parages, il sortirait en trombe de sa chambre et fulminerait lui aussi, aboierait ses ordres, liquiderait des silos, déciderait du sort de milliers de gens.

Il toussa dans le creux de son bras, une gêne dans la gorge. Quelqu'un l'avait mis à ce poste. Erskine, ou Victor, par-delà la mort, ou peut-être un pirate aux desseins plus sombres. Il n'avait pas le moindre début de piste.

En soupesant les deux dossiers, il songea à la panique qu'avait provoquée la disparition des écrans de contrôle de la nettoyeuse. À la violence qui couvait dans les profondeurs d'un autre silo. De nouveaux mystères, qui ne l'intéressaient pas. Ce que lui voulait savoir, c'était pourquoi il était réveillé, pourquoi il était même vivant. Qu'y avait-il au juste, dehors, au-delà de ces murs ? Quel était le plan, une fois que les factions seraient terminées ? Que réservaient-ils au monde ? Adviendrait-il un jour où les gens qui vivaient sous terre seraient libérés ?

Mais en imaginant comment cette dernière faction se déroulerait, il eut comme un doute. Il voyait mal les choses se finir aussi simplement. Chaque couche du mystère avait recelé jusque-là son lot de mensonges, et il ne pensait pas en avoir fini. Peut-être qu'on l'avait mis au poste de Thurman pour qu'il continue à creuser.

Il se souvint à nouveau de ce que lui avait dit Erskine sur les gens comme lui, sur le pouvoir. À moins que ce ne soit Victor qui l'ait dit à Erskine ? Il ne savait plus. Ce qu'il savait en revanche, et il tapota son badge pour s'en assurer – un badge qui lui ouvrirait des portes auparavant interdites – c'est qu'il était à présent à un poste-clé. Il y avait des questions auxquelles il exigeait des réponses. Et il était en mesure de les poser.

Il toussa à nouveau, incapable d'apaiser cette gêne qu'il éprouvait dans la gorge. Il ouvrit l'un des dossiers et attrapa son verre d'eau. En avalant quelques gorgées, il entama sa lecture, sans remarquer la petite trace qu'il avait laissée en toussant, la tache de sang au creux de son bras.

SILO 17

2312

Première semaine

69

Jimmy refusait de bouger. Il ne le pouvait pas, de toute façon. Il demeura longtemps pelotonné sur les grilles métalliques du sol, sous les voyants rouges qui n'en finissaient pas de clignoter.

Et de l'autre côté de la porte, les gens n'en finissaient pas de crier, que ce fût à son adresse ou entre eux. Jimmy somnolait, se réveillait en sursaut. Des coups de feu étouffés résonnaient, tirés directement sur la porte. Le digicode émettait ses vibrations réprobatrices. Au moindre chiffre composé, il réagissait. Le monde entier semblait ligué contre Jimmy.

Il rêvait de sang. Du sang s'infiltrait par-dessous la porte et emplissait la pièce où il se trouvait. Il se dressait, prenait la forme de son père et de sa mère, qui lui faisaient la morale, lui criaient des choses qu'il ne pouvait entendre.

L'agitation de l'autre côté de la porte allait et venait. Ces hommes-là se battaient. Ils se battaient pour entrer où Jimmy se trouvait, pour être en sécurité. Sauf que Jimmy ne se sentait pas en sécurité. Il se sentait seul. Il avait faim. Il avait envie de pisser.

Il eut un mal fou à se relever. Sa joue fit un drôle de bruit lorsqu'elle se décolla de la plaque de métal. Il essuya la bave qui avait coulé le long de son visage et sentit les marques en losange imprimées en relief sur sa peau. Ses articulations étaient raides. Il avait les yeux collés tellement il avait pleuré. Il trébucha jusque dans le coin le plus reculé de la pièce et tira avec force sur sa combinaison avant de s'oublier sur lui.

Son urine éclaboussa le sol et coula abondamment le long des fils électriques qui passaient là. Son estomac grondait, mais il ne voulait pas manger. Il préférait dépérir. Il lança un regard noir aux voyants lumineux qui lui vrillaient le crâne. Son estomac lui en voulait. Tout le monde lui en voulait.

De retour à la porte, il attendit que quelqu'un crie son prénom. Il tapa le chiffre 1 sur le clavier, et la porte grogna aussitôt. Elle aussi lui en voulait.

Il avait envie de se rallonger par terre, de se rouler en boule, mais son estomac lui ordonna d'aller chercher de la nourriture. En bas. Il y avait des lits et à manger en bas. Hébété, il marcha entre les machines noires, effleurant par moments leur enveloppe chaude pour retrouver l'équilibre. Elles cliquetaient et ronronnaient, comme si tout était normal. Les voyants rouges clignotaient. Jimmy se faufila entre ces grosses boîtes jusqu'à ce qu'il retrouve le trou dans le sol.

En posant ses pieds sur un échelon, il remarqua le bourdonnement qui accompagnait le clignotement des voyants rouges. Il se releva et rampa au sol en quête de l'origine du bruit. Il le localisa dans le serveur dont le panneau arrière était ouvert. Son père avait appelé ça un truc de transmission. Où était son père, déjà ? Ah oui, parti chercher sa mère. Il y avait autre chose…

Jimmy ne se rappelait pas. Il tâta sa poitrine et sentit la clé contre son sternum. Le bourdonnement était parfaitement synchrone avec les éclairs rouges que lançaient les voyants lumineux. C'était cette machine qui produisait ces pulsations qui lui vrillaient le crâne. Il jeta un œil dans la machine. Un pôle de transmissions, c'est comme ça que son père l'avait appelé. Un casque à écouteurs était pendu à un crochet. Si seulement son père avait été là… Mais ça semblait être un souhait irréalisable. Jimmy prit le casque d'une main hésitante. Un fil pendait d'un côté, dont l'embout ressemblait à quelque chose qu'il avait déjà vu en cours d'informatique. Il chercha un endroit où le brancher et vit une rangée de prises. Le voyant de l'une d'elles clignotait. La n° 40.

Jimmy chaussa le casque. Il enfonça l'embout dans la prise jusqu'à ce qu'il sente un petit clic. Les voyants rouges cessèrent immédiatement de clignoter et une voix émergea, comme par la radio, mais plus claire.

— *Allô ?*

Jimmy ne répondit pas.

— *Il y a quelqu'un ?*

Jimmy s'éclaircit la voix.

— Oui, dit-il.

Ça lui faisait bizarre de parler à une pièce vide. Encore plus qu'avec la radio. Il avait l'impression de se parler à lui-même.

— *Est-ce que tout le monde va bien ?* demanda la voix.

— Non.

Jimmy se rappela l'escalier, sa chute, Yani, et quelque chose de plus horrible encore de l'autre côté de la porte.

— Non, répéta-t-il en essuyant les larmes qui roulaient sur ses joues. Tout le monde ne va pas bien !

Il entendit des marmonnements à l'autre bout de la ligne. Il renifla.

— Allô ?

— *Que s'est-il passé ?* demanda la voix.

Jimmy trouva que l'homme qui lui parlait avait l'air en colère. Comme ceux de l'autre côté de la porte.

— Tout le monde courait, dit Jimmy avant de s'essuyer le nez. Ils allaient tous en haut. Je suis tombé. Mon père et ma mère…

— *Y a-t-il des victimes ?* demanda l'homme du niveau 40.

Jimmy repensa au corps qu'il avait vu dans l'escalier, avec l'affreuse blessure à la tête. Puis à la femme qui avait chuté par-dessus la rampe, dont le cri avait été avalé par le silence du fond.

— Oui.

L'homme jura, à voix basse, mais en colère. Puis ajouta :

— *On arrive trop tard.*

Mais il semblait moins direct, comme s'il parlait à quelqu'un d'autre.

— Trop tard pour quoi ? voulut savoir Jimmy.

Un clic, puis une tonalité en continu. Le voyant au-dessus du n° 40 s'éteignit.

— Allô ?

Jimmy attendit.

— Allô ? insista-t-il.

Il chercha autour de lui un bouton sur lequel appuyer, une façon de faire revenir les voix. Il y avait tout un tas de prises, numérotées de 1 à 50. Pourquoi cinquante étages seulement ? Il jeta un œil au serveur qui se trouvait derrière lui et se demanda s'il y avait d'autres pôles de transmissions en liaison avec le reste du silo. Celui-ci devait correspondre au premier tiers. Il devait y en avoir un pour le milieu et un autre pour le fond. Il débrancha le casque et la tonalité cessa.

Il se demanda s'il pouvait appeler un autre étage. Peut-être un magasin près de chez lui. Il fit courir son doigt le long des chiffres en quête du 18 et remarqua que le 17 manquait. Il n'y avait pas de prise pour le n° 17. Pourquoi ? Soudain, les voyants s'animèrent à nouveau au-dessus de sa tête. Il jeta un coup d'œil au 40, mais il était éteint. C'était le sommet qui appelait : le voyant du n° 1 clignotait. Il avait toujours l'embout du casque dans la main ; il le brancha dans la prise n° 1.

— Allô ?

— *Qu'est-ce que c'est que ce bordel chez vous ?*

Jimmy se recroquevilla. Son père lui avait déjà parlé sur ce ton, mais pas depuis longtemps. Il ne savait pas quoi dire.

— *C'est Jerry ? Russ, peut-être ?*

Russ, c'était son père. Et Jerry, le patron de son père. Jimmy se rendit compte qu'il n'aurait pas dû jouer avec ces trucs.

— Non, ici Jimmy, dit-il.

— *Qui ça ?*

— Jimmy. Le type du niveau 40 a dit que c'était trop tard. Je lui ai raconté ce qui s'est passé.

— *Trop tard ?*

Il y eut un bruit de conversation. Jimmy tortillait le cordon. Il faisait une bêtise.

— *Comment tu es entré là ?*

— C'est mon père qui m'a fait entrer, répondit-il, forcé à parler franchement tellement il avait peur.

— *On vous supprime*, dit la voix. *Liquidez-les tout de suite.*

Jimmy ne savait pas quoi faire. Il entendit un sifflement. Il pensait que ça provenait du casque, jusqu'à ce qu'il remarque la vapeur blanche sortir des bouches d'aération du plafond. Un brouillard s'abattit sur lui. Il agita une main sous son nez, s'attendant à une fumée âcre, comme celle de l'incendie auquel il avait assisté enfant, mais la vapeur était inodore. Elle avait juste un goût de métal, comme s'il avait une cuillère dans la bouche.

— *Non mais pendant ma faction en plus*, dit la voix.

Jimmy toussa. Il voulut répondre mais il avait avalé de travers. La vapeur cessa de filtrer à travers l'aération.

— *Voilà qui est fait*, marmonna l'homme à l'autre bout du fil. *On ne l'entend plus.*

Avant que Jimmy puisse dire quoi que ce soit, les voyants lumineux à l'intérieur de la boîte s'éteignirent. Un clic retentit dans les écouteurs, puis plus rien. Il ôta le casque au moment où un autre bruit, plus sonore, résonnait au-dessus de sa tête, et toutes les lumières de la pièce s'éteignirent à leur tour. Les ronronnements et cliquètements des serveurs cessèrent. Il faisait noir comme dans un four. Il n'y avait pas un bruit. Jimmy ne voyait même pas sa propre main en l'agitant sous son nez. Il eut peur d'être devenu aveugle, puis se demanda si c'était à ça que la mort ressemblait, mais il entendit alors ses battements de cœur et sentit le sang battre à ses tempes.

Un sanglot se coinça dans sa gorge. Il voulait son père et sa mère. Il voulait son sac à dos, qu'il avait laissé dans sa classe, comme un imbécile. Un long moment, il resta assis là, à attendre que quelqu'un vienne le chercher, qu'une idée germe dans son esprit. Il songea à l'échelle et à la pièce du bas. Tandis qu'il rampait dans cette direction, à tâtons pour ne pas tomber dans le trou, le bruit mat du plafond retentit à nouveau. Un éclair éblouissant illumina la pièce, cligna plusieurs fois, puis ça y était, la lumière était revenue.

Jimmy se figea. Les voyants rouges se remirent à clignoter. Il retourna au serveur ouvert et regarda à l'intérieur. C'était à nouveau le voyant du n° 40. Il eut envie de répondre, de découvrir pourquoi ces gens étaient tellement en colère, mais la coupure de courant était peut-être un avertissement. Il avait sans doute dit un mot de travers.

Il eut soudain l'impression que les lumières du plafond chauffaient à blanc. Elles lui firent penser aux fermes, à l'époque, il y avait des années de cela, où il était allé en sortie avec sa classe et avait planté des graines sous les lampes de croissance.

Jimmy entra à nouveau dans le serveur ouvert et chercha le casque. Il détestait les voyants qui clignotaient, mais il ne voulait pas qu'on lui crie dessus. Alors il enfonça l'embout dans la prise 40 jusqu'au petit clic.

Le clignement cessa immédiatement. Une voix étouffée s'échappait du casque, qui gisait par terre. Jimmy l'ignora. Il sortit de la machine, risqua un œil vers les voyants, vers les lumières du plafond, inquiet à l'idée que les uns clignotent ou que les autres s'éteignent à nouveau, mais non. Rien ne changea. Le casque était branché, la voix continuait à déblatérer dans les écouteurs, mais il était déjà loin, il ne l'entendait plus.

70

En descendant le long de l'échelle, il se demanda quand il avait mangé pour la dernière fois. Impossible de s'en souvenir. Il avait pris son petit-déjeuner avant de partir pour l'école, mais une journée s'était écoulée depuis, peut-être deux. À mi-chemin, il s'envisagea comme de la nourriture glissant dans une longue gorge de métal. Un morceau qu'on avalait. Arrivé en bas, dans les entrailles du silo, il resta un instant interdit, être vide perdu dans un endroit vide. La faim du silo ne connaîtrait pas de fin s'il n'avait que des êtres vides comme lui à se mettre sous la dent. Eux deux allaient mourir de faim, se dit-il. Son estomac grogna ; il fallait qu'il mange. Il longea le couloir sombre.

La radio fixée au mur continuait de grésiller. Il baissa le volume jusqu'à ce qu'on n'entende presque plus les crachotements. Son père ne l'appellerait plus jamais. Il ne savait pas trop comment il était au courant, mais c'était une nouvelle Règle du Monde.

Il entra dans le petit appartement. Il y avait une table assez grande pour quatre personnes où étaient étalées les pages d'un livre, avec une aiguille et du fil enroulé en travers, comme un serpent gardant son nid. Jimmy inspecta les pages et comprit que la reliure était en cours de réparation. Il avait tellement faim qu'il avait mal au ventre. Son esprit s'endolorissait peu à peu lui aussi.

Le fantôme de son père se tenait à l'autre bout de la pièce et pointait les diverses portes en expliquant ce qui se trouvait derrière chacune d'elles. Jimmy palpa la clé pendue autour de son cou, la sortit et s'en servit pour déverrouiller le garde-manger. De quoi manger pour deux personnes, pendant dix ans, c'est ce que son père lui avait dit. À moins que… ?

La porte du cellier s'ouvrit en grinçant. Il trouva l'interrupteur à l'extérieur de la pièce – deux, en fait, dont un qui actionna un ventilateur bruyant. Il l'éteignit pour ne garder que la lumière. Assez de bruit comme ça. À l'intérieur, il tomba sur des étagères débordant de boîtes de conserve ; il y en avait tellement qu'il dut plisser les yeux pour apercevoir le mur du fond. Il y avait des boîtes comme il n'en avait jamais vu avant. Il les passait en revue, son estomac le suppliant de choisir, et vite. Manger, manger, grognait son ventre.

Tomates, betteraves, courge, des trucs qu'il détestait. Des aliments qui entraient dans la préparation de recettes. Pas du prêt à manger. Il y avait des étagères entières de boîtes de maïs à l'étiquette colorée, rien à voir avec l'encre noire griffonnée sur le métal à laquelle il était habituée. Jimmy en saisit une pour l'examiner de plus près. Une sorte de géant à la peau verte souriait de toutes ses dents. De minuscules mots comme ceux qu'on trouvait dans les livres étaient inscrits tout autour. Toutes les boîtes se ressemblaient. Jimmy eut soudain l'impression de ne pas être à sa place, comme s'il était endormi et qu'il rêvait ce qui lui arrivait.

Il garda la boîte de maïs et en prit une autre de soupe, à l'étiquette rouge et blanche. De retour dans l'appartement, il fouilla le moindre recoin en quête d'un ouvre-boîte. Les tiroirs près de la cuisinière regorgeaient de spatules et cuillères diverses. Il y avait tout un placard de casseroles et de couvercles. Dans un autre tiroir s'entassaient des crayons à la mine de graphite, une bobine de fil, de vieilles piles couvertes d'une poudre grise, un sifflet pour enfant, un tournevis et des tas d'autres objets.

Il trouva enfin un ouvre-boîte. Il était rouillé et n'avait apparemment pas servi depuis des années. Mais la lame s'enfonça tout de même dans le fer en forçant un peu. Il répéta son geste plusieurs fois et jura lorsque le couvercle tomba dans la soupe. Il le repêcha à l'aide de la pointe d'un couteau. À manger. Enfin. Il posa une casserole sur un brûleur qu'il alluma, avec une pensée pour son appartement, ses parents. La soupe chauffait. Jimmy attendait, l'estomac essoré, mais une partie de lui sentait confusément que rien de ce qu'il pourrait ingurgiter ne toucherait sa véritable douleur, ce besoin mystérieux qu'il ressentait en permanence de crier à tue-tête ou de s'effondrer en larmes.

En attendant que la soupe soit bien chaude, il étudia les grandes feuilles de papier accrochées au mur. On aurait dit qu'on les avait mises ici pour qu'elles sèchent, et il crut au début que les livres épais qu'il avait vus étaient fabriqués à partir de ces feuilles qu'on devait plier ou diviser. Mais ces grands pans de papier étaient déjà imprimés de dessins continus. Jimmy fit courir ses doigts sur leur surface et examina l'espèce de plan qu'il avait sous les yeux, des cercles disposés les uns à côté des autres, avec de minces lignes à l'intérieur et des inscriptions un peu partout. Chaque cercle était recouvert d'un chiffre. Trois d'entre eux étaient barrés d'une croix rouge. Chacun était estampillé “silo”, mais c'était plus qu'absurde.

Derrière lui, soudain, un crépitement, comme des murmures de fantômes. Jimmy se retourna pour trouver sa soupe en train de bouillir à grosses bulles ; les coulures faisaient grésiller le feu. Il délaissa l'étrange dessin.

71

Les jours passèrent, menaçant de former une semaine, et Jimmy eut un aperçu de la rapidité avec laquelle les semaines pouvaient devenir des mois. Au-delà de l'épaisse porte en acier, les hommes continuaient à hurler pour entrer. Ils criaient, se disputaient. Jimmy les entendait parfois à la radio, mais ils ne parlaient que de morts, de mourants et de choses interdites, comme le dehors.

Il scrutait sur les écrans de contrôle le calme et le vide immense. Il arrivait que ces images immobiles soient soudain perturbées par une activité ou une violence inopinées. Il vit un homme maintenu à terre et frappé par d'autres. Une femme tirée d'un bout à l'autre d'un couloir, se débattant. Un homme attaquer un enfant pour une miche de pain. Il n'eut d'autre choix que d'éteindre l'écran. Son cœur battit à tout rompre le restant de la journée, et il se résolut à ne plus regarder les caméras. Ce soir-là, seul dans le dortoir, parmi les autres lits, il eut du mal à s'endormir. Mais lorsqu'il sombra enfin, il rêva de sa mère.

C'est à ça qu'allaient ressembler ses journées, songea-t-il le lendemain matin. Chaque jour mettrait une éternité à passer, mais le décompte ne prendrait pas longtemps. Ses jours étaient comptés, il le sentait.

Il sortit un matelas du dortoir pour l'installer dans la pièce où il y avait l'ordinateur et la radio. Il profitait d'un semblant de compagnie ici. Les voix hargneuses et les scènes de violence étaient toujours mieux que le dortoir désert. Il oublia la promesse qu'il s'était faite et mangea sa soupe chaude devant l'écran, en quête de survivants. Il écouta leurs voix à la radio. Et lorsqu'il rêva cette nuit-là, ses rêves furent remplis de petites fenêtres carrées donnant sur un passé lointain. Un autre lui, plus jeune, s'y trouvait, et lui renvoyait son regard curieux.

Lors de ses incursions à l'étage, Jimmy rampait en silence jusqu'à la porte en acier et écoutait les hommes se disputer de l'autre côté. Ils essayaient des codes, qui tous étaient suivis des bips désapprobateurs du clavier. Jimmy caressait la porte et la remerciait de rester fermée.

Puis il faisait demi-tour et explorait la disposition des machines. Elles ronronnaient toujours, clignaient occasionnellement, mais ne disaient rien. Elles ne bougeaient pas non plus. Leur présence accentuait la solitude qu'éprouvait Jimmy, comme s'il se trouvait dans une classe de garçons plus grands que lui qui, tous, l'ignoraient. Au bout de quelques journées comme celle-ci, Jimmy découvrit une nouvelle Règle du Monde : l'homme n'était pas fait pour vivre seul. Jour après jour, son quotidien le lui confirmait. Il fit cette découverte, mais l'oublia aussitôt, car il n'y avait personne avec lui pour la lui rappeler. Il parlait avec les machines à la place. Elles lui répondaient, en faisant cliqueter leur gorge de métal, que l'homme n'était pas fait pour vivre du tout.

Ce que semblaient croire les voix qu'il entendait à la radio. Elles ne faisaient que rapporter morts et blessés et s'en promettaient davantage entre elles. Certains s'étaient armés dans les postes de police. Un homme au niveau 91 voulait s'assurer que tout le monde sache qu'il possédait un pistolet. Jimmy avait envie de lui parler de la réserve à laquelle sa clé lui avait donné accès, à côté du dortoir. Il y avait des rangées et des rangées de fusils semblables à celui dont son père s'était servi pour tuer Yani. Et d'innombrables boîtes de balles. Il avait envie de dire au silo tout entier qu'il avait plus d'armes que n'importe qui, qu'il possédait la clé du silo, alors qu'ils se méfient, tous, qu'ils ne l'approchent pas, mais quelque chose lui dit que ça ne ferait qu'attiser la haine et la jalousie de ces hommes. Alors Jimmy garda ses secrets pour lui.

La sixième nuit qu'il passa seul, incapable de s'endormir, il tenta de s'assommer avec la lecture du livre posé sur le bureau, qui s'appelait l'Ordre. C'était bizarre, il y avait plein de pages qui renvoyaient à d'autres, et un recensement de toutes les choses les plus horribles qui pouvaient arriver, ainsi que des moyens de les éviter ou d'atténuer les désastres inévitables. Jimmy chercha un chapitre concernant les cas où l'on se retrouvait complètement seul. Il ne trouva rien dans l'index. Il se rappela alors tous les livres qu'il y avait dans les boîtes métalliques alignées sur les étagères à côté du bureau. Il trouverait peut-être ce qu'il cherchait dans un de ceux-là.

Il passa en revue la tranche des boîtes et prit celle étiquetée "Ho-Lu", espérant y trouver le mot Isolement. La boîte en fer s'ouvrit avec un léger soupir, comme une boîte de soupe en conserve. Jimmy sortit le livre et regarda directement à la fin en quête de l'index.

Au lieu de quoi il tomba sur une énorme machine avec de grosses roues, comme celles du chien à roulettes en bois avec lequel il avait joué petit. Noire, redoutable, le nez pointu, la machine était incroyablement grosse en comparaison de l'homme debout devant elle. Jimmy attendit que l'homme bouge, mais en passant son doigt sur le papier, il se rendit compte que ce n'était qu'une photo, mais si brillante, et aux couleurs si vives, qu'il avait cru que c'était réel.

"Locomotive", lut-il sans comprendre. Il regarda l'image de plus près, et se demanda pour quelle raison on avait bien pu fabriquer une chose aussi absurde. Il tourna la page dans l'espoir d'en apprendre un peu plus sur cette locomotive…

Il poussa un cri et laissa tomber le livre. Il sauta sur place en s'époussetant de ses deux mains sans savoir où était passé le gros insecte. Debout sur son matelas, il attendit que ses battements de cœur ralentissent un peu. Il jeta un œil méfiant vers le livre, craignant qu'une nuée de bêtes ne s'en échappe, comme les nuisibles dans les fermes, mais rien ne bougea.

Il s'approcha du livre, aplatit la page du bout du pied. Cette saloperie d'insecte n'était qu'une photo de plus. Il lissa la page qu'il avait légèrement froissée, lut le mot "locuste" à voix haute et se demanda sur quelle sorte de bouquin il était tombé. Ça n'avait rien à voir avec les livres pour enfants avec lesquels il avait grandi, ni avec le papier de mauvaise qualité de l'école.

En refermant la couverture, il se rendit compte que le livre était différent de celui intitulé Ordre. Celui-ci s'appelait Héritage. Il le feuilleta, il y avait des photos aux couleurs vives sur toutes les pages, des paragraphes de description, une vaste fiction de choses et faits impossibles, tous réunis dans un seul livre.

Non, il y en avait plus d'un, se dit-il en jetant un œil vers les étagères où les boîtes se suivaient en ordre alphabétique. Il chercha à nouveau la locomotive, cette formidable machine à roues capable d'éclipser un homme de taille adulte. Il trouva la page et retourna à son matelas et ses draps emmêlés. Une semaine de solitude était sur le point de s'achever, mais il y avait désormais peu de chances pour que Jimmy réussisse à dormir.

SILO 1

2345

72

Donald attendait son premier briefing avec le chef du silo 18 dans le département des Communications. Pour passer le temps, il tournait les boutons et jouait avec les touches qui permettaient de naviguer entre les différentes vues du silo en question. Depuis un banal siège, il pouvait voir tous les résidents du monde. Si ça lui plaisait, il pouvait réorienter leur destin à distance. Il pouvait les liquider d'une simple pression sur un bouton. Tandis qu'il vivait, encore et encore, au gré des cryogénisations et des dégels, ces mortels suivaient leur routine, vivaient et mouraient, sans avoir conscience de son existence.

— Comme une vie après la mort, marmonna-t-il.

L'opérateur au poste d'à côté coula un regard vers lui, et Donald se rendit compte qu'il avait parlé tout haut. Il fit face à son voisin, dont les cheveux bruns broussailleux semblaient avoir été peignés pour la dernière fois un siècle auparavant.

— Je veux simplement dire que… on dirait une vue du ciel, bredouilla-t-il en gesticulant vers l'écran.

— C'est sûr que c'est une sacrée vue, approuva l'opérateur en mordant dans son sandwich.

Sur son écran à lui, une femme semblait crier sur une autre en lui agitant un doigt sous le nez. C'était une série, sans les rires enregistrés.

Donald se concentra pour ne plus l'ouvrir. Sur son écran, des gens étaient massés autour de l'écran mural de la cafétéria du silo 18. Une petite foule. Ils observaient les collines désertes, attendant peut-être le retour de leur nettoyeuse disparue, rêvant peut-être silencieusement de ce qui se trouvait derrière ces crêtes paisibles. Donald avait envie de leur dire qu'elle ne reviendrait pas, qu'il n'y avait rien derrière cette butte, bien qu'en secret il partageât leurs rêves. Il avait très envie d'envoyer un drone pour jeter un œil dans les parages, mais Eren lui avait dit que les drones n'étaient pas faits pour le tourisme mais pour larguer des bombes. Ils avaient une portée limitée, selon lui. L'air du dehors les déchiquetterait. Donald avait eu envie de montrer sa main à Eren, rose et marbrée, de lui dire qu'il s'était aventuré sur cette colline et qu'il en était revenu. Il voulait lui demander si l'air du dehors était vraiment si terrible que ça.

L'espoir. C'est de ça qu'il s'agissait. De l'espoir et de ses dangers. En observant les gens devant l'écran mural de la cafétéria, il se sentit de profondes affinités avec eux. C'est comme ça que les dieux anciens s'étaient attiré des ennuis, comme ça qu'ils s'étaient épris de pauvres mortels et emmêlés dans leurs histoires. Donald se moqua de lui-même. Il songea à cette nettoyeuse, à ce gros dossier, à son intervention possible s'il en avait eu l'occasion. Il aurait pu lui faire un don de vie s'il avait pu. Apollon, fou de Daphné.

Son voisin glissa un regard vers l'écran de Donald, qui se sentit observé. Il changea de caméra. La vue était celle d'un couloir, dans une école semblait-il. Il y avait des rangées de casiers. Hissé sur la pointe des pieds, un enfant ouvrit un casier haut perché, en sortit un petit sac, se retourna et parla à quelqu'un qui se trouvait hors champ. Le cours de la vie normale.

— Ça y est, on a l'appel entrant, annonça l'opérateur derrière lui.

L'homme au sandwich le posa et se redressa. Il balaya les miettes de sa poitrine et fit disparaître la scène des deux femmes qui se disputaient au profit d'une vue réelle : une salle pleine d'armoires noires. Donald saisit le casque à écouteurs et ses deux dossiers. Celui du dessus, celui de la nettoyeuse, faisait bien cinq centimètres d'épaisseur. En dessous, un rapport beaucoup plus mince, concernant une ombre potentielle. Une voix masculine surgit des écouteurs.

— *Allô ?*

Donald leva les yeux vers l'écran. Il distingua un homme derrière l'une des armoires noires. Apparemment petit et enrobé, à moins que ce ne soit dû à une déformation de l'image causée par l'objectif.

— Je vous écoute, dit Donald.

Il ouvrit le dossier intitulé Lukas Kyle. Il savait d'expérience que le système donnerait à sa voix un ton inexpressif, doterait toutes leurs voix du même timbre.

— J'ai choisi une ombre comme on me l'a demandé, monsieur. Un brave gamin. Il a travaillé sur les serveurs, ses antécédents ont donc déjà fait l'objet d'un examen minutieux.

Qu'est-ce qu'il était courtois. Donald s'imagina qu'il agirait de la même manière, sachant que la fin de son monde était à portée de bouton. Une peur de ce calibre calmerait les ardeurs de n'importe quel ego.

L'opérateur se pencha et lui tourna la première page du dossier. Il tapota un paragraphe en milieu de page, que Donald lut en biais.

— Vous avez envisagé M. Kyle comme remplaçant possible il y a deux ans.

Donald leva les yeux pour voir l'homme à l'écran se frotter la nuque.

— C'est juste, répondit le responsable du silo 18. Mais selon nous, il n'était pas encore prêt.

— Votre bureau a produit une note sur M. Kyle et ses activités d'observation. Il y est dit qu'il a passé quelques centaines d'heures devant l'écran mural. Qu'est-ce qui vous a fait changer d'avis ?

— C'était une note préliminaire, monsieur. Rédigée par… une autre ombre potentielle. Quelqu'un d'un peu zélé, que nous avons jugé plus apte à servir dans l'équipe de sécurité. Je vous assure que M. Kyle ne rêve pas de l'extérieur. S'il se poste face à l'écran le soir…

L'homme hésita, se racla la gorge.

— C'est pour… pour regarder les étoiles, monsieur.

— Les étoiles.

— C'est exact.

Donald glissa un regard vers l'opérateur, qui haussa les épaules. Le chef du silo 18 brisa le silence.

— C'est l'homme de la situation, monsieur. Je connaissais son père. Sacrément droit dans ses bottes. Vous savez ce qu'on dit sur les marches et la rampe, monsieur.

Donald n'avait pas la moindre idée de ce qui se disait sur les marches et la rampe. Ils utilisaient des métaphores d'escalier à tout bout de champ dans ces silos. Il se demanda ce que dirait ce Bernard si jamais il voyait un ascenseur. L'idée faillit provoquer un fou rire.

— Bien, votre choix a été approuvé, déclara Donald. Mettez-le sur l'Héritage dès que possible.

— Il l'étudie en ce moment même, monsieur.

— Parfait. Bon, parlez-moi un peu de ce soulèvement.

Donald sentit qu'il expédiait la conversation, mais il voulait retourner au plus vite à ses recherches, plus urgentes.

Le chef du silo 18 leva le nez vers la caméra. Ce mortel savait fort bien où se cachait l'œil des dieux.

— Nous avons contenu le soulèvement des Machines. Ils ont provoqué un peu de grabuge en redescendant, mais rien de méchant. Ils ont bien érigé une… une sorte de barricade, mais on devrait en venir à bout dans les moments qui viennent.

L'opérateur se pencha à nouveau pour attirer l'attention de Donald. Il pointa deux doigts sur ses propres yeux puis sur les écrans noirs de la rangée du haut, indiquant que des caméras avaient cessé d'émettre au cours du soulèvement. Donald comprit ce qu'il voulait lui dire.

— Et vous savez comment ils ont su pour les caméras ? demanda-t-il. Vous savez qu'on est aveugle ici en ce qui concerne les étages du bas à partir du niveau 140 ?

— Oui monsieur. Nous… Je ne peux que supposer qu'ils étaient au courant de leur présence depuis quelque temps. Ils font leurs propres câblages en bas. J'y suis allé. C'est un méli-mélo de tuyaux et de fils électriques. On ne pense pas que quelqu'un leur ait vendu la mèche.

— Vous ne pensez pas.

— Non monsieur. Mais nous allons infiltrer quelqu'un. J'ai un prêtre que je pense envoyer pour bénir leurs morts. Un brave homme. Il a été ombre à la Sécurité. Je vous promets que ce ne sera pas long.

— Bien. Oui, faites vite. On se charge de faire le ménage, mais veillez à mettre de l'ordre chez vous.

— Entendu monsieur. Vous pouvez compter sur moi.

Les trois hommes de la salle de communications regardèrent Bernard ôter son casque et le replacer dans le serveur. Il s'essuya le front avec un chiffon. Profitant de la distraction de ses voisins, Donald épongea lui aussi la sueur de son front avec un mouchoir. Il saisit ses deux dossiers et regarda l'opérateur assis à côté de lui, sa combinaison parsemée de miettes.

— Surveillez-le de près, lui dit-il.

— Ne vous en faites pas pour ça, répondit l'opérateur.

Donald reposa son casque et se leva. Arrivé à la porte, il se retourna, regarda à nouveau l'écran qui faisait face à l'opérateur, divisé en quatre fenêtres. Dans l'une, une armée de tours noires se dressait, sentinelle silencieuse. Dans une autre, les deux femmes avaient repris leur dispute.

73

Donald prit l'ascenseur avec ses notes pour la cafétéria. Il se rendit compte en arrivant qu'il était encore trop tôt pour le petit-déjeuner, mais il restait encore du café disponible de la veille. Il prit une tasse ébréchée dans l'égouttoir et la remplit. Un homme derrière le comptoir de service leva la poignée d'un lave-vaisselle professionnel et de la boîte métallique s'échappa soudain un nuage de vapeur. Il agita un torchon pour dissiper le brouillard puis l'utilisa pour sortir des plateaux en métal sur lesquels il disposerait bientôt des œufs reconstitués et des tranches de pain lyophilisé.

Donald goûta son café. Un jus de chaussette froid, mais peu importait. Ça lui allait. Il fit un signe de tête à l'homme en charge de la mise en place du petit-déjeuner, qui baissa le menton en guise de salut.

Donald se tourna et embrassa la vue qui s'étalait sur le grand écran. C'était là que se nichait le mystère. Les documents que contenaient ses dossiers ne représentaient rien en comparaison. Il s'approcha du panorama sépulcral où les nuages bouillonnants commençaient tout juste à refléter la lumière d'un soleil demeurant invisible. Il se demanda ce qu'il y avait au juste dehors. Les gens qu'on envoyait au nettoyage mouraient. Ils mouraient aussi sur les collines quand on supprimait des silos. Mais lui avait survécu. Et pour autant qu'il sache, les hommes qui étaient sortis pour le ramener à l'intérieur aussi.

Il examina sa main à la faible lumière dispensée par l'écran. Sa paume lui semblait un peu rose, comme à vif. Mais bon, il s'était récuré la main cinq ou six fois ces derniers soirs, et tous les matins. Il n'arrivait pas à se débarrasser de l'impression qu'elle avait été contaminée. Il sortit son mouchoir de sa poche et toussa dedans.

— Les pommes de terre seront prêtes dans quelques minutes, lui lança l'homme de derrière le comptoir.

Un autre employé en combinaison verte sortit de derrière, nouant un tablier autour de sa taille. Donald avait envie de savoir qui étaient ces gens, à quoi ressemblait leur vie, ce qu'ils en pensaient. Pendant six mois, ils servaient trois repas par jour, puis entraient en hibernation pendant des décennies. Puis ils recommençaient. Ils devaient croire que ça les mènerait quelque part. À moins qu'ils ne s'en fichent ? Pour eux, s'agissait-il simplement de suivre les traces laissées la veille ? Les mêmes gestes, le même chemin, encore et encore. Se considéraient-ils comme des matelots de pont sur une grande arche au noble destin ? Ou tournaient-ils simplement en rond par habitude ?

Donald se souvenait de l'époque où il s'était porté candidat aux élections du Congrès, où il avait cru qu'il ferait le bien. Jusqu'à ce qu'il se retrouve dans un bureau, au cœur d'une tempête de lois, de projets et de notes de service, et qu'il se mette tout simplement à prier pour que chaque journée se finisse au plus vite. Son ambition était passée de sauver le monde à faire passer le temps, jusqu'à ce qu'il n'ait, justement, plus de temps.

Il s'assit sur une chaise en plastique usée et examina le dossier que tenait sa main rosée. Cinq centimètres d'épaisseur. Nichols, Juliette, pouvait-on lire sur l'étiquette, ainsi qu'un numéro d'identification utile aux services internes. Il sentit l'odeur d'encre des pages fraîchement imprimées. Quel gâchis, d'imprimer autant d'informations absurdes. Quelque part, dans l'immense entrepôt, les réserves s'amenuisaient. Et autre part, au bout du couloir opposé à son bureau, une personne suivait l'évolution de ce genre de choses, s'assurant qu'il restait assez de pommes de terre, assez d'encre, assez d'ampoules pour aller jusqu'au bout.

Donald posa les rapports sur la table en pensant à Anna et à sa dernière faction, à tous les indices qu'ils avaient laissés dans cette cellule de crise. La culpabilité l'étreignit à la pensée qu'Anna revenait si souvent dans son esprit, au détriment d'Helen. Il s'en voulait.

Les rapports lui fournirent une distraction bienvenue en attendant le lever du soleil et le petit-déjeuner. Il avait sous le nez l'histoire d'une nettoyeuse qui avait exercé en tant que shérif, bien que peu de temps. L'un des premiers rapports de son dossier avait été rédigé par le chef actuel du silo 18, dans lequel il soulignait le manque de qualifications de la nettoyeuse pour le poste de shérif. En passant en revue la liste des raisons pour lesquelles cette femme n'aurait pas dû y accéder, il eut l'impression de lire une description de lui-même. Apparemment, le maire du silo 18 – une vieille dame du nom de Jahns, une politique, comme Thurman – s'était mis à dos certaines personnes en donnant le poste à cette femme malgré les objections. On n'était même pas sûr que cette Juliette, mécanicienne dans les étages du fond, ait désiré le poste. Dans un autre rapport, toujours du même auteur, Donald en apprit davantage sur sa désobéissance, dont le point culminant était sa disparition des écrans de contrôle et son refus de nettoyer les capteurs. Attitude qui, une fois de plus, n'était pas étrangère à Donald. À moins qu'il n'ait volontairement cherché des similitudes entre eux ? N'était-ce pas ce que les gens faisaient ? Chercher chez les autres ce qu'ils espéraient ou craignaient de trouver en eux-mêmes ?

Dehors, les collines s'éclaircissaient peu à peu. Donald leva le nez de ses rapports pour observer les tas de terre. Il se souvint des images vidéo qu'on lui avait montrées de cette femme disparaissant derrière une dune grise semblable. Ses collègues redoutaient à présent que les résidents du silo 18 ne soient animés d'un très dangereux espoir – le genre qui débouche sur la violence. La menace bien plus grave qui pesait sur eux était que la nettoyeuse ait atteint un autre silo, dont les habitants découvriraient alors qu'ils n'étaient pas seuls.

Donald ne pensait pas que c'était possible. Elle ne pouvait pas avoir résisté aussi longtemps, et il y avait peu de choses à découvrir dans la direction qu'elle avait prise. Il sortit l'autre dossier, celui sur le silo 17.

Il n'y avait pas eu d'avertissement avant sa chute, pas d'escalade dans la violence. Les indices démographiques étaient normaux. Il feuilleta des pages de documents réunis par divers chefs de département. Chacun avait sa théorie, et voyait bien sûr la chute par le prisme de sa propre expertise, ou l'attribuait à l'incompétence d'un autre département. Le responsable du Contrôle de la Population rejetait la faute sur le laxisme du DIT, qui attribuait l'échec à une panne informatique. Les ingénieurs accusaient les programmeurs. Quant au responsable des communications alors en poste, qui travaillait en liaison avec le DIT et chaque chef de silo, il pensait à un sabotage, une tentative d'empêcher un nettoyage.

Donald eut une vague impression de déjà-vu en lisant les notes concernant le silo 17, mais il n'arrivait pas à mettre le doigt dessus. Le contact vidéo avait été rompu, mais pas avant un bref aperçu de personnes s'échappant du sas. Il y avait eu un exode, un mouvement de panique, une hystérie collective. Puis le noir total sur les écrans. Le département des Communications avait passé plusieurs appels. Au premier avait répondu l'ombre du directeur du DIT, le chef en second du silo 17. Il y eut un bref échange avec cet homme qui répondait au nom de Russ, un bombardement de questions de part et d'autre, puis Russ avait interrompu la connexion.

Personne n'avait répondu au coup de fil de relance pendant quatre heures, au cours desquelles le silo, peu à peu, s'était éteint. Puis quelqu'un avait décroché.

Donald toussa dans son mouchoir en lisant cet échange inhabituel. Selon l'agent en poste à ce moment-là, son interlocuteur était très jeune. C'était un homme, mais pas une ombre ni le directeur du DIT, et il avait posé une foule de questions. L'une sauta aux yeux de Donald. Le garçon, à qui il ne restait plus que quelques minutes à vivre, avait demandé ce qui se passait au niveau 40.

Le niveau 40. Inutile que Donald vérifie sur un plan – c'est lui qui avait dessiné les silos. Il connaissait le moindre étage comme sa poche. C'était un étage à usage mixte : moitié habitation, un quart agriculture sommaire, un quart commerces. Que pouvait-il bien se passer dans un tel endroit ? Pourquoi ce garçon, qui devait être aux limites de la survie, s'en souciait-il ?

Il relut l'échange. On pouvait presque croire que le dernier contact du jeune homme avait été avec le niveau 40, comme s'il venait de parler avec eux. Peut-être que c'était là qu'il habitait ? Ce n'était qu'à six étages d'où il se trouvait. Donald imagina un garçon effrayé gravissant l'escalier avec des milliers de personnes. La rumeur du sas ouvert, de morts dans le fond, les gens en fuite. Ce jeune homme arrive au niveau 34, mais la foule est trop dense. Le DIT s'est déjà vidé. Il réussit à entrer dans la salle des serveurs…

Non. Donald secoua la tête. Ça ne collait pas. Qu'est-ce qui le dérangeait, au juste ?

C'était la panne d'électricité. Donald sentit un frisson le long de sa colonne. C'était le chiffre 40. Il s'agissait d'un silo, pas d'un étage. Le rapport tremblait dans ses mains. Il avait envie de se lever d'un bond pour faire les cent pas dans la cafétéria, mais il n'avait encore que le début d'une connexion, à peine le contour d'une idée. Il voulait à tout prix relier les points entre eux avant que ses pensées ne se délitent, dérangées par une poussée d'adrénaline.

C'est avec le silo 40 qu'avait parlé le jeune homme. Il ignorait totalement que c'était un silo qui appelait. C'est pour ça qu'il avait évoqué le niveau 40 en se demandant ce qui s'y passait. Le black-out, le manque de contact, c'était exactement comme dans les silos sur lesquels Anna avait travaillé.

Anna…

Donald songea au message qu'elle avait envoyé, demandant à Thurman de la réveiller. Elle dormait, en bas. Elle saurait quoi faire. C'est elle qu'ils auraient dû réveiller pour lui confier le dossier, pas lui. Il réunit ses papiers et les rangea dans leurs rapports respectifs. Les employés commençaient à arriver par l'ascenseur. L'odeur d'œufs reconstitués émanait de la cuisine, à travers les portes battantes qu'empruntaient les membres affairés de la restauration, mais Donald avait oublié sa faim.

Il leva la tête vers l'écran mural. Est-ce que quelqu'un en faction actuellement était au courant pour le silo 40 ? Probablement pas. Ils n'auraient pas établi le même lien. Thurman et les autres s'étaient débrouillés pour garder le secret, pour ne pas causer de panique. Mais… et si le silo 40 existait encore ? Et si quelqu'un de là-bas avait contacté le silo 17 ? Anna avait dit que le système principal avait été piraté, que le silo 40 les avait piratés. Ils avaient même réussi à couper plusieurs silos du silo 1 avant qu'Anna et Thurman soient réveillés pour tous les supprimer. Mais si leur manœuvre avait échoué ? Et si ce fameux silo 17 n'avait pas été détruit ? Et s'il était encore bel et bien là, et que la nettoyeuse bannie du silo 18 était tombée dessus ?

Donald eut envie de vérifier immédiatement par lui-même, de sortir et de gravir la colline, au diable la combinaison. Il quitta l'écran et se dirigea vers le sas.

Il faudrait peut-être qu'il réveille Anna, comme Thurman l'avait fait. Il pourrait l'installer dans l'armurerie. Il savait qu'il y avait tout un protocole à respecter, mais il n'avait aucune personne de confiance à qui demander de l'aide. Il ne savait absolument pas comment s'y prendre pour réveiller quelqu'un. Mais après tout, c'était lui le chef. Il pouvait exiger qu'on lui explique.

Il sortit de la cafétéria et s'approcha du sas, de cette grande porte jaune qui donnait sur le monde, sur le dehors. Mais l'extérieur n'était pas aussi nocif qu'on avait voulu lui faire croire. À moins qu'il ne fût tout simplement immunisé. Il y avait des machines dans son corps qui le maintenaient en vie pendant la cryogénisation. C'étaient peut-être elles qui lui avaient permis de survivre dehors. Face à la porte intérieure, il regarda par le petit hublot. Le souvenir de son escapade le frappa avec violence. Il coinça les deux rapports sous son bras et se frotta le creux du coude, à l'endroit où l'aiguille avait piqué sa chair longtemps auparavant pour l'endormir. Qu'y avait-il réellement dehors ? La lumière qui filtrait à travers les barreaux de la cellule se tamisa au passage d'un tourbillon de poussière, et Donald se rendit compte à quel point il était étrange que le silo 1 dispose d'un écran mural. Les gens d'ici savaient ce qu'ils avaient fait au monde. Pourquoi ce besoin de voir le gâchis qu'ils laissaient derrière eux ?

À moins que…

À moins que le but ne soit le même que dans les autres silos : les empêcher de sortir, leur rappeler à tout moment que la planète n'était pas un endroit sûr. Mais que connaissaient-ils vraiment à part les silos ? Et comment un homme pouvait-il espérer se faire une idée par lui-même ?

74

Il fallut quelques jours à Donald pour mettre au point un plan et rassembler son courage avant de faire sa demande, et quelques jours supplémentaires au Dr Wilson pour lui proposer un rendez-vous. Laps de temps au cours duquel il fit part de ses doutes concernant le silo 40 à Eren. Le bouillonnement d'activité déclenché par cette simple supposition ne tarda pas à gagner tout le silo. Donald autorisa un raid aérien sans trop comprendre ce qu'il signait. Des étages peu usités du silo reprirent du service. Quelques jours plus tard, il ne sentit pas le grondement ni le tremblement de terre, mais d'autres prétendirent l'avoir ressenti. Il s'aperçut simplement qu'une nouvelle couche de poussière, tombée du plafond, avait recouvert ses affaires.

Le jour de son rendez-vous avec le Dr Wilson, il se faufila jusqu'à l'étage principal des cryopodes pour tester son code. Il ne faisait pas encore pleinement confiance à la couverture que lui fournissaient sa combinaison trop grande et le badge où figurait le nom d'un autre. La veille, il avait aperçu à la salle de sport une personne qu'il connaissait de sa première faction. Le genre de rencontre qui lui avait donné l'habitude de se déplacer furtivement plutôt que de marcher en bombant le torse. Il longea donc prudemment le couloir et composa son code sur le clavier. Il s'attendait à un déchaînement de voyants rouges, assortis d'un signal d'alarme. Au lieu de quoi le voyant au-dessus du panneau Personnel d'urgence se teinta de vert et les verrous se rétractèrent. Il vérifia que personne ne l'observait avant d'ouvrir la porte et de se glisser à l'intérieur.

La cryochambre peu usitée était bien plus petite que les autres et ne faisait qu'un étage. Donald imagina comment l'aile principale de cryogénisation aurait pu s'enrouler en colimaçon autour de cette pièce. Ce n'était qu'une petite cellule le long de murs interminables. Mais elle contenait pourtant quelque chose de bien plus précieux. À ses yeux, en tout cas.

Il se faufila entre les capsules en jetant un œil aux visages congelés. Malgré sa venue en ce lieu avec Thurman lors de sa précédente faction, difficile de se rappeler l'endroit exact, mais il finit par le retrouver. Il vérifia le petit écran, mais peu importait son nom, il n'y avait de toute façon qu'une suite de chiffres.

— Salut petite sœur.

Il frotta le verre du bout des doigts pour effacer le givre. Il songea à leurs parents avec un pincement au cœur. Il se demandait ce que Charlotte savait de cet endroit et des plans de Thurman avant de venir ici. Rien, espérait-il. Il aimait la penser moins coupable que lui.

La voir de si près fit remonter à la surface des souvenirs de sa visite à Washington. Elle avait gâché une précieuse permission pour faire campagne pour Thurman et rendre visite à son frère. Elle lui avait passé un savon quand elle avait découvert qu'il vivait à Washington depuis deux ans et n'avait visité aucun musée. Peu importe qu'il soit débordé. Pour elle, c'était inexcusable. "Ils sont gratuits", avait-elle asséné, comme si c'était une raison suffisante.

Ils étaient donc allés au musée national de l'Air et de l'Espace ensemble. Pendant qu'ils faisaient la queue, il avait eu tout le loisir d'admirer une reproduction réduite du système solaire sur le trottoir qui longeait le musée. Les planètes les plus proches du soleil n'étaient qu'à quelques enjambées les unes des autres, mais Pluton était à plusieurs pâtés de maisons, après le musée Hirshhorn, à une distance impossible. En observant le corps gelé de sa sœur, ce jour gravé dans sa mémoire lui semblait, lui aussi, à une distance impossible. Rien qu'un petit point dans le lointain.

Plus tard cet après-midi-là, elle l'avait traîné au musée de l'Holocauste, que Donald avait soigneusement évité depuis son arrivée à Washington. C'était peut-être la raison pour laquelle il fuyait carrément le parc du National Mall. Tout le monde lui disait que c'était pourtant un endroit à voir. "Tu dois y aller", disaient-ils. "C'est important." Ils utilisaient des mots tels que "puissant", ou "troublant". Ils disaient que ça lui changerait la vie. Ils disaient cela – et en même temps leurs regards l'avertissaient.

Sa sœur l'avait tiré par la manche jusqu'en haut des marches. Il redoutait d'y entrer. Le bâtiment avait été construit pour le souvenir, mais Donald ne voulait pas d'une telle incitation. À l'époque, il prenait ses cachets pour l'aider à oublier ce qu'il lisait dans l'Ordre, pour étouffer l'impression que la fin du monde allait survenir d'un instant à l'autre. Il se disait que la barbarie contenue dans ces murs appartenait au passé et qu'on ne devait jamais l'en exhumer ni la répéter.

Il avait remarqué des restes du soixantième anniversaire du musée, des drapeaux, des banderoles. Une nouvelle aile avait été inaugurée, des filins métalliques et des piquets tenaient à la verticale de tout jeunes arbres, et l'air sentait la terre fraîchement retournée. Il se rappelait avoir vu un groupe de touristes sortir, se séchant les yeux et s'abritant le regard du soleil. Il avait voulu faire demi-tour, mais sa sœur le tenait fermement par la main et l'homme de la billetterie lui avait déjà souri. Au moins, la journée était bien entamée, ils ne pourraient pas rester trop longtemps.

Les mains posées sur le cercueil glacé, il se remémora la visite, cette odeur de terre remuée. Il y avait eu des scènes de torture et de gens mourant de faim. Une pièce pleine de chaussures, plus qu'on ne pouvait en compter. Sur les murs, des images de corps repliés, les yeux écarquillés de vide, côtes saillantes, parties génitales exposées, tandis que littéralement des tas de gens tombaient dans une fosse, dans un trou creusé dans la terre. Donald n'avait pas supporté de les regarder. Il avait essayé de se concentrer sur le bulldozer à la place, sur l'homme qui conduisait l'engin, le visage serein, une cigarette au bec, l'air absorbé par son travail. Un travail. Cette scène n'offrait aucune source de réconfort, aucune. Le plus terrible était l'homme qui conduisait la machine.

En cherchant à s'éloigner de ces sinistres visions, il avait perdu sa sœur dans l'obscurité. C'était un musée des horreurs qui jamais ne devaient se répéter. Des enterrements de masse effectués sans la moindre cérémonie, dans la pire indifférence. Des gens entrant calmement dans des "douches".

Il s'était réfugié dans une autre exposition intitulée "Les architectes de la mort", attiré par les plans, par la promesse d'y trouver quelque chose de familier et d'ordonné. Au lieu de quoi il se retrouva dans un espace confiné aux murs tapissés de schémas du massacre. Ces images n'avaient pas été plus faciles à encaisser. Un mur était consacré au mouvement qui avait nié l'Holocauste, même bien après qu'il avait eu lieu.

Les divers plans de bâtiments avaient servi de preuves. C'était l'objectif de cet espace. Ces plans avaient survécu aux nombreux incendies et purges ordonnés alors que les Russes se rapprochaient, et portaient pour beaucoup la signature d'Himmler. L'agencement d'Auschwitz, les chambres à gaz, le tout clairement nommé. Donald avait espéré que les plans seraient l'occasion de souffler un peu après ce qu'il avait vu, mais il avait appris que des dessinateurs industriels juifs avaient été mis à contribution, de force. Ils avaient eux-mêmes repassé à l'encre les murs qui les retiendraient prisonniers. On les avait obligés à dessiner le théâtre de leur futur martyre.

Donald se rappelait avoir cherché frénétiquement son flacon de pilules tandis que la petite pièce vacillait autour de lui. Comment ces gens avaient-ils pu voir ce qu'ils dessinaient et ne pas comprendre ? Comment avaient-ils pu ne pas le savoir, ne pas voir à quoi ces plans étaient destinés ?

Il refoula ses larmes d'un clignement de paupières qui le ramena au présent. Les podes bien alignés lui étaient étrangers, mais les murs, le sol et le plafond lui étaient assez familiers. Il avait participé à la conception de cet endroit. Cette pièce existait à cause de lui. Et lorsqu'il avait tenté de s'échapper, ils l'y avaient ramené malgré ses protestations – prisonnier de ses propres murs.

Le bip sonore du clavier extérieur chassa ces pensées troublantes. Donald fit volte-face lorsque la porte pivota sur ses gonds. Le Dr Wilson entra. Il vit Donald et eut l'air contrarié.

— Monsieur ? lança-t-il.

Donald sentit un filet de sueur couler sur sa tempe. Son cœur battait encore à tout rompre, il avait remué tant de souvenirs. Il eut soudain chaud, bien qu'il pût voir son souffle se condenser en volutes devant lui.

— Vous avez oublié notre rendez-vous ? demanda le Dr Wilson.

Donald s'épongea le front et s'essuya les mains sur son pantalon.

— Non, non, répondit-il d'une voix aussi posée que possible, j'ai juste perdu la notion du temps.

— Je vous ai repéré sur mon écran, et je me suis dit que ce devait être quelque chose comme ça.

Le Dr Wilson fit un signe de tête en direction du pode.

— C'est quelqu'un que vous connaissez ?

— Hum ? Pas vraiment, dit Donald en retirant sa main, qui était gelée. Plutôt quelqu'un avec qui j'ai travaillé.

— Bon. Vous êtes prêt ?

— Oui, dit Donald. J'apprécie que vous me rafraîchissiez la mémoire. Cela fait un petit moment que je ne me suis pas penché sur les protocoles.

— Bien sûr, répondit le Dr Wilson en souriant. Je vous ai mis sur le réveil du nouveau technicien du réacteur qui prend sa quatrième faction. On n'attend plus que vous.

Donald tapota le pode de sa sœur avec un sourire. Elle avait attendu des centaines d'années. Un ou deux jours de plus ne feraient pas grande différence. Après quoi ils verraient en détail à la construction de quoi ils avaient participé. Ils le découvriraient ensemble.

SILO 17

2313

Deuxième année

75

Jimmy ne pouvait se résoudre à écrire sur le papier. Il croulait sous le papier, mais il n'osait même pas utiliser les marges pour prendre des notes. Ces pages étaient sacro-saintes. Ces livres avaient trop de valeur. Il compta donc les jours en striant les panneaux noirs du serveur 17 à l'aide de la clé qu'il avait autour du cou.

Il avait appris que ce chiffre était celui de son silo. Il était également tamponné à l'intérieur de son exemplaire de l'Ordre. Il savait ce que ça signifiait. Il était peut-être tout seul dans son monde, mais il y avait d'autres mondes.

Tous les soirs avant d'aller au lit, il traçait une nouvelle encoche argentée sur la peinture noire du serveur. Il ne marquait la journée que la nuit venue. Cela lui semblait prématuré de le faire le matin.

Son Projet partait mal. Croyant qu'il n'aurait pas l'occasion de tracer beaucoup de traits, il avait commencé en plein milieu du panneau et les faisait beaucoup trop grands. Au bout de deux mois, il n'eut plus beaucoup de place et se mit à faire des encoches plus haut, après avoir pris soin de barrer les marques précédentes. Il ne tarda pas à devoir s'attaquer à un autre panneau. Ses encoches étaient à présent plus petites et régulières. Quatre bûchettes qu'il barrait d'un trait oblique, comme sa mère faisait pour compter combien de jours d'affilée il était sage. Six de ces petits paquets équivalaient à un mois. Douze de ces rangées plus quatre bûchettes barrées, et il avait une année.

Il traça la dernière encoche et recula. Une année prenait la moitié d'un côté de serveur. Difficile de croire qu'une année entière s'était écoulée, une année à vivre dans ce demi-étage. Il savait que ça ne pourrait pas durer. Imaginer les autres serveurs couverts d'encoches était insupportable. Son père lui avait dit qu'il y avait de quoi manger pour deux personnes pendant dix ans. Deux ou quatre, il ne savait plus. Ça faisait en tout cas vingt ans pour une personne. Au moins. Vingt ans. Il fit un pas de côté et regarda entre les rangées de serveurs. Tout au bout de l'allée se dressait l'épaisse porte métallique. Il savait qu'à un moment donné, il devrait sortir. Sous peine de devenir fou. Il était déjà en train de glisser vers la démence. Les journées se ressemblaient bien trop.

Il se dirigea vers la porte et guetta un bruit éventuel. Tout était calme, comme cela arrivait parfois, mais il entendait encore des coups de feu étouffés dans sa mémoire. Il envisagea de taper les quatre chiffres pour jeter un coup d'œil dehors. Ne pas savoir ce qui se tramait de l'autre côté était la pire sensation qu'on pouvait imaginer. Quand les écrans des caméras avaient cessé de retransmettre, Jimmy avait eu l'impression de perdre un de ses sens. Il eut une envie presque irrépressible d'ouvrir la porte, d'entrouvrir une paupière fermée depuis trop longtemps. Une année passée à compter les jours. À compter les minutes. Un garçon ne pouvait pas passer sa vie à compter.

Il délaissa le clavier. Il était trop tôt. Il y avait des gens malintentionnés dehors, qui voulaient entrer, savoir ce qu'il y avait à l'intérieur, savoir pourquoi il y avait encore de l'électricité à cet étage, savoir qui il était.

— Je ne suis personne, leur disait Jimmy lorsqu'il trouvait le courage de parler. Personne.

Mais il ne le trouvait pas souvent. Il se sentait juste assez courageux pour écouter les hommes qui avaient les autres radios se battre. Pour laisser leurs disputes emplir son monde et sa tête, pour les entendre dire qui avait tué qui. Un groupe travaillait sur les fermes, un autre essayait d'endiguer les inondations qui menaçaient de noyer le département des Machines. L'un était armé et réquisitionnait le peu de choses que les autres récoltaient. Un jour, une femme seule appela à l'aide, mais quelle aide pouvait lui apporter Jimmy ? Selon lui, il y avait une bonne centaine de personnes divisée en petits groupes, qui se battaient, s'entretuaient. Mais ils cesseraient bientôt. Il le fallait. Une journée de plus. Une année. Ils ne pouvaient quand même pas se battre une éternité, si ?

Peut-être que si.

Le temps était devenu étrange. C'était un concept plutôt qu'une chose visible. Il devait croire que le temps passait. Il n'y avait pas de lumière tamisée dans l'escalier ni d'extinction des feux pour lui signaler que la nuit venait. Pas d'excursion jusqu'au sommet ni de lumière du soleil pour annoncer le lever du jour. Il n'y avait que des chiffres sur un écran, qui se succédaient si lentement que ça donnait envie de crier. Il fallait compter avec précision pour savoir si une journée s'était écoulée. Ce comptage lui indiquait en tout cas qu'il était en vie.

Jimmy envisagea de jouer au loup entre les serveurs avant d'aller au lit, mais il l'avait déjà fait la veille. Ranger les boîtes de conserve dans l'ordre dans lequel il les mangerait ? Mais il avait déjà trois mois de repas préalignés. Il pouvait s'entraîner au tir, lire des livres, passer un moment sur l'ordinateur, abattre une ou deux tâches ménagères, mais rien de tout ça ne le tentait. Il savait qu'il allait se contenter de se glisser dans son lit et de contempler le plafond jusqu'à ce que les chiffres lui indiquent que le lendemain était arrivé. Alors il se trouverait une activité.

76

Les semaines passèrent, les encoches s'accumulèrent, et le bout de la clé de Jimmy commença à s'émousser. Il se réveilla à nouveau les yeux collés comme s'il avait pleuré dans son sommeil et emporta son petit-déjeuner – une boîte de pêches et une d'ananas – en haut pour manger à côté de la grande porte d'acier. Il posa son fusil et s'assit, adossé au serveur n° 8, profitant de la chaleur de la machine contre son dos.

Il lui avait fallu un certain temps pour comprendre le fonctionnement de son arme. Son père avait disparu avec le fusil chargé, et lorsque Jimmy avait découvert les caisses d'armes et de munitions, le mode d'insertion des étuis rutilants dans la machine lui avait posé problème. Il avait transformé la tâche en Projet, comme son père faisait lorsqu'il s'agissait de corvées ou de bricolage. Dès son plus jeune âge, Jimmy avait observé son père démonter des ordinateurs et autres appareils électroniques, dont il étalait toutes les pièces – la moindre vis, le moindre boulon, le moindre écrou – selon un schéma précis, de façon à pouvoir les replacer ensuite. Jimmy avait fait la même chose avec un des fusils. Il avait dû recommencer avec un autre après avoir accidentellement fait tomber toutes les pièces du premier avec sa botte.

Avec le second, il comprit où se logeaient les munitions et par où on les introduisait. Le ressort du porte-cartouches était dur, ce qui lui compliquait la tâche. Il avait lu plus tard au chapitre “Armes” des livres qui encombraient les étagères que cette partie s’appelait en fait un chargeur – des semaines après avoir compris le fonctionnement par lui-même, comme en témoignait le trou au plafond.

Il posa le fusil sur ses cuisses et mit les boîtes de conserve en équilibre sur la partie la plus large de la crosse. C’est l’ananas qu’il préférait. Il en mangeait tous les jours et voyait ses réserves diminuer avec tristesse. Il n’avait jamais entendu parler de ce fruit et avait dû à nouveau fourrer le nez dans les grands livres. Quand il s’y mettait, les mots le propulsaient d’un livre à l’autre de façon vertigineuse. “Plage” l’avait mené à “Océan”. L’ampleur de ce dernier le perturbait. Après quoi il y avait eu “Poisson”. Il avait oublié de manger ce jour-là, absorbé dans son voyage, et la pièce où il avait installé son petit matelas, à côté de la radio, s’était vite encombrée de livres ouverts et de boîtes vides. Il lui avait fallu une semaine pour tout ranger. Il s’était depuis laissé prendre à ce jeu d’innombrables fois.

Il sortit son ouvre-boîte rouillé et sa fourchette préférée de sa poche de poitrine et ouvrit la conserve de pêche. Un petit soupir s’en échappa à la première entaille. Il avait appris qu’il ne fallait pas manger le contenu s’il n’entendait pas ce petit pop. Par chance, les toilettes fonctionnaient encore à l’époque de cette leçon. Les toilettes lui manquaient drôlement.

Il mangea les pêches une à une, savourant chaque bouchée, avant de boire le jus. Il ne savait pas trop si on était censé le boire – rien ne le disait sur l’étiquette – mais c’était en tout cas ce qu’il préférait. Il s’apprêtait à ouvrir la conserve d’ananas, guettant le pop caractéristique, lorsque le clavier de la porte d’acier se mit à biper.

— Un peu tôt, murmura-t-il à ses visiteurs.

Il posa la conserve par terre, lécha sa fourchette et la remit dans sa poche de poitrine. Il cala le fusil contre son aisselle, se redressa et observa attentivement la porte. Il suffirait qu'elle s'entrouvre pour qu'il fasse feu.

Mais après les quatre bips sonores, le clavier indiqua par une brève alarme que ce n'était pas le bon code. Jimmy resserra ses mains sur son arme lorsqu'il entendit qu'on tentait une autre suite de chiffres. L'écran du clavier n'avait assez de place que pour quatre chiffres. Ce qui signifiait qu'il y avait dix mille combinaisons possibles, en incluant le zéro. Le système autorisait trois tentatives erronées par jour, après quoi le compteur ne retombait à zéro que le lendemain. Jimmy savait tout ça depuis longtemps. Il avait l'impression que c'était sa mère qui lui avait appris cette règle, mais c'était impossible. À moins qu'elle ne l'ait fait dans un rêve.

Il tendit l'oreille, mais celui qui avait tenté sa chance de l'autre côté de la porte avait mal deviné. Une combinaison de moins, ce qui signifiait que le temps lui était compté. Le code, c'était douze dix-huit. Jimmy s'en voulut de même y penser, son doigt se crispa sur la détente. Mais on ne pouvait pas entendre les pensées. Il fallait parler pour être entendu. C'est un fait qu'il avait tendance à oublier, à force de s'entendre penser en permanence.

La troisième et dernière tentative du jour commença, et Jimmy avait hâte de déguster ses tranches d'ananas. Pour lui comme pour les gens dehors, ces trois essais faisaient partie de la routine matinale. Bien qu'effrayante, c'était sa seule dose journalière de contact humain, et il avait fini par compter sur sa régularité. Sur le serveur derrière lui, il avait fait le calcul. Il supposait qu'ils avaient commencé par 0000 et qu'ils progressaient par ordre croissant. Avec trois tentatives par jour, cela voulait dire qu'ils tomberaient sur le bon code le quatre cent sixième jour, au deuxième essai. C'est-à-dire dans moins d'un mois.

Mais le calcul de Jimmy ne pouvait pas tout prendre en compte. Ils pouvaient sauter des numéros, avoir commencé ailleurs, ou avoir un coup de chance s'ils tapaient les chiffres au hasard. Pour autant que Jimmy sache, il n'y avait pas qu'un seul code capable d'ouvrir la porte. Et puisqu'il n'avait pas regardé comment son père avait changé le code, il ne pouvait pas choisir un nombre plus grand. Ce qui, de toute façon, l'aurait peut-être rapproché de l'échéance. Ils avaient peut-être commencé à 9999. Ou il pouvait aussi en choisir un plus petit, en espérant qu'ils l'aient déjà passé. Mais il était possible qu'ils ne l'aient pas encore essayé. Décider d'agir et leur permettre d'entrer serait pire que ne rien faire et mourir. Jimmy ne voulait pas mourir. Il ne voulait pas mourir, et il ne voulait tuer personne.

Tel était le tourbillon de ses pensées lorsqu'on composa quatre nouveaux chiffres. Le digicode refusa l'accès pour la troisième et dernière fois de la journée, et Jimmy se détendit. Il essuya ses paumes moites contre son pantalon et reprit sa boîte d'ananas.

— Bonjour, ananas, chuchota-t-il.

Tête penchée au-dessus du couvercle, il tendit l'oreille.

Les ananas chuchotèrent en retour. Ils lui dirent qu'il pouvait les manger sans crainte.

77

Jimmy découvrit que la vie, réduite à sa plus sommaire expression, était une suite de repas et de contractions intestinales. On pouvait y ajouter le sommeil, mais cela demandait très peu d'efforts. Il ne fit cette grande découverte sur la vie que lorsque les chasses d'eau cessèrent de fonctionner. Personne ne se soucie de ses contractions intestinales jusqu'à la panne de chasse d'eau. Et là, on ne pense plus qu'à ça.

Jimmy alla d'abord dans le coin de la salle des serveurs le plus éloigné de la porte. Il pissa dans l'évier jusqu'à ce que l'eau cesse de couler du robinet et que la tuyauterie refoule sévèrement. Il puisa alors dans la citerne. L'Ordre lui indiquait à quelle page se référer et quoi faire. C'était un bouquin assommant, mais parfois pratique. Jimmy imaginait que c'était justement le but. Mais l'eau de la citerne ne durerait pas éternellement, alors il se mit à boire autant de jus des conserves que possible. Il détestait la soupe à la tomate, mais il en buvait une boîte par jour. Son urine vira à l'orange vif.

Jimmy finissait une boîte de pommes un matin lorsque les hommes revinrent tenter leur chance. Tout se passa en un éclair. Quatre chiffres, et le clavier émit une tonalité différente. Pas d'alarme, d'aboiement, de vibreur désapprobateur. Non. Un bip accueillant. Et le voyant rouge – que Jimmy n'avait jamais vu d'une autre couleur – émit soudain une effrayante lumière verte.

Jimmy sursauta. La boîte de pêches ouverte sur ses genoux bascula, se vidant de son jus. Les hommes avaient deux jours d'avance. Deux jours.

La grande porte d'acier se mit à émettre des bruits. Jimmy laissa tomber sa fourchette et empoigna son fusil. Déverrouiller la sûreté. Un clic de son arme, un bruit sourd de la porte. Des voix. De l'enthousiasme d'un côté, de l'effroi de l'autre. Arme contre l'épaule, il s'en voulut de ne pas s'être entraîné la veille. Le lendemain. C'était le lendemain qu'il avait prévu de se préparer. Ils avaient deux jours d'avance.

La porte continuait à grincer et claquer de l'intérieur, et Jimmy se demanda s'il avait raté un jour ou deux. Il y avait la fois où il avait été malade et eu de la fièvre. Il y avait aussi le jour où il s'était endormi en lisant et il n'avait pas su dire quel jour on était à son réveil. Il avait peut-être sauté un jour. Peut-être que les gens dans le couloir avaient sauté une combinaison. La porte s'entrouvrit.

Jimmy n'était pas prêt. Ses paumes étaient moites, son cœur battait à tout rompre. C'était pourtant le moment qu'il avait tant et tant attendu. Attendu avec tant de fièvre et de concentration, comme lorsqu'on gonfle un ballon, on souffle, on souffle, on le voit grossir, s'amincir sous nos yeux, on sait qu'il est sur le point d'éclater, on le sait, et pourtant, quand ça se produit, on sursaute, comme si on ne s'y attendait pas du tout.

C'était étrange. La porte s'ouvrit davantage. Il y avait quelqu'un de l'autre côté. Quelqu'un. L'espace d'un instant, très bref, Jimmy revint sur cette année écoulée dans la peur. C'était quelqu'un à qui parler, à écouter. Quelqu'un qui essaierait d'ouvrir les conserves avec un tournevis et un marteau maintenant que l'ouvre-boîte était cassé. Quelqu'un qui avait un ouvre-boîtes, peut-être. C'était un potentiel partenaire de Projet, comme son père aimait…

Un visage. Un homme au rictus hargneux. Une année de préparation, d'entraînement au tir sur des conserves de tomates, d'oreilles qui sifflent, de balles chargées, de canons huilés, de lecture – et à présent, un visage d'homme dans l'embrasure d'une porte.

Jimmy pressa la détente. Le canon bondit vers le haut. Et le rictus plein de hargne se mua en une expression de surprise mêlée de tristesse. L'homme tomba, mais déjà un autre apparaissait et surgissait dans la pièce, un objet noir à la main.

Le canon bondit à nouveau, et encore, et Jimmy clignait des yeux à chaque coup. Trois tirs. L'homme continuait d'avancer, mais il avait soudain le même air triste que l'autre. Il finit par tomber, à quelques pas seulement de Jimmy.

Jimmy attendit le suivant. Il l'entendait jurer. Et le premier homme bougeait encore, comme les conserves vides de l'entraînement qui continuaient à danser et rouler longtemps après avoir été dégommées. La porte était ouverte. L'intérieur et l'extérieur étaient en liaison. L'homme qui avait ouvert la porte souleva la tête, le visage empreint d'une expression bien plus grave que de la tristesse, et soudain Jimmy revit son père. Son père allongé de l'autre côté de la porte, qui mourait dans le couloir. Il ne sut pas dire pourquoi.

Les jurons semblaient plus distants à présent. L'homme du couloir s'éloignait. Jimmy respira à fond pour la première fois depuis que le voyant avait viré au vert. Il n'avait plus de pouls, rien qu'un seul et long battement de cœur qui ne voulait plus s'arrêter. Un vrombissement continu, pareil au ronron des serveurs.

Tandis qu'il écoutait le dernier homme s'éloigner, Jimmy comprit qu'il tenait l'occasion de refermer la porte. Il se leva, contourna au pas de course l'homme mort tombé dans la salle des serveurs, un pistolet noir près de sa main inerte. Il baissa son arme, s'apprêtant à fermer la porte en y appuyant son épaule, lorsqu'il songea à ce que serait le lendemain, ou la nuit, ou même l'heure qui suivrait.

L'homme qui partait connaissait à présent le code. Il l'emportait avec lui.

— Douze dix-huit, murmura Jimmy.

Il sortit la tête pour jeter un rapide coup d'œil. Il aperçut un homme entrer dans un bureau. Rien qu'une combinaison verte, puis un couloir vide, d'une luminosité et d'une longueur à peine croyables.

L'homme qui agonisait près de la porte gémit en se tordant de douleur. Jimmy n'y prêta pas attention. Il appuya à nouveau le fusil contre son épaule et se prépara, comme il avait appris à le faire. Les petites encoches du viseur s'alignèrent, pointées vers la porte du bureau. Jimmy imagina qu'une boîte de conserve flottait dans le couloir, devant cette porte. Il respirait. Il attendait. L'homme agonisant juste de l'autre côté du seuil se rapprocha en rampant, ses paumes ensanglantées contre le sol. Jimmy avait mal au centre du crâne, une vieille cicatrice en travers de ses souvenirs. Tout en visant le néant dans le couloir, il songea à sa mère et à son père. Une partie de lui savait qu'ils avaient disparu, qu'ils ne reviendraient jamais. Les encoches se désalignèrent, le canon tremblait.

L'homme à terre se rapprochait. Ses gémissements n'étaient plus qu'un râle. Jimmy baissa la tête et vit des bulles rouges écumer sur ses lèvres. Sa barbe était plus fournie que la sienne, et dégoulinait de sang. Jimmy détourna le regard. Il se concentra sur la porte du bureau, visa à nouveau avec précision et se mit à compter.

Il en était à trente-deux lorsqu'il sentit des doigts tripoter faiblement ses bottes.

À cinquante et un, une tête apparut, sournoise boîte de conserve.

Le doigt de Jimmy pressa la détente. Il sentit le recul dans son épaule et vit une explosion rouge vif à l'autre bout du couloir.

Il attendit un instant, prit une profonde inspiration puis éloigna sa botte de la main qui voulait s'agripper à sa cheville. Il posa son épaule contre la porte dangereusement ouverte et poussa. Les verrous s'actionnèrent et résonnèrent dans les murs. Il ne perçut qu'un bruit étouffé. Il laissa tomber son arme et enfouit son visage dans ses mains tandis qu'un homme agonisait non loin. À l'intérieur. Dans la salle des serveurs. Jimmy pleura, et le clavier bipa joyeusement avant de se taire, attendant patiemment le jour suivant.

SILO 1

2345

78

Une rangée de tablettes en bois, familières, étaient suspendues au mur dans le bureau du Dr Wilson. Donald se rappelait avoir griffonné son nom dessus avec une solennité feinte. Il lui était même arrivé de signer en sa défaveur, d'autoriser sa propre congélation. Une certaine gêne s'empara de lui à l'idée de devoir signer ces formulaires à nouveau. Sa main ne manquerait pas de trembler s'il écrivait le nom d'un autre.

Un brancard vide qui trônait au milieu du bureau lui évoqua de mauvais souvenirs. Un drap propre avait été bordé dessus sans le moindre pli, prêt à accueillir le prochain qu'ils endormiraient. Le Dr Wilson vérifia sur son ordinateur qui était l'homme à réveiller tandis que ses deux assistants s'affairaient derrière lui. L'un d'eux mélangeait deux cuillères de poudre verte dans un récipient d'eau tiède. Donald percevait l'odeur de la mixture de l'autre bout de la pièce. Elle le dégoûtait, mais il prit bonne note du placard d'où elle venait, du nombre de cuillères nécessaires, et posa toutes les questions qui lui venaient à l'esprit.

L'autre assistant plia une couverture qu'il déposa à cheval sur le dossier d'un fauteuil roulant. Il y avait une blouse en papier. On défit et rempaqueta une trousse de secours : gants, cachets, gaze, pansements, sparadrap. Leurs gestes étaient mesurés, efficaces. Donald songea aux employés de la restauration qui agissaient derrière leur comptoir avec le même soin.

Un numéro fut lu à voix haute pour confirmer qu'ils allaient le réveiller. Ce technicien, comme la sœur de Donald, avait été réduit à un nombre, à une place sur un schéma, une case dans un tableau. Non que les prénoms inventés fussent mieux. Donald vit soudain clairement comment l'échange avait pu avoir lieu. Il observa la paperasse qu'on remplissait – nul besoin de sa signature – avant de la glisser dans une boîte. Il pouvait laisser de côté cette partie de la procédure. Il n'y aurait aucune trace de ce qu'il avait prévu.

Le Dr Wilson ouvrit la marche, suivi des assistants avec leur fauteuil roulant et leur équipement. Donald était à la traîne.

Le technicien qu'ils réveillaient était deux étages plus bas, ce qui impliquait de prendre l'ascenseur. L'un des assistants fit remarquer au passage qu'il ne lui restait plus que trois jours de faction.

— Tu as de la chance, commenta l'autre.

— Oui, alors tu iras mollo avec mon cathéter, plaisanta-t-il, et même le Dr Wilson pouffa de rire.

Pas Donald. Il était trop occupé à se demander à quoi ressemblerait l'ultime faction. Personne ne semblait penser au-delà de la faction suivante. Ils avaient hâte que celle en cours se termine, et redoutaient celle qui lui succéderait. Ça lui rappelait Washington, où tous ceux avec qui il travaillait espéraient enchaîner un autre mandat alors qu'ils détestaient devoir faire campagne pour y arriver. Donald était tombé dans le même piège.

Les portes de l'ascenseur s'ouvrirent sur un autre espace glacial. Ici, les chambres hébergeaient les employés qu'on réveillait par roulements réguliers, soit la majorité de la population du silo, répartie sur deux niveaux identiques. Le Dr Wilson les conduisit jusqu'à la troisième porte sur la droite, qu'il ouvrit grâce à son code. Une mer de corps endormis s'étendait devant eux, jusqu'à l'enveloppe de béton du silo.

— Rang 20, quatrième pode, annonça Wilson en ouvrant la marche.

C'était la première fois que Donald assistait à cette partie de la procédure. Il avait aidé à endormir des gens, mais jamais à réveiller quelqu'un. Le stockage du corps de Victor n'avait absolument rien à voir. C'étaient des funérailles.

Les assistants s'activèrent autour de la capsule. Le docteur s'agenouilla près de l'écran de contrôle et leva les yeux vers Donald, l'air d'attendre.

— Ah oui, dit Donald en le rejoignant.

Il jeta un œil par-dessus l'épaule du docteur.

— La majeure partie de la procédure est automatisée, admit le docteur, presque gêné. Franchement, ils pourraient me remplacer par un chimpanzé bien dressé, et personne ne remarquerait la différence.

Il regarda Donald tandis que ce dernier composait son code et appuyait sur un bouton.

— Je suis comme vous, Berger, reprit Wilson. Je ne suis là qu'au cas où ça irait mal.

Il lui sourit. Donald resta de marbre.

— Il faut quelques minutes avant que le couvercle ne s'ouvre, expliqua le docteur en tapotant l'écran. La température, ici, va monter à trente et un degrés Celsius. Et le flux sanguin reçoit une injection lorsque ce voyant s'allume.

Le voyant s'alluma.

— Une injection de quoi ? demanda Donald.

— De nanos. La cryogénisation tuerait un être humain normal, raison pour laquelle, je suppose, elle a été interdite.

Un être humain normal. Donald se demanda ce qu'il pouvait bien être, dans ce cas. Il leva la main et observa sa peau marbrée de rouge. Il se souvint d'un gant dévalant une colline.

— Vingt-huit, annonça Wilson. À trente, la capsule se déverrouillera. C'est à ce moment-là que j'aime bien remettre le cadran à zéro, au lieu d'attendre jusqu'à la fin. Histoire de ne pas oublier.

Il tourna un bouton sous la courbe de température.

— Ça n'arrête pas la procédure. Elle ne peut qu'aller dans une direction une fois entamée.

— Et si jamais il y avait un problème ? s'enquit Donald.

Le docteur fronça les sourcils.

— Je vous l'ai dit. C'est pour ça que je suis ici.

— Et si c'est à vous qu'il arrivait quelque chose ? Ou si on vous appelait pour une urgence ?

Wilson réfléchit en triturant le lobe de son oreille.

— Je préconiserais un réendormissement jusqu'à ce que je puisse revenir.

Il rit.

— Même s'il est tout à fait probable que les nanos réparent ce qui a besoin de l'être avant que j'aie le temps de le faire. Tant que vous inversez la courbe de température, la seule chose à faire est de refermer le couvercle. Mais je ne vois vraiment pas ce qu'il pourrait y avoir.

Donald, si. La température atteignit les vingt-neuf degrés. Les deux assistants attendaient l'ouverture impatiemment. L'un tenait une serviette et la couverture dans une main, la blouse en papier de l'autre. La trousse de soins était dans le fauteuil roulant, ouverte. Les deux portaient des gants de caoutchouc bleu. L'un déchira un bout de sparadrap dont il colla une extrémité à la poignée du fauteuil. Un paquet de gaze fut déchiré, la boisson amère énergiquement secouée.

— Et c'est mon code qui démarre la procédure ? demanda Donald, ne voulant rien laisser au hasard.

Le Dr Wilson gloussa. Il posa ses mains sur ses genoux et se releva lentement.

— J'imagine que votre code pourrait même ouvrir le sas. Y a-t-il la moindre chose à laquelle vous n'ayez pas accès ?

Un gant claqua contre un poignet. Le couvercle émit un sifflement en se déverrouillant.

La vérité, voulut répondre Donald. Mais il avait l'intention de la découvrir tout prochainement.

La capsule s'entrouvrit, et l'un des assistants finit le travail. Elle renfermait un beau jeune homme, dont les joues tressaillaient à mesure qu'il revenait à lui. Les aides se mirent au boulot, et Donald tenta de ne rien rater du protocole, avec une pensée pour sa sœur, endormie quelque part au-dessus d'eux, et qui l'attendait.

— Une fois que nous l'aurons ramené au bureau, nous vérifierons ses fonctions vitales et procéderons à des prélèvements pour analyse. S'ils ont des affaires dans un casier, j'envoie un assistant les chercher.

— Un casier ?

Donald regardait comment on retirait le cathéter. Le sparadrap et la gaze furent appliqués sur le bras tandis que l'homme sirotait l'amère mixture à la paille, grimaçant.

— Oui, des effets personnels. Ce qu'ils ont pu mettre de côté lors de leur précédente faction. On les leur rapporte.

Les assistants aidèrent l'homme à enfiler la blouse de papier puis le soulevèrent non sans mal du pode fumant. Donald retira la trousse de soins et maintint le fauteuil pour eux. La couverture était déjà dépliée sur l'assise. Tandis qu'ils l'installaient et l'emmitouflaient, Donald repensa au sac estampillé "Faction" qu'il avait trouvé sur son lit, celui qui contenait les affaires de Thurman. Le sac portait aussi un numéro, similaire à celui du message d'Anna. Ce numéro ne correspondait absolument pas à une date.

Ce fut alors qu'il comprit. Il y avait une coquille dans le message d'Anna : il ne fallait pas lire "Armoirie" mais "Armoire"… soit le casier qu'évoquait le Dr Wilson.

La confluence d'indices lui fit momentanément oublier le froid ambiant et l'idée de réveiller sa sœur. D'autres fantômes endormis lui chuchotaient à l'oreille et embrumaient son esprit.

79

Donald aida un assistant à escorter le technicien encore groggy à l'étage médical tandis que l'autre s'occupait de récurer la capsule. Peu intéressé par le prélèvement d'échantillons qu'effectuerait Wilson, Donald proposa d'aller récupérer les effets personnels du technicien. L'assistant lui expliqua le chemin vers l'un des espaces de stockage situés au cœur du silo.

Il y avait en tout seize étages de stockage, sans compter l'arsenal. Donald entra dans l'ascenseur et appuya sur le bouton usé du niveau 57. Le numéro d'identification du technicien avait été griffonné sur un bout de papier. La suite de chiffres du message d'Anna était encore fraîche dans sa mémoire. Il avait supposé que c'était une date : le 2 novembre 2039. Un bon moyen pour s'en souvenir.

L'ascenseur s'arrêta, et Donald s'engouffra dans l'obscurité. Sa main courut le long du mur jusqu'à une série d'interrupteurs. Les ampoules s'allumèrent après l'écho sourd et distant de vieux transformateurs électriques. Un labyrinthe de hautes étagères lui apparut à mesure que les lumières s'allumaient, d'abord celles du fond, puis les plus proches, puis celles de droite, comme une mosaïque dévoilée de façon aléatoire. Les casiers se trouvaient tout au bout, après les étagères. Donald entama un long trajet tandis que la dernière ampoule s'animait.

Les étagères, telles des falaises, chargées de caisses en plastique scellées, l'engloutirent. Les bacs semblaient pencher au-dessus de lui. S'il avait levé la tête, il se serait presque attendu à ce que les étagères, tout là-haut, se rejoignent. D'innombrables caisses empilées demeuraient vides et sans étiquette, attendant d'être remplies au fil des factions. Toutes les notes qu'Anna et lui avaient produites lors de sa dernière faction se retrouveraient dans des bacs comme ceux-là, qui conserveraient l'histoire du silo 40 et d'autres, tout aussi malheureux. Ils renfermeraient bientôt celle du silo 18 et les efforts que Donald avait fournis pour le sauver. Peut-être n'aurait-il pas dû. Et si le désordre actuel, cette nettoyeuse vagabonde étaient sa faute, en fin de compte ?

Les caisses pouvaient être rangées par date, par silo, par nom. Il y avait des travées entre les étagères, juste assez larges pour laisser passer les chariots qui partaient distribuer du papier blanc et des carnets puis rapportaient ces mêmes feuilles, à peine alourdies du poids de l'encre. Claustrophobe, Donald quitta les étagères avec soulagement et atteignit bientôt le mur du fond. Un coup d'œil en arrière lui indiqua toute la distance parcourue ; il songea que si les lumières venaient à s'éteindre, il se pourrait qu'il ne retrouve pas le chemin de l'ascenseur. Il tournerait peut-être en rond, mourrait de soif. Il leva les yeux vers le plafond et se rendit compte de sa fragilité, de sa dépendance extrême à l'électricité, à la lumière. Une peur familière s'empara de lui, la peur panique d'être enterré dans l'obscurité. Il s'adossa un instant contre un casier pour reprendre son souffle. En toussant dans son mouchoir, il se rappela que la mort ne serait pas la pire des choses.

Une fois passés le sentiment de panique et l'envie de courir vers l'ascenseur à toutes jambes, il s'aventura dans les rangées de casiers. Il devait y en avoir des milliers. Certains étaient petits, comme des boîtes aux lettres, environ quinze centimètres de large et un bras de profondeur. Il marmonna les chiffres du message d'Anna dans sa barbe.

Celui d'Erskine devait être là aussi, tout comme celui de Victor. Il se demanda si ces hommes avaient mis leurs secrets en sûreté et se promit de revenir pour le découvrir.

Les chiffres allaient croissant dans la rangée qu'il longeait, mais les deux premiers étaient encore loin de ceux d'Anna. Il emprunta une aile transversale pour trouver la bonne rangée et en vit une qui commençait par 43. Son numéro d'identification commençait par 44. Son propre casier était peut-être tout proche.

Il serait sûrement vide, mais Donald ne chercha pas moins à le repérer. Il n'avait jamais rien récupéré d'une faction précédente. Il marcha, et finit par se retrouver face à une petite porte métallique portant son numéro d'identification, celui de Troy. Il n'y avait pas de cadenas, rien qu'un bouton. Il le pressa avec la phalange, inquiet à l'idée que le dispositif soit muni d'une reconnaissance digitale ou tout autre système digne de sa paranoïa. Que penserait-on si on voyait Thurman regarder dans le casier de cet homme ? Car il avait tendance à oublier le subterfuge. Ce qui expliquait d'ailleurs le temps de réaction entre le moment où il entendait le nom du sénateur et celui où il se rendait compte qu'on s'adressait à lui.

Le casier s'ouvrit avec un soupir et un grincement de gonds. Ce petit sifflement rappela à Donald que tout ici – des poubelles aux bacs en passant par les casiers – était sous vide d'air. Protégé du bon air, de l'air normal, car même l'air qu'ils respiraient était caustique et plein de choses invisibles, comme l'oxygène, corrosif, et d'autres particules affamées. La seule différence entre le bon et le mauvais, c'était la vitesse à laquelle ils agissaient. Mais les gens vivaient et mouraient trop vite pour s'en rendre compte.

Ou tout du moins était-ce le cas avant, songea Donald en plongeant une main dans son casier.

Étonnamment, il n'était pas vide. Il y avait un sac en plastique à l'intérieur, froissé, sous vide d'air, comme celui de Thurman. Sauf qu'il y avait écrit "Héritage" sur le sien, et non "Faction". Il reconnut un pantalon couleur camel et une chemise rouge. Les vêtements le bombardèrent de souvenirs. Ils lui rappelaient l'homme qu'il avait été, le monde dans lequel il avait vécu.

Pourquoi gardaient-ils ce genre de choses ? Pour qu'il émerge du fin fond du silo habillé de la même façon que le jour de son arrivée ? Comme un détenu qui fait ses premiers pas en liberté, s'abritant le regard, avec des vêtements passés de mode ? Ou était-ce parce que dans ce monde, stocker et mettre au rebut revenait au même ? Il y avait deux niveaux entiers au-dessus de celui-ci, où les déchets non recyclables étaient compactés en cubes denses comme de l'acier et empilés du sol au plafond. À quel autre endroit étaient-ils censés mettre leurs poubelles ? Dans un trou creusé dans la terre ? Ils *vivaient* dans un trou creusé dans la terre.

Donald tira sur la glissière en plastique du sac pour l'ouvrir. Une légère odeur de boue et d'herbe s'en échappa, effluve d'une époque révolue. Il agrandit l'ouverture, et ses vêtements semblèrent prendre vie à mesure que l'air s'engouffrait à l'intérieur. Il eut une folle envie de les enfiler, de faire comme si son monde n'avait pas disparu. Au lieu de quoi il décida de tout ranger dans son casier, lorsque soudain une lueur attira son regard, une étincelle jaune.

Il poussa ses vêtements, tendit la main, et saisit son alliance. En la sortant, il sentit un objet dur dans son pantalon. Il tâta à nouveau les replis de ses vêtements. Qu'est-ce qu'il avait sur lui ce jour-là ? Pas ses pilules. Il les avait perdues en tombant. Pas les clés du squad, Anna les lui avait prises. Ses propres clés et son portefeuille, dans sa veste, n'étaient même pas parvenus jusque sous la terre pour la phase de formation…

Son téléphone. Donald le trouva dans la poche de son pantalon. Le poids de l'objet et les courbes de sa coque plastique se logèrent au creux de sa main comme s'ils ne s'étaient jamais quittés. Il remit le sac dans le casier, glissa l'alliance dans la poche de sa combinaison et appuya sur le bouton d'activation du vieux téléphone. Qui, bien sûr, n'avait plus de batterie. Depuis des lustres. Il n'avait même pas fonctionné correctement le jour où il avait perdu Helen.

Donald mit machinalement le téléphone dans sa poche – le genre d'habitude qui échappait à l'emprise du temps. Il sortit l'alliance, l'enfila pour s'assurer qu'elle lui allait toujours, et pensa à sa femme. Ses pensées dérivèrent inévitablement vers Mick et les enfants qu'ils avaient eus ensemble. Un amalgame de tristesse et d'écœurement. Il fourra ses vêtements tout au fond du casier et referma la porte, ôta son alliance et la glissa dans sa poche avec son vieux téléphone. Il fit demi-tour et se mit en quête du casier d'Anna. Et il ne fallait pas qu'il oublie de récupérer les affaires du technicien.

En pistant leurs casiers respectifs, il sentait que quelque chose clochait, qu'il lui manquait un lien, mais il ne savait pas quoi.

Tout un pan de l'entrepôt demeurait dans l'obscurité, et Donald songea au silo 40, à la propagation des ténèbres lors d'une précédente faction. Quelle que soit la nature de ces événements, Eren y avait mis un terme. Une bombe avait provoqué une fine pluie de poussière au-dessus de sa tête. Et à présent, son for intérieur, en alerte, commençait à y voir plus clair. Il y avait quelque chose à propos d'Anna. Il n'était pas attiré par son casier sans raison. Il serra son téléphone dans sa main et se rappela pourquoi elle avait été réveillée la dernière fois. Son expertise dans le domaine des communications sans fil et du piratage lui revint en mémoire.

Au loin, une ampoule lâcha, et Donald sentit l'obscurité commencer à dangereusement se rapprocher. Il n'y avait rien pour lui ici, à part d'horribles souvenirs et d'atroces prises de conscience. Son cœur s'emballa lorsqu'il commença à comprendre, sans vouloir y croire. Son téléphone avait mal fonctionné le jour où les bombes étaient tombées du ciel, et donc il n'avait pas pu joindre Helen. Et puis il y avait toutes ces occurrences antérieures où il n'avait pas pu joindre Mick, les soirs où Anna et lui s'étaient retrouvés seuls.

Et voilà qu'ils s'étaient à nouveau retrouvés seuls, dans ce silo. Mick avait échangé sa place contre la sienne au dernier moment. Donald se rappela leur conversation dans un petit appartement. Mick lui avait fait faire la visite, l'avait emmené dans une chambre et lui avait demandé de se souvenir de lui tel qu'il était, là, c'était ce qu'il voulait.

Donald tapa un casier du plat de la main ; l'écho métallique noya son juron. C'est Mick qui aurait dû être ici, congelé puis dégelé, qui aurait dû s'enfoncer lentement mais sûrement dans la folie. Au lieu de quoi il avait volé à Donald la vie familiale qu'il lui avait souvent gentiment reprochée. Et on l'y avait aidé.

Donald se laissa glisser lentement le long des casiers. Il sortit son mouchoir, toussa dedans, imagina son ami en train de consoler Helen. Il pensa aux enfants et aux petits-enfants qu'ils avaient eus. Une rage meurtrière se mit à bouillonner en lui. Et dire que, tout ce temps, il s'en était voulu de ne pas avoir pu joindre Helen. Tout ce temps, il en avait voulu à Helen et à Mick pour la vie à côté de laquelle il était passé. Alors que tout était la faute d'Anna, madame l'ingénieur. C'est Anna qui avait piraté sa vie. Elle et personne d'autre qui l'avait fait venir jusqu'ici.

80

Donald prit le contenu des deux autres casiers comme dans un rêve éveillé. Engourdi, il remonta dans le bureau du Dr Wilson pour y déposer les affaires du technicien. Il demanda au docteur de quoi l'aider à s'endormir le soir venu et repéra soigneusement de quel placard venaient les pilules. Lorsque Wilson partit pour le labo avec ses échantillons, Donald en profita pour se resservir. Il écrasa les pilules, ajouta deux cuillères de poudre et prépara un amer breuvage. Il n'avait pas de plan. Ses actions se succédaient, machinalement. Il y avait une cruauté dans sa vie à laquelle il voulait mettre un terme.

Il descendit dans l'aile de cryogénisation. Derrière son fauteuil roulant équipé, il n'eut aucun mal à la trouver. Il passa un doigt sur la surface lisse de la capsule avec méfiance, comme s'il pouvait se couper. Il se souvenait d'avoir touché son corps de la même façon, toujours avec une certaine crainte, jamais capable de s'abandonner complètement. Plus c'était bon, plus il avait mal. Chaque caresse avait été un affront à Helen.

Il retira son doigt et le compressa dans sa main pour arrêter un écoulement de sang imaginaire. Le danger était partout autour de cette femme. Anna était nue de l'autre côté de cette coquille blindée, qu'il était sur le point d'ouvrir. Il jeta un œil alentour. Il y avait beaucoup de monde, mais il était seul. Le Dr Wilson serait dans son laboratoire pour un bon moment encore.

Donald s'agenouilla au bout du pode et composa son code. Une infime partie de lui espérait que ça ne marcherait pas. C'était un pouvoir bien trop important que celui de permettre la vie ou de la reprendre. Mais le cadran bipa. D'une main maîtrisée, il tourna le bouton, comme il l'avait vu faire.

Puis il n'eut plus qu'à attendre. À mesure que la température augmentait, sa colère s'estompait. Il mélangea la mixture qu'il avait préparée. Il s'assura que tout était bien en place.

Lorsque le couvercle s'entrouvrit, Donald glissa ses doigts dans l'interstice et le souleva entièrement. Il retira soigneusement le cathéter de l'aiguille plantée dans son bras. Un fluide épais dégoulina. Il remarqua la valve près de l'embout et la tourna jusqu'à ce que l'écoulement cesse. Il déplia une couverture et l'en enveloppa. Son corps était déjà chaud. Le givre gouttait de la surface intérieure du pode, recueilli par de petits canaux qui servaient de gouttières. Il remarqua que la couverture était surtout pour lui.

Anna bougea. Donald balaya ses cheveux de son front tandis que ses paupières clignaient. Ses lèvres s'entrouvrirent et elle émit un gémissement à peine audible, empli de décennies de sommeil. Donald savait à quoi ressemblait cet engourdissement, ce froid qui vous gelait jusqu'aux os. Il détestait lui faire subir cela, comme il détestait ce qu'on lui avait fait.

— Doucement, dit-il lorsqu'elle se mit à trembler.

Sa tête roulait de gauche à droite, elle murmurait quelque chose. Donald l'aida à s'asseoir et réajusta la couverture autour de son corps. Le fauteuil roulant était prêt, avec sa trousse de soin et son thermos, mais il ne fit aucun geste pour l'aider à y prendre place.

Ses yeux qui papillotaient finirent par se poser sur Donald. Elle le reconnut.

— Donny…

Il lut son nom sur ses lèvres plus qu'il ne l'entendit.

— Tu es venu me chercher, murmura-t-elle.

Elle tremblait, mais il résista à l'envie de lui frotter le dos ou de la prendre dans ses bras.

— Quelle année ? demanda-t-elle en s'humectant les lèvres. Ça y est, le moment est venu ? ajouta-t-elle, les yeux écarquillés de peur.

Du givre fondu glissa le long de ses joues.

Donald se souvint de réveils semblables, de rêves qui continuaient à brouiller ses pensées.

— Le moment est venu de dire la vérité, dit-il. C'est à toi que je dois ma présence ici, n'est-ce pas ?

Le regard d'Anna semblait inexpressif, ses pensées, confuses. Il le voyait au tressaillement de ses paupières, à la façon dont ses lèvres sèches demeuraient entrouvertes. Il avait vécu ça, lui aussi, lorsqu'on l'avait réveillé.

— Oui, répondit-elle en acquiesçant à peine. Mon père ne nous aurait jamais réveillés. La cryogénisation – elle chuchotait. Je suis contente que tu sois venu. Je savais que tu le ferais.

Une main s'échappa de sous la couverture et s'agrippa au bord du pode comme si elle voulait s'en extraire. Donald posa une main sur son épaule. Il prit le thermos posé dans le fauteuil roulant. Il saisit la main qu'elle avait posée sur le bord de la capsule et lui colla la boisson dans la paume. Elle libéra l'autre main et tint le thermos contre ses genoux.

— Je veux savoir pourquoi, dit-il. Pourquoi m'avoir fait venir ici ?

Il regarda les podes autour d'eux, ces tombes surnaturelles qui gardaient la mort à distance.

Anna baissa les yeux sur le thermos et la paille. Donald lui lâcha la main et prit quelque chose dans sa poche. Le téléphone. L'objet attira l'attention d'Anna.

— Qu'est-ce que tu as fait ce jour-là ? demanda-t-il. Tu m'as empêché de la joindre, n'est-ce pas ? Et cette soirée où on s'est retrouvés pour finaliser les plans, toutes ces fois où Mick manquait les rendez-vous, c'était toi aussi, hein.

Le visage d'Anna s'assombrit. Elle comprit intimement de quoi il parlait. Il s'était attendu à des hauts cris, du déni, mais Anna avait simplement l'air triste.

— C'était il y a si longtemps, dit-elle en secouant la tête. Je suis désolée Donny, mais c'était il y a tellement longtemps.

Son regard se dirigea vers la porte derrière lui, comme si elle craignait un danger. Donald se retourna mais ne vit rien.

— Il faut qu'on sorte d'ici, dit-elle d'une voix rauque. Donny, mon père, ils ont fait un pacte…

— Je veux savoir ce que toi tu as fait. Dis-le-moi.

Elle secoua la tête.

— Ce que Mick et moi on a fait. Écoute, à l'époque, ça nous semblait être la bonne décision. Je suis désolée. Mais il faut que je te dise autre chose. Quelque chose de plus important.

Elle parlait à voix basse, posément. Elle mouilla ses lèvres à nouveau et baissa les yeux sur sa paille, mais Donald gardait une main sur son bras.

— Papa m'a réveillée pour une autre faction pendant que tu étais cryogénisé.

Elle leva la tête et le regarda droit dans les yeux. Ses dents s'entrechoquèrent tandis qu'elle rassemblait ses idées.

— J'ai découvert quelque chose.

— Arrête. Je ne veux plus d'histoires. Plus de mensonges. Rien que la vérité.

Anna détourna le regard. Un spasme parcourut son corps. De la vapeur s'élevait de ses cheveux et les gouttes de condensation continuaient leur course à la surface du pode.

— Ça devait se passer de cette façon, dit-elle.

Son aveu résidait dans sa façon de parler, dans son refus de lui faire face.

— Ça ne pouvait pas être autrement. Toi et moi. C'est nous qui avons construit cela.

Sa confession attisa la rage de Donald. Ses mains à lui tremblaient plus que les siennes. Anna se pencha en avant.

— Je ne supportais pas l'idée que tu meures là-bas, tout seul.

— Je n'aurais pas été seul, rectifia-t-il, les dents serrées. Et ce n'est pas à toi de décider de choses pareilles.

Il s'agrippa si fort au bord de la capsule que ses jointures blanchirent.

— Il faut que tu écoutes ce que j'ai à dire, insista Anna.

Donald attendit. Quelle explication ou excuse pouvait-elle fournir ? Elle lui avait volé le peu de chose que lui avait laissé son père. Thurman avait détruit le monde, et Anna avait détruit celui de Donald. Il était impatient d'entendre ce qu'elle avait à dire.

— Mon père a conclu un pacte, dit-elle d'une voix plus assurée. On ne devait jamais être réveillés. Il faut qu'on se barre d'ici. J'ai besoin de ton aide…

Encore sa rengaine. Elle se fichait pas mal de l'avoir démoli. Il sentit malgré tout sa colère s'apaiser, refluer dans un endroit de son corps, telle une vague qui, manquant de force, s'était brisée dans un murmure.

— Bois, lui dit-il en lui levant le bras doucement. Après, tu m'expliqueras. Tu me diras ce que je peux faire pour t'aider.

Anna cligna des yeux. Donald guida la paille jusqu'à ses lèvres. Des lèvres prêtes à lui raconter n'importe quoi, à entretenir sa confusion, à le manipuler pour qu'il se sente moins vide, moins seul. Il en avait soupé de ses mensonges, de son poison. Lui prêter l'oreille, c'était lui tendre une veine.

Les lèvres d'Anna se fermèrent sur la paille, ses joues se creusèrent lorsqu'elle aspira l'infect liquide vert.

— Ce que c'est amer, souffla-t-elle après la première gorgée.

— Pas de manières. Bois ce truc. Tu en as besoin.

Elle s'exécuta. Donald l'aidait à tenir le thermos. Anna s'arrêtait entre chaque gorgée pour lui dire qu'il fallait qu'ils se barrent de là, qu'ils n'étaient pas en sécurité. Il acquiesçait et redirigeait la paille vers sa bouche. Le danger, c'était elle.

Il restait encore un peu de liquide lorsqu'elle leva les yeux vers lui, perplexe.

— Pourquoi je… j'ai envie de dormir ? demanda-t-elle en luttant pour garder les yeux ouverts.

— Tu n'aurais pas dû m'amener ici, dit Donald. Jamais on n'aurait dû mener cette vie-là.

Anna leva un bras et saisit Donald par l'épaule. Elle sembla comprendre ce qui lui arrivait. Donald s'assit au bord du pode et passa un bras autour d'elle. Tandis qu'elle se laissait aller contre lui, il repensa à la nuit de leur premier baiser. C'était à l'université, elle avait trop bu, s'était endormie sur le canapé du foyer des étudiants, la tête sur l'épaule de Donald. Il était resté comme ça le reste de la nuit, le bras coincé et engourdi tandis que la fête battait son plein et s'était finalement achevée. Ils s'étaient réveillés le lendemain matin, Anna la première. Elle lui avait souri et dit merci, l'avait baptisé son ange gardien et l'avait embrassé.

Ça semblait remonter à des siècles. Une éternité. La vie n'était pas censée s'éterniser. Mais Donald se souvenait du bruit de la respiration d'Anna comme si elle s'était assoupie sur lui la veille. Il se rappela aussi avoir partagé un lit de camp avec elle lors de leur dernière faction, sa tête posée sur son torse. C'est alors qu'il l'entendit inspirer de façon soudaine et saccadée. Le corps d'Anna se raidit avant que ses ongles froids ne s'enfoncent dans la chair de Donald. Il la soutint à mesure que ses doigts se décrispaient et qu'elle rendait son dernier souffle.

SILO 17

2318

Septième année

81

Quelque chose clochait avec les boîtes de conserve. Au début, Jimmy ne savait pas trop de quoi il s'agissait. Il avait remarqué des petits points marron sur une boîte de betteraves quelques mois auparavant, sans en faire cas. Mais à présent, de plus en plus de boîtes en étaient recouvertes. Et le contenu de certaines avait un goût légèrement différent. C'était peut-être dû à son imagination, mais ce qui était sûr, c'est qu'il avait mal au ventre plus souvent, et ça n'arrangeait pas l'odeur qui régnait dans la salle des serveurs. Il détestait s'approcher du coin où il faisait ses besoins, infesté de mouches, et donc il s'était mis à faire ailleurs, jusqu'à ce qu'il ne lui reste presque plus d'espace propre et que les mouches ne fournissent plus.

Il savait qu'il fallait qu'il sorte. Il n'avait pas entendu d'activité dans le couloir ces derniers temps, personne n'avait tenté d'ouvrir la porte. Mais la pièce qui lui avait fait l'effet d'une prison à une époque lui semblait à présent le seul endroit sûr du silo. L'idée de partir, qui l'avait séduit auparavant, suffisait maintenant à lui vriller les entrailles. Il ne connaissait que sa routine. Faire quelque chose de différent lui semblait fou.

Il remit son départ au lendemain, puis au surlendemain, le temps de mettre sur pied un Projet. Il démonta son fusil préféré, huila toutes les pièces et le réassembla. Il y avait une boîte de munitions porte-bonheur, dont seules de très rares balles avaient raté leur cible au jeu de massacre, alors il vida deux chargeurs et les remplit uniquement de balles magiques. En nouant les manches aux jambes pour faire des anses, il transforma une combinaison de rechange en sac à dos. Il ouvrit la fermeture éclair et glissa à l'intérieur deux boîtes de saucisses, deux d'ananas et deux de jus de tomate. Il ne pensait pas être parti si longtemps que ça, mais il ne pouvait en être sûr.

Il s'assura qu'il avait bien sa clé autour du cou. Elle n'était jamais tombée, mais il avait pris l'habitude de tâtonner sa poitrine pour vérifier. Une marque violette sur son sternum lui indiquait d'ailleurs qu'il répétait ce geste trop souvent. Il mit une fourchette et un tournevis rouillé dans sa poche de poitrine – ce dernier lui servait à ouvrir les conserves. Il fallait vraiment qu'il trouve un ouvre-boîte. Ainsi que des piles pour sa lampe torche. C'étaient ses deux priorités. Il n'y avait eu que deux pannes d'électricité au fil des ans, mais les deux coupures l'avaient laissé avec une angoisse terrible du noir. Et à force de vérifier que sa lampe torche fonctionnait, il usait les piles.

Tout en se grattant la barbe, il se demandait de quoi il pourrait avoir besoin. Il n'avait plus beaucoup d'eau dans sa citerne, mais il en trouverait peut-être quelque part, alors il ajouta deux bouteilles vides à son paquetage. Il eut du mal à en trouver. Il dut fouiller derrière la montagne de conserves vides dans un coin du débarras, et subir l'assaut des mouches qu'il avait dérangées.

— Bah quoi, faut pas prendre la mouche, leur dit-il en les chassant.

Il rit à sa propre blague.

Dans la cuisine, il prit le grand couteau, le seul dont il n'avait pas brisé la pointe, et le glissa dans son sac. Le temps de se motiver à partir, il décida que la journée était trop avancée. Alors il démonta à nouveau son fusil, l'huila et se promit de sortir dès le lendemain matin.

Il ne dormit pas bien. Il laissa la radio allumée au cas où il capterait quelque chose ; avec le crachotement, il rêva que de l'air de l'extérieur s'infiltrait par la porte en acier, et il se réveilla plus d'une fois en sursaut, à bout de souffle, et eut chaque fois du mal à se rendormir.

Le lendemain matin, il jeta un œil aux caméras, mais elles ne fonctionnaient toujours pas. Il aurait quand même aimé avoir une vue du couloir. Il se persuada qu'il n'y avait personne. Il n'y aurait que lui. Il s'apprêtait à sortir. Sortir.

— Tout va bien, dit-il à haute voix.

Il attrapa son fusil, souleva son sac, qui, à la rigueur, pourrait aussi lui fournir une tenue de rechange, et se dirigea vers l'échelle.

— Allez, allez, dit-il pour s'encourager.

Il essaya de siffloter. En temps normal, c'était un bon siffleur, mais là, il avait la bouche trop sèche. Il choisit de fredonner un air que ses parents lui chantaient à la place.

Le sac et le fusil pesaient lourd. Pendus au creux de son coude, ils ne lui facilitèrent pas la tâche pour déplacer la grille au-dessus de sa tête. Il finit par y arriver. Il sortit la tête et en profita pour apprécier le ronron régulier des machines. Certains cliquetaient, comme s'ils étaient occupés. Jimmy avait ôté le panneau arrière de chacun d'entre eux pour voir s'ils renfermaient des secrets, mais tous ressemblaient aux ordinateurs que son père fabriquait.

La puanteur de ses propres besoins le prit à la gorge tandis qu'il se faufilait entre les serveurs. Quel accueil. La chaleur que dégageaient les boîtes noires ne faisait qu'accentuer la pestilence.

Face à la grande porte en acier, il hésita. Son monde s'était réduit un peu plus chaque jour. Au début, il avait trouvé son deux-pièces confortable, entre la salle des serveurs et le labyrinthe au-dessous. Après, il ne s'était senti bien qu'en bas. Ensuite, même l'étroit couloir et l'échelle lui avaient fait peur. Jusqu'à ce qu'il limite son espace vital à la pièce du fond avec tous les lits et les débarras aux odeurs bizarres, et qu'enfin, le seul endroit où il se sente en sécurité soit son lit de fortune installé près du bureau où trônait l'ordinateur, avec les grésillements de la radio en bruit de fond.

Et voilà qu'il se retrouvait face à cette porte que son père lui avait fait franchir, à l'endroit où il avait tué trois hommes, et qu'il envisageait d'agrandir un peu son monde.

Il tendit une main moite vers le clavier. Il craignait que l'air au-delà ne soit toxique. Mais il respirait probablement le même air, et les gens avaient vécu des années, il les avait entendus à l'occasion à la radio. Il composa les deux premiers chiffres, ceux du niveau 12, puis songea aux deux suivants. Le niveau 18. Jimmy s'imagina chez ses parents, changer de vêtements, aller aux toilettes. Il se représenta sa mère assise sur son lit, l'attendant. Il la vit allongée sur le dos, les bras croisés, sans chair, plus rien que des os.

Il approcha sa main tremblante du 1 et composa le 4 à la place. Il s'essuya les doigts sur ses cuisses et attendit la sonnerie désapprobatrice du clavier.

— Il n'y a personne de l'autre côté, se dit-il. Personne. Je suis seul. Tout seul.

D'une certaine manière, ça le réconfortait.

Il composa à nouveau les chiffres de son école, puis ceux de sa maison.

Le clavier bipa. La porte se mit à faire des bruits. Jimmy Parker recula d'un pas. Il pensa à l'école, à ses amis, se demanda si certains étaient encore en vie. Si quelqu'un tout court était en vie. Il passa la bandoulière de son fusil par-dessus sa tête et le coinça contre son épaule. La porte se déverrouilla. Il n'avait plus qu'à l'ouvrir.

82

Des signes de vie et de mort l'attendaient dans le couloir. Un cercle noir et des cendres dispersées sur le carrelage indiquaient qu'il y avait eu un feu. La face extérieure de la porte était striée d'égratignures, criblée d'impacts. Ces derniers ressemblaient fort aux traces de balles qui avaient manqué leur cible lorsqu'il s'était entraîné au tir. Tout près de ses pieds, il remarqua une tache brune et se rappela qu'un homme était mort à cet endroit. Il détourna le regard de toutes ces traces et sortit dans le couloir.

Alors qu'il s'apprêtait à fermer la porte, il hésita. Il se demanda si le code fonctionnerait de l'extérieur. Et si la porte refusait de s'ouvrir à nouveau, qu'il ne pouvait plus rentrer ? Il remarqua les profondes rainures autour du digicode, on avait manifestement tenté de l'arracher du mur. Ces traces lui rappelèrent à quel point certains avaient voulu entrer au fil des ans, et à quel point il était fou de vouloir sortir.

Mais avant de s'inquiéter davantage, il ferma la porte et entendit les verrous se mettre en place avec un petit pincement au cœur. Un dernier écho métallique résonna, irrévocable.

Ses mains se précipitèrent à nouveau sur les touches. Le cœur battant, avec l'impression que des hommes arrivaient en courant de toutes parts pour le tuer, hurlant leurs cris de guerre et brandissant leurs armes au-dessus de leur tête…

Il composa le code, et les verrous se remirent en branle. Il ouvrit la porte, respira profondément l'odeur de sa maison… et faillit vomir en reniflant la pestilence de ses déjections réchauffée par les serveurs.

Personne ne courait dans les couloirs. Il avait besoin d'un ouvre-boîte. De trouver des toilettes en état de marche. De vêtements qui n'étaient pas usés jusqu'à la trame à force d'avoir été portés. Il avait besoin de respirer et de trouver une autre réserve de conserves et d'eau.

Il referma la porte à contrecœur. Et bien qu'il ait tout juste testé le code depuis l'extérieur, la peur de ne jamais pouvoir rentrer le saisit à nouveau : le mécanisme allait s'enrayer, le code ne marchait de l'extérieur qu'une fois par jour, ou par an. Son côté obsessionnel faisait qu'il pouvait composer le code une centaine de fois et s'inquiéter quand même qu'il ne fonctionne pas la cent unième. Et il le savait. Il pouvait passer sa vie à le vérifier et ne jamais être satisfait. Il s'éloigna de la porte, le pouls battant à ses oreilles.

L'éclairage du couloir était éblouissant. Jimmy gardait son fusil contre son épaule. Il passa en silence devant une série de bureaux saccagés. Tout était calme, à l'exception d'une ampoule au filament vacillant, et d'un bout de papier agité par le souffle d'une grille d'aération. Le poste de sécurité était laissé à l'abandon. Jimmy enjamba la barrière, songeant à Yani, à l'escalier bondé, à l'homme en combinaison de nettoyage qui s'était frayé un chemin à travers la foule, mais lorsqu'il ouvrit la porte, il tomba sur un palier désert.

Et assez sombre. Seul l'éclairage de secours, vert, était allumé. Jimmy referma la porte doucement pour éviter de faire grincer ses gonds rouillés. Il y avait un objet sur le sol, près de ses pieds. Il le toucha du bout de sa botte, c'était un cylindre blanc long comme son avant-bras, aux bouts arrondis. Un os. Il le reconnut par comparaison avec le cadavre de l'homme qui s'était décomposé près des serveurs et qu'il avait traîné près de l'endroit où il se soulageait.

Il sut avec une extrême certitude que ses propres os seraient un jour à nu. Peut-être ce jour même. Il ne retrouverait jamais sa petite maison si solide. Cette idée l'effraya moins qu'elle n'aurait dû. Le vertige d'être dehors, l'air frais et la lueur verdâtre qui teintait la cage d'escalier, et même les restes d'un être humain, lui procurèrent un soulagement bienvenu après ces années d'emprisonnement. Ce qui, à une époque, avait été sa prison – les étages de ce silo – était à présent le grand dehors. Devant lui s'étendait un paysage de mort infinie et d'espérance.

83

Il n'avait pas de plan particulier. Son instinct lui disait seulement d'aller vers le haut. Sa lampe torche montrait des signes de faiblesse, il fallait donc qu'il explore les étages avec la plus grande prudence. À l'aveugle dans un appartement, il trouva des toilettes où il put se soulager, mais constata avec dépit que la chasse d'eau ne fonctionnait pas. Pas d'eau au robinet non plus. Ni au petit jet à côté de la cuvette des WC, ce qui ne lui laissa d'autre choix que d'utiliser un drap dans l'obscurité la plus complète.

Il commença son ascension. Il y avait un bazar au dix-neuvième, juste au-dessous de chez lui. Il s'y arrêterait pour chercher des piles, même s'il craignait que tout objet de ce genre n'ait déjà été utilisé. En revanche, il y aurait encore des combinaisons dans le département Textile, il en était persuadé. Un plan commençait à prendre forme dans sa tête.

Jusqu'à ce qu'une vibration des marches vienne tout chambouler.

Il s'arrêta pour écouter le bruit métallique des pas dans l'escalier. Ils venaient d'en haut. Il apercevait le palier suivant au-dessus de sa tête, à un tour du pilier central. Il était plus proche que le palier du dessous. Alors il courut, son fusil battant contre les gourdes attachées à son sac de fortune, ses bottes lourdes et maladroites, à la fois effrayé et soulagé de ne pas être seul.

Il ouvrit les portes du palier en grand et se réfugia derrière. Joue pressée contre l'une d'elles, il regardait par la mince ouverture, aux aguets. Les pas se rapprochaient. Il retint son souffle. Une silhouette passa en coup de vent, main sur la rampe, suivie d'une autre, qui proférait des menaces. Jimmy n'eut pas le temps de voir grand-chose. Il resta dans l'obscurité de cette entrée étrangement silencieuse, jusqu'à ce qu'il ait l'impression que des choses rampaient dans sa direction, des mains griffues qui tâtonnaient dans le noir pour l'attraper par ses longs cheveux hirsutes. Il se retrouva à nouveau sur le palier, à la lueur verdâtre de l'éclairage de secours, à bout de souffle, ne sachant que croire.

D'une façon ou d'une autre, il était seul. Même s'il restait des survivants, la seule compagnie qu'il pouvait trouver serait du genre à le pourchasser ou à le tuer.

Il reprit son ascension, main sur la rampe, à l'affût de la moindre vibration. Il passa devant la station d'épuration des eaux du trente-deuxième, la ferme de terre du trente et unième, les services sanitaires du vingt-sixième, avec le bazar en ligne de mire. Les muscles de ses jambes s'échauffèrent, mais c'était agréable. Il revit des repères qui lui étaient familiers, des étages d'une autre vie marqués par l'usure, encombrés par des enchevêtrements de fils électriques et de tuyaux. Le monde était devenu aussi rouillé que les souvenirs qu'il en avait.

Enfin arrivé au bazar, il le trouva presque entièrement vide, exception faite du cadavre coincé sous des étagères renversées. Les bottes qui dépassaient étaient d'assez petite taille – celles d'une femme ou d'un enfant. Il n'y avait plus que l'os blanc de la cheville pour faire le lien entre la botte et le revers du pantalon. Des objets semblaient avoir été coincés près du corps, mais Jimmy ne ressentit pas le besoin urgent d'aller y voir. Il fouilla parmi les rares articles éparpillés sur les étagères, en quête de piles ou d'un ouvre-boîte. Il y avait des jouets, des babioles, rien d'utile. Il eut l'impression que bien des mains s'étaient abattues sur ces objets. Il décida d'économiser sa lampe et sortit dans l'obscurité.

L'exploration de son ancien appartement ne méritait pas qu'il gaspille sa pile non plus. Il ne s'y sentait plus du tout chez lui. Il ressentit une tristesse impossible à qualifier, eut l'impression d'avoir déçu ses parents, éprouva à nouveau cette douleur ancienne au centre de son esprit, comme lorsqu'il suçait des glaçons. Il quitta les lieux et continua à monter. Quelque chose le poussait irrésistiblement vers le haut. Et ce n'est qu'à un demi-étage de l'école qu'il comprit ce que c'était. Son passé lointain cherchait à entrer en contact avec lui. Le jour où tout avait commencé. Sa classe, où il se rappelait avoir vu sa mère pour la dernière fois, où ses amis étaient encore assis dans son esprit déréglé. S'il pouvait remonter le temps et s'asseoir à son pupitre, les événements se dérouleraient forcément différemment.

84

Jimmy garda sa lampe allumée jusqu'à sa classe. Il se rendit vite compte qu'il ne remonterait pas le temps. Là, au milieu de la pièce, gisait son vieux sac à dos. Plusieurs pupitres étaient renversés ; les rangées bien nettes s'étaient brisées comme des os, et Jimmy imagina ses amis courir pour s'échapper, vit les chemins qu'ils avaient pris, la bousculade vers la sortie. Ils avaient pris leurs sacs. Celui de Jimmy était resté là, inerte, un cadavre.

Il fit un pas à l'intérieur, à la lueur de sa lampe, et eut le sentiment que Mme Pearson levait le nez de son livre, souriante, sans rien dire. Le bureau de Sarah, lui, était près de la porte. Jimmy se souvenait de sa main dans la sienne pendant une sortie de classe aux élevages de bétail. C'était sur le chemin du retour, après les odeurs étranges de tant d'animaux, après les mains qui s'étaient tendues à travers les barreaux pour caresser des fourrures, des plumes et de gros cochons imberbes. Jimmy avait quatorze ans, et quelque chose chez ces animaux l'avait exalté, ou changé. Et lorsque Sarah s'était retrouvée au bout de la file d'élèves qui remontaient vers l'école et avait tendu la main pour prendre la sienne, il ne l'avait pas retirée.

Ce contact prolongé fut un avant-goût de ce qui aurait pu se passer avec elle. Il effleura le pupitre de Sarah du bout des doigts et laissa des traces dans la poussière. La table de Paul – son meilleur ami – figurait parmi celles qui avaient été renversées. Il fit un pas dans le trou qu'elle avait laissé, les voyant tous partir en même temps, sa mère ayant ouvert la marche, jusqu'à ce qu'il se retrouve au centre de la classe, près de son sac, complètement seul.

— Je suis tout seul, dit-il. La solitude incarnée.

Ses lèvres, sèches et scellées, se déchirèrent lorsqu'il parla, comme si elles s'ouvraient pour la première fois.

En se penchant sur son sac, il s'aperçut qu'il avait été vidé. À genoux, il dégagea le rabat. Il y avait un bout de plastique que sa mère avait utilisé plusieurs fois pour envelopper son déjeuner, mais son déjeuner avait disparu depuis longtemps. Deux barres de maïs et un gâteau aux flocons d'avoine. C'était ahurissant de se souvenir de certaines choses et pas d'autres.

Il fouilla, se demandant s'ils lui avaient tout pris. La calculatrice que son père lui avait fabriquée était toujours là, ainsi que les petits soldats en verre que son oncle lui avait offerts pour ses treize ans. Il prit le temps de transvaser toutes les affaires qu'il avait apportées dans son vieux sac à dos. La fermeture éclair était grippée, mais marchait encore. Il jeta un coup d'œil à la combinaison qu'il avait nouée et décida qu'elle était en pire état que celle qu'il portait et l'abandonna là.

Il se releva et balaya le désordre ambiant avec le faisceau de sa lampe torche. Quelqu'un avait laissé une trace de son passage sur le tableau noir. Le mot "merde" écrit plusieurs fois à la suite. Ça ressemblait à un chapelet de lettres, merdemerdemerdemerde.

Jimmy trouva le chiffon derrière le bureau de Mme Pearson. Il était tout raide, mais les mots s'effacèrent tout de même. Une traînée crayeuse subsista, et Jimmy se rappela l'époque bénie où il avait écrit au tableau devant la classe. Les devoirs pour le lendemain, par exemple. Un jour, Mme Pearson lui avait fait un compliment pour sa poésie, sûrement par gentillesse. Il s'humecta les lèvres et prit un vieux bout de craie sur le plateau, se demandant quoi écrire. Il n'avait pas le trac de se tenir face à ses camarades. Personne ne le regardait. Il était bel et bien seul au monde.

Je suis Jimmy, écrivit-il au tableau, dans l'étrange halo de lumière de la lampe. Le bout de craie claquait contre la surface noire à chaque contact. Entre chaque, elle crissait. Le bruit lui tenait compagnie, mais il écrivit pourtant un poème sur la solitude, un réflexe appartenant à une époque révolue :

Les fantômes montent la garde. Les fantômes montent la garde. Ils me regardent déambuler.
Les cadavres rient. Les cadavres rient. Mais ils se taisent quand je les enjambe.
Mes parents sont partis. Mes parents sont partis. Ils attendent que je rentre à la maison.

Il avait des doutes sur la dernière phrase. Il éclaira ses trois strophes, qu'il trouvait assez médiocres dans l'ensemble. En écrire davantage n'arrangerait rien, mais il continua pourtant.

Le silo est vide. Le silo est vide. Mais plein de mort, à ras bords.
Je m'appelais Jimmy, je m'appelais Jimmy. Mais plus personne ne m'appelle.
Je suis tout seul, les fantômes montent la garde, et la solitude me rend plus fort.

La toute dernière partie était un mensonge, il n'était pas dupe, mais comme c'était de la poésie, ça ne comptait pas. Il recula de quelques pas et observa sa prose à la lueur hésitante de sa lampe. Les mots avaient tendance à pencher, chaque bout de ligne plongeait carrément, les lettres rapetissaient à mesure qu'on s'approchait de la fin des phrases. Il avait toujours eu ce problème au tableau. Il écrivait assez gros au début et finissait en tout petit. Il se demanda en se grattant la barbe ce que ça disait de lui, ou ce que ça présageait.

Beaucoup de choses n'allaient pas dans ce si petit poème. La cinquième strophe était fausse, celle où il disait que plus personne ne l'appelait. Au-dessus du poème, il avait écrit "Je suis Jimmy". Il se considérait toujours comme étant Jimmy.

Chiffon en main, face au tableau, il s'apprêtait à effacer la strophe erronée. Mais quelque chose l'en empêcha. La peur d'aggraver les choses en essayant de les améliorer, la peur d'effacer des mots et de ne pas en avoir de meilleurs pour les remplacer. Il avait donné de la voix, et c'était une chose trop rare pour l'étouffer.

Jimmy sentit le regard de Mme Pearson sur lui. Le regard de ses camarades, aussi. Les fantômes montaient la garde et les cadavres riaient tandis qu'il cherchait une solution à son problème.

Lorsqu'il la trouva, il ressentit ce frisson caractéristique, la joie d'arriver au bon endroit, d'avoir relié les points entre eux. Il leva la main, fit claquer le chiffon contre le tableau et effaça la première chose qu'il avait écrite. Les trois mots, Je suis Jimmy, disparurent dans des volutes de poudre blanche, et furent bientôt remplacés par des mots exprimant une vérité.

Je suis Solitude, commença-t-il à écrire. Il trouvait que ça sonnait bien. C'était poétique, et ça avait vraiment du sens. Mais comme la poésie, les mots avaient coutume de n'en faire qu'à leur tête ; ses pensées les plus profondes interférèrent, et il écrivit autre chose. Il réduisit le dernier mot à deux cercles bien ronds, un serpent et une barre. Après quoi il attrapa son sac, puis quitta la classe et ses anciens amis. Il laissait derrière lui un poème et un appel à ne pas tomber dans l'oubli, une marque pour prouver qu'il était passé par là.

Je suis Solo.

La brume crayeuse resta en suspens dans l'air, fantôme des mots inexprimés.

SILO 1

2345

85

Donald rapporta le fauteuil roulant, vide, dans le bureau du Dr Wilson. Une couverture humide était posée en travers des accoudoirs et traînait à moitié par terre. Il avait l'impression d'être anesthésié. Son rêve le matin même avait été de redonner la vie, pas de l'ôter. Lorsqu'il commença à entrevoir le caractère irréversible de son acte, il éprouva du mal à déglutir, à respirer. Il s'arrêta dans le couloir et fit le point sur ce qu'il était devenu. Architecte d'un désastre malgré lui. Prisonnier. Marionnette. Bourreau. Il portait les vêtements d'un autre. Sa transformation l'horrifiait. Ses yeux s'emplirent de larmes, il les essuya avec rage. Il lui suffisait de penser à Helen et à Mick, à la vie qu'on lui avait volée. Tout ce qui menait à ce point précis de sa vie, au moment où il s'était réveillé dans ce silo, était le fait de quelqu'un d'autre. Il avait l'impression d'avoir des ficelles qui pendaient aux coudes et aux genoux. C'était une marionnette en liberté qui allait remettre un fauteuil roulant à sa place.

Il parqua le fauteuil et enclencha le frein. Il sortit le flacon de plastique de sa poche, avec l'envie d'en voler une autre dose, voire deux. Il craignait d'avoir du mal à trouver le sommeil.

Le flacon retourna donc dans le placard vidé de sa substance. Donald s'apprêtait à faire demi-tour lorsqu'il remarqua le mot laissé en travers du brancard :

Vous avez oublié ça.

Wilson

Le mot était collé à un mince dossier. Donald se rappelait l'avoir donné au Dr Wilson avec les affaires du technicien. Il n'avait qu'un souvenir flou de son arrêt aux deux autres casiers. Il se rappelait simplement s'être cramponné à son téléphone en se rendant compte de ce qui s'était passé, en prenant conscience qu'Anna s'était servi de Mick et de Thurman pour obtenir un changement de dernière minute qui n'avait pas de sens, service tel que seules les filles pouvaient en soutirer à leur père. C'est ainsi qu'on lui avait volé sa vie.

Il avait trouvé le dossier en question dans le casier qu'Anna mentionnait dans le message adressé à son père. Son contenu semblait à présent sans importance. Il froissa le mot du Dr Wilson et le jeta à la poubelle. Il attrapa le dossier avec l'intention de retrouver son lit pour dormir un peu, mais se surprit à l'ouvrir.

Il ne contenait qu'une seule feuille. À l'aspect vieilli. Le papier avait jauni, et les bords s'étaient effrités par endroits. Il y avait, sous le texte à interligne simple, cinq signatures, un mélange de calligraphie tarabiscotée aux couleurs passées. On pouvait lire en capitales en haut du document : RE : LE PACTE.

Donald glissa un œil vers la porte. Il s'installa derrière le petit bureau et posa le dossier près du clavier d'ordinateur. Le message d'Anna à son père avait les mêmes mots dans la ligne d'objet, avec la mention Urgent. Il l'avait lu une dizaine de fois pour essayer d'en percer le mystère. Les chiffres l'avaient mené jusqu'à ce dossier.

Il connaissait le Pacte des silos, le document officiel qui les régissait, contrôlait leur population par le biais des loteries, dictait leurs sanctions, depuis la contravention jusqu'au nettoyage. Mais ce document était trop bref pour qu'il s'agisse de ce Pacte-là. Ça ressemblait davantage à une note de service du temps où il travaillait au Congrès.

Il lut :

Chers tous,

il a été convenu précédemment que dix unités suffiraient à servir notre objectif et qu'une période de cent ans permettrait une purge satisfaisante. Mais les membres de ce pacte étant à la fois des habitués des sous-estimations et de l'inutilité de tous les plans de bataille une fois le premier coup parti, personne ne devrait être surpris d'apprendre que les faits nous ont amenés à changer nos prévisions. Nous exigeons à présent trente unités et un calendrier de deux cents ans. L'équipe technique m'assure que ses progrès nous permettent d'adopter cette solution sans problème. Il se peut que nous devions à nouveau revoir ces chiffres à l'avenir.

Nous avons également évoqué, lors de la dernière réunion, la possibilité que deux unités atteignent le jour E en guise de doublons (ou la possibilité de garder une unité en réserve). Ceci a été jugé fortement contre-indiqué. Mieux vaut mettre tous ses œufs dans le même panier plutôt que risquer d'en voir deux ou plus éclore. Ce sujet constituant une source de discorde grandissante, cet amendement au Pacte original sera signé par ses Pères et aura valeur de loi. Je m'engage à être présent lors de l'ultime faction et à appuyer sur le bouton. Le taux de survie à long terme est estimé à 42 % dans les derniers modèles. Quel progrès ! Félicitations à tous.

V

Donald passa en revue les signatures une seconde fois. Il y avait celle de Thurman, simple, qu'il avait vue sur d'innombrables circulaires et notes internes au Congrès. Une autre était peut-être celle d'Erskine. L'une pouvait être celle de Charles Rhodes, le gouverneur de l'Oklahoma. Les autres étaient illisibles. Il n'y avait pas de date.

Il relut le texte. Il en comprit la substance peu à peu, le doute cédant graduellement la place à la cristallisation du sens. De sa première faction, il avait gardé le souvenir d'une liste, d'un classement des silos. Le 18 avait figuré dans les premiers de cette liste. C'était pour cette raison que Victor s'était battu pour sauver cette unité. Cet engagement, cette décision d'appuyer sur le bouton. En avait-il parlé dans son message à Thurman ? Dans sa lettre de suicide ? Victor en était arrivé à un stade où il ne savait plus s'il était en mesure de prendre des décisions.

Tous ses œufs dans le même panier. Ce n'était pas le dicton original. Donald se laissa aller contre le dossier de la chaise, et la lumière émise par la lampe de bureau se mit à vaciller. Les ampoules n'étaient pas censées durer aussi longtemps. Elles finissaient par lâcher, mais il y avait des rechanges. Des doublons.

Un œuf. Parce qu'est-ce qui se passerait s'ils laissaient un œuf ou plus éclore ?

La liste.

Si toutes les pièces du puzzle se mirent soudain en place dans la tête de Donald, c'est parce qu'il était déjà au courant. Il avait toujours su. Comment pouvait-il en aller autrement ? Ces salauds n'avaient aucune intention de libérer les hommes et les femmes des silos. Non. Il ne pouvait y en avoir qu'un. Comment réagiraient-ils s'ils se rencontraient d'ici des centaines d'années au sommet des collines, dehors ? Donald avait conçu cet endroit. Il aurait dû comprendre dès le début. C'était un architecte de la mort.

Il repensa à la liste, au classement des silos. Celui d'en haut était le seul qui comptait. Mais quel était leur barème ? Quel degré d'arbitraire entrait dans cette décision ? Tous ces œufs sacrifiés, à l'exception d'un seul. Dans quel but ? Avec quel espoir ? Celui que les différences et les conflits propres à un silo puissent être surmontés ? Et pourtant les différences entre les silos eux-mêmes étaient considérées comme insurmontables ?

Donald toussa dans sa main tremblante. Il comprit soudain ce qu'Anna avait essayé de lui dire. Et il était trop tard. Trop tard pour obtenir des réponses. C'était comme ça avec la vie et la mort, mais dans cet endroit, qui ignorait les deux, il l'avait oublié. Et maintenant, il ne pouvait plus la réveiller. Il n'avait que ses yeux pour pleurer. Sa seule et unique alliée n'était plus.

Il y avait cependant une autre personne qu'il pouvait réveiller, celle qu'il espérait revoir depuis le début. Le pouvoir de réveiller les morts n'était pas à prendre à la légère. Donald frissonna en comprenant ce que le Pacte prévoyait réellement, ce pacte entre des fous qui avaient comploté pour anéantir le monde.

— C'est un pacte de suicide, murmura-t-il, et les murs de béton l'oppressèrent soudain, l'enveloppant comme une coquille d'œuf.

Un œuf censé ne jamais éclore. Car c'étaient eux les plus dangereux de tous, ce nœud de vipères, et aucun monde ne serait en sécurité s'ils en faisaient partie. Les femmes et les enfants n'étaient dans des canots de sauvetage que pour inciter les hommes du silo 1 à enchaîner les factions. Mais ils étaient tous destinés à la noyade. Tous, jusqu'au dernier.

SILO 17

2323

Douzième année

86

Solo ne se mit pas en route un beau matin pour aller sonder les profondeurs du silo – ça se passa malgré lui. Au fil des ans, ses explorations l'avaient mené vers le haut et vers le bas, il s'était caché en entendant d'autres se battre, avait trouvé le désordre qu'ils laissaient derrière eux, mais de telles occasions se faisaient plus rares, et donc il osait s'aventurer de plus en plus loin. C'était la curiosité, autant que la pesanteur et le désespoir, qui l'attirait vers le fond. Et qui mit un terme à sa solitude.

Il fouillait les détritus en passant. Au cent vingtième étage, il découvrit, dans les fermes du bas, les traces de ceux qui avaient vécu là. Jamais il n'était descendu aussi bas. Ceux qui avaient survécu dans un premier temps y avaient monté un réseau de fils et de tuyaux de fortune. Il prit des carottes et des betteraves et repartit, avec l'impression d'être observé par des fantômes. Une fois sorti, il se rendit compte qu'il était tout près des légendaires Fournitures – sujet de tant de conversations à la radio – et descendit encore. Les Fournitures étaient un territoire d'abondance, ou c'était du moins ce qui se disait. La promesse d'y trouver des piles et un ouvre-boîte lui fit accélérer le pas.

Mais la porte des Fournitures était fermée à clé. Solo sentit des yeux sur lui lorsqu'il s'accroupit près de l'entrée et pressa son oreille contre l'acier gelé. Il sentait, autant qu'il entendait, une sorte de tambourinement. Le bruit semblait ceci dit lointain, comme les poumons du silo qui râlaient et sifflaient. Il insista sur la poignée de porte. Elle refusait de bouger. Mais il n'y avait pas de verrous visibles à l'extérieur, rien qu'une poignée verticale toute bête qu'on attrapait pour la tirer.

Solo se retira dans l'escalier. Mains posées sur la rampe, il tendit l'oreille. À tel point qu'il finit par entendre son propre pouls. Signe qu'il était on ne peut plus concentré.

Pas de fantômes. Pas de vibrations dans la rampe. Il vérifia son fusil, la sûreté était bien enlevée, et appuya la crosse fermement contre son épaule. Il visa le point des doubles portes où les poignées se rejoignaient. Il imagina une boîte de conserve à cet endroit, en essayant de ne pas voir le torse d'un homme. Il pressa la détente avec tant de lenteur que lorsque la balle sortit du canon, il sursauta. Le coup de feu retentit dans tout le silo. Un tir, suivi d'une dizaine d'échos. Solo visa à nouveau, et tira. Puis une troisième fois. BOUM. BOUM. Les fantômes allaient déguerpir fissa. Il était Solo, mais son fusil lui tenait compagnie à grand bruit.

Il glissa la bandoulière de son arme par-dessus sa tête et tenta à nouveau d'ouvrir. L'une des portes bougea un peu. Il recula d'un pas, donna un coup de pied dedans. Il savait qu'elles étaient censées s'ouvrir dans l'autre sens, mais il voulait juste faire céder les derniers éléments qui lui résistaient. Lorsqu'il la tira à nouveau, la porte s'ouvrit en grinçant et des débris s'abattirent sur le palier. Les trous pratiqués par les balles étaient bien moins impressionnants à l'extérieur qu'à l'intérieur, où le métal déchiqueté rutilait. Et s'avérait coupant, remarqua Solo en suçant son doigt.

Le silence qui régnait aux Fournitures lui sembla oppressant après les coups de feu. Il s'approcha du comptoir qui s'étendait d'un mur à l'autre. Il y avait des brèches, en dessous, par lesquelles il pouvait passer, mais il remarqua des charnières en métal qui permettaient de lever un pan de la surface.

Il y avait derrière le comptoir des rangées d'étagères jonchées de bric-à-brac. Solo crut entendre quelqu'un, ou quelque chose, gratter, mais ce n'était que la porte à battants qui se refermait. Il marcha entre les débris sur la pointe des pieds et prit son fusil en main, juste au cas où.

Les boîtes de rangement avaient toutes été fouillées, pillées. La plupart manquaient carrément. Certaines étaient retournées, et leur contenu était éparpillé sur le sol. Aux yeux de Solo, les Fournitures ressemblaient ni plus ni moins à une quincaillerie, avec ses boîtes pleines de métal usiné – rivets, écrous, boulons, rondelles, crochets, gonds... Il plongea une main dans une caisse de minuscules rondelles et en prit une poignée qu'il laissa se déverser entre ses doigts. Leur cliquetis était comme un chant timide.

Un peu plus loin, les pièces devenaient plus grosses. Il y avait des pompes, des bouts de tuyau, des accessoires pour connecter des tuyaux entre eux, les couder ou les sceller. Solo enregistra où se trouvaient toutes ces choses. Il songea à tous les incroyables Projets qu'il allait pouvoir démarrer.

Au-delà des allées, un couloir, avec une porte à chaque bout. Il y faisait sombre. Il sortit sa lampe torche de sa poche de poitrine et balaya l'obscurité de son faible faisceau. Il aurait dû continuer à fouiller les étagères en quête d'une pile mais quelque chose l'appelait dans ce couloir. Quelque chose qui clochait. Il y avait des détritus par terre. Ça sentait la tomate. La tomate en conserve, avec du jus, pas la tomate fraîche.

Il se pencha et ramassa une boîte vide. Il restait de la purée rouge sur la face interne du couvercle. Elle était encore humide, pas sèche et durcie comme elle le devenait en l'espace de quelques jours. Solo se lécha le doigt, et le goût de la tomate l'électrisa. Il saisit son fusil, cala la crosse contre son épaule et maintint l'arme en équilibre sur la lampe, de sorte que le canon coupait le faisceau lumineux en deux et laissait une ombre au-dessus de lui.

Solo plissa les yeux en direction du bout du couloir, l'oreille tendue. Sa lampe montrait des signes de faiblesse. Il avançait à petits pas dans un couloir qui semblait lui-même retenir sa respiration.

Les portes qu'il essaya étaient toutes déverrouillées. Il les poussait, doigt sur la détente, et ne découvrait que des ombres. Des machines sur des établis, sans électricité. Des machines à découper, des postes à souder, des ponceuses, des fraiseuses, tous constellés de rouille. Elles ne se révélaient que lorsque sa lumière dansait sur elles. L'espace d'un instant, elles se faisaient menaçantes, tel un homme tapi dans l'obscurité, prêt à bondir. Il y avait d'autres portes au fond de ces pièces. Un vrai labyrinthe de remises. Des débris éparpillés partout. Les combats des survivants avaient peu à peu gommé les preuves de l'exode originel.

Une de ces pièces sentait bizarre, comme une installation électrique qui chauffe, un peu comme l'odeur de son fusil après un tir. Les murs de cette pièce étaient carbonisés. L'obscurité avalait le faisceau de sa lampe torche. Il passa à la porte suivante, laissant très loin derrière la faible lueur verdâtre de l'éclairage de secours qui venait de l'escalier et filtrait à travers les boîtes de boulons et de vis.

Il y avait une autre lueur, menaçante, au bout du couloir. Une porte ouverte. Solo crut entendre quelque chose. Il respira plus doucement et attendit. Non, pas de murmure, ce devait être ses battements de cœur, sûrement rien du tout. Il pensa aux milliers de gens qui avaient vécu dans le silo auparavant. Combien, comme lui, avaient survécu ? Combien s'occupaient de ce qui restait des fermes, grattaient l'intérieur des conserves avec le plat d'un couteau pour récupérer les calories nichées tout au fond de la boîte, se méfiant des taches de rouille ? Il n'y avait peut-être plus que lui. Solo.

La porte d'après laissait passer un peu de lumière. Solo s'en approcha prudemment, agacé par le couinement de ses bottes, et l'ouvrit à l'aide du canon de son fusil. Il se rappela ce que ça faisait de porter un coup à distance, de voir le sang jaillir sur une poitrine. Sa lampe torche cligna à plusieurs reprises, la pile lui jouait à nouveau des tours. Solo laissa son arme pendre à sa bandoulière et tapa la lampe sur sa cuisse jusqu'à ce que le faisceau redevienne stable. Il scruta la pièce pour repérer la source de la lueur.

Un quartier de lumière émanait du sol, un quartier de lumière avec un halo tout autour. C'était une autre lampe torche.

Solo n'en crut pas ses yeux. Il se rua dessus, heurtant conserves et autres détritus au passage, et s'accroupit pour la ramasser. Il éteignit la sienne et la glissa dans sa poche de poitrine. L'autre éclairait avec vigueur. Il l'orienta dans les coins de la pièce, content de lui. C'était pour ça qu'il était venu. Mieux encore que des piles, une lampe toute neuve. Les piles de celle-ci dureraient des années s'il faisait attention, s'il les économisait. Mais elles ne lui feraient pas plus de quelques jours s'il la laissait allumée par mégarde.

Quelques jours.

Un seau d'eau froide lui glaça le dos. Le noir ambiant l'oppressait. Il entendit le murmure imaginaire des fantômes, et la poignée de la lampe était chaude dans sa main. Était-ce le cas quand il l'avait ramassée ?

Il se releva. Sa botte heurta une boîte vide. Il se rendit soudain compte du boucan qu'il faisait, de toute la vie et de la lumière qu'il avait apportées dans ces recoins sombres et morbides. Il se replia vers la porte, fusil de nouveau contre l'épaule, des mains imaginaires surgissant de toutes parts pour l'empoigner et enfoncer leurs ongles griffus dans sa chair.

En faisant demi-tour pour se mettre à courir, il faillit lâcher la lampe. Le fusil heurta le montant de la porte et le coup partit. Un éclair aveuglant jaillit dans le noir, une détonation comme si c'était la fin du monde. Solo se mit à courir en direction des étagères, de leur filet de lumière. Il fuyait à toutes jambes, sans arrière-pensée pour le fait qu'il avait apporté la terreur à ceux qui vivaient là, que sa lampe flambant neuve avait laissé quelqu'un d'autre dans le vacarme et l'obscurité qu'il avait créés.

87

Il s'échappa des Fournitures et continua à descendre, son courage récompensé par une nouvelle lampe torche. Au cent vingt-huitième étage, il s'arrêta dans un appartement pour soulager sa vessie, qui semblait se remplir dès qu'il avait peur. Il avait envie de se reposer un instant sur le matelas nu, mais ce ne devait pas encore être l'heure du coucher. C'était seulement la chute de son taux d'adrénaline qui lui donnait envie de dormir.

De retour sur le palier, il passa en revue les possibilités qui s'offraient à lui. Il avait vu presque tout ce qui restait du silo. Il n'y avait plus que lui et les fantômes. Il avait plein de petits pense-bêtes dans la tête concernant des endroits où trouver toutes sortes de choses utiles, avait découvert une ferme où la nourriture abondait et la réserve d'eau du cent douzième étage, utilisé son fusil pour ouvrir une porte. Toujours pas d'ouvre-boîtes, mais il ferait avec son tournevis et son marteau. Plus il descendait, plus sa situation s'améliorait, alors il continua.

Au bout d'une douzaine d'étages, la température commença à chuter sérieusement. Son souffle se condensait en volutes dans l'air froid et chargé d'humidité. Une lance d'incendie avait été abandonnée au cent trente-sixième étage, déroulée de son petit casier rouillé. Le tuyau était tout emmêlé sur le palier. De l'eau gouttait du bec, et Solo entendait l'impact de ces gouttes résonner quelque part en bas. Il était presque au bout. Dans le fond. Il n'y était jamais allé.

Il voulut remplir sa gourde au tuyau. En temps normal, un simple tour de valve aurait suffi à faire jaillir un torrent. Mais là, Solo dut soulever les nœuds et secouer le tuyau pour ne récolter qu'une demi-gourde. Il but quelques gorgées mais l'eau avait le goût amer du tuyau. Il reboucha sa gourde et la pendit à son sac, où bringuebalaient ses diverses prises du jour. Avec le fusil, ça faisait beaucoup à porter.

Il lança un regard par-dessus la rampe et aperçut la fin du silo : le sol du fond, lisse et luisant. Tout ce qu'il savait des Machines – des étages au-dessous de la dernière spirale de l'escalier – c'est que c'était de là que venaient l'air et l'électricité. Puisque les deux étaient encore disponibles, il y avait peut-être encore des gens. Solo s'agrippa à son fusil avec méfiance. Il n'était pas sûr de vouloir revoir des gens un jour.

Il descendit les dernières volées de marches en faisant sonner ses bottes contre les marches. Quiconque aurait eu l'oreille posée sur la rampe aurait entendu sa progression. Il frissonna rien qu'à cette idée. Solo imagina dix mille personnes alignées le long de la rampe, une spirale ininterrompue de têtes désincarnées à l'écoute de ses moindres mouvements.

— Laissez-moi, fantômes, chuchota-t-il.

Il descendait à la corde, juste au cas où. Les marches résonnaient moins près du pilier central. Il fut transporté des années en arrière, au jour où il n'y avait plus de place dans l'escalier, où il avait manqué étouffer dans la foule compacte, où sa mère lui avait crié de continuer sans elle. Il eut l'impression d'avoir seize ans à nouveau, sauf que ses larmes disparurent dans sa barbe avant qu'il ait le temps de les essuyer. Il avait seize ans à nouveau. Il aurait toujours seize ans.

Ses bottes s'enfoncèrent soudain dans de l'eau froide.

Surpris, il lâcha la rampe, dérapa et tomba sur un genou. Il était trempé jusqu'en haut des cuisses, son fusil avait glissé de son épaule, son sac était mouillé aussi.

Il jura et se releva. Un chapelet de petites balles liquides gouttait du canon de son fusil. Sa combinaison, à présent glacée, lui collait à la peau, du bassin jusqu'aux pieds. Il sécha ses larmes et se demanda un instant si toute cette eau à ses pieds était le résultat des années qu'il avait passées à pleurer.

— Imbécile, marmonna-t-il.

Quelle idée stupide. L'eau avait sûrement fui des toilettes qui ne fonctionnaient plus. Ou alors c'était ici qu'aboutissaient les chasses d'eau, mais il n'y avait plus de mécanos pour s'occuper du filtrage et du pompage.

Il remonta d'une marche et observa la surface s'immobiliser lentement. C'était le sol luisant qu'il avait cru voir d'un peu plus haut. Sous la surface – où s'était formée une pellicule de toutes les couleurs – il aperçut l'escalier qui continuait de s'enfoncer, jusqu'à disparaître dans les profondeurs opaques. Le silo était inondé.

Il regarda l'endroit où l'eau rejoignait la rampe et attendit de voir si le niveau montait. Si c'était le cas, c'était imperceptible.

L'une des portes du cent trente-septième étage bougea d'avant en arrière sous l'effet du remous qu'il avait causé. Il y avait environ soixante centimètres d'eau au-dessus du palier. Le silo était en train de se remplir d'eau. Il lui avait fallu des années pour arriver à ce niveau. Continuerait-elle inexorablement ? Combien de temps avant qu'elle n'atteigne son chez-lui, au trente-quatrième ? Qu'elle n'atteigne le sommet ?

La pensée d'une lente noyade lui arracha un bruit étrange, une sorte de petit cri triste. Et tandis que l'eau dégoulinait de ses vêtements pour retourner d'où elle venait, il entendit à nouveau un gémissement empreint de tristesse. Mais cette fois, il ne venait pas de lui.

Accroupi, il scruta l'étage inondé, à l'affût du moindre bruit. Là. Quelqu'un qui pleurait. Ça venait des niveaux inondés. Solo sut dès lors qu'il n'était pas seul.

88

Ça ressemblait à des pleurs de nourrisson. Solo scrutait la surface. Il allait falloir qu'il se jette à l'eau pour entrer dans cet étage. L'éclairage verdâtre nimbait l'espace d'une lueur spectrale. L'air était froid ; l'eau, glaciale.

Il remonta quelques marches et posa tout son barda au sec – du côté extérieur, où les marches étaient plus larges. Après quoi il roula sa combinaison jusqu'à ses genoux puis défit les lacets de ses bottes.

Il tendit l'oreille. Pas de cri. Il se demanda s'il allait braver l'humidité et le froid pour des pleurs imaginaires, pour un fantôme qui disparaîtrait dès qu'il en ferait cas. Il vida l'eau de ses bottes avant de les ranger à côté de son sac. Il retira ses chaussettes, dont l'une était trouée au gros orteil. Il les essora et les mit à sécher sur la rampe.

Son sac était quatre marches au-dessus du niveau de l'eau. *A priori* aucune raison de s'inquiéter. Elle ne semblait pas avoir monté depuis qu'il était arrivé. Il jeta à nouveau un coup d'œil vers la porte, repéra le niveau de l'eau, et imagina une soudaine montée alors qu'il serait à l'intérieur. Il frissonna, sans lien avec le froid. Il crut entendre le bébé à nouveau.

Il se dit qu'il était assez vieux pour avoir un bébé. Il calcula. Ça lui arrivait rarement. Est-ce qu'il avait vingt-six ans ? Vingt-sept ? Un autre anniversaire était passé sans personne pour le lui rappeler. Pas de gâteau, pas de bougie soufflée à peine allumée. “Souffle vite”, disait sa mère. Son père avait tout juste le temps d'allumer la mèche que Jimmy se penchait pour l'éteindre. Une brève étincelle qui chauffait à peine la cire, et la bougie familiale était rangée pour l'anniversaire suivant, celui de son père.

Une tradition un peu bébête. Mais chaque famille disposait soi-disant d'autant de cire que nécessaire pour tous ses anniversaires. Celle des Parker était vieille de plusieurs générations, et n'avait pas encore diminué de moitié. Avant, Jimmy pensait qu'il vivrait éternellement s'il soufflait assez rapidement. Que ses parents et lui ne mourraient jamais. Mais rien de tout ça n'était vrai. Il ne resterait plus que lui, tout seul, jusqu'à sa mort, et cette histoire de bougie était un vaste mensonge.

Il fit un pas dans l'eau et pataugea jusqu'à la porte, les pieds vite engourdis par le froid. La surface colorée se troubla tandis que l'eau refluait autour des montants de la balustrade du palier. Solo s'arrêta un instant. C'était étrange de voir toute cette eau s'étendre jusqu'aux murs de béton, au lieu du vide. Si jamais il tombait, l'eau ralentirait-elle sa chute ? Ou flotterait-il à la surface comme ce détritus qu'il voyait là-bas ? Il pensait plutôt qu'il coulerait. La plus grande quantité d'eau dans laquelle il s'était immergé était une baignoire pleine. Pour l'heure, l'eau lui arrivait aux tibias, et, craignant de se faire avaler par une brèche invisible, il avançait prudemment. Ses pieds se refroidissaient de plus en plus, mais il essayait de sentir malgré tout le sol métallique sous ses pas. Un objet argenté sembla passer furtivement sous le treillis, mais il songea que ce devait être son reflet, ou les effets du métal sur la surface.

— T'as intérêt à en valoir la peine, dit-il au fantôme de bébé.

Il attendit une réponse, mais plus personne ne pleurait. Il faisait noir au-delà des portes, alors il sortit sa lampe de sa poche de poitrine et l'alluma. La lumière se reflétait à la surface de l'eau et dansait au plafond ; le spectacle était si fascinant que Solo en oublia l'eau gelée. À moins qu'il n'ait perdu toute sensation au niveau des pieds.

— Y a quelqu'un ? lança-t-il.

L'écho de sa propre voix lui revint doucement. Il orienta sa lampe au bout de l'entrée, qui se divisait en trois directions possibles. Deux des chemins décrivaient un virage comme pour se rejoindre de l'autre côté de l'escalier. C'était un de ces étages avec une distribution en étoile. Solo sourit. Livre "Do-Fl", dans lequel il avait lu le chapitre sur les étoiles. Il faisait seulement maintenant le lien avec l'expression "distribution en étoile". Toutes les découvertes étonnantes qu'il avait faites, cet ancien monde qui…

Un cri.

Il en était persuadé, cette fois, ou alors il perdait vraiment la boule. Il fit volte-face et dirigea le faisceau vers le couloir qui s'incurvait. Il attendit. Le silence était revenu, à peine troublé par les vaguelettes qui léchaient le mur. Il se dirigea vers le bruit, provoquant de nouvelles vagues. Il ne sentait plus ses pieds et avait l'impression de flotter comme un fantôme.

C'était un étage résidentiel. Mais pourquoi s'entêterait-on à vivre dans un de ces appartements alors que l'eau s'infiltrait de toutes parts ? Il s'arrêta devant une salle de jeux et troua les poches d'ombre à l'aide de son faisceau. Il y avait une table de ping-pong au milieu de la pièce. De la rouille montait le long de ses jambes en métal, comme si l'eau l'y avait acculée. Les raquettes étaient encore posées sur la surface verte gondolée. Vert comme l'herbe, songea Solo. Les livres de l'Héritage lui faisaient voir son monde sous un jour différent.

Quelque chose heurta son tibia. Il sursauta, mais ce n'était qu'un coussin en mousse qui flottait près de ses pieds. Il le repoussa et pataugea jusqu'à la porte suivante.

Une cuisine collective. Il reconnut la disposition des grandes tables et des nombreuses chaises, même si la plupart étaient renversées, à moitié sous l'eau. Il y avait deux cuisinières dans un coin et tout un mur de placards. Il y faisait très sombre, la lumière de l'escalier avait du mal à parvenir aussi loin. Si jamais ses piles lui faisaient défaut, il faudrait qu'il retrouve son chemin à tâtons. Il aurait dû prendre sa nouvelle lampe torche, pas l'ancienne.

Un autre cri. Plus sonore, cette fois. Tout près. Quelque part dans cette pièce.

Solo agita sa lampe, mais impossible d'éclairer tous les coins en même temps, les placards, les comptoirs… Il crut percevoir un mouvement, du coin de l'œil. Il fit revenir le faisceau légèrement en arrière et vit quelque chose bouger sur un plan de travail. La chose sauta. Un bruit de griffes résonna dans le placard ouvert où elle se rattrapa tant bien que mal. Solo eut à peine le temps de voir une queue touffue avant que la bête ne disparaisse à nouveau dans le noir.

89

Un chat ! Un être vivant. Un être vivant qu'il était inutile de craindre, qui ne lui ferait aucun mal. Solo avança prudemment en l'appelant, "Minou, petit, petit". Il se souvenait de ses voisins qui essayaient toujours de récupérer leur animal sans queue pour le ramener chez eux, au bout du couloir.

Il y avait du raffut dans les placards. Une des portes s'ouvrit d'un coup et se referma en claquant. Il ne pouvait voir qu'un endroit à la fois, selon où il orientait sa lampe. Il sentit quelque chose frôler son tibia. Il baissa le faisceau, mais ce n'étaient que des détritus qui flottaient dans l'eau. Il entendit un couinement, suivi d'un plouf. Il aperçut une onde en forme de V derrière ce qui ressemblait à un rat en train de nager. Solo n'avait plus envie d'être dans cette cuisine. Dans le placard, le chat continuait de s'agiter.

— Ici, minou, dit-il, moins enthousiaste.

Il plongea une main dans sa poche et en sortit une barre de céréales, dont il déchira l'emballage avec ses dents. Il en prit une bouchée insipide et tendit le reste devant lui. Douze ans que le silo était mort. Il se demanda combien de temps les chats vivaient, comment celui-ci s'en était sorti jusqu'ici. En mangeant quoi ? À moins que les anciens chats n'aient eu des petits ? Est-ce qu'il s'agissait d'un nouveau chat ?

Ses pieds nus effleurèrent un objet sous l'eau. Le reflet éblouissant de la lumière le gênait, mais il aperçut un os remonter à la surface et sombrer à nouveau. Il était en train de patauger dans des restes humains.

Il fit comme si ce n'étaient que des détritus. Il atteignit le placard bruyant, saisit une poignée et tira. Un sifflement retentit dans l'ombre. Le chat chamboula des boîtes pourrissantes en reculant. Solo rompit un bout de barre de céréales et le déposa sur l'étagère. Il attendit. L'eau clapotait contre les meubles, mais le placard, soudain, ne faisait plus de bruit. Solo gardait sa lampe baissée pour ne pas effrayer l'animal.

Deux yeux finirent par s'approcher. Pendant une éternité, ils fixèrent Solo, qui commençait à sérieusement se demander si ses pieds n'allaient pas tomber tellement il avait froid. Les yeux se rapprochèrent et se baissèrent. C'était un chat noir, couleur d'ombre liquide, lisse comme une nappe d'huile. Les morceaux de céréales ne tardèrent pas à croustiller dans sa gueule.

— Bon chat, murmura Solo sans faire cas des os éparpillés à ses pieds.

Il cassa un autre bout de barre et le tendit au chat. L'animal recula d'un pas. Solo posa le morceau au bord de l'étagère, et le chat s'approcha plus vite cette fois. Il mangea même le morceau suivant directement dans la paume de Solo. En lui proposant le dernier morceau, que le chat accepta, Solo voulut le prendre avec ses deux mains. Et cette chose, ce compagnon qu'il espérait inoffensif, se jeta sur son bras toutes griffes dehors.

Solo leva les mains en criant. La lampe torche valsa dans les airs. Un plouf, et le chat avait disparu. Couinements, feulements, vacarme, Solo les mains dans l'eau pour récupérer la lampe, qui clignota une fois, deux fois, puis le laissa dans le noir complet.

Il tâtait à l'aveugle, empoigna un cylindre solide, mais sentit le bout arrondi à l'endroit où la jambe s'emboîte dans la hanche. Il lâcha l'os, écœuré. Il en palpa deux autres avant de tomber sur la lampe, fichue. Il la récupéra quand même, tandis qu'un bruit d'éclaboussements frénétiques se rapprochait de lui. Il avait le bras en feu, il avait aperçu du sang au moment où la lampe lui avait échappé. Quelque chose se blottit contre sa jambe, se dressa contre son tibia, enfonça ses griffes dans sa cuisse ; ce foutu chat l'escaladait comme s'il était un pied de table.

Solo le prit pour retirer ses griffes de sa chair. La pauvre bête était trempée et semblait à peine plus grosse que la lampe dans ses mains. Tremblante, elle se frotta contre un pan sec de sa combinaison en miaulant, puis renifla sa poche de poitrine.

Solo tint l'animal avec un bras en travers de son torse, comme un perchoir, et sortit la seconde barre de sa poche. Il faisait noir comme dans un four dans la pièce, si noir qu'il en avait mal aux oreilles. Il déchira l'emballage et tendit la barre. De minuscules pattes s'enroulèrent autour de sa main et le chat croqua dans les céréales.

Jimmy sourit. Il se fraya un chemin en direction de la porte, à l'instinct, se heurtant à des meubles et à de vieux ossements au passage. Il n'était plus Solo.

SILO 1

2345

90

L'appartement de Donald s'était transformé en grotte, une grotte où les pages gisaient éparpillées comme des os décolorés, aux murs décorés de carcasses de dossiers, et où des boîtes commandées aux archives continuaient d'arriver, telles des proies récemment abattues. Les semaines avaient passé. La panique qui régnait dans les couloirs était retombée. Donald vivait seul avec des fantômes et comprenait peu à peu le but de ce qu'il avait contribué à mettre sur pied. Il commençait à entrevoir l'ensemble, à prendre de la hauteur afin que la vérité se dévoile.

Il toussa dans un chiffon rosé et retourna à sa dernière découverte. C'était une carte sur laquelle il était tombé une fois dans l'arsenal, une carte de tous les silos avec une ligne partant de chacun, convergeant toutes vers un même point. Un des nombreux mystères qu'il lui restait à lever. Le document était intitulé Semis, mais il n'en trouvait trace nulle part ailleurs.

Il entendait encore les murmures d'Anna. Elle avait essayé de lui dire quelque chose. Que le message sur le compte de Thurman s'adressait bien à lui. Ça lui sautait aux yeux à présent. Jamais on ne l'aurait réveillée, c'était une femme. Elle avait besoin de lui, besoin de son aide. Donald l'imagina mettre tout ça au point au cours d'une faction récente, seule et terrorisée, effrayée par son propre père, sans personne vers qui se tourner. Alors elle avait mis son père hors circuit, avait confié le pouvoir à Donald – l'échangeant contre un autre homme pour la seconde fois – et lui avait laissé un mot pour qu'il la réveille. Et qu'est-ce qu'il avait fait à la place ?

On frappa à la porte.

— Qui est-ce ? demanda-t-il, sans reconnaître sa voix.

La porte s'entrouvrit.

— Eren, monsieur. On a un appel du 18. L'ombre est prête.

— Juste une minute.

Il toussa dans sa main. Il se leva lentement et se fraya un chemin entre de vieux plateaux-repas jusqu'à la salle d'eau. Il se vida la vessie, tira la chasse et s'examina dans le miroir. Agrippé au bord du lavabo, il adressa une grimace à son reflet, à cet homme aux cheveux en bataille et à la barbe naissante. Il avait l'air à moitié fou, et pourtant les gens lui faisaient confiance. Face à son sourire jaunissant, il repensa à la longue succession d'hommes dérangés restés au pouvoir simplement parce que personne ne les défiait.

Les gonds grincèrent lorsque Eren passa la tête par la porte.

— J'arrive, lança Donald.

Il marcha en travers des rapports, laissant derrière lui des traces de pas, et l'empreinte sanglante de sa paume sur le bord du lavabo.

— Ils lancent l'appel en ce moment même, monsieur, lui dit Eren dans le couloir. Vous voulez vous rafraîchir ?

— Non, répondit Donald. Ça va.

Arrivé au seuil de la porte, il se creusa les méninges pour se rappeler ce qu'il était censé faire. Ah oui, un Rite d'Initiation. Il s'en souvenait, bien que c'eût été à Gable de se coller à l'exercice.

— Vous pouvez me rappeler pourquoi ma présence est nécessaire ? N'est-ce pas notre chef qui devrait remplir cette tâche ?

Donald se rappelait que c'était à lui qu'on avait demandé d'être le maître de cérémonie lors de sa première faction.

Eren mit quelque chose dans sa bouche et se mit à mâcher. Il secoua la tête.

— Vous savez, puisque vous êtes dans une phase de lecture intensive, vous devriez en profiter pour réviser l'Ordre un petit peu. Je crois bien que des choses ont changé depuis que vous l'avez lu pour la dernière fois. C'est le membre du bureau en faction le plus haut placé qui procède à l'Initiation. En temps normal, ce serait moi…

— Mais puisque je suis réveillé, c'est moi.

Donald ferma sa porte. Ils s'engagèrent dans le couloir.

— C'est exact. Les chefs en font de moins en moins au fil des factions, ici. Disons qu'il y a eu… des problèmes. Mais je resterai près de vous, je vous aiderai à aller au bout du protocole. Ah, et vous vouliez savoir à quel moment les pilotes terminaient leur faction. Le dernier se fait cryogéniser en ce moment même. Ils sont en train de mettre un peu d'ordre en bas.

Ce dernier détail éveilla l'intérêt de Donald. Enfin. Le moment qu'il attendait.

— Donc, l'arsenal est vide ? demanda-t-il, incapable de dissimuler son plaisir.

— Oui monsieur. Plus de demandes de vol. Je sais que c'est un risque que vous n'aimiez pas prendre de toute façon.

— En effet. Veuillez limiter l'accès à l'arsenal une fois qu'ils auront terminé. Personne d'autre que moi ne sera autorisé à y entrer.

Eren ralentit.

— Personne d'autre que vous, monsieur ?

— Tant que je suis en faction, oui, répondit Donald.

Ils dépassèrent Gable, qui tenait trois gobelets de café entre ses mains. Il leur adressa un signe de tête et sourit. Donald se rappelait être allé chercher le café pour les autres quand il était chef du silo. À présent, c'était à peu près tout ce que faisaient les chefs. Donald ne pouvait s'empêcher de croire que les choses en étaient là un peu à cause de lui.

Eren baissa la voix.

— Vous connaissez son histoire, non ? dit-il en mordant dans quelque chose avant de continuer à mâcher.

Donald jeta un regard par-dessus son épaule.

— Qui, Gable ?

— Oui. Il était au BSP jusqu'à il y a peu. Il a craqué. Il a essayé de se cryogéniser lui-même. Le médecin de l'époque lui a proposé une rétrogradation, qu'il a acceptée. On perdait trop de gens, et les factions commençaient à se chevaucher.

Eren prit une nouvelle bouchée. L'odeur était familière. Eren sentit que Donald l'observait.

— Bagel. Vous en voulez ? Ils sortent tout juste du four.

Donald le sentait. Eren en déchira un morceau. Il était encore tiède.

— Je ne savais pas qu'ils pouvaient en faire, dit Donald en mettant le morceau dans sa bouche.

— Un nouveau chef vient de prendre son poste. Il fait tout un tas d'expériences différentes. Par exemple il…

Donald n'entendit pas la suite. Ses papilles lui suggéraient un lointain souvenir. Un jour de grand vent à Washington, Helen était venue lui rendre visite, avait pris le chien avec elle, conduit depuis Savannah. Ils s'étaient promenés au Lincoln Memorial une semaine trop tôt pour voir les cerisiers en fleur, mais il y avait tout de même des touches de couleur, ici et là. Ils avaient fait une pause pour des bagels encore fumants, un café et…

— Mettez un terme à tout ce cirque, dit Donald en pointant le menton sur le bagel d'Eren.

— Pardon ?

Ils avaient presque atteint le tournant qui menait au département des Communications.

— Je veux que ce cuistot cesse ses expériences. Dites-lui de s'en tenir aux repas habituels.

Eren semblait perplexe. Après une certaine hésitation, il hocha la tête.

— Entendu, monsieur.

— Ça ne peut que nous attirer des ennuis, dit Donald en guise d'explication, et tandis qu'Eren acquiesçait plus énergiquement cette fois-ci, il se rendit compte qu'il s'était mis à penser comme les gens qu'il détestait.

Un voile de déception vint assombrir le visage d'Eren, et Donald eut l'envie soudaine de le faire disparaître, d'attraper cet homme par les épaules pour lui demander ce qu'ils étaient en train de foutre au juste, toute cette misère, ce chagrin qu'ils causaient. Ils auraient dû manger des aliments bons pour la mémoire, évidemment, et parler pendant des heures de toute cette époque qu'ils avaient laissée derrière eux.

Mais il se tut, et ils continuèrent à marcher dans un silence gêné.

— Plusieurs de nos chefs venaient du BSP, dit Eren au bout d'un moment, en ramenant la conversation à Gable. Moi, j'ai été membre des communications mes deux premières factions. Le type que j'ai remplacé, le chef du BSP de la dernière faction, il venait de l'aile médicale.

— Alors vous n'êtes pas psy ? s'étonna Donald.

Eren eut un petit rire, et Donald songea à Victor, qui s'était explosé la cervelle. Cet endroit n'allait pas durer. Il y avait des carreaux de carrelage fendus au milieu du couloir. Des carreaux qui ne seraient pas remplacés, faute de matériel. Ceux qui longeaient le mur étaient en bien meilleur état. Il s'arrêta devant la salle de communications et contempla l'usure qu'encaissait cet endroit, vieux de plusieurs siècles. Il y avait des traces sur les murs au niveau des bottes, des mains, des épaules ; assez peu ailleurs. L'usure du sol indiquait l'endroit où marchaient les gens. L'usure du silo, comme de ses habitants, n'était pas équitablement répartie.

— Tout va bien, monsieur ?

Donald leva une main. Il sentait qu'on l'attendait dans la salle. Mais il réfléchissait : comment un architecte concevait-il une structure pour qu'elle dure ? Il fallait faire un savant calcul, une moyenne des forces de toute la structure, permettant à chaque poutre, à chaque rivet, de supporter sa part du poids total. Le bâtiment qui en résultait était ainsi capable de supporter la violence d'un ouragan, d'un tremblement de terre, et de toutes leurs répliques. Mais les véritables pressions et tensions étaient plus méchantes que les ouragans simulés par les ordinateurs. Dans ces calculs se cachaient des tiges et des poutres d'acier bringuebalantes. Si par malheur elles ne tenaient pas le coup, elles pouvaient causer autant de dégâts qu'une bombe. Et donc, tout comme le centre du couloir supportait par malchance une grosse part de la pression générale, certaines personnes enchaînaient les déboires pendant leur faction.

— Je crois qu'ils nous attendent, monsieur.

Donald détacha son regard du mur égratigné pour le poser sur Eren, ce jeune homme aux yeux clairs, à l'haleine parfumée au bagel, à la chevelure éclatante, aux commissures légèrement relevées en un sourire blême, une cicatrice d'espoir.

— Bien.

Il fit signe à Eren d'entrer et lui emboîta le pas, en marchant bien au milieu comme tout le monde.

91

Donald se familiarisa avec le protocole tandis qu'Eren s'installait dans la chaise à côté de lui et chaussait son casque. Le logiciel masquerait leur voix, aplanirait leurs caractéristiques, elles auraient le même timbre. Les chefs de silos n'avaient pas besoin de savoir que tel homme quittait son poste et se faisait remplacer par un autre. Pour eux, c'était toujours la même voix, la même personne.

Donald remarqua des mots écrits au marqueur sur le mug que tenait l'opérateur : *On est N° 1*. Il se demanda si la personne qui avait écrit ça faisait référence au silo. L'opérateur reposa son mug et fit signe à Donald de se lancer.

Il couvrit son micro et s'éclaircit la voix. Il entendait qu'on parlait à l'autre bout de la ligne et que quelqu'un chaussait son casque. Il y avait un protocole à suivre pour la première partie. Donald s'en souvenait presque entièrement. Eren se tourna sur le côté et engloutit son bagel, l'air coupable. Lorsque l'opérateur leva ses deux pouces dans leur direction et qu'Eren lui fit signe de se lancer, Donald ne pensait qu'à une chose : en finir au plus vite pour pouvoir descendre à l'arsenal, enfin vide.

— Votre nom, dit-il dans le micro.

— Lukas Kyle, répondit-on.

Donald observa les graphiques monter en flèche, d'après les données captées par le casque. Il avait de la peine pour cette personne, qui s'apprêtait à diriger un silo classé si bas. Tout semblait si désespéré. Donald suivit machinalement le scénario.

— Vous avez travaillé comme ombre au DIT.

Un silence, puis :

— Oui, monsieur.

La température du jeune homme grimpait. Donald le voyait à l'écran. L'opérateur et Eren comparaient des notes. Donald jeta un coup d'œil à sa fiche, qui recensait des questions faciles auxquelles tout le monde pouvait répondre.

— Quel est votre principal devoir envers le silo ?

— Appliquer les préceptes de l'Ordre.

Eren leva une main en voyant un pic dans les données. Lorsqu'elles se stabilisèrent, il fit signe à Donald de poursuivre.

— Que protégez-vous par-dessus tout ?

Malgré l'aide du logiciel, Donald essayait de garder une voix monotone. Un nouveau pic sur un graphique. Les pensées de Donald dérivèrent jusqu'à l'arsenal libéré par les pilotes, un endroit qu'il considérait comme sien. Il allait expédier cette initiation et mettre son réveil. Ce soir. Ce soir.

— La vie et l'Héritage, récita l'ombre.

Donald avait perdu le fil. Il lui fallut un moment avant de retrouver sa ligne.

— Jusqu'où aller pour protéger ces choses auxquelles nous tenons tellement ?

— Jusqu'au sacrifice, répondit l'ombre après un bref silence.

Le chef du département leur fit signe que c'était OK. La partie officielle était terminée. Donald ne savait pas trop quoi dire. Il fit un signe de tête à Eren, espérant qu'il prenne la relève.

Eren couvrit son micro comme s'il était sur le point de refuser, mais haussa les épaules.

— Combien de temps avez-vous passé au laboratoire

de Confection ? demanda-t-il sans quitter son écran des yeux.

— Pas beaucoup, monsieur. Bern… euh, mon patron prévoit de m'y envoyer quelque temps après le, vous savez…

— Oui, je sais. À propos, comment se règle ce problème dans les niveaux inférieurs ?

— Hmm, eh bien, on ne me tient au courant que de l'évolution globale, et les choses s'annoncent bien.

Donald entendit le jeune homme se racler la gorge.

— Nous progressons, reprit l'ombre, il ne devrait plus y en avoir pour très longtemps.

Un long silence. Une inspiration. Les courbes s'aplanirent. Eren lança un regard à Donald. L'opérateur leur fit signe de poursuivre.

Donald avait une question. Une question qui concernait ses propres regrets.

— Si c'était à refaire, auriez-vous agi différemment, Lukas ? demanda-t-il.

Des pics rouges apparurent à l'écran. Donald lui-même eut soudain un coup de chaud. Il posait peut-être des questions trop personnelles.

— Non monsieur, répondit l'ombre. Tout a été fait dans le respect de l'Ordre. Tout est sous contrôle.

Le chef des communications tendit une main vers sa console et coupa leurs micros.

— Ses données sont limites. Nervosité extrême. Vous pouvez le pousser encore un peu pour voir ?

Eren acquiesça. L'opérateur assis à côté de lui haussa les épaules, son mug N° 1 à la main.

— Mais calmez-le quand même d'abord.

Eren s'adressa à Donald.

— Félicitez-le, puis cherchez la corde sensible. Rassurez-le puis tentez de le déstabiliser.

Donald hésita. C'était tellement artificiel, manipulateur. Il déglutit avec difficulté. On rouvrit leurs micros.

— Vous êtes numéro deux en charge du contrôle et du fonctionnement du silo 18, annonça-t-il froidement, triste du calvaire auquel il condamnait ce pauvre garçon.

— Merci, monsieur.

L'ombre sembla soulagée. Les vagues s'effondrèrent comme si elles se brisaient contre une jetée.

Donald devait à présent trouver un moyen de le mettre sous pression. Les grands gestes du chef du département ne l'aidaient pas beaucoup. Il leva la tête vers la carte des silos accrochée au mur. Il se leva, le cordon de son casque s'étira, et se planta face au mur pour examiner les silos qui avaient été rayés, celui qui portait le n° 12. Il réfléchit à l'importance des responsabilités que ce jeune homme venait d'endosser, à ce que ce poste impliquait, au nombre de gens qui étaient morts, ailleurs, parce que leurs chefs ne s'étaient pas montrés à la hauteur.

— Connaissez-vous le pire aspect de mon travail ? demanda-t-il.

Il sentit tous les regards se braquer sur lui. Il était de retour dans sa première faction, procédant à l'initiation de cet autre jeune homme. De retour dans sa première faction, liquidant un silo.

— Non, monsieur, qu'est-ce que c'est ?

— Me trouver là, face à ma carte, et devoir tracer une croix rouge en travers d'un silo. Vous imaginez ce que ça fait ?

— Pas du tout, monsieur.

Donald hocha la tête. Il apprécia l'honnêteté de la réponse. Il se souvint de ce qu'il avait ressenti en observant la population du silo 12 se ruer au-dehors et périr dans ce paysage hostile. Il chassa cette vision d'un clignement de paupières.

— On a l'impression d'être un parent qui perd des milliers d'enfants, tous en même temps, dit-il.

Ce fut l'immobilité totale pendant une seconde ou deux.

L'opérateur et le chef de département avaient le nez sur leur écran, traquant la faille. Eren observait Donald.

— Il vous faudra être cruel envers vos enfants pour ne pas les perdre, dit Donald.

— Oui, monsieur.

Les graphiques se remirent à onduler légèrement. Le chef des communications leva les deux pouces en direction de Donald. Il avait assez de données. Le garçon avait passé son examen avec succès, le rite était considéré comme terminé.

— Bienvenue dans l'Opération Cinquante de l'Ordre mondial, Lukas Kyle, dit Eren en prenant la relève. À présent, si vous avez une question ou deux, j'ai un peu de temps à vous consacrer.

Donald se souvenait de cette partie, elle était de son cru. Il se laissa aller contre le dossier de sa chaise, soudain épuisé.

— Je n'en ai qu'une, monsieur. On m'a dit que ça n'avait pas d'importance, et je comprends en quoi cela est vrai, mais je crois sincèrement qu'il me sera plus facile de faire mon travail si je sais.

Le jeune homme se tut.

— Y a-t-il… ?

Un nouveau pic rouge sur son graphique.

— Comment est-ce que tout a commencé ?

Donald retint son souffle. Il balaya la pièce du regard, mais tous étaient concentrés sur leurs écrans, comme si toutes les questions se valaient.

Donald répondit avant qu'Eren n'en ait le temps.

— À quel point tenez-vous à le savoir ?

L'ombre prit une grande inspiration.

— Comme je vous l'ai dit, il n'y a rien de crucial, mais j'aimerais avoir une vision de ce que nous sommes en train d'accomplir, de ce à quoi nous avons survécu. J'ai l'impression que ça me donnera, que ça nous donnera un but, vous voyez ?

— Mais la raison est le but, lui répondit Donald.

C'était ce qu'il commençait à apprendre d'après ses récentes découvertes.

— Avant de vous répondre, j'aimerais entendre votre avis sur la question, ajouta-t-il.

Il crut entendre le jeune homme déglutir.

— Mon avis ? répéta Lukas.

— Tout le monde a des idées. Êtes-vous en train de me dire que vous n'en avez pas ?

— Je pense que c'est quelque chose qu'on a vu venir.

Donald fut impressionné. Il avait le sentiment que ce jeune homme connaissait la réponse et désirait seulement une confirmation.

— C'est une possibilité, approuva-t-il. Réfléchissez à ceci…

Il se demanda comment formuler au mieux sa pensée.

— Si je vous disais qu'il n'y a que cinquante silos dans le monde entier et qu'ils sont tous regroupés dans le même petit coin ?

Sur son écran, Donald pouvait pratiquement voir les pensées du jeune homme au gré des oscillations des données, version cérébrale des battements de cœur.

— Je dirais que nous étions les seuls…

Une brusque poussée sur l'écran.

— Je dirais que nous étions les seuls à savoir.

— Très bien. Et pourquoi ça ?

Donald aurait aimé avoir un enregistrement de ces courbes en perpétuel mouvement. Il y avait quelque chose d'apaisant à regarder un autre être humain s'accrocher aux derniers lambeaux de sa santé mentale, à ses derniers doutes.

— Parce que… Ce n'est pas parce qu'on savait.

Donald perçut un souffle, comme un choc, à l'autre bout de la ligne.

— C'est parce que c'est nous qui l'avons fait.

— Voilà, dit Donald. Maintenant vous savez.

Eren s'adressa à Donald, main sur son micro.

— C'est bon, on en a plus qu'il n'en faut. Il passe.

Donald acquiesça.

— Bien, il est temps de nous séparer, Lukas Kyle. Félicitations pour votre nouveau poste.

— Merci.

Un dernier soubresaut des courbes à l'écran.

— Et hmm, Lukas ? dit Donald, se rappelant la prédilection du jeune homme pour les étoiles, la rêvasserie, les espoirs dangereux.

— Oui, monsieur ?

— À partir de maintenant, je vous suggère de vous concentrer sur ce qu'il y a sous vos pieds. Plus de temps à perdre avec les étoiles, d'accord petit ? Nous savons déjà où la plupart se trouvent.

SILO 17

2327

Seizième année

92

Jimmy n'était pas une bête en algèbre, mais une bouche à nourrir en plus nécessitait largement trois fois plus de travail. Et pourtant, il avait l'impression d'en faire moitié moins qu'avant. Il pensait que c'était dû au plaisir qu'il prenait à s'occuper de quelqu'un d'autre. Voir le chat manger et s'habituer à lui le contentait tellement qu'il appréciait pleinement le moment du repas et s'aventurait davantage hors de sa tanière.

Les choses avaient pourtant mal démarré. Juste après avoir été recueilli, le chat s'était montré agité. Jimmy s'était séché avec une serviette récupérée deux étages plus haut, et le chat avait bizarrement réagi une fois son tour venu. Il avait semblé adorer et à la fois détester le procédé, roulant sur le dos un instant pour griffer les mains de Jimmy celui d'après. Une fois sec, l'animal avait doublé de taille. Mais il semblait toujours aussi pitoyable et affamé.

Jimmy trouva une conserve de haricots près d'un matelas. La boîte n'était pas trop rouillée. Il l'ouvrit à l'aide de son tournevis et tendit les haricots un à un au chat tandis que ses pieds dégelaient, parcourus de frissons pareils à des décharges électriques.

Le chat avait pris l'habitude de le suivre partout où il allait pour voir ce qu'il allait dénicher. La quête de nourriture était plus marrante depuis que ce n'était plus seulement une guerre sans fin contre les grognements de son estomac. Si elle était plus marrante, elle demandait aussi plus de travail. Ils montaient l'escalier, lui dans ses bottes, suivi ou parfois précédé du chat aux pas de velours.

Jimmy avait vite compris qu'il pouvait faire confiance au sens de l'équilibre de son compagnon. Les premières fois où il l'avait vu se frotter contre les montants de la rampe extérieure, allant même jusqu'à en faire le tour tout en gravissant les marches, Jimmy avait cru faire une crise cardiaque. Soit ce chat était suicidaire, soit il ignorait totalement ce qu'une chute impliquait. Mais il n'avait pas tardé à lui faire confiance, tout comme le chat semblait lui avoir accordé la sienne.

Et cette première nuit, tandis qu'il était pelotonné sous sa bâche dans les fermes du bas, entre le bourdonnement des pompes, le cliquetis des lampes et des bruits divers qu'il prenait pour des mouvements de gens cachés, le chat se faufila sous son bras, se roula en boule contre son ventre et se mit lui-même à ronronner comme une pompe à plein régime.

— Tu te sentais seul, hein ? avait murmuré Jimmy.

La position était devenue inconfortable, mais il n'avait pas voulu bouger. Il avait une crampe dans la nuque, mais une tension d'un genre différent avait disparu de son ventre, une tension dont il n'avait pas eu conscience jusqu'à ce qu'elle s'efface.

— Moi aussi, tu sais, avait-il dit au chat tout bas.

Il était fasciné de voir à quel point il était devenu bavard depuis que le chat était là. C'était toujours mieux que de parler à son ombre en faisant comme si c'était une vraie personne.

— C'est pas mal comme nom, avait chuchoté Jimmy.

Il ne savait pas comment les gens appelaient leurs chats, mais Ombre ferait l'affaire. C'était un morceau d'ombre dans laquelle il l'avait trouvé qui le suivrait partout où il irait. Et cette nuit-là, ils s'étaient endormis parmi les pompes qui cliquaient, les plic-ploc de l'eau, les insectes qui bourdonnaient, et tous les bruits étranges au fond de la ferme que Jimmy préférait ne pas nommer.

C'était il y avait des années. À présent, poils de chat et poils de barbe s'amassaient dans les reliures des livres de l'Héritage. Jimmy se taillait la barbe en lisant le chapitre des serpents. Les ciseaux, plus très vaillants, crissaient pour venir à bout des touffes que Jimmy pinçait entre ses doigts. Il faisait tomber les poils dans une boîte vide, mais certains tombaient à côté, formant une ponctuation qui interférait avec celle du livre, se mélangeant aux poils du chat qui passait et repassait sous ses bras, le dos arrondi, marchant en travers du texte.

— J'essaie de lire, se plaignit Jimmy.

Mais il posa les ciseaux et s'appliqua à caresser le chat de la tête à la queue, tandis que la bête pressait sa colonne dans la paume de son maître. Ombre miaula et fit ce bruit étrange, comme si son cœur allait exploser, qui signifiait qu'il quémandait plus de caresses.

Lorsque ses petites griffes s'enfoncèrent dans la photo d'un serpent des blés, Jimmy le posa par terre. Ombre s'allongea sur le dos, pattes en l'air, regard braqué sur Jimmy. C'était un piège. Chaque fois que Jimmy lui caressait le ventre, le chat décidait tout à coup, à n'importe quel moment, qu'il détestait ça et lui attaquait le poignet. Jimmy ne comprenait pas bien les chats, bien qu'il ait lu le chapitre les concernant une bonne dizaine de fois. La seule chose qu'il n'avait pas aimé apprendre à leur sujet était qu'ils ne vivaient pas aussi longtemps que les humains. Mais il essayait de ne pas penser à ce jour. Ce jour-là, il redeviendrait Solo, et il préférait de loin être Jimmy. Jimmy parlait plus. Solo était celui qui avait des idées bizarres, qui louchait par-dessus la rambarde, qui crachait dans le vide et regardait sa bave trembler et se déliter dans sa chute précipitée.

— Tu t'ennuies ? demanda-t-il à Ombre.

Le chat le regardait en effet comme s'il s'ennuyait – l'expression ressemblait à celle qui disait qu'il avait faim.

— Tu veux partir en exploration ?

L'oreille de l'animal tressauta, et ce fut une réponse suffisante pour Jimmy.

Il décida de retourner tout en haut. Il n'y était allé qu'une fois depuis qu'il faisait noir, et il avait à peine jeté un coup d'œil. S'il y avait un ouvre-boîte en état de marche dans le silo, c'est là qu'il le trouverait. Finis les tournevis revêches et les couvercles qui lui tailladaient les doigts.

Ils partirent après le déjeuner et firent une courte pause à la ferme. Le silence le plus complet régnait dans la cafétéria, faiblement éclairée par la lueur verte qui filtrait de l'escalier. Intrépide comme à son habitude, Ombre monta les dernières marches au galop. Jimmy se dirigea droit vers les cuisines, qu'il découvrit pillées de fond en comble.

— Qui a pris tous les ouvre-boîtes, hein ? demanda-t-il à Ombre.

Mais Ombre n'était pas là. Le chat, agité, était au fond de la cuisine.

Jimmy fouillait dans les couverts en quête d'une fourchette qui remplacerait la sienne lorsqu'il entendit Ombre miauler. Il leva la tête et vit le chat se frotter contre une porte fermée.

— Moins de bruit, lui lança-t-il.

Est-ce que ce chat ignorait qu'il leur attirerait des ennuis en faisant tout ce raffut ? Mais Ombre n'écoutait pas. Il n'arrêtait pas de miauler, de griffer la porte en s'étirant de tout son long. Il ne cessa que lorsque Jimmy céda et le rejoignit pour voir ce qui se passait.

— Il y a à manger ? demanda-t-il.

Avec Ombre, il s'agissait presque toujours de nourriture. Son compagnon était attiré par ce qui deviendrait son repas comme par un aimant, ce que Jimmy trouvait assez pratique. En approchant de la porte, il remarqua les restes d'une corde enroulée autour de la poignée, réduite en lambeaux par les années. Jimmy testa la poignée, elle n'était pas bloquée. La porte s'ouvrit.

Au-delà du seuil, la pièce était plongée dans le noir, sans le moindre éclairage de secours comme dans l'escalier. Jimmy chercha sa lampe torche tandis qu'Ombre disparaissait à l'intérieur par l'embrasure.

Un feulement retentit au moment où la lampe s'alluma. Jimmy, qui avait fait un pas, s'arrêta, et le faisceau de lumière tomba sur un visage aux yeux ouverts et sans vie. Des corps bougèrent contre la porte, un bras sortit pour atterrir sur son pied.

Jimmy poussa un cri et tomba à la renverse. Il repoussa la main pâle et encore charnue d'un coup de pied et appela Ombre, qui sortit en hurlant, poils dressés sur l'échine. Jimmy sentit un goût de métal sur sa langue, une poussée d'adrénaline en se relevant pour fermer la porte. Lorsqu'il souleva le bras inerte pour le remettre à l'intérieur, les vêtements s'effritèrent au contact de sa main mais il sentit en dessous la chair pleine et spongieuse.

Bouches ouvertes et doigts recroquevillés furent les dernières choses qu'il vit. Un enchevêtrement de corps, frais comme s'ils étaient morts le matin même, figés alors qu'ils se marchaient les uns sur les autres pour sortir, mains tendues vers la porte.

Une fois qu'il l'eut refermée, il se mit à glisser des chaises et des tables en travers de la porte. Il créa un véritable méli-mélo de meubles par-dessus lequel il jeta quelques chaises supplémentaires, frissonnant et jurant dans sa barbe tandis qu'Ombre tournait en rond.

— Dégueulasse, dégueulasse, dégueulasse, dit-il au chat, dont les poils étaient toujours dressés.

Il examina sa barricade en espérant qu'elle serait un rempart efficace contre les morts, qu'il n'avait pas laissé sortir trop de fantômes. Les restes de corde se balançaient au bout de la poignée, et Jimmy remercia la personne qui avait tenu tous ces gens à l'écart.

— Allez, on s'en va, dit-il, et Ombre se frotta contre ses jambes pour se rassurer.

Il n'y avait rien à voir sur l'écran mural, rien à manger, aucun outil dont il puisse se servir. Il en avait sa dose, du sommet, qui lui semblait soudain bondé de morts.

93

Ombre avait le don de trouver de la nourriture, mais aussi celui de s'attirer des ennuis. Jimmy fut réveillé un matin par un bruit atroce, un feulement plaintif qui résonnait dans l'étroit couloir. Il avait gravi l'échelle à moitié endormi pour trouver le chat bloqué presque tout en haut. Il ne savait pas comment il était arrivé jusque-là, et Ombre ne savait pas comment descendre. Jimmy ouvrit la trappe et la bête, griffes cramponnées à la paroi métallique, dos contre les échelons, gravit les quelques centimètres qui la séparait du niveau supérieur.

Deux jours plus tard, la même chose arriva, et c'est à ce moment-là que Jimmy décida de laisser la trappe ouverte en permanence. Il en avait assez de l'ouvrir et de la fermer sans arrêt au gré de ses passages, et puis Ombre aimait bien explorer la salle des serveurs quand ça lui chantait. Il n'y avait pas eu de bagarre depuis longtemps et le voyant de la solide porte en acier était toujours rouge.

Ombre adorait les serveurs. La plupart du temps, Jimmy le retrouvait sur le serveur 40, où le métal était si chaud que Jimmy pouvait à peine le toucher. Mais le chat avait l'air d'apprécier. Il y dormait, ou regardait depuis son perchoir en contrebas, en quête d'une bestiole sur laquelle bondir.

Parfois, Jimmy le trouvait dans le coin où cet homme qu'il avait tué par balles si longtemps auparavant s'était décomposé. Ombre aimait bien renifler les taches de rouille et frôler le sol en métal de sa langue. C'était pour lui laisser un peu de liberté que la trappe restait ouverte. Et c'est pour ça que lorsqu'il y eut une grosse panne d'électricité, les méchants purent s'introduire dans l'antre de Jimmy. Pour ça qu'il se réveilla un matin avec un étranger au pied de son lit.

La coupure l'avait réveillé en pleine nuit. Jimmy dormait la lumière allumée pour tenir les fantômes à distance. Il lui arrivait même de laisser la radio, afin que les grésillements couvrent toutes sortes de murmures. Lorsque le silence et l'obscurité lui tombèrent dessus en même temps, il se réveilla en sursaut et se rua sur sa lampe torche, marchant sur la queue d'Ombre au passage. Il attendit que la lumière revienne, en vain. Trop fatigué pour savoir quoi faire, il se rendormit, les deux mains sur sa lampe torche, Ombre roulé en boule contre son cou.

Un bruit de pas dans l'échelle le tira du sommeil un peu plus tard. Il avait vaguement conscience d'une présence dans la pièce. C'était une impression qu'il avait souvent, mais cette présence-là modifiait la qualité du silence, la façon dont résonnait sa propre respiration. Il ouvrit les yeux pour voir le faisceau d'une lampe braqué sur lui, un homme posté au pied de son lit.

Jimmy cria, et l'homme bondit comme pour le faire taire. La lumière éclaira brièvement un rictus de dents jaunies puis une tige en métal légèrement courbe.

Une douleur violente explosa dans son épaule. L'homme prit à nouveau son élan, brandissant son tuyau. Jimmy leva les bras pour se protéger la tête. Le tuyau s'écrasa sur son poignet. Un feulement retentit près de ses oreilles, puis une silhouette noire bondit à son tour.

L'homme au tuyau hurla et lâcha sa lampe, qui s'éteignit dans les draps. Jimmy en profita pour s'éloigner, incapable de s'expliquer la présence de cet homme. Quelqu'un chez lui. Sa plus grande crainte de toutes ces années s'était matérialisée en un éclair. Il avait pris moins de précautions au fil du temps. Toutes ces sorties. Trop de mou, trop de mou, se dit-il en rampant à quatre pattes.

Ombre émit un bruit terrible, celui qui voulait dire qu'on lui avait marché sur la queue. Un cri de douleur s'ensuivit. Jimmy sentit la colère monter, se mélanger à sa peur. Il se faufila dans un coin de la pièce, heurta le bureau et tendit la main où devait se trouver le…

Ses doigts s'enroulèrent autour du fusil. Cela faisait des années qu'il ne s'en était pas servi. Il ne se rappelait même pas s'il était chargé. Mais il pouvait toujours s'en servir comme d'une massue si besoin. Il cala la crosse contre son épaule et pointa le canon dans l'obscurité. Ombre feula à nouveau. On entendit le bruit d'un petit corps heurter un meuble. Jimmy était incapable de respirer ou d'avaler. Il ne voyait rien d'autre que le faible halo de lumière dans les plis de ses draps.

Il visa une masse noire qui semblait bouger et appuya sur la détente. Un éclair de lumière l'éblouit, un rugissement emplit soudain tout l'espace. Dans ce bref éclair, il eut le temps de voir un homme qui s'abattait sur lui. Un deuxième coup de feu. Un autre aperçu de l'étranger qui s'était introduit chez lui, un homme mince à longue barbe et aux yeux blancs. Jimmy pouvait à présent le localiser, et le troisième tir ne résonna même pas. Le bruit de l'impact fut couvert par celui des cris, qui emplirent l'obscurité jusqu'à ce qu'un dernier coup de feu vienne y mettre un terme.

Les pupilles d'Ombre brillaient sous le bureau. Il semblait se méfier de Jimmy et de sa nouvelle lampe torche.

— Ça va ? demanda Jimmy.

Le chat cligna des yeux.

— Ne bouge pas, murmura Jimmy.

Il coinça la lampe entre sa joue et son épaule et vérifia le chargeur. Avant de partir, il donna un coup de botte à l'homme qui se vidait de son sang sur ses draps. Jimmy s'étonna de ne pas ressentir grand-chose à la vue de quelqu'un si près de lui, même mort. Il se faufila vers l'échelle en tendant l'oreille, guettant d'autres intrus.

La panne de courant et cette attaque n'étaient pas une coïncidence, selon lui. Quelqu'un avait ouvert la porte. Ils avaient trouvé le code ou fait sauter le disjoncteur. Il espérait que cet homme avait agi seul. Il n'avait pas reconnu son visage, mais de nombreuses années s'étaient écoulées. Les barbes poussaient, se grisaient. La combinaison argentée laissait supposer qu'il s'agissait de quelqu'un sachant comment s'introduire ici. Et les douleurs qui l'élançaient à l'épaule et au poignet lui disaient qu'il n'était pas venu en ami.

Il n'y avait personne sur l'échelle. Il glissa le fusil sur son épaule et éteignit la lampe pour qu'on ne le voie pas venir. Ses paumes faisaient un léger son mat contre les échelons. Il était à mi-chemin lorsqu'il sentit Ombre se glisser entre l'échelle et le mur.

Jimmy lui siffla de redescendre, mais le chat le dépassa et disparut. Une fois en haut, Jimmy prit son fusil à une main. De l'autre, il pressa sa lampe contre son ventre et l'alluma. Il la dégagea peu à peu de sa combinaison et la projeta juste devant lui pour pouvoir naviguer entre les serveurs.

Il entendit un bruit un peu plus loin, sans pouvoir dire s'il s'agissait d'Ombre ou de quelqu'un. Il hésita à continuer. Traverser la pièce lui prit une éternité. Les serveurs continuaient à cliqueter et à ronronner. Mais lorsqu'il arriva à la porte, il vit que l'œil rouge ne montait plus la garde. Et il y avait un vide au-delà de la porte – elle était ouverte.

Du bruit à l'extérieur. Un bruissement de tissu. Quelqu'un qui bougeait. Jimmy éteignit sa lampe et mit en joue. Il sentit le goût de la peur sur sa langue. Il eut envie de crier à ces gens de le laisser tranquille. De leur dire ce qu'il avait fait à tous ceux qui s'étaient introduits chez lui. Il voulait laisser tomber son fusil, pleurer, ne jamais plus avoir à tirer.

Il risqua une tête au-dehors et tenta de discerner quelque chose, en espérant que l'autre ne pouvait pas le voir. Il n'y avait rien d'autre dans le couloir que le bruit de deux respirations. Chacun devenait de plus en plus conscient d'une autre présence.

— Hank ? murmura quelqu'un.

Jimmy se retourna et fit feu. Une boule de lumière. Le fusil lui heurta l'épaule. Il battit en retraite dans la salle des serveurs, s'attendant à des cris, à des bruits de bottes. Il attendit une éternité. Quelque chose effleura ses bottes, et il cria. Mais c'était Ombre, venu se frotter contre lui en ronronnant.

Précédé de sa lampe torche, il glissa à nouveau la tête au-dehors. Il y avait une silhouette allongée par terre. Il vérifia les deux extrémités du couloir. Personne d'autre.

— Laissez-moi tranquille ! cria-t-il aux fantômes et aux êtres plus palpables.

Aucune réponse, même pas un écho.

Jimmy baissa les yeux sur le deuxième homme et s'aperçut qu'il s'agissait en fait d'une femme. Heureusement, ses yeux s'étaient fermés. Un homme et une femme venus lui prendre sa nourriture, le voler. Ça le mit en boule. Et lorsqu'il vit le ventre tout enflé et tendu de la femme, ça le mit deux fois plus en colère. Ce n'était pas comme s'ils faisaient peine à voir, songea-t-il.

94

Jimmy avait localisé le disjoncteur que les méchants avaient trafiqué et réussi à remettre le courant, mais impossible de réparer la porte. Deux jours à jouer avec les fils du clavier, et il était au point mort. Impossible donc de passer une bonne nuit de sommeil, même avec la trappe fermée. Ombre montait tout en haut de l'échelle la nuit et miaulait tant qu'il pouvait, ça ne pouvait pas durer. Jimmy décida alors de déménager. Ce qui leur fournit une excuse pour s'adonner à leur activité préférée. Ombre et lui partirent à la pêche.

Ils s'assirent tous deux sur la dernière marche au sec. Jimmy observait les éclairs argentés filer au-dessous d'eux, les poissons qui nageaient dans la portion inondée du silo. On aurait dit des lampes torches surgissant du fond, braquées vers le ciel, vers Jimmy et son chat.

La queue noire d'Ombre battait l'air de droite à gauche. Ses pattes enserraient le bord du treillis métallique rouillé et ses moustaches frétillaient. Mais à sa grande consternation, le flotteur de Jimmy était immobile.

— Pas faim aujourd'hui, dit-il.

Il siffla un petit air pour attraper des poissons et Ombre leva la tête vers lui, critique à l'expression indéchiffrable. L'estomac de Jimmy gronda.

— Je ne parlais pas de nous, précisa-t-il. Nous, on a une faim de loup. Mais pas les poissons.

Jimmy avait passé la matinée à creuser la terre pour dénicher des vers, et ça lui avait donné faim. Ils n'étaient pas faciles à attraper avec toute cette végétation, et puis il faisait chaud quand les lampes étaient allumées, mais au moins, ça l'empêchait de penser aux gens à qui il avait fait du mal. Ces gens-là et la promesse de poisson frais l'avaient tellement absorbé qu'il n'avait grappillé aucun des légumes à sa portée pendant qu'il creusait avec sa pelle. C'était une montagne de boulot à attraper, ces poissons. D'abord, il fallait attraper les vers ! Jimmy se demanda, puisque les poissons les aimaient tant, pourquoi Ombre et lui s'embêtaient autant et ne mangeaient pas directement les vers de terre. Mais quand il lui en avait tendu un dans sa main, le chat l'avait regardé comme s'il était devenu fou.

— Non, je ne suis pas fou, avait-il dit à Ombre.

Une phrase qu'il répétait de plus en plus souvent.

Tandis que Jimmy lui expliquait que c'étaient les poissons qui n'avaient pas faim, le chat avait repris son observation des nageurs. Jimmy fit de même. Ils lui rappelaient du mercure renversé, un thermomètre qu'il avait cassé des années auparavant. Ils changeaient de direction et filaient tellement vite.

Il attrapa sa canne, sortit son flotteur de l'eau et vérifia l'hameçon. Le ver y était encore. Une bonne chose. Il ne lui en restait que quelques-uns, et les parcelles de terre les plus proches étaient à une bonne dizaine d'étages. Il replongea la ligne dans l'eau, la balle de ping-pong posée à la surface. Il avait appris à pêcher grâce à l'Héritage. Comment faire des nœuds, installer un flotteur, un plomb, quel genre d'appât utiliser, toutes les informations pratiques. Comme si les gens qui avaient écrit ces livres savaient que ces choses-là seraient importantes un jour.

En regardant un poisson nager, il se demanda comment ils étaient arrivés dans l'eau. Les citernes étaient à quelques étages au-dessus des fermes, et il n'y avait plus de poissons dedans, il avait vérifié. Il n'y avait trouvé que des algues, qui avaient l'air dégoûtantes, mais qui donnaient un excellent goût à l'eau de la cuve. Il y avait des gobelets, des pichets, et même un début de tuyau pour acheminer l'eau à d'autres niveaux, les restes d'un Projet que quelqu'un avait abandonné des années auparavant. Jimmy s'était demandé si les poissons avaient été jetés par-dessus la balustrade. Quelle que soit la manière dont ils avaient atterri ici, Jimmy était content.

Il n'en restait qu'une petite dizaine. Ils ne se reproduisaient pas assez vite pour la fréquence de ses prises. Et ceux qui restaient étaient les plus durs à attraper. Ils avaient vu ce qui était arrivé. Ils avaient compris. Ils étaient comme Jimmy aux premiers temps du chaos, lorsqu'il avait regardé les gens monter l'escalier vers une mort certaine. Ils savaient, comme sa mère l'avait su elle aussi, qu'il ne fallait pas s'entêter dans ce sens. Alors ils grignotaient, mordillaient le ver, mais parfois, ils ne pouvaient pas s'empêcher. Ils mordaient, et alors Jimmy les tirait de l'eau, ruisselants et agités, avant qu'ils rebondissent sur le métal rouillé et que Jimmy attrape leur chair luisante dans sa main pour leur ôter l'hameçon de la gueule.

Mais avant toute chose, il fallait attendre. Le flotteur était parfaitement immobile sur l'eau aux reflets arc-en-ciel. Ombre miaula impatiemment.

— Écoute-toi un peu, dit Jimmy. Il y a deux ans, tu ne savais même pas quel goût ça avait, le poisson.

Le chat s'allongea sur le ventre et agita une patte entre le palier et l'eau comme pour dire, J'en attrapais tout le temps avant.

— Je n'en doute pas, dit Jimmy en levant les yeux au ciel.

Le niveau de l'eau avait pas mal monté depuis la première fois qu'il était descendu. L'étage où il avait recueilli Ombre avait à présent complètement disparu.

Il y avait probablement des poissons qui vivaient dans cette cuisine. Il jeta un œil à l'animal, effleuré par une nouvelle pensée.

— Ah, alors tu t'entraînais déjà à la pêche il y a tout ce temps ?

Ombre lui lança un regard innocent.

— Petit malin.

Le chat se lécha une patte, fit un tour sur lui-même et continua à surveiller le flotteur.

Et le flotteur bougea.

Jimmy tira sur sa canne et sentit une résistance, le poids d'un poisson à l'hameçon. Il tendit une main par-dessus la rampe pour saisir la ligne. Ombre miaula, dansa et essaya d'apporter son aide en donnant des coups de patte dans le vide et en remuant la queue.

— Là, là, dit Jimmy.

Il posa sa canne contre la rampe et attrapa davantage de ligne, qui, agitée par le poisson, lui mordait la peau des doigts.

— Doucement.

Il ne considérait jamais la partie gagnée avant d'avoir rapatrié sa proie au-dessus du sol. Il leur arrivait de cracher l'hameçon, de gagner le ver de terre gratos et de replonger à l'eau en se moquant de lui.

— Nous y voilà, dit-il à Ombre.

Il posa le poisson et fit peser sa botte sur sa queue. C'était la partie qu'il détestait. Le poisson avait l'air très mal. Parfois, il envisageait de changer d'avis et de libérer l'animal, mais Ombre s'enroulait déjà entre ses jambes. Jimmy maintint le poisson en place avec son pied et ôta l'hameçon fait maison de sa gueule. Le petit barbillon qu'il avait fabriqué en courbant une aiguille n'était pas évident à retirer, mais c'était justement le but.

Ombre lui dit de se dépêcher.

Jimmy lança l'hameçon et la ligne par-dessus la rampe pour ne pas être gêné. Le poisson se débattit et heurta le sol à plusieurs reprises, l'œil écarquillé, ouvrant et fermant la bouche avec frénésie. Jimmy prit son couteau.

— Désolé, dit-il. Vraiment désolé.

Il planta la lame dans la tête du poisson pour l'empêcher de souffrir davantage. Il le fit en regardant ailleurs. Tant de morts. Toute une vie de morts. Mais Ombre avait l'air si content. La vie se déversa du poisson et s'écoula dans l'eau. La poignée de poissons qui restaient se ruèrent pour gober les gouttes de sang qui heurtaient la surface de l'eau, et Jimmy se demanda pourquoi ils faisaient une chose pareille. Il n'aimait aucune étape de ce Projet – ni la quête de vers de terre, ni le long trajet, ni la fabrication d'hameçons, ni la mise à mort, ni le vidage – mais il le faisait quand même.

Il nettoyait le poisson comme l'Héritage le montrait : une entaille derrière les ouïes, puis un geste fluide le long de l'arête jusqu'à la queue. Il répétait l'opération et se retrouvait avec deux beaux filets. Il ne s'embêtait pas à retirer les nageoires, Ombre ne touchait jamais cette partie-là. Il déposa les filets sur une assiette ébréchée près de l'escalier.

Ombre décrivit quelques cercles, le ventre gargouillant, puis se mit à déchirer la chair avec ses dents.

Jimmy s'isola à l'autre bout de la rampe. Il y avait laissé une serviette. Il s'essuya les mains pour ôter tous les résidus gluants et s'assit, dos contre les portes fermées du cent trente et unième étage. Le chat mangeait. Des formes argentées filaient au-dessous d'eux. Le palier et le silo entier semblaient calmes à la lueur verte que diffusait l'éclairage de secours de l'escalier.

Dans peu de temps, il n'y aurait plus de poisson. Encore une année à ce rythme, et il les aurait sûrement tous attrapés.

— Mais pas le dernier, songea-t-il en regardant Ombre manger.

Jimmy n'avait pas encore goûté un seul poisson et se dit que ça n'arriverait jamais. Les attraper, c'était trop de travail – un peu amusant, mais en grande partie dégoûtant. Et il pensait que lorsqu'il descendrait un jour avec sa canne à pêche, son bocal de terre et ses vers et qu'il ne verrait plus qu'un seul poisson, alors il le laisserait tranquille. Rien que le dernier. Il aurait assez peur comme ça à nager tout seul en bas. Pas la peine d'aller le pêcher pour qu'il se gondole dans cet air nocif pour lui. Non, il laisserait la pauvre bête tranquille.

SILO 1

2345

95

Donald régla son réveil sur trois heures du matin, mais il y avait peu de chances pour qu'il s'endorme. Il avait attendu des semaines. Il tenait enfin l'occasion de redonner la vie au lieu de l'ôter. L'occasion de se racheter, de découvrir la vérité, de vérifier ses doutes grandissants.

Les yeux rivés au plafond, il réfléchit à ce qu'il s'apprêtait à faire. Ce n'était pas franchement ce qu'Erskine ou Victor avaient espéré si un homme comme lui se retrouvait au pouvoir, mais ces hommes avaient pigé pas mal de trucs de travers, à commencer par qui il était. Ce n'était pas la fin de la fin du monde. C'était le commencement d'autre chose. Une fin à l'ignorance qui pesait sur la question de l'extérieur.

En regardant sa main à la faible lueur qui filtrait depuis la salle d'eau, il songea au dehors. À deux heures et demie, il décida qu'il avait assez attendu. Il se leva, se doucha et se rasa, enfila une combinaison propre et ses bottes. Il prit son badge, le fixa à son col et quitta son appartement la tête haute et les épaules carrées. Il parcourut le couloir à grandes enjambées au son distant de touches de clavier, quelqu'un qui travaillait tard. La porte du bureau d'Eren était fermée. Donald appela l'ascenseur et attendit.

Avant de descendre, il vérifia qu'il ne se donnerait pas cette peine pour rien en passant son badge sur la borne. Il appuya sur le bouton du cinquante-quatrième étage.

Un voyant s'alluma et l'ascenseur se mit en route dans un soubresaut. Jusqu'ici, tout allait bien. L'ascenseur ne marqua pas d'arrêt avant d'arriver à l'arsenal. Les portes s'ouvrirent sur une obscurité familière striée de falaises d'étagères. Donald garda une main en travers d'une porte pour l'empêcher de se fermer et fit un pas dans la pièce. Malgré la pénombre, on ressentait l'immensité de l'endroit, comme si l'écho de son pouls était avalé par l'espace environnant. Il attendit qu'une lumière s'allume tout au fond, qu'Anna émerge en se brossant les cheveux ou une bouteille de whisky à la main, mais rien dans cette salle ne bougeait. Tout était immobile et calme. Les pilotes étaient partis et l'activité temporaire avait cessé.

Il rentra dans l'ascenseur et appuya sur un autre bouton. La machine descendit. Il dépassa les étages de stockage, celui du réacteur. Les portes s'ouvrirent sur l'aile médicale. Il sentit les dizaines de milliers de corps disposés tout autour de lui, tous face au plafond, les paupières fermées. Certains d'entre eux étaient bel et bien morts, se dit-il. Et l'une allait être réveillée.

Il se dirigea droit vers le bureau du docteur et frappa contre le montant de la porte. L'assistant de garde leva le nez de son écran. Il s'essuya les yeux et ajusta ses lunettes sur son nez.

— Ça va ? demanda Donald.

— Hein ? Euh, oui, oui.

Le jeune homme secoua son poignet et regarda sa montre, un objet antique.

— On a quelqu'un à cryogéniser ? Je n'ai pas reçu d'appel. Est-ce que Wilson est avec vous ?

— Non, non. Simplement, je n'arrivais pas à dormir. Je suis allé voir s'il y avait quelqu'un à la cafétéria, et puis je me suis dit que puisque je n'arriverais pas à retrouver le sommeil, autant descendre voir si vous vouliez que je vous remplace. Je peux regarder un film aussi bien que n'importe qui.

L'assistant jeta un coup d'œil à son écran en riant nerveusement.

— Ouais…

Il regarda à nouveau sa montre, semblant avoir oublié ce qu'il venait d'y lire.

— Encore deux heures à tenir. Je ne serais pas contre un peu de repos. Vous me réveillerez s'il se passe quoi que ce soit ?

Il se leva et s'étira, bâilla derrière sa main.

— Bien sûr.

L'assistant fit quelques pas chancelants de côté. Donald se glissa à sa place et croisa les pieds sur le bureau, comme s'il n'avait aucunement l'intention de bouger de là.

— Je vous dois une fière chandelle, dit le jeune homme en décrochant sa blouse de derrière la porte.

— T'inquiète, on est quittes, dit Donald dans sa barbe une fois l'assistant parti.

Il attendit que le petit carillon de l'ascenseur retentisse avant de passer à l'action. Il y avait un récipient en plastique sur l'égouttoir près de l'évier. Il le remplit d'eau ; le son que produisait le jet était de plus en plus aigu, comme une angoisse qui montait.

Il ouvrit la boîte de poudre. Deux cuillères. Il mélangea à l'aide d'un abaisse-langue et rangea la poudre à sa place. Au début, impossible de bouger le fauteuil roulant, jusqu'à ce qu'il remarque les freins – ces petits bras de métal qui s'enfonçaient dans le caoutchouc mou. Il les ôta, et attrapa une couverture dans un grand placard, ainsi qu'une blouse en papier qu'il déposa sur l'assise. Comme la dernière fois. Sauf qu'il allait scrupuleusement respecter le protocole cette fois. Il prit aussi la trousse de secours, en s'assurant qu'elle contenait une paire de gants neufs.

Le fauteuil roulant s'engagea dans le couloir en bringuebalant. Ses paumes étaient moites sur les poignées. Pour empêcher les petites roues de devant de faire du bruit, il roulait le fauteuil sur ses deux grosses roues arrière en caoutchouc. Les petites tournaient paresseusement en l'air tandis qu'il se dépêchait.

Il composa son code sur le clavier, prêt à se heurter à un voyant rouge, un blocage, un obstacle. Mais le voyant vira au vert. Il ouvrit la porte et navigua entre les podes jusqu'à celui qui contenait sa sœur.

Il éprouvait un mélange de joie anticipée et de culpabilité. C'était un geste aussi inconsidéré que sa fuite en combinaison sur les collines. Mais les enjeux étaient plus grands, puisqu'il impliquait sa famille, qu'il allait plonger quelqu'un dans cette cruelle réalité, qu'il allait lui faire subir la même brutalité qu'Anna lui avait imposée, que Thurman lui avait imposée à elle, et ainsi de suite, en une infinie série de factions.

Il délaissa le fauteuil pour s'agenouiller devant l'écran de contrôle. Hésitant, il se redressa d'un coup pour jeter un coup d'œil à travers la vitre, juste pour être sûr.

Elle avait l'air tellement sereine. Les cauchemars qui empêchaient Donald de dormir devaient lui être étrangers. Il doutait de plus en plus. Puis il l'imagina se réveiller spontanément, taper contre le couvercle pour qu'on la fasse sortir. Il songea à sa fougue, à son aversion pour le mensonge, et il sut que si elle se tenait là avec lui, elle lui demanderait de le faire sans hésiter. Elle préférait savoir et souffrir plutôt que de dormir dans l'ignorance.

Il s'accroupit à nouveau et composa son code. Le clavier bipa gaiement lorsqu'il appuya sur le bouton rouge. Un clic retentit à l'intérieur de la capsule, comme une valve qui s'ouvrait. Il tourna le bouton et observa la température augmenter.

Il se releva. Le temps semblait avoir soudain ralenti. Il craignait que quelqu'un n'arrive avant qu'il ait terminé. Mais un autre clic retentit, suivi d'un soupir. Il prépara une bande de gaze et du sparadrap. Il sépara les gants, les enfila et fit claquer l'élastique du poignet dans un nuage de craie blanche.

Il ouvrit le couvercle en grand.

Sa sœur était allongée sur le dos, les bras le long du corps. Elle n'avait pas encore bougé. Une bouffée de panique le prit à la gorge. Il se repassa le protocole. Est-ce qu'il avait oublié quelque chose ? Bon Dieu. Est-ce qu'il l'avait tuée ?

Charlotte toussa. De l'eau roula sur ses joues, le givre fondu de ses paupières. Puis ses yeux clignèrent et se plissèrent pour se protéger de la luminosité.

— Ne bouge pas, lui dit-il.

Il pressa un carré de gaze contre son bras et retira l'aiguille. Il sentit le métal glisser sous ses doigts à travers le pansement. Il prit le bout de sparadrap qu'il avait scotché au fauteuil et l'appliqua en travers de la gaze. Restait le cathéter. Il la couvrit avec la serviette et retira soigneusement le tuyau. Elle était libérée de la machine, bras croisés et tremblante. Il l'aida à enfiler la blouse en papier, laissant le dos ouvert.

— Je vais te soulever, dit-il.

Il n'eut droit qu'à un claquement de dents en guise de réponse.

Il rapprocha ses pieds de ses fesses pour plier ses genoux. Il passa un bras sous ses aisselles – sa chair était froide –, un autre sous ses genoux, et la souleva sans difficulté. Elle lui sembla très légère. Sa peau sentait le renfermé, comme la chair longtemps prisonnière d'un plâtre.

Charlotte marmonna quelque chose lorsqu'il l'installa sur le fauteuil. La couverture était étalée en travers de l'assise pour lui éviter son contact froid. Dès qu'elle fut installée, il l'enveloppa de ses pans. Elle choisit de rester en boule, les bras autour de ses tibias, au lieu de mettre les pieds dans les étriers.

— Où suis-je ? demanda-t-elle, la voix semblable à un voile de glace qui se craquelait.

— Ne t'en fais pas, lui répondit Donald.

Il referma le couvercle du pode, essaya de se rappeler s'il y avait autre chose à faire, chercha autour de lui des traces de son passage.

— Tu es avec moi, dit-il en la roulant vers la sortie.

C'est l'endroit où chacun d'eux était : avec l'autre. Il n'y avait plus de maison, plus d'endroit sur terre où accueillir qui que ce soit, rien qu'un cauchemar infernal dans lequel plonger une autre âme pour avoir un peu de compagnie.

96

Le plus dur fut de l'obliger à attendre avant de manger. Donald savait ce que c'était d'avoir faim à ce point. Il lui fit subir la même routine qu'on lui avait imposée à plusieurs reprises : boire le breuvage amer, uriner pour purger l'organisme, prendre une douche chaude, s'habiller de vêtements propres et s'emmitoufler dans une couverture.

Il la regarda boire les dernières gorgées. Ses lèvres se teintèrent légèrement de bleu. Elle était si blanche. Donald ne se rappelait pas si elle était si pâle pendant la formation. Ça datait peut-être de ses années passées à l'étranger, de toutes ces heures assise dans des baraquements sombres avec pour seule lumière la lueur d'un écran.

— Il faut que j'aille quelque part, lui dit-il. Tout le monde va bientôt se lever. Je t'apporte un petit-déjeuner en redescendant.

Charlotte était assise sur une des chaises en cuir qui entouraient la vieille table de la cellule de crise, jambes repliées. Elle tira sur le col de sa combinaison, comme s'il la grattait.

— Papa et maman ne sont plus là, dit-elle, répétant ce qu'il lui avait appris un peu plus tôt.

Donald ne savait pas trop de quoi elle se souviendrait et ce qu'elle aurait oublié. Elle n'avait pas pris de pilules antistress aussi longtemps ou aussi récemment que lui. Mais peu importait. Il pouvait lui dire la vérité. Lui dire, et s'en vouloir.

— Je reviens dans pas longtemps. Reste ici et essaie de te reposer. Ne sors pas de cette pièce, d'accord ?

L'écho de ses paroles le suivit à travers l'entrepôt, jusqu'à l'ascenseur. Il se rappelait avoir entendu, chaque fois qu'on l'avait réveillé, qu'il fallait qu'il se repose. Charlotte avait dormi pendant trois siècles. En passant son badge sur la borne, il songea au peu de choses qui avaient changé en comparaison du nombre d'années écoulées. Le monde était toujours la ruine qu'ils avaient laissée derrière eux. Ou bien ce n'était pas le cas, et ils s'apprêtaient à le découvrir.

Il monta à l'étage des opérations et retrouva Eren. Le chef du BSP était à son bureau, entouré de dossiers, une main dans ses cheveux, le coude sur une pile de paperasse. Sa tasse de café n'était pas fumante. Il était là depuis un certain temps.

— Thurman, dit-il en levant la tête.

Donald sursauta et regarda derrière lui, cherchant quelqu'un d'autre.

— Des progrès avec le 18 ?

— Je, euh…

Il tenta de se rappeler.

— Aux dernières nouvelles, ils ont fait tomber le barrage des niveaux inférieurs. Le chef pense que les combats cesseront d'ici un jour ou deux.

— Bien. Je suis content que l'ombre fasse son boulot. Ce n'était pas le moment de devoir faire sans. Une fois, pendant ma troisième faction je crois, on a perdu un chef de silo alors qu'il était entre deux ombres. On a eu un mal fou à trouver une recrue. Le maire avait trop à faire, le chef de la sécurité avait un pois chiche dans la tête, alors il a fallu que…

— Désolé de vous interrompre, mais il faut que je retourne à…

— Oh, oui, bien sûr, répondit Eren, l'air gêné. Vous avez raison. Moi aussi.

— Beaucoup de choses à faire ce matin. Je prends un petit-déjeuner, après quoi vous me trouverez dans ma chambre.

Il fit un signe de tête en direction du bureau vide de l'autre côté du couloir.

— Dites à Gable que je me suis débrouillé, d'accord ? Je ne veux pas être dérangé.

— Bien sûr, dit Eren en lui faisant signe qu'il pouvait y aller.

Donald prit l'ascenseur en direction de la cafétéria. Son estomac grogna en signe d'approbation. Il était resté debout toute la nuit sans manger. Il était vide depuis bien trop longtemps.

97

Il enfreignit les délais en l'autorisant à manger une heure plus tôt que prévu, mais il était difficile de lui dire non. Il l'encouragea à prendre de petites bouchées, à ralentir. Et tandis qu'elle mastiquait, il l'informa de ses découvertes. Ayant suivi la formation, elle était au courant pour les silos. Il lui parla des écrans, des nettoyeurs, lui dit qu'on l'avait réveillé parce que quelqu'un avait disparu. Charlotte avait du mal à tout comprendre. Il fallut qu'il répète tout plusieurs fois, jusqu'à ce que ses paroles résonnent bizarrement à ses propres oreilles.

— On les laisse voir ce qu'il y a dehors, les habitants des autres silos ? demanda-t-elle en croquant dans un biscuit.

— Oui. J'ai interrogé Thurman un jour à propos de ces écrans. Tu sais ce qu'il m'a répondu ?

Charlotte haussa les épaules en avalant une gorgée d'eau.

— Il m'a dit qu'ils étaient là pour empêcher les gens de vouloir partir. Il faut qu'on leur montre un paysage de mort pour les garder à l'intérieur. Sinon, ils voudront sans cesse voir ce qu'il y a derrière les collines. Thurman dit que c'est dans la nature humaine.

— Mais certains finissent quand même par y aller.

Elle s'essuya la bouche avec sa serviette, prit sa fourchette d'une main tremblante et attira à elle les restes de petit-déjeuner de Donald.

— Oui, certains. Hé, doucement quand même avec la bouffe.

Il l'observa enfourner le reste de ses œufs et songea à sa propre escapade par la rampe réservée aux drones. Il était un de ceux qui étaient sortis. Mais elle n'avait pas besoin de le savoir.

— Nous aussi, on a un écran, dit Charlotte. Je me rappelle avoir regardé les nuages.

Elle leva la tête vers Donald.

— Pourquoi on en a un ?

Donald s'empressa de sortir son mouchoir pour tousser dedans.

— Parce qu'on est humains, répondit-il en le fourrant dans sa poche. Si on pense qu'il est absurde de sortir – qu'on mourra si on s'y risque –, alors on restera à l'intérieur et on fera ce qu'on nous demande de faire. Mais je connais un moyen de voir ce qu'il y a dehors.

— Ah oui ?

Elle avala la dernière bouchée d'œufs et attendit.

— Oui. Et je vais avoir besoin de ton aide.

Ils débarrassèrent un drone de sa bâche. Charlotte frôla une de ses ailes d'une main tremblante et fit le tour de la machine d'un pas chancelant. Elle saisit l'aileron à l'arrière d'une aile et l'abattit avant de le relever. Elle fit pareil avec la queue. Le dôme et le nez de l'appareil, noirs, lui faisaient comme un visage. Muet et immobile, il se laissait inspecter.

Donald remarqua que trois drones manquaient – le sol était lustré à l'endroit où avaient traîné leurs bâches. Et du côté des munitions, il manquait quelques unités au sommet de la pyramide de bombes. Signes que l'arsenal avait été utilisé au cours des semaines passées. Il ouvrit la porte du hangar.

— Pas d'armement ? demanda Charlotte en jetant un

coup d'œil sous une aile, où pouvaient se trouver de vilaines choses.

— Non, répondit Donald, pas pour ce qu'on veut en faire.

Il la rejoignit et l'aida à pousser. Ils dirigèrent le drone vers la gueule ouverte du monte-charge. Les ailes passaient tout juste.

— Il devrait y avoir une sangle ou un lien, dit-elle en se faufilant tant bien que mal sous une aile.

— Il y a quelque chose par terre, dit Donald, se rappelant le système d'arrimage qui s'enclenchait sur la piste de lancement. Je vais chercher une lampe.

Il alla en prendre une dans une caisse de fournitures et s'assura qu'elle fonctionnait avant de la lui rapporter. Charlotte attacha le drone au mécanisme de lancement et se redressa. Ses mouvements semblaient lents à Donald ; il lui tendit une main pour l'aider.

— Et tu es sûr que ce monte-charge va fonctionner ? demanda-t-elle en dégageant ses cheveux encore humides de son visage.

— Sûr et certain.

Il la guida au bout du couloir, au-delà de la caserne et des salles d'eau. Charlotte se raidit lorsqu'ils entrèrent dans la salle de pilotage et que Donald retira les bâches en plastique des postes. À la différence de la dernière fois, elles ne soulevèrent aucune poussière. Cet endroit avait récemment vu des allées et venues. Il pensa aux réquisitions de vol qu'il avait signées, aux risques considérables que cela comportait. Les appareils pouvaient à tout moment être repérés sur les écrans, il fallait voler haut dans les nuages tourbillonnants. Eren avait bien insisté sur l'usage unique des drones. L'air du dehors était nocif pour eux, avait-il dit. Leur portée était limitée. Donald s'était interrogé sur la raison de ces limites en fouillant dans les dossiers de Thurman.

Charlotte actionna plusieurs interrupteurs, et après

cette série de petits clics bien nets, le poste de contrôle s'anima.

— Le monte-charge est assez lent, lui dit-il.

Il ne lui expliqua pas comment il le savait, mais il repensa à son ascension toutes ces années auparavant, à son souffle qui embuait son casque tandis qu'il avait espéré monter vers sa propre mort. À présent, ses espoirs étaient différents. Il songea à ce qu'Erskine lui avait dit à propos de faire table rase, à la lettre de suicide de Victor adressée à Thurman. Leur projet avait pour but de réinitialiser la vie. Et Donald, à tort ou à raison, était convaincu que cet effort requérait plus de précision que personne n'était en droit de l'imaginer.

Charlotte régla l'inclinaison de son écran et l'alluma. Une lueur y apparut, celle de la porte en acier du monte-charge éclairée par la lampe frontale du drone et retransmise par ses caméras.

— Ça fait tellement longtemps, dit-elle.

Donald vit que ses mains tremblaient encore. Elle les frotta l'une contre l'autre avant de reprendre les commandes. Elle se tortilla sur son siège, positionna ses pieds sur les pédales et régla la luminosité de l'écran.

— Je peux faire quelque chose pour t'aider ? demanda Donald.

Charlotte rit et secoua la tête.

— Non. Ça me fait bizarre de ne pas avoir de plan de vol auquel me référer. En général, j'ai une cible, tu sais ?

Elle le regarda en lui lançant un sourire.

Il lui serra l'épaule. Sa présence lui faisait déjà du bien. Elle était tout ce qu'il lui restait.

— Ton plan de vol, c'est d'aller aussi loin et aussi vite que tu peux.

Il espérait que sans bombe, le drone puisse aller plus loin. Que la portée limitée des drones n'était pas préprogrammée, d'une façon ou d'une autre. Donald remarqua une lumière au niveau des commandes du monte-charge et s'y précipita.

— La porte se lève, dit Charlotte. Je crois qu'on aperçoit la lumière du jour.

Donald la rejoignit. Il jeta un coup d'œil par la porte, pensant avoir entendu du bruit.

— Vérification moteur, mise en route OK, dit Charlotte.

Elle bougea à nouveau sur son siège. La combinaison qu'il lui avait choisie était trop grande, les manches tire-bouchonnaient sur ses avant-bras. Posté derrière elle, Donald observait l'écran, sur lequel s'étalait une vue du ciel tout au bout de la rampe de lancement. Il se souvenait de cette vue. Il eut soudain du mal à respirer. Le drone sortit du monte-charge et s'engagea sur la rampe. Charlotte actionna un autre bouton.

— Freins serrés, dit-elle en tendant une jambe. J'exerce une poussée.

Sa main glissa lentement vers l'avant. La vue se fit plongeante tandis que le drone luttait contre ses freins.

— Ça fait très longtemps que j'ai pas fait ça sans lanceur, dit-elle, nerveuse.

Donald s'apprêtait à lui demander si c'était un problème lorsqu'elle bougea un pied et que la vue sur l'écran changea. Les parois de métal se mirent à défiler à toute allure, jusqu'à ce que les nuages envahissent l'écran et que plus rien d'autre n'existe.

— Décollage, souffla-t-elle en tirant sur le manche de la main droite.

Donald se surprit à pencher la tête sur le côté à mesure que le drone virait, faisant apparaître à l'écran un bout de terre, avant de revenir à une vue bouchée par les nuages.

— Quelle direction ? demanda Charlotte.

Elle alluma un nouveau bouton et le terrain qui filait sous le drone apparut sur l'écran radar.

— Je ne crois pas que ça ait une quelconque importance. Je dirais tout droit.

Il se pencha pour examiner le paysage étrange et néanmoins familier. Il y avait les énormes mottes de terre qu'il avait en partie créées. Il y avait une autre tour au centre d'une cuvette. Les restes du congrès du parti – tentes, foire, scènes – avaient disparu depuis longtemps, rongés par les machines qui pullulaient dans l'air.

— Suis une ligne droite, c'est tout, dit-il en pointant un doigt devant lui.

Ce n'était qu'une théorie, une idée folle, mais il avait besoin de voir par lui-même avant d'oser dire quoi que ce soit.

La répétition des dépressions s'achevait au loin. Les nuages s'amincissaient de temps en temps, lui donnant un aperçu réel du sol. Donald plissa les yeux pour tenter de voir au-delà de la série de cuvettes lorsque Charlotte lâcha la commande des gaz pour se concentrer sur un pavé de touches et de jauges.

— Euh… Je crois qu'on a un problème, dit-elle en actionnant plusieurs fois le même bouton. Pression d'huile en baisse.

— Non.

Donald ne quittait pas l'écran des yeux. Les nuages virevoltaient et la terre semblait s'incliner vers le haut. C'était trop tôt. À moins qu'il n'ait raté une étape, oublié une précaution.

— Continue, murmura-t-il, autant à la machine qu'à son pilote.

— L'appareil m'échappe, dit Charlotte.

Donald songea à tous les drones disponibles dans le hangar. Ils pourraient en faire décoller un autre. Mais il craignait d'aboutir au même résultat. Lui était peut-être résistant à ce qu'il y avait à l'extérieur, mais pas les drones. Il pensa aux combinaisons de nettoyage, à leur obsolescence programmée, prévue à un certain moment, un certain endroit. À ces particules destructrices si précises qu'elles pouvaient laisser libre cours à leur fureur dès qu'un nettoyeur entamait l'ascension d'une colline, atteignait une certaine altitude, dès qu'ils osaient prendre de la hauteur. Il prit son mouchoir et toussa dans ses plis, et se souvint vaguement d'employés récurant le sas après l'avoir ramené à l'intérieur.

— Tu arrives au bord, dit-il en montrant du doigt le dernier silo sur le radar tandis que la dépression disparaissait sous la caméra du drone. Allez, encore un peu plus loin.

Mais à la vérité, il n'avait aucune idée de la distance encore nécessaire. On pouvait peut-être continuer tout droit, faire le tour du monde, et ce ne serait toujours pas suffisant.

— Je perds de l'altitude, annonça Charlotte.

Ses mains étaient deux tourbillons flous s'agitant sur toutes sortes de commandes.

— Moteur n° 2 éteint. Je plane. Altitude soixante mètres.

Ça semblait bien moins que ça à l'écran. Ils avaient dépassé la dernière colline. Les nuages étaient moins épais. Il y avait une profonde cicatrice dans la terre, une sorte de tranchée qui pouvait être un fleuve, de grands bâtons noirs et pointus plantés dans le sol comme des mines de graphite – les restes d'une forêt, peut-être. Ou les piliers d'une immense barrière de sécurité, rongés par le temps.

— Allez, allez, chuchota-t-il.

Chaque seconde supplémentaire fournissait une vue nouvelle, lui procurait un souffle de liberté, un moyen de s'échapper de cet enfer.

— La caméra va lâcher. Altitude quarante-cinq mètres.

Il y eut un éclair à l'écran, comme un court-circuit, puis un voile dans les tons de violet et enfin une vaste étendue bleue à la place des habituels bruns et gris.

— Altitude quinze mètres. On va s'écraser.

Donald chassa ses larmes d'un clignement de paupières alors que le drone se rapprochait dangereusement du sol. Il vit clairement ce qu'il y avait à l'écran, rien ne clochait avec la caméra.

— Du bleu, dit-il.

Une confirmation de ses doutes, juste avant qu'un paysage vert vif n'avale le drone. L'écran passa de la couleur au noir. Charlotte lâcha les commandes en jurant. Elle tapa sur la console du plat de la main. Mais alors qu'elle s'apprêtait à s'excuser, Donald l'avait déjà prise dans ses bras pour la serrer fort et l'embrasser.

— Tu as vu ça ? dit-il, comme s'il n'en revenait pas. Tu as vu ?

— Vu quoi ? répondit Charlotte en se dégageant, le visage crispé, déçue. Les jauges étaient complètement foireuses à la fin. Saleté de drone. Ça fait sûrement trop longtemps qu'il était…

— Non, non, dit Donald en montrant l'écran noir. Tu as réussi. Je l'ai vu. Il y a du ciel bleu et de l'herbe verte dehors, Charla. Je l'ai vu !

SILO 17

2331

Vingtième année

98

Sans le vouloir, Solo était devenu expert en déliquescence. Jour après jour, il voyait l'acier et le fer rouillé s'effriter, la peinture s'écailler, toutes sortes de métaux s'éroder et s'amasser en tas de poussière noire. Il savait que les tuyaux en caoutchouc finissaient par durcir et se craqueler. Que tout ce qui était adhésif ne durait pas, pour preuves toutes les choses qui fleurissaient par terre et qui avaient été autrefois fixées au mur ou au plafond, ces objets mus de façon brutale par les dieux jumeaux de la pesanteur et du délabrement. Il en apprit surtout très long sur la décomposition des corps. Ils ne disparaissaient pas toujours en un éclair – comme une mère avalée par une foule ou un père se fondant dans l'ombre d'un couloir. Ils disparaissaient petit à petit, de manière presque imperceptible. Le temps, comme les asticots, finissait par se voir pousser des ailes ; il volait, volait, emportant tout sur son passage.

Solo arracha une page d'un chapitre assommant du livre allant de Ri à Ro et le plia en forme de tente. Le silo, se dit-il, appartenait aux insectes de bien des façons. Où que les corps soient entassés, les insectes grouillaient par nuées. Il avait lu des chapitres à leur sujet. Parfois, les asticots se transformaient en mouches. Tortillons blancs à l'origine, ils devenaient noirs et bourdonnants. Les choses se délitaient et changeaient.

Il fit passer de la ficelle sous le papier plié pour qu'elle en supporte le poids. C'était en général dans des moments comme ceux-là qu'Ombre venait l'embêter, faire le dos rond et se frotter contre son bras, empiéter sur ce qu'il faisait, l'agaçait tout en le faisant rire. Mais Ombre ne vint pas.

Solo fit de petits nœuds pour que la ficelle ne glisse pas dans les trous. Il replia le papier au niveau des trous pour éviter qu'il ne se déchire. Solo savait comment les choses finissaient par se casser. Il était devenu expert dans tout un tas de domaines qu'il aurait préféré désapprendre. Il pouvait par exemple dire en un seul coup d'œil depuis combien de temps une personne était morte.

Le corps des gens qu'il avait tués des années auparavant étaient raides quand il les avait bougés de place, mais cet état ne durait qu'un temps. Ils ne tardaient pas à enfler et à puer. Des gaz s'en échappaient et les mouches affluaient. Les mouches affluaient et les vers se régalaient.

La pestilence lui piquait les yeux et la gorge. Et puis les corps ramollissaient. Il dut déplacer des cadavres qui l'empêchaient de passer dans l'escalier une fois, et la chair s'était détachée des os. Elle avait pris une consistance de faisselle – qu'il avait goûtée à l'époque où il y avait encore du lait et des chèvres à traire. La chair se détachait une fois que la personne n'habitait plus son corps, qu'elle n'était plus là pour faire tenir le tout ensemble. Solo, lui, se concentrait pour tenir, tenir le coup. Il noua les deux bouts de la ficelle à une petite rondelle métallique prise aux Fournitures. En tétant sa langue, il réalisa un nœud délicat.

La ficelle et le tissu ne duraient pas bien longtemps non plus, mais les vêtements restaient plus longtemps que les gens. Au bout d'un an, c'étaient les vêtements et les os qui restaient. Et les cheveux. Les cheveux partaient en dernier. Ils restaient accrochés au crâne et pendaient parfois devant des orbites vides. C'était pire que tout. Ça prêtait une sorte d'identité aux squelettes. La barbe, surtout, mais pas sur les plus jeunes ni les femmes.

Au bout de cinq ans, même les vêtements se désagrégeaient. Et au bout de dix, il ne restait pratiquement plus que les os. En ce moment, tant de temps après la plongée du silo dans le noir et le silence – plus de vingt ans après avoir été introduit dans le repaire secret sous la salle des serveurs – il n'y avait que des squelettes. À part dans la cafétéria. La pourriture environnante rendait les corps massés derrière cette porte encore plus intrigants.

Solo leva son parachute, une tente de papier percée de bouts de ficelle réunis dans une minuscule rondelle. Il y avait des dizaines et des dizaines de bouts de ficelle emmêlés en travers du livre ouvert. Il lui restait une poignée de rondelles. Il tira sur une ficelle de son parachute et songea aux corps là-haut, dans la cafétéria. Derrière cette porte, il y avait des gens morts qui refusaient de se désagréger comme les autres. Quand il les avait découverts avec Ombre, il s'était dit que leur mort devait être récente. Des dizaines de personnes, mortes ensemble et entassées les unes sur les autres comme si on les avait parquées là ou si elles s'étaient grimpées dessus. La porte interdite qui menait à l'extérieur était juste derrière elles. Solo le savait. Mais il n'était pas allé aussi loin. Il s'était empressé de fermer la porte et de partir, effrayé par les globes oculaires sans vie braqués sur lui et l'étrange impression de voir un autre visage que le sien le regarder en face. Il avait laissé les cadavres derrière lui et n'y était pas retourné avant longtemps. Il avait attendu qu'ils ne soient plus que des os. En vain.

Il se dirigea vers la balustrade et s'assura que le bout de papier était bien tendu, prêt à flotter. Un courant d'air froid montait des étages inondés. Il se pencha par-dessus la rampe du troisième étage, le papier dans une main, la rondelle dans l'autre. Il se demanda pourquoi certains corps pourrissaient et d'autres pas. Qu'est-ce qui les faisait se décomposer ?

— Décomposer, dit-il tout haut.

Il aimait le son de sa voix parfois. Il était devenu expert en décomposition. Ombre aurait dû être en train de se frotter contre ses chevilles, mais il n'était plus là.

— Je suis un expert, se dit-il. En décomposition.

Il tendit les bras et lâcha son parachute. Il l'observa voleter quelques instants avant que les bouts de ficelle ne se tendent et que le parachute ne disparaisse dans les profondeurs.

— Tion tion tion, chuchota-t-il, accompagnant le parachute jusqu'en bas, jusqu'à ce qu'il plonge dans l'eau ou reste coincé quelque part.

Solo savait que les corps pourrissaient. Il se gratta la barbe et plissa les yeux pour essayer de repérer le parachute, puis s'assit, jambes croisées, le genou dépassant totalement du trou de sa combinaison. Il grommela dans sa barbe, remettant à plus tard ce qu'il devait faire, son Projet du jour, et déchira à la place une autre page du livre qui mincissait à vue d'œil, en tâchant de ne pas penser à cette autre carcasse qui ne tarderait pas à se réduire comme peau de chagrin.

99

Il y avait des choses que Solo avait passé des jours et des semaines à chercher. Des choses dont il avait eu besoin et qui lui avaient pris des années de fouilles. Souvent, il trouvait bien trop tard des objets qui lui auraient été utiles, alors qu'il n'en avait plus l'usage. Comme la fois où il était tombé sur un tas de rasoirs. Une grande caisse pleine de rasoirs dans le cabinet d'un docteur. Tout l'équipement important – pansements, médicaments, sparadrap – avait disparu depuis longtemps, mais les rasoirs flambant neufs, à la lame bien brillante, l'avaient nargué. Il s'était résigné depuis longtemps à se laisser pousser la barbe, mais il était passé par des moments où il aurait tué pour un rasoir.

Il lui arrivait aussi de trouver des objets avant de savoir qu'il en aurait besoin. La machette en faisait partie. Une grande lame trouvée sous le corps d'un homme mort depuis peu. Solo l'avait prise uniquement pour que personne d'autre ne mette la main dessus. Il s'était enfermé sous la salle des serveurs pendant trois jours, terrifié par la vue d'un cadavre encore chaud. Ça s'était produit des années auparavant. Il fallut encore un peu plus de temps avant que les fermes deviennent très encombrées par la végétation et qu'il ait besoin de la machette. À cette époque, il n'emportait plus le fusil partout où il allait – il n'en avait plus besoin – et la machette était devenue son nouveau compagnon, un objet trouvé avant de savoir qu'il en avait besoin.

Il lâcha son dernier parachute et le regarda manquer de peu le palier du neuvième étage. Le papier plié disparut hors de sa vue. Il songea à tout ce qu'Ombre l'avait aidé à trouver au fil des années, de la nourriture surtout. Une fois, le chat était parti avec une idée particulière en tête. Tandis qu'ils se rendaient aux Fournitures, la bête avait devancé Solo et s'était engouffrée derrière la porte d'un palier. Solo l'avait suivie avec sa lampe torche.

Devant une porte, le chat s'était mis à miauler sans s'arrêter – Solo se méfiait des tas de cadavres cachés derrière les portes –, mais l'appartement était vide. Juché sur le plan de travail de la cuisine, Ombre avait tenté d'ouvrir un placard rempli de petites boîtes de conserve. Vieilles et tachées de rouille, mais avec des photos de chat dessus. Il était devenu comme fou et là, au bout d'un fil branché dans le mur, Solo avait vu un appareil déglingué, un ouvre-boîte électrique.

Les yeux perdus dans le vide, il sourit à la pensée de tout ce qu'il avait trouvé et perdu au fil des années. Il se souvint de la première fois où il avait actionné le bouton de ce gadget – panique du chat –, de la précision de découpe de l'appareil. Le contenu des boîtes ne l'avait pas particulièrement ravi, mais Ombre avait bien fait de suivre son instinct.

Solo se retourna, posa les yeux sur les pages déchirées, triste. Il n'avait plus de rondelles. Il laissa le livre à sa place et descendit en direction de la ferme accomplir ce qui devait l'être.

Tout en débroussaillant l'espace à l'aide de sa machette, Solo s'étonna que la végétation n'ait pas pourri sur pied, sans personne pour s'en occuper. Mais les lampes de croissance avaient été trafiquées pour s'allumer et s'éteindre automatiquement, et plus de la moitié d'entre elles fonctionnaient encore. L'eau continuait à couler dans les tuyaux.

Les pompes se mettaient en branle à intervalles réguliers avec un bruit de gargouillis. L'électricité, acheminée depuis son antre, circulait dans des fils qui serpentaient le long des parois de la cage d'escalier. Rien ne fonctionnait à la perfection, mais Solo se rendit compte que le principal rapport de l'homme aux récoltes était la consommation. Et il n'y avait plus que lui qui mangeait. Lui, les rats et les vers.

Il traversa, avec son lourd fardeau, les parcelles les plus denses, cherchant à atteindre les recoins opposés de la ferme où les lampes ne chauffaient plus, où la terre était fraîche et humide, où plus rien ne poussait. Un endroit spécial. Loin de ses passages hebdomadaires pour prendre de la nourriture. Un endroit qu'il envisagerait comme une destination et non plus comme une simple étape.

Délaissant la chaleur des lampes, il pénétra dans l'obscurité. Il aimait bien cet endroit. Ça lui rappelait sa chambre sous les serveurs, un espace intime et sûr où l'on pouvait se cacher et ne pas être dérangé. Et là, parmi d'autres outils abandonnés et oubliés, une pelle. Un objet dont il avait besoin, pile au bon moment. C'était l'autre façon de découvrir des choses. C'était quand le silo était d'humeur généreuse. Ce qui ne lui arrivait pas souvent.

Solo s'accroupit et posa son fardeau près de la barrière. Le corps gisant dans le sac était dans sa phase de rigidité. Bientôt, il se ramollirait. Et après…

Non, il ne voulait pas penser à ce qui adviendrait après. Il était expert dans des matières qu'il aurait préféré ne pas connaître.

Il prit la pelle et enjamba la barrière – il faisait trop sombre pour chercher le portillon. La pelle s'enfonçait dans la terre en crissant. Il envoyait chaque pelletée pardessus son épaule. Des petits éboulis de terre roulaient au fond du trou. Il y avait des choses sur lesquelles on tombait pile quand on en avait besoin, et Solo songea à quel point les années étaient passées vite en compagnie de son ami. La manie qu'avait Ombre de se frotter contre ses tibias quand il travaillait lui manquait déjà ; toujours dans le passage, mais assez malin pour ne pas se faire marcher dessus, accourant dans la seconde dès que Solo le sifflait, présent partout au bon moment. Une découverte, avant même qu'il sache qu'il en aurait besoin.

SILO 1

2345

100

Les bottes de Donald résonnaient dans l'aile inférieure de cryogénisation, où s'alignaient des milliers de podes, rutilantes pierres polies. Il se pencha pour lire une autre plaque. Il ne savait plus où il en était dans son comptage et craignait de devoir repartir de zéro. Il toussa et s'essuya la bouche avec son mouchoir. Un objet lourd et froid pesait dans sa poche, contre sa cuisse. Quelque chose de lourd et froid pesait aussi sur sa poitrine.

Il trouva enfin la capsule au nom de Troy. Il frotta la vitre et jeta un œil à l'intérieur. Il y avait un homme, plus vieux qu'il ne paraissait. Plus vieux que dans le souvenir de Donald. Sa chair pâle était teintée de bleu, tout comme ses cheveux et ses sourcils blancs.

Donald l'observait, hésitant, prêt à revenir sur sa décision. Il était venu là sans fauteuil roulant, sans trousse de soins. Rien qu'avec un poids froid, un aperçu de la vérité et le désir d'en savoir plus. Il fallait bien ouvrir le livre pour pouvoir tourner la page.

Il se pencha sur l'écran de contrôle et répéta la procédure qui avait libéré sa sœur. Il songea à Charlotte, seule dans l'arsenal. Elle ne pouvait pas savoir ce qu'il était en train de faire. Elle ne devait pas. Thurman avait été un deuxième père pour eux.

Il tourna le bouton vers la droite, les chiffres de l'affichage digital augmentèrent, et la température suivit. Donald se redressa. Il fit les cent pas autour de cette capsule qui portait son nom, le nom d'un homme qu'ils l'avaient fait devenir. Et ce sarcophage recelait à présent le corps de son créateur. Le froid glacial logé dans son cœur se propagea à tous ses membres, tandis que Thurman, lui, se réchauffait. Donald toussa dans son mouchoir constellé de taches rosées. Il le fourra dans sa poche et en sortit une longueur de câble.

Un rapport de Victor lui revint à l'esprit tandis qu'il se tenait là, à dégeler nul autre que Thawman. Victor avait évoqué de vieilles expériences au cours desquelles gardiens et prisonniers échangeaient leurs places, et les maltraités ne tardaient pas à devenir les maltraitants. Donald, qui détestait l'idée qu'on puisse changer si rapidement, avait eu du mal à croire à ces résultats. Mais il les avait vus, les hommes et les femmes arrivant au Congrès pétris des meilleures intentions, il les avait vus changer. Lui-même, on lui avait accordé une dose de pouvoir pendant cette faction, et il sentait ce que ça avait de séduisant. Il avait découvert que les hommes aux desseins néfastes émanaient de systèmes néfastes, et que tout homme pouvait être perverti. Raison pour laquelle il fallait mettre un terme à certains systèmes.

À la bonne température, le couvercle se déverrouilla et s'ouvrit avec un soupir. Donald l'ouvrit en grand. Il s'attendait à moitié à ce qu'une main lui saisisse le poignet, mais il n'y avait qu'un homme allongé à l'intérieur, inerte et fumant. Rien qu'un homme, nu, pitoyable, un tuyau dans le bras, un autre entre ses jambes. Muscles affaissés. Chair flétrie, vaguelettes de rides. Cheveux agglutinés par mèches. Donald prit les mains de Thurman et les posa l'une à côté de l'autre. Il passa le câble autour des poignets, le fit descendre entre les mains et refit deux autres boucles autour de chacun des poignets avant de faire un nœud. Il se redressa et scruta les paupières ridées en quête d'un signe de vie.

Ce sont ses lèvres qui bougèrent en premier. Elles s'entrouvrirent et prirent une inspiration hésitante. Donald avait l'impression de regarder un mort revenir à la vie, et il apprécia pour la première fois le miracle qu'accomplissaient ces machines. Il toussa dans son poing. Thurman commençait à se dégourdir. Ses yeux s'ouvrirent, mais les paupières avaient du mal, comme si elles avaient fini par se souder l'une à l'autre. Un grognement lui échappa lorsqu'il s'aperçut que ses mains étaient entravées. Reprenant peu à peu connaissance, il se rendit compte que tout n'était pas normal.

— Du calme, lui dit Donald.

Il posa une main sur le front du vieillard, sentit le froid qui gelait encore sa chair.

— Anna, murmura Thurman.

Il s'humecta les lèvres, et Donald s'aperçut qu'il n'avait pas apporté la boisson amère, ni même de l'eau. Il n'avait plus de doutes quant à ses intentions.

— Vous m'entendez ? demanda-t-il.

Les yeux de Thurman se rouvrirent, ses pupilles étaient dilatées. Il semblait faire le point sur le visage de Donald, clignant des paupières à mesure qu'il le reconnaissait.

— Fiston… ? s'étonna-t-il d'une voix enrouée.

— Ne bougez pas, lui dit Donald alors que Thurman roulait sur le côté et toussait dans ses mains liées.

Le vieil homme vit le câble noué autour de ses poignets, l'air perdu.

— J'ai besoin que vous m'écoutiez, dit Donald après avoir jeté un coup d'œil en direction de la porte.

— Mais qu'est-ce qui se passe ici ? s'écria Thurman en agrippant le bord de la capsule pour se redresser.

Donald sortit le pistolet de sa poche. Thurman regarda bouche bée le canon noir braqué sur lui. Son cerveau dégela instantanément. Il resta parfaitement immobile ; seuls ses yeux bougèrent pour croiser le regard de Donald.

— En quelle année sommes-nous ? demanda-t-il.

— Il reste deux cents ans avant que vous nous exterminiez tous autant que nous sommes, répondit Donald.

Dans sa main, le canon tremblait de rage. Il posa son autre main autour de la crosse et recula d'un pas. Thurman avait beau être faible et entravé, Donald refusait de prendre des risques. Le vieil homme était comme un serpent enroulé sur lui-même par un matin froid, et Donald ne pouvait s'empêcher d'imaginer de quoi il serait capable sous le soleil de midi.

Thurman scrutait Donald. Des volutes de vapeur s'élevaient de ses épaules.

— Anna t'a tout raconté, finit-il par dire.

Donald éprouva le besoin sadique de lui dire qu'Anna était morte. Soudain imbu de fierté, il voulait ajouter qu'il avait tout découvert lui-même. Au lieu de quoi il se contenta d'acquiescer.

— Tu sais bien que c'est la seule solution, murmura Thurman.

— Il y a des milliers de solutions, rétorqua Donald.

Il changea son arme de main pour essuyer sa paume moite contre sa combinaison. Thurman jeta un coup d'œil au pistolet puis chercha de l'aide autour de lui. Résigné, il s'adossa contre le pode. Donald vit qu'il commençait à trembler.

— Avant, je croyais que vous vouliez vivre éternellement, dit Donald.

Thurman rit. Il inspecta à nouveau le câble autour de ses poignets, puis l'aiguille et le tuyau dans son bras.

— Non, juste assez longtemps.

— Assez longtemps pour quoi ? Pour réduire l'espèce humaine à néant ? Pour libérer la population d'un unique silo et tuer celle des autres ?

Thurman acquiesça. Il tira ses genoux contre lui, mains contre ses tibias. Il avait l'air si mince sans sa combinaison, si fragile sans ses épaules rejetées en arrière.

— Vous avez sauvé tous ces gens rien que pour les tuer, pour la plupart. Et nous avec.

Thurman chuchota sa réponse.

— Plus fort, exigea Donald.

Le vieil homme mima un verre qu'il portait à sa bouche. Donald lui montra le pistolet. C'était tout ce qu'il avait. Thurman se tapota la poitrine et essaya de parler à nouveau. Donald s'approcha d'un pas méfiant.

— Dites-moi pourquoi, dit-il. C'est moi qui suis aux commandes, ici. Moi. Dites-le-moi, ou je vous jure que je libère tous les silos dans la minute.

Les yeux de Thurman ne furent plus que des fentes.

— Folie, siffla-t-il. Ils s'entretueront.

Sa voix était à peine audible. Autour d'eux, tous les podes ronronnaient. Donald fit encore un pas, de plus en plus sûr que c'était la chose à faire.

— Je sais que vous croyez qu'ils se massacreront les uns les autres, dit Donald. Je suis au courant de cette histoire de purge, de réinitialisation.

Il agita son arme en direction de la poitrine de Thurman.

— Je sais que vous envisagez ces silos comme des vaisseaux qui emmènent les gens vers un monde meilleur. J'ai lu toutes les notes et tous les dossiers auxquels vous avez accès. Mais voilà ce que je veux entendre de votre bouche avant que vous mouriez…

Donald sentit soudain ses jambes se dérober sous lui. Pris d'une quinte de toux, il saisit son mouchoir, mais des postillons roses éclaboussèrent la surface argentée du cryopode avant qu'il n'ait le temps de se couvrir la bouche. Thurman l'observait. Donald se ressaisit, essayant de se rappeler où il en était.

— À quoi bon tout ce chagrin ? reprit-il, la voix enrouée, la gorge en feu. Toutes ces vies malheureuses qui vont et qui viennent, tous ces gens ici que vous prévoyez de tuer, de ne jamais réveiller. Votre propre fille…

Il sonda le visage de Thurman en quête d'une réaction.

— Pourquoi ne pas nous cryogéniser pendant mille ans et nous réveiller à la fin ? Je sais ce que je vous ai aidé à mettre au point. Et je veux simplement savoir pourquoi vous ne nous avez pas laissés dormir pendant tout ce temps. Si vous vouliez un monde meilleur pour nous, pourquoi ne pas nous y emmener? À quoi bon toute cette souffrance?

Thurman demeurait parfaitement immobile.

— Dites-moi pourquoi, répéta Donald.

Sa voix se brisa, mais il fit comme si tout allait bien. Il releva le canon de son arme, qui avait tendance à piquer vers le bas.

— Parce que personne ne doit savoir, finit par dire Thurman. Le secret doit mourir avec nous.

— Quel secret?

— La connaissance. Les choses que nous avons volontairement omis de faire figurer dans l'Héritage. La possibilité d'anéantir le monde en appuyant sur un bouton.

Donald s'esclaffa.

— Parce que vous croyez que l'homme ne découvrira pas à nouveau le moyen de se détruire?

Thurman haussa les épaules. La vapeur qu'elles dégageaient s'était dissipée.

— Si, il finira bien par le découvrir. Mais ce sera toujours plus tard que maintenant.

Donald désigna les podes qui les entouraient du bout de son canon.

— Et donc, tout ça doit disparaître également. On est censés élire une tribu, donner la chance à un vaisseau d'atterrir, et tout le reste est liquidé. C'est ça, votre pacte?

Thurman acquiesça.

— Eh bien, quelqu'un a rompu le pacte. Quelqu'un m'a mis à votre place. C'est moi le Berger à présent.

Les yeux de Thurman s'écarquillèrent. Son regard passa du pistolet au badge fixé au col de Donald. Ses dents cessèrent de s'entrechoquer.

— Non, souffla-t-il.

— Je n'ai jamais demandé à avoir ce poste, dit Donald, plus pour lui-même que pour Thurman.

Il stabilisa le canon.

— Aucun de mes postes, d'ailleurs.

— Moi non plus, répondit Thurman, et Donald songea à nouveau à cette histoire de prisonniers et de gardiens.

Ça aurait pu être lui dans cette capsule. N'importe qui pourrait être en train de braquer une arme sur lui. Tel était le système.

Il avait une centaine d'autres choses à dire ou à demander. Il avait envie de faire savoir à Thurman qu'il l'avait considéré comme un père, mais cela avait-il encore un sens quand un père pouvait vous maltraiter autant qu'il vous aimait ? Il voulait lui crier à la figure tout le mal qu'il avait commis, mais il savait au fond de lui que ce mal était fait depuis longtemps et qu'il était irréversible. Enfin, une partie de lui avait envie de demander l'aide de Thurman, de libérer cet homme de son pode ; une partie qui voulait prendre sa place, se rouler en boule et se rendormir – une partie qui trouvait qu'être le prisonnier était bien plus facile que de rester de garde. Mais sa sœur était en haut, elle se rétablissait. Ils avaient tous les deux bien trop de questions en attente de réponses. Et dans un silo tout proche, une transformation était en cours, la fin d'un soulèvement, et Donald avait envie de voir comment ça se passerait.

Toutes ces pensées et d'autres encore se bousculaient dans son esprit. Le Dr Wilson n'allait pas tarder à revenir à son bureau, et peut-être son regard se poserait-il sur l'écran au moment où les images de l'aile de cryogénisation passeraient. Et alors que Thurman ouvrait la bouche pour dire quelque chose, Donald se rendit compte que vouloir réveiller le vieil homme pour entendre ses excuses avait été une erreur. Il y avait peu de choses à apprendre ici.

Thurman se pencha en avant.

— Donny, dit-il.

Il tendit ses deux mains liées vers le pistolet. Ses bras, faibles, bougeaient lentement, sans l'espoir *a priori* de vouloir arracher l'arme des mains de Donald, mais peut-être avec celui de le tirer jusqu'à lui, contre sa poitrine, ou sa bouche, à la manière de Victor – c'était en tout cas ce que la tristesse dans le regard du vieil homme inspirait à Donald.

Thurman écarta les doigts pour prendre l'arme, et Donald faillit la lui donner, rien que pour voir ce qu'il en ferait.

Mais il appuya sur la détente. Il appuya sur la détente avant de pouvoir le regretter.

La détonation fut incroyablement sonore. Il y eut un éclair de lumière, un écho atroce qui résonna entre mille âmes endormies, puis un homme s'effondra dans son cercueil.

La main de Donald tremblait. Il se souvint de ses premiers jours au Congrès, de tout ce que cet homme avait fait pour lui, de cet entretien il y avait si longtemps. On l'avait recruté pour un poste dont il était à peine à la hauteur. Pour un travail qu'il n'avait pas su discerner au début. Le matin où il s'était réveillé pour la première fois dans la peau d'un député, conscient que seuls lui et une poignée d'autres étaient à la tête d'une nation superpuissante, il s'était levé à la fois fier et effrayé. Et pendant toute la période qui avait suivi, il n'avait été qu'un aliéné à qui l'on avait demandé de construire les murs de son asile.

Cette fois, ce serait différent. Cette fois, il accepterait ses responsabilités et prendrait les rênes sans peur. Avec sa sœur, en secret. Ils découvriraient ce qui ne tournait pas rond dans le monde et feraient les réparations nécessaires. Ramèneraient l'ordre là où tout semblait perdu. Une expérience était en cours dans un autre silo, une relève de garde, et Donald avait bien l'intention de voir quels seraient les résultats.

Il leva une main et referma la capsule. Il y avait des postillons roses sur la vitre. Il toussa à nouveau et s'essuya la bouche. Il fourra son arme dans sa poche et s'éloigna du pode, le cœur battant. Et le pode qui recelait un homme mort, lui, continua à bourdonner tranquillement.

SILO 17

2345

Trente-quatrième année

101

Solo fit passer la corde par les poignées des gourdes en plastique vides. En s'entrechoquant, elles faisaient comme une musique. Il prit son sac en toile et resta planté là un moment, se grattant la barbe, à se demander s'il n'oubliait pas quelque chose. Mais quoi ? Il tâtonna sa poitrine pour s'assurer que la clé était bien pendue à son cou. Une vieille habitude dont il ne pouvait plus se défaire. La clé, bien sûr, n'y était plus. Il l'avait remisée dans un tiroir lorsqu'il devint inutile de mettre les choses sous clé, lorsqu'il ne resta plus personne de qui avoir peur.

Il prit avec lui deux sacs-poubelles de conserves de légumes et de soupe vides – à peine un léger trou dans sa montagne de déchets. Les mains pleines, sa cargaison tintant à chaque pas, il porta le tout au pied du puits.

Il lui fallut monter et descendre deux fois l'échelle pour tout porter en haut. Il se faufila entre les serveurs, nombreux à s'être tus au fil des années, à cause de la chaleur, peut-être. Il fallait bouger le meuble classeur avant de pouvoir ouvrir la porte. Le silo n'avait ni verrous ni gens – mais il n'était pas bête, non plus. Il tira sur la lourde porte, sentit, comme toujours, la présence de son père, et sortit dans le vaste monde peuplé de fantômes et de choses si horribles qu'il s'en souvenait à peine.

Les couloirs étaient éclairés et vides. Il fit un signe de la main aux caméras en passant. Souvent, il se disait qu'il se verrait à l'écran un jour, mais ça faisait des lustres que les caméras avaient cessé de fonctionner. Et puis, il faudrait qu'il y ait deux lui pour que ça marche. Un pour faire coucou à la caméra, un autre devant l'écran. Il rit de sa propre bêtise. Il était Solo.

Sur le palier, l'air était plus frais, et il fut pris d'un étrange vertige. Il pensa à l'eau qui montait. Combien de temps avant qu'elle n'arrive jusqu'à lui ? Très longtemps, songea-t-il. Il aurait disparu depuis des lustres le jour où ça arriverait. Mais il était triste à l'idée que sa petite maison sous les serveurs soit inondée. Toutes les boîtes de conserve vides près des étagères remonteraient à la surface. L'ordinateur et la radio cracheraient des petites bulles d'air. Il s'esclaffa en imaginant les appareils gargouiller et les boîtes flotter, et du coup se fichait pas mal que ça se produise ou non. Il lança ses deux sacs-poubelles par-dessus la rampe et tendit l'oreille jusqu'à ce qu'il les entende atterrir sur le palier du quarante-deuxième étage. Objectif atteint. Il se tourna vers l'escalier.

En haut ou en bas ? Monter voulait dire tomates, concombres et courge. Descendre voulait dire baies, maïs et patates à déterrer. Descendre impliquait plus de cuisine. Il monta.

Il compta les marches. "Huit, neuf, dix", murmura-t-il. Chaque marche était différente. Il y en avait beaucoup. On pouvait dire qu'elles avaient de la compagnie, tout un tas de semblables au-dessus et au-dessous d'elles. "Bonjour, marche", dit-il, oubliant de compter. La marche ne répondit pas. Il ne parlait pas leur langage, cette sorte de chant que produisaient les bottes en les heurtant.

Un bruit. Soudain, Solo entendit un bruit. Il s'arrêta, aux aguets, mais d'habitude, les bruits savaient qu'il faisait ça et ça les intimidait. Sûrement un de ceux-là, encore. Ça lui arrivait tout le temps d'entendre des choses qui n'existaient pas. Il y avait des pompes et des lampes raccordées dans tous les sens qui se déclenchaient quand bon leur semblait. Une de ces pompes s'était d'ailleurs mise à fuir quelques années auparavant, et Solo l'avait réparée lui-même. Il avait besoin d'un nouveau Projet. Les Projets avaient tendance à se répéter, comme se tailler la barbe quand elle lui arrivait à la poitrine, et il s'ennuyait.

Une seule pause pour boire et se vider la vessie avant d'atteindre les fermes. Il avait les jambes solides. Plus musclées, même, que quand il était jeune. Les tâches les plus ardues s'avéraient faciles à mesure qu'on les répétait. Ça ne les rendait pas plus amusantes pour autant. Solo aurait simplement voulu qu'elles soient faciles du premier coup.

Il prit le dernier virage de l'escalier avant d'arriver au palier du douzième étage, s'apprêtant à siffler un petit air de cueillette, lorsqu'il s'aperçut que la porte était ouverte. Il ignorait comment c'était possible. Il ne laissait jamais les portes ouvertes. Aucune.

Il y avait un objet posé dans un coin contre la balustrade. Ça ressemblait au matériel de récupération qu'il utilisait pour ses Projets. Un bout de tuyau en plastique. Il le prit. Il y avait de l'eau dedans. Il renifla. Ça sentait bizarre. Il commença à verser l'eau par-dessus la rampe, mais le tube lui échappa. Il se figea et attendit que l'objet atterrisse avec fracas. Mais le bruit ne vint jamais.

Quel maladroit. Il s'insulta, s'en voulait de tout oublier, d'être si gauche. Laisser une porte ouverte. Il s'apprêtait à entrer lorsqu'il remarqua ce qui la retenait ouverte. Un manche noir. Il le saisit et vit qu'il s'agissait en fait d'un couteau glissé dans le treillis métallique.

Il entendit un bruit à l'intérieur, au loin, dans les fermes. Il se tint immobile un long moment. Ce n'était pas son couteau. Il n'oubliait pas les choses à ce point. Il retira la lame de la grille et laissa la porte se refermer, assailli par un millier de pensées. Un rat ne pouvait pas faire une chose pareille. Seul un être humain en était capable. Ou alors un fantôme costaud.

Il fallait qu'il fasse quelque chose. Qu'il attache les poignées de porte ou mette quelque chose de lourd en travers, mais il avait trop peur. Il fit demi-tour et partit en courant. Il dévala les marches, suivi par l'entrechoquement de ses gourdes, le couteau de quelqu'un d'autre à la main. Lorsque les gourdes se coincèrent au niveau de la rampe, il tira sur la corde, deux fois, sans succès. Il les abandonna sur place. Son trou. Il devait regagner son trou. Le souffle court, il se dépêchait, au son d'autres vibrations dans l'escalier causées par des pas venus briser sa solitude. Inutile de s'arrêter pour savoir que c'était un fantôme bruyant. Bruyant et puissant. Il songea à sa machette, qui s'était brisée en deux il y avait des années. Mais il avait toujours ce couteau. Ce couteau. Il continua de dévaler l'escalier, tenaillé par une peur bleue. Enfin le palier. Pas le bon ! Trente-trois. Encore un. Arrêté de compter. Il courait si vite qu'il faillit trébucher. En sueur. Chez lui.

Il claqua les portes du palier et reprit son souffle, mains sur les genoux. Il ramassa le balai et le glissa en travers des poignées. Le manche tenait les fantômes muets à l'écart, il espérait qu'il marchait aussi avec les fantômes bruyants.

Il passa le tourniquet défoncé et s'engouffra dans le couloir. Une lampe avait lâché. Un Projet. Mais plus tard. Il atteignit la porte en métal à bout de souffle, entra en courant. S'arrêta et fit demi-tour pour fermer la porte et glisser le classeur tout contre dans un atroce crissement. Il crut entendre des pas à l'extérieur. Le fantôme était rapide avec ça. La sueur coulait le long de son nez. Manche du couteau au creux de la main, il se faufila entre les serveurs. Un bruit derrière lui. Métal contre métal. Solo n'était pas seul. Ils étaient venus le chercher. Ils arrivaient. Il sentit le goût de la peur sur sa langue, celui du métal. Il courut jusqu'à la trappe, s'en voulut de ne pas l'avoir laissée ouverte. Heureusement, les verrous étaient cassés. Rouillés. Non, ce n'était pas une bonne chose. Il avait grand besoin de verrous. Il s'engagea sur l'échelle et rabattit la trappe au-dessus de sa tête. Il allait se cacher. Comme au temps des premières années. Soudain, quelqu'un tira la trappe qu'il tenait encore. De l'autre main, il donnait des coups de couteau dans le vide, à travers la grille. Il y eut un cri, puis le visage d'une femme à bout de souffle, au-dessus de lui, qui lui disait "Tout doux".

Solo tremblait. Sa botte glissa sur son échelon mais il garda l'équilibre. Il se tint parfaitement immobile tandis que la femme lui parlait. Elle avait de grands yeux pleins de vie. Ses lèvres bougeaient. Elle était blessée mais ne voulait pas se venger. Elle voulait juste connaître son nom. Elle était contente de le voir. Si elle avait les larmes aux yeux, c'était parce qu'elle était contente de le voir. Et Solo se dit que peut-être il était lui-même comme une pelle, un ouvre-boîte électrique ou un de ces objets tout rouillés éparpillés dans le silo. Il était quelque chose sur quoi on pouvait tomber. On pouvait le découvrir. Et voilà, quelqu'un venait de le faire.

ÉPILOGUE

2345
Silo 1

Donald s'assit dans la salle de communications, déserte. Il avait tous les postes pour lui. Il avait envoyé les autres déjeuner, et ordonné à ceux qui n'avaient pas faim de prendre une pause. Et ils avaient obéi. Ils l'appelaient le Berger, ne savaient rien d'autre de lui, à part qu'il était aux commandes. Ils finissaient ou entamaient leur faction, et ils agissaient selon ses ordres.

Un voyant sur le poste voisin se mit à clignoter, signalant un appel du silo 6. Il faudrait qu'ils attendent. Donald écouta résonner dans son casque les tonalités de l'appel que lui-même passait.

Ça sonnait dans le vide. Il vérifia le cordon, s'assura qu'il était correctement branché. Entre deux postes gisaient des cartes à jouer, la partie avait été interrompue lors de son irruption. En haut de la pile de défausse, une reine de pique. Enfin, il entendit un clic.

— Allô ? dit-il.

Il attendit. Il crut entendre une respiration à l'autre bout de la ligne.

— Lukas ?

— Non, répondit la voix. C'était une voix plus douce, mais, étrangement, plus dure.

— Qui est-ce ? demanda-t-il, habitué à parler à Lukas.

— Peu importe, dit la femme.

Et Donald sut de qui il s'agissait. Il regarda par-dessus son épaule pour s'assurer qu'il était seul, puis se pencha légèrement en avant.

— Nous n'avons pas l'habitude de dialoguer avec les maires, dit-il.

— Et je n'ai pas l'habitude d'être à ce poste.

Donald entendit presque son sourire méprisant.

— Je n'ai pas demandé à faire ce boulot non plus, avoua-t-il.

— Et pourtant, regardez-nous.

— En effet.

Il y eut un silence.

— Vous savez, dit Donald, si j'étais doué pour ce boulot, j'appuierais sur un bouton et je liquiderais votre silo.

— Et qu'est-ce qui vous en empêche ?

La voix du maire était blanche. Bizarre. Ça ressemblait davantage à une vraie question qu'à une provocation.

— Je doute que vous me croyiez si je vous le disais.

— Essayez pour voir.

Donald aurait bien voulu avoir le dossier de cette femme sous la main. Il s'était baladé partout avec les premières semaines de sa faction. Et maintenant qu'il en avait besoin…

— Il y a longtemps de ça, lui dit-il, j'ai sauvé votre silo. Ce serait dommage de l'anéantir maintenant.

— Vous aviez raison : je ne vous crois pas.

Il y eut un bruit dans le couloir. Donald ôta un écouteur et regarda par-dessus son épaule. Son ingénieur des communications se tenait derrière la porte avec un thermos dans une main et une tranche de pain dans l'autre. Donald leva l'index et lui fit signe d'attendre.

— Je sais par quoi vous êtes passée, dit Donald à ce maire, à cette femme qu'on avait envoyée au nettoyage. Je sais ce que vous avez vu. Et je…

— Vous n'avez pas la moindre idée de ce que j'ai vu, cracha-t-elle d'une voix tranchante.

Donald sentit sa température monter. Ce n'était pas le genre de conversation qu'il voulait avoir avec elle. Il n'était pas préparé. Il mit sa main en coupe sur son micro, sentant à la fois qu'il n'avait plus assez de temps et qu'il la perdait.

— Prenez garde, c'est tout ce que je veux vous dire…

— Écoutez-moi bien, rétorqua-t-elle. Je suis assise dans une pièce qui déborde de vérité. J'ai vu les livres. Je vais creuser jusqu'à ce que je découvre ce que vous avez fait au juste.

Donald entendait son souffle.

— Je connais la vérité que vous cherchez, dit-il calmement. Et il se peut qu'elle ne vous plaise pas quand vous la découvrirez.

— Il se peut que ce que je découvrirai ne vous plaise pas, vous voulez dire.

— Soyez prudente, c'est tout, dit-il en baissant la voix. N'allez pas creuser n'importe où.

De nouveau un silence. Donald jeta un coup d'œil à l'ingénieur.

— Oh, ne vous en faites pas pour ça, on sera très prudents, finit par répondre cette Juliette. On ne voudrait surtout pas que vous nous entendiez arriver.

TABLE

Découvrez les autres volets de la trilogie de Hugh Howey dans la collection Babel.

SILO
traduit de l'anglais (États-Unis)
par Yoann Gentric et Laure Manceau

Dans un futur indéterminé, des survivants vivent depuis plusieurs générations dans un immense silo creusé dans la terre, à l'abri d'une atmosphère devenue toxique. Seul un écran relayant les images filmées par des caméras les relie au monde extérieur. Lorsque cette société bannit l'un des siens, il est envoyé dehors, vers une mort certaine, et pourtant, tous sans exception vont, avant de mourir, nettoyer les capteurs des caméras. Pourquoi ?

SILO GÉNÉRATIONS
traduit de l'anglais (États-Unis)
par Laure Manceau

Donald a pris la place de Thurman. Juliette, quant à elle, est maire du silo 18, et veut en découdre avec les dirigeants du silo 1. Le compte à rebours commence. Donald parviendra-t-il à déjouer la logique macabre du silo 1 ? Juliette réussira-t-elle à s'échapper du silo 18 ? La vie sur Terre pourra-t-elle reprendre, ou s'agit-il d'un ultime leurre ? La touche finale d'un cycle culte.

BABEL

Extrait du catalogue

1251. ALAN DUFF
Un père pour mes rêves

1252. JAN GUILLOU
Les Ingénieurs du bout du monde

1253. METIN ARDITI
Prince d'orchestre

1254. DON DELILLO
Great Jones Street

1255. ROOPA FAROOKI
Le Choix de Goldie

1256. MARIA ERNESTAM
Toujours avec toi

1257. JEAN-YVES LOUDE
Lisbonne, dans la ville noire

1258. PRALINE GAY-PARA
Contes très merveilleux

1259. MATHIAS ENARD
Rue des Voleurs

1260. LAURENT GAUDÉ
Pour seul cortège

1261. WAJDI MOUAWAD
Anima

1262. ÉRIC VUILLARD
Congo

1263. CÉLINE CURIOL
L'Ardeur des pierres

1264. ANNE PERCIN
Le Premier Été

1265. LAURENCE VILAINE
Le silence ne sera qu'un souvenir

1266. CÉCILE LADJALI
Louis et la Jeune Fille

1267. PHILIPPE DE LA GENARDIÈRE
Le Roman de la communauté

1268. YÔKO OGAWA
Les Tendres Plaintes

1269. HANAN EL-CHEIKH
Toute une histoire

1270. HERBJØRG WASSMO
Un verre de lait, s'il vous plaît

1271. JAUME CABRÉ
L'Ombre de l'eunuque

1272. JEAN-CLAUDE GRUMBERG
45 ça va

1273. ANDRÉ BRINK
Mes bifurcations

1274. PAUL AUSTER
Chronique d'hiver

1275. JÉRÔME FERRARI
Variétés de la mort

1276. ALICE FERNEY
Cherchez la femme

1277. CLAUDIE GALLAY
Une part de ciel

1278. FLEMMING JENSEN
Le Blues du braqueur de banque

1279. DAVID VAN REYBROUCK
Congo. Une histoire

1280. ANNE MARTIN-FUGIER
Galeristes

1281. ANTON TCHEKHOV
Platonov

1282. AHMED KALOUAZ
À l'ombre du jasmin

1283. HUGH HOWEY
Silo

1284. NAGUIB MAHFOUZ
Karnak Café

1285. INTERNATIONALE DE L'IMAGINAIRE N° 29
Alerte : patrimoine immatériel en danger

1286. AKI SHIMAZAKI
Tonbo

1287. LAURENT GAUDÉ
Onysos le furieux

1288. RAPHAËLLE RIOL
Amazones

1289. ANTOINE PIAZZA
Un voyage au Japon

1290. RUSSELL BANKS
La Relation de mon emprisonnement

1291. KAMEL DAOUD
La Préface du nègre

1292. MARC BIANCARELLI
Murtoriu

1293. FERNANDO MARÍAS
Je vais mourir cette nuit

1294. TOMAS ESPEDAL
Marcher

1295. SIRI HUSTVEDT
Vivre, penser, regarder

1296. MARILYNNE ROBINSON
Gilead

1297. MICHEL TREMBLAY
La Traversée du continent

1298. CAROLINE DE MULDER
Ego tango

1299. KAOUTAR HARCHI
L'Ampleur du saccage

1300. VALENTINE GOBY
Kinderzimmer

1301. CAROLE ZALBERG
Chez eux

1302. CATHERINE O'FLYNN
Ce qui était perdu

1303. BILL CLEGG
Portrait d'un fumeur de crack en jeune homme

1304. JEAN-PAUL FITOUSSI
Le Théorème du lampadaire

1305. LES ÉCONOMISTES ATTERRÉS
Changer l'Europe !

1306. MARIE-SABINE ROGER
Bon rétablissement

1307. PIERRE LOTI
Les Désenchantées

1308. ALAIN QUELLA-VILLÉGER
Évadées du harem

1309. CLAUDIA PIÑEIRO
Bétibou

1310. JESPER MALMOSE
Borgen

1311. FRANS DE WAAL
Le Bonobo, Dieu et nous

1312. ROLAND GORI
La Fabrique des imposteurs

1313. JOËL POMMERAT
Pinocchio

1314. MILTON HATOUM
Deux frères

1315. CLAUDIE GALLAY
L'amour est une île

1316. NANCY HUSTON
Danse noire

1317. RAPHAËL JERUSALMY
La Confrérie des chasseurs de livres

1318. PASCAL MORIN
Comment trouver l'amour à cinquante ans quand on est parisienne (et autres questions capitales)

1319. LOLA LAFON
La Petite Communiste qui ne souriait jamais

1320. E. L. DOCTOROW
Homer & Langley

1321. CHI LI
Les Sentinelles des blés

1322. EDWARD KELSEY MOORE
Les Suprêmes

1323. OLIVIER BARDE-CABUÇON
Les Adieux à l'Empire

1324. FRÉDÉRIQUE DEGHELT
Les Brumes de l'apparence

1325. W. R. BURNETT
Terreur apache

1326. PETER HELLER
La Constellation du Chien

1327. JAMES S. A. COREY
L'Éveil du Léviathan

1328. JEANNE BENAMEUR
Pas assez pour faire une femme

1329. SYLVAIN PATTIEU
Des impatientes

1330. ÉRIC VUILLARD
Conquistadors

1331. MATHIEU LARNAUDIE
Strangulation

1332. LOÏC MERLE
L'Esprit de l'ivresse

1333. CLARO
Tous les diamants du ciel

1334. ANNE-MARIE GARAT
Amours de loin

1335. NATHALIE DÉMOULIN
La Grande Bleue

1336. OLIVER ROHE
Ma dernière création est un piège à taupes

1337. DAVID GILBERT
Les Normaux

1338. JAVIER CERCAS
Les Lois de la frontière

1339. JAN GUILLOU
Les Dandys de Manningham

1340. YÔKO OGAWA
Le Petit Joueur d'échecs

1341. JEAN CLAUDE AMEISEN
Sur les épaules de Darwin. Je t'offrirai des spectacles admirables

1342. THOMAS PIKETTY
Chroniques 2004-2012

1343. PIERRE RABHI
Éloge du génie créateur de la société civile

1344. ALAA EL ASWANY
Automobile Club d'Égypte

1345. LÁSZLÓ KRASZNAHORKAI
Guerre & guerre

1346. MARIA ERNESTAM
Le Peigne de Cléopâtre

1347. WLADIMIR ET OLGA KAMINER
La Cuisine totalitaire

1348. MARTA MORAZZONI
La Note secrète

1349. FRÉDÉRIC LORDON
La Malfaçon

1350. ASSOCIATION NÉGAWATT
Manifeste négaWatt

1351. STEFAN KOLDEHOFF ET TOBIAS TIMM
L'Affaire Beltracchi

OUVRAGE RÉALISÉ
PAR L'ATELIER GRAPHIQUE ACTES SUD
REPRODUIT ET ACHEVÉ D'IMPRIMER
EN SEPTEMBRE 2016
PAR NORMANDIE ROTO IMPRESSION S.A.S.
À LONRAI
POUR LE COMPTE DES ÉDITIONS
ACTES SUD
LE MÉJAN
PLACE NINA-BERBEROVA
13200 ARLES

DÉPÔT LÉGAL
1re ÉDITION : NOVEMBRE 2015
N° impr. : 1604054
(Imprimé en France)